首届向全国推荐优秀古籍整理图书

吴梅村全集

〔清〕吴偉業 著
李學穎 集評標校

上

上海古籍出版社

圖書在版編目(CIP)數據

吴梅村全集/(清)吴偉業著；李學穎集評標校．—上海：上海古籍出版社，1990.12(2023.11重印)
(中國古典文學叢書)
ISBN 978-7-5325-0120-5

Ⅰ.①吴… Ⅱ.①吴… ②李… Ⅲ.①吴偉業(1604～1656)—全集 Ⅳ.①I214.92

中國版本圖書館CIP數據核字(2007)第036565號

中國古典文學叢書
吴梅村全集
(全三册)
[清]吴偉業 著
李學穎 集評標校
上海古籍出版社出版發行
(上海市閔行區號景路159弄1-5號A座5F 郵政編碼201101)
(1) 網址：www.guji.com.cn
(2) E-mail：gujil@guji.com.cn
(3) 易文網網址：www.ewen.co
上海展强印刷有限公司印刷
開本 850×1168 1/32 印張 49.5 插頁 18 字數 1,072,000
1990年12月第1版 2023年11月第8次印刷
印數：9,051-9,650
ISBN 978-7-5325-0120-5

I·25 平裝定價：178.00元

如有質量問題，請與承印公司聯系
電話：021-66366565

吴梅村像　　　　　顧見龍　繪

吴梅村行看子　　禹之鼎　繪

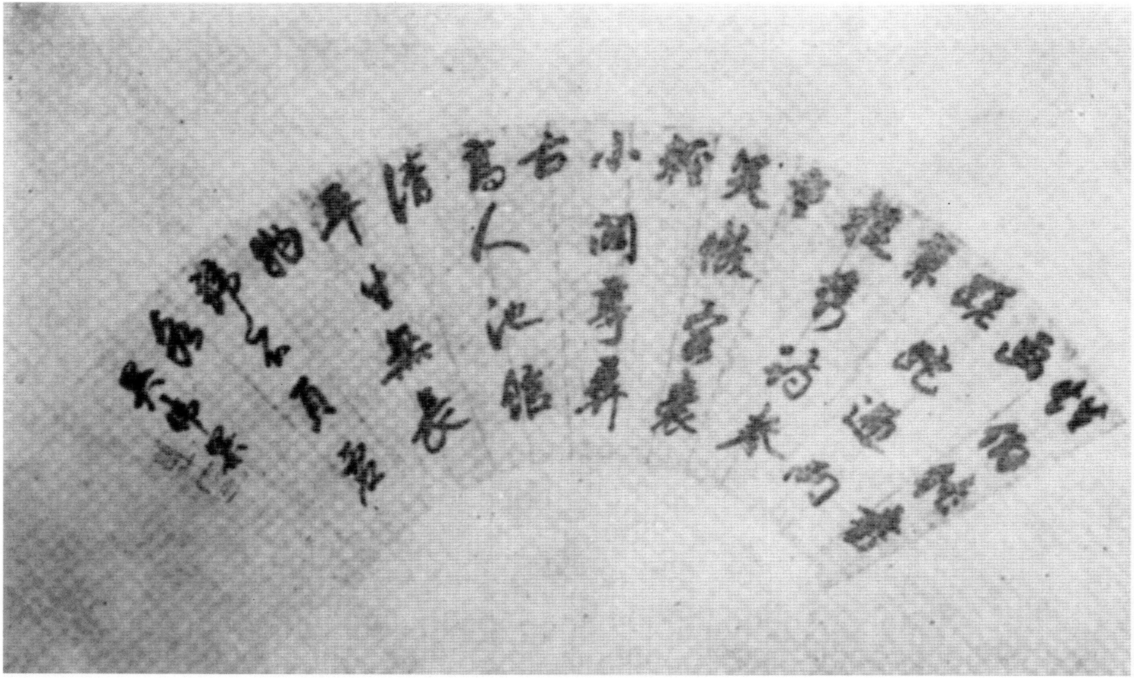

吴梅村書箑

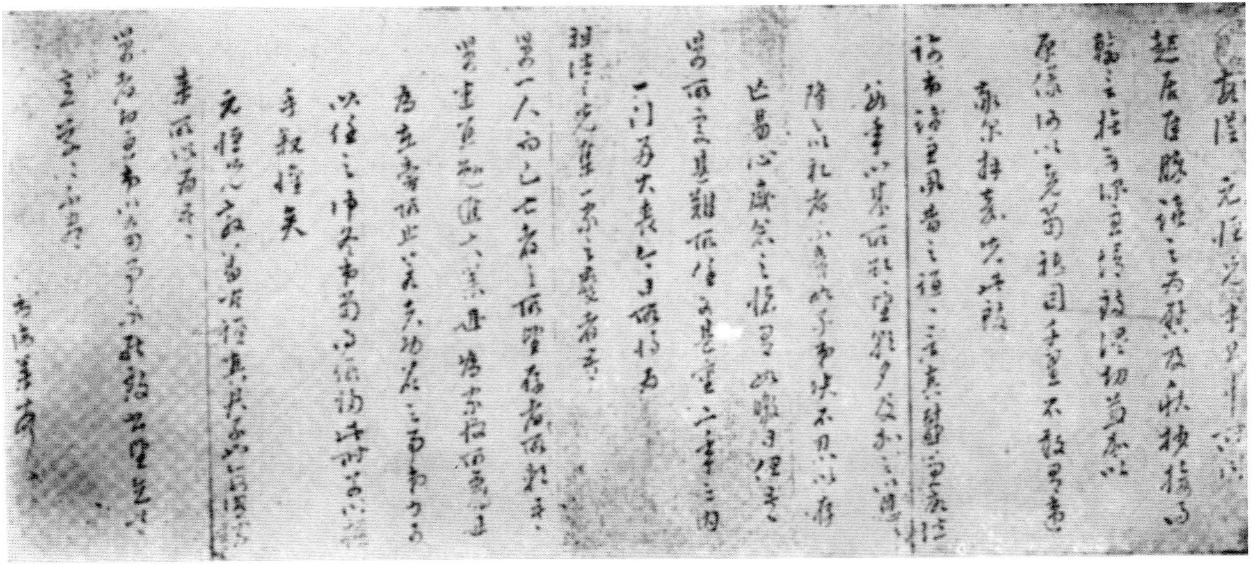

吴梅村與人書手迹

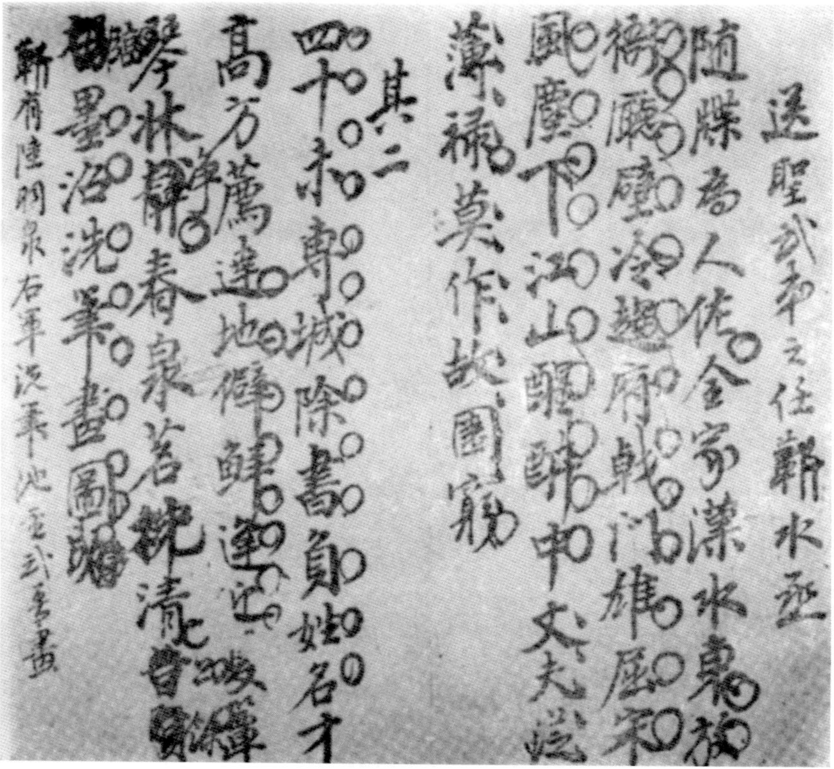

吴梅村手迹

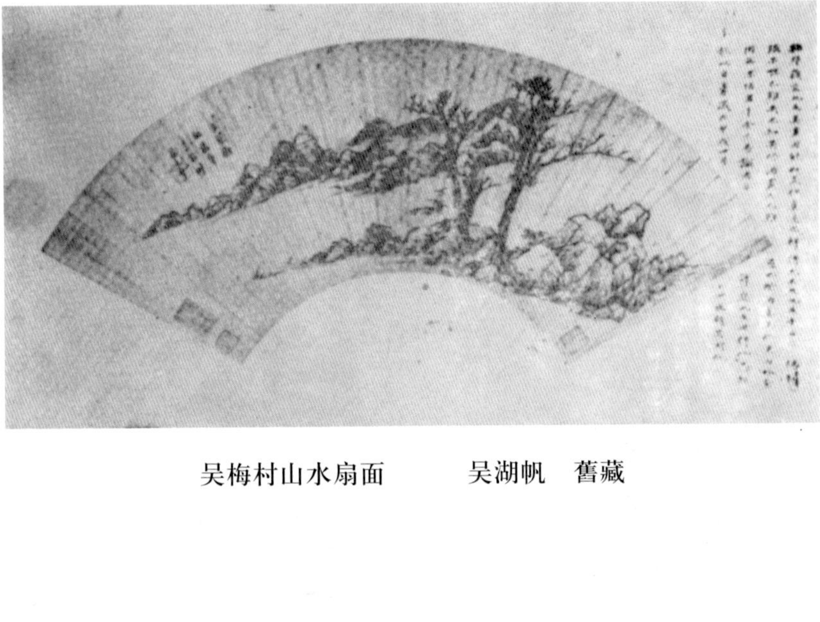

吴梅村山水扇面　　　吴湖帆　舊藏

前言

詩至宋末，已見式微，元、明兩代，鮮有足稱，直到明、淸易代之際，才又出現一個高峯。在那階級矛盾、民族矛盾激烈深重的歷史環境下，湧現了多若繁星的詩人，他們的作品既不屑爲三楊之館閣，也唾棄七子之摹擬，更無意於公安、竟陵之浮靡，而是務實重質，息息和時代相關，足以上摩三唐之壘。大抵殉明者多挺身抗拒的強音，入淸者多緬懷故國之哀思。前者可以陳子龍爲代表，而後者則應首推吳梅村。

吳偉業，字駿公，以其號梅村著名於世，別署鹿樵生、灌隱主人。江南太倉（今江蘇太倉縣）人。生於明萬曆三十七年（一六〇九）。他自幼聰慧，十四歲已通春秋及三史（史記、兩漢書），落筆爲文，洋洋數千言。受知於同里著名學者和政治活動家張溥，爲入室弟子。張溥聯合大江南北各文社，統一爲復社，他是其中重要成員，名列「十哲」。中崇禎四年（一六三一）會元，殿試一甲第二名進士，授翰林院編修，制詞云：「陸機詞賦，早年獨步江東；蘇軾文章，一日喧傳天下。」時人以爲無愧。這年，他才二十三歲，給假歸娶，光華滿路，榮動一時。張溥亦中是科三甲第一，選庶吉士；復社成員同榜者尙有數人。于是天下士子以入復社拜門牆爲功名捷徑，復社聲勢大盛。這固由張溥的聲望才幹所致，而梅村的美才高第確也起了不小的作用。

復社雖以學術標榜，實則繼東林之餘響，在野則諷議朝政，針砭時弊，裁量人物，一旦登朝，自要有所作爲。梅村入仕之初，卽疏劾時相溫體仁的私人、吏部尙書蔡奕琛；以後，歷充實錄纂修官、東宮講讀官，又先後劾奏首輔張至發、吏部尙書田唯嘉、太僕寺卿史䕫等，雖不無朋黨意氣夾雜其間，但這些人都是溫體仁的衣鉢傳人或黨羽，把持朝政，營私誤國，故梅村一時「直聲動朝右」。這自然也招致了反對派的忌恨，使他受到種種摧挫。特別是崇禎十三年（一六四〇），他升任南京國子監司業才三天，上疏申理著名直臣黃道周，觸怒了明思宗，嚴旨責問主使，差一點陷入大獄，從此他逐漸消沉下來。而座主周延儒和好友吳昌時的不得其死，尤足使他寒心，於是「絕意仕進」。這期間雖接連晉升左中允、諭德、左庶子，他都沒有就任，藉丁嗣父憂的機會，回鄉隱居。

崇禎一朝，集中並發展了萬曆、天啓積累下來的所有矛盾和積弊，這時已深深陷入內憂外患的嚴重困境。內部，李自成領導的農民軍如烈火燎原，破洛陽，據襄陽，下西安，從根本上動搖明廷的統治；外部，女眞貴族創建不久的淸國雄踞遼東，虎視眈眈，不斷入侵，明軍一敗於高陽，再敗於鉅鹿，復敗於松山，形勢異常嚴峻。而腐朽透頂的明統治集團却忙着彼此爭奪派系的、個人的利益，君愎臣蒙，文欺武恣，互相牽制，互相傾軋，迅速走向崩潰。十七年（卽淸順治元年，一六四四）三月，李自成率軍攻入北京，建立大順政權，明思宗自縊於煤山，史稱「甲申之變」。緊接着，明山海關守將吳三桂勾引淸兵入關，奪取了農民起義的果實，李自成兵敗走死。從此淸王朝入主中原，統治了廣袤的中國土地。

朱庭珍說：「吳梅村祭酒詩，入手不過一豔才耳。迨國變後諸作，……多紀時事，關係興亡。」（筱園詩話）似乎明亡之前梅村所作皆爲豔體；王曾祥甚至說：「梅村甲申之前，無一憂危之辭見於豪牘。」（靜便齋集）這未免厚誣古人了。梅村自青年時代，眼見國事日非，盱衡扼腕，寫下了許多感時傷事的詩篇。著名的臨江參軍和讀楊參軍悲鉅鹿詩，寫于崇禎十二年，是鉅鹿之敗的忠實紀錄，悲憤感激，溢滿紙上。雒陽行、襄陽樂、高麗行等篇，痛切時局；邊思、雲中將、牆子路諸首，憂念邊防。他如傷直諫被禍的「老臣自詣都詔獄，逐客新辭鳷鵲樓」（殿上行），「直道身何在，猶爲天地傷」（得右君以諫死其子持喪歸臨川）；憤宦官專權的「諸將自承中尉令，孤臣誰給羽林兵」（懷楊機部軍前）；疾迫害黨人的「看碑太學傷鈎黨，置酒新亭望息兵」（送左子直子忠兄弟還桐城），何嘗不都是「憂危之辭」？而且以上所舉，還只是一部分。梅村早年諸作，以避忌或散佚，大半未能存留，只有極少幾篇收入清代通行傳本四十卷梅村集。後人囿於見聞，主觀臆斷，也不足爲奇。

明亡後，梅村在弘光政權下做了兩個月的少詹事，目睹南都政局，知國事已不可爲，即託病告歸。未幾，清兵南下，小朝廷亦告覆滅。這時的梅村，既沒有殉難或反抗的勇氣，也不敢冒投降的罵名，於是選擇了一條做遺民的道路。逆來順受，不作非分之舉，以求保全身家。他告訴弟子周肇「同入幽棲傳，他年未寂寥」（溪橋夜話），約舊友「移家就吾住，白首兩遺民」（遇舊友），在言懷、見人作布帽等篇中，並以魯仲連、介子推、管寧自況，表明不仕的決心。

江山易代，清人入主，天翻地覆的變化，目擊身受，自然不勝黍離麥秀之感，於是，紀錄滄桑陵谷的變遷，抒發舊國故君的懷念，就成爲梅村詩的主要內容。永和宮詞、琵琶行、蕭史青門曲、思陵長公主輓詩、田家鐵獅歌等，爲帝王戚畹唱出了一曲聲淚俱下的輓歌。「莫定三分計，先求五等封」，「北寺讒成獄，西園賄拜官」，「尙言虛內主，廣欲選良家」，「三軍朝坐甲，十客夜傳觴」，借古喩今，不著議論，弘光小朝廷的腐朽和必敗已昭然在目。聽卞玉京彈琴歌、楚兩生行、臨淮老妓行等，通過舊妓、藝人、歌女的敍述，委曲表達重大的歷史事件，分外悽哀感人。值得一提的是，梅村對南疆各殘明政權的命運十分關心，魯王舟山之敗，世子被虜，妃嬪投井，勾章井作了「蒼鯨掣鎖電光紫，鼉浪噓雲食龍子。轆轤斷銀瓶墜，遶殿虹蜺美人死」的形象記述；而對桂王南奔，開始依靠農民軍舊部維繫殘局，則寫得更爲明確：「王孫去國餘三戶，公子從亡止五人。報主有心爭赤壁，借兵無力聽黃巾。」（雜感之十）他甚至于淸廷也有微詞，「先機拒戶須防虎，故智蹊田恐奪牛」（雜感之二十），「記得奉天門獻捷，亦將恩禮待和龍」（雜感之八）。無怪乎後來不敢收入本集，僅存於家藏稿了。

以上這些作品的共同基調，可以歸結爲「怨而不怒」。「莫奏霓裳天寶曲，景陽宮井落秋槐」（永和宮詞），「江湖滿地南鄉子，鐵笛哀歌何處尋」（琵琶行），「花落回頭往事非，更殘燈灺淚沾衣」（蕭史青門曲），亡國之音哀以思，這當然是由梅村自身的遭際和政治態度所決定的。

但他也有「怒」的時候，對那些賣國求榮，爲虎作倀的前明將領，就毫不諱言的表示了極大的鄙視和痛恨。圓圓曲是他的代表作，「慟哭六軍齊縞素，衝冠一怒爲紅顏」，「全家白骨成灰土，一代紅妝照汗靑」，把民族敗類吳三桂永遠釘在了恥辱柱上。據說吳曾「賫重幣求去此詩」，而梅村不僅不爲所動，還繼續寫了「取兵遼海哥舒翰，得婦江南謝阿蠻」（雜感之十八），「全家故國空從難，異姓眞王獨拜恩」（卽事之十），更加鞭撻入骨。在松山哀中，他直斥洪承疇，「十三萬兵同日死，渾河流血增奔湍。豈無遭際異，變化須臾間。出身憂勞致將相，征蠻建節重登壇。還憶往時舊部曲，喟然歎息摧心肝」。可謂字字見血，嚴于斧鉞；而「老臣裹革平生志，往事傷心尚鐵衣」，又是多麼辛辣的嘲諷！當時，吳三桂封平西王，洪承疇任五省經略、內院大學士。都是清王朝正在倚仗的得力鷹犬，雖然久已成爲人民嘲罵的對象，但如此口誅筆伐，也還是需要一點勇氣的。

在清室統一中國的過程中，江南抵抗最力，所遭鎮壓也最殘酷。大屠殺之後，政治上的壓迫與經濟上的掠奪，特爲尤甚。「頗以東南區區一隅，賦稅居天下之半」（江南巡撫韓公奏議序），再加以橫征暴斂，人民處於水深火熱之中。梅村蒿目時艱，自不能不筆之於詩。或寫親人離散之苦（蘆山兒），或訴逋債賣子之痛（臨頓兒），「村人露肘捉頭來，背似土牛耐鞭苦」（捉船行），「丈量親下稱蘆政，鞭笞需索輕人命」（蘆洲行）。在沉重的賦稅和官吏的敲剝下，「吳民數百萬戶，大抵皆破矣」（太學張君季繁墓誌銘）。軍隊所到之處，更是哀鴻遍野，「大軍從北來，百姓聞驚惶。下令將入城，傳箭需民房。……插旗大道邊，驅遣誰能當。但求骨肉完，其敢攜筐箱。扶持雜幼稚，失散呼耶孃」（遇南廂園叟感賦），「一朝鐵騎城南呼，長刀砍背將人驅。里中大姓高門閭，鞭笞不得留須臾」（題蘇門高士圖贈孫徵君鍾元）。士族地主階級的利益失去保障，直溪吏中的尚書後裔，已經破產，還被束縛逼迫，慘痛呼號；周易學者吳燕餘，因交不起租稅，竟遭墨吏笞辱，梅村爲此發出「范升免後成何用，甯越鞭來絕可憐」（贈學易友人吳燕餘）的浩歎。這時就連地方官也難做，他在贈穆大苑先中敍述族兄確山縣令吳國傑支應過往官軍的苦況：「身親芻秣養驊騮，供頓三軍尚嗔怒。赤日黄埃伏道旁，鞭稍拂面將誰訴？」縣令猶且如此，百姓其尚可言！當時社會的苦難，也可窺見一斑了。

正因爲梅村詩繼承了「文章合爲時而著，歌詩合爲事而作」（白居易與元九書）的現實主義創作傳統，「徵詞傳事，篇無虛詠」，題材多樣，刻畫淋漓，觸及了社會生活的各個方面，展現了那個動盪險惡的時代面貌，其廣度和深度，一時無與爲儷。後人稱爲詩史，確是當之無愧的。

可惜他的遺民做不長久。當時，廣大的持消極不合作態度的遺民羣的存在，對尚未完全鞏固的清王朝是一個潛在的莫大威脅。越是有聲望的遺民，危險性也就越大。而他們並無抗清的實迹，雖然借鎮壓起義擴大株連，羅織殺害了一批，但單純依靠誅殺，易激起人民的不滿和反抗，于統治者不利，所以同時又采取另外一手，即懷柔政策，請他們到新朝來做官，以分化遺民隊伍，削弱其政治影響。這就是順治九年的「詔起遺逸」。

梅村以會元榜眼，宮詹學士，復社黨魁，名重一時，曾主湖廣鄉試，會貳南雍，門生故舊半天下，在錢牧齋身敗名裂之後，儼然「爲海內賢士大夫領袖」（侯方域與吳駿公書），這樣的人物，清廷豈能放過？詔書一下，他就爲兩江總督馬國柱所薦，以祕書院侍讀徵。消息傳出，侯方域立即致書勸阻：「學士之出處將自此分，天下後世之觀望學士者亦自此分矣。」這一點，梅村當然也十分清楚，覆書「慷慨自矢」，「誓死不出」，不但呈遞了辭薦揭，而且還于順治十年四月親赴南京，面陳力辭，不能說他沒有不出的決心。可是他却還沒有意識到，正是他自己造成了不得不出的局勢。

乙酉之後，梅村自知「虛名在人」，閉戶著書，猶自「惴惴莫保」，「每東南有一獄，長慮收者在門」。幸而他「生平規言矩行，尺寸無所逾越」，安分守己，得以無事。而他名心未除，「危疑稍定」，便忘記了韜晦，以前輩的身分，去爲各立門戶、互相攻訐的吳中同聲、愼交兩社作調解。順治十年春，大會於虎丘，「九郡人士至者幾千人」，這是繼崇禎六年張溥虎丘大會之後最盛大的一次社集，會上「奉梅村先生爲宗主」，主持兩社合盟。正趕上淸廷已在加緊進行禁止社盟活動的部署，第一步先由禮部頒天下學宮，禁生員「立盟結社」。這樣，梅村在和解社局的同時，就把自己放到了一個極引人注目的位置上，自然首當其衝。「徵召」的名義是軟的，而對「重點對象」實行起來却是硬的。因此儘管同時被徵如周廷鑨、姚思孝、朱明鎬等皆得不赴，在梅村却絕無推辭的餘地。我們只要看康熙十二年徵召二曲先生李顒時，以其稱病不起，竟連榻舁至有司，李顒以絕食、自戕相抗，最後始得免一事，便可知上面「薦剡交上」，地方「逼迫萬狀」，如胡介送行詩所云「幕府徵書日夜催」，梅村寄周芮公自陳「但若盤桓便見收」，及恐連累老親，禍及家門，確爲實錄。旣不能死，只有屈節，遂於當年九月應召北上。這眞是「過盡九折艱，咫尺俄失墜」（送何省齋），至此不得不慨歎「盛名爲不祥」，「芝蘭自焚，膏火自煎。藏名變跡，慚彼昔賢」（秋胡行），自傷「浮名悔已遲」（別孚令）了。

仕淸，對梅村自身來說，比亡國還要可怕，他成了「兩截人」，喪失了士大夫立身之本的氣節，再也直不起脊梁來了。可以說，這是他生命中一條決定性的界綫，家藏稿的前、後集就是以此來劃分的。在後集裏，身世之感占了不少篇幅。有時，他把這一切歸諸時勢和命運，用「時命苟不佑，千載無完人」（詠史），「時命苟弗諧，貧賤安可冀」（送何省齋），「人生豈不繇時命」（遣悶）等來自我解嘲，但更多的是失足的慚愧和悔恨，觸處卽發，不作諱飾。「君親旣有愧，身世將安託」(贈願雲師)，「死生總負侯嬴諾，欲滴椒漿淚滿樽」(懷古兼弔侯朝宗)，直至臨終的「忍死偷生廿載餘，而今罪孽怎消除」，處處透露出精神上的沉重負擔。「我本淮王舊雞犬，不隨仙去落人間」(過淮陰有感)，「故人往日燔妻子，我因親在何敢死！憔悴而今困於此，欲往從之愧靑史」(遣悶之三)，以及賀新郎病中有感的「故人慷慨多奇節，爲當年、沉吟不斷，草間偷活」，「脫屣妻孥非易事，竟一錢不值何須說」，尤爲沉痛悲愴，字字血淚，個人身世與國家民族的命運交織在一起，格外動人心絃，使後世讀者爲之悽惻低徊，或悲其遇，或原其心。論者方之庾信，應該是較爲恰當的。

入京後，授祕書院侍講，與修聖訓及孝經衍義，十三年(一六五六)，升國子監祭酒。這時，他已「精銳銷耎」，無心戀棧。冬天，有嗣母之喪，便就此南歸，從此偃息不出。初時還繼續關心時局人事，順治十四年科場案起，大批江南名士遭誅戮流放，他連續寫了贈陸生、吾谷行、悲歌贈吳季子等篇，發出「倉頡夜哭良有以，受患祇從讀書始」的悲憤呼聲；十六年鄭成功江寧之敗，他以「南飛烏鵲夜，北顧鸛鵝軍」(七夕感事)、「徘徊新戰骨，經過舊臺城」(詠月)等詩句含蓄地表達了他的哀傷；十八年吳三桂擒殺桂王，他寫道「聞道長沙軍，已得滇池王」，「人言堯幽囚，或言舜野死，目斷蒼梧淚不止」(曇陽觀訪文學博)，一抒故臣的痛悼。而清廷的鉗壓日緊，與「通海」大獄，造成恐怖氣氛。不久，他又因奏銷案和兒女親家陳之遴的連累，幾至破家。晚年怫鬱不樂，其間的作品，遂以山水、酬贈爲主要內容。康熙十年(一六七一)歲末病逝，年六十三歲。遺命「墓前立一圓石，題曰『詩人吳梅村之墓』」。是的，他遭逢衰季，絕意進取，無從

「立功」；身事兩姓，大節有虧，難談「立德」；所自恃爲不朽的則只有他的詩了。就詩而言，他確實不愧爲清初數一數二的大家。

昔人多稱梅村詩學元、白，他自己也說「一編我尙慚長慶」，這主要是指他的長篇敍事詩，明顯受長恨歌、琵琶行、連昌宮詞等的影響。其實他師承甚多，律詩沈博工麗，得義山神髓；堇山兒、直溪吏、臨頓兒、蘆洲行、捉船行、馬草行，則擬杜甫三吏、三別；游石公山諸勝五古，源出韓愈南山，而又能鎔鑄諸家，自成一體，開創婁東詩派，後人稱「梅村體」或「太倉體」。

他的七言歌行，不僅宛轉流麗，情文相生，而且善作轉折，避免平鋪直敍。蕭史青門曲寫公主駙馬的尊貴驕奢和改朝換代後的貧困淒涼，「曾見天街羨璧人，今朝破帽迎風雪」，已到了無事可敍的地步，却陡然倒插「昨夜西風仍夢見，樂安小妹重歡宴，先后傳呼喚捲簾，貴妃笑折櫻桃倦」；永和宮詞從田妃入宮專寵一直寫到病逝，題面已盡，忽自側面落筆「頭白宮娥暗顰蹙，庸知朝露非爲福，宮草明年戰血腥，當時莫向西陵哭」，都波瀾橫翻，生面別開，極迴環往復之妙。

詞藻富艷，用典精切，是梅村詩的又一特色。「荳蔻湯溫冰簟冷，荔支漿熱玉魚涼」，「非關衞瓘需開府，欲下高昂在護軍」，「幸遲身入陳宮裏，却早名塡代籍中」，不著議論，運掉如意。時有白描，也極精采。言情如「緣知薄倖逢應恨，恰便多情喚却羞」，「千絲碧藕玲瓏腕，一卷芭蕉宛轉心」；寫景如「最高尙有魚龍氣，半嶺全無烏雀聲」，都是不可多得的佳句。松鼠、宣宗御用戧金蟋蟀盆歌，窮形盡相，體物極工，處處見得他的博洽與工力。

當然，他也時有拙句、累句；用典太多，過分追求形式美，有時反至流于晦澀，如他自己所說「縷金錯采，未到古人自然高妙之極地」。松山哀「十四萬軍同日死」，用杜甫悲陳陶「四萬義軍同日死」，晚眺「江山連楚蜀，鐘磬怨齊梁」，用杜甫上兜率寺「江山有巴蜀，棟宇自齊梁」，食而不化，太著痕跡。但這不過如江河之挾泥沙，大醇小疵，無損于他執當時詩壇牛耳的地位。

梅村的文學成就是多方面的，他擅詞曲，工書畫，爲詩名所掩，世不甚知。其小令芊綿婉麗似淮海，長調豪放感慨近東坡，在清初亦有重名。曲作不多，却極有價值。他共寫有傳奇一種和雜劇二種，都以南朝亡國爲背景，寄託遙深。傳奇秣陵春通過徐適與黃展娘的情緣離合，還弔南唐亡後的淒涼：「澄心堂堆馬草，凝華宮長亂蒿，樹木呵砍折了當柴燒，書呵拆散了無人裱。」雜劇臨春閣以陳亡爲南明覆亡的寫照，一反「女寵禍國」的濫調，爲張麗華作了一篇翻案文章：「他鎖着雕房玉籠，五言詩怎賣盧龍？我醒眼看人弄醉翁，推說道裏頭張孔。」這在封建時代是極爲難得的，也許因弘光之亡，實在無法找到女色禍水的藉口了吧！通天臺所寫羈宦北朝的蕭梁舊臣沈炯，實爲梅村自況，故寫來十分出色。當夢中漢武帝要起用沈炯時，他一則說：「臣炯負義苟活之人，豈可受上客之禮以忘老母哉！」再則說：「沈炯國破家亡，蒙恩不死，爲幸多矣。陛下縱憐而爵我，我獨不愧於心乎！」這也是梅村自己的心聲！曲文十分優美，「萬里思家，青袍布襪。西風乍，落木寒鴉，一道哀湍下。」融情入景，獨立蒼茫，不著哀怨而哀怨自見。「則想那山遶故宮，寒潮向空城打。杜鵑血揀南枝直下。偏是俺立盡西風搔白髮，只落得哭向天涯。傷心地付與啼鴉，誰向江頭問荻花。難道我的眼呵，盼不到石頭車駕，我的淚呵，灑不上修陵松櫝，只是年年秋月聽悲笳。」一氣傾瀉，簡直是放聲痛哭了。

梅村文向來少爲人知，其實他的文雖較遜於詩，亦爲當時所重。還在青年時代考取進士時，明思宗就曾親自對他的試卷作了「正大博雅，足式詭靡」的批語。他爲文胎息春秋、兩漢，委曲條暢中更寓古樸之氣。文中包含着豐富的史料，體現了多方面的思想活動，與他的詩正可互相發明。從與宋尚木論詩書、龔芝麓詩序、觀始詩集序等篇中，可以窺見他對作詩的態度；特別是且樸齋詩稿序所提出的「詩與史通」，詩要「有關於世運升降，時政得失」的宗旨，以及扶輪集序「方海寓多事，士不能爲鐃歌、鼓吹諸曲，鋪揚武功，而徒詠牛渚之月，問莫愁之湖，張讌清譚，豈能效蕭郎破賊？麈尾蠅拂，可燒却耳」的批評，對我們進一步理解他的詩以至他的人，都是很有幫助的。他爲柳敬亭、張南垣這樣被士大夫所看不起的藝人、工匠立傳，也說明他身經亂離，與羣衆有一定程度的接近。至如梁宮保壯猷紀之類的諛頌文字，則屬集中敗筆。

梅村的專集，最早爲順治十七年刻的十卷本詩集，據云其中「尚有六十餘首爲今本所無」，見鄧之誠先生清詩紀事，但經多方詢求，始終不得此本下落。梅村集四十卷，刻於康熙九年，猶及審閱手定，乾隆時，收入四庫全書。宣統間，董康始得家藏稿刊印問世。二本均不載其戲曲。後人多重梅村詩，文集少有印行，戲曲尤爲難得。而梅村的作品是一個整體，詩文詞曲，均有相互鈎稽參證之處，爲知人論世所必需，不可偏廢。今都爲一集，以便研讀。綏寇紀略爲史籍專著，已另行標校行世，茲不復錄。家藏稿所收詩文，溢出四十卷本者百餘篇，又將四十卷本所多於家藏稿者輯爲補遺。二本之外，梅村詩文散佚尚多。道光中，邵廷烈曾輯有梅村集外詩一卷，收入棣香齋叢書續刊，其中爲家藏稿所無者僅二十四首，且文字多有錯訛，不足依據，可以置諸不論。數年來，從諸家選本、總集、别集、方志、詩話等中悉心搜覓，得佚詩五十四首、詞八首、文二十一篇，題跋三則，總八十有六，於原補遺之後另爲輯佚一卷。然耳目所及有限，遺珠尚夥，今後容當繼續披尋。

家藏稿原附有顧師軾所撰年譜，其中頗有訛誤及籠統含糊之處。如梅村給假歸娶，假滿後入都，年譜繫於崇禎八年，此爲抵京之年，而離家北上，則在崇禎七年十一月，見徐懋曙且樸齋詩稿；又升南國子監司業，在崇禎十三年秋，見方文嵞山集，譜誤繫於十二年；又如圓圓曲、雁門尚書行等詩繫年均有誤。諸如此類，目前尚難逐一爲之訂正，亦無新譜可以替代，而顧譜尚有一定的參考價值，故仍收入附錄。

梅村全集，向來未經整理，篳路藍縷，無可依傍。限于水平，多有粗略不當之處，至希讀者指正。

李學穎　一九八七年春於上海

校點凡例

一、本書以宣統三年董氏誦芬室刻梅村家藏稿爲底本；增收梅村樂府三種，以原長樂鄭氏藏順治刻本爲底本。

二、本書校以下列各本：

(一)康熙九年盧紘刻本梅村集四十卷(簡稱四十卷本)；

(二)康熙六年序刻本顧有孝、趙澐輯江左三大家詩鈔梅村詩鈔(簡稱詩鈔)；

(三)康熙中粱谿鄒氏五車樓刊本鄒漪輯五大家詩鈔吳先生詩(簡稱鄒鈔)；

(四)康熙十一年愼墨堂刻本鄧漢儀輯詩觀初集(簡稱詩觀，其評語稱「鄧漢儀曰」)；

(五)康熙中福淸魏氏枕江堂刊本魏憲輯皇淸百名家詩吳梅村詩(簡稱百家)；

(六)康熙二十七年刻本孫鋐輯皇淸詩選(簡稱孫選，其評語稱「孫鋐曰」)；

(七)康熙九年福淸魏氏枕江堂刻本魏憲輯詩持三集(簡稱詩持，其評語稱「魏憲曰」)；

(八)順治元年長洲朱隗輯本明詩平論(簡稱平論，其評語稱「朱隗曰」)；

(九)順治七年綠天閣刊本朱衣、程如嬰輯明詩歸(簡稱詩歸，其評語分稱「朱衣曰」、「程如嬰曰」)；

(一〇)順治十二年錫山黃傳祖輯本扶輪廣集(簡稱廣集)；

（一一）同上順治十六年輯本扶輪新集（簡稱新集。以上二本評語稱「黄傳祖曰」）；

（一二）清初冠山堂刻本朱士稚、魏耕、錢纘曾輯吳越詩選（簡稱吳越，其評語稱「吳越引××曰」）；

（一三）康熙十八年帆影樓刻本席居中輯昭代詩存（簡稱昭代）；

（一四）康熙中吳江徐釚輯本續本事詩（簡稱本事）；

（一五）康熙中王士禛輯本感舊集（簡稱感舊）；

（一六）康熙三十六年刻陳其年輯本篋衍集（簡稱篋衍）；

（一七）據尤侗手鈔本刊鷓鴣斑；

（一八）康熙中休寧孫氏留松閣刊本國朝名家詩餘梅村詞（簡稱詩餘，其所錄各家評語前均冠以「詩餘引」三字）；

（一九）康熙中金閶緑蔭堂刊本聶先輯百名家詞鈔梅村詞（簡稱詞鈔）；

（二〇）康熙中瘦吟樓刊本吳江沈時棟輯古今詞選；

（二一）中華書局影印康熙二十五年天藜閣刊本宜興蔣景祁輯瑤華集（簡稱瑤華）；

（二二）風雨樓叢書宣統二年排印本梅村文集二十卷（簡稱風雨樓本）；

（二三）宣統二年長洲吳氏靈鶼刊本奢摩他室曲叢梅村樂府二種（簡稱吳本）；

（二四）民國六年武進董氏誦芬室刊本梅村樂府三種（簡稱董本）；

（二五）民國八年貴池劉氏暖紅室刊本彙刻傳劇梅村樂府三種（簡稱劉本）；

（二六）民國二十年長樂鄭氏景印本清人雜劇初集梅村樂府二種（簡稱鄭本）；
（二七）民國三十年董氏誦芬室翻刻康熙中鄒式金雜劇三集通天臺、臨春閣（簡稱翻鄒本）；
（二八）上海圖書館藏過錄袁子才錄本（止錄評語，稱「袁錄曰」）；
（二九）乾隆四十年淩雲亭刻本靳榮藩吳詩集覽（止錄評語，稱「靳曰」）；
（三〇）上海古籍出版社影印乾隆刻本程穆衡梅村詩箋（止錄評語，稱「程曰」）；
（三一）上海古籍出版社影印陳廷焯詞則手稿（止錄評語，稱「陳廷焯曰」。其錄自雲韶集、白雨齋詞話者，另行直接注明）。

三、梅村詩詞早期選刻流傳甚廣，多有保存原貌者。嗣後文網日密，屢經删改。而四十卷本刊于梅村逝世前一年，經梅村手訂（曾經乾隆帝爲皇子時賦詩品題，後收入四庫全書，遂爲官方認可之定本），爲此後各本（如靳榮藩吳詩集覽、程穆衡梅村詩箋、吳翌鳳梅村詩集箋注等）所自出，故本書詩詞部分校勘，于順、康以後之本均不采。至文集、樂府，以早期傳刻極尠，只能兼取後期刻本作校。

四、凡屬下列情況，均予出校：

（一）底本訛誤缺漏據校本改正增補者；
（二）校本有可供參考之異文者；
（三）四十卷本、風雨樓本（文）、詩餘（詞）爲全本，皆出篇目校；其他選本則惟于組詩及同調詞注明其所選篇目。

五、凡屬下列情況，均不出校：

（一）形近易訛之刻誤（如己已巳、戊戍戌等），據文義逕改；

（二）校本明顯訛誤；

（三）一般習用之通假字；

（四）避諱字；

（五）異體字。

六、本書輯錄之評語皆以評論爲主，凡申明本事或注釋典故者均不錄。除本凡例第二條已列之本外，凡輯自其他選本、詩話、詞話、筆記的少數評語，均直接注明出處。

七、整理順序：先校後評。凡組詩（同調詞）中，各詩（詞）評語分置各該詩（詞）後，校文及總評置組詩（同調詞）後。

目錄

卷三 詩前集三

七言古詩二十三首

卷四 詩前集四

五言律詩一百五首

卷五　詩前集五

七言律詩五十四首

卷六　詩前集六

七言律詩七十二首

卷九　詩後集一

五言古詩二十七首

卷十　詩後集二

七言古詩二十九首

卷十一　詩後集三

七言古詩二十一首

卷十二　詩後集四

五言律詩八十九首

卷十三　詩後集五

五言律詩六十一首

卷十四　詩後集六

五言律詩六十六首

卷十五 詩後集七

七言律詩六十四首

卷十六 詩後集八

七言律詩七十八首

卷十七　詩後集九

七言律詩七十四首

卷十八　詩後集十

五言排律四首

五言絕句八首

六言絕句十二首

卷十九 詩後集十一

七言絕句七十一首

卷二十 詩後集十二

七言絕句八十一首

卷二十一　詩後集十三

詩餘小令中調六十首

卷二十二　詩後集十四

詩餘長調三十六首

卷二十三 文集一

雜文一

卷二十四 文集二

雜文二

卷二十五 文集三

雜文三

卷二十六 文集四

雜文四

卷二十七 文集五

序一

卷二十八 文集六

序二

卷二十九 文集七

序三

卷三十三 文集十一

序七

卷三十四 文集十二

序八

卷三十五 文集十三

序九

卷三十六 文集十四

序十

卷三十七　文集十五

序十一

卷三十八　文集十六

序十二

卷三十九　文集十七

記一

卷四十　文集十八

卷四十一　文集十九

卷四十二　文集二十

卷四十三　文集二十一

卷四十四　文集二十二

墓誌銘三

卷四十五　文集二十三

墓誌銘四

卷四十六　文集二十四

墓誌銘五

卷四十七　文集二十五

墓誌銘六

卷四十八 文集二十六

墓誌銘七

卷四十九 文集二十七

墓誌銘八

卷五十 文集二十八

墓表

卷五十一 文集二十九

塔銘 塔頌

卷五十六　文集三十四

制科二　崇禎九年湖廣鄉試程錄序一首

論一首　策三道

卷五十七　文集三十五

奏疏　疏　揭

卷五十八　詩話

卷五十九　補遺

詩

詩餘

序

卷六十 輯佚

詩

詩餘

卷六十一 傳奇一
秣陵春傳奇上

卷六十二　傳奇二

秣陵春傳奇下

吳梅村全集卷第一　詩前集一

五言古詩三十八首

贈蒼雪

我聞昆明水，天花散無數。躡足凌高峯，了了見佛土。法師滇海來，植杖渡湘浦。藤鞋負貝葉，葉葉青蓮吐。法航下匡廬，講室臨玄圃。忽聞金焦鐘，過江救諸苦。中峯古道場，浮圖出平楚。通泉繞堦除，疏巖置廊廡。同學有汰公，兩山聞法鼓。天親偕無著，一朝亡其伍。獨游東海上，從者如墻堵。迦文開十誦，廣舌演四部。設難何衡陽，答疑劉少府。人我將毋同，是非空諸所。卽今四海內，道路多豺虎。師於高座上，瓣香祝君父。欲使菩提樹，徧蔭諸國土。洱水與蒼山，佛教之齊魯。一屐遊中原，五嶽問諸祖。稽首香花巖，妙義足今古。

【評】

袁錄五古總評曰：五言古，純用唐體。筆氣澄鮮，格體圓秀，雖非上乘，自是名家。

塗松晚發

孤月傍一村，寒潮自來去。人語出短篷，纜沒溪橋樹。冒霜發輕舠，披衣聽雞曙。欸響若鳴灘，蘆洲疑驟雨。漁因入浦喧，農或呼門懼。居然見燈火，市聲雜翁嫗。水改村店移，一帆今始遇。生涯問菰蒲，世事隔沮洳。終當謝親朋，刺舟從此住。

臨江參軍 楊公廷麟。字伯祥，臨江人。崇禎中以兵部贊畫參督師盧象昇軍事。〔一〕

臨江髯參軍，負性何貞栗。上書請賜對，高語爭得失。左右爲流汗，天子知質直。公卿有闕遺，廣坐憂指摘。鷹隼伏指爪，其氣常突兀。同舍展歡譃，失語輒面斥〔二〕。萬仞削蒼崖，飛鳥不得立。予與交十年，弱節資扶植〔三〕。忠孝固平生，吾徒在眞實。去年羽書來〔四〕，中樞失籌策〔五〕。桓桓尚書公〔六〕，提兵戰力疾〔七〕。將相有纖介，中外爲危慄。君拜極言疏，夜半片紙出。贊畫樞曹郎〔八〕，遷官得左秩。天子欲用人，何必歷顯職〔九〕。所恨持祿流，垂頭氣默塞。主上憂山東，無能恃緩急。投身感至性，不敢量臣力。受詞長安門，走馬桑乾側。但見塵滅沒，不知風慘慄。四野多悲笳〔一〇〕，十日無消息。蒼頭草中來〔一一〕，整暇見紙墨。唯說尚書賢，與語材挺特〔一二〕。次見諸大帥，驕懦固無匹。逗撓失事機，倏忽不相及。變計趣之去〔一三〕，直云戰不得。成敗不可知，生死予所執〔一四〕。予時讀其書，對案不能食。一朝敗問至〔一五〕，南望爲於邑。忽得別地書〔一六〕，慰藉告親識。云與副都護〔一七〕，會師有月日。顧恨不同死，痛憤塡胸臆〔一八〕。先是在軍中，我師已孔亟。剽略斬亂兵，掩面對之泣：我法爲三軍，汝實飢寒極。諸營勢潰亡，羣公意敦逼。公獨顧而笑，我死則塞責。老母隔山川，無繇寄悽惻。作書與兒子，無復收吾骨〔一九〕。得歸或相見，且復慰家室。別我顧無言，但云到順德。犄角竟無人，親軍惟數百〔二〇〕。是夜所乘馬，嘶鳴氣蕭瑟。椎鼓鼓聲哀，拔刀刀芒澀。公知爲我故，悲歌壯心溢。當爲諸將軍，揮戈誓深入〔二一〕。日暮箭鏃盡，左右刀鋋集〔二二〕。帳下勸之走，叱謂吾死國。官能制萬里，年不及四十〔二三〕。詔下詰死狀，疏成紙爲溼。引義太激昂，見者憂讒疾。公既先我亡，投跡復奚恤〔二四〕。大節苟弗明，後世謂吾筆！此意通鬼神，至尊從薄謫。生還就耕釣，志願自此畢。匡廬何巀嶪，大江流不測〔二五〕。君看磊落士，艱難到蓬蓽。猶見參軍船，再訪征東宅。風雨懷友生，江山爲社稷。生死無媿辭，大義照顏色。

【校】

〔一〕四十卷本無題下小注。

〔二〕面斥 孫選作「面詰」。

〔三〕踢節 孫選作「踢賨」。

〔四〕羽書 孫選作「東兵」。

〔五〕中樞句 孫選作「饑飽恣馳突」。

〔六〕尙書公 孫選作「盧尙書」。

〔七〕力疾 四十卷本、孫選均作「疾力」。

〔八〕樞曹郎 孫選作「尙書郎」。

〔九〕何必句 此句下孫選有「顧君諫爭姿，豈意請對敵」二句。

〔一〇〕悲狺 孫選作「豺狠」。

〔一一〕草中 孫選作「敵中」。

〔一二〕材 孫選作「才」。

〔一三〕趣 孫選作「趨」。

〔一四〕生死 四十卷本、孫選均作「死生」。

〔一五〕一朝 孫選作「莊賈」。按：莊賈爲司馬穰苴監軍，借指盧象昇監軍太監高起潛，見史記司馬穰苴列傳及明史盧象昇傳。而梅村詩話「盧公於賈莊徇難」，則疑當作「賈莊」。

〔一六〕別地　孫選作「眞定」。

〔一七〕副都護　孫選作「孫侍郎」。

〔一八〕痛憤　孫選作「痛憶」。

〔一九〕無復句　無，四十卷本、孫選均作「勿」。吾，孫選作「我」。

〔二〇〕犄角二句　孫選作「孤軍惟一戰，彊敵方肆軼」。

〔二一〕渾戈句　孫選作「斬其名王級」。

〔二二〕刀鋋　孫選作「狂刀」。

〔二三〕年不句　此句下孫選有「生當塡敵衝，死猶獻泮馘」二句。

〔二四〕奚恤　孫選作「遑恤」。

〔二五〕大江句　此句下孫選有「冰雪助峥嶸，日月與蕩潏」二句。

【評】

孫鉉曰：乍讀疑似張萬福，再讀似李臨淮；至兵盡矢窮，猶奮臂而呼，似李都尉。究如狼瞫厲柱，一死與日月爭光。將軍得此，已不朽矣。

讀史雜詩四首〔一〕

東漢昔云季，黄門擅權勢。積忿召外兵，癰決身亦斃。雖自撥本根，庶幾蕩殘穢。誰云承儆起，仍出刑餘裔。孟德沾丐養，門資列朝貴。憑藉盜弄兵，豈曰唯才智。追王故長秋，無鬚而配帝。鈎黨諸名賢，子孫爲皂隸。

其　二

商君刑師傅，徙木見威約。范叔誣涇陽，折脅吐謇諤。地疏主恩深，法峻主權削。苟非用刻深，何以膺付託？功成或倖退，禍至終難度。屈伸變化間，即事多斟酌。談笑遷種人，吾思王景略。

其　三

蕭何處上坐，故侯城門東。曹參避正堂，屈己事蓋公。咄咄兩布衣，不仕隆準翁。其術總黄老，閲世浮沉中。所以輔兩人，俱以功名終。出處雖有異，道義將毋同。何必致兩生，彼哉叔孫通！

其　四

竇融昔布衣，任俠家扶風。翟公初舉事，海内知其忠。融也受漢恩，大義宜相從。低頭就新莽，顧入其軍中。轉戰槐里下，盡力爲摧鋒。後來擁衆降，仍以當時功。忝竊居河西，蜀漢方相攻。一朝決大計，佐命蕭曹同。吁嗟翟太守，爲漢傾其宗。劉氏已再興，白骨無人封。徒令千載後，流涕平陵東。

【校】

〔一〕題　四十卷本無「四首」字（凡組詩題末「×首」字，四十卷本及有關選本均無，以下不再出校）。

【評】

袁錄曰：讀史雜詩，有識有意，其有所寓而言之耶！

避亂六首

我生江湖邊，行役四方早。所歷皆關河，故園跡偏少。歸去已亂離，始憂天地小。從人訪幽棲，居然逢浩渺。百頃鬱清湖，煙清入飛鳥。沙石晴可數，鳧鷖亂青草。主人柴門開，鷄聲綠楊曉。花路若夢中，漁歌出杳杳。白雲護仙源，刼灰應不擾。定計浮扁舟，於焉得終老。

其二

長日頻云亂，臨時信孰傳。愁看小兒女，倉卒恐紛然。緩急知難定，身輕始易全。預將襁褓寄，忍使道塗捐。天意添漂泊，孤舟雨不前。途長從妾怨，風急喜兒眠。水市灣頭見，溪門屋後偏。終當淳樸處，不作畏途看。未得更名姓，先教禮數寬。因人拜村叟，自去榜漁船。多累心常苦，遭時轉自憐。干戈猶未作，已自出門難。

其三

驟得江頭信，龍關已不守。緜來嗤早計，此日盡狂走。老稚爭渡頭，篙師露兩肘。屢喚不肯開，得錢且沽酒。予也倉皇歸，一時攜百口。兩槳速若飛，扁舟戢來久。路近忽又遲，依稀認楊柳。居人望帆立，入門但需帚。依然具盤飧，相依賴親友。却話來途中，所見俱八九。失散追尋聞，啼呼挽兩手。屢休又急步，獨行是衰朽。村女亦何心，插花倘盈首。

【評】

鄧漢儀曰：曲盡亂離情態，令我不堪回首。又評「老稚」四句曰：我急彼緩，曲盡情事。又評「村女」

二句曰：閑筆妙甚。

其四

此方容跡便，止爲過來稀。一自人爭避，溪山客易知。有心高酒價，無計掩漁扉。已見東郭叟，全家又別移。總無高枕地，祇道故園非。爲客貪蝦菜，逢人厭鼓鼙。兵戈千里近，隱遯十年遲。唯羨無家雁，滄江他自飛。

其五

月出前村白，溪光照澄練。放櫂浮中流，臨風浩歌斷。天塹非不雄，哀哉日荒燕。嗟爾謀國徒，坐失江山半。長年篙起舞，扁舟疾如箭。可惜兩河士，技擊無人戰。孤篷鐵笛聲，聞之淚流霰。我生亦何爲，遭時涉憂患。昔也游九州，今來五湖畔。疏鞋習奔走，淪落成愚賤。

【評】

靳曰：家國身世，長歌慟哭，兼有之矣。

其　六

曉起譁兵至，戈船泊市橋。草草十數人，登岸沽村醪。結束雖非常，零落無弓刀。使氣擉市翁，怒色殊無聊。不知何將軍，到此貪逍遙。官軍昔催租，下令嚴秋毫。盡道征夫苦，不惜耕人勞。江東今喪敗，千里空蕭條。此地村人居，不足容旌旄。君見大敵勇，莫但驚吾曹。

【評】

靳曰：此首是避亂餘波，然亦正見其亂也。與前五首若相接若不相接，有斷雲餘霞之妙。

鄧漢儀評「官軍」以下十句曰：雖復言之，未知肯垂聽否？

袁錄曰：避亂數首，頗乏驚挺，以調太平耳。

毛子晉齋中讀吳匏庵手抄宋謝翺西臺慟哭記

扁舟訪奇書，夜月南湖宿。主人開東軒，磊落三萬軸。別庋加收藏，前賢矜手錄。北堂學士鈔，南宋遺民牘。言過富春渚，登望文山哭。子陵留高臺，西面滄江綠。婦翁爲神仙，天子共游學。攜家就赤城，高舉凌黃鵠。尙笑君房癡，寧甘子雲辱。七里溪光淸，千仞崧風謏。盧陵赴急難，幕府從羈僕。運去須武侯，君存卽文叔。臣心誓勿諼〔一〕，漢祚憂難復。昆陽大雨風，虎豹如蝟縮。詭譎滹沱冰，倉卒蕪亭粥。所以恢黃圖，無乃資赤伏。卽今錢塘潮，莫救匡山麓。空坑戰士盡，柴市孤臣戮。一死之靡它，百身其奚贖〔二〕！龔生夭天年，翟公湛家族。會稽處士星，求死得亦足。安能期故人，共臥容加腹。巢許而蕭曹，遭遇全高躅。文山竟以殉，趙社終爲屋。海上悲田橫，國中痛王蠋。門人蒿里歌，故吏平陵曲。彼存君臣義，此製朋友服。相國誠知人，舉事何顛躓。丈夫失時命，無以辭碌碌。看君書一編，俾我愁千斛。禹蹟荒煙霞，越臺走麋鹿。不圖疊山傳，再向嚴灘續。配食從方干，豐碑繼梅福〔三〕。主人更命酒，哀吟同擊筑。四坐皆涕零，霜風激羣木。嗟乎誠義士，已矣不忍讀！

【校】

〔一〕勿　四十卷本、鄒鈔均作「弗」。

〔二〕其　鄒鈔作「共」。

〔三〕豐碑句　此句下鄒鈔有「仰覗南山雲，彷彿東京俗」二句。

【評】

靳引顧瞻泰曰：慷慨悲歌。梅村難言之隱已盡此數十言中，讀者可以悲其志矣。

松鼠

銜飈飄頽瓦，壞墻叢廢棘。謖然見松鼯，搏樹向人立〔一〕。側目仍盱睢〔二〕，奉頭似悚惕。齧牙偃臥高，屋角欹斜疾。倒擁弱枝危，迅躡修柯直。已墮復驚趨，將藏又旁突。去遠且暫留，迴顧再迸逸。前逃赴已駛，後竄追旋及。剽輕固天性，儇狡因衆習。兩木夾清潭，槎牙斷尋尺〔三〕。攀緣所絶處，排空自騰擲。足知萬物機〔四〕，飛走不以力。嗟爾適何來，鳥鼠忽而一。本是居嶄巖，無端被羈縶。兒曹初玩弄，種類漸充斥。黠彼憑社徒，技窮恥晝匿。銜尾共呼鳴，異穴爲主客。吾廬枕荒江，垂死倚病柏。雷雨撥其根，慘裂蒼皮濕。空腹鵋鶀蹲〔五〕，殘身螻蟻食。社鬼不復憑，乘間恣出入。庭中玉蘂枝，怒茁遭狼藉。非敢念摧殘，於君奚損益。屈指五六年，不遣一花白。苞筍抽新芽，編籬禁行跡。免彼鎌鉏侵〔六〕，値爾齒牙厄。反使盜者心，笑睨生歎息。貧賤有此園，謂可資溉植。春蔬晚猶種，夏果晨自摘。鳥雀羣飛鳴，啁啾滿阡陌。婦子懶驅除，縛藁加臺笠〔七〕。我亦顧而笑，自信無長策。焉能避穿墉，會須憂入室。茅齋雖云陋，一一經翦葺。曉起看掃除，仰視輒詫惜。尋繩透簾幕，掉尾來几席。倒庋傾圖書，窺廚啖漿炙。空倉喧夜鬬，忘疲競遺粒〔八〕。早幸官吏租，督責無餘積。邂逅開虛堂，羣怒扼險塞。地逼起衆呼，拍手撼四壁。

捕此曷足多，欲以觀其急。樞戶既嚴扃，欒櫨若比櫛。瞥眼倏遁逃，一巧先百窋。窮追信非算，尤豫不早擊。忍令智弗如，變計思與敵〔九〕。機深勇夫駭，勢屈兒童獲。舉世貴目前，快意相促迫。比讀莊生書，退守愚公術。撲棗聽鄰家，搔瓜任邊邑。溪深獺趁魚，果熟猿偷栗。天地所長養，於己何得失。嗟理則誠然，自古戒鼠泣。仙豈學淮南，腐難嚇梁國。舞應京房占，磔按張湯律。終當就羅網〔一〇〕，不如放山澤。永絕焚林風，用全飲河德。

【校】

〔一〕搏樹向人立　搏，四十卷本、鄒鈔均作「摶」；「向」，鄒鈔作「窺」。

〔二〕盱睢　鄒鈔作「睢盱」。

〔三〕槎牙　鄒鈔作「槎枒」。

〔四〕萬物　鄒鈔作「造物」。

〔五〕鶡鴠　詩鈔作「鶡鶡」。

〔六〕免彼　鄒鈔作「免被」。

〔七〕縛藁　原作「傳藁」，據鄒鈔改。

〔八〕競　原作「竟」，據四十卷本、鄒鈔改。

〔九〕與敵　鄒鈔作「無敵」。

〔一〇〕羅網　鄒鈔作「網羅」。

【評】袁錄曰：松鼠刻畫盡態，唐響之佳者。又曰：牧齋之胡虱，梅村之松鼠，其寫意殆有所指乎？何語之盡也！

靳曰：「早幸官吏租，督責無餘積」，得此空際二語，方不死煞句下，此詠物詩中之别調也。

贈王鑑明五十〔一〕

伏勝謝生徒，開壁藏卷軸；桓榮抱詩書，拾稆逃巖谷〔二〕。古來兩經生，遭亂廢講讀。一朝載後皆保耆頤，或乃致鼎足。當世數大儒，如君號名宿。通識曉世變，早計駭愚俗。一朝載妻子，推車入天目。經營志不遂，退乃就田牧。十畝種桑麻，一溪蒔花木。果茹飴兒孫，樵蘇課僮僕。以代子陵釣，無媿君平卜。俯視悠悠人，愁苦對金玉。下士豈聞道，世事如轉轂。五十知天命，養生在無欲。全家就白雲，避地驅黃犢。無以侑君觴，知足則不辱。

【校】

〔一〕題　四十卷本作「壽王鑑明五十」。

〔二〕拾稆　原作「拾梠」，形近致誤，據四十卷本改。

吳門遇劉雪舫

出門遇高會，雜坐皆良朋。排闥一少年，其氣爲幽并。羌裘雖褰膝，目乃無諸傖。忽然笑語合〔二〕，與我談生平：亡姑備宮掖，吾父天家婚。先皇在信邸，降禮如諸甥。長兄進徹侯，次兄拜將軍。先皇早失恃，寤寐求音形。太廟奉睿容，流涕朝羣臣。新樂初受封，搢笏登王廷。至尊亦豐頤，一見驚公卿。兩宮方貴重，通籍長安門。周侯累纖微，鄙哉無令名。田氏起輕俠，賓客多縱橫。不比先后家，天語頻諄諄。獨見新樂朝，上意偏殷勤。愛其子弟謹，憂彼俸給貧。每開十三庫〔三〕，手賜千黃金。長戈指北闕，鼙鼓來西秦。寧武止一戰，各帥皆投兵。漁陽股肱郡，千里無堅城。嗚呼四海主，此際惟一身。彷彿萬歲山，先后輜軿迎。辛苦十七年，欲訴知何因。今纔識母面，同去朝諸陵。我兄聞再拜，慟哭高皇靈。烈烈鞏都尉，揮手先我行。寧同英國死，不作襄城生。我幼獨見遺，貧賤今依人。當時聽其語，剪燭忘深更。長安昔全盛，曾記朝元正。道逢五侯騎，頎皙爲卿兄。卽君貌酷似，豐下而微黥。貴戚諸舊游，追憶應難眞。依稀李與郭，流落今誰存？君曰欲我譚，清酒須三升。舊時白石莊，萬柳餘空根。海淀李侯墅，秋雁飛沙汀。博平有別業，乃在西湖濱。惠安蓄名花，牡丹天下聞。富貴一朝盡，落日浮寒雲。走馬南海子，射兔西山陰。路傍一寢園，御道居人侵。碑鐫孝純字，僵石莓苔青。下馬向之拜，見者疑王孫。詢是先后姪，感歎增傷心。落魄游江湖，蹤跡嗟飄零。傾囊縱摴博，劇飲甘沉淪。不圖風雨夜，話舊同諸君。已矣勿復言，涕下沾衣襟。

【校】

〔一〕笑語　四十卷本作「語笑」。

〔二〕十三　四十卷本作「三十」。

【評】

袁錄曰：梅村用韻，眞、文、庚、青皆雜，亦是其病也。

贈願雲師　幷序

願雲二十而與予游。甲申聞變，嘗相約入山，予牽帥不果，而師已悟道，受法於雲門具和尚。今夏從靈隱來，止城西之太平菴，云將遠游廬嶽，貽書別予，以兩人年踰不惑，衰老漸至，世法夢幻，惟出世大事，乃爲眞實，學道一著，不可不勉。予感其言，因作此詩贈之，幷識予媿也。師名戒顯，字願雲，姓王氏。少爲州諸生，亂後棄儒冠入道，先大夫同學友也。〔一〕

曉雨西山來，松風滿溪閣。忽得吾師書，別予訪廬嶽。分攜出苦語，殷勤謂同學。兄弟四十餘，衰遲已非昨。寄身蒼崖巓，危苦愁失脚。萬化皆虛空，大事惟一著。再拜誦其言，心顔抑何怍。末運初迍邅，達人先大覺。勸吾非不早，執手生退却。流連白社期，慚負青山約。君親既有媿，身世將安託？今覩吾師行，四海一芒屩。大道本面前，即是眞極樂。他年趺深巖，白雲養寂寞。一偈出千山，下界鐘磬作。故人叩松關，匡床坐酬酢。不負吾師言，十年踐前諾。

【校】

〔一〕四十卷本無詩序下小注。

【評】

晰曰：「君親既有媿，身世將安託」，梅村之所恫者深矣。

西田招隱詩四首 西田，王煙客奉常別墅。〔一〕

穿築倦人事，田野得自然。偶來北郭外，學住西溪邊。道大習隱難，地僻起衆傳。而我忽相訪，棹入菰蒲天。落日浮遠樹，桑柘生微煙。逕轉蹊路迷，鳧鴨引我船。香近聞芰荷，臥入花鮮姸。人語出垂柳，曲岸漁槎徧。執手顧而笑，此乃吾西田。長得君輩客，野興同流連。藉草傾一壺，聊以娱餘年。

其　二

到此身世寬，息心事樵牧。舍南一團焦，云以飯黃犢。入門沿長廊，虛堂敞心目。把卷倚新桐，持杯泛南菊。曲處通簾櫳，茶香具含蓄。俄穿密室暗，倏遇清溪綠。碧水開紅藻，娟娟媚幽獨。有鳥立層波，垂翅淸如玉。對此不能去，溪光好留宿。月照寒潭深，經聲入寒竹。徙倚良有悟，閉房道書讀。

其　三

別業多幽處，探源更不窮。堤沿密篠盡，路細竹扉通。石罅枯泉過，菖蒲間碧叢。一亭壓溪頭，魚藻如游空。扁舟更不繫，出沒柳陰風。小閣收平蕪，良苗何雍容。此綠詎可畫，變化陰晴中。隔岡見村舍，曲背驅牛翁。苦言官長峻，未敢休微躬。樸陋矜詩書，無乃與我同。日落掩扉去，滿地桃花紅。

其　四

常言愛茅齋，投老纔剪葺。創置依舊圖，新意出彷彿。蒼然一笠寒，能添夕陽色。細影懸晨光，一一清露滴。卞生工丹青，妙手固誰匹。山村貪無人，取意先自適。想像生雲煙，爲我開素壁。了了見千峯，可以攜手入。道人十年夢，惆悵平生屐。此地足臥游，不負幽人室。願以求長生，芝草堪采食。

【校】

〔一〕題 四十卷本作「西田詩」。詩鈔選第一、四首，均無題下小注。

哭志衍

予始年十四，與君丞同學。君獨許我文，謂侔古人作。長揖謝時輩，自比管與樂。彊記矜絕倫，讀書取大略。家世攻春秋，訓詁苦穿鑿。君撮諸家長，弗受專門縛。郎子之太公，亦未相然諾。高譚聳兒驚，健筆小儒怍。長途馭二龍，崇霄翔一鶚。遂使天下士，咸奉吾徒約。詞場忝兩吳，相與爲犄角。煌煌張夫子，斯文紹濂洛。五經叩鐘鏞，百家垂矩矱。海內走其門〔二〕，鞍馬塡城郭。雲間數陳夏，餘子多磊落。反騷擬三湘，作賦誇五柞。君也游其間，才大資磨斲。詩篇口自哦，書記手頻削。冠蓋傾東南，虛懷事酬酢。射策長安城，驄馬黃金絡。年少交公卿，才智森噴薄。會値里中兒，飛文肆謠諑。要路示指蹤，黨人罹矰繳。君也念急難，疏通暗籌度。陰落其機牙，用意于莫覺。逡巡白衣奏，停止黃門獄叶。解褐未赴官，歸來臥林壑。賓客盈輻輳，聲華日昭灼。生徒丐談論，文史供揚搉。貧賤諸故人，慰存餽衣藥。躡履修起居，小心見誠恪。重氣徇長者，往往捐囊橐。君家夙貴盛，朱門飾華桷。壘石開檽軒，張燈透簾幕。唱曲李延年，俳弄黃旛綽。舞席間毬場，池館花漠漠。兄弟四五人，會讌騰觚爵。鹽豉下魚羹，椒蘭糝鳧臛。每具十人饌，中廚炊香穱。客從遠方來，咄嗟辦脾臄。昨宵已中酒，命飲仍大嚼叶。而我過其家，性不勝杯杓。小戶不足糾，引滿狂笑噱。卷波喝遺輸，射覆猜須着。狎侮座上人，鬭捷貪諧謔。警速誰能酬，自喜看跳躍。堅坐聽其言，乃獨無差錯。親疏與長幼，語語存斟酌。性厭禮法儒，拘忌何齷齪。風儀甚瓌偉，衣冠偏落拓。有時不簪巾，散髮忘盥濯。中夜鬭歌呼，分曹縱蒱博。百萬一擲輸，放意長自若。絕叫忽成盧，衆手忽斂却〔二〕。男兒須作健，清談兼馬矟。犯雪披輕衫，笑予爾何弱。嘗登黃山顛，飛步臨峭崿。下有萬仞潭，徒侶愁失脚。搔首凌雲煙，翹足傲衡霍。顧予石城頭，橫覽浮大白叶。慷慨天下事，風塵慘河朔。諸將擁重兵，養寇飽鹵掠。背後若有節，此輩急斬斮。自請五千騎，一舉殲首惡。餘黨皆吾人，散使歸耕穫。卽今朝政亂，舉錯混清濁。君父切邊疆，羣臣私幃幄〔三〕。當官不彈治，何以司封駮。對仗劾三公，正色吐謇諤。此志竟迍邅，天道何窮剝。六載養丘園，一官落邛筰。大盜竊江黃，兇徒塞荆鄂。聞道攜妻孥，改途走蠻貉。瘴黑箐林行，颶作瀘溪泊。驛路出桃鄉，候吏疑猿玃。欹鞍到平地，倏逢錦城樂。問士先嚴楊，恤民及程卓。白鹽古戍烽，赤甲嚴關柝〔四〕。再拜蜀王書，流涕傾葵藿。請府發千金，三軍賜酺醵。賓旅給犀渠〔五〕，叟兵配騮駱。此地俯中原，巨靈司鎖鑰。水櫃扼涪江，石門防劍閣。我謀適不用，岷峨氣蕭索。黑山起張燕，青城突莊蹻。積甲峨眉平，飲馬瞿塘涸。生民爲葅醢，醜類恣啖嚼。徒行値虎豹，同事皆燕雀。孤城遂摧陷，狂刀乃屠膊〔六〕。有子踰十齡，艱難孰顧託。闔門竟同殉〔七〕，覆卵無完殼。一弟漏刃歸，兩踝見芒屩。三峽奔荆門，魚龍食魂魄叶。夢斷落滄江，毋乃遇搏攫。郫筒千日酒，泉路無寂寞。追計平生歡，一一猶如昨。壁間所懸琴，臨行彈別鶴。玉子文楸枰，尙記爭殘着。百架藏圖書，千金入卷握。刻意工丹青，雲山共綿邈〔八〕。篋中白團扇，玉墜魚瀺灂。阿兄風流盡，萬事俱零落。我欲收君骨，茫茫隔山嶽。後來識死事，良史曾誰確？此詩傳巴中，磨崖書卓犖。石剝蒼藤纏，姓氏猶捫摸。庶幾千載後，悲風入寥廓。

【校】

〔一〕走　鄒鈔作「輳」。

〔二〕忽歛却　忽，篋衍作「皆」。

〔三〕幃幄　詩鈔、鄒鈔、篋衍均作「帷幄」。

〔四〕赤甲　原作「赤脚」，據箋衍改。
〔五〕賨旅　原作「賓旅」，據四十卷本改。
〔六〕狂刀　鄒鈔、箋衍均作「狂刃」。
〔七〕闔門　原作「閤門」，據詩鈔、箋衍改。
〔八〕共　箋衍作「空」。

【評】

袁錄曰：序細碎事，陳酸嘶語，俊妙絕倫。

閬州行〔一〕

四坐且勿喧，聽吾歌閬州。閬州天下勝，十二錦屏樓。歌舞巴渝盛，江山士女游。我有同年翁，閬州舊鄉縣〔二〕。送客蒼溪船，讀書玉臺觀。忽乘相如車，謂受文翁薦。游宦非不歸，十載成都亂。只君爲愛子，相思不相見。相見隔長安，干戈徒步難。金牛盤七坂，鐵馬斷千山。敢辭道路艱，早向妻兒訣。一身上鳥道，全家傍虎穴。君自爲尊章，豈得顧妻子？分攜各努力，妾當爲君死。淒淒復切切，苦語不能答。好寄武昌書，莫買秦淮妾。巴水急若箭，巴船去如葉。兩岸蒼崖高，孤帆望中沒。二月到漢口，三月下揚州。揚州花月地，烽火似邊頭。驛路逢老親，遷官向閩越。謂逼公車期，蚤看長安月。再拜不忍去，趣使嚴裝發。河山一朝異，復作他鄉別。別後竟何如，飄零少定居。愁中鄉信斷，不敢望來書。盡道是葭萌，殺人滿川陸。積屍峨嵋平，千村惟鬼哭。客有自秦關，傳言且悲喜。來時聞君婦，貞心覗江水。江水流不極，猿聲哀豈聞。將書封斷指，血淚染羅裙。五內爲崩摧，買舟急迎取。相逢惟一慟，不料吾見汝。拭眼問舅姑，雲山復何處？淚盡日南天，死生不相遇。汝有親弟兄，提攜思共濟。姊妹四五人，扶持結衣袂。懷裏孤雛癡，啼呼不知避。失散倉皇間，骨肉都拋棄。悠悠彼蒼天，於人抑何酷！城中十萬戶，白骨滿崖谷。官軍收成都，千里見榛莽。設官尹猿猱，半以飼豺虎。尚道是閬州，此地差安堵。民少官則多，莫恤蜀人苦。淒涼漢祖廟，寂寞滕王臺。子規叫夜月，城郭生蒿萊。只有嘉陵江，江聲自浩浩。我欲竟此曲，流涕不復道。

【校】

〔一〕四十卷本題下有小注「贈楊學博爾緒」。

〔二〕閬州　四十卷本作「閬中」。

【評】

袁錄曰：調促語緊，六朝遺矩，亦近太白之逸。

讀端清鄭世子傳

昭代無遺憾，萬事光史册。惜哉金川門，神聖有慚德。天誘其子孫，敎之以讓國。賢如鄭世子，宗盟堪表率。當璧辭眞王，累疏誠懇惻。天子詔勿許，流涕守所執。敝屣視千乘，謝之以長揖。灑埽覃懷宫，躬逐新王入。夷齊旣死後，曠代仍間出。築屋蘇門山，深心事經術。明興二百年，廟樂猶得失。以之輯羣書，十載成卷帙。候氣推黃鐘，攷風定六律。嶰谷當南山，伐竹製琴瑟。爲圖獻太常，作之文世室。遂使溱洧間，一洗萬古習。我行漳河南，懷古思遺澤。好學漢東平，高風吳泰伯。道傍立豐碑，讓爵存月日。彼爲一卷書，能輕萬家邑。大雅欽遺風，誠哉不可及。

遇南廂園叟感賦八十韻

寒潮衝廢壘，火雲燒赤岡。四月到金陵，十日行大航。平生游宦地，蹤跡都遺忘。道遇一園叟，問我來何方？猶然認舊役，即事堪心傷。開門延我坐，破壁低圍牆。却指灌莽中，此即爲南廂。衙舍成丘墟，佃種輸租糧。謀生改衣食，感舊存園莊。艱難守茲土，不敢之它鄉。我因訪故基，步步添思量。面水背蒼崖，中爲所居堂。四海羅生徒，六館登文章。松檜皆十圍，鐘筦聲鏘鏘。百頃搖澄潭，夾岸栽垂楊。池上臨華軒，菡萏吹芬芳。譚笑盡貴游，花月傾壺觴。其南有一亭，梧竹生微涼。回頭望鷄籠，廟貌諸侯王。左李右鄧沐，中坐徐與常。霜髯見鋒骨，老將東甌湯。配食十六侯，劍珮森成行。得之爲將相，寧復憂封疆。北風江上急，萬馬朝騰驤。重來訪遺跡，落日唯牛羊。吁嗟中山孫，志氣胡勿昂。生世苟如此，不如死道傍。惜哉裸體辱，仍在功臣坊。蕭條同泰寺，南枕山之陽。當時寶誌公〔一〕，妙塔天花香。改葬施金棺，手詔追褒揚。袈裟寄靈谷，製度由蕭梁。千尺觀象臺，太史書禎祥。北望占旄頭〔二〕，夜夜愁光芒〔三〕。高帝遺衣冠，月出修蒸嘗。圖書盈玉几，弓劍堆金床。承乏忝兼官，再拜陳衣裳。南內因灑掃，銅龍啓未央。幽花生御榻，苔澀青倉琅。離宮須望幸，執戟衞中郎。萬事今盡非，東逝如長江。鍾陵十萬松，大者參天長。根節猶青銅，屈曲蒼皮僵。不知何代物，同日遭斧創。前此千百年，豈獨無興亡？況自百姓伐，孰者非耕桑？羣生與草木，長養皆吾皇。人理已澌滅，講舍宜其荒。獨念四庫書，卷軸誇縹緗。孔廟銅犧尊，斑剝塡青黃。棄擲草莽間，零落誰收藏？老翁見話久，婦子私相商。人倦馬亦疲，剪韭炊黃粱。愼莫笑貧家，一一羅酒漿。從頭訴兵火，眼見尤悲愴叶。大軍從北來，百姓聞驚惶。下令將入城，傳箭需民房。里正持府帖，僉在御賜廊。插旗大道邊，驅遣誰能當。但求骨肉完，其敢攜筐箱。扶持雜幼稚，失散呼耶孃。江南昔未亂，閻左稱皐康〔四〕。馬阮作相公，行事偏猖狂。高鎭爭揚州，左兵來武昌。積漸成亂離，記憶應難詳。下路初定來，官吏踰貪狠。按籍縛富人，坐索千金裝。以此爲才智，豈曰惟私囊。今日解馬草，明日修官塘。誅求却到骨，皮肉俱生瘡。野老讀詔書，新政求循良。瓜畦亦有畔，溝水亦有防。始信立國家，不可無紀綱。春來雨水足，四野欣農忙。父子力耕耘，得粟輸官倉。遭遇重太平，窮老其何妨。薄暮難再留，暝色猶靑蒼。策馬自此去，悽惻摧中腸。顧羨此老翁，負耒歌滄浪。牢落悲風塵，天地徒茫茫。

【校】

〔一〕寶誌公　寶，鄒鈔作「報」。

〔二〕占　原作「古」，據四十卷本、鄒鈔改。

〔三〕光芒　四十卷本、鄒鈔均作「光鋩」。

〔四〕皐康　鄒鈔作「小康」。

【評】

靳曰：此等詩可作古文讀之，可作名畫玩之，可作雅樂聽之，可作佳山水遊之，斯能於五言中另開生面，不至爲古人所限。

詠史十二首〔一〕

浹旬至台司，三日遍華省。慈明與中郎，豈不念朝菌。王良御奔車，勢逼崦嵫景。急策度太行，馬足殆而騁。富貴若歲時，過則生災沴。草木冬先華〔二〕，經春輒凋殞。桓桓梁將軍，赫赫蕭京尹，一朝遇差跌，未得全腰領。人生百年內，飽食與美寢。毋以藜藿糲，羨彼鐘與鼎。毋以毛褐敝，羨彼紈與錦。進固非伊周，退已無箕潁〔三〕。薄祿從下僚，末俗居中品。寂寥子雲戟，從容步兵飲。

其二

西州杜伯山，北海鄭康成。季孟將舉事，本初方用兵。脫身有追騎，輿疾猶從征。何胤絕婚宦，遯跡東籬門。受逼崔慧景，語默難爲情。網疏免刑戮，道大全身名〔四〕。時命苟不佑，千載無完人。入山山易淺，飲水水不清。一身累妻子，動足皆荆榛。自非焦孝先，何以逃黃巾〔五〕。庶幾詹尹卜，足保幽人貞。

【評】

靳曰：「時命不佑」二語，慨乎言之。

其　三

我思秦繆公，再觀趙簡子。兩人皆上天，其事著信史。秦趙本一姓，始祖爲蜚廉。三后在帝側，不克誅神姦。乃俾其子孫，一氣俱乘權。造父御日車，後且致萬乘。丼使汧渭閒，竟以馬受命。祖龍好巡狩，六飛日千里。不謁東王公，其轡猶未已。一以主房星，一以行水德。黄虵垂自天，碧鷄獲如石。運啓犬丘馬，數終鎬池璧。神人告滅虢，社鬼方謀曹。驪山刼火盛，井絡天風搖。爲君一何愚！爲鬼一何智！歌舞走秦巫，異哉秦二世！

其　四

楚人沉昭王，鄧君殺義帝。千秋江漢閒，同下蒼梧淚。小白問膠舟，漫以水濱對。當漢縞素時，謂出魯公意。歸獄他諸侯，可以謝海內。何獨無一言，重瞳信非智。其後衡山王，楚亡獨親貴。改封在長沙，乃居故君地。不知江中時，誰擊之半濟。若此而不誅，丁公有何罪？郴陽一坏土，守冢無人置。視彼牧羊兒，劉項總游戲。發喪雖袒哭，事出權宜計。遮馬負董公，區區守名義。

其五

兵在速與遲，不在巧與拙。干將頓不用，强弩彀不發。猛虎有猶豫，北土無勇決。樂生濟上軍，迎刃踰數節。已下七十城，欲使齊人悅。五載功未成，變起因間諜。以此資田單，莫僅尤騎刼。後來戲下將，區區守聊攝。千載魯連書，讀者爲悲咽。

其六

孝惠非不男，內嬖姬姜盛。少帝及諸王，故是高皇胤。呂后貪家權，無意移天命。纍魯元女，欲久宮闈政。立子殺所生，禍出牝鷄性。負圖乃辟陽，國本焉能定？臨朝再廢立，流言誤物聽。祿產又弄兵，海內因疑信。文帝從代來，易置天人順。淸宮遽剪除，此事慚堯舜。班史親王表，絕使殊同姓。欲以尊朝廷，俾勿滋餘論。千秋龍種寃，屬籍誰能正？

其七

古來有烈士，軹里與易水。慶卿雖不成，其事已並美。專諸弑王僚，朱亥殺晉鄙。惜哉博浪椎，何如圯橋履〔六〕。公孫擅西蜀，可謂得死士〔七〕。連刺兩大將，探囊取物耳。皆從百萬軍，夜半入帳裏。匕首中要害，絕跡復千里。若論劍術精，前人莫能比。胡使名弗傳，無以著青史。誰修俠客傳，闕疑存二子。

其八

高密未佐命，早共京師游。弱冠拜司徒，杖策功名收。雲臺畫少年，萬古誰能儔？興王諸將相，足使風雲羞。鄧芝遇先主，七十才封侯。位至大將軍，矍鑠高春秋。英雄初未遇，垂老猶窮愁。祖孫漢功臣，年齒胡不侔？我讀新野傳，慷慨思炎劉。

其九

管仲升盜卿，後人習其傳。黃巾賢良師，矯託非誠然。異哉黑山賊，詔得舉孝廉。夏商制刑鼎，唐虞畫衣冠。淳樸以之漓，無乃非羲軒。莊生齊萬物，謷跖詆聖賢。晚來讀眞誥，始悟南華篇。吳人嚴白虎，位已登上仙。豈獨侯與王，顧盼豪人間。眞宰無不容，小儒徒呫呫。漆園窺其微，所以爲知天。

其十

遭時固不易，推心尤獨難。景略王佐才，臣主眞交歡。天意不佑秦，中道奪之年。苻堅有大度，豁達知名賢。獨斷未爲失，興毀寧非天。賊萇實弒君，聞者爲衝冠。鎭惡丞相孫，流落來江南。西伐功冠軍，力戰收長安。手劍縛姚泓，俘之出潼關。張良爲劉氏，雅志在報韓。能以家國恥，詘申兩主間。其地皆西秦，功亦堪比肩。區區一李方，報恩何足言！

其十一

宜城酒家保，北海賣餅師。千金懸賞購，萬里刊章追。途窮變名姓，勢急投親知。漢法重亡命，保舍加誅夷。破家相存濟，百口同安危。虞卿捐相印，恨未脫魏齊。惜哉燕太子，流涕樊於期。瀨水一女子，魯國一小兒。今也無其人，已矣其安歸？廣柳可以置，置當猛虎蹊；複壁可以藏，藏憂黠鼠窺。古道不可作，太息將何爲！

其十二

深林有惡木，盤曲沮洳間。荆棘傷人衣，幸受蕭斧寬。交柯蔭且黑，下根修蛇蟠。蒸出爲靈菌，五色絢且爛。采之登明堂，薦以白玉盤。旁置博山罏，其上刻鳳鸞。洗濯天露漿，錯列金琅玕。東隣聘姣女，其母爲無鹽。厲而能生子，才也足拜官。盜跖保令終，檮杌啓後賢。麟趾世所羨，蠆尾何必嫌。天道不可信，世德良復難。

【校】

〔一〕題　四十卷本作「又詠古」，止錄第一、二、七、八、十、十一首。

〔二〕華　四十卷本作「榮」。

〔三〕已　四十卷本作「亦」。

〔四〕道大　四十卷本作「大道」。

〔五〕黃巾　四十卷本作「風塵」。

〔六〕履　四十卷本作「屨」。

〔七〕死士　四十卷本作「士死」。

【評】

靳曰：太沖詠史，大半述懷，此亦梅村述懷之作也。

吴梅村全集卷第二　詩前集二

七言古詩二十八首

行路難一十八首 (一)

奉君乘鸞明月之美扇，耶谿赤堇之寶刀，莞蒻桃笙之綺席，陽阿激楚之洞簫。丈夫得意早行樂，歌舞任俠稱人豪。舉杯一歌行路難，酒闌鐘歇風蕭蕭。

其二

長安巧工製名燈，七龍五鳳光層層。中有青熒之朱火，下有映徹之澄冰。游魚揚鬐肆瀺灂，飛鳥奮翼思騫騰。黑風吹來徧槐市，狂花振落燒觚稜。金吾之威不能禁，鐵柱倒塌銅盤傾。使人策馬不能去，青燐鬼哭唯空城。

其三

君不見無須將閭叫呼天，賜錢請葬驪山邊，父爲萬乘子黔首，不得耕種咸陽田。君不見金墉城頭高百尺，河間成都弄刀戟，草木萌芽殺長沙，狂風烈烈吹枯骨。人生骨肉那可保，富貴榮華幾時好？龍子作事非尋常，奪棗爭梨天下擾。金床玉几不得眠，一朝零落同秋草。

其四

愁思忽不樂，乃上咸陽橋。盤螭蹲獸勢相齧，谽呀口鼻吞崩濤。當時平明出萬騎，馬蹄蹀躞何逍遙。長安冠蓋一朝改，紫裘意氣非吾曹。柴車辟易伏道畔，舍人辭去妻孥嘲。人生太行起面前，何必褒斜棧閣崎嶇高。

其五

君不見南山松柏何葱蒨，於世無害人無爭。斧聲丁丁滿崖谷，不知其下何王陵。玉箱夜出賣衣盡，冬青葉落吹魚燈。石馬無聲缺左耳，豐碑倒拆纏枯藤〔三〕。當時公卿再拜下車過，今朝蔓草居人耕。

【評】孫鋐曰：冬青行之變體耶？

其六

漢家身毒鏡，大如八銖錢。蒲桃錦囊雖黯澹，盤龍婉轉絲結連。云是宣皇母后物，摩挲愛惜宮中傳，土花埋沒今千年。對此撫几長嘆息，金張許史皆徒然。

其七

君不見黃河之水從天來，一朝乃沒梁王臺。梁王臺成高崔嵬，禁門平旦車如雷。千尺金堤壞，百里嚴城開。君臣將相竟安在，化爲白黿與黃能。乃知水可亡人國，昆明刦灰何如哉！

其八

男兒讀書良不惡，屈首殘編務穿鑿。窮年矻矻竟無成，徒使聲華受蕭索。君不見王令文章今大進，丘公官退才亦盡。寂寂齋居自著書，太玄奇字無人問。

其九

伏軾說人主，談笑稱上客。一見賜黃金，再見賜白璧。夜半宮中獨召見，毋弟通侯皆避席。上殿批逆鱗，下殿犯貴戚。犀首進讒譖，韓非受指摘。夜走函谷關，逡巡不能出。君不見范睢折脅懲前事，身退功成歸蔡澤。

其十

君不見鄭莊洗沐從知交，傾身置驛長安郊。又不見任君談辭接後進，冠蓋從游數百乘。人生盛名致賓客，失勢人情諒非昔。年少停車莫掃門，故人行酒誰離席。

其十一

直諫好言事，召見拜司隸。彈劾中黃門，鯁切無所避。天子初見容，謂是敢言吏。以茲增感激，居官厲鋒氣。奏對金商門，縛下都船獄。髡頭徙朔方，衆怒猶不足。私劍揣其喉，赤車再收族。横尸都亭前，妻子不敢哭。酒色作直都殺人，藏頭畏尾徒碌碌。

其十二

拔劍橫左膝，瞋目悲歌向坐客。我初從軍縛袴褶，手擘黃麞弓霹靂。生來不識官家貴，帶甲持兵但長揖。驅馬來中原，尙書奏功級。前庭論爵賞，後殿賜飲食。烏瓛家兒坐我上，壞坐爭言多酒失。御史彈文讀且糾，待罪驚憂不敢出。還君絳衲兩當衫，歸去射獵終南山。

其十三

平生俠游尙輕利，劇孟爲兄灌夫弟。使酒駡坐人，探丸斫俗吏。流血都市中，追兵數十騎。借問追者誰？云是灞陵杜穉季。抽矢弗射是故人，兩馬相逢互交臂。吾徒豈相厄，便當從此逝。泰山羊氏能藏跡，北海孫公墻避世。複壁埋名二十年，赦書却下咸陽尉。歸來故鄉無負郭，破家結客成何濟！

其十四

今我思出門，圖作洛陽賈，東游陳鄭北齊魯。白璧一雙交王公，明珠十斛買歌舞。闕中貂車方算緡，高牖峨峨下荆楚。道阻淮南兵，貨折河東估。朝爲猗頓暮黔婁，乞食吹簫還故土。

其十五

丈夫少年使絕域，從行吏士交河卒。布衣功拜甘泉侯，獨護高車四十國。蒲萄美酒樽中醉，汗血名駒帳前立。富貴歸故鄉，上書乞骸骨。漢使遮玉關，不遣將軍入。軍中夜唱行路難，條支海上秋風急。

其十六

西莫過金牛關，懸崖鐵鎖猿猱攀；南莫過惡道灘，盤渦利石戈矛攢。猩猩啼兮杜鵑叫，落日青楓山鬼嘯。篁竹深巖不見天，我所悲兮在遠道。

其十七

結帶理流蘇，流蘇紛亂不能理。當時羅帷鑒明月，皎皎容華若桃李。一自君出門，深閨厭羅綺。有人附書還，君到長干里。名都鶯花發皓齒，知君眷眷嬋娟子。太行之山黄河水，君心不測竟如此！寄君翡翠之鵜釵，傳璣之墮珥，勸君歸來且歡喜，臥疾空床爲君起。

【評】

孫鑛曰：人情翻覆何常，惟貞信可以自持，得此曲筆寫之，古茂獨絕。

其十八

吾將老焉惟糟丘，裸身大笑輕王侯。禮法之士憎如讐，此中未得逍遙游。不如飲一斗，頹然便就醉，執法在前無所畏。君不見嵇生幽憤阮生哭，箕踞狂呼不得意。

【校】

〔一〕詩鈔選第五、八、十一、十七首。孫選選第五、十七首。

〔二〕倒拆　四十卷本、詩鈔、孫選均作「倒折」。

【評】

袁錄曰：行路難十八首，逼參軍之驚挺。

又七古總評曰：七古用元、白敍事之體，擬王、駱用事之法，調既流轉，語復奇警，千古高唱矣。○公集以此體爲第一。

靳引張如哉曰：梅村七古，氣格恢宏，開闔變化，大約本盛唐王、高、岑、李諸家而稍異，其篇幅時出入于李、杜。永和宮詞、琵琶行、女道士彈琴歌、臨淮老妓行、王郎曲、圓圓曲，雖有與元、白名篇酷似處，然非專仿元、白者也。至如鴛湖曲、畫蘭曲、拙政園山茶花、白燕吟諸作，情韻雙絕，綿邈綺合，則又前無古，後無今，自成爲梅村之詩。

程曰：十八首雖祖述鮑明遠，亦胚胎范文穆。指事切，遺音遠，眷懷興廢，傷也如何！

胡薇元曰：吳梅村七言古詩，以高、岑之格，運義山之詞，無美不包。行路難十八首，從漢、魏古歌激楚處入，作者難，知者亦正不易也。……世以元、白擬梅村，烏知其精深變化如是哉！（夢痕館詩話卷四）

林昌彝曰：七言古學長慶體，而出以博麗，本朝首推梅村。（射鷹樓詩話卷三）

殿上行

殿上雲旗天半出，夾陛無聲手攀直。有旨傳呼召集賢，左右公卿少顏色。公卿繇來畏廷議，上殿叩頭輒心悸。吾丘發策詘平津，未斥齊人慚汲尉。先生侍從垂金魚，退直且上庖西書。況今慷慨復追惜，不爾何以乘朝車。秦京盜賊雜風雨〔一〕，梁宋丘墟長沮洳。降人數部花門留，抽騎千人桂林戍。至尊宵旰誰分憂，挾彈求鳳高墉謀。老臣自詣都詔獄，逐客新辭鳷鵲樓。先生翻然氣填臆，口讀彈文叱安石。期門將軍鬚戟張，側足聞之退股粟。吾聞孝宗宰執何其賢！劉公大夏戴公珊。夾城日移對便殿，造膝密語爲艱難。如今公卿習唯唯，長跪不言而已矣。黃絲歷亂朱絲直，秋蟲蹋曲秋雕起。嗚呼！拾遺指佞乃史臣，優容愚戇天王仁。

【校】

〔一〕秦京　四十卷本作「秦涼」。

雒陽行

詔書早洗雒陽塵，叔父如王有幾人？先帝玉符分愛子，西京銅狄泣王孫。白頭宮監鋤荆棘，曾在華清內承直。遭亂城頭烏夜啼，四十年來事堪憶。神皇倚瑟楚歌時，百子池邊嫋柳絲〔一〕。早見鴻飛四海翼，可憐花發萬年枝。銅扉未啓牽衣諫，銀箭初殘淚如霰。幾年不省公車章，從來數罷昭陽宴〔二〕。骨肉終全異母恩，功名徒付上書人。貴彊無取諸侯相，調護何關老大臣〔三〕。萬歲千秋相訣絕，青雀投懷玉魚別。昭丘煙草自蒼茫，湯殿香泉暗嗚咽。析圭分土上東門，寶轂雕輪九陌塵。驪山西去辭溫室，渭水東流別任城。少室峯頭寫桐漆，靈光殿就張琴瑟。願王保此黃髮期，誰料遭逢黑山賊。嗟乎龍種誠足憐，母愛子抱非徒然。江夏漫栽修柏賦，東阿徒詠豆萁篇。我朝家法踰前制，兩宮父子無遺議。廷論繇來責佞夫，國恩自是優如意。萬家湯沐啓周京，千騎旌旗給羽林。總爲先朝憐白象，豈知今日誤黃巾。鄴枚客館傷狐兔，燕趙歌樓散煙霧。茂陵西築望思臺，月落青楓不知路。今皇興念繐帷哀，流涕黃封手自裁。殿內遂停三部伎，宮中爲設八關齋。束薪流水王人成，太牢加璧通侯祭。帝子魂歸南浦雲，玉妃淚灑東平樹〔四〕。北風吹雨故宮寒，重見新王受詔還。唯有千尋舊松栝，照人落落嵩高山〔五〕。

【校】

〔一〕嫋　篋衍作「弱」。

〔二〕從來　四十卷本、鄴鈔、平論、感舊、篋衍均作「後來」。

〔三〕何關　吳越作「終關」。

〔四〕玉妃　鄴鈔、平論均作「王妃」。東平，吳越作「西平」。

〔五〕嵩高山　鄴鈔、平論、吳越均作「古嵩山」。

【評】

袁錄曰：詔語有體，一洗神廟末年廷臣牙頰。

「優如意」下朱朓曰：引用必精切。

畫蘭曲

畫蘭女子年十五，生小琵琶怨春雨。記得妝成一見時，手撥簾帷便爾汝。蜀紙當窗寫畹蘭，口脂香動入毫端。腕輕染黛添芽易，釧重舒衫放葉難。似能不能得花意，花亦如人吐猶未。珍惜沉吟取格時〔一〕，看人只道儂家媚。橫披側出影重重，取次腰肢向背同。昨日一枝芳砌上，折來雙鬟鏡臺中。玉指纔停弄絃索，漫擁輕調似花弱。殷勤彈到別離聲，雨雨風風聽花落。花落亭皐白露溥，舊根易土護新寒。可憐明月河邊種，移入東風碧玉欄。聞道羅幃怨離索，麝煤鵝絹閒嘗作。又云憔悴非昔時，筆牀翡翠多零落。今年挂檝洞庭舟，柳暗桑濃罨綺樓。度曲佳人遮鈿扇，知書侍女下瓊鈎。主人邀我圖山色，宣索傳來畫蘭筆。輕移牙尺見勻牋，側偃銀毫憐吮墨。席上回眸惜雁箏，醉中適口認魚羹。茶香黯淡知吾性，車馬雍容是故情。常時對面憂吾瘦，淺立斜窺訝依舊。好將獨語過黃昏，誰堪幽夢牽羅袖。歸來開篋簡啼痕，腸斷生綃點染真。何似杜陵春禊飲，樂游原上采蘭人。

【校】

〔一〕珍惜　詩鈔、鄒鈔均作「徐惜」。

【評】

袁錄曰：得畫蘭之妙，尤得閨閣畫蘭之妙。

靳曰：「似能不能」二句，妙盡畫理，而「花亦如人」、「昨日一枝」，正復神光離合乃爾。

淸風使節圖吾郡先達徐仲山中丞以武部郎奉命封鄭藩當時諸賢贈行作也中丞於先參政爲同年勿齋先生屬予記其事勿齋勅使益府予亦有大梁之役兩家子弟述先志揚祖德其同此君歲寒矣

豫章夾日吟高風，歲久蟠根造物功。吾祖先朝豫州牧，早年納節東溪翁。舅家仲圭擅畫竹，歸老山莊看亦足。至今遺墨滿縹緗，掛我青溪草堂曲。此圖念出同年生，當時意氣稱徐卿。非買玉環思適鄭，暫持翠節解司兵。吾祖一麾方出守，不獲諸公同載酒。把臂曾看章曲花，贈行不及漳河柳。誰人尺幅寫篔簹，影入淸郎四牡裝。千里故園存苦節，百年舊澤養新篁。今皇命使臨江右，絳旛人識中丞後。江左龍孫篠蕩長，淇園鳳質琅玕瘦。嶰谷千尋鸞鳥呼，彭城一派雨風多。願將十丈鵝溪絹，再作青青玉筍圖。

悲滕城（一）

悲滕城，滕人牧羊川之濆（二）。雨工矯步趨其羣，河魚大上從風雲。去山一尺雷殷殷，寺前鐵鐸多死聲。日暮鷄犬慘不鳴，城上掌事報二更〔三〕。鬼馬踏霧東南行，鼓音隆隆非甲兵。吁嗟龍伯何不仁，大水湯湯滔吾民〔四〕。城中竽瑟不復陳，縞帶之價高錦純〔五〕。路骨藉藉無主名，葬者死生俱未明。悲滕城，滕城訛言晝夜驚。百尺危巖浮車輪，海民投網獲金鐺〔六〕。巫兒亦章賽水神，溝人匠氏修防門。

【校】

〔一〕詩鈔題後有序：「道出滕城，滕大夫來言曰：滕以七月某日夜，大水殺人，壞城郭廬舍。吳子作悲滕城行。」孫選序同詩鈔，僅無「來」、「曰」、「夜」、「行」四字，「郭」作「廓」。平論序同詩鈔，惟「某」作「三」。

〔二〕濆 孫選作「濱」。

〔三〕城上 平論、詩歸均作「城門」。

〔四〕滔 孫選作「陷」。

〔五〕錦純 孫選作「錦緉」。

〔六〕金鐺 四十卷本、詩鈔、孫選、平論、詩歸均作「釜鐺」。

【評】

孫鋐曰：水前之雨，雨後之水，水災之慘，不忍見聞。

朱衣曰：水前水後慘景慘聲，非仁人惻衷，豈能摹肖至此。

袁錄曰：近長吉，而古質有逸氣。

贈范司馬質公偕錢職方大鶴〔一〕

國家司馬推南中，直節不撓三原公。當時江東尚無事〔二〕，憂國惟聞翁子至。一月不見王公書，百僚爭問江東使〔三〕。前有三原今吳橋，范公赤舄來東郊。太尉五兵分一閫，司戎三士領諸曹。殿中錢郎最年少，輕裘長鋏秦淮道。朝服常薰女史香，從戎好側參軍帽。兩人置酒登新亭，惆悵中原未釋兵。盡道石城開北府，何如漢水任南征。錢郎意氣酣杯酒，不憂賊來憂賊走。鼓吹先移幕府山，戈船早斷濡須口。罷官爲失平津侯〔四〕，壯心空繫月氏頭。八公草木軍容在，六代煙霞詩卷收。是時羽書正旁午，尚書杖鉞防江楚〔五〕，早歲曾提宣武軍，舊人自效龍驤伍。麾下爭看金僕姑，帳前立直銀刀都〔六〕。諸謀雖少周公瑾，跳盪猶有蕭摩訶。尚書當念安危計，感時又忤鸞臺議。三公劍履且辭歸，九河烽火家何處。千人曾役羽林軍，短幘還過司馬門。鄉夢自依宣德里，郊居且卜石塘村。落日簾帷呼碧玉，琵琶莫唱歸飛曲。丈夫四海猶比鄰，何必思家歎車轂。醉後悲歌涕淚橫，北風吹雨入江聲。白蘋騁望思公子，黃菊登高憶故人。錢郎拏舟再相見，芙蓉堂下開懽讌。去日將軍解佩刀，重來歌妓低團扇。仍道朝廷思令公〔七〕，璽書旦夕下山東。過江願請三千騎，奪取樓蘭不受封〔八〕。

【校】

〔一〕四十卷本無此篇。

〔二〕〔三〕江東　平論作「江南」。

〔四〕失　平論作「忤」。

〔五〕杖鉞　平論作「鐵鉞」。

〔六〕立直　平論作「直立」。

〔七〕令公　平論作「念公」。

〔八〕樓蘭　平論作「單于」。

【評】

朱隗曰：藻豔芬芳，別具秀骨，所謂「詩人之賦麗以則」者，駿公當之。又「百僚爭問江東使」下，朱隗曰：丰裁倚吡，百年如見。

襄陽樂〔一〕

襄陽之樂，乃在漢水廣，峴山高。英宗復辟襄王朝，賜以二賦親含毫。此賦不從人間來，楚雲一片飛蕭韶。大堤花，檀溪竹，襄王歸就章華宿。高齋學士宜城酒，江皋遊女銅鞮曲。前有白尚書，後有原侍郎，虎符討賊臨襄江，千里淸盪開鄖房。節使不數杜當陽〔二〕，中宗子足掩曹成王。百餘年來亂再起，青袍白馬來秦倉。吾聞襄陽城北七十二峯削天半，中有黑帝時，白玉爲階陛，黃金爲宮觀。曾佐眞人起冀方，今日王師下江漢。江漢耀兵逍遙歌，祝鼇祠下諸軍過。廟中燕王破陣樂，襄陽小兒舞傞傞。新都護，稱相公，知略輻輳承明宮，帶刀六郡良家從。相公來，車如風，飛龍厩馬青絲鞚。襄王置酒雲臺中，賊騎已滿淸泥東。嗟乎！呼鷹臺畔生荆棘，斬蛇渚內波濤立。夜半城門門牡開，蒲胥劍履知何及！襄陽之樂，乃在漢水廣，峴山高，故宮落日風蕭蕭。

【校】

〔一〕四十卷本無此篇。

〔二〕杜當陽　原誤作「杜常陽」，逕改。按晉杜預封當陽縣侯，曾鎭襄陽。

高麗行〔一〕

安東都護營河朔，特許高麗市弓角。野人七姓海西壓，開城八道江南樂。蔽關還蹙董山師，拜表先陳瓦剌詞。諸部皆分大僔薩，國人共事莫離支。承天門前常引見，三年加勞中嘗宴。折巾屈紒幕華樓，龍笙猨筆來賓院。漢城無復憂毛憐，吹蘆箪篥檀君前。三十六島島兵起，先皇趣救車三千。遼人頭裹大餘布，將軍履及楊花渡。一戰功收合市城，萬家粟輓襄平路。此事由來四十年，君倚漢使眞如天。陳湯已去定遠死，一朝羽檄愁烽煙。榆關早斷三韓道，蒲海難通百濟船。嗚呼！東方君子不死國，堪嗟漸漸玄菟麥。豈甘侯印下勾驪，終望王師右碣石。

【校】

〔一〕四十卷本無此篇。

三松老人歌〔一〕

三松老人七十一，箬帽棕鞋神奕奕。座上支頤避世翁，少年走馬長安客〔二〕。長安此日車如風，十八五人衣衫同。賣術黃銀殷七七，搊箏翠袖張紅紅。西苑樓臺飛百尺，洛陽賈人進花石。宣政門開侯賜錢，杜陵日暮分曹弈。大鯿十丈封黃羅，彄環一寸如清臚。織廚先呈尚衣局，飾璫共宴賣珠胡。二月高粱走燕九，小兒緣橦女射柳。馬客虬鬚笑繫鞭〔三〕，蛾姬輔醫呼嘗酒。賀老琵琶李謩笛，興慶樓前初下直。曲曲新聲我輩聞，五侯宣索知何及。玉河歸騎景陽鐘，曳縞乘肥勝日中。醉値金吾爭道過，將軍司隸與錢通。二十年來重到此，不見當年遊俠子。南陌朝催閒架錢，西山夜拾回中矢。老夫濩落復何求，寒笛江潭獨倚樓。一身結客半天下，萬里歸來空白頭。

【校】

〔一〕四十卷本無此篇。

〔二〕少年　箋衍作「小年」。

〔三〕繫鞭　箋衍作「繫韉」。

送志衍入蜀

去年秋山好，君走燕雲道；今年春山青，君去錦官城。秋山春山何處可爲別，把酒欲問橫塘月。人影將分花影稀，鐘聲初動簫聲咽。我昔讀書君南樓，夜寒擁被譚九州。動足下床有萬里，駑馬伏櫪非吾儔。當時東國賤男子，傲岸平生已如此。今朝乘傳下西川，賨戶巴人負弓矢。黃牛喘怒潩銀濤，崩剝蒼崕化迹勞。石斷忽穿風雨過，山深日見魚龍高。江頭老槎偃千尺，接手猿猱擲橡栗。雲移斷壁層波見，月上危灘遠峯出。縹紗樓臺白帝城，月明吹角唱花卿。棧連子午愁烽堠，水落東南洗甲兵。摩訶池上清明火，蹲鴟山下巴渝舞。豈有居人浣百花，依然風俗輸銅鼓。有日登臨感客游，楚天飛夢入江樓。五湖歸思蒼波闊，十月懷人木末愁。別時曾折閶門柳，相思應寄郫筒酒。末下鹽豉誰共嘗，蜀中蒟醬君知否？愧予王粲老江潭，愁絕空山響杜鵑。乞我瀼西園數畝，依君好種瀼溪田。

吳梅村全集卷第三　詩前集三

七言古詩二十三首

永和宮詞

揚州明月杜陵花，夾道香塵迎麗華。舊宅江都飛燕井，新侯關內武安家。雅步纖腰初召入，鈿合金釵定情日〔一〕。豐容盛鬋固無雙，蹴踘彈棋復第一。上林花鳥寫生綃，禁本鍾王點素毫。楊柳風微春試馬，梧桐露冷暮吹簫。君王宵旰無歡思，宮門夜半傳封事。玉几金牀少晏眠，陳娥衞豔誰頻侍〔二〕？貴妃明慧獨承恩，宜笑宜愁慰至尊。皓齒不呈微索問，蛾眉欲蹙又温存。本朝家法修清讌〔三〕，房帷久絕珍奇薦〔四〕。敕使惟追陽羨茶，內人數減昭陽膳。維揚服製擅江南〔五〕，小閣爐烟沉水含〔六〕。私買瓊花新樣錦，自修水遞進黃柑。中宮謂得君王意〔七〕，銀鐶不妬温成貴〔八〕。早日艱難護大家，比來歡笑同良娣。奉使龍樓賈佩蘭，往還偶失兩宮歡。雖云樊嫕能辭令，欲得昭儀喜怒難。綠綈小字書成印〔九〕，瓊函自署充華進。請罪長教聖主憐，含辭欲得君王愠。君王內顧惜傾城〔10〕，故劍還存敵體恩。手詔玉人蒙詰問〔11〕，自來階下拭啼痕。外家官拜金吾尉，平生游俠多輕利。縛客因催博進錢，當筵便殺彈箏伎。班姬才調左姬賢，霍氏驕奢竇氏專。涕泣微聞椒殿詔〔12〕，笑譚豪奪灞陵田。有司奏劊將軍俸，貴人冷落宮車夢。永巷傳聞去玩花，景和門裏誰陪從？天顏不懌侍人愁〔13〕，后促黃門召共游。初勸官家伴不應，玉車早到殿西頭。兩王最小牽衣戲，長者讀書少者弟。聞道羣臣譽定陶，獨將多病憐如意。豈有神君語帳中，漫云王母降離宮。巫陽莫救倉舒恨〔14〕，金鎖彫殘玉筯紅。從此君王慘不樂，叢臺置酒風蕭索。已報河南失數州，況經少子傷零落。貴妃瘦損坐匡床，慵髻啼眉掩洞房。豆蔻湯温冰簟冷，荔枝漿熱玉魚涼。病不禁秋淚沾臆，裴回自絕君王膝。苔沒長門有夢歸，花飛寒食應相憶。玉匣珠襦啓便房，薤歌無異葬同昌。君王欲製哀蟬賦，誄筆詞臣有謝莊。頭白宮娥暗嚬蹙，庸知朝露非爲福？宮草明年戰血腥，當時莫向西陵哭。窮泉相見痛倉黃〔15〕，還向官家問永王。幸免玉環逢喪亂，不須銅雀怨興亡。自古豪華如轉轂，武安若在憂家族。愛子雖添北渚愁，外家已葬驪山足。夜雨椒房陰火青，杜鵑啼血濯龍門。漢家伏后知同恨，止少當年一貴人〔16〕。碧殿淒涼新木拱，行人尚識昭儀塚。麥飯冬青問茂陵，斜陽蔓草埋殘壠。昭丘松檟北風哀，南內春深擁夜來。莫奏霓裳天寶曲，景陽宮井落秋槐。

【校】

〔一〕定情日　日，平論、本事、箋衍均作「夕」。

〔二〕陳娥衞豔　箋衍作「吳娥越豔」。

〔三〕清讌　鄒鈔、平論、本事均作「恭儉」。

〔四〕薦　鄒鈔、平論、本事、箋衍均作「獻」。

〔五〕服製　箋衍作「服制」。

〔六〕小閣爐烟沉水含　鄒鈔、平論、本事均作「小閣薰爐沉水烟」。

〔七〕意　鄒鈔、平論、本事均作「旨」。

〔八〕銀鐶不妬溫成貴　「銀鐶」，百家、箋衍均作「銀環」。此句鄒鈔、平論、本事均作「溫成不妒眉隨齒」。

〔九〕成印　鄒鈔、平論、本事均作「方寸」。本事下注「一作成印」。

〔一〇〕惜　四十卷本、百家、詩持、感舊、箋衍均作「恤」。

〔一一〕玉人　本事作「內人」。

〔一二〕微聞　鄒鈔、平論、本事均作「惟聞」。

〔一三〕侍人　箋衍作「侍臣」。

〔一四〕倉舒　原作「蒼舒」，據詩持改。按三國志魏書卷二十武文世王公傳：「鄧哀王沖字倉舒。」

〔三五〕倉黃　鄒鈔作「蒼黃」，馛衍作「倉皇」。

〔三六〕一貴人　平論、本事、感舊、馛衍均作「董貴人」。

【評】

朱陁曰：唐人宮掖長篇，惟連昌、長恨、津陽門、杜秋娘四作最勝。六百年後，方見此詩耳。又「自來階下拭啼痕」下，朱陁曰：情事委折如連瑣，能以麗筆雅詞描之，正才人束手處。又「外家已葬驪山足」下，朱陁曰：讀至此，令人悲歌慷慨。

魏憲曰：從繁華說到寂寞，是一部詩史。

袁錄曰：神品。又曰：新聲古調，寓事含情，具子安之高韻。

琵琶行　并序〔一〕

去梅村一里，爲王太常烟客南園〔二〕。今春梅花盛開，予偶步到此〔三〕，忽聞琵琶聲出於短垣叢竹間〔四〕。循牆側聽，當其妙處，不覺拊掌。主人開門延客，問向誰彈，則通州白在湄子彧如，父子善琵琶〔五〕，好爲新聲。須臾花下置酒〔六〕，白生爲予朗彈一曲〔七〕，乃先帝十七年以來事，敍述亂離，豪嘈凄切。坐客有舊中常侍姚公〔八〕，避地流落江南〔九〕，因言先帝在玉熙宮中〔一〇〕，梨園子弟奏水嬉、過錦諸戲，內才人於暖閣齋鏤金曲柄琵琶彈清商雜調。自河南寇亂，天顔常慘然不悦，無復有此樂矣。相與哽咽者久之〔一〕。於是作長句紀其事，凡六百二言〔二〕，仍命之曰琵琶行。

琵琶急響多秦聲，對山慷慨稱入神；同時渼陂亦第一，兩人失志遭遷謫。絕調王康並盛名，崑崙摩詰無顔色。百餘年來操南風，竹枝水調謳吳儂。里人度曲魏良輔，高士塡詞梁伯龍。北調猶存止弦索〔三〕，朔管胡琴相間作〔四〕。盡失傳頭誤後生〔五〕，誰知却唱江南樂〔六〕。今春偶步城南斜，王家池館彈琵琶。悄聽失聲叫奇絕，主人招客同看花。爲問按歌人姓白，家住通州好尋覓〔七〕。袴褶新更回鶻裝，虯鬚錯認龜茲客。偶因同坐話先皇〔八〕，手把檀槽淚數行。抱向人前訴遺事，其時月黑花茫茫。初撥鵾弦秋雨滴〔九〕，刀劍相磨轂相擊〔一〇〕。驚沙拂面鼓沈沈，砉然一聲飛霹靂。南山石裂黃河傾，馬蹄迸散車徒行〔一一〕。鐵鳳銅盤柱摧塌，四條弦上烟塵生。忽焉摧藏若枯木，寂寞空城烏啄肉。轆轤夜半轉剝啞，嗚咽無聲貴人哭。碎珮叢鈴斷續風，冰泉凍壑瀉淙淙。明珠瑟瑟拋殘盡，却在輕籠慢撚中。斜抹輕挑中一摘〔一二〕，㵳慄颼飀憯肌骨。銜枚鐵騎飲桑乾〔一三〕，白草黃沙夜吹笛〔一四〕。可憐風雪滿關山〔一五〕，烏鵲南飛行路難。猨嘯鼯啼山鬼語〔一六〕，瞿塘千尺響鳴灘。坐中有客淚如霰，先朝舊直乾清殿〔一七〕。穿宮近侍拜長秋，咬春燕九陪游燕。先皇駕幸玉熙宮，鳳紙僉名喚樂工。苑內水嬉金傀儡，殿頭過錦玉玲瓏。一自中原盛豺虎〔一八〕，煖閣才人撤歌舞。

插柳停搊素手箏，燒燈罷擊花奴鼓。我亦承明侍至尊，止聞古樂奏雲門〔二九〕。段師淪落延年死，不見君王賜予恩〔三〇〕。一人勞悴深宮裏〔三一〕，賊騎西來趨易水。萬歲山前鼙鼓鳴，九龍池畔悲笳起。換羽移宮總斷腸，江村花落聽霓裳。龜年哽咽歌長恨，力士淒涼說上皇。前輩風流最堪羨，明時遷客猶嗟怨。即今相對苦南冠，昇平樂事難重見。白生爾盡一杯酒，繇來此伎推能手〔三二〕。岐王席散少陵窮，五陵召客君知否〔三三〕？獨有風塵潦倒人，偶逢絲竹便沾巾。江湖滿地南鄉子，鐵笛哀歌何處尋？

〔校〕

〔一〕鄒鈔、吳越均無題下「并序」字。本事「并序」作「有序」。孫選、感舊、篋衍均無題下「并序」字及詩序。

〔二〕爲王太常烟客南園　鄒鈔、吳越均無「烟客」字。

〔三〕予偶步到此　鄒鈔、吳越均無「予」字。

〔四〕出於短垣叢竹間　鄒鈔、吳越均無「於」字。

〔五〕父子善琵琶　本事「善」下有「彈」字。

〔六〕須臾花下置酒　須臾，鄒鈔作「主人」。

〔七〕白生爲予朗彈一曲　鄒鈔、吳越均無「白生」字。

〔八〕坐客有　吳越無「有」字。

〔九〕避地流落江南　鄒鈔、吳越均無「流落」字。

〔一〇〕因言先帝在玉熙宮中　鄒鈔無「因」、「中」字。

〔一一〕相與哽咽者久之　鄒鈔、吳越均無「者」字。

〔一二〕凡六百二言　鄒鈔、吳越均無此句。

〔一三〕止　吳越作「正」。

〔一四〕朔管　孫選作「胡管」。

〔一五〕盡失　鄒鈔、吳越均作「漸失」。

〔一六〕江南樂　鄒鈔作「江南曲」。

〔一七〕好尋覓　鄒鈔、吳越均作「無人識」。

〔一八〕同坐　鄒鈔、吳越均作「坐客」。

〔一九〕秋雨滴　鄒鈔作「風雨集」。

〔二〇〕相磨　鄒鈔、感舊、篋衍均作「相摩」。

〔二一〕行　鄒鈔、吳越均作「奔」。

〔二二〕一摘　鄒鈔、感舊均作「一滴」。

〔二三〕銜枚鐵騎飲桑乾　鄒鈔、吳越此句均作「紫髯碧眼渡桑乾」。

〔二四〕白草黃沙夜吹笛　鄒鈔、吳越此句均作「白草黃羊吹觱栗」。

〔二五〕風雪　鄒鈔、吳越均作「明月」。

〔二六〕語　鄒鈔作「話」。

〔二七〕先朝舊直　「先朝」，鄒鈔作「先皇」。

〔二八〕盛豺虎　鄒鈔、吳越均作「報烽火」。

〔二九〕古樂　四十卷本、詩觀、孫選、本事、感舊、篋衍均作「鼓樂」。

〔三〇〕賜予恩　鄒鈔、吳越均作「有賜金」。

〔三一〕勞悴　鄒鈔作「勞瘁」。

〔三二〕推　鄒鈔、本事均作「誰」。

〔三三〕五陵　鄒鈔、詩觀、孫選、感舊均作「五侯」。召客，感舊作「賓客」。

【評】

鄧漢儀曰：昔客吳趨，葉聖野過晤論詩，謂連昌宮詞、長恨歌等篇，乃關係一代掌故，而竟陵不錄，所以爲舛。今讀祭酒斯篇，流連歎述，令人涕淚霑裳，乃知無故而妄擬白傅琵琶者，音雖諧弗善也。

孫鋐曰：寫白生撮撥，如聽鬱輪袍，緩急入妙。彈罷致詞，豈但濕江州司馬之青衫已哉！

吳越引朗詣曰：詳折蕭颯，固不能加于太傅；然風雨驟至，哀促繁亂，或序或悲，倏往倏來，則宮尹獨擅名山之技。

哀錄曰：序旣哽咽，詩復哀怨，以配江州，當無娣姒之恨。江州琵琶止敍一身流落之感耳，不如作此關係語。中有全用江州排場之處。

斷曰：此詩與江南逢李龜年同妙。

嚴元照曰：予向讀吳梅村琵琶行，嘉其瀏離頓挫，謂勝白文公琵琶行，後乃知其謬也。白詩開手便從江頭送客說到聞琵琶，此直敍法也；吳詩先將琵琶鋪陳一段，便成空套。（蕙櫋雜記）

宮扇

宣皇清暑幸離宮，碧檻青疏十二重。七寶鑄銅薰鴨貴，千金甃翠鬭鷄紅。玳瑁簾開南內宴，沈香匣啓西川扇。蟬翼描來雲母輕，冰紈製就天孫豔。丹霞溶起駕雲軿，王母雙成絳節還。玉管鳳銜花萬壽，銀濤龍蹴海三山。芙蓉水殿琉璃徹，內家尙苦櫻桃熱〔一〕。九華初御詠招涼，落葉迴風若霜雪。峨眉萬里尙方船，雉尾千秋奏御箋。公主合歡嬌翡翠〔二〕，昭容反影鬭嬋娟。遭逢召見南薰殿，思陵日昃猶揮汗。天語親傳賜近臣，先生進講豳風倦。黃羅帕捧出雕闌，畫篋丹青掌上看。俸薄買嫌燈市價，恩深攜謝閤門班。自離卷握秋風急，蹇驢便面誰人識〔三〕。聞道烽烟蔽錦城，齊紈楚竹無顏色。石榴噴火照皇都，再哭蒼梧媿左徒。舊內謾懸長命縷，新宮徒貼辟兵符。雨夜牀頭搜廢篋，摩挲老眼王家物。半面猶存蛺蝶圖，空箱尙記霓裳疊。蠹粉黃侵瓊樹花〔四〕，麯塵香損紫鸞車。珠衣五翟悲秦女，玉墜雙魚泣漢家。莫歎君恩長斷絕，比來舒卷仍鮮潔。乍可襟披宋玉風〔五〕，不堪袖掩班姬月。

【校】

〔一〕尙苦　饒衍作「常苦」。

〔二〕嬌　饒衍作「交」。

〔三〕誰人　鄒鈔作「無人」。

〔四〕侵　鄒鈔作「消」。

〔五〕襟披　鄒鈔作「披襟」。

【評】

鄧漢儀曰：一宮扇寫出盛衰始末，使人宛轉徬徨。玉玦珊瑚、鈿蟬金雁，所繇系才人之感歎耳。

袁錄曰：妙警天成。

靳曰：此首於咏物中感慨今昔。

宣宗御用戧金蟋蟀盆歌

宣宗在御昇平初，便殿進覽豳風圖。煖閣才人籠蟋蟀，晝長無事爲歡娛。定州花甆賜湯沐，玉粒瓊漿供飲啄。戧金髹漆隱雙龍，果廠雕盆錦香褥。佽飛著翅逞腰身，玉砌軒響試一鳴。性不近人須耿介，才堪却敵在僄輕。君王暇豫留深意，棘門霸上皆兒戲。鬬鷄走狗謾成功，今日親覩戰場利。坦額長身張兩翼，鋸牙植股鬣如戟。漢家十二羽林郎，蟲達封侯功第一。臨淮眞龍起風雲，二豪螟蛉張與陳。草間竊伏竟何用，竈下廝養非吾羣。大將中山獨持重，却月城開立不動。兩目相當振臂呼，先聲作勢多操縱。應機變化若有神，傫突彷彿常開平。黃鬚鮮卑見股栗，垂頭折足亡精魂。獨身跳兔追且急，拉折攀翻只一擲。蠮螉塞外蠕蠕走，使氣窮搜更深入。當前拔柵賭先登，奪采爭籌爲主人。自分一身甘瓦注，不知重賞用黃金。君王笑謂當如此，楚漢雌雄何足齒！莫嗤超距浪輕生，橫草功名須致死。二百年來無英雄，故宮瓦礫吟秋風。一寸山河鬭蠻觸，五千甲士化沙蟲。灌莽微軀亦何有〔一〕，捉生誤落兒童手。蟻賊穿墉負敗齧，戰骨雖香嗟速朽。涼秋九月長安城，黑鷹指爪愁雙睛。錦韝玉縧競馳逐〔二〕，頭鵝宴上爭輸贏。鬭鴨欄空舞馬死，開元萬事堪傷心。秘閣圖書遇兵火，廠盒宣窰賤如土。名都百戲少人傳〔三〕，貴戚千金向誰賭？樂安孫郎好古癖，剔紅塡漆收藏得。我來山館見雕盆，蟋蟀秋聲增歎息。嗚呼！漆城蕩蕩空無人，哀蛩切切啼王孫。貧士征夫盡流涕，惜哉不遇飛將軍。

【校】

〔一〕亦　百家作「一」。

〔二〕錦鞲　原作「錦韋」，據四十卷本、鄒鈔、百家、詩持、箧衍改。

〔三〕百戲　原作「百歲」，據四十卷本、鄒鈔、百家、詩持、箧衍改。

【評】

魏憲曰：借一小事盡情描寫，寓意良深，眞詩中董狐也。

袁錄曰：因戲金盆遂賦蟋蟀，想見深宮暇豫角勝時。

靳曰：此首於咏物詩小中見大，與前篇意同。又曰：此篇多用蟲部字作襯貼，如鬭雞、走狗、羽林、蟲達、眞龍、螟蛉、草間竊伏、垂頭折足、跳兔、拉折、蠮螉、蠕蠕、雌雄、橫草、蠻觸、沙蟲、蟻賊、黑鷹、頭鵝、鬭鴨、舞馬等，眞有指石皆金，合草爲丹之妙。

聽女道士卞玉京彈琴歌〔一〕

駕鵝逢天風，北向驚飛鳴。飛鳴入夜急，側聽彈琴聲。借問彈者誰？云是當年卞玉京。玉京與我南中遇〔二〕，家近大功坊底路〔三〕。小院青樓大道邊，對門却是中山住〔四〕。中山有女嬌無雙，淸眸皓齒垂明璫。曾因内宴直歌舞，坐中瞥見塗鴉黃。問年十六尚未嫁，知音識曲彈淸商。歸來女伴洗紅妝，枉將絕技矜平康，如此纔足當侯王〔五〕。萬事倉皇在南渡，大家幾日能枝梧〔六〕。詔書忽下選蛾眉，細馬輕車不知數。中山好女光徘徊，一時粉黛無人顧。豔色知爲天下傳，高門愁被旁人妬。盡道當前黃屋尊，誰知轉盼紅顏誤。南內方看起桂宮〔七〕，北兵早報臨瓜步〔八〕。聞道君王走玉驄，犢車不用聘昭容。幸遲身入陳宮裏〔九〕，却早名塡代籍中。依稀記得祁與阮，同時亦中三宮選。可憐俱未識君王，軍府抄名被驅遣。漫詠臨春瓊樹篇，玉顏零落委花鈿。當時錯怨韓擒虎，張孔承恩已十年。但教一日見天子，玉兒甘爲東昏死。羊車望幸阿誰知？青塚淒涼竟如此！我向花間拂素琴，一彈三歎爲傷心。暗將別鵠離鸞引，寫入悲風怨雨吟。昨夜城頭吹篳篥，教坊也被傳呼急。碧玉班中怕點留，樂營門外盧家泣。私更裝束出江邊〔一〇〕，恰遇丹陽下渚船。翦就黃絁貪入道，攜來綠綺訴嬋娟。此地繇來盛歌舞，子弟三班十番鼓。月明絃索更無聲，山塘寂寞遭兵苦〔一一〕。十年同伴兩三人，沙董朱顏盡黃土。貴戚深閨陌上塵，吾輩漂零何足數！坐客聞言起歎嗟，江山蕭瑟隱悲笳。莫將蔡女邊頭曲，落盡吳王苑裏花。

【校】

〔一〕題　鄒鈔作「聽女道士卞玉京琵琶」。

〔二〕玉京與我南中遇　鄒鈔、廣集、吳越、本事均作「玉京別我南中去」。

〔三〕家近大功坊底路　鄒鈔、廣集、吳越、本事均作「家在大功坊底住」。

〔四〕中山住　鄒鈔、廣集、吳越、本事均作「中山第」。

〔五〕如此纔足　篋衍作「知此便足」。

〔六〕枝梧　鄒鈔、廣集、吳越、本事均作「安坐」。

〔七〕南内方看起桂宮　鄒鈔、廣集、吳越、本事均作「南内初修梁苑成」。

〔八〕北兵早報臨瓜步　鄒鈔、廣集、吳越、本事均作「北兵已報揚州破」。

〔九〕幸遲身入　吳越作「雖幸未入」。

〔一〇〕裝束　篋衍作「妝束」。

〔一一〕遭兵苦　鄒鈔、廣集、吳越、本事均作「經兵火」。

【評】

鄧漢儀曰：有此等恨事，却有此等好詩。千載傷心，一時掩淚。

魏憲曰：細細敍來，悲泣莫訴。

靳曰：此詩勝處，在「聞道君王」十六句，如急管繁絃，淒清入耳，又如驚風驟雨，震心盪魄。聞清歌而喚奈何，要是歌能感人，非必桓子野一往情深也。前後淡遠處情致亦佳。

南生魯六眞圖歌　并引〔一〕

山東南生魯官浙之觀察，命謝彬畫已像而劉復補山水，凡六圖。其一坐方褥，聽兩姬搊箏吹洞簫。其一焚香彈琴，流泉瀉堦下，旁一姬聽倦倚石。一會兩少年蹴踘戲，毬擲空中勢欲落。一圖書滿牀，公左顧笑，有髫而秀者端拱榻前，若受書狀，則公子也。餘二圖：一則蒼藤橋橫斷壑中〔二〕，非人境，公黃冠樓拂，掉首不顧；一則深巖枯木，有頭陀趺坐披布衲，即公也。予爲作六眞圖歌，鑱之石上〔三〕，覽者可以知其志矣。

明湖夜雨天涯客，握手停杯話疇昔。人生竟作畫圖看，拂卷生綃開數尺。長身玉立于忠翁，美人促柱彈春風。一聲兩聲玉簫急，吹落碧桃無數紅。旁有一姝嬌倚扇，聽君手拂湘妃怨。抱琴危坐鬚飄然，知入淸徽廣陵散。出門逐伴車如風，築毬會飲長安中。歸來閉門閑課子，石榻焚香列圖史。我笑此翁何太奇，彈琴蹴踘皆能爲。讀書終老豈長策，乘雲果欲鞭龍螭。神仙吾輩盡可學，六博吹笙游戲作。不信晚年圖作佛，趺坐蒲團貪睡著。丈夫雄心竟若此，世事悠悠何足齒！興來展玩自掀髯，樓拂藤鞋自茲始。劉君水石謝君圖，解衣盤礴工揣摩。平生嗜好經想像，須臾點出雙淸臚。置身其間眞快樂，聲酒琴書資笑謔。縱然仙佛兩無成，如此溪山良不惡。吾聞宗少文，曾寫尙子平。阮生長嘯逢蘇門，祖孫妙筆多天眞。君不見興宗年少香山老，不及丹靑似舊人。

【校】

〔一〕四十卷本題下無「并引」字，詩鈔題下作「有序」。

〔二〕一則「一」字原闕，據四十卷本、詩鈔補入。

〔三〕上　原作「土」，據四十卷本、詩鈔改。

【評】

袁錄曰：此亦世情語，可删。

靳曰：申鳧盟跋少陵徐卿二子歌曰：此等題雖老杜亦不能佳。蓋以牽率應酬，非所以抒寫性靈耳。梅村集中時或收此，然筆力恢然有餘，才餘於詩，詩餘於題，則忘其爲應酬作矣。此題傳有曹秋嶽作，而梅村獨爲擅場，良以其開闔變化，游行自在，詩爲龍而題爲雲，則現鱗現爪，皆饒奇趣，如壽王鑑明、壽龔芝麓之類，是能於應酬中寫性靈也。

後東皋草堂歌

君家東皋枕山麓，百頃流泉浸花竹。石田書畫數百卷，酷嗜平生手藏錄。隱囊麈尾寄蕭齋，鴻鵠高飛鷹隼猜。白社青山舊居在，黃門北寺捕車來。有詔憐君放君去，重到故鄉棲隱處。短策仍看屋後山，扁舟却繫門前樹。此時鉤黨雖縱橫，終是君王折檻臣。放逐縱緣當事意，江湖還賴主人恩。一朝龍去辭鄉國，萬里烽烟歸未得。可憐雙戟中丞家，門帖淒涼題賣宅。有子單居持戶難，呼門吏怒索家錢。窮搜廢篋應無計，棄擲城南五尺山。任移花藥鄰家植，未剪松杉僧舍得。漁舟網集習家池，官道人牽到公石。石礎雖留不記亭，槿籬還在半無門。攲橋已斷眠僵柳，醉壁誰扶倚瘦藤。尙有荒祠叢廢棘，豐碑草沒猶堪識。堦前田父早歌呼，陌上行人增歎息。我初扶杖過君家，開尊九月逢黃花。秋日溪山好圖畫，石田眞蹟深咨嗟。傳聞此圖再易主，同時賓客知存幾？又見溪山改舊觀，雕欄碧檻今已矣。搖落深知宋玉愁，衡陽雁斷楚天秋。斜暉有恨家何在，極浦無言水自流。我來草堂何處宿？挑燈夜把長歌續。十年舊事總成悲，再賦閒愁不堪讀。魏褒梁園事已空，杜鵑寂寞怨西風。平泉獨樂荒榛裏，寒雨孤村聽暝鐘。

汲古閣歌　毛晉字子晉，常熟人，家有汲古閣。〔一〕

嘉隆以後藏書家，天下毘陵與瑯琊。整齊舊聞收放失，後來好事知誰及。比聞充棟虞山翁，里中又得小毛公。搜求遺逸懸金購，繕寫精能鏤板工。由來斯事推趙宋，歐虞楷法看飛動。集賢院印校讎精，太淸樓本裝潢重。損齋手跋爲披圖，蘇氏題觀在直廬。館閣百家分四庫，巾箱一幅畫三都。本朝儒臣典制作，累代縹緗輸秘閣。徐廣雖編石室書，孝徵好竊華林略。兩京太學藏經史，奉詔重修賜金紫。高齋學士費餐錢，故事還如寫黃紙。釋典流傳自洛陽，中官經廠護焚香。諸州各請名山藏，總目難窺內道場。南湖主人爲嘆息，十年心力恣收拾。史家編輯過神堯，律論流通到羅什。當時海內多風塵，石經馬矢高丘陵。已壞書囊縛作袴，復驚木册擢爲薪。君家高閣偏無恙，主人留宿傾家釀。醉來燒燭夜攤書，雙眼摩挲覺神王。古人關書借三館，羨君自致五千卷。又云獻書輒拜官，羨君帶索躬耕田。伏生藏壁遭書禁，中郎秘惜矜談進。君獲奇書好示人，雞林巨賈爭摹印。讀書到死苦不足，小學雕蟲置廢簏。君今萬卷盡刊訛，邢家小兒徒碌碌。客來詩酒話生平，家近湖山擁百城。不數當年淸閟閣，亂離踪跡似雲林。

【校】

〔一〕四十卷本無題下小注。

東萊行 爲姜如農、如須兄弟作也〔一〕

漢皇策士天人畢，二月東巡臨碣石。獻賦淩雲魯兩生，家近蓬萊看日出。仲孺召入明光宮，補過拾遺稱侍中。叔子輶軒四方使，一門二妙傾山東。同時里人官侍從，左徒宋玉君王重。就中最數司空賢，三十孤卿需大用。君家兄弟俱承恩，感時危涕長安門。侍中叩閣數彊諫，上書對仗彈平津。天顏不懌要人怨〔二〕，衞尉捉頭捽下殿。中旨傳呼赤棒來，血裹朝衫路人看〔三〕。愛弟棄官相追從，避兵盡室來江東〔四〕。本爲逐臣溝壑裏〔五〕，却因奉母亂離中〔六〕。三年流落江湖夢，茂陵荒草西風慟〔七〕。頭顱雖在故人憐〔八〕，髀肉猶爲舊君痛。我來扶杖過山頭，把酒論文遇子由〔九〕。異地客愁君更遠，中原同調幾人留？司空平昔躭佳句，千首詩成罷官去。戰鼓東來白骨寒，二勞山月魂何處？左氏勳名照汗青，過江忠孝數中丞。孺卿也向龍沙死，柴市何人哭子卿？只君兄弟天涯客，漂零尙是烟霜隔〔一〇〕。思歸詩寄廣陵潮，憶弟書來虎丘石。回首風塵涕淚流，故鄉蕭瑟海天秋。田橫島在魚龍冷，欒大城荒草木愁。當日竹宮從萬騎〔一一〕，祀日歌風何意氣〔一二〕。斷碑年月記乾封，柏梁侍從誰承制？魯連蹈海非求名，鴟夷一舸寧逃生？丈夫淪落有時命，豈復悠悠行路心。我亦滄浪釣船繫，明日隨君買山住。

【校】

〔一〕鄒鈔、吳越題下小注無「也」字，感舊無題下小注。

〔二〕要人　吳越作「大官」。

〔三〕朝衫　鄒鈔作「朝衣」。路人看，吳越作「行路羨」。

〔四〕盡室來江東　吳越作「奉母來吳中」。

〔五〕溝壑裏　吳越作「塡溝壑」。

〔六〕却因句　吳越作「却意盡室如梁鴻」。

〔七〕荒草　鄒鈔作「菀花」。

〔八〕故人憐　吳越作「有誰憐」。
〔九〕論文　吳越作「論詩」。
〔一〇〕尙是　吳越作「困苦」。
〔一一〕竹宮　吳越作「行宮」。
〔一二〕何意氣　吳越作「繞上回叶」。

鴛湖曲　爲竹亭作。〔一〕

鴛鴦湖畔草黏天，二月春深好放船。柳葉亂飄千尺雨〔二〕，桃花斜帶一溪煙〔三〕。煙雨迷離不知處，舊堤却認門前樹。樹上流鶯三兩聲〔四〕，十年此地扁舟住。主人愛客錦筵開，水閣風吹笑語來。畫鼓隊催桃葉伎，玉簫聲出柘枝臺。輕靴窄袖嬌妝束，脆管繁弦競追逐。雲鬟子弟按霓裳〔五〕，雪面參軍舞鸜鵒。酒盡移船曲榭西，滿湖燈火醉人歸。朝來別奏新翻曲〔六〕，更出紅妝向柳堤。歡樂朝朝兼暮暮，七貴三公何足數？十幅蒲帆幾尺風，吹君直上長安路。長安富貴玉驄驕，侍女薰香護早朝。分付南湖舊花柳，好留烟月伴歸橈〔七〕。那知轉眼浮生夢，蕭蕭日影悲風動。中散彈琴竟未終，山公啓事成何用？東市朝衣一旦休〔八〕，北邙坯土亦難留〔九〕。白楊尙作他人樹，紅粉知非舊日樓。烽火名園竄狐兔，畫閣偷窺老兵怒〔一〇〕。寧使當時沒縣官，不堪朝市都非故。我來倚棹向湖邊，烟雨臺空倍惘然。芳草乍疑歌扇綠，落英錯認舞衣鮮。人生苦樂皆陳迹〔一一〕，年去年來堪痛惜〔一二〕。聞笛休嗟石季倫，銜杯且效陶彭澤。君不見白浪掀天一葉危，收竿還怕轉船遲。世人無限風波苦，輸與江湖釣叟知。

【校】

〔一〕四十卷本、詩鈔、鄒鈔、百家、廣集、昭代均無題下小注。

〔二〕千尺雨　雨原作「語」，據四十卷本、詩鈔、鄒鈔、百家、廣集、昭代改。

〔三〕一溪　百家、廣集均作「一枝」。

〔四〕流鶯　孫選作「黃鸝」。

〔五〕子弟　百家作「弟子」。

〔六〕朝來　詩鈔、孫選、昭代均作「明朝」。

〔七〕伴　百家、廣集均作「待」。

〔八〕一旦　詩鈔作「一日」。

〔九〕坯土　四十卷本作「抔土」。詩鈔、鄒鈔、百家、孫選、廣集、昭代均作「坏土」。

〔一〇〕畫閣偷窺老兵怒　怒，廣集作「坐」。百家此句作「畫閣猶存老兵坐」。

〔二〕人生苦樂皆陳迹　百家、廣集此句均作「人生快樂終安極」。

〔三〕堪痛惜　惜，鄒鈔作「息」。百家、廣集此三字均作「增歎息」。

【評】

孫鋐曰：所指伊誰，乃爲十幅風帆吹入長安所誤。情詞愴惻，令人發李嶠才子之歎。

靳引陸雲士曰：其辭甚豔，其旨甚哀。先生七古每苦費辭，此正恰好。

項黄中家觀萬歲通天法帖

王氏勳名自始興，後人書法擅精能。江東將相傳家在，翰墨風流天下稱。前有鄭那今檇李，項氏由來堪竝美。近代丹青推董巨，名家毫素重鍾王。鍾王妙蹟流傳舊，貞觀在御窮搜購。盡隨萬乘入昭陵，人間一字無遺漏。碑石猶存腕鋒出，風摧雨剝苔文脱。棗木鐫來波磔非，贋麻搨就戈鋋失。君家此書何處傳？云是萬歲通天年。則天酷嗜二王法，詔求手迹千金懸。從官方慶拜表進，臣祖羲獻與僧虔。生平行草數十紙，龍蛇盤躄開天顔。賜官五階帛百疋，仍勅能手雙鉤塡。裝成用寶進御府，不知何事流人間。我思羲之負遠略，北伐貽書料強弱。惜哉徒令書畫傳，誓墓功名氣蕭索。江東無事富山水，興來灑筆臨池樂。足知文采賴昇平，父子優游擅家學。只今海內無高門，稽山越水烽烟作。春風掛席由拳城，夜雨君齋話疇昨。嗚呼吾友雅州公，舒毫落紙前人同。一官烏撒沒坯土〔一〕，萬卷青箱付朔風〔二〕。少伯湖頭鼙鼓動，尙書第內烟塵空。可憐累代圖書盡，斷楮殘編墨林印。此卷仍逃刼火中，老眼縱橫看筆陣。君眞襄毅之子孫，相逢意氣何相親。卽看書畫與金石，訪求不屑辭家貧〔三〕。嗟乎！世間奇物戀故主，留取縹緗傲絕倫。

【校】

〔一〕坯土　四十卷本作「抔土」。詩鈔作「坏土」。

〔二〕青箱　詩鈔作「青緗」。

〔三〕訪求　原作「詔求」，據四十卷本、詩鈔改。

蕭史青門曲

蕭史青門望明月，碧鸞尾掃銀河闊。好畤池臺白草荒，扶風邸舍黃塵沒。當年故后婕妤家，槐市無人噪晚鴉。却憶沁園公主第，春鶯啼殺上陽花。嗚呼先皇寡兄弟，天家貴主稱同氣。奉車都尉誰最賢，鞏公才地如王濟。被服依然儒者風，讀書妙得公卿譽。大內傾宮嫁樂安，光宗少女宜加意。正值官家從代來，王姬禮數從優異。先是朝廷啓未央，天人寧德降劉郎。道路爭傳長公主，夫婿豪華勢莫當。百兩車來塡紫陌，千金榼送出雕房。紅窗小院調鸚鵡〔一〕，翠館繁箏叫鳳凰〔二〕。白首傅璣阿母飾，綠韝大袖騎奴裝〔三〕。灼灼夭桃共穠李，兩家姊妹驕紈綺。九子鸞雛鬬玉釵，釵工百萬恣求取。屋裏薰爐滃若雲，門前鈿轂流如水。外家肺腑數尊親，神廟榮昌主尙存。話到孝純能識面，抱來太子輒呼名。六宮都講家人禮，四節頻加戚里恩。同謝面脂龍德殿，共乘油壁月華門。萬事榮華有消歇，樂安一病音容沒。莞蒻桃笙朝露空，溫明秘器空堂設。玉房珍玩宮中賜，遺言上獻依常制。却添駙馬不勝情，至尊覽表爲流涕。金册珠衣進太妃，鏡奩鈿合還夫婿。此時同產更無人，寧德來朝笑語眞。憂及四方宵旰甚，自家兄妹話艱辛〔四〕。明年鐵騎燒宮闕，君后倉黃相訣絕〔五〕。仙人樓上看灰飛，織女橋邊聽流血。慷慨難從犖公死，亂離怕與劉郎別。扶攜夫婦出兵間，改朔移朝至今活。粉碓脂田縣吏收，妝樓舞閣豪家奪。曾見天街羨壁人，今朝破帽迎風雪。賣珠易米返柴門，貴主淒涼向誰說〔六〕。苦憶先皇涕淚漣，長平嬌小最堪憐。青萍血碧它生果，紫玉魂歸異代緣。盡歎周郎曾入選，俄驚秦女遽登仙。青青寒食東風柳，彰義門邊冷墓田。昨夜西窗仍夢見，樂安小妹重歡讌。先后傳呼喚捲簾，貴妃笑折櫻桃倦。玉階露冷出宮門，御溝春水流花片。花落回頭往事非，更殘燈灺淚沾衣。休言傅粉何平叔，莫見焚香衞少兒。何處笙歌臨大道，誰家陵墓對斜暉。只看天上瓊樓夜，烏鵲年年它自飛。

【校】

〔一〕小院　新集作「小阮」。

〔二〕翠館　詩觀、新集作「翠管」，本事作「脆管」。

〔三〕綠韝　新集作「綠褠」。

〔四〕自家　箧衍作「大家」。

〔五〕倉黃　詩觀、本事、箧衍均作「倉皇」。

〔六〕向　箧衍作「對」。

【評】

鄧漢儀曰：樂安、長平已逝，只寧德尚在人間，至爲慘戚。李嶠詩所云「山河滿目淚霑衣，富貴榮華能幾時」也，能無歎息！

袁錄曰：音節淒涼，舉止嫵媚。

百花驄歌〔一〕

百花驄者，北方之奇駟也。有少年將以七百金購之，騎遇漢壽亭侯祠，伏地且僵，願以馬輸祠中，乃起，嘶鳴入，廡下泥馬忽自敗，遂立其處，頭脊尻脽如一，日中堦下齕水草已，植立如初。明年大亂，因失所在。客有傳其事者，爲作此歌，紀異也。

漢家龍媒失御策，紫陌靑門少行跡。長楸脫轡走荆州，逸足翻空爭赤壁。英雄一去時世改，騂騮慘淡無顏色。空留匹練守虛廊，雨鬣風鬉騎不得。誰似征西幕府雄，千金買馬護名驄。銀騅亂點桃花雪，玉鐙長嘶柳葉風。不向山前齕水草，却來江上乘騕褭。路出龍沙講武場，雙鞬結束兒郎好〔二〕。漢壽祠前看射鵰，彎弓仰笑霜蹄蹶。厩僕圉人起歎嗟，踠足垂頭口流沫。將軍四顧忽躊躕，此馬或遭鬼神奪。但留駿骨在人間，願納堦墀馬倏活。直入當軒立不去，蹄噭恰當鬼馬處。赤汗沾胸似戰歸，靑絲絡頸如人御。一時喧動劉繇城，狐鳴魚腹三軍驚。釃酒共推銅馬帥，椎牛大會下江兵。湓口潯陽聽鼙鼓，前驅已逼濡須塢。盡道章門屬華歆，卽看建業愁黃祖。鬱孤臺畔解征鞍，內顧逡巡十八灘。嶺表鑄銅馳檄遠，祁山刻木餉軍難。可憐萬馬俱神駿，伏櫪啣恩常陷陣。于禁城中召北軍，糜芳帳下輸南郡。不信烏騅負主人，十年鞭策苦風塵。玉關已破嫖姚死，躑躅重來被錦茵。獨有花驄偏掉鞅，哀鳴踣地英姿爽。江城春草捲黃沙，夜半忽隨風雨往。興亡自古堪嗟惜，呑吳遺恨終何益。汗血千年蹴蹋聲，麒麟地上無人識。君不見苜蓿西風石馬秋，茂陵煙樹自修修。英雄淚盡當陽坂，髀肉空銷劉豫州。

【校】

〔一〕四十卷本無此篇。

〔二〕雙犍　犍原作鍵，形近致誤，據文義逕改。

圓圓曲〔一〕

鼎湖當日棄人間，破敵收京下玉關。慟哭六軍俱縞素，衝冠一怒爲紅顏。紅顏流落非吾戀，逆賊天亡自荒讌。電掃黄巾定黑山，哭罷君親再相見。相見初經田竇家，侯門歌舞出如花。許將戚里箜篌伎，等取將軍油壁車。家本姑蘇浣花里，圓圓小字嬌羅綺。夢向夫差苑裏遊，宮娥擁入君王起。前身合是採蓮人，門前一片橫塘水。橫塘雙槳去如飛，何處豪家強載歸？此際豈知非薄命，此時只有淚沾衣。薰天意氣連宮掖，明眸皓齒無人惜。奪歸永巷閉良家，教就新聲傾坐客。坐客飛觴紅日暮，一曲哀絃向誰訴？白皙通侯最少年，揀取花枝屢迴顧。早攜嬌鳥出樊籠，待得銀河幾時渡？恨殺軍書底死催〔二〕，苦留後約將人誤。相約恩深相見難，一朝蟻賊滿長安。可憐思婦樓頭柳，認作天邊粉絮看。遍索綠珠圍內第，強呼絳樹出雕欄。若非壯士全師勝，爭得蛾眉匹馬還。蛾眉馬上傳呼進，雲鬟不整驚魂定。蠟炬迎來在戰場，啼妝滿面殘紅印。專征簫鼓向秦川，金牛道上車千乘。斜谷雲深起畫樓，散關月落開妝鏡。傳來消息滿江鄉，烏桕紅經十度霜。教曲妓師憐尙在，浣紗女伴憶同行。舊巢共是啣泥燕，飛上枝頭變鳳凰。長向尊前悲老大，有人夫壻擅侯王。當時祇受聲名累〔三〕，貴戚名豪競延致〔四〕。一斛明珠萬斛愁，關山漂泊腰支細。錯怨狂風颺落花，無邊春色來天地。嘗聞傾國與傾城，翻使周郎受重名。妻子豈應關大計，英雄無奈是多情。全家白骨成灰土，一代紅妝照汗青〔五〕。君不見館娃初起鴛鴦宿，越女如花看不足。香逕塵生烏自啼〔六〕，屧廊人去苔空綠。換羽移宮萬里愁，珠歌翠舞古梁州。爲君別唱吳宮曲，漢水東南日夜流！

【校】

〔一〕題　鄒鈔作「姑蘇曲」。

〔二〕底死　本事作「抵死」。

〔三〕祇受　本事作「苦受」。

〔四〕延致　本事作「招致」。

〔五〕紅妝　本事作「紅顏」。

〔六〕烏　四十卷本、鄒鈔均作「鳥」。

【評】

楊際昌曰：世稱杜少陵爲詩史，學杜者不須襲其貌，正須識此意耳。吳梅村歌行，大抵發於感愴，可歌可泣。余尤服膺圓圓曲前幅云：「慟哭六軍皆縞素，衝冠一怒爲紅顔。」後幅云：「全家白骨成灰土，一代紅粧照汗青。」使吳逆無地自容。體則元、白，可爲史則已如杜也。（國朝詩話卷一）

胡薇元曰：此詩用春秋筆法，作金石刻畫，千古妙文。長慶諸老，無此深微高妙。一字千金，情韻俱勝。（夢痕館詩話卷四）

勾章井（一）

神魚映日天門高，思牢弩射錢塘潮。母龍挾子飛不得，黑風吹斷黿鼉橋。只看文甃勾章井，金鰲背上穿清冷。三軍鹵飲感甘泉，十丈飛流牽素綆。面面琉璃砌碧欄（二），貝宮天際倚簾看。馬秦山接桃花島，呂宋帆移枳子灣（三）。海色曈曈照深殿，紅桑日起颿稜炫。金井杯承帝子漿，玉顔影入昭陽扇。聞道君王去射蛟，樓船十萬水犀豪。那知一夜宮中火，倒映三山五色濤。蒼鯨掣鎖電光紫，擊浪噓雲食龍子。轆轤聲斷銀瓶墜，遶殿虹蜺美人死。旃檀紫竹慈雲夢，寶陀山近鸞旌送。香水流來菩薩泉，白象迎歸善財洞。不羨蓬瀛作水仙，神樓十二竟茫然。桑田休道麻姑笑（四），桃核難求王母憐。君不見秦皇漢武終何益，至今海上留遺跡。鎬池璧至後宮愁，鈎弋宮空少子泣（五）。珠襦玉匣總塵封，卽爾飄零死亦得。羞落陳宮玉樹花，臙脂井上無顏色。

【校】

〔一〕四十卷本無此篇。

〔二〕碧欄　鄒鈔、廣集均作「碧瀾」。

〔三〕枳子灣　鄒鈔、廣集均作「椇子灣」。

〔四〕休道　鄒鈔、廣集均作「休遣」。

〔五〕宮空　鄒鈔、廣集均作「房空」。

贈吳錦雯兼示同社諸子

吾家季重才翩翩，身長七尺虬鬚髯。投我新詩百餘軸，滿牀絹素生雲煙。自言里中有三陸，長衫拂髁矜豪賢。弟先兄舉致身早，我亦挾册游長安〔一〕。其餘諸子俱嶽嶽，感時上策愁祁連。會飲痛哭岳祠下，聞者大笑驚狂顛。皐亭山頭金鼓震，萬騎蹴踏東南天。貽書訣別士龍死，嗚呼吾友非高官。餘或脫身棄妻子，西興潮落無歸船。我因老親守窮巷，買山未得囊無錢。息心掩關謝時輩，五年不到西溪邊。比因訪客過山寺，故人文酒相盤桓。手君詩篇令我讀，使我磊落開心顏。豈甘不死愧良友，欲使奇字留人間。跳刀拍張雖將相，有書一卷吾徒傳。吾聞其語重歎息，平生故舊空茫然。不信扁舟偶乘興，丁儀吳質追隨歡。酒酣對客作長句，十紙謖謖松風寒。後來此會良不易，况今海內多艱難。安得與君結廬住，南山著述北山眠。

【校】

〔一〕挾冊　四十卷本作「挾策」。

【評】

袁錄曰：稍具氣魄。

送徐次桓歸胥江草堂歌〔一〕

春來放櫂鴛湖游，杉青牐畔登高樓。裼裘徐郎最年少，坐中搖筆烟霞收。裝隨到我海濱去，雞黍流連別何遽。云過胥江舊草堂，乃父淒涼讀書處。滄山突兀枕江濆，伍相祠荒對夕曛。我是故人同季子，十年相識憶徐君。只今孺子飄零客，蘆中窮士無人識。掛劍雖存舊業非，吹簫未遇吾徒惜。歸去還登漁父船，南枝越鳥竟誰憐？投金瀨在王孫泣，白馬江聲遶舍邊。

【校】

〔一〕題　四十卷本無「歌」字。

送杜公弢武歸浦口

將軍威名著關隴，紫面虬鬚鋒骨悚〔一〕。西州名士重人豪，北地高門推將種。起家二十便登壇，氣壓三河震百蠻。夜半旌旗度青海，雪中笳鼓動蕭關。當時海內稱劉杜，死事忠勳君叔父。黄沙磧上起豐碑，李氏功名何足數。君爲猶子有家風，都護防秋杖節同。白帝傳烽移劍外，黄巾聞警出榆中。功敗垂成謀不用，十年心力堪悲痛。只今天地滿風塵，餘生淪落江南夢。江南煙雨長菰蒲，蟹舍漁莊家有無。醉裏放歌衰鬢短，狂來搖筆壯心蘇。自言少年好詩酒，學佛求仙遍師友。牀頭眞訣幸猶在，肘後陰符復何有？嗟余憔悴卧江潭，騎省哀傷初未久。君來一見卽論文，謂結婚姻商不朽。蹉跎此意轉成空，自恨愆期負若翁。非是雋君辭霍氏，終然丁掾感曹公。此後相逢輒悲歎，秦關何處鄉書斷。苦憶江南欲往難〔二〕，羈棲老病無人看〔三〕。三經出塞五專征，一卷詩書記姓名。奴僕旌旄多甲第，親朋兵火剩浮生。重向天涯與我別，憑闌把酒添淒咽。煙水蘆花一雁飛，回頭却望江南月。

【校】

〔一〕虬鬚　四十卷本作「虬髯」。

〔二〕欲往　四十卷本作「欲住」。

〔三〕羇棲　棲原作「妻」，據四十卷本改。

蘆洲行

江岸蘆洲不知里，積浪吹沙長灘起。云是徐常舊賜莊，百戰勳名照江水。祿給朝家禮數優，子孫萬石未云酬。西山詔許開煤冶，南國恩從賜荻洲。江水東流自朝暮〔一〕，蘆花瑟瑟西風渡。金戈鐵馬過江來，朱門大第誰能顧。惜薪司按先朝册，勳產蘆洲追子粒。已共田園沒縣官，仍收子弟徵租入。我家海畔老田荒，亦長蘆根豈賜莊？州縣逢迎多妄報，排年賠累是重糧。丈量親下稱蘆政，鞭笞需索輕人命。胥吏交關橫派征，差官恐喝難供應。江南尺土有人耕，踏勘終無豪占情。徒起再科民力盡〔二〕，却虧全課國租輕。積年升科〔三〕老田，本漕白重課，指爲無糧侵占，故有重糧再科。後重糧去而定爲蘆課，視原額反少減矣。甚言害民而又損國，其無益如此〔四〕。詔書昨下知民病，解頭使用今朝定。早破城中數百家，蘆田白售無人問。休嗟百姓困誅求，憔悴今看舊五侯。只好負薪煨馬矢，敢誰伐荻上漁舟？君不見舊洲已沒新洲出，黃蘆收盡江潮白。萬束千車運入城，草場馬厩如山積。樵蘇猶到鍾山去〔五〕，軍中日日墝陵樹。

【校】

〔一〕江水　廣集作「江上」。

〔二〕徒起　詩鈔作「徒地」。

〔三〕升科　詩鈔作「科升」。

〔四〕百家、孫選均無此夾注。

〔五〕猶到　四十卷本、詩鈔、百家、孫選均作「猶向」。

【評】

魏憲曰：借蘆洲發揮，末段歷亂可泣。

孫鋐曰：感諷之旨，不減斥鹵桑田矣。於此歎聖朝之寬厚。

袁錄曰：蘆洲、捉船、馬草三詩，有元、白之婉轉，兼張、王之沉痛。

靳曰：蘆洲行、捉船行、馬草行，可仿杜陵之三吏、三別矣。杜句中如「有吏夜捉人」、「肥男有母送，瘦男獨伶俜」，俗字里語，都入陶冶；而此詩如賠累、需索、解頭使用等字，捉船行買脫、曉事、常行、另派等字，馬草行解戶公攤、苦差、除頭等字，皆係詩中創見：蓋梅村有意學杜故也。

捉船行

官差捉船爲載兵，大船買脱中船行。中船蘆港且潛避，小船無知唱歌去。郡符昨下吏如虎，快槳追風摇急櫓。村人露肘捉頭來，背似土牛耐鞭苦。苦辭船小要何用，爭執洶洶路人擁。前頭船見不敢行，曉事篙師斂錢送。船戶家家壞十千，官司查點候如年。發回仍索常行費，另派門攤云雇船〔一〕。君不見官舫嵬峩無用處，打鼓插旗馬頭住。

【校】

〔一〕云　詩鈔、昭代均作「去」。

【評】

靳曰：就捉船中抽出小船，是加一倍寫法也。蓋買脱者潛避者皆已曉事斂錢，小船無知，而亦入於曉事斂錢之隊，則無不斂錢者矣。至於發回索費，另派門攤，是捉船之後，又有兩番斂錢也。然官舫尚無所用，則不須捉，亦不須雇，甚言郡符之謬。通篇俱用加一倍寫法。

馬草行

秣陵鐵騎秋風早，厩將圉人索芻藁。當時磧北報燒荒〔一〕，今日江南輸馬草。府帖傳呼點行速，買草先差人打束〔二〕。香芻堪秣飽驊騮〔三〕，不數西涼誇苜蓿〔四〕。京營將士導行錢，解戶公攤數十千。長官除頭吏乾沒，自將私價僦車船。苦差常例須應免〔五〕，需索停留終不遣。百里曾行幾日程〔六〕，十家早破中人產〔七〕。半路移文稱不用，歸來符取重裝送。推車挽上秦淮橋〔八〕，道遇將軍紫騮鞚〔九〕。轅門芻豆高如山，紫髯碧眼看奚官〔一〇〕。黃金絡頸馬肥死，忍令百姓愁飢寒。回首滁陽開僕監〔一一〕，龍媒烙字麒麟院。天閑轡逸起黃沙，遊牝三千滿行殿。鍾山南望獵痕燒〔一二〕，放牧秋原見射鵰。寧莝雕胡供伏櫪，不堪園寢草蕭蕭〔一三〕。

【校】

〔一〕報燒荒　四十卷本作「起蒲梢」。

〔二〕打束　吳越作「結束」。

〔三〕堪秣飽驊騮　吳越作「飽秣健驊騮」。

〔四〕誇　吳越作「漢」。

〔五〕須應　廣集作「應須」。

〔六〕曾行　吳越作「分爲」。

〔七〕早破　吳越作「已破」。

〔八〕挽上　廣集、吳越均作「晚上」。

〔九〕道遇句　吳越作「萬馬奔突行路恐」。
〔一〇〕紫髯碧眼　四十卷本作「長衫沒踝」。
〔一一〕回首　吳越作「憶昔」。　滁陽　四十卷本作「當年」。
〔一二〕鍾山　四十卷本作「蔣山」。　獵痕　吳越作「獵火」。
〔一三〕園寢　四十卷本作「極目」。

【評】
黃傳祖曰：縈情題外，按抑不吐，久不能耐，遂爾轉側逗漏而出。

題志衍所畫山水

畫君故園之書屋，午榻茶烟蒔花竹；著我溪邊岸葛巾，十年笑語連牀宿。畫君蜀道之艱難，去家萬里誰能還；戎馬千山西望哭，杜鵑落月青楓寒。今之此圖何者是？黯淡蒼茫惟一紙。想像雲山變滅中，其人與筆寧生死？我思此道閉榛蕪，東南畫派多蕭疎〔一〕。君嘗展卷向余說，得及荊關老輩無？巫山巫峽好粉本，一官大笑誇吾徒。此行歸來掃素壁，捫腹滿貯青城圖。只今猶是江南樹，憶得當時送行處。楊柳青青葭菼邊，雙槳搖君此中去。

【校】

〔一〕派　原作「脈」，據四十卷本、詩鈔改。

【評】

袁錄曰：一結魂銷，餘亦稱意有結構。

堇山兒

堇山兒，兒生不識亂與離。父言急去牽兒衣，母言乞火爲兒炊作糜。父母忽不見，但見長風白浪高崔嵬。將軍下一令，軍中那得聞兒啼？樓船何高高，沙岸多崩摧。榜人不能移，舉手推墮之。上有蒲與萑，下有濘與泥，十步九倒迷東西。身無袴襦，足穿蒺藜，叩頭指口惟言飢。將船送兒去，問以鄉里記憶還依稀。父兮母兮哭相認，聲音雖是形骸非。傍有一老翁，羨兒獨來歸。不知我兒何處餵游魚，或經略賣遭鞭笞？垂頭涕下何纍纍。吾欲竟此曲，此曲哀且悲，茫茫海內風塵飛。一身不自保，生兒欲何爲？君不見，堇山兒！

【評】

袁錄曰：綽有古趣。

斷曰：此首全仿古樂府而得其神似。臨頓兒是訴略賣之苦，此首則寫仳離之狀也。

吳梅村全集卷第四　詩前集四

五言律詩一百五首

夜泊漢口

秋氣入鳴灘，鈎簾對影看。久游鄉語失，獨客醉歌難。星淡魚吹火〔一〕，風高笛倚闌。江南歸自近，盡室寄長安。〔二〕

【校】

〔一〕魚　四十卷本作「漁」。

〔二〕平論載此詩頗多異文，全錄如下：秋氣入鳴灘，孤舟逼夜闌。久遊鄉語失，爲客別人難。望火知星淡，聞歌覺浦寒。算緡惟賈客，誰者任盤桓。

【評】

袁錄五律總評曰：司成五言律不如七言律。又曰：五言易於七言，司成五言拙于七言，由其輕倩多，沉着少也。

靳曰：梅村七律膾炙人口，然藻飾宏麗，佳者如出一手，五律則無體不備，實兼諸大家、名家之長。緣學詩者多致力于七律，遂忘其五律之妙耳。觀杜于皇祭梅村文，知梅村律體，其所自信與同時宗仰者，尤在五言也。又引秦留仙曰：梅村遊梁溪，自謂五言近體得杜于皇金焦詩而一變。黄與堅曰：鍾譚說詩，甚爲偏僻，獨以刮磨五律，最去學者膚庸俚淺之病。梅村講究略同，故其五律特精。（論學三說）

送黄子羽之任四首 子羽能詩，以徵辟爲新都令。

襄陽

始見征途亂，十年憂此方。君還思聖主，何意策賢良。楚蜀烽烟接，江山指顧長。祇今龐德祖，不復卧襄陽。

巫峽

高深積氣浮，水石怒相求。勝絕頻宜顧，奇情不易留。蒼涼難久立，浩蕩復誰收。詩思江天好，春雲滿益州。

成都

魚鳧開國險，花月錦城香。巨石當門觀，奇書刻渺茫。江流人事勝，臺榭霸圖荒。萬里滄浪客，題詩問草堂。

新都

丞相新都後，如今復幾人。先皇重元老，大禮自尊親。舊俗科條古，前賢風尚醇。似君眞茂宰，白石水潾潾。

【評】

袁錄曰：送子羽四首，只新都一首佳。

穿山

勢削懸崖斷，根移怒雨來。洞深山轉伏，石盡海方開。廢寺三盤磴，孤雲五尺臺。蒼然飛動意，未肯臥蒿萊。

【評】

袁錄曰：刻畫。
斷曰：三四工鍊。

玄墓謁剖公

一衲消羣相，孤峯占妙香。經聲淸石骨，佛面冷湖光。花落承趺坐，雲歸識講堂。空潭今夜月，鐘鼓祝前王。

【評】
袁錄曰：司成於贈禪友詩俱不工。
斷曰：句句是玄墓、剖公合寫，而「謁」字於言外見之，別是一格。

過閔果師園居

帆影窗中沒，鐘聲樹杪移。簷依懸果近，閣避偃松欹。菜甲春來早，茶槍雨後遲。散齋閒獨往，應與道人期。

【評】
斷曰：此詩以芊綿妥帖爲工，似杜集中遊何將軍山林、重過何氏諸首。

游西灣

斷壁猿投栗，荒祠鼠竄藤。鐘寒難出樹，雲靜恰依僧。選勝從吾意，捫危羨客能。生來幾量屐，到此亦何曾。

送友人還楚

燈火照殘秋，聞君事遠遊。客心分暮雨，寒夢入江樓。酒盡孤峯出，詩成衆靄收。一帆灘響急，落日滿黃州。

送繼起和尚入天台

振錫西泠渡，潮聲定後聞。屐侵盤磴雪，衣濕渡江雲。樹向雙崖合，泉經一杖分。石林精舍好，猿鳥慰離羣。

【評】

孫鋐曰：高致如掬。

蚤起

蚤涼成偶游，惜爽憩南樓。棋響鳥聲動，茶烟花氣浮。衫輕人影健，風細客心柔。餘興閒支枕，清光淺夢收。

【評】

袁錄曰：似神廟時山人詩，名爲刻苦，實非大雅。

五月尋山夜寒話雨

客衣輕百里，長夏惜登臨。正爾出門夜，忽逢山雨深。聊將斗酒樂，無作薄寒吟。年少追涼好，難爲父母心。

【評】

靳曰：此首以自然爲工，用意周到，妙在有意無意之間。

程曰：公少作已工鍊如此。

瑜芬有侍兒明慧從江上歸則言去矣

江上送君別，餘情感侍兒。對人先母意，生小就儂嬉。恃穉偏頻進，含嬌託未知。今來羅帳底，誰解笑微窺？

讀史雜感十六首〔一〕

吳越黃星見，園陵紫氣浮。六師屯鵲尾〔二〕，雙闕表牛首。鎮靜資安石，艱危仗武侯。新開都護府，宰相領揚州。

其二

莫定三分計，先求五等封。國中惟指馬，閫外盡從龍。朝事歸諸將，軍輸仰大農。淮南數州地〔三〕，幕府但歌鐘。

【評】鄧漢儀評「國中」二句曰：可歎！

其三

北寺讒成獄，西園賄拜官。上書休討賊，進爵在迎鑾。相國爭開第，將軍罷築壇。空餘蘇武節，流涕向長安〔四〕。

【評】鄧漢儀評「上書」二句曰：實錄。

其　四

御刀周奉叔，應敕阮佃夫。列戟當關怒，高軒哄道呼。監奴右衞率，小吏執金吾。匍匐車塵下，腰間玉鹿盧。

其　五

聞築新宮就〔三〕，君王擁麗華。尙言虛內主，廣欲選良家。使者螭頭舫，才人豹尾車。可憐青塚月，已照白門花。

【評】

鄧漢儀評「可憐」二句曰：慘不忍聞。

黄傳祖曰：以上或端敍，或錯敍，或複說，或滯說，一唱三嘆，流連俯仰。彼黍離離，不足並其哀激。

其六

貴戚張公子，奄人王寶孫。入陪宣室宴，出典羽林屯。狗馬來西苑，俳優侍北門。不時中旨召，著籍並承恩。

其七

漫說黃龍府，須愁朱雀桁。三軍朝坐甲，十客夜傳觴。王氣矜天塹，邊書棄御牀。江州陳戰艦〔六〕，不肯下潯陽。

其八

偏師過采石，突騎滿新林。已設牽羊禮，難爲刑馬心。孤軍摧韋粲，百戰死王琳。極目蕪城遠，滄江暮雨深。

其九

纓棘千夫聚，艨衝百里通。白衣搖急槳，青草伏彊弓。塢壁推嚴虎，江湖屬管崇。丹陽故鄣郡，山越土人風。

其十

越絕山河在，征人尙錦袍。乘風竹箭利，狎浪水犀豪。怪石千灘險，疑城百里高。臨江諸將帥，委甲甬東逃。

【評】袁録曰：詞健調高，可傳可傳。

其十一

屢檄知難下，全軍壓婺州。國亡誰與守？城壞復能修。喋血雙溪閣，焚家八詠樓。江東子弟恨，伏劍淚長流。

其十二

聽說無諸國，南陽佳氣來。三軍手詔痛，一相誓師哀。魯衞交難合，黥彭間早開。崆峒游不返，虛築越王臺。

其十三

再有東甌信，城空戰鼓聞。青山頻見騎，丹穴尙求君。亂水衝村壘，殘兵哭嶺雲。瘡痍逢故老，還說永安軍。

【評】黄傳祖曰：哀而能麗。

其十四

計出游雲夢，雄風羨獨醒。連營巴水白，吹角楚天青。五嶽尊衡嶠，三江阻洞庭〔七〕。故家多屈宋，應勒武岡銘。

其十五

早設沿江戍，仍添泝水兵。惡灘横贛石，急浪打湓城。轂騎柴桑督，樓船牛渚營。江南民力盡，辛苦事西征。

其十六

風雨章江路，山川感廢興。城荒孤鶩遠，潮怒老蛟憑。止水孤臣盡，空坑故鬼增。淒涼餘汗簡，遺事續廬陵。

【校】

〔一〕題　四十卷本止錄十首，無第十一至十六首。鄒鈔題作「讀史」，選第一、二、五、七、八、十四首。詩觀選第一、二、三、五、七、八、九、十首。新集選第二、三、五、七、十二、十三首。感舊選第一、二、三、四、五、七、八首。

〔二〕鵲尾　詩觀作「鵲嶺」。

〔三〕淮南　鄒鈔作「淮西」。

〔四〕向　新集作「問」。

〔五〕聞　新集作「開」。

〔六〕江州　原作「江舟」，據四十卷本、鄒鈔、新集、感舊改。

〔七〕三江　鄒鈔作「三山」。

【評】

鄧漢儀曰：八首典古壯麗，皆能妙合今情，然不露感慨，不涉譏刺，固含風咀雅之篇。

溪橋夜話

予偕子俶兄弟，臨流比屋，異戶同橋，久雨得月，新浴乍凉，輒書數語，以識幽事。〔一〕

竹深斜見屋，溪冷不分橋。老樹連書幌，孤村共酒瓢。茶香消積雨，人影話良宵。同入幽棲傳，他年未寂寥。

【校】

〔一〕平論、詩歸均無詩序。

【評】

靳曰：此首識幽事也。清穩學杜。

再簡子俶〔一〕

舊識天下盡，與君兄弟存。異書安廢壓，苦酒潑殘樽。住處欣同里，相依好閉門。亂餘仍老屋，慟哭故朝恩。

【校】

〔一〕四十卷本無此篇。

素馨〔一〕亂後道阻無至者，友人培隔年舊本，賦以誌感。

異地憐培養，孤根怨別離。淸心愁欲瘦，獨立畏人知。棄置踰吾分，馨香與物移。名花貪悅己，不改誤芳時。

【校】

〔一〕四十卷本無此篇。

感舊〔一〕

不敢恨離別，失君愁我輕。新知紛項領，久病廢將迎。慘澹隨時輩，艱難愧老成。何時攜斗酒，涕泣話餘生。

【校】

〔一〕四十卷本無此篇。

贈歌者〔一〕

天寶遺音在，江東妙舞傳。舊人推賀老，新曲唱延年。白眼公卿貴，青娥弟子妍。醉中談往事，少小侍平泉。

【校】

〔一〕四十卷本無此篇。

兔缺

舌在音何謎，唇亡口半呿。病同師伯齲，方問仲堪醫。露涿從人誚，銜碑欲語遲。納言親切地，補闕是良規。

【評】

靳曰：此種詩看其工巧之中有大雅體度，是才餘於詩也。

織女

軋軋鳴梭急，盈盈涕淚微。懸知新様錦，不理舊殘機。天漢期還代〔一〕，河梁事已非。

玉箱今夜滿，我獨賦無衣。

【校】

〔一〕代 四十卷本作「待」。

感 事〔一〕

不事扶風掾，難耕好畤田。老知三尺法，官爲五銖錢。築土驚傳箭，呼門避櫂船。此身非少壯，休息待何年？

【校】

〔一〕題 詩鈔作「即事」。

贈蒼雪若鏡兩師見訪

孤雲所宿處，清磬出層陰。高座惟斯道，扁舟亦此心。尋秋逢講樹，到海發禪音。月色霜天正，吾師詩思深。

謝蒼雪贈葉染道衣

婆羅多寶葉，煎水衲衣黃。不染非眞色，拈來有妙香。足趺僧相滿，手綻戒心長。一笠支郎許，安禪向石傍。

送李友梅還楚寄題其所居愛吾廬〔一〕

寒雪滿潯陽，江程入楚鄉。灘逢黃鵠怒，嶺界白雲長。十里魚蝦市，千頭橘柚莊。歸人貰村酒，彷彿是柴桑。

【校】

〔一〕題　四十卷本作「送李友梅還楚寄題其所居愛吾廬友梅慕陶故詩以記之」。

黄州杜退之改號蛻斯其音近而義別索詩爲贈

述志賦秋蟲，孤吟御遠風。擬皮忘我相，換骨失衰翁。晝以通靈妙，詩因入悟空。少陵更字說，不肯效韓公。

王瓜

同摘誰能待，離離早滿車。弱藤牽碧蔕，曲項戀黄花。客醉嘗應爽，兒涼枕易斜。齊民編月令，瓜瓞重王家。

豇豆

綠畦過驟雨，細束小虹蜺。錦帶千條結，銀刀一寸齊。貧家隨飯熟，餉客借餻題。五色南山豆，幾成桃李蹊。

莧〔一〕

性嫌同肉食，味好伴葵羹。辨葉先知種，聞香易識名。碧甜驕綠茹，茜汁亂紅秔。却怪成都叟，詩篇莧也輕。

【校】

〔一〕四十卷本無此篇。

送照如禪師還吳門

秋氣肅羣慮，衲衣還故棲。雲生孤杖迥〔一〕，月出萬山低〔二〕。乞火青楓寺〔三〕，疏泉紫芊畦。石床攖拂子，盡說是曹溪。師姓曹。

【校】

〔一〕孤杖迥　詩鈔作「孤杖底」。

〔二〕萬山低　詩鈔作「萬山西」。

〔三〕青楓寺　詩鈔作「淸風寺」。

初冬月夜過子儆

月色破林巒，家貧共一灘〔一〕。門開孤樹直，影逼兩人寒。瀹茗誇陽羨，論詩到建安。亦知談笑久，良夜睡應難。

【校】

〔一〕家貧　四十卷本、詩鈔均作「貧家」。

園居東許九日

迸筍穿茶竈，攲花罨釀房〔一〕。曝書移畫几，敲筆響琴牀。晚食知眠懶，輕衫便酒狂。翛然吾願足，不肯負滄浪。

【校】

〔一〕攲花　詩鈔、昭代均作「攲松」。

晚泊

寒鋤依岸直，輕槳蕩潮斜。樹脫餘殘葉，風吹亂晚鴉。沙深留豕跡，溪靜響魚叉。乞火村醅至，炊烟起荻花。

【評】

斷曰：中四句形容「晚」字入妙，而「泊」字自在其中，「餘」字、「亂」字、「留」字、「響」字烹鍊最佳。

題心函上人方庵

頂相安禪穩〔一〕，圓塵覆鉢銷。誰知眠丈室，不肯效團焦。石鼎支茶竈，匡牀挂瘿瓢。一枝方竹杖，夜雨話參寥。

【校】

〔一〕安禪 四十卷本、詩鈔均作「安單」。

題敬上人代笠〔一〕

空山無住著，就石架孤筇。愛雪編茅整，愁風剪箬工。樹陰休灌叟，簑雨滴漁翁。要自謀安隱，吾師息此中。

【校】

〔一〕題 「敬上人」，四十卷本作「儆上人」。

過南屏訪無生上人

謂此一公住，偶來聞午鐘。山容參雪嶠，無生壁間有雪嶠師畫。佛火隱雷峯。路細因留竹，雲深好護松。精廬人不到，相對話南宗。

簡武康姜明府二首

地僻誰聞政，如君自不同。放衙山色裏，聽事水聲中。竹稅官橋市，茶商客渚篷。前溪歌舞在，父老習遺風。

其二

花發訟庭香，松風夾道涼。溪喧因紙貴，邑靜爲蠶忙。魚鳥高人政，烟霞仙吏裝。知君趨召日，取石壓歸航。

曉妝

學母妝應早，留花稱小鬟。爲憐新繡領，故著舊時衣。性急梳難理，衫深力易微。素匳猶未斂，祇道侍兒非。

【評】懷錄曰：嬌女性情。

贈徐子能二首

如子聲名早，相聞盡故人。恨余交太晚，知我話偏眞。道在應非病，詩成自不貧。拊髀休歎恨〔一〕，纔得保沉淪。〔二〕

其二

未卜林塘隱，還將野興消。鶴聲常入市，樹勢欲侵橋。老病人扶拜，狂吟客見招。知從甫里近，白首共逍遥。

【校】

〔一〕拊髀句　四十卷本作「休教嗟拊髀」。

〔二〕四十卷本篇末有小注「子能病蹇」。

初春夜坐奇懷室〔一〕

長日誰教睡，夜深還擁書。一燈殘酒在，斜月暗窗虚。官退才須減，名高懶不除。梅花侵曉發，早得伴閒居。

【校】

〔一〕題　四十卷本作「初春同王維夏郁計登夜坐奇懷室」。

新霽喜孫令修至同步後園探梅

偶來因客興，信步得吾園。雨足山低樹，花開日滿軒。掃林休石磴，劚藥遇泉源。絕壑人聲至，驚棲聽鳥喧。

送王子彥

王以孝廉不仕，後因事避吏，將入都。

失意獨焉往，自憐歸計非。無家忘別苦，多難愛書稀。白首投知己，青山負布衣。秋風秣陵道，惆悵素心違。

【評】

靳曰：「青山負布衣」，寫出子彥身分。通首于「孝廉不仕」四字特見洗發。

遇舊友

已過纔追問，相看是故人。亂離何處見，消息苦難眞。拭眼驚魂定，銜杯笑語頻。移家就吾住，白首兩遺民。

【評】

沈德潛曰：起語得神，與「乍見翻疑夢」同妙。（清詩別裁）

靳曰：梅村此詩，通首俱有眞氣，不止起句工妙。又曰：此詩一氣貫注，直摩盛唐之壘。

偶值

偶值翻成訝，如君不易尋。出門因酒癖，謝客爲書淫。久坐傾愁抱，高譚遇爽心〔一〕。明朝風日暇，餘興約登臨。

【校】

〔一〕爽心　四十卷本、詩鈔均作「賞心」。

座主李太虚師從燕都間道北歸尋以南昌兵變避亂廣陵賦呈八首〔一〕

風雪間關道〔二〕，江山故國天。還家蘇武節，浮海管寧船。妻子驚還在，交朋淚泫然。兩京消息斷，離別早經年。

其二

白鹿藏書洞，青牛採藥翁。買山從五老，避世棄三公。舊德高詞苑〔三〕，長編續史通〔四〕。十年金馬夢，回首暮雲中。

其三

愛酒陶元亮，能詩宗少文。桃花忘世事，明月望湘君。山靜聞鼙鼓，江空見陣雲。不知時漢晉，誰起灌將軍？

其四

浩劫知難問，秋風天地哀。神宮一柱火，仙竈五丁雷。劍去龍沙改，鐘鳴鼉鼓來。可憐新戰骨，落日獨登臺。

其五

彭蠡初無雁，潯陽近有書。干戈愁未定，骨肉苦離居。江渚宵傳柝，山城里出車。終難致李白，臥病在匡廬。

其六

世路長爲客，家園况苦兵。酒偏今夜醒新佞切，笛豈去年聲。一病餘孤枕，千山送獨行。馬當風正緊，捩柁下湓城。

其七

莫問投何處，輕帆且別家。漫栽彭澤柳，好種廣陵瓜。飲興愁來減，詩懷老自誇。南齊山色近〔五〕，題語報侯芭。

其八

海內論知己，天涯復幾人？關山思會面，戎馬涕沾巾。賓客侯嬴老，諸生原憲貧。相看同失路，握手話艱辛。

【校】

〔一〕題　詩鈔「師」作「先生」，選第二、四、五、七首。鄒鈔選第四、八首。百家題作「避亂廣陵」，選第四、五首。篋衍題作「呈李太虛先生」，止選第二首。

〔二〕道　四十卷本作「路」。

〔三〕詞苑　篋衍作「文苑」。

〔四〕續　原作「讀」，據四十卷本、詩鈔、篋衍改。

〔五〕南齊　四十卷本、詩鈔均作「南徐」。

歲暮送穆大苑先往桐廬四首〔一〕

客中貪過歲〔二〕，又上富春船。燭影欹寒枕〔三〕，江聲聽夜眠。石高孤岸迥，雪重半帆偏。明日停橈處，山城落木天。

其　二

臥病纔回棹，征軺此再游。亂山穿鳥道，匹馬向嚴州。遠水浮沙嶼，高楓入郡樓。知君風雨夜，落葉起鄉愁。

其　三

到日欣逢節，招尋有故人。官廚消絳蠟，客舍爨烏薪。鎖印槐廳靜，頒春柏酒新。翩翩杜書記，瀟灑得閑身。

其四

知爾貪乘興，衝寒蠟屐忙。鶴翻松磴雪，猿守栗林霜。官醞移山榼，仙棋響石房。嚴光如可作，故態客星狂。

【校】

〔一〕題　「穆大苑先」，鄒鈔作「穆苑先」，與昭代均止選第一首。
〔二〕貪　篋衍作「驚」。
〔三〕燭影　原作「竹影」，據四十卷本、詩鈔、鄒鈔、昭代、篋衍改。

曉發

曉發桐廬縣，蒼山插霧中。江村荒店月，野戍凍旗風。衣爲裝綿暖，顏因被酒紅。日高騎馬滑，愁殺白頭翁。

客路

客路驚心裏，棲遲苦未能。龍移對江塔，雷出定龕僧。武林近事〔一〕。林黑人譚虎，臺荒吏按鷹。清波門外宿，潮落過西興。

【校】

〔一〕鄒鈔無句下小注。

贈劉虚受二首

中歲交朋盡，新知得此翁。道因山水合，詩向病愁工。悟物談功進，亡情耳識空〔一〕。眞長今第一，兄弟擅宗風。

其二

識面已頭白，論心惟草玄。孝標三世史，摩詰一門禪。獨宿高齋晚，微吟細雨天。把君詩在手，相慕十年前。

【校】

〔一〕此句下四十卷本、詩鈔均有小注「重聽」。

苦雨

亂烟孤望裏，雨色到諸峯。野漲餘寒樹，江昏失暝鐘。夜深溪碓近，人語釣船逢。愁聽惟支枕，艱難媿老農。

海溢

積氣知難極，驚濤天地奔。龍魚居廢縣，人鬼語荒村。異國帆檣落，新沙島嶼存。橫流如可救，滄海漢東門。

閬園詩十首 并序〔一〕

閬園者，李太虛先生所創別墅也。廣廈層軒，迴廊曲樹〔二〕，門外有修陂百頃，堂前列灌木千章，采文石於西山，導清流於南浦。綠藻被沼，紫奈當窗，芳枳樹籬，修藤作架。白鶴文鵰，飛翔廣囿〔三〕；鴛鴦黃鵠，游泳清池。豈止都蔗爲鄉，素馨成幄已哉！況經傳惠遠，廚藏金粟之儀；山近麻姑，壇擬玉臺之觀〔四〕。果名羅漢，花號佛桑，紺室聞鐘，丹泉洗藥，茲爲靈境，夫豈塵區。而吾師偃仰茂林，從容長薄，千里致程鄉之酒，十年探禹穴之書。叔夜銅鎗，可容一斗；茂先寶劍，足値千金。焚香而明月滿簾，鬬茗而清風入座，張華燈而度曲，指孤嶼以題詩，若將終身焉〔五〕，洵可樂也。不謂平原鹿走，一柱蛟飛，始也子魚已下虞翻之說，既而孝頃遽來周迪之軍。浪激亭湖，兵焚樵舍，馬矢積桓伊之墓，鼓聲震徐孺之臺。將仙人之藥臼車箱，俱移天上；豈帝子之珠簾畫棟，尙出人間？雲卿棄藥圃而不歸，少陵辭瀼谿而又往。放舟采石，浪跡雷塘，愛子則痛甚元規，故園則情同王粲，望匡山而不見，指章水以爲言，嘿嘿依人，傷心而已。於是嵇生授簡〔六〕，趙子抽毫〔七〕，重邀大別之雲〔八〕，再續小園之賦。庶幾峯連北固，不異香爐；瀨上邗溝，居然湓口。心平慰矣，歎也何如！偉業幸遇龍門，曾隨兔苑，自灌園於海畔，將負笈於山中，顧茲三逕之荒，已近十年之別。願依杖屨，共肆登臨。弟子昇陶令之輿，興思彭澤；故吏逐謝公之屐，寄念東山。爰託五言，因成十律〔九〕。華林園追陪之宴，而今渺然〔10〕；浣花潭話舊之遊，於茲在矣。

先生家住處，門泊九江船。彭蠡春來水，匡廬雨後天。芰荷香石浦，秔稻熟湖田。獨坐憑闌久，虛堂且晏眠。

其二

有客扶藜過，空山猿鳥知。苔侵蠟逕屐，松覆石牀棋。楚米炊菰早，吳羹斫鱠遲。柴門相送罷，重定牡丹期。

其　三

性僻躭書畫，蹉跎遍兩京。提攜詩卷重，笑傲客囊輕。小閣尊彝古，高人池館清。平生無長物，端不負虛名。

其　四

興極歌還哭，狂來醉復醒。牀頭傾小榼，壁後臥長瓶。月出呼漁艇，花開置幔亭。門前流水急，數點暮山青。

其　五

絕壑非人境，丹沙廢井留。移家依鶴砦，穿水遇龍湫。白石心長在，黃金藥可求。何時棄妻子，還伴葛洪遊？

其　六

我愛東林好，還家學戴顒。經臺憑怪石，麈尾折青松。書卷維摩論，溪山曹洞宗。欲修居士服，持偈問黃龍。

其七

倦策登臨減，名山坐臥圖。避人來栗里，投老乞菱湖。舊業存楡柳，新齋待竹梧。亂離知又至，安穩故園無？

其八

陶令休官去，迎門笑語忙。那知三逕菊，却怕九秋霜。十具牛誰種？千頭橘未荒。可憐思愛子，付託在滄浪。

其九

青史吾徒事，先朝忝從臣。十年搜典册，萬卷鎖松筠。好友須分局，奇書肯借人？𢯱灰心力盡，牢落感風塵。

其十

早買淮陰棹，仍登江上樓。曉來看北固，何處似南州？王謝池臺盡，齊梁寢樹秋。天涯憂國淚，豈爲故鄉流〔一〇〕。

【校】

〔一〕題　鄒鈔無題下「并序」字，選第一、五、十首。
〔二〕曲樹　鄒鈔作「曲檻」。
〔三〕飛翔　四十卷本作「飛翮」。
〔四〕壇擬玉臺之觀　鄒鈔作「臺擬玉仙之觀」。
〔五〕若將終身焉　四十卷本、鄒鈔均無「身」字。
〔六〕嵇生　原作「稽生」，據四十卷本改。
〔七〕抽毫　鄒鈔作「揮毫」。
〔八〕雲　鄒鈔作「雩」。
〔九〕爰託五言因成十律　鄒鈔無此八字。
〔一〇〕而今　鄒鈔作「於今」。

〔二〕流　鄒鈔作「留」。

課女

漸長憐渠易，將衰覺子難。晚來燈下立，攜就月中看。弱喜從師慧，貧疑失母寒。亦知談往事，生日在長安。

【評】

袁錄曰：寫出憐惜。

蘄曰：句句入情，詩之妙處只在眞也。

吳騫曰：梅村五律課女一首，寫老年襟抱，一語是喜，一語是悲，間入八句中。其實喜中亦有悲，悲中亦有喜，令人纏綿悱惻，不能自已，覺左家嬌女，遜此情至。（拜經樓詩話）

嘉湖訪同年霍魯齋觀察四首〔一〕

官舍鶯聲裏，旌旗拂柳堤。湖開山勢斷，塔逈樹痕齊。世路催青鬢，春風到紫泥。還看鮑司隸，驄馬灞橋西。

其二

踪跡知何處，溪山興不孤。閑亭供鳥雀，仙吏得蓴鱸。紅荔涪江樹，青楓笠澤圖。須教趙承旨，烟雨補南湖。

其三

門外銀塘滿，鷗飛入晚稍。公田若下酒，鄉夢杜陵花。水碓筒輸紙，溪船簍貢茶。看雲堪拄笏，幕客莫思家。

其四

羽蓋菰城道，春風行部勞。長公山郡簡，小杜水嬉豪。簫鼓催征騎，琴書歷畫舠。獨憐憔悴客，剪燭話同袍。〔二〕

【校】

〔一〕題　詩鈔、鄒鈔均作「訪同年霍魯齋觀察於嘉湖」，均止選第一首。

〔二〕鄒鈔篇末有小注「霍秦人，前御史」。

贈郡守李隆吉〔一〕

偶值溪山勝，相逢太守賢。邀人看水閣，載酒上菱船。鶴料居官俸，魚租譙客錢。今朝風日好，春草五湖煙。

【校】

〔一〕題 四十卷本作「贈郡守李秀州隆吉」，篋衍作「贈郡守李秀州」。

野望二首〔一〕

京江流自急，客思竟何依？白骨新開壘，青山幾合圍。危樓帆雨過，孤塔陣雲歸。日暮悲笳起，寒鴉漠漠飛。

其二

衰病重聞亂，憂危往事空。殘村秋水外，新鬼月明中。樹出千帆霧，江横一笛風。誰將數年淚，高處哭途窮。

【校】

〔二〕鄒鈔、昭代均止選第二首。

送張學博儒高之官江北〔一〕

薄宦非旁郡，孤舟幾日程。詩傳沛子弟，禮問魯諸生。水冽官廚釀〔二〕，城荒射圃耕。北來車馬道，猶喜簡逢迎。

【校】

〔一〕題　儒高，四十卷本、百家均作「孺高」。

〔二〕水　百家作「冰」。

冬霽

烟盡生寒石〔一〕，山雲不入城。船移隔縣雪，屋遶半江晴。照眼庭花動，開顏社酒清。潴田飛雁下，近喜有人耕。

【校】

〔一〕寒石　四十卷本作「寒日」。

松化石 金陵任白受所藏〔一〕

高士無凡好，常思買一峯。如何三逕石，却本六朝松？老筆應難畫，名山不易逢。轂城相遇處，宜復受秦封〔二〕。

【校】

〔一〕題　篋衍作「任白受所藏松化石」，無題下小注。

〔二〕宜　四十卷本、篋衍均作「肯」。

【評】

斷曰：穩匀之作。

嘲張南垣老遇雛妓

莫笑韋郎老，還堪弄玉簫。醉來惟捫腹，興極在垂髫。白石供高枕，青樽出細腰。可憐風雨夜，折取最長條。

【評】

斷曰：通首切老字、雛字，謔不傷雅。

破山興福寺僧鶴如五十

聽法穿雲過，傳經泛海來。花深山徑遠，石破講堂開。潭出高人影，泉流古佛苔。長留千歲鶴〔一〕，聲繞讀書臺。

【校】

〔一〕千歲　四十卷本作「千秋」。

得廬山願雲師書 願師婁人，予同學友也。〔一〕

絕頂誅茅處，蒼崖怪瀑風。書來飛鳥上，僧出亂流中。世事千峯斷，鄉心半偈空。却將兄弟夢，煙雨問江東。

【校】

〔一〕四十卷本無題下小注。

園居

傍城營小築，近水插疎籬。岸曲花藏釣，窗高鶴聽棋。移牀穿磴遠，喚茗隔溪遲。自領幽居趣，無人到此知。

吳梅村全集卷第五 詩前集五

七言律詩五十四首

梅村

枳籬茅舍掩蒼苔，乞竹分花手自栽。不好詣人貪客過，慣遲作答愛書來。閒窗聽雨攤詩卷，獨樹看雲上嘯臺。桑落酒香盧橘美，釣船斜繫草堂開。

【評】

沈德潛曰：自寫名士風流，漸入宋格矣。（清詩別裁）

林昌彝曰：「枳籬茅舍……」（全詩略），此吳梅村詩也。溫柔敦厚，視平日雄麗，又變一格矣。（海天琴思錄卷一）

袁錄七律總評曰：梅村七古爲第一，七律次之。又曰：先生七律，秀娟新婉，含宮咀商，貫珠止水，自是文章江左、風月揚州之妙。若以風格繩之，則不爲知梅村矣。

靳曰：梅村七律，或謂其藻飾太甚，然子美秋興八首，已有以此疑之者。郝仲輿曰：由其材大而氣厚，格高而聲宏，如萬石之鐘，不能爲喁喁細響，河流萬里，那能不千里一曲？此足爲子美解嘲，亦足爲梅村起例也。惟其集中間有酬應之作，當分別觀之耳。又曰：梅村七律，格調聲響，大略相同。然集中上駟，應推登上方橋至秣陵口號九首、揚州四首、壽李太虛四首、贈遼左故人六首、滇池鐃吹四首，以其聲情幷到，意思纏綿，數首可合爲一首，一首中又自具開闔變化之妙耳。他如追悼、夜宿蒙陰、劍城曉發、登縹緲峯，皆足繼美唐音。至和友人走馬二首、次劉安丘一首、送曹秋嶽四首、送朱遂初四首、贈袁韞玉四首、聞台州警四首、觀蜀鵑啼四首，興會淋漓，藻思綺合，亦是梅村獨造之境。

吳越七律總評引朗詣曰：駿公才極麗，學極博，氣極俊，若以之配鄴中七子，則駿公其子建乎！

吳越七律總評引允武曰：駿公往往以秀豔勝人，故氣少橫厲；然世之賞識駿公，正以秀豔。予專取其橫厲之作，蓋他人重調，予獨重氣故也。

懷楊機部軍前〔一〕

同時遷吏獨從征，人道戎旃譴責輕。諸將自承中尉令，孤臣誰給羽林兵？憂深平勃軍南北，疏訟甘陳誼死生。猶有內讒君不顧，亦知無語學公卿？

【校】

〔一〕四十卷本無此篇。

送黃石齋謫官〔一〕

舊學能先天下憂，東西國計在登樓。十年流涕孤臣事，一夜秋風病客舟。地近詩書防黨禁，山高星漢動邊愁。匡廬講室雲封處，莫問長江日夜流。

【校】

〔一〕四十卷本無此篇。

送左子直子忠兄弟還桐城〔一〕

君家先德重西京，別我臨江涕淚横。趙氏有孤仍世族，衛公無謚在諸卿。時未賜謚。看碑太學傷鈎黨，置酒新亭望息兵。莫歎祀宮豺虎迹，浮丘山下草初生。

【校】

〔一〕四十卷本無此篇。

聖駕閱城恭遇口占〔一〕

柳陌天閑獅子花，春風吹角畫輪車。雲開羽葆三千仗，日出樓臺十萬家。天子玉弓穿塞雁，黄門金彈落宮鴉。北軍不用歸都尉，閱武堂前是正衙。

【校】

〔一〕四十卷本無此篇。

登梁王吹臺〔一〕

登臺雅吹列傒聞，客散梁園祇夕曛。天子旌旗憐少帝，諸王兵甲屬將軍。兩河詞賦淩寒雪，千騎歌鐘入暮雲。我亦倦游稱病免，洛陽西去不逢君。

【校】

〔一〕四十卷本無此篇。

過朱仙鎮謁武穆廟〔一〕

少保功名絳節遙，山川遺恨未能消。故京陵樹猶西向，南渡江聲自北朝。父子十年摧勁敵，士民三鎮痛天驕。嗟君此地營軍險，祠廟丹青空寂寥。

【校】

〔一〕四十卷本無此篇。

送楊㒟岫〔一〕

蕭瑟江湖逐客船，亂離兄弟夕陽邊。蕪城是處逢寒食，苦葉如人渡汶川。回首風塵生杞棘，傷心矰繳在鷹鸇。曾經召見多封事，一病猶緣明主憐。

【校】

〔一〕四十卷本無此篇。

白門遇北來友人〔一〕

風塵滿目石城頭，樽酒相看話客愁。庾信有書談北土，杜林無恙問西州。恩深故國頻回首，詔到中原盡涕流〔二〕。江左即今歌舞盛，寢園蕭瑟薊門秋。

【校】

〔一〕四十卷本無此篇。鄒鈔題作「白門遇友」。

〔二〕恩深二句　鄒鈔作「黍苗故國能無歎，兵革中原尚不休」。

甲申十月南中作〔一〕

六師長奉翠華歡，王氣東南自鬱盤。起殿榜還標太極，御舩名亦號長安。孫吳船名。湖吞鐵鎖三山動，旗遶金莖萬馬看。開府揚州眞漢相，軍書十道取材官。

【校】

〔一〕四十卷本無此篇。

有感〔一〕

已聞羽檄移青海，是處山川困白登。征北功惟修塢壁，防秋策在打河冰。風沙刁斗三千帳，雨雪荆榛十四陵。回首神州漫流涕，酹杯江水話中興。

【校】

〔一〕四十卷本無此篇。

感楊梅作〔一〕

石槨山頭好結鄰，壽陽妝束紫綸巾。子雲二姓慚梅尉，虢國同心泣采蘋。露冷玉盤傷碩果，風來珠實墮芳茵。杜鵑啼就楊修恨，碧血離離向故人。

【校】

〔一〕四十卷本無此篇。

王煙客招往西田同黄二攝六王大子彦及家舅氏朱昭芑李爾公賓侯兄弟賞菊二首〔一〕

九秋風物令公香，文肅嗜菊，此其遺愛。三徑滋培處士莊。花似賜緋兼賜紫，人曾衣白對衣黄。未堪醉酒師彭澤，欲借飡英問首陽。轉眼東籬有何意，莊嚴金色是空王。

其二

不扶自直疎還密，已折仍開瘦更妍。最愛蕭齋臨素壁，好因高燭耀華鈿。坐來豔質同杯泛，老去孤根僅瓦全。蒔者以瓦束土。苦向鄰家怨移植，寄人籬下受人憐。

【校】

〔一〕題「黄二攝六王大子彦」，鄒鈔作「黄攝六王子彦」，止選第一首。

和王太常西田雜興八首〔一〕

一臥溪雲相見稀，繫船枯柳叩斜扉。橋通小市魚蝦賤，水遶孤村烟火微。到處琴書攜自近，驟來賓客看人圍。畫將松雪花溪卷，補入西田老衲衣。

【評】

蘄曰：雅令之作。

其二

積暑空庭鳥雀稀，泉聲入竹冷巖扉。芒鞋藤杖將迎少，蟹舍魚莊生事微。病酒客擕茶荈到，罷棋人簇畫圖圍。日斜清簟追涼好，移榻梧陰見解衣。

其三

苦竹黃蘆宿火稀，渡頭人歇望歸扉。偶添小閣林巒秀，漸見歸帆烟靄微。蔬圃草深鳧雁亂，水亭橋沒芰荷圍。夜涼捲幔深更話，已御秋來白袷衣。

【評】

蘄曰：中四寫景最佳，似中唐人語，結亦淡遠。

其四

竹塢花潭過客稀，灌畦纔罷掩松扉。道人石上支頤久，漁父磯頭欸乃微。潮沒秋田孤鷺遠，閣含山雨斷虹圍。亭臯木落黄州夢，江海翩躚一羽衣。

【評】靳曰：中、晚妙境，似劉文房、許仲晦諸人。

其　五

亂後歸來桑柘稀，牽船補屋就柴扉。游魚自見江湖闊，野雀何知身體微。聽説詩書田父喜，偶譚城市醉人圍。昨朝換去機頭布，已見新縫短後衣。

【評】靳曰：中四用事渾然無迹，起結有味外意。

其　六

勝情今日似君稀，鷺立灘頭隱釣扉。屋置茶寮圖陸羽，軒開畫壁祀探微。蕭齋散帙知皒癖，高座談經早解圍。手植松枝當麈尾，雲林居士水田衣。

【評】靳曰：此首蕭然意遠，詩品與西田同妙矣。

其七

相逢道舊故交稀，偶過鄰翁話掩扉。陶氏先疇思士行，謝家遺緒羨弘微。城中賜第書千卷，祠下豐碑柳十圍。今日亂離牢落甚，秋風禾黍淚沾衣。

其八

春曉臺前春思稀，故園蘿薜繞山扉。僮耕十畝桑麻熟，僧住一龕鐘磬微。題就詩篇纔滿壁，種來松栝已成圍。而今却向西田老，換石栽花典敝衣。

【校】

〔一〕題　四十卷本、詩鈔、鄒鈔均作「和王太常西田雜興韻」。詩鈔止選第三首。鄒鈔選第一、二、四、七首。

贈王子彦五十四首〔一〕

二十登車侈壯游，軟塵京雒紫驊騮。九成宫體銀鉤就〔二〕，萬卷樓居玉軸收。家有樓名萬卷。縱解拷捕非漫戲，卽看哺啜亦風流〔三〕。筍輿芒屩春山路，故舊相逢總白頭。

其二

舊業城西二頃田，著書聞已續長編〔四〕。兩賢門第知應補，十上才名祇自憐。投老漫裁居士服，畏人還趁孝廉船。只因梅信歸來晚，手植松枝暗記年。

其三

懶將身世近浮名，殘客由來厭送迎。獨處意非關水石，逢人口不識杯鐺。衣帢蘊藉多風貌，硯几淸嚴見性情。子弟皆賢賓從好，似君纔勿媿平生。

其四

雖云文籍與儒林，獨行居然擅古今。五簋留賓高士約，百金投客故人心。尊彝布列圖書貴，花木蕭疎池館深。晚向鹿門思采藥，漢濱漁父共浮沉。

【評】

靳曰：此非梅村用意之作，起句似弱。

【校】

〔一〕題　四十卷本作「壽王子彦五十」。詩歸作「王子彦初度」，止選第二首。
〔二〕四十卷本此句下有小注「善歐體」。
〔三〕四十卷本此句下有小注「善瞰」。
〔四〕聞已　詩歸作「早已」。

【評】

袁録曰：梅村贈答詩鋪敍皆長，另有一種矜警哀動處。

姜如須從越中寄詩次韻

漂泊江湖魯兩生，亂離牢落暮雲平。秦餘祀日刊黄縣，越絶編年紀赤城。南菊逢人懷故國，西窗聽雨話陪京。不堪兄弟頻回首，落木蕭蕭非世情。

言　懷

苦留蹤跡住塵寰，學道無人且閉關〔一〕。只爲魯連寧蹈海，誰云介子不焚山。枯桐半死心還直，斷石經移蘚自斑。欲就君平問消息，風波幾得釣船還？

【校】

〔一〕無人　四十卷本、鄒鈔均作「無成」。

周五子俶讀書愛客白擲劇飲又善音律好方伎爲此詩以調之

大隱先生賦索居，比來詩酒復何如？馬融絳帳仍吹笛，劉向黄金止讀書。窮賴文章供飲博，興因賓客賣田廬。莫臨廣武頻長歎，醉後疎狂病未除。

同許九日顧伊人洞庭山館聽雨〔一〕

曉閣登臨意渺然，蘆花蕭瑟五湖天。雲深古洞藏書卷，木落空山奏管弦。魚市有租堪載酒，橘官無俸且高眠。莫愁一夜西窗雨，笠澤烟波好放船。

【校】

〔一〕題　詩鈔、昭代均無「顧伊人」字。

過甫里謁願公因遇雲門具和尚

晴湖百頃寺門橋，梵唱魚龍影動搖。三要宗風標漢月，具公之師，同論三玄三要。四明春雪送江潮。具公越人。高原落木天邊斷，獨夜寒鐘句裏銷。布襪青鞋故山去，扁舟蘆荻冷蕭蕭。時應佛日請將行。

代具師答贈

微言將絶在江南，一杖穿雲過石龕。早得此賢開講席，便圖作佛住精藍。松枝竪義無人會，貝葉翻經好共參。麈尾執來三十載，相逢誰似使君談？

【評】

斮曰：句句用典，却自清空如話，此詩品也。

與友人談遺事

曾侍驪山清道塵，六師講武小平津。雲旆大纛星辰動，天策中權虎豹陳。一自羽書飛紫塞，長教鉦鼓恨黄巾〔一〕。孤臣流涕青門外，徒使田横客笑人。

【校】

〔一〕鉦鼓　原作「征鼓」，據四十卷本、感舊、篋衍改。

追悼

秋風蕭索響空幃，酒醒更殘淚滿衣。辛苦共嘗偏早去，亂離知否得同歸。君親有媿吾還在，生死無端事總非。最是傷心看稺女，一窗燈火照鳴機。

【評】

袁錄曰：似勝義山悼亡諸詠。

見人作布帽〔一〕

盡道溪翁禮數寬，頹然脱幘任衰殘。花枝莫上山公帽，竹籜知非劉氏冠。顧我科頭施屋好，對人狂笑絶纓難。卽今自有遺風在，遼海還家管幼安。

【校】

〔一〕四十卷本無此篇。

謁范少伯祠　在金明寺中，有「陶朱公里」四字石碑。〔一〕

艤棹滄江學釣魚，五湖何必計然書。山川禹穴思文種，烽火蘇臺弔伍胥〔二〕。浪擲紅顔終是恨，拜辭烏喙待何如？却嗟愛子猶難免，霸越平吳事總虚。

【校】

〔一〕四十卷本題下小注無「石」字。鄒鈔、感舊、箧衍均無題下小注。

〔三〕蘇臺 四十卷本、鄒鈔、感舊均作「胥臺」。

【評】

黄傳祖曰：點醒英雄，人思回首。

題登封兩烈婦井梧遺恨詩 焦太僕孫婦楊氏、牛氏

少室山頭二女峯，斷猿哀雁暮雲重。早題薛石留貞史，却寫椒漿事禮宗。恨血千年埋慘淡，寒泉三尺照從容。碧梧夜落秋階冷，環珮歸來聽曉鐘。

鴛湖感舊

予曾過吳來之竹亭湖墅，出家樂張飲，後來之以事見法，重游感賦此詩。

落日晴湖放檝迴，故人曾此共登臺。風流頓盡溪山改，富貴何常簫管哀。燕去妓堂荒蔓合，雨侵鈴閣野棠開。停橈却望煙深處，記得當年載酒來。

武林謁同門張石平 河南人，官糧儲觀察。

湖山曉日鳴笳吹，楊柳春風駐羽幢。二室才名官萬石，兩河財賦導三江。舊時笑我連

珠勒〔一〕，多難逢君倒玉缸。十載弟兄無限意，夜深聽雨話西窗。

【校】

〔一〕舊時　四十卷本作「舊游」。

登數峯閣禮浙中死事六君子

鴻寶倪公、茗柯淩公、巢軒周公、四名施公、磊齋吳公、賓日陳公

四山風急萬松秋，遺廟西泠枕碧流。故國衣冠懷舊友，孤忠日月表層樓。赤虹劍血埋燕市，白馬銀濤走越州。盛事若修陪祀典，漢家園寢在昭丘。

【評】

袁錄曰：梅村原倡勝，和者多遜之。

見伐木者〔一〕

鑠斧行人半在腰，蒼皮素節委山椒。鬼神無語空祠廢，鸛雀還歸故壘搖。深愧百年多雨露，須知千尺本雲霄。莫矜小草偏生意，烈火平原總寂寥。

【校】

〔一〕四十卷本無此篇。

陳靑雷以半圖索題走筆戲贈

半間茅屋半牀書，半賦閑游半索居。領略溪山應不盡，平分風月復何如？黠癡互有纔忘世，廉讓中間好結廬。自是圖全非易事，與君隨意狎樵漁。

西泠閨詠四首 幷序〔一〕

石城卞君者，系出田居，隱偕蠶室。嚴子著同聲之賦，玄文詠嬌女之篇。辭旨幽閑〔二〕，才情明慧，寫柔思於却扇，選麗句以當窗，足使蘇蕙扶輪、左芬失步矣。故里秦淮，早駕木蘭之檝；僑居明聖，重來油壁之車。風景依然，湖山非故。趙明誠金石之錄，卷軸亡存；蔡中郎韲臼之詞，紙筆猶在〔三〕。予覽其篇什〔四〕，擷彼風華，體寄七言，詩成四律。愧非劉柳，聞白雪之歌；謬學徐陵，敍玉臺之詠已爾〔五〕。

落日輕風雁影斜，蜀箋書字報秦嘉。緯紗弟子稱都講，碧玉才人本內家。神女新詞塡杜若，如來半偈繡蓮花。妝成小閤薰香坐，不向城南鬬鈿車。

【評】

靳曰：此四首倣玉溪生體，而第一首尚露梅村本色，寫閨字處多，寫詠字處少。

其　二

晴樓初日照芙蕖，姑射仙人賦子虛。紫府高閑詩博士，青山遺逸女尚書。賣珠補屋花應滿，刻燭成篇錦不如〔六〕。自寫雛神題小像，一簾秋水鏡湖居。

【評】

靳曰：此首寫詠字爲多，高朗入妙。

其　三

五銖衣怯鳳凰雛，珠玉爲心冰雪膚。綠屧侍兒春祓禊，紅牙小妹夜摴蒱。瓊窗日暖櫻桃賦，粉箑風輕蛺蝶圖。頻斂翠蛾人不識，自將書札問麻姑。

【評】

靳曰：詠字于點染處得之，與第一首同，妙不沾煞。

其　四

石城楊柳碧城鸞，謝女詩篇張女彈。鸜鵒歌調銀管細，琅玕字刻玉釵寒。雙聲宛轉連珠格，八體濃纖倒薤看。閒整筆牀攤素卷〔七〕，棠梨花發倚闌干。

【評】

靳曰：此首亦寫詠字爲多，與其二同妙。

【校】

〔一〕題　四十卷本、詩鈔、鄒鈔、本事均作「題西泠閨詠」。「并序」，詩鈔、鄒鈔作「有序」。本事無「并序」字。

〔二〕辭旨　鄒鈔作「辭致」。

〔三〕紙筆　本事作「筆牀」。

〔四〕予覽　詩鈔作「予攬」，本事作「余攬」。

〔五〕已爾　四十卷本、詩鈔、本事均作「云爾」。

〔六〕刻燭　原作「刻竹」，據四十卷本、鄒鈔、本事改。

〔七〕素卷　詩鈔、本事均作「卷素」。

【評】

袁錄曰：卞君諸詠，所謂出入于義山、松陵之間。

海市四首次張石平觀察韻（一）

仙人太乙祀東萊，不信蓬瀛此地開。虹跨斷崖通羽蓋，魚呑倒景出樓臺。碧城煙合青葱樹，赤岸霞蒸絳雪堆。聞道秦皇近南幸，舳艫千里射蛟回。

其二

灝氣空濛萬象來，非煙非霧化人裁。僊家囷爲休糧閉，河伯宮因娶婦開。金馬衣冠蒼水使，石鯨風雨濯龍臺。鑿空博望頻回首，天漢乘槎未易才。

【評】靳曰：中四對仗極工。

其三

東南天地望中收，神鬼蒼茫百尺樓。秦畤長松移絕島，梁園修竹隱滄洲。雲如車蓋旌旗繞，峯近香爐烟靄浮。却笑燕齊迂怪士，祇知碣石有丹丘。

【評】

靳曰：對仗旣齊，聲響尤壯，較前兩首更覺一氣貫注。

其　四

激浪崩雲壓五湖，天風吹斷海城孤。千門聽擊馮夷鼓，六博看投玉女壺。蒲類草荒春徙帳，滄溟月冷夜探珠。誰知曼衍魚龍戲，翠蓋金支滿貝區。

【評】

靳曰：後半首更爲入妙，非梅村不能。

【校】

〔一〕題　四十卷本作「海市四首」，詩鈔、鄒鈔作「海市」，「次張石平觀察韻」均爲題下小注。百家題作「海市」，題下無注。鄒鈔選第一、三、四首。

【評】

袁錄曰：海市想因次韻，遂欠穩秀。

靳曰：四首變化離奇，雅與題稱，雖非梅村極筆，然他人正自難到。

別丁飛濤兄弟

把君詩卷過扁舟，置酒離亭感舊游。三陸雲間空想像〔一〕，二丁鄴下自風流。湖山意氣歸詞苑，兄弟文章入選樓。爲道故人相送遠，藕花蕭瑟野塘秋。

【校】

〔一〕三陸　詩鈔、百家均作「三徑」。

贈馮子淵總戎

令公專閫擁旌旄，鶻鶚秋風賜錦袍。十二銀箏歌芍藥，三千練甲醉葡萄〔一〕。若耶溪劍凝寒水〔二〕，秦望樓船壓怒濤。自是相門雙戟重，野王父子行能高。

【校】

〔一〕練甲　鄒鈔作「組甲」。

〔二〕凝　鄒鈔作「迎」。

丁亥之秋王煙客招予西田賞菊踰月蒼雪師亦至今年予旣臥病同游者多以事阻追敍舊約爲之慨然因賦此詩〔一〕

露白霜高九月天，匡牀臥疾憶西田。黃雞紫蟹堪攜酒，紅樹青山好放船。秔稻將登農父喜，茱萸遍插故人憐。舊游多病難重省，記別蒼公又二年。

【校】

〔一〕題　鄒鈔無前「之」字及「因賦此詩」字。

友人齋設餅〔一〕

舍北溪南樹影斜，主人留客醉黄花。水溲非用淘槐葉，蜜餌寧關煑蕨芽。閤老膏環常對酒，徵君寒具好烹茶。食經二事皆堪註，休説公羊賣餅家。

【校】

〔一〕題　四十卷本、咸舊、篋衍均作「友人齋説餅」。

吳梅村全集卷第六　詩前集六

七言律詩七十二首

庚寅元旦試筆〔一〕

己丑除夕，夢杏花盛開，桃李數株，次第欲放。予登小閣，臨曲池，有人索杏花詩，彷彿禁中應制。醒來追思陳事，去予登第之歲已二十年矣。

二十年前供奉官，而今白髮老江干。青樽酒盡貪孤夢，紅杏花開滿禁闌。西苑樓臺遺事在，北門詞賦舊遊難。高涼橋畔春如許，贏得兒童走馬看。

【校】

〔一〕四十卷本無此篇。

穆大苑先臥病桐廬初歸喜贈

富春山下趁歸風，客病孤舟夜雨中。千里故園惟舊友，十年同學半衰翁。藥罏媿我形容槁，腹尺輸君飲噉工。却向淸秋共消損，一樽無恙笑顔紅。

贈李莪居御史 時督學江南〔一〕

中條山色絳帷開，宛雒春風桃杏栽〔二〕。地近石經緣虎觀，家傳漆卷本蘭臺〔三〕。花飛驛路生徒滿，潮落江城鐘磬來。置酒一帆黃浦月，登臨早訪陸機才。

【校】

〔一〕題　莪，四十卷本作「峩」，題下小注無「時」字。

〔二〕桃杏　四十卷本作「桃李」。

〔三〕漆卷　四十卷本作「漆簡」。

贈陸孟凫七十二首〔一〕

楓葉蘆花霜滿林，江湖蕭瑟鬢毛侵。書生藤峽功名薄，漁父桃源歲月深。入市蹇驢晨賣藥，閉門殘酒夜橫琴。舊游烽火天涯夢，銅鼓山高急暮砧。陸爲潯州司李，藤峽在潯州。常熟有桃源澗。

其　二

講授山泉遠戶庭，苧翁無事爲中泠。偶支鶴俸分魚俸，閒點茶經補水經。千里程鄉浮大白，一官勾漏養空青。歸來松菊荒涼甚，買得雙峯縛草亭。嘘爲無錫學博，故云講授。〔二〕

【評】

靳曰：大白、空青，對偶清新。

【校】

〔一〕題　四十卷本作「壽陸孟鳧七十」。

〔二〕四十卷本無篇末小注。

贈中少司農靑門六十二首〔一〕

相門三載勝通侯，兄弟衣冠盡貴游。白下高名推謝朓，黃初耆德重楊彪。千山極目風塵暗，一老狂歌天地秋。還憶淮淝開制府，江聲吹角古揚州。

其　二

脫却朝衫上釣船，餘生投老白雲邊。買山向乞分司俸，餉客還存博士錢。世事烟霞娛晚歲，黨人名字付殘編。扁舟百斛烏程酒，散髮江湖只醉眠〔三〕。

【校】

〔一〕題　四十卷本作「壽申少司農青門六十」。

〔二〕只　四十卷本作「任」。

宴孫孝若山樓賦贈〔一〕

千章喬木俯晴川〔二〕，高閣登臨雨後天。明月笙歌紅燭院，春山書畫綠楊船。郗超好客眞名士，蘇晉翻經正少年。最是風流揮玉麈〔三〕，煙霞勝處著神仙。

【校】

〔一〕題　「山樓」下，詩鈔、鄒鈔、孫選均有「飡」字。

〔二〕晴川　詩鈔、鄒鈔均作「清川」。

〔三〕玉麈　孫選作「麈尾」。

琴河感舊四首　并序〔一〕

楓林霜信，放棹琴河。忽聞秦淮卞生賽賽，到自白下，適逢紅葉，余因客座，偶話舊游，主人命犢車以迎來，持羽觴而待至。停驂初報，傳語更衣，已託病痁，遷延不出。知其憔悴自傷，亦將委身於人矣。予本恨人，傷心往事。江頭燕子，舊壘都非；山上蘼蕪，故人安在？久絕鉛華之夢，況當搖落之辰。相遇則惟看楊柳，我亦何堪；爲別已屢見櫻桃，君還未嫁。聽琵琶而不響，隔團扇以猶憐，能無杜秋之感〔三〕、江州之泣也！漫賦四章，以誌其事。

白門楊柳好藏鴉，誰道扁舟蕩槳斜。金屋雲深吾谷樹，玉杯春暖尙湖花。見來學避低團扇，近處疑嗔響鈿車〔三〕。卻悔石城吹笛夜〔四〕，青驄容易別盧家。

其二

油壁迎來是舊遊，尊前不出背花愁。緣知薄倖逢應恨，恰便多情喚却羞。故向閒人偷玉筯，浪傳好語到銀鈎。五陵年少催歸去，隔斷紅牆十二樓。

其三

休將消息恨層城，猶有羅敷未嫁情。車過捲簾勞悵望，夢來攜袖費逢迎。青山憔悴卿憐我，紅粉飄零我憶卿。記得橫塘秋夜好，玉釵恩重是前生。

其四

長向東風問畫蘭，玉人微歎倚闌干。乍抛錦瑟描難就，小疊瓊牋墨未乾。弱葉懶舒添午倦，嫩芽嬌染怯春寒。書成粉箋憑誰寄，多恐蕭郎不忍看。

【校】

〔一〕題下「并序」，詩鈔作「有序」。本事無「并序」字。鄒鈔選第一首，無詩序；另以「琴河詩」爲題選第二、三首。孫選選第一首，無詩序。

〔二〕感　本事作「悲」。

〔三〕響　鄒鈔作「嚮」。

〔四〕夜　鄒鈔作「後」。

【評】

孫鋐曰：渺渺予懷，美人天際，釆春、薛濤所以縈情於少府也。

贈糧儲道步公　乾州人

臨湘家世擁旌旄，策馬西來劍珮高。華嶽風雲開間氣，乾陵草木壯神皐。山公盡職封章切，蕭相憂時餽運勞。青史通侯餘事在，江南重見舊人豪。

辛卯元旦試筆　除夕再夢杏花

十年車馬盛長安，仙仗傳籌曙色寒。禁苑名花開萬樹，上林奇果賜千官。春風紫燕低飛入，曉日青驄緩轡看。舊事已非還入夢，畫圖金粉碧闌干。

雜感二十一首〔一〕

聞道朝廷罷上都，中原民困尙難蘇。雪深六月天圍塞，雨漲千村地入湖。瀚海波濤飛戰艦，禁城宮闕起浮圖。關山到處愁征調，願賜三軍所過租。

其　二

簫鼓中流進奉船，司空停索導行錢。八蠶名繭盤花就，千繰奇文舞鳳旋〔二〕。袴褶射雕沙磧塞，筐箱市馬玉門邊。秋風砧杵催刀尺，江左無衣已七年。

【評】

黃傳祖曰：眞可擲地作聲。

其三

旌旗日落起征鴻，蘆管淒涼雜部中。鳷鵲廢宮南內月，麒麟枯塚北邙風。金縢兄弟山河固〔三〕，玉几君臣笑語空。回首蹛林秋祭遠，枉抛心力度江東。

【評】黄傳祖曰：言所難言，悲壯如許！

其四

射柳山頭掣阜雕，便門斜直禁城遙。畏吾文字翻唐史，百濟衣冠奉漢朝。西罽織鞍都護馬，北珠裝帽侍中貂。只今理學追姚許，耆舊中原未寂寥。

其五

居庸千尺薊門低，八部雲屯散馬蹄。日表土中通極北，河源天上接安西。金城將吏耕黄犢，玉壘山川祭碧雞。世會適逢須粉飾，十年辛苦厭征鼙。

其六

萬山中斷一關分，絕塞東來鸛鵲羣。少婦燕脂人似月，通侯鞍馬客如雲。玉河煙柳樓頭見，鐵嶺風霜笛裏聞。劉杜至今悲轉戰，城南誰賽鄧將軍？

其七

天水將軍被錦衣，中原當日羽書飛。花門報國終留恨，石窌酬功事已非。銅馬只今翻仗節，玉關何事更重圍？可憐西海城頭月，玄菟征人戍不歸。

其八

故京原廟倚諸峯，走馬驚聞享殿鐘。豈謂盡驅昭應鹿，到來還問灞陵松。十家冢戶除官道，百歲村翁識御容。記得奉天門獻捷，亦將恩禮待和龍。

其九

湘山木落楚江流，塢壁風高蘆管愁。東府一軍當夏口，南人五道出壺頭。鐵犀黑水樓船夜，銅鼓丹崖戰馬秋。西上祖生仍誓楫，路旁還指舊通侯。

其十

十載間關歷苦辛，汨羅風雨泣孤臣。王孫去國餘三戶，公子從亡止五人。報主有心爭赤壁，借兵無力聽黃巾。誰知招屈亭前水，卻是當時白馬津。

其十一

極目風塵哭杜鵑，越王臺畔草芊芊。時危文士皆成將，事去孤臣且學仙。銅柱漫標空到海，珠崖雖棄已無天。黔公帶礪丹書在，兵甲縱橫滿麓川。

其十二

柏梁高宴會群公，擊柱橫刀禁殿中。豐沛功名雄薊北，燕齊賓客亂關東。五王歸政推恩厚，八使分符報命同。垂老幸聞親治詔，太平時節願年豐。

其十三

中丞杖節換征袍，馬槊邊州意氣高。門下爪牙京兆掾，帳前心膂杜陵豪。里魁投鲘充書佐，家將探丸拜賊曹。司隸皁囊彈治急，悔將文墨誤弓刀。

其十四

法從千官對直廬，殿中誰是夏無且。議添常侍司宮尉，詔設期門護屬車。沙苑草荒秋射兔，灤河花發曉觀魚。三邊望幸多封事，不見相如諫獵書。

其十五

富良江上指雙旌，報道中原到陸生。猶有將軍居善闡，誰云相國走占城？黃龍誓在應輸貢，白象營開任請兵。南服祖宗威德重，王師三下遣西平。

其十六

急峽天風捲怒濤，穿雲棧石度秋毫。雞豚絕壁人煙少，珠玉空江鬼哭高。縱火千村驅草木，齋糧百日棄弓刀。潁州卻報傳烽緊，峒戶溪丁轉戰勞。

其十七

禪智庵頭感廢興，前知今有佛圖澄。雕弓裂地看諸將，蠅拂談時聽老僧。定後江聲消白骨，靜中劫火指寒燈。陰風夜半揚州月，相國魂歸哭孝陵。

其十八

武安席上見雙鬟，血淚青娥陷賊還。只爲君親來故國，不因女子下雄關。取兵遼海哥舒翰，得婦江南謝阿蠻。快馬健兒無限恨，天教紅粉定燕山。

其十九

蓬萊閣上海雲黃，用火神機壓壘荒。本爲流人營碣石，豈知援卒起蕭牆。戈船舊恨東征將，牙纛新封右地王。辛苦中丞西市骨，空將熱血灑扶桑。

【評】

吳越引朗詣曰：駿公五詩跌宕排押，似頌似譜，莫能得其指歸。

吳越引雪竇曰：鋪張處沈實，排頓處矯警，起束處雄峭，規諷處竦切。

其二十

雁門西去塞雲愁，苜蓿千羣散紫騮。築館柔然非戚里，置亭張掖豈鴻溝？先機拒戶須防虎，故智蹊田恐奪牛。都護莫誇勤遠略，龍堆吹雪滿幷州。

其二十一　為稼軒〔四〕

萬里從王擁節旄，通侯青史姓名高。禁垣遺直看封事，絕徼孤忠誓佩刀。元祐黨碑藏北寺，辟疆山墅記東皐。歸來耕石堂前夢，書畫平生結聚勞。

【校】

〔一〕四十卷本止錄第一、二、五、十六、十八、二十一首。鄒鈔選第一、二、三、五、七、十六首。廣集選第二、三、四、七首。詩觀選第一、二、十六首，並卷十六長安雜詠第三首，卷十五郎事十首第五、六首，合題長安雜詠。吳越選第十、十一、十二、十五、十九五首，題作「雜感」。又選第五首，題作「雜詠」。

〔二〕千纚　廣集作「千鑈」。

〔三〕山河固　鄒鈔、廣集均作「山河在」。

〔四〕四十卷本無題下小注。

鄧元昭奉使江右相遇吳門卻贈

五湖春草隱征笳，畫舫圖書泊晚沙。人謂相如初奉使，客傳高密且還家。黑貂對雪潯陽樹，綠酒看山茂苑花。回去石渠應賜馬〔一〕，玉河從獵雁飛斜〔二〕。

【校】

〔一〕回去　四十卷本作「回首」。

〔二〕雁飛斜　四十卷本作「雁行斜」。

題鴛湖閨詠四首〔一〕

石州螺黛點新妝，小拂烏絲字幾行。粉本留香泥蛺蝶，錦囊添線繡鴛鴦。秋風擣素描長卷〔二〕，春日鳴箏製短章。江夏只今標藝苑，無雙才子掃眉娘。

其　二

休言金屋貯神仙，獨掩羅裙淚泫然。栗里縱無歸隱計，鹿門猶有賣文錢〔三〕。女兒浦口堪同住，新婦磯頭擬種田。夫壻長楊須執戟，不知世有杜樊川。

其三

絳雲樓閣敞空虛，女伴相依共索居〔四〕。學士每傳青鳥使，蕭娘同步紫鸞車。新詞折柳還應就，舊事焚魚總不如。記向馬融譚漢史，江南淪落老尚書。

其四

誰吟紈扇繼詞壇，白下相逢吳綵鸞。才比左芬年更少，壻求韓重遇應難。玉顏屢見鶯花度，翠袖須愁煙雨寒。往事只看予薄命，致書知已到長干〔五〕。

【校】

〔一〕鄒鈔選第一、三首。新集選第三首。
〔二〕擣素　原作「濤素」，據四十卷本、詩鈔、鄒鈔改。
〔三〕賣文　原作「買文」，據四十卷本、詩鈔改。
〔四〕相依　新集作「相攜」。
〔五〕長干　詩鈔作「長安」。

補禊

壬辰上巳，蔣亭彥、篆鴻、陸我謀於鴛湖禊飲，余後三日始至，同集有道開師、朱子容、沈孟陽，徵詩以補禊事，余分得知字。

春風好景定昆池，散誕天涯卻誤期。溱洧漫搴芳杜晚，雒濱須泛羽觴遲。右軍此會仍堪記，白傅重游共阿誰？故事禊堂看賜柳，年來無復侍臣知。

過朱買臣墓 在嘉興東塔雷音閣後，即廣福講院。〔一〕

翁子窮經自不貧，會稽連守拜爲眞。是非難免三長史，富貴徒誇一婦人〔二〕。小吏張湯看踞傲〔三〕，故交莊助歎沉淪。行年五十功名晚，何似空山長負薪。

【校】

〔一〕題下小注，鄒鈔移作篇末小注，「在」上多「墓」字。篋衍無題下小注。

〔二〕徒誇　鄒鈔作「從誇」。

〔三〕踞傲　孫選作「倨傲」。

【評】

孫鋐曰：一則詩史，可補傳中所未及。
袁錄曰：亦是感寓之遺。
沈德潛曰：三四語可括本傳。詩如此作，方不落套。（清詩別裁）

題朱子葵鶴洲草堂

別業堂成綠野邊，養雛丹頂已千年。仙人收箭雲歸浦，道士開籠月滿天。竹下縞衣三徑石，雪中清唳五湖田。裴翁舊宅松陰在〔一〕，不數孤山夜放船。

【校】

〔一〕裴翁　四十卷本、鄒鈔均作「裴公」。

題孫銘常畫蘭

誰將尺幅寫瀟湘，窮谷無人吹氣香。斜筆點芽依蘚石，雙鈎分葉傍篔簹。謝家樹好臨芳砌，鄭女花堪照洞房。我欲援琴歌九畹，江潭搖落起微霜。

送林衡者歸閩

五月關山樹影圓，送君吹笛柳陰船。征途趨鴂愁中雨，故國桃榔夢裏天。夾漈草荒書滿屋，連江人去雁飛田。無諸臺上休南望，海色秋風又一年。

送文學博以蒼公招同住中峰寺 二公皆雲南人

西風驅雁暮雲哀，頭白衝寒到講臺。莫問鄉關應路斷〔一〕，偶傳消息又東來〔二〕。一峰對月茅菴在，二老論心石壁開。揀取梅花枝上信，明朝移向故園栽〔三〕。

【校】

〔一〕鄉關 四十卷本、詩鈔均作「間關」。

〔二〕東來 四十卷本、詩鈔均作「兵來」。

〔三〕明朝 四十卷本、詩鈔均作「明年」。

雪夜苑先齋中飲博達旦二首〔一〕

扶杖衝泥逐少年，解衣箕踞酒壚邊。愁燒絳蠟消千卷，愛把青樽擲萬錢。痛飲不甘辭久病，狂呼卻笑勝高眠。丈夫失意須潦倒，劇孟平生絕可憐。

其二

相逢縱博且開顔，興極歡呼不肯還。別緒幾年當此夜，狂名明日滿人間。松窗燭影花前酒，草閣雞聲雪裏山。殘臘豈妨吾作樂，儘教游戲一生閑。

【校】

〔一〕鄒鈔選第二首。

癸巳春日禊飲社集虎丘即事四首〔一〕

楊柳絲絲逼禁煙，筆牀書卷五湖船。青溪勝集仍遺老，白帢高談盡少年〔二〕。笥屐鶯花看士女，羽觴冠蓋會神仙。茂先往事風流在，重過蘭亭意惘然。

其二

蘭臺家世本貽謀，高會南皮話昔游。執友淪亡驚歲月，諸郎才調擅風流。十年故國傷青史，四海新知笑白頭。修禊只今添俯仰，北風杯酒酹營丘。

其三

訪友扁舟挂席輕，梨花吹雨五茸城。文章興廢關時代，兄弟飄零爲甲兵。茂苑聽鶯春社飲，華亭聞鶴故園情。衆中誰識陳驚座，顧陸相看是老成。

其四

絳帷當日重長楊，都講還開舊草堂。少弟詩篇標赤幟，故人才筆繼青箱。抽毫共集梁園製，布席爭飛曲水觴。近得廬陵書信否？寄懷子美在滄浪。

【校】

〔一〕鄒鈔選第一、三首。

〔二〕白帢　四十卷本、鄒鈔均作「白袷」。

投贈督府馬公二首〔一〕

伏波家世本專征，畫角油幢細柳營。上相始興開北府，通侯高密鎮西京。江山傳箭旌旗色，賓客圍棋劍履聲。勞苦潯陽新駐節，舳艫今喜下湓城。

其二

十年重到石城頭，細雨孤帆載客愁。累檄久應趨幕府，扁舟今始識君侯。青山舊業安常税，白髮衰親畏遠遊。慚愧推賢蕭相國，邵平只合守瓜丘。

【校】

〔一〕鄒鈔選第二首。

自歎

誤盡平生是一官，棄家容易變名難。松筠敢厭風霜苦，魚鳥猶思天地寬。鼓枻有心逃甫里，推車何事出長干。旁人休笑陶弘景，神武當年早挂冠。

登上方橋有感　橋時新修，極雄壯，望見天壇，崩圮盡矣。〔一〕

石梁天際偃長壕，勢壓魚龍敢遁逃。壯麗氣開浮廣術，虛無根削插崩濤。秋牕萬馬鞭稍整，日出千軍輓餉勞。回首泰壇鐘磬遠，江流空繞斷垣高。

【校】

〔一〕鄒鈔無題下小注。

鍾山

王氣銷沉石子岡，放鷹調馬蔣陵傍。金棺移塔思原廟，金棺爲誌公，在鷄鳴寺。玉匣藏衣記奉常。太常有高廟衣冠。楊柳重栽馳道改，櫻桃莫薦寢園荒。時當四月。聖公沒後無坏土〔一〕，姑孰江聲空夕陽。〔二〕

【校】

〔一〕坏土　四十卷本作「抔土」。

〔二〕億衍無行間夾注。

臺城

形勝當年百戰收，子孫容易失神州。金川事去家還在，玉樹歌殘恨怎休〔一〕。徐鄧功勳誰甲第？方黃骸骨總荒丘。可憐一片秦淮月，曾照降幡出石頭。

【校】

〔一〕怎休　四十卷本作「未休」。

國學

松柏會垂講院陰〔一〕，後湖煙雨記登臨。桓榮空有窮經志，伏挺徒增感遇心。四庫圖書勞訪問，六堂絃管聽銷沉。白頭博士重來到，極目蕭條淚滿襟。

【校】

〔一〕垂　鄒鈔作「曕」。

觀象臺

候日觀雲倚碧空，一朝零落黍離同。昔聞石鼓移天上，元移石鼓于大都。今見銅壺沒地中。黃道只看標北極，赤烏還復紀東風〔一〕。郭公枉自師周髀〔二〕，千尺荒臺等廢宮。〔三〕

【校】

〔一〕還復　鄒鈔作「無復」。

〔二〕郭公枉自師周髀　鄒鈔作「郭公枉有周髀算」。

〔三〕四十卷本、鄒鈔篇末均有小注「渾儀郭守敬所造」。

鷄鳴寺

鷄鳴寺接講臺基，扶杖重游涕淚垂。學舍有人鋤野菜，僧寮無主長棠梨。雷何舊席今安在？支許同參更阿誰？惟有誌公留布帽，高皇遺筆讀殘碑。寺壁有石刻高廟御筆題贊誌公像。〔一〕

【校】

〔一〕鄒鈔無篇末小注。

功臣廟

畫壁精靈間氣豪，鄂公羽箭衞公刀。丹青賜額豐碑壯，棨戟傳家甲第高。鹿走三山爭楚漢，鷄鳴十廟失蕭曹。英雄轉戰當年事，采石悲風起怒濤。

玄武湖

覆舟西望接陂陀，千頃澄潭長綠莎。六代樓船供士女〔一〕，百年版籍重山河。湖置黃册庫，禁人遊玩。平川豈習昆明戰，禁地須通太液波。煙水不關興廢感，夕陽聞已唱漁歌。時已

有漁舟，非復昔日之禁矣。〔三〕

【校】

〔一〕士女　百家作「將士」。

〔三〕鄒鈔、百家均無行間夾注及篇末小注。

無題四首〔一〕

繫艇垂楊映綠潯，玉人湘管畫簾深。千絲碧藕玲瓏腕，一卷芭蕉宛轉心〔二〕。題罷紅箋歌緩緩，聽來青鳥信沉沉。天邊恰有黃姑恨，吹入蕭郎此夜吟。

其二

到處鶯花畫舫輕，相逢只作看山行。鏡因硯近螺頻換，書爲香多蠹不成。愧我白頭無冶習，讓君紅粉有詩名〔三〕。飛瓊漫道人間識，一夜天風返碧城。

【評】

靳曰：此首於纏綿中有解脫語，當於言外得之。

其　三

錯認徵之共牧之，誤他舉舉與師師。疏狂詩酒隨同伴，細膩風光異舊時。畫裏綠楊堪贈別，曲中紅豆是相思。年華老大心情減，辜負蕭娘數首詩。

其　四

鈿雀金蟬籠臂紗，鬧妝初不鬭鉛華。藏鈎酒向劉郎賭，刻燭詩從謝女誇。天上異香須有種，春來飛絮恨無家。東風燕子知多少，珍重雕闌白玉花。

【校】

〔一〕鄒鈔選第一、二首。

〔二〕宛轉　四十卷本、詩鈔、鄒鈔均作「展轉」。

〔三〕有詩名　鄒鈔作「擅詩名」。

過朱君宣百草堂觀劇〔一〕

肯將遊俠誤躬耕，愛客村居不入城。亭占綠疇朝置酒，船移紅燭夜鳴箏。金齋斫鱠霜鳌美，玉粒呼鷹雪爪輕。主人好獵。卻話少年逢社飲，季心然諾是平生〔三〕。

【校】

〔一〕題　四十卷本作「百草堂觀劇」。詩鈔作「過友人百草堂觀劇即席賦贈」。

〔三〕季心然諾　原誤作「季然心諾」，據四十卷本、詩鈔改。

周櫟園有墨癖嘗蓄墨萬種歲除以酒澆之作祭墨詩友人王紫崖話其事漫賦二律〔一〕

含香詞賦擲金聲，家住玄都對管城。萬笏雅應推正直，一囊聊復貯縱橫。藏雖黯淡終能守，用任欹斜不自平〔三〕。磨耗年光心力短，只因躭誤褚先生〔三〕。

其二

山齋清玩富琳琅，似壘如圭萬墨莊。口吸飲同高士癖，頭濡書類酒人狂。但逢知己隨濃瀋，若論交情耐久長。不用黃金費裝裹，伴他銅雀近周郎。

【校】

〔一〕題　鄒鈔無「友人王紫崖話其事」字。

〔二〕不自平　四十卷本、詩鈔、鄒鈔均作「自不平」。

〔三〕褚　詩鈔、鄒鈔均作「楮」。

【評】

袁鎔曰：此等大傷雅致。

贈陽羨陳定生

溪山罨畫好歸耕，櫻筍琴書足性情。茶有一經眞處士，橘無千絹舊清卿。故御史大夫子。知交東冶傳鉤黨，子弟南皮負盛名。郤話宋中登望遠，天涯風雨得侯生。定生偕侯朝宗在南中，幾及鉤黨禍。侯生歸德人。

【評】

靳曰：贈定生而切其里第、家世、子弟、友生，則定生之身分自出矣。

送李秀州擢寧紹道

楊柳春風起郡樓，故人嚴助昔同游。煙霞到處推仙吏，棨戟今看冠列侯。長水圖書移遠棹，大雷笳鼓對淸秋。閱兵海上應西望，秦駐山高郎秀州。

吳梅村全集卷第七　詩前集七

五言排律五首 聯句附

晚眺

萬壑亂煙霜，浮圖別渺茫。江山連楚蜀，鐘磬怨齊梁。原廟寒泉裏，園陵秋草傍。雁低連雨色，鷺遠入湖光。戲馬長千里，歸人石子岡。舟車走聲利，衣食負耕桑。欲問淮南信，砧聲繞夕陽。

【評】

靳曰：製題命意與王無功野望相似，而詩格亦略近之。

袁錄五言排律總評曰：五排作既不多，卽存亦具體，不足以登工部之門也。惟思陵長公主一首是稱名之作。

海螄

不肯依墻壁，其如羅網徧。文身疑蝌篆，長髻學螺旋。跼足蟠根固〔一〕，容頭掩的圓。但能防尾擊，誰敢陷中堅。氣及先聲取，髀存裹肉捐。空虛寧棄擲，辛苦是連蜷。處世遭多口，浮生悞一鮮。白鹽看雨後，紅釀向花邊。入穴鉤難致，呼門慘不前。迴腸縈鎖甲，髖脚怨刀錢。海粟蝸廬滿，蟲書蜃市懸。知君爾雅熟，爲譯小言篇。

【校】

〔一〕跼　詩鈔作「蠋」。

【評】

袁錄曰：海蛳、麥蠶，墮入纖巧。

靳曰：此篇極體物之妙，起結更有餘妍。

麥　蠶

月令初嘗麥，豳風小索綯。繭絲供歲早，芒刺用心勞。舊穀憂蛾賊，先農擣馬曹。三眠收滯穗，五色薦溪毛。簇箔同丘坻，繅車借桔槔。筐分南陌採，縷細北宮繅。奉種鵻鳴降，輸魁螢績高。仙翁蜂化飯，醉士蟻餔糟。桑蠋偃應化，冰蛆臥未逃。婦驚將絡緯，客咽半蠐螬。纖手揉乾精，春綿滑冷淘。非關蟲食稼，恰並鳥含桃。

【評】

靳曰：麥蠶一物也，將麥蠶字分合組織，變化離奇，極筆墨之能事。

思陵長公主輓詩

貴主徽音美，前朝典命光。鴻名垂遠近，哀誄著興亡。託體皇枝貴，承休聖善祥。母儀惟謹肅，家法在矜莊。上苑穠桃李，瑤池小鳳凰。鸞音青繡屜〔一〕，魚笏皂羅囊〔二〕。沉燎熏爐細，流蘇寶蓋香〔三〕。禊期陪祓水，繭館助條桑。綠綟芄蘭佩，紅螭薤葉璋。錫封需大國，喚仗及迴廊。受册威儀定，傳烽羽檄忙。司輿停鹵簿，掌瑞徹珩璜。婺宿明河澹，薇垣太白芒。至尊憂咄吒〔四〕，仁壽涕彷徨。酈邑年方幼，瓊華齒正芳。艱難愁付託，顛沛懼參商。文葆憐還戲，勝衣泣未遑。從容咨傅母，倥急詢貂璫〔五〕。傳箭聞嚴鼓，投籤見拊牀。內人縫使甲〔六〕，中旨票支糧。使者塡平朔，將軍帶護羌。寧無一矢救，足慰兩宮望？盜賊狐篝火，關山蟻潰防。逍遙師逗撓，犇突寇披猖。牙纛看吹折〔七〕，梯衝舞莫當。妖氛纏象闕，殺氣滿陳倉。天道眞蒙昧，君心顧慨慷。割慈全國體，處變重宗潢。胄子除華紱，家丞具急裝。敕須離禁闥，手爲換衣裳。社稷仇宜報，君親語勿忘。遇人耑退讓，愼己舊行藏。國母摩笄刺，宮娥掩袂傷。他年標信史〔八〕，同日見高皇。元主甘從殉，君王入沬央。抽刀凌左闔，申脰就干將。啑血彤闈地，橫尸紫籞汪。絕吭甦又咽，瞑睫倦微揚。褭褥移私第，霑胸進勺漿。嗇肌封斷骨，茹戚吮殘創。死早隨諸妹，生猶望二王。股肱羞魏相，肺腑恨周昌。賊遁仍函谷，兵來豈建康。六軍務面慟，四海遏音喪。故國新原廟，羣臣舊奉常。賵圭陳厭翟，題湊載轀輬。隧逼賢妃冢，山疑望子岡。銜哀存父老，主祭失元良。訣絕均坏土〔九〕，飄零各異方。衣冠羸博葬，風雨鶺鴒行。浩刼歸空壤，浮生寄渺茫。玉眞圖下髮，申伯勸承筐。沅浦餘堯女〔一〇〕，營丘止孟姜。君臣今世代，甥舅卽蒸嘗。湯沐鄉亭秩，家門殿省郎。凄涼脂粉磴，零落綺羅箱。宅枕平津巷，街通少府墻。晝閒偕妯娌，曉坐向姑嫜〔一一〕。偶語追銅雀〔一二〕，無聊問柏梁。豫游推插柳，勝蹟是梳妝。菡萏鴛鴦扇，茱萸鸚鵡觴。大庖南膳廠，奇卉北花房。暖閣葫蘆錦，温泉荳蔻湯。雕薪獅首炭，甜食虎睛糖。壯麗成焦土，榛蕪拱白楊。麋游鳷鵲觀，苔沒鬬雞坊。荀灌心惆悵，秦休志激昂。崩城身竟殞，填海願難償。命也知奚憾，天乎數不臧。累獻床簀語，卽窆寢園傍。半體先從父，遺骸始見娘。黃泉母子痛，白骨弟兄殤。夙昔銅駝泣，諸陵石馬荒。三年修荐藻，一飯奠嵩邙。寒食重來路，新阡宿草長。溪田延黍稌，隴笛臥牛羊。朽壤穿螻蟻，驚沙起鴰鶬。病槥眠廢社，衰葦折寒塘。列刹皇姑寺，馱經內道場。侍鬟稱練行，小像刻沉香。玉座懸朱帳〔一三〕，金支渡法航。少兒添晝燭，保媪伴帷堂。露濕丹楓冷，星稀青鳥翔。

幡旄晨隱隱，鈴鑷夜將將。控鶴攀龍馭，驂麟謁帝閽。靈妃歌縹緲，神女笑徜徉〔二四〕。苦霧迷槐市，雌霓遶建章。歸鄰思五廟，涉漢淚三湘。柔福何慚宋，平陽可佐唐。虞淵瞻返日，蒿里叫飛霜。自古遭兵燹，偏嗟擁樹妨。魯元馳孔亟，芈季負倉黃。漂泊悲臨海，包含恥溧陽。本朝端閶闔，設制勝巖疆。處順惇恭儉〔二五〕，時危植紀綱。英聲超北地，雅操邁東鄉。新野墳松直，招祗祠柏蒼。薤歌雖慘澹，汗簡自輝煌。謚號千秋定，銘旌百禩彰。秦簫吹斷續，楚挽哭滄浪。

附松江張宸長平公主誄曰：長平公主者，明崇禎皇帝女，周皇后產也。甲申之歲，淑齡一十有五，皇帝命掌禮之官，詔司儀之監，妙選良家，議將降主。時有太僕公子都尉周君名世顯者，將築平陽以館之，開沁水以宅之，貳室天家，行有日矣。夫何蛾賊鴟張，逆臣不誠，天子志殉宗社，國母嬙嬪慨慷死焉。〔二六〕公主時在稚齡，御劍親揮，傷頰斷腕，頹然玉折，霣矣蘭摧。賊以貴主既殞，授屍國戚，覆以錦茵，載歸椒里，越五宵旦，宛轉復生。泉途已宮，龍髯脫而劍遠；蘭熏罷殿，蕙性折而神枯。順治二年，上書今皇帝：「九死臣妾，跼蹐高天，髡緇空王，庶申罔極。」上不許，詔求元配，命吾周君，故劍是合，土田邸第，金錢牛車，錫予有加，稱備物焉。嗟夫！乘鷄扇引，定情于改朔之朝；金犢車來，降禮於故侯之第。人非鶴市，慨紫玉之重生；鏡異鸞臺，看樂昌之再合。金枝秀發，玉質含章，逢德曜於皇家，逊桓君于帝女。然而心戀宮帷，神傷輦路，重雲畢陌，何心金榜之門；飛霜轂林，豈意玉簫之館。弱不勝悲，溘焉薨逝，當扶桑上仙之日，距穠李下嫁之年，星燧初周，芳華未歇。嗚呼悲哉！都尉君悼去鳳之不留，嗟沉珠之在殯。銀臺竊藥，想奔月以何年；金殿煎香，思返魂而無術。越明年三月之吉，葬于彰義門之賜莊，禮也。小臣宸薄游京輦，式覩遺容。京兆雖阡，誰披柘館；祁連象塚，祇叩松關。擬傷逝于子荆，朗香空設；代悼亡於潘令，遺掛猶存。敢再拜爲之誄云。又孫承澤春明夢餘錄曰：公主名徽媞。〔七〕

【校】

〔一〕鸞音　鄒鈔、吳越均作「鸞車」。

〔二〕羅囊　鄒鈔、吳越均作「縹囊」。

〔三〕香　鄒鈔、吳越均作「張」。

〔四〕咄吒　鄒鈔、吳越均作「咄叱」。

〔五〕倥急　鄒鈔作「倥傯」。

〔六〕使甲　鄒鈔、吳越均作「賜甲」。

〔七〕看吹折　鄒鈔、吳越均作「吹看折」。

〔八〕信史　鄒鈔作「柱史」。

〔九〕坏土　感舊作「抔土」。

〔一〇〕沅浦　鄒鈔、吳越均作「沅渚」。

〔一〕曉坐　鄒鈔、吳越均作「晚坐」。

〔二〕偶語　鄒鈔、吳越均作「偶話」。

〔三〕朱帳　感舊作「珠帳」。

〔四〕靈妃二句　鄒鈔、吳越均作「抑捫餐沆瀣，俯瞰掃欃槍」。

〔五〕惇　鄒鈔、吳越均作「敦」。

〔六〕慨慷　四十卷本作「慷慨」。

〔七〕鄒鈔無篇後附錄。

【評】

袁錄曰：淒清奇麗，開闔有神。又：此乃宮詹第一排律。又：不難于押韻，而難于驚句精當。

吳越引允武曰：以靈雲妙筆森蔚璀瑋之才，寫出極恨，故辭旨慘澹，而神采不竭。

梅花庵話雨同林若撫聯句〔一〕

放策名園勝，停驂客思淹。雲鳳。初涼欣颯爽，入夜苦霢霂。偉業。有待聞乾鵲，無因見皎蟾。鳳。蒲荒迷鷺影，花落沴魚噞。鳥語枝頭咽，蟲鳴葉底潛。清齋幽事足，良會逸情兼。業。貧士藏書富，高人取友嚴。曹騰長自臥，剝啄遺童覘。北郭余偕隱，東山爾共瞻。鳳。生來門是德，住處水名廉。業。觸地詞源湧，推鋒筆陣銛。萬言成寸晷，一字直三縑。雜

佩紉蘭茝，名材貢杞柟。三千登甲第，四十到宮詹。鳳。仙樂淸商奏，天廚法酒霑。使車游
宛雒，樓艦出沱灊。職亞成均掌，官同秘院僉。含毫芸閣草，插架石渠籤。業。翰染丹靑障，
棋分黑白奩。望崇敦雅素，氣直折壬憸。鳳。道已銘鐘鼎，交仍隔釜鬵。雲霄三省相，虎豹
九關閽。業。害物磨牙慘，持拳炙手炎。游夫空捭闔，武士浪韜鈐。鳳。海寓洪鑪焰，民生鼎
沸燖。天心何叵測，宸極竟危阽。業。夏社松陰改，周原麥秀漸。詩書遭黨錮，冠蓋受髠
鉗。鳳。暴骨巖城陷，燒屯甲士殲。孑民餘爨僰，尺土剩滇黔。業。越俗更裳珮，秦風失帽
襜。短衣還戌削，長帶孰蜚襳。絕跡違朝市，全身混里閻。鳳。拏舟浮澗曲，扶杖度山崦。
菌閣迎寒葺，茅亭帶雨苫。業。冥鴻思避弋，老馬脫銜箝。朋舊從頭數，篇章信口占。鳳。境
奇窮想入，才退苦言砭。大曆場誰擅？元和體獨纖。聆音嗤下里，覩貌歎無鹽。好句奚囊
貯，淸談麈尾拈。飛觴邀阮籍，竪義問劉惔。業。情洽蠲苛禮，形忘略小嫌。詼諧文乞巧，憔
悴賦驅痁。書擬中郎秘，香憑小史添。搴蘭將滿握，采菊不盈襜。鳳。紙帳蛛絲罥，紗屛
蝶粉黏。試茶追陸羽，退筆弔蒙恬。玩物高居澹，安心老境甜。食虀調芍藥，釀法製荼
蘼。黃擘團臍蟹，霜批巨口鮎。香流金杏酢，脆入玉梅腌。淺酒橫波豔，調箏素手摻。新
聲歌緩緩，沉飮醉厭厭。業。梅老看圍屋，花開待放簷。道人君勿愧，處士我何謙。鳳。綠印
苔間屐，靑飄柳外帘。池流緣岸折，峯勢出墻尖。業。興劇神偏王，狂來語類譫。徘徊吟數

過，撚斷幾枯髯。凰。

【校】

〔一〕題　四十卷本作「梅花庵同林若撫話雨聯句」。

【評】

袁錄曰：險弱纖辭，惟松陵爲勝。此亦工穩，然非大雅所貴。內多頌梅村句。

五言絶句二十七首

子夜詞三首〔一〕

人采蓮子青，妾采梧子黄。置身宛轉中，纖小歡所嘗。

其二

憶歡教儂書，少小推無力。別郎欲郎憐，修飭自雕飾。

【評】

斬曰：入情。

其三

夜涼入空房，待婢待除裝〔三〕。枕前鈎不下，知未解衣裳。

【校】

〔一〕平論選第二、三首。

〔三〕待除裝　平論作「代除粧」，鷓鴣斑作「待除粧」。

【評】

袁錄曰：少古逸之趣。又五絕總評：五絕備體。

靳引顧瞻泰曰：五絕須渾融自然，以不着議論爲高。右丞、太白、左司諸大家最稱神品。梅村子夜諸歌，豔麗近齊梁，而新穎如崔顥、崔國輔。餘如采石磯、題漢書數首，亦不落初、盛唐人以下。

靳曰：王元美謂唐人七言絕句，初、盛以氣爲主，中、晚以意爲主。王貽上選萬首絕句，曾舉其說。愚謂五言亦復如是。梅村五絕之佳者，駸駸乎初、盛矣；至香奩諸首，則游戲爲之耳。

子夜歌十三首〔一〕

歡是南山雲，半作北山雨。不比薰爐香，纏綿入懷裏。

【評】

靳曰：王摩詰「不知棟裏雲，去作人間雨」，寫盡山居之趣。此更化爲旖旎之詞，才人固不可測。

其　二

夜夜枕手眠，笑脫黄金釧。傾身畏君輕，背轉流光面。

【評】

孫鋐曰：有吾愛吾鼎之意。

靳曰：第四句造語工妙，似漢人小說中佳語。

其　三

故使歡見儂，儂道不相識〔三〕。曾記馬上郎，挾彈門前立。

其　四

微笑佯牽伴，低頭誤弄絃。衆中誰賣眼，又說是相憐。

其五

雙纏五色縷，與歡相連愛。尙有宛轉絲〔三〕，織成合歡帶。

【評】孫鉱曰：纏綿無盡。

其六

淺碧魚文纈，輕紅杏子花。比來妝束素，加上木蘭紗。

其七

儂如機上花，春風吹不得。剪刀太無賴，斷我機中織。

【評】斷曰：意奇句亦奇。

其八

紅羅複斗帳，四角垂明珠。明珠勝明月，月落君躊躕。

【評】

靳曰：古意可掬。

其九

指冷玉簫寒，袖長羅袂濕。此夜坐匡床，春風無氣力。

其十

夜色吹衣袂，新聲出絳紗。相逢更相認，銀燭上鉛華。

其十一

舞罷私自憐，腰肢日嫋嫋。總角諸少年，虧他只言好。

其十二

玉枕湘文簟，金爐鳳腦煙。君來只病酒，辜負解香鈿。

其十三

出門風露寒，歡言此路去。妾夢亦隨君，與歡添半臂。

【校】

〔一〕孫選選第二、五首。

〔二〕儂道　鄧鈔作「口道」。

〔三〕絲　鵰鳩斑作「樂」。

子夜歌六首 代友人答閩妓

白玉絳羅囊，枝頭荔子垂。待儂親用手，緩緩褪紅衣。

其　二

郎來索糖霜，莫持與郎喫。郎要口頭甜，不如自嘗蜜〔一〕。

其　三

榕樹參天長，郎棲在何處？隨郎不見榕，累儂望鄉樹。

其四

綠葉吐紅苗，紗窗月影高。待郎郎不至，落得美人蕉。

其五

佛手慈悲樹，相牽話生死。爲郎數還期，就中屈雙指。

其六

橄欖兩頭纖，終難一箇圓。縱教皮肉盡，腸肚自然堅。

【校】

〔一〕自　四十卷本、鷓鴣斑均作「是」。

采石磯

石壁千尋險，江流一矢爭。曾聞飛將上，落日弔開平。

【評】

蘄曰：不着議論，自然入格。

新翻子夜歌四首

歡今穿儂衣，窄身添扣扣。欲搔麻姑爪，教歡作廣袖。

其二

含香吐聖火，碧縷生微煙。知郎心腸熱，口是金博山。

其三

歡有頷下貂，與儂覆廣額。脫儂頭上珠，爲歡嵌寶石。

其四

龍團語羊酪，相逢土風異。爲歡手煎茶，調和見歡意。

吳梅村全集卷第八　詩前集八

七言絶句六十一首

過魚山曹植墓二首

小穀城西子建祠，魚山刻石省躬詩。君家兄弟空搖落，惆悵秋墳杂豆枝。

【評】

靳曰：末二句用意澹遠。

其二

鄴臺坐法公車令，菑郡憂讒謁者書。天使武皇全愛子，黄初先已屬倉舒〔一〕。

【校】

〔一〕倉舒　原作「蒼舒」，據三國志魏書鄧哀王沖傳改。

【評】靳引顧瞻泰曰：梅村七絕，託興遙深，時有幽怨之思。□音調和平，□□□□□□□自是盛、中唐人手筆。

項王廟〔一〕

戲馬臺前拜魯公，興王何必定關中？故人子弟多豪傑，弗及封侯呂馬童〔二〕。

【校】

〔一〕題　四十卷本、詩鈔、鄒鈔均作「下相懷古」。

〔二〕弗及　詩鈔作「不及」。

虞美人

咸陽宮闕早成塵，莫聽歌聲涕淚頻。若遇戚姬悲薄命，幸無如意勝夫人。

釣　臺

少有高名隱富春，南陽游學爲亡新。高皇舊識屠沽輩，何似原陵有故人。

贈妓郎圓

輕靴窄袖柘枝裝，舞罷斜身倚玉牀。認得是儂偏問姓，笑儂花底喚諸郎。

偶成二首〔一〕

好把蛾眉鬭遠山，鈿蟬金鳳綠雲鬟。畫堤無限垂垂柳〔二〕，輸與樓頭謝阿蠻。

其二

海棠花發兩三枝，燕子呢喃春雨時。恰似闌干嬌欲醉〔三〕，當年人說杜紅兒。

【校】

〔一〕昭代選第二首。
〔二〕垂垂　詩鈔作「垂楊」。
〔三〕恰似　昭代作「恰倚」。

感舊

赤欄橋護上陽花，翠羽雕籠語絳紗。羨殺江州白司馬，月明亭畔聽琵琶。

【評】孫鑛曰：青衫盡濕，有何可羨？可見雕籠翠羽，不如眠浪白鷗。

汴梁二首〔一〕

馮夷擊鼓走夷門，銅馬西來風雨昏。此地信陵曾養士，只今誰解救王孫？

其二

城上黃河屈注來，千金堤帚一時開。梁園遺跡銷沉盡，誰與君王避吹臺？

【校】

〔一〕鄒鈔選第一首。

題歸玄恭僧服小像四首〔一〕

豈是前身釋道安，遇人不著鹿皮冠。接䍦漉酒科頭坐，只作先生醉裏看。好酒

其二

金粟山人道者裝，玉山秋盡草堂荒。刦灰重作江南夢，一曲開元淚萬行。能詩。顧阿瑛

號金粟道人，著天寶遺事〔三〕，談庚申君事。

其　三

共道淇園長異材，風欺雪壓倩誰栽。道人掃向維摩壁，千尺蒼龍護講臺。畫竹

其　四

中山絕技妙空羣，智永傳家在右軍。爲寫頭陀新寺額，筆鋒蒸出墨池雲。工書

【校】

〔一〕題　詩鈔「玄恭」作「元功」，選第一、三、四首。鄒鈔選第一、二首。

〔二〕四十卷本「天寶遺事」下有「詩」字。

戲贈十首〔一〕

窄袖輕衫便洞房，何綏新作婦人裝。繡囊惹結同心扣〔二〕，十里風來袴褶香。

其　二

梅根冶後一庭幽〔三〕，桃葉歌中兩槳留。管是夜深嬌不起〔四〕，隔簾小婢喚梳頭。

其三

香銷寶鴨月如霜，欲罷摴蒱故拙行。倦倚局邊伴數子，暗擡星眼擲兒郎。

其四

仙家五老話驂鸞，素女圖經掌上看。如共王喬舊相識，鍊方從乞息肌丸。

其五

玉釵仍整未銷黃，笑看兒郎語太狂。飜道玉人心事懶，厭將雲雨待襄王。

其六

戒珠琥珀間沉檀，弟子班中玉葉冠。君是惠休身法喜，他年參學贊公壇。

其七

蔬譜曾删組議書，一臠鮮菜定何如？玉纖下筯無常味〔五〕，珍重虞公數十車。

其八

懶梳雲髻罷蘭膏，一幅羅巾紫玉絛。不向弓彎問消息，誤人詩句鄭櫻桃。

其九

內家紈扇縷金函，萬壽花開青鳥銜。贍比乘鸞秦氏女，銀泥裙子鳳皇衫。

其十

橫塘西去窈娘還，畫出吳山作楚山。笑語阿戎休悵望，莫愁艇子在溪灣。

【校】

〔一〕鄒鈔選第二、三、六、八首。鷓鴣斑選第一、二、三、五、八、十首。

〔二〕繡囊　詩鈔此二字空格。

〔三〕梅根冶　冶原作「治」，據四十卷本、詩鈔改。

〔四〕管是　詩鈔此二字空格。「夜」，詩鈔作「衣」。

〔五〕下筯　原作「下筋」，據四十卷本、詩鈔改。

亂後過湖上山水蕭矣賦一絶〔一〕

柳樹桃蹊事已空，斷槎零落敗垣風。莫嗟客鬢重游改，恰有青山似鏡中。

【校】

〔一〕題　四十卷本「蕭矣」下有「感」字。鄒鈔題作「亂後過湖上感賦」。

【評】

嶄曰：製題已自惘然，詩亦相稱。

聽朱樂隆歌六首〔一〕

少小江湖載酒船，月明吹笛不知眠。只今憔悴秋風裏，白髮花前又十年。

其　二

一春絲管唱吳趨，得似何戡此曲無？自是風流推老輩，不須教染白髭鬚。

【評】

鄧漢儀評「自是」二句曰：善爲推許。

其　三

開元法部按霓裳，曾和巫山窈窕娘。見說念奴今老大，白頭供奉話岐王。

其　四

誰畫張家靜婉腰，輕綃一幅美人蕉。會看記曲紅紅笑，喚下丹青弄碧簫。

其　五

長白山頭蘆管聲，秋風吹滿雒陽城。茂陵底事無消息，迯邏檀槽撥不成。

【評】

鄧漢儀曰：小中見大。

其　六

楚雨荆雲雁影還，竹枝彈徹淚痕斑。坐中誰是沾裳者，詞客哀時庾子山。

【校】

〔一〕詩鈔選第一、二、三、四首。鄉鈔選第六首。詩觀選第二、五首。本事選第一首。感舊選第二、五首。

觀棋六首 和錢牧齋先生〔一〕

深院無人看劇棋，三郎勝負玉環知。康猧亂局君王笑，一道哥舒布算遲。

其二

小閣疏簾枕簟秋，晝長無事爲忘憂。西園近進修宮價，博進知難賭廣州。

其三

閒向松窗覆舊圖，當年國手未全無。南風不競君知否，抉眼胥門看入吳。

其四

碧殿春深賭翠鈿，壽王游戲玉牀前。可憐一子難饒借，殺却拋殘到那邊〔三〕。

其五

玄黃得失有誰憑，上品還推國手能。公道世人高下在，圍棋中正柳吳興。

其六

莫將絕藝向人誇，新勢斜飛一角差。局罷兒童閑數子，不知勝負落誰家？

【校】

〔一〕詩鈔選第二、五、六首，并多「決賭心勞」一首（見輯佚）。鄒鈔選第一、三、四首，并多「白徒西下」一首（見輯佚）。感舊選第二、三、五首。

〔二〕拋殘　鄒鈔作「拖殘」。

贈寇白門六首〔一〕

白門故保國朱公所畜姬也〔二〕。保國北行，白門被放，仍返南中〔三〕。秦淮相遇，殊有淪落之感。口占贈之。

南內無人吹洞簫，莫愁湖畔馬蹄驕。殿前伐盡靈和柳，誰與蕭娘鬪舞腰？

【評】

鄧漢儀曰：正意襯出。

黃傳祖曰：借客形主，百倍惋悵。

蔪曰：音餘絃外，妙得唐賢三昧。

其二

朱公轉徙致千金〔四〕，一舸西施計自深。今日祇因句踐死，難將紅粉結同心。

其三

同時姊妹入奚官，捫酒黃羊去住難。細馬馱來紗罩眼，鱸魚時節到長干。

【評】

鄧漢儀曰：正自難堪。

其四

重點盧家薄薄妝，夜深羞過大功坊。中山內宴香車入，寶髻雲鬟列幾行。

其　五

曾見通侯退直遲，縣官今日選蛾眉。窈娘何處雷塘火，漂泊楊家有雪兒。

其　六

舊宫門外落花飛，俠少同游並馬歸。此地故人騶唱入，沉香火暖護朝衣。

【評】

鄧漢儀曰：難爲回首。

【校】

〔一〕題　箧衍作「贈寇白門五首」，無第五首，題下注「故保國朱公家伎」，無詩序。詩鈔選第一、二、四、五、六首。鄧鈔選第一、四首，題下注「白門故保國朱公所畜姬」，無詩序。詩觀選第一、三、四、六首。新集選第一首。本事選第一、二、四、五首，鸝鴂斑選第一、二首，均無詩序。

〔二〕詩觀「白門」上有「寇」字。

〔三〕南中　新集作「曲中」。

〔四〕致　箧衍作「數」。

題莊愷菴像四首〔一〕

錦里先生住錦溼，百花潭水浣花亭。子雲寂寞餘奇字，抱膝空山著一經。

其二

相如書信達郫筒，入蜀還家意氣雄。却憶故人天際遠，罷官嚴助在吳中。

其三

把卷無人意惘然，故鄉雲樹夢魂邊。遙知石鏡山頭影，不及當時是少年。

其四

舊朝人地擅簪纓，詞賦風流妙兩京。盡道阿兄多貴重，杜家中弟最知名。

【校】

〔一〕題　四十卷本作「題莊愷庵小像」。

楚雲八首〔一〕

楚雲字慶娘〔二〕。余以壬辰上巳爲朱子葵、子葆、子容兄弟招飲鶴洲〔三〕，同集則道開師、沈孟陽、張南垣父子。妓有畹生者，與慶娘同小字，而楚雲最明慧可喜〔四〕，口占贈之〔五〕。

十二峯頭降玉眞，楚宮祓禊采蘭辰。陳思枉自矜能賦，不詠湘娥詠雒神。

其　二

白蘋江上送橫波，擬唱湘山楚水歌。却爲襄王催按曲，故低紈扇簇雙蛾。

其　三

越羅衫子揉紅藍，楚玉鸞雛鏤碧簪。莫羨鴉頭羅襪好，一鈎新月印湘潭。

其　四

新蒻下若酒頻傾，楚潤相看別有情。小戶漫糾還一笑，衆中觥政自縱橫。

其五

風流太守綠莎廳，近水夭桃入畫屏。最是楚腰嬌絕處，一雙鸂鶒起沙汀〔六〕。

其六

范蠡湖邊春草長，楚天歸去載夷光。人間別有朱公子，騎鶴吹笙是六郎。

其七

畫梁雙燕舞衣輕，楚楚腰肢總削成。記得錢塘兩蘇小，不知誰箇擅傾城？〔七〕

其八

廬山攜妓故人留，白社流連謁惠休。早爲朝雲求伴侶，楚江明日上黃州。

【校】

〔一〕詩鈔選第一、二、五、六、七、八首。鄒鈔選第一、二、七首，題下注「字慶娘，秀州人」，無詩序。

〔二〕楚雲字慶娘 此句下詩鈔有「秀州人」三字。

〔三〕子容　詩鈔作「子蓉」。

〔四〕明慧可喜　詩鈔無「可喜」字。

〔五〕口占贈之　詩鈔此句作「予口占八絶贈之」。

〔六〕㶉鶒　原作「㶉瀨」，據四十卷本、詩鈔改。

〔七〕鄒鈔篇末有小注「有畹生者與慶娘同小字故云」。

山塘重贈楚雲四首〔一〕　楚雲故姓陸，雲間人。

宣公橋畔響輕車，二月相逢約玩花〔二〕。烏桕着霜還繫馬，停鞭重問泰娘家。

其二

家住橫塘小院東，門前流水碧簾櫳。五茸城外新移到，傲殺機雲女侍中。〔三〕

其三

月夜分攜幾度圓，語溪芳草隔雲煙。那知閶闔千條柳，抛撇東風又一年。

其四

挾彈城南控紫騮，葳蕤春鎖玉人留。花邊別有秦宮活，不數人間有嵇侯。

【校】

〔一〕詩鈔選第一、二首。鄒鈔選第二首，無題下注。鷓鴣斑選第一、二、三首，題無「重」字，題下小注作「小字慶娘」。

〔二〕玩花　詩鈔作「看花」。

〔三〕鄒鈔篇末有小注「楚雲故雲間人」。

題殷陟明仙夢圖

蕉團桐笠御風行，夢裏相逢話赤城。自是前身殷七七，今生贏得是詩名。

【評】

斷曰：清新之作。

吳梅村全集卷第九　詩後集一

五言古詩二十七首

下相懷古

驅車馬陵山，落日見下相。憶昔楚項王，拔山氣何壯。太息取祖龍，大言竟非妄。破釜救邯鄲，功居入關上。殺降復父讐，不比諸侯將。杯酒釋沛公，殊有君人量。胡爲去咸陽，遭人扼其吭。亞父無諍言，奇計非所望。重瞳顧柔仁，隆準至暴抗。脫之掌握中，骨肉俱無恙。所以哭魯兄，仍具威儀葬。古來名與色，英雄不能忘。力戰兼悲歌，西風起酸愴。廢廟枕荒岡，虞兮侍帷帳。烏騅伏坐傍，踣地哀鳴狀。我來訪遺蹟，登高見芒碭。長陵竟坏土，萬事同惆悵。

【評】

鄧漢儀曰：大爲重瞳生色，然是正論，非有意翻案也。以此服梅村史識。

斮曰：檃括𭕆傳，詞意明淨。以長陵作對照，筆力更爲遒逸。

夜宿阜昌

我來古昌國，望古思樂生。總將六諸侯，撫劍東專征。下齊功不細，奔趙事無成。草沒黄金臺，猶憶昭王迎。涕泣辭伐燕，氣誼良非輕。此眞天下士，豈獨因知兵。忠心激舊將，誓死存聊城。惜哉魯仲連，排難徒高名。勸使東游齊，毋乃傷縱横。

【評】

斮曰：論樂毅者，多豔其前立功而後免禍，不過功名之士耳。「忠心激舊將」，發前人所未發，而以仲連對照，更覺醒豁。

贈家侍御雪航〔一〕

士生搶攘中，非氣莫能濟。勁節行胸懷，高談豁心智。吾家侍御公，平生藴風義。世難初横流，事定猶草昧。召見邯鄲宫，軍中獲能吏。移牒拜諫官，創業更新制。長刀夾殿門，令下誰敢議。扣馬忽上陳，挺身艱難際。丈夫持國是，僵仆無所避〔二〕。封事卽留中，天語加褒異。受命巡山東，恩威恤凋弊。會討泰山賊，無辜輒連治。破械使之歸，父老皆流涕。征南甘侯軍，豪奪武昌地。可憐黃陵廟，鈔略空村閉。君來仗威名〔三〕，一言釋猜忌。塢壁招殘民，郊原戢游騎。從此巴丘兵，始識長沙尉。西望浚稽山，黃河遶其背。青羌十七種，驊騮飾文罽。自古於金城，互市有深意。蜀賈蒙山茶，兵火苦莫致。將吏使之然，憂將玉關廢。奉詔清河湟，俾復商人利。千車摘岷峨，五花散涇渭。至今青海頭，共刻黃龍誓。揭節還歸來，公私積勞勩。安臥無多談，循資躋高位。却拜極言疏，手板指朝貴。恩深因薄謫，材大終難棄。古之賢豪人，深沉在晚歲。斂盡萬里心，日共殘編對〔四〕。學以閱世深，官從讀書退。以之輕軒冕，蕭條自標置。我來客京師，一身以匏繫〔五〕。老大慚知交，淒涼託兄弟。臨風或長歌，邀月非沉醉。論世追黃虞，刪詩及曹魏。恐君故鄉思，失我窮途慰。家在五湖西，扁舟入夢寐。欲取石上泉，洗濯塵中累。羣公方見推，雅志安得遂？朝罷看西山，千峯落濃翠。良友供盤桓，清秋足游憩。待予同拂衣，徐理歸田計。

【校】

〔一〕題　鄒鈔作「贈雪航侍御」。

〔二〕僵仆　鄒鈔作「僵臥」。

〔三〕仗　鄒鈔、廣集均作「伏」。

〔四〕日　鄒鈔、廣集均作「目」。

〔三〕以　四十卷本、鄒鈔、廣集均作「似」。

【評】

袁錄曰：近杜子美。

題河渚圖送胡彥遠南歸

馬背話江南，春山吾負汝。白雲能容人，猿鳥不我與。西泠有高士，結廬在河渚。讀書尙感激，平生愼推許。獨坐長嘯吟，淸言出機杼。秋風忽乘興，千里長安旅。同好四五人，招尋忘出處。寄跡依琳宮，雙松得儔侶。雖入侯王門，不受公卿舉。登高見遺廟，頹垣竄鼯鼠。悲歌因臥病，歸心入春雨。從此謝姓名，問之了不語。我爲作此圖，彷彿梅花墅。蒼然開南軒，飛泉落孤嶼。想見君山中，相思日延竚。

送何省齋〔一〕

哲人尙休官，取志不在歲。賢達恃少年，輕心撥名勢。神仙與酒色，皆是供蟬蛻〔二〕。在己本歡娛，富貴應難累。婆娑彼頹老，匪止妻孥計。棲棲守腐鼠，自信無餘技。嗟我豈其然，今也跡相類。同事有何郎，英懷託深契。三十拜侍中，向人發長喟。拂袖歸去來，故園有松桂。世網敢自由，鄉心偶然遂。樗散却見留，送之以流涕。我昔少壯時，聲華振儕輩。講舍鷄籠巔，賓朋屢高會。總角能清譚，君家好兄弟。綬帶天地寬，健筆江山麗。憑闌見溢口，傳烽響笳吹。海寓方紛紜，虛名束心意。夜半話掛冠，明日扁舟繫。問余當時年，三十甫過二。採藥尋名山，筋力正強濟。濯足滄浪流，白雲養身世。長放萬里心，拔脚風塵際。昔爲雲中鵠，翩翻九皐唳；今爲轅下駒，局促長楸轡。梗枏蟠枯根，天陰蟲蟻萃。縱抱凌霄姿，蕭條斧斤畏。時命苟弗諧，貧賤安可冀？過盡九折艱，咫尺俄失墜。凄涼游子裝，訣絕衰親淚。關山車馬煩，雨雪衣裘敝。長安十二衢，畫戟朱扉衛。冠蓋起鷄鳴，蹀躞名豪騎〔三〕。通籍平生交，於今悉凋替。磬折當塗前，問語不敢對。衰白齒坐愁，逡巡與之避。禁掖無立談，獨行心且悸。邂逅君登朝，讀書入中秘。父子被詔除，一堂共昆季。呼兒爭出拜，索果牽衣戲。回首十六年，蹤跡猶堪記。荏苒曾幾何，萬事經興廢。停觴重剪燭，相對加噓唏。我行感衰疾，腰脚增疲曳。可憐扶杖走，尙逐名賢隊。薄祿貪負閒，憂責仍不細。扈從游甘泉，淅淅驚沙厲。藉草貧無氈，僕夫枕以塊。霜風帽帶斜，頭寒縮如蝟。入門問妻孥，呻吟在牀被。幼女掩面啼，燈靑照殘穗。白楊何蕭蕭，衡泥送歸櫬。爾死顧得還，我留復誰爲？旁有親識人，通都走聲利。厚意解羈愁，盛言推名位。不悟聽者心，怛若芒在背。忽接山中書，又責以宜退。卿言仍復佳〔四〕，我命有所制。總未涉世深，止知乞身易。悶卽君過存，高談豁蒙蔽。苦樂來無方，窮達總一致。同是集蓼蟲，以此識其味。人生厭束縛，擺落須才氣。君初丞相家，祖德簪纓繼。吐納旣風流，姿容更瓌異。披史妙縱橫，論詩富裁製。激昂承明廷，面折公卿議。文士寡先容，疏通得交臂。騶哄訪當關，休沐杉齋閉。良工鑄干將，出匣蛟龍忌。趨駕度太行〔五〕，躊躇棄騏驥。嬌嬌朗陵公，竟下考功第。老夫迫枯朽，抱膝端居睡。雖稱茂陵病，終乏鴟夷智。遜子十倍才，焉能一官棄。早貴生道心，中年負名義。蹉跎廿皓首，此則予所媿。君今謝塵鞅，輕裝去如駛。雙槳石頭城，木落征驂憩。過我儒林館，寒鴉噪平地。函丈無復在〔六〕，依舊晴嵐翠。明年春水滿〔七〕，客興煙波趣。鶯啼笠澤船，花發龍沙醉。高堂剖符竹，盡室千山內。郡閣遶鳴灘，日晡散人吏。無書悼遷斥，有夢傷迢遞。嶺雁時獨飛，楚天樹如薺。雙眼渺荒江〔八〕，片帆忽而至。家人迎棹立，愛子趨庭慰。誰云謫宦愁，老覺君恩最。共上鬱孤臺，側身望燕魏。惆悵念故人，沉吟不能置。三載客他鄉，一朝遽分袂。勞生任潦倒，失志同飄寄。少壯今逍遙，老大偏濡滯〔九〕。舉世縱相識，出門竟誰詣？太息行路難，殷勤進規誨。後會良可希，尺書到猶未？相去各一方，天涯隔憔悴。開篋覩此詩，悅悅不能寐〔一〇〕。

【校】

〔一〕題　箧衍作「送何第五」。

〔二〕皆是　四十卷本、詩鈔、鄒鈔、箧衍均作「皆足」。

〔三〕蹀躞　詩鈔、鄒鈔均作「躞蹀」。

〔四〕仍　四十卷本、詩鈔、鄒鈔、箧衍均作「誠」。

〔五〕趨騖　箧衍作「趨鶩」。

〔六〕在　四十卷本、詩鈔、鄒鈔、箧衍均作「存」。

〔七〕滿　箧衍作「深」。

〔八〕荒江　箧衍作「荒丘」。

〔九〕老大　箧衍作「老夫」。

〔一〇〕悦悦　箧衍作「惝悦」。

【評】

袁錄曰：司成再嫁，其困頓如此。又曰：尚是諱過之言，不若賀新郎「萬事催華髮」一首之眞也。又曰：公壯年稱舊臣，雄心尚在，故態復萌，其不能安困窮守貧賤有由矣，宜乎爲世網所牽引也。然以視牧齋之欲拜相，易心改面，昏夜乞哀，則公固知悔者矣。

送宛陵施愚山提學山東三首

秦皇昔東巡，作歌示來裔。李斯留篆刻，足共神仙配。胡爲泰岱巔〔一〕，蒼碑獨無字。恃此謝六經〔二〕，免滋後賢議。至今倉頡臺，行人尙流涕。君今懷古跡，斯文起凋敝。蟲魚雖改竄，扶桑自天際。千載靈光宮，丹書閉房記。兵火獨搜揚，重見鍾離意。

其二

魯儒好逢掖，傴僂循墻恭。長劍忽拄頤，掉舌談天雄。諸侯走書幣，擁篲梧丘宮。孟嘗一公子，珠履傾關東。後來北海相，坐上猶遺風。君愁吳越士，名在甘陵中。無使稷下徒，車馬矜雍容。華士苟不戮，橫議將安窮？古道誠可作，千里奮龜蒙。

其三

伊昔嘉隆時，文章尙丹雘。嬌嬌濟南生，突過黃初作。百年少知己，褒譏互參錯。風習使之然，詩書徇然諾〔三〕。淒涼白雲署，前賢遂寥廓。君初領法曹，追踪好棲託。此行過歷下，高風緬如昨。太白游山東，後來訪廬霍。獨愛宣州城，江山足吟謔。讀君官舍詩，鄉心戀巖壑。目斷敬亭雲，口銜竹溪酌。借問謫仙人，何如謝康樂？

【校】

〔一〕泰岱　原作「秦岱」，據四十卷本、詩鈔改。

〔二〕恃　四十卷本、詩鈔均作「持」。

〔三〕詩書　詩鈔作「讀書」。

礬清湖　幷序

礬清湖者，西連陳湖，南接陳墓，其先褚氏之所居也。「礬清」者，土人以水清，疑其下有礬石，故名；或曰范蠡去越，取道於此湖，名「范遷」，以音近而訛：世遠莫得而考也。太湖居吾郡之北，有大山衝擊，風濤湍悍，而陳湖諸水渟泓演迤，居人狎而安焉。煙村水市，若鳧雁之着波面，千百於其中，土沃以厚，畝收二鍾，有魚蝦菱芡之利，資船以出入，科徭視他境差緩，故其民日以饒，不爲盜。吾宗之繇倩、靑房、公益兄弟居於此四世矣，余以乙酉五月聞亂，倉黃攜百口投之。中流風雨大作，扁舟掀簸，榜人不辨水門故處，久之始達。主人開門延宿，鷄黍酒漿，將迎灑掃，其居前榮後寢，葭蘆掩映，楡柳蕭疏，月出柴門，漁歌四起，杳然不知有人世事矣。是時姑蘇送款，兵至不戮一人，消息流傳，緩急互異，湖中煙火晏然。予將卜築買田，耦耕終老，居兩月而陳墓之變作，於是流離轉徙，僅而後免。事定，將踐前約，尋以世故牽挽，流涕登車，疾病顛連，關河阻隔。比三載得歸，而青房過訪草堂，見予髮白齒落，深怪早衰，又以其窮愁煢獨，妻妾相繼下世，因話昔年湖山兵火，奔走提攜，心力枉枯，骨肉安在？太息者久之。青房亦以毁家紓役，舊業蕩然，水鳥樹林，依稀如故，而居停數椽，斷甎零甓，罔有存者，人世盛衰聚散之故，豈可問耶！撫今追往，詮次爲五言長詩，用識吾慨，且以明舊德於不忘也。

吾宗老孫子，住在罍清湖。湖水淸且漣，其地皆膏腴。堤栽百株柳，池種千石魚。教僮數鵝鴨，遶屋開芙蕖。有書足以讀，有酒易以沽。終老寡送迎，頭髮可不梳。相傳范少伯，三徙由中吳。一舸從此去，在理或不誣。嗟予遇兵火，百口如飛鳧。避地何所投？扁舟指菰蒲。北風晚正急，煙港生模糊。船小吹雨來，衣薄無朝餔。前村似將近，路轉忽又無。倉皇値漁火，欲問心已孤。俄見葭菼邊，主人出門呼。開柵引我船，掃室容我徒。我家兩衰親，上奉高堂姑。艱難總頭白，動止需人扶。妻妾病伶丁，嘔吐當中途。長女僅九齡，餘泣猶呱呱。入君所居室，燈火映窗疏。寬閒分數寢，嬉笑喧諸雛。縛帚東西廂，行李安從奴。前牕張罣網，後壁掛耒耜。苦辭村地僻，客舍無精粗。剪韭烹伏雌，斫鱠炊彫胡。牀頭出濁醪，人倦消幾壺。睡起日已高，曉色開煙蕪。漁灣一兩家，點染江村圖。沙嘴何人舟，消息傳姑蘇。或云江州下，不比揚州屠。早晚安集掾，鞍馬來南都。或云移民房，插箭下嚴符。囊槖歸他人，婦女充軍俘。里老獨晏然，催辦今年租。饁耕看賽社，醵飲聽呼盧。軍馬總不來，里巷相爲娛。而我游其間，坦腹行徐徐。見人盡恭敬，不識誰賢愚。魚蝦盈小市，鳧雁充中廚。月出浮溪光，萬象疑沾濡。放棹凌滄浪，笑弄驪龍珠。夷猶發浩唱，禮法胡能拘。東南雖板蕩，此地其黃虞。世事有反覆，變亂興須臾。草草十數人，盟歃起里閭。兔園一老生，自詭讀穰苴。漁翁爭坐席，有力爲專諸。舴艋飾於皇，簑笠裝犀渠。大笑擲釣竿，赤手搏於菟。欲奪夫差宮，坐擁專城居。予又出子門，十步九崎嶇。脫身白刃間，性命輕錙銖。我去子亦行，後各還其廬。官軍雖屢到，尚未成丘墟。生涯免溝壑，身計謀樵漁。買得百畝田，從子游長沮〔一〕。天意不我從，世網將人驅。親朋盡追送，涕泣登征車。吾生罹干戈，猶與骨肉俱。一官受逼迫，萬事堪欷歔。倦策既歸來，入室翻次且。念我平生人，慘憺留羅襦。秋雨君叩門，一見驚淸癯。我苦不必言，但坐觀髭鬚。歲月曾幾何，筋力遠不如。遭亂若此衰，豈得勝奔趨。十年顧妻子，心力都成虛。分離有定分，久暫理不殊。翻笑危急時，奔走徒區區。君時聽我語，顏色慘不舒。亂世畏盛名，薄俗容小儒。生來遠朝市，謂足逃沮洳。長官誅求急，姓氏屬里胥。夜半聞叩門，瓶盎少所儲。豈不惜堂構，其奈愁征輪。庭樹好追涼，剪伐存枯株。池荷久不開，歲久塡泥淤。廢宅鋤爲田，薺麥生階除。當時棲息地，零落今無餘。生還愛節物，高會逢茱萸。好採籬下菊，且讀囊中書。中懷苟自得，外物非吾須。君觀鴟夷子，眷戀傾城姝。千金亦偶然，奚足稱陶朱。不如棄家去，漁釣山之隅。江湖至廣大，何惜安徽軀？揮手謝時輩，愼勿空躊躕。

【校】

〔一〕游 四十卷本作「學」。

【評】

靳曰：此詩大致與子美彭衙行相彷彿，孫宰與繇倩兄弟，居停主人託詩筆以不朽，可謂大幸。然彭衙行於安居奉歡後但敍闊別懷思之意，此詩於各還其廬後更添滄桑身世之感，蓋子美作詩時距在彭衙僅一歲，梅村作此詩則在官祭酒、歸江南、奏銷案起以後，雖云異曲同工，亦可以各論其世也。又曰：焦仲卿妻詩一千七百四十五字，而終之以「多謝後世人，戒之愼勿忘」，以淡語作結，彌覺情景杳然無盡，此詩感話滄桑，與過南廂園叟略同，但過南廂園叟尙有迫切之語，此篇淡遠處猶爲過之。結一段與焦仲卿妻詩同稱逸品矣。

清涼山讚佛詩四首

西北有高山，云是文殊臺。臺上明月池，千葉金蓮開。花花相映發，葉葉同根栽。王母攜雙成，綠蓋雲中來。漢主坐法宮，一見光徘徊。結以同心合，授以九子釵。翠裝雕玉輦，丹髹沉香齋。護置琉璃屏，立在文石階。長恐乘風去，舍我歸蓬萊。從獵往上林，小隊城南隈。雪鷹異凡羽，果馬殊羣材。言過樂游苑，進及長楊街。張宴奏絲桐，新月穿宮槐。攜手忽太息，樂極生微哀。千秋終寂寞，此日誰追陪？陛下壽萬年，妾命如塵埃。願共南山槨，長奉西宮杯。披香淖博士，側聽私驚猜。今日樂方樂，斯語胡爲哉？待詔東方生，執戟前詼諧。薰鑪拂黼帳，白露零蒼苔。吾王慎玉體，對酒毋傷懷。

其二

傷懷驚涼風，深宮鳴蟋蟀。嚴霜被瓊樹，芙蓉凋素質。可憐千里草，萎落無顏色。孔雀蒲桃錦，親自紅女織。殊方初云獻，知破萬家室。瑟瑟大秦珠，珊瑚高八尺。割之施精藍，千佛莊嚴飾。持來付一炬，泉路誰能識。紅顏尚焦土，百萬無容惜。小臣助長號，賜衣或一襲。只愁許史輩，急淚難時得。從官進哀誄，黃紙鈔名入。流涕盧郎才，咨嗟謝生筆。尙方列珍膳，天廚供玉粒。官家未解菜，對案不能食。黑衣召誌公，白馬馱羅什。焚香內道場，廣座楞伽譯。資彼象敎恩，輕我人王力。微聞金鷄詔，亦由玉妃出。高原營寢廟，近野開陵邑。南望倉舒墳〔一〕，掩面添悽惻。戒言秣我馬，遨游凌八極。

其　三

八極何茫茫，曰往淸涼山。此山蓄靈異，浩氣供屈盤。能蓄太古雪，一洗天地顏。日馭有不到，縹緲風雲寒。世尊昔示現，說法同阿難。講樹聳千尺，搖落靑琅玕。諸天過峯頭，絳節乘銀鸞。一笑偶下謫，脫却芙蓉冠。游戲登瓊樓，窈窕垂雲鬟。三世俄去來，任作優曇看。名山初望幸，銜命釋道安。預從最高頂，灑掃七佛壇。靈境乃杳絕，捫葛勞躋攀。路盡逢一峯，傑閣圍朱闌。中坐一天人，吐氣如栴檀。寄語漢皇帝，何苦留人間？煙嵐倏滅沒，流水空潺湲。回首長安城，緇素慘不歡。房星竟未動，天降白玉棺。惜哉善財洞，未得誇迎鑾。惟有大道心，與石永不刊。以此護金輪，法海無波瀾。

其　四

嘗聞穆天子，六飛騁萬里。仙人觴瑤池，白雲出杯底。遠駕求長生，逐日過濛汜。盛姬病不救，揮鞭哭弱水。漢皇好神仙，妻子思脱屣。東巡幷西幸，離宫宿羅綺。寵奪長門陳，恩盛傾城李。穠華卽修夜，痛入哀蟬誄。苦無不死方，得令昭陽起。晚抱甘泉病，遽下輪臺悔。蕭蕭茂陵樹，殘碑泣風雨。天地有此山，蒼崖閱興毁。我佛施津梁，層臺簇蓮蘂。龍象居虛空，下界聞鬬蟻。乘時方救物，生民難其已。澹泊心無爲，怡神在玉几。長以兢業心，了彼淸淨理。羊車稀復幸，牛山竊所鄙。縱灑蒼梧淚，莫賣西陵履。持此禮覺王，賢聖總一軌。道參無生妙，功謝有爲恥。色空兩不住，收拾宗風裏。

【校】

〔一〕倉舒　原作「蒼舒」，據三國志魏書鄧哀王沖傳改。

石公山

眞宰斸雲根，奇物思所置。養之以天池〔一〕，盆盎插靈異。初爲仙家囷〔二〕，百仭千倉閉。釜鬲炊雲中，杵臼鳴天際。忽而遇嚴城〔三〕，猿狖不能縋。遠窺樓櫓堅，逼視戈矛利。一關當其中，飛鳥爲之避。仰睇微有光，投足疑無地。循級登層巔，天風豁蒼翠。疲喘千犀牛，落落誰能制。傴僂一老人，獨立拊其背。旣若拱而揖，又疑隱而睡。此乃爲石公，三問不吾對。

【校】

〔一〕天池　百家、詩持均作「天地」。

〔二〕困　原作「菌」，據四十卷本、詩鈔、百家、詩持改。

〔三〕巖城　百家、詩持均作「巖城」。

【評】

魏憲曰：起處多奇句，末更傳神，使人畫不出。

歸雲洞

歸雲何孱顔〔一〕，雕斫自太古。千松互盤結，託根無一土。呀然丹崖開，蒼茫百靈斧。萬載長欹危，撑拄良亦苦。古佛自爲相，一身雜仰俯。依稀莓苔中，葉葉青蓮吐。若以庋眞詮，足號藏書府。仙翁刺船來，坐擘麒麟脯〔二〕。鐵笛起中流，進酒虬龍舞。晚向洞中眠，叱石開百武〔三〕。牀几與棋局，一一陳廊廡〔四〕。翩然自兹去，黄鵠瀟湘浦。恐使吾徒窺，還將白雲補。

【校】

〔一〕孱顏　百家、詩持均作「巉巖」。

〔二〕擘　詩鈔、百家、孫選、詩持均作「劈」。

〔三〕叱　四十卷本作「吒」。

〔四〕廊廡　孫選作「廓廡」。

【評】

孫鋐曰：境之奇突，相之妙麗，寫得咄咄逼人。一結還題，想落天際。

魏憲曰：置少陵入蜀諸作中，更復超脫。

林屋洞

震澤初未定，水石爭相攻。神龍排杳冥，盪擊沉虛宮。仙人資禹力，洞府開洪濛。惜哉石函書，不救夫差窮。大道既已洩，國祚於焉終。我行訪遺蹟，興極探虛空。絕徑不可肥，自視猶枯筇。山神愛傴僂，直立憂微躬。以之生退怯，匍匐羞兒童。傳聞道險澀〔一〕，谽谺來天風。松炬厭明滅，乳竇驚青紅。洪崖應常來，牀几陳從容。何不迴眞馭，日月行其中。銀房閟幽異，勿使吾徒同。終當齎餱糧，鍊骨如飛鴻。路穿三江底，境與諸天通。南浮瀟湘水，西上峨眉峯。歸來詫里人，足比靈威翁。

【校】

〔一〕道　四十卷本、感舊均作「過」。

送周子俶四首

五載寄幽燕，歸來問家室。入門四壁在，小婦當窗織。恐其話饑寒，且呼治酒食。妻子識君心，低頭惟默默。嗟余忝隣里，欲語弗遑及。聞君又行邁，君歸曾幾日。睠此父母邦，過若遠鄉客〔一〕。丈夫志四海，行矣須努力。

【評】

孫鋐曰：此時若有不下機不爲炊之人，可奈何！此詩不特寫東岡先生，亦極寫其家人之賢矣。

靳曰：「人生天地間，忽如遠行客」，是達語；「睠此父母邦，過若遠鄉客」，是苦語，各極其妙。

其二

努力贏餱糧〔二〕，秋風卽長路。京口正用兵，倉皇過瓜步。扁舟戒行李，六月黃河怒〔三〕。脫身萬仭淵，此險何足數。慷慨輕波濤，長年豈知故。中道感舊交，良爲詩書悞。餘生嬰世網，重來獻詞賦。登高望烽火，躊躇屢迴顧。

其三

迴顧去鄉遠，近及長安城〔四〕。禁門十二載，策馬聞鷄鳴。解褐初登朝，日出趨承明。慶雲生堦墀，天樂和且平。立談計誠用，萬里無專征。忘形樂簡易，任氣高縱横。常恐斗酒後，脱略驚公卿。一官了婚嫁，可以謀歸耕。

其四

歸耕東岡陂，清流貫羣木。月明夜方靜，高話溪堂宿。破產求神仙，丹砂徇微祿。玉書晚應悟，至道亡情欲。一飯輒萬錢，幷日恆不足。知交雖云厚，詎可先骨肉〔五〕。閱世經艱難，息心謝榮辱。平生著述事，尙有殘編讀。

【評】

孫鋐曰：以屢空之身，好藏書，愛燒煉，豐飲食，不知老之將至者，名士風流哉！此章規諷不少。

【校】

〔一〕遠　詩鈔作「還」。

〔三〕贏　孫選作「裹」。

〔三〕六月　孫選作「八月」。

〔四〕近及　四十卷本、詩鈔、孫選均作「進及」。

〔五〕詎　原作「距」，據四十卷本、孫選改。

蕩子失意行贈李雲田

君家楚山下，門前溪水流。願識賢與豪，不羨公與侯。動足有萬里，妻子何能留？丈夫重意氣，恥爲兒女柔。中夜理瑤瑟，思婦當高樓。鶯花二三月，送君下揚州。小孤白浪惡，腸斷征帆收。長干嬌麗地，一顧斷驊騮。菡萏亦已落，蘭杜方經秋。十月嚴風寒，剪燭紉衣裘。太行車輪摧，落葉塡霜溝。君又自茲去，匹馬將誰投？趙女顏如花，窈窕迴明眸。皎皎雙行纏，巧笑搴羅幬。男兒重紅粉，妾夢輕浮漚。今年附書至，慰訊猶綢繆。客囊無長物，旅病才新瘳。途窮徇知己，進止詎自由。狂走三十年，布褐空蒙頭。不如歸去來，漁釣滄浪謳。大兒誦文史，小婦彈箜篌。南村沽社酒，西舍牽耕牛。人生一蘧廬，漂泊如飛鷗。得意匪爲樂，失路寧關愁。居爲段干隱，出作盧敖游。我欲竟此曲，君笑登扁舟。碧天浩無際，極目徒悠悠。

丁未三月廿四日從山後過湖宿福源精舍〔一〕

千林已暝色，一峯猶夕陽。拾級身漸高，樵徑何微茫。回看斷山口，樹杪浮湖光。松子向前落，道人開石房。橘柤養心性，取足鬚眉蒼。淸磬時一聲，流水穿深篁。我生亦何幸，暫憩支公牀。客夢入翠微，人事良可忘。

【校】

〔一〕題　詩鈔、昭代均無「丁未三月」字。

【評】

靳曰：起六句，狀難言之景，如在目前，他人數十句不能到也。

廿五日偕穆苑先孫浣心葉子聞允文游石公山盤龍石梁寂光歸雲諸勝〔一〕

大道無端倪，眞宰有融結。茲山在天壤，靈異蓄不泄。萬竅凌虛無，一柱支毫末。疑豈愚公移，愁爲巨靈拔。劉根作堂奧，柳毅司扃鐍。誰啓仙人閭，繫我漁父枻。刻鏤洪濛雲，雕搜大荒雪〔二〕。或人而痀僂〔三〕，或馬而蹄齧；或負藏壑舟，或截專車節；或象神鼎鑄，或類昆吾切。地肺庖丁解，月窟工倕伐。石囷封餱糧，天廚甃涓潔。重隒累瓿甀，短柱增櫨梲。瓜瓠觚稜剖，木皮槎枒裂。皚皚黃河水〔四〕，炎炎崑岡爇。峆岈舞辟邪，舕舑張饕餮。斗起聳雲闕，一道通箭筈。碧藕玲瓏根，文螺宛委穴。丹梯躡而上，鬱鬱虛皇闕。突兀撐青旻，插地屏障列。一身生羽翰，百尺跨虹蜺。斷澗吟楓柟，颯爽侵毛髮。側窺漏日影，了了澄潭澈。雞聲出煙井，乃與人境接。迴思頃所歷，過眼纔一瞥。秦皇及漢武，好大同蠓蠛。齊諧不能志，炙輠不能說。酈桑二小儒，註書事抄撮〔五〕。陋襲李斯碑，闕補周王碣。鬬仝亦妙手，惜未適吳越。嵩華雖云高，無以鬬巧拙。時俗趁姿媚，煙巒漫塗抹。妄使傖父輩，笑我驕蟻垤。京江吸金焦，漢水注大別。流峙合而滙，奇氣乃一發。睥睨五嶽間，誰與分優劣。扶杖一村翁，眼看話年月。昔逢猶兒童，今見已耄耋。昨聞縣帖下，搜索到魚鱉。訝彼白鼍逃，無乃青草竭。却留幽境在，似爲肥遯設。當年綺里季，卜居採薇蕨。皓首走漢廷，恨未與世絕。若隨靈威去，此處攬藤葛。子房知難致，欲薦且捫舌。浮生每連蜷，塵界儘空闊。謀免妻孥愁，計取山水悅。入春桃李過，韶景聽啼鴂。籃輿累親舊，同載有二葉。穆生老而健，孫郎才且傑。彼忘筋力勞〔六〕，我愛賓朋挈。過湖曳輕帆，入寺憩深樾。老僧諸語笑，妙理攻麴蘗。曉起陳盤餐，飽食非粗糲。桑畦路宛宛，筍屩行兀兀。快意在此游，失記遺七八。平湖鋪若茵，磐石幾人歇。蹲踞當其旁，拒戶相支遏。黝黑聲訇稜，欲進遭嗔喝。側肩僅容趾，腹背供磨軋。下踹薜磴牢，上覷崩崖豁。攀躋差毫釐，失足憂一蹶。前奇慕先過〔七〕，後險欣乍脫。歌呼雜齠稚，嘻笑視履襪〔八〕。君看長安道，高步多蹉跌〔九〕。散誕來江湖，蒲伏羞干謁。頭因石丈低〔一〇〕，腰向山靈折。四月將已近〔一一〕，天時旱炎熱。揮汗何沾濡，驚飈俄凜冽。歸來北窗枕，響入山溜徹〔一二〕。不寐話夜涼，連牀擁裘褐。晚歲艱出門，端居意騷屑。閒踪習羈旅〔一三〕，逸興貪放達。跌蕩馮夷宮，游戲天吳窟。將毋神鬼怒，亟遣風雨奪。勝事滿現前，得失歸勇怯。衰老偕故人，幸喜茲游決。他年子胥濤，百里聞咤咄。鱣鮪隨風雷，頸鎖金牛掣。鮫人拭牀几，神女洗環玦。硠磕打空灘〔一四〕，澎湃濺飛沫。噌吰無射鐘，嘹喨蕤賓鐵。孤客爲旁皇，嫠婦爲悽咽。那知捩柁下，我輩行車轍。再拜告石公，相逢慰飢渴。既從人間世，忍再洪波沒。志怪作大言，嗜奇私神物〔一五〕。肯學楊焉鐫，願受壺公訣。縮之入懷袖，弄之置盆鉢。栽松龍氣上〔一六〕，蓄水雲根活。長留文士玩，勿被山君竊。嘗聞岣嶁峯，科斗尊往牒。剝蝕存盤螭，捫索嗟完缺。此山通巴陵，下有神禹札。後代文字衰，致起龍蛇孽。我有琅玕管，上灑湘娥血。濯足臨滄浪，浩思吟不輟。未堪追陽冰，猶足誇李渤。隱從煙霞閉，出供時世閱。刻之藏書巖，千載應不滅。

【校】

〔一〕題　篋衍無「廿五日」字。

〔二〕雕搜　感舊、篋衍均作「雕鎪」。

〔三〕痀僂　原作「痀瘻」，據篋衍改。

〔四〕水　四十卷本、篋衍均作「冰」。

〔五〕註書　感舊作「著書」。

〔六〕勞　詩鈔、篋衍均作「疲」。

〔七〕慕　詩鈔作「摹」。

〔八〕嘻笑　篋衍作「嬉笑」。

〔九〕蹉跌　篋衍作「差跌」。

〔一〇〕石丈　原作「石文」，據四十卷本、詩鈔、感舊、篋衍改。

〔一一〕近　篋衍作「逝」。

〔一二〕山溜　詩鈔作「山谷」。

〔一三〕開踪　感舊作「開跡」。

〔一四〕空灘　篋衍作「頭灘」。

〔一五〕私　篋衍作「思」。

〔一六〕龍氣　篋衍作「雲氣」。

【評】

袁錄曰：似子美，佀退之，亦爲梅村指名之作。

靳曰：此詩規撫昌黎，可云得其神髓，奇傑橫恣，筆力能與題稱矣。

游石公歸是夜驟雨明晨微霽同諸君天王寺看牡丹

煙嵐滃方霽，沙暖得徐步。訪寺苔徑微，遠近人語誤，道半逢一泉，曲折隨所赴。觸石松頂飛，其白或如鷺。尋源入杳冥，壑絕橋屢渡。中有二比丘，種桃白雲護。花將舞而笑，石則落猶怒。澆之以杯酒，娟然若迴顧。此處疑仙源，快意兼緇素。苦辭山地薄，縣官責常賦。蔬果雖已榮，龍象如欲訴。學道與養生，得失從時務。吾徒筋力衰，萬事俱遲暮。太息因歸來，鐘聲發淸悟。

揖山樓

名山誰逢迎，遇人若俯仰。心目無端倪，默然與之往。幽泉互相答，飛鳥入空想。傑閣生其間，櫺軒爭一爽。嘉樹爲我圓，坐久惜餘賞。暝靄忽而合，明月出孤掌。彈琴坐其中，萬籟避淸響。良夜此會難，佳處莫能獎。

題江右非非子訪逍遥子圖〔一〕

我聞逍遥子，養性白雲裏。嘗欲往從之，千峯隔秋水。訪道者何人，驢背浩歌起。欲問其姓名，不知誰者是。呼之以非非，應言聊唯唯。道人豈老聃？處士疑尹喜。此方揚吟鞭，彼且揮麈尾。秋山發淸悟，丹楓樹如薺。谷口俄怒號，隨風墮牀几。大道本見前，開落有如此。富貴供掉頭，妻孥供脫屣。我當自兹去，褰裳慕輕舉。

【校】

〔一〕四十卷本無此篇。

鹽官僧香海問詩於梅村村梅大發以詩謝之

但訪梅花來，今見梅花去。何必爲村翁，重尋灌園處？種梅三十年，遶屋已千樹。饑摘花蕊餐，倦抱花影睡。枯坐無一言，自謂得花意。師今遠來游，恰與春光遇。索我囊中詩，搔首不能對。寄語謝故人，幽香養衰廢。溪頭三尺水，好洗梅魂句。

直溪吏

直溪雖鄉村，故是尚書里。短棹經其門，叫聲忽盈耳。一翁被束縛，苦辭橐如洗。吏指所居堂，卽貧誰信爾。呼人好作計，緩且受鞭箠。穿漏四五間，中已無窗几。屋梁紀月日，仰視殊自恥。昔也三年成〔一〕，今也一朝毁。貽我風雨愁，飽汝歌呼喜。官逋依舊在，府帖重追起。旁人共欷歔，感歎良有以。東家瓦漸稀，西舍墻半圮。生涯分應盡，遲速總一理。居者今何棲，去者將安徙？明歲留空村，極目惟流水。

【校】

〔一〕年　孫選作「歲」。

【評】

孫鋐曰：可與柳愚谿捕蛇說共傳。

袁錄曰：直溪吏、臨頓兒，亦似子美無家、垂老之什。

靳曰：直溪吏、臨頓兒、蘆山兒，蓋仿三吏、三別而爲之者。而五言兩首，氣體較杜爲平易，詞釆較杜爲華贍，是杜、吳分格處。

臨頓兒

臨頓誰家兒，生小矜白皙。阿爺負官錢，棄置何倉卒！給我適誰家，朱門臨廣陌。囑儂且好住，跳弄無知識。獨怪臨去時，摩首如憐惜。三年教歌舞，萬里離親戚。絕伎逢侯王，寵異施恩澤。高堂紅氍毹，華燈布瑤席。授以紫檀槽，吹以白玉笛。文錦縫我衣，珍珠裝我額。瑟瑟珊瑚枝，曲罷恣狼藉。我本貧家子，邂逅遭拋擲。一身被驅使，兩口無消息。縱賞千黃金，莫救餓死骨。歡樂居它鄉，骨肉誠何益！

【評】

靳曰：此詩當於對面思之，蓋寫其兒被寵憶家之苦，正是寫阿爺逋錢棄子之痛也。

吳梅村全集卷第十　詩後集二

七言古詩二十九首

楚兩生行 幷序〔一〕

蔡州蘇崑生、維揚柳敬亭，其地皆楚分也，而又客於楚。左寧南駐武昌，柳以談、蘇以歌爲幸舍重客。寧南沒於九江舟中，百萬衆皆奔潰。柳已先期東下。蘇生痛哭，削髮入九華山〔二〕，久之出從武林汪然明〔三〕；然明亡，之吳中。吳中以善歌名海內，然不過嘽緩柔曼爲新聲，蘇生則於陰陽抗墜，分刌比度，如崑刀之切玉，叩之栗然，非時世所爲工也。嘗遇虎丘廣場大集，生睨其旁，笑曰：某郎以某字不合律。有識之者曰〔四〕：彼傖楚乃竊言是非。思有以挫之，間請一發聲，不覺屈服。顧少年耳剽日久，終不肯輕自貶下，就蘇生問所長。生亦落落難合，到海濱，寓吾里。蕭寺風雪中，以余與柳生有雅故，爲立小傳，援之以請曰：吾浪跡三十年，爲通侯所知，今失路憔悴而來過此，惟願公一言，與柳生並傳足矣。柳生近客於雲間帥，識其必敗，苦無以自脱，浮湛敖弄〔五〕，在軍政一無所關，其禍也幸以免。蘇生將渡江，余作楚兩生行送之，以之寓柳生，俾知余與蘇生游，且爲柳生危之也。

黄鵠磯頭楚兩生〔六〕，征南上客擅縱横。將軍已沒時世換，絶調空隨流水聲。一生拄頰高談妙，君卿唇舌淳于笑。痛哭長因感舊恩，詼嘲尚足陪年少〔七〕。途窮重走伏波軍〔八〕，短衣縛袴非吾好。抵掌聊分幕府金，褰裳自把江村釣。一生嚼徵與含商，笑殺江南古調亡。洗出元音傾老輩，疊成妍唱待君王〔九〕。一絲縈曳珠盤轉，半黍分明玉尺量。最是大堤西去曲，累人腸斷杜當陽。憶昔將軍正全盛，江樓高會誇名勝。生來索酒便長歌〔10〕，中天明月軍聲靜。將軍聽罷據胡牀，撫髀百戰今衰病。一朝身死豎降旛，貔貅散盡無横陣。祁連高冢泣西風，射堂賓客嗟蓬鬢。覊棲孤館伴斜曛，野哭天邊幾處聞。草滿獨尋江令宅，花開閑弔杜秋墳。鵾絃屢換尊前舞，鼉鼓誰開江上軍。楚客衹憐歸未得，吳兒肯道不如君。我念邗江頭白叟，滑稽幸免君知否？失路徒貽妻子憂，脱身莫落諸侯手。坎壈繇來爲盛名，見君寥落思君友。老去年來消息稀，寄爾新詩同一首。隱語藏名代客嘲，姑蘇臺畔東風柳。

【校】

〔一〕題下小注「并序」，詩鈔作「有序」。本事無題下「并序」字。
〔二〕本事「九華山」下有「中」字。
〔三〕久之出　本事無「出」字。
〔四〕識之　本事作「譏之」。
〔五〕浮湛　本事作「浮沈」。
〔六〕楚兩生　本事作「兩楚生」。
〔七〕詼嘲　本事作「詼諧」。
〔八〕途窮　本事作「窮途」。
〔九〕君王　詩鈔、本事均作「侯王」。
〔一〇〕便　詩鈔、本事均作「倚」。

【評】
袁錄曰：楚兩生行序佳，詩不如也。

茸城行

朝出胥門塘，暮泊佘山麓。旁帶三江襟扈瀆，五茸城是何王築？泖塔霜高稻葉黃，澱湖雨過蓴絲綠。百年以來誇勝事，丹青圖卷高珠玉。學士揮毫清秘樓，徵君隱几逍遙谷。

前輩風流書畫傳，後生賢達聲華續。給事才名嬌若龍，山公人地淸如鵠。汗簡銷沉又幾秋，滄江屢建高牙纛。不知何處一將軍，到日雄豪炙手薰。羊侃後房歌按隊，陳豨賓客劍成羣。刻金爲漏三更箭，錯寶施牀五色文。異物江淮常月進，新聲京雒自天聞。承恩累賜華林宴，歸鎭高談横海勳。未見尺書收草澤，徒誇名字得風雲〔一〕。此地江湖綰鎖鑰，家擅陶朱戶程卓。千箱布帛運軺車，百貨魚鹽充邸閣。將軍一一數高貲，下令搜牢徧墟落。非爲仇家告併兼，即稱盜賊通囊橐。望屋遙窺室內藏，算緡似責從前諾。敢信黔婁脫網羅，早看猗頓塡溝壑。窟室飛觴傳箭催〔三〕，博場戲責横刀索。縱有名豪解折行，可堪小戶勝狂藥。將軍沉湎不知止，箕踞當筵任頤指。拔劍公收伍佰妻，鳴髇射殺良家子。江表爭猜張敬兒，軍中思縛盧從史。枉破城南十萬家，養士何無一人死。貪財好色英雄事，若輩屠沽安足齒！君不見夫差獵騎何翩翩，五茸春草城南天。雉媒飛起發雙矢，西施笑落珊瑚鞭。湖山足紀當時勝，歌舞猶爲後代傳。陸生文士能爲將，勳名三世才難量。河橋雖敗事無成，睥睨千秋肯誰讓。代有文章占數公，煙霞好處偏神王。兵火燒殘萬卷空，大節英聲未凋喪。一朝遽落老兵手，百里溪山復何有？已見衣冠拜健兒，苦無丘壑安窮叟。茸城楊柳鬱婆娑，欲繫扁舟奈晚何。盤龍浦上行人少，唳鶴灘頭戰艦多。戍望嚴城聽街鼓，鱸魚沽酒扣舷歌。側身回視忽長笑，此亦當今馬伏波！

【校】

〔一〕得　詩鈔空格。

〔二〕窟室　詩鈔「窟」字空格。

過錦樹林玉京道人墓　并傳〔一〕

玉京道人，莫詳所自出，或曰秦淮人。姓卞氏。知書，工小楷，能畫蘭，能琴。年十八，僑虎丘之山塘。所居湘簾棐几，嚴淨無纖塵，雙眸泓然，日與佳墨良紙相映徹。見客初亦不甚酬對，少焉諧謔間作，一坐傾靡。與之久者，時見有怨恨色，問之輒亂以它語，其警慧雖文士莫及也。與鹿樵生一見，遂欲以身許，酒酣拊几而顧曰：「亦有意乎？」生固爲若弗解者，長嘆凝睇，後亦竟弗復言。尋遇亂別去，歸秦淮者五六年矣。久之，有聞其復東下者，主於海虞一故人，生偶過焉。尙書某公者，張具請爲生必致之，衆客皆停杯不御，已報曰至矣，有頃，迴車入內宅，屢呼之終不肯出。生悒怏自失，殆不能爲情，歸賦四詩以告絕，已而歎曰：「吾自負之，可奈何！」踰數月，玉京忽至〔三〕，有婢曰柔柔者隨之。嘗著黃衣作道人裝，呼柔柔取所攜琴來，爲生鼓一再行〔三〕，泫然曰：「吾在秦淮，見中山故第有女絕世，名在南內選擇中，未入宮而亂作，軍府以一鞭驅之去。吾儕淪落，分也，又復誰怨乎？」坐客皆爲出涕。柔柔莊且慧。道人畫蘭，好作風枝婀娜，一落筆盡十餘紙，柔柔承侍硯席間，如弟子然，終日未嘗少休。客或導之以言，弗應；與之酒，弗肯飲〔四〕。踰兩年，渡浙江〔五〕，歸於東中一諸侯，不得意，進柔柔奉之，乞身下髮，依良醫保御氏於吳中。保御者，年七十餘，侯之宗人，築別宮資給之良厚〔六〕。侯死，柔柔生一子而嫁〔七〕，所嫁家遇禍，莫知所終。道人持課誦戒律甚嚴〔八〕。生於保御，中表也，得以方外禮見。道人用三年力〔九〕，刺舌血爲保御書法華經，既成，自爲文序之，緇素咸捧手讚歎〔一〇〕。凡十餘年而卒，墓在惠山祇陀菴錦樹林之原。後有過者爲詩弔之曰〔一一〕：

龍山山下茱萸節，泉響琤淙流不竭。但洗鉛華不洗愁，形影空潭照離別。離別沉吟幾迴顧，遊絲夢斷花枝悟。翻笑行人怨落花，從前總被春風誤。金粟堆邊烏鵲橋，玉孃湖上蘼蕪路。油壁曾聞此地遊，誰知即是西陵墓。烏桕霜來映夕曛，錦城如錦葬文君。紅樓歷亂燕支雨，繡嶺迷離石鏡雲。絳樹草埋銅雀硯，綠翹泥涴鬱金裙。居然設色倪迂畫，點出生香蘇小墳。相逢盡說東風柳，燕子樓高人在否？枉拋心力付蛾眉，身去相隨復何有？獨有瀟湘九畹蘭，幽香妙結同心友〔一二〕。十色箋翻貝葉文，五條絃拂銀鉤手。生死栴檀祇樹林，青蓮舌在知難朽〔一三〕。良常高館隔雲山，記得斑騅嫁阿環。薄命只應同入道，傷心少婦出蕭關。紫臺一去魂何在，青鳥孤飛信不還。莫唱當時渡江曲，桃根桃葉向誰攀？

【校】

〔一〕詩觀、本事均無題下小注「并傳」字。

〔二〕詩觀無「所居湘簾棐几」至「玉京忽至」二百十四字。

〔三〕呼柔柔取所攜琴來爲生鼓一再行　詩觀作「每攜琴爲一鼓再行」。

〔四〕詩觀無「柔柔莊且慧」至「弗肯飲」五十三字。

〔五〕詩觀「渡」上有「玉京」字。

〔六〕築　詩觀作「也」。

〔七〕柔柔生一子而嫁　詩觀作「柔柔再嫁」。

〔八〕誦　詩觀作「論」。

〔九〕詩觀無「生於保御」至「見道人」十五字。

〔一〇〕詩觀無「緇素咸捧手讚歎」字。

〔一一〕詩觀無「後有過者爲詩弔之曰」字。本事無「曰」字。

〔一二〕妙結　詩觀作「好結」。

〔一三〕舌在　詩觀作「香在」。「知難朽」，本事作「心難朽」。

【評】

鄧漢儀曰：憶癸巳冬，汪然明招同趙月潭飲湖上之不繫園。然明言及卞生毀粧學道近事，月潭未之深信。比甲午春，予同錢牧齋宗伯往吳閶鄭翁家訪之，則樓頭紅杏照人，隔牆隱隱聞梵唄聲。屬鄭翁致慇懃，終不肯出。今已葬錦林一坏土矣。讀梅村歌，爲之歎惋。

袁錄曰：公傾倒於玉京至矣，此序自寓也。　又曰：序佳，詩不相稱。

靳引張如哉評「烏桕霜來」八句曰：此段寫錦樹林，從老杜詩「野花留寶靨，蔓草見羅裙」化出，清詞麗句，亦可爲鄰。

曇陽觀訪文學博介石兼讀蒼雪師舊跡有感〔一〕

先生頭白髮垂耳，博士無官家萬里。講席漂零笠澤雲，鄉心斷絕昆明水。南來道者爲蒼公，說經如虎詩如龍。大渡河頭洗白足，一枝榔栗棲中峯〔二〕。與君相見耆然笑，石床對語羈愁空。故園西境接身毒，雪山照耀流沙通。神僧大儒却並出，雕題久矣漸華風。嗚呼！銅鼓鳴，莊蹻起，青草湖邊築營壘〔三〕，金馬碧雞悵已矣。人言堯幽囚，或言舜野死，目斷蒼梧淚不止。吾州城南祠仙子，窈窕丹青映圖史。玉棺上天人不見，遺骨千年蜕於此。先生結茅居其傍，歸不歸兮思故鄉。盡道長沙軍，已得滇池王。伏波南下開夜郎，烏爨孤城猶屈強，青蛉絕塞終微茫。忽得山中書，蒼公早化去。支遁經臺樹隕花，文翁書屋風飄粲。噫嘻乎悲哉！香象歸何處？杜宇啼偏哀，月明夢落桄榔臺。丈夫行年已七十，天涯戎馬知何日？點蒼青，洱海白，道路雖開亦無及！

【校】

〔一〕題　詩鈔作「過疊陽觀訪文學博兼讀蒼雪師舊跡有感」。箧衍作「過疊陽觀訪文學博兼感蒼師」。

〔二〕桹栗　原作「椰栗」，據四十卷本、詩鈔、箧衍改。

〔三〕青草湖　箧衍作「青草河」。

贈陸生

陸生得名三十年，布衣好客囊無錢。尚書墓道千章樹，處士江村二頃田。京華浪迹非長計，賣藥求名總游戲。習俗誰容我棄捐，才名苦受人招致。古來權要嗜奔走，巧借高賢謝多口。古來貧賤難自持，一飡誤喪生平守。陸生落落眞吾流，行年五十今何求？好將輕俠藏亡命，恥把文章謁貴游。丈夫肯用他途進？相逢誤喜知名姓。狡獪原來達士心，棲遲不免文人病。黃金白璧誰家子，見人盡道當如此。銅山一旦拉然崩，却笑黔婁此中死。嗟君時命劇可憐，蜚語牽連竟配邊。木葉山頭悲夜夜，春申浦上望年年。江花江月歸何處，燕子鶯兒等飄絮。紅豆啼殘曲裏聲，白楊哭斷齋前樹。屈指鄉園筍蕨肥，南烹置酒夢依稀〔一〕。蓴鱸正美書堪寄，燈火將殘淚獨揮。君不見鴻都買第歸來客，駟馬軒車胡辟易。西園論價喜誰知，東觀掄文矜莫及。從他羅隱與方干，不比如君行路難。只有一篇思舊賦，江關蕭瑟幾人看？

【校】

〔一〕南烹　孫選作「南亭」。

【評】

孫鑛曰：無數獎借，無數牢騷，無數憐惜。深情麗筆，馳騁温、李之間。

吾谷行

吾谷千章萬章木，插石緣溪秀林麓。中有雙株向背生，並幹交柯互蟠曲。一株夭矯面東風，上拂青雲宿黃鵠。黃鵠引吭鳴一聲，響入瑤花飛簌簌。一株偃蹇踞陰崖，半死半生遭屈辱。雷劈燒痕翠鬣焦，雨垂漏滴蒼皮縮。泥崩石斷迸枯根，鼠竄蟲穿隱空腹。行人過此盡彷徨，日暮驅車不能速。前山路轉相公墳，宰木參差亂入雲。枝上子規啼碧血，道傍少婦泣羅裙。羅裙碧血招魂哭，寡鵠覊雌不忍聞。同伴幾家逢下淚，羨他夫壻尚從軍。可憐吾谷天邊樹，猶有相逢斷腸處。得免倉黃剪伐愁，敢辭漂泊風霜懼。木葉山頭雪正飛，行人十月遼陽戍。兄在長安弟玉關，摘葉攀條不能去。昨宵有客大都來，傳道君王幸漸臺。便殿含毫題詔濕，閤門走馬報花開。宮槐聽取從官詠，御柳催成應制才。定有春風到吾谷，故園不用憂樵牧。雖遇彫枯墜葉黃，恰逢滋茂攢條綠。由來榮落總何常，莫向千門羨棟梁。君不見庾信傷心枯樹賦，縱吟風月是他鄉。

送杜大于皇從婁東往武林兼簡曹司農秋嶽范僉事正

五月江村客行曉，僮無朝餔馬無草。路穿槐柳到柴門，滿架藤花屋灑掃。與君相別定何年，一見嗟余頭白早。東隣濁酒賒未到，盤格麤疏具梨棗。莫怪貧家一飯難，主人長飢客不飽。解囊示我金焦詩，四壁波濤驚欲倒。一氣元音接混茫，想落千峯入飛鳥。近來此地擅時譽，粉飾開元與天寶。我把耒鋤倦唱酬，恥畫蛾眉鬭工巧。看君爽氣出江山，始悔從前作詩少。海內悠悠識者誰？汝有平生故人好。副相猶然臥茂陵，侍郎已是歸嶺表。況逢少伯共登臨，西子湖頭月皎皎。人生貧賤何足悲，縱酒高歌白雲杳。勝絕留容我輩狂，刼灰燒盡雷峯小。落落窮途感快游，愧我菰蘆色枯槁。佳句流傳遍世間，寄書早慰江潭老。

悲歌贈吳季子 松陵人，字漢槎。〔一〕

人生千里與萬里，黯然消魂別而已。君獨何爲至於此？山非山兮水非水，生非生兮死非死。十三學經并學史，生在江南長紈綺。詞賦翩翩衆莫比，白璧青蠅見排抵。一朝束縛去，上書難自理，絕塞千山斷行李。送吏淚不止，流人復何倚〔二〕？彼尙愁不歸，我行定已矣！八月龍沙雪花起，橐駝垂腰馬沒耳。白骨皚皚經戰壘，黑河無船渡者幾？前憂猛虎後蒼兕，土穴偷生若螻蟻。大魚如山不見尾，張鬐爲風沫爲雨。日月倒行入海底，白晝相逢半人鬼。噫嘻乎悲哉！生男聰明愼勿喜，倉頡夜哭良有以。受患祇從讀書始，君不見，吳季子！

【校】

〔一〕孫選無題下小注。

〔二〕流人　篋衍作「行人」。

【評】

孫鋐曰：識字之害人若此，悲憤極矣。然是時天雨粟又是何意？我欲把詩人袖而問之。

織婦詞

黄繭繅絲不成匹，停梭倚柱空太息。少時織綺貢尙方，官家曾給千金直。孔雀蒲桃新樣改，異緞奇文不追識。桑枝漸枯蠶已老，中使南來催作早。齊紈魯縞車班班，西出玉關賤如草。黄龍襖子紫橐駝，千箱萬疊奈爾何！

【評】

袁錄曰：語促聲悲。

贈穆大苑先 從汝寧確山歸。確山余兄純祜治也。

穆生同學今頭白，讀書不遇長爲客。亂離諸子互升沉，共樂同愁不相失。出入知交三十年，江山幾處供游歷。承平初謁武夷君，荔支日啖過三百。兵火桐江遇故人，釣臺長嘯凌千尺。身軀雖小酒腸寬，坦腹鄉村話疇昔。訪友新年到蔡州，淮西風浪使人愁。峭帆直下雙崖險，奇石横空衆水流。泊口斷磯傳禹跡，山根雷雨鎖獮猴。舍舟別取中都道，寢廟高原陵樹秋。定有風雲歸大澤，不堪弓劍弔荒丘。仰天太息頻搔首，失脚倒墮烏犍牛。偶來帝鄉折左臂，吾苦何足關封侯。丈夫落落誇徒步，芒鞋踏遍天涯路。中原極目滿蓬蒿，海內於今信多故。萬事無如散誕游，一官必受覊棲誤。傷心憔悴朗陵侯，征蹄奔命無朝暮。身親芻秣養驊騮，供頓三軍尙嗔怒。赤日黃埃伏道旁，鞭稍拂面將誰訴？故舊窮途識苦辛，掉頭舉世寧相顧。嗚呼！汝南風俗天下稀，死生然諾終難移。相逢應自有奇士，客中可以談心期。君行千里徇友急，此意豈得無人知？

遣悶六首〔一〕

秋風泠泠蛩唧唧，中夜起坐長太息。我初避兵去城邑，田野相逢半親識。扁舟遇雨煙村出，白版溪門主人立。鷄黍開尊笑延入，手持釣竿前拜揖。十載鄉園變蕭瑟，父老誅求窮到骨。一朝戎馬生倉卒，婦人抱子草間匿，津亭無船渡不得。仰視烏鵲營其巢，天邊矰繳猶能逃。我獨何爲委蓬蒿？搔首回望明星高。

其二

鷄旣鳴矣升高堂，問我消息來何方？欲語不語心彷徨。當年奔走雖茫茫，兩親筋力支風霜，上有王母方安康，下有新婦相扶將，小妹中夜縫衣裳，百口共到南湖莊。只今零落將誰望，出門一步紛蜩螗，十人五人委道傍。去鄉五載重相見，江湖到處逢征戰，一家未遂昇平願，百年那得長貧賤？

其三

人生豈不繇時命，萬事憂愁感雙鬢。兄弟三人我衰病，齒牙落盡誰能信。疇昔文章傾萬乘，道旁爭欲知名姓〔三〕。中年讀易甘肥遯，歸來擬展雲山興。赤城黃海東南勝。故園烽火憂三徑，京江戰骨無人問。愁吟獨向南樓凭，風塵咫尺何時定？故人往日燔妻子，我因親在何敢死！憔悴而今困於此，欲往從之媿青史。

其四

生男歡喜生女憐，嗟我無子誰尤天。傷心七女盡亡母，啾啾乳燕枝難安。一女血淚啼闌干，舅姑嶺表無書傳；一女家破歸閒關，良人在北愁戍邊；更有一女憂烽煙，圍城六月江風寒，使我念此增辛酸。其餘燈下行差肩，見人悲歎殊無端，攜手遊戲盈牀前。相思夜闌更剪燭，嚴城鼓聲振林木，衆雛怖向牀頭伏，搖手禁之不敢哭。

其五

舍南春水成清渠，其上高柳三五株。草閣窈窕花扶疏，園有菜茹池有魚。蓬頭奴子推鹿車，藝瓜既熟分里閭。忽聞兵馬來城隅，南翁北叟當窗趨。我把耒鋤心躊躇，問言不答將無愚。老大無成灌蔬壤，暫息干戈竊偃仰。舍之出門更何往？手種松杉已成長。

其　六

白頭儒生良自苦，獨抱陳編住環堵。身歷燕南遍齊魯，摩挲漆經觀石鼓，上探商周過三五，矻矻窮年竟奚補？岣嶁山頭祝融火，百王遺文棄如土。馬矢高於嚳相圃，箋釋蟲魚付榛莽。寓言何必齊莊周？屬辭何必通春秋？一字不向人間留，亂離已矣吾無憂。

【校】

〔一〕鄒鈔選第一、二、三首。

〔二〕鄒鈔此句下有小注「公辛未魁天下」。

【評】

袁録曰：遺悶小變杜甫七歌之體。

嶄曰：子美同谷七歌從四愁詩、胡笳十八拍化出，文山六歌從同谷七歌化出，此六首蓋本于子美、文山而稍變其體，所謂子雲、相如同工異曲者。

詠拙政園山茶花 并引〔一〕

拙政園，故大弘寺基也。其地林木絕勝，有王御史者侵之以廣其宮，後歸徐氏最久。兵興，爲鎮將所據，已而海昌陳相國得之。內有寶珠山茶三四株，交柯合理，得勢爭高，每花時，鉅麗鮮妍，紛披照矚，爲江南所僅見。相國自買此園，在政地十年不歸，再經譴謫遼海，此花從未寓目。余偶過太息，爲作此詩，他日午橋獨樂，定有酬唱以示看花君子也。

拙政園內山茶花，一株兩株枝交加。豔如天孫織雲錦，赬如姹女燒丹砂，吐如珊瑚綴火齊，映如蠕蝀凌朝霞。百年前是空王宅，寶珠色相生光華。長養端資鬼神力，優曇湧現西流沙。歌臺舞榭從何起，當日豪家擅閭里。苦奪精藍爲玩花，旋抛先業隨流水。兒郎縱博賭名園，一擲留傳猶在耳。後人修築改池臺，石梁路轉蒼苔履。曲檻奇花拂畫樓，樓上朱顏嬌莫比。千條絳蠟照鉛華，十丈紅牆飾羅綺。鬭盡風流富管弦，更誰瞥眼閒桃李。齊女門邊戰鼓聲，入門便作將軍壘。荆棘從塡馬矢高，斧斤勿剪鶯簧喜。近年此地歸相公，相公勞苦承明宮。眞宰陽和暗迴斡，長安日日披薰風。花留金谷遲難落，花到朱門分外紅。獨有君恩歸未得，百花深鎖月明中。灌花老人向前說，園中昨夜零霜雪。黄沙淅淅動人愁，碧樹垂垂爲誰發？可憐塞上燕支山，染花不就花枝殷。江城作花顔色好，杜鵑啼血何斑斑。花開連理古來少，並蒂同心不相保〔三〕。名花珍異惜如珠，滿地飄殘胡不掃？楊柳絲絲二月天，玉門關外無芳草。縱費東君着意吹，忍經摧折春光老。看花不語淚沾衣，惆悵花間燕子飛。折取一枝還供佛，征人消息幾時歸？

【校】

〔一〕詩鈔題下無「并引」字。

〔三〕並蒂　詩鈔作「並葉」。

【評】

斷曰：層層摹寫，感歎祇誦，俱從花字生情，極芊眠麗密之致。

短　歌

王郎頭白何所爲，罷官嶺表歸何遲〔一〕？衣囊已遭盜賊笑，襆被倘少親朋知。我書與君堪太息，不如長作五羊客。君言垂老命如絲，縱不歸人且歸骨。入門別懷未及話，石壕夜半呼倉卒。胠篋從他誤攫金，告緡憐我非懷璧。田園斥盡敝裘難，苦乏家錢典圖籍。愛子摧殘付託空，萬卷飄零復奚惜！吁嗟乎！十上長安不見收，千山遠宦終何益？君不見鬱孤臺臨數百尺，惡灘過處森刀戟。歷遍風波到故鄉，此中別有盤渦石。

【校】

〔一〕歸何遲　四十卷本作「歸來遲」。

西巘顧侍御招同沈山人友聖虎丘夜集作圖紀勝因賦長句〔一〕

漢陽仙人乘黃鵠，朝發三巴五湖宿。春深潮滿閶闔城，剪得晴川半篙綠。錦涇催動木蘭橈，恣討名山縱心目。判牘揮毫撥若雲，支筇屏騎從惟鹿。蒼丘虎氣鬱騰驤，一片盤陀徑廣場。平座千人塡語笑，危欄百尺沸絲簧。夫差石上杯浮月，歐冶池邊劍拂霜。花雨講臺孤塔迥，風流捨宅六朝荒。曾來此地探奇蹟，薄晚迎流刺舟入。攜手何人沈與吳，詞客青衫我頭白。脫略才知興會眞，冥搜務取煙霞適。火照靈湫暑月寒，鐘埋苦霧陰崖黑。魯公擘窠字如斗，忠孝輪囷鬼神走。蘚剝苔侵耿不磨，手捫沈吟立來久。重燒官燭奏鵾絃，今夕懽游逢快友。後約須聽笠澤鶯，臨分忍折閶門柳。七里山塘五月天，玉絲金管自年年。江村茶熟橋成市，溪館花開樹滿船。賀老一歌嘗月下，泰孃雙槳卽門前。泥車瓦馬兒童戲，竹几蕉團估客眠。萬事韶華有凋替，煙蕪漸失層巒翠。鼠竄迴廊僧舍空，鴉啼廢井漁扉閉〔二〕。赤幰黃驄佳氣浮，姑蘇臺上春風細〔三〕。令出天淸鸛鶴高〔四〕，詩成日落溪山麗。筍屐籃輿逐後塵，碧油簾舫夜留賓。棲遲我已傷頹老，歷落君偏重散人。好把丹青垂勝事，可憑詩卷息閒身。襄陽寺壁摹羊祜，句曲山圖補許詢。妙手生綃經想像，兔毫點出雙瞳王。抱膝看雲見磊砢，搘頤藉草躭疏放〔五〕。半衲誰堪竺道生，一樽足擬陶元亮。絹素流傳天壤存，它年相見欣無恙。黃鶴高飛玉笛殘，舊游我亦夢湘沅。峭帆此去應千里，郢樹參差響急灘。飲君酒，送君還，王程長作畫圖看。攜將老筆龍眠輩，寫盡江南江北山。

【校】

〔一〕題　詩鈔作「顧西巘侍御招同沈友聖虎丘夜集作圖紀勝爲賦長句贈之」。

〔二〕閑　詩鈔作「蔽」。

〔三〕上　詩鈔作「畔」。

〔四〕鸖鶴　詩鈔作「鸐鸔」。

〔五〕搘　詩鈔作「支」。

【評】

袁錄曰：亦復酣縱。

高涼司馬行 贈孫孝若〔一〕

高涼司馬才如龍，眼看變化疇人中。豪華公子作能吏，刻苦不與尋常同。十年太末聲名好，隨牒單車向嶺表。猿嘯天邊雁北飛，相思不斷如春草。官清喜得鄉園近，載米嘗聞上山郡。此去雖持合浦珠，炎州何處沽佳醞？君言萬事隨雙屐〔二〕，浮踪豈必嗟行役。婚嫁粗完身計空，掉頭且作天涯客。江南賦稅愁連天，笑余賣盡江南田；京華權貴書盈寸，笑余不作京華信。平生聲伎羅滿前，襆被獨上孤篷船。到日蘭芽開百本，飽啖荔枝寧論錢。故舊三人腸幾轉，白頭老輩攤吟卷。王宰丹青價自高，周郎酒興愁來減。三衢橘柚廣州柑，夢遶江南與海南。吾谷霜楓迴首處，錯認桄榔是鄉樹。

【校】

〔一〕詩鈔無題下小注。

〔二〕言　詩鈔作「今」。

魯謙菴使君以雲間山人陸天乙所畫虞山圖索歌得二十七韻

江南好古推海虞，大癡畫卷張顛書。士女嬉游衣食足，丹青價重高璠璵。不知何事今蕭索，異聞只說姑蘇樂。西施案舞出層臺，瑟瑟珍珠半空落。聞道王孫愛畫圖，購求不惜千金諾。此地空餘好事家，扁舟載入他人槖。玉軸牙籤痛惜深，丹崖翠壁精華弱。魯侯魯侯何太奇，此卷留得無人知。一官三載今上計，粉本溪山坐臥持。九峯主人寫名勝，百年絹素猶蒼潤。云是探微後代孫，飄殘兵火遺名姓。我也菰蘆擁被眠，舊遊屈指嗟衰病。忽聽柴門枉尺緘，披圖重起籃輿興。烏目煙巒妙蜿蜒，西風拂水響濺濺。使君自是神仙尉，老我堪依漁釣船。招眞治畔飛黃鵠，七檜盤根走麋鹿。寫就青山當酒錢，醉歌何必諸絲竹。魯侯笑我太顚狂，不羨金張誇顧陸。登臨落日援吟毫，太息當年賢與豪。請爲陸生添數筆，絳雲樓榭舊東皐。

【評】

袁錄曰：世情詩。蒼潤。

九峰草堂歌 并序〔一〕

九峰草堂者，青溪諸乾一進士所構也。乾一取第後未仕，著書九峰山下，每峰皆有卜築，而神山爲最。明初彭素雲仙翁修眞此山，徵書至而蛻去，丹井尚存，金蛇著異，故名神釐峰焉。少參陸蘭陔誅茅山麓，而其旁張王屋先生舊墅，有孫漢度，能繼家風，余詩中所援陸瑁、張融，蓋指兩人也。余山爲陳徵君眉公隱處，吾友董得仲以詩文爲此峯主人。乾一葺徵君廢屋置祠，而横雲爲李氏園，相望則天馬峰有鐵崖舊墓，機山則二陸故宅也。乾一拉余同遊，坐客有許九日、沈友聖、倪思曼及故人徐、陳二子，而少司空張公尋攜尊至〔二〕，凡乞花場、種藕塘、仙人棋枰、庫將軍兵書、鐵鎖井玉屏、石牀、龍洞、虎塔〔三〕，皆一時杖履所登歷，故敍次及之，其詳在九峰誌中。

九峰草堂神鼉峰，丹崖啓自彭仙翁。終南曳杖來採藥，眼看江上飛虬龍。紫泥欲下早蟬蛻，掉頭不肯隨東封。金蛇三寸戲沙礫，玉棺萬古懸虛空。仙井曾經鬼神鑿，九還洗出桃花紅。霓旌羽節往來過，月明鸞鶴吟天風。九峰主人靑溪曲，上淸謫受金門祿。一鞭槐市摅鳴珂，脫却朝衫友麋鹿。地近寧移許掾家，身輕未辟留侯穀。層閣嵚崟俯碧潭，迴廊窈窕穿修竹。同志相期四五人，幽棲幾處依林麓。陸瑁溪堂薄宦成，張融岸屋先人築。曹唐道者伴吹笙，註罷南華理松菊。道士曹耕雲同隱。葉落閒階閬苑鐘，熏香小史淸如玉。主人詩酒眞人豪，好將蹤跡從漁樵。痛飲恕人容水部，乾一善飲而余口不識杯勺。長吟懷古繼龍標。名高仕宦從教懶，金盡妻孥任見嘲。是處亭臺添布置，到來賓客共逍遙。精藍每與支公會，支公指大徹和尚。快友還將董相招。得仲。我輩漫應誇隱遁，此君猶復困蓬蒿。小園涉趣知能賦，中歲離愁擬續騷。右手酒杯澆塊壘，雙眸書卷辨秋毫。得仲目疾復明。憶昔溪山正全盛，徵君比屋開三徑。筍屐籃輿鶯燕忙，酒旗歌板花枝映。處士詩成猿鳥知，尚書畫就煙巒潤。客過肯逢太守車，書來每接高僧信。李氏名園士女游，徐公別墅琴尊興。文貞別業在西佘。楔飲壺觴妙妓絃，餅師䊪粄山翁印。眉公好說餅，市者以爲名。西風急浪五湖天〔四〕，四月江村響杜鵑。偃客棋枰拋浩刼，道人扃鑰隱殘編。乞花何處花如錦，種藕曾無藕似船。鐵笛已稀天馬逝，玉屏雖在石牀鐫。參龍洞暗荒祠雨，講虎經銷妙塔年。九峯主人三歎息，赤烏臣主眞相得。儒將雍容羽扇風，歌鍾棨戟王侯宅。勳業將衰文字興〔五〕，江山秀弱機雲出。寶玉空埋劍影寒，蘆花一片江湖白。英雄已往餘氣在，後來往往生遺佚。青史人間歲月遒，老鐵歌殘歌白石。眉公自稱白石山人。我聽君談意悽哽，停橈不御靑燈耿。相看徐孺與陳郎，闇公、大樽之子。雜坐迂倪思曼。借瘦沈。友聖。彊項還推一老生，江都著作攄孤憤。得仲。屐齒俄聞到茂先，一坐傾靡再張飲。有客依人話過秦，客有談關中事。無家二子同哀郢。即徐、陳二子。感舊思今涕淚多，荒鷄喔喔催人寢。九峯九峯空嶒峴，朝來重上仙翁壇，浮生感歎誠無端。拂衣長嘯投漁竿，煙波一葉愁風湍。願君授我長生訣，攜向峰頭萬仞看。

【校】

〔一〕詩鈔無題下「幷序」字及詩序，詩中夾注均無。

〔二〕少司空　四十卷本作「小司空」。
〔三〕庫　原作「庳」，據四十卷本改。
〔四〕急浪　詩鈔作「浪急」。
〔五〕文字　詩鈔作「文事」。

觀王石谷山水圖歌

世間勝事誰能識，兵戈老盡丹青客。眞宰英靈厭寂寥，江山幻出王郎筆。王郎展卷閒窗淨，良久呼之會不應。剪水雙瞳鎮日看，側身似向千峰進。一時儒雅高江東，氣韻吾推里兩翁。師授雖眞肯沿襲？後生更自開蠶叢。取象經營巧且密，丰神點拂天然中。頓挫淋漓寫胸臆，研精毫髮摹宗工。廣陵花月扁舟送，貴戚豪華盛供奉。不惜黃金購畫圖，好奇往往輕南宋。妙手裝潢技絕倫，殘縑斷墨俄飛動。闔閭城下收藏家，誅求到骨愁生涯。僅存數軸用娛老，載去西風響鹿車。君也侯門躡珠履，晴日湘簾憑畫几。弈罷雙童捧篋來，狎客何知亦咨美。笑持茗椀聽王郎，鑒別妍媸臻妙理。作者風流異代逢，賞心拊掌王孫喜。枉買青娥十萬錢，移人尤物惟山水。王郎馳譽滿通都，軟裘快馬還東吳。道邊相識半窮餓，致身猶是憂妻孥。羨君人材爲世出，盛年絕藝須難得。好求眞訣走名山，粉本終南兼少室。攬取荆關入掌中，歸帆重補煙江色。諸侯書幣迷深處，搦管松根醉箕踞。絹素流傳天壤間，白雲萬里飛來去。

京江送遠圖歌 并序

京江送遠圖者，石田沈先生周爲吾高祖遯菴公之官敍州作也。圖成於弘治五年辛亥之三月，京兆祝公希哲允明爲之序。後一百七十有八年，公之四世孫偉業謹案京兆序而書之曰：公諱愈，字惟謙，一字遯菴。成化乙未進士，授南京刑部主事，進郎中，淸愼明敏，號稱職，先後九載。南司寇用弘治三年詔書得薦其屬，將待以不次，疏未達而命守敍州。爲守旣常調，敍又險且遠，公獨不以爲望。南中諸大僚爲文以寵其行，太僕寺丞文公宗儒林旣已自爲文，又遍乞名人之什以贈。文公之子待詔徵仲壁〔二〕，卽公婿也。石田爲文公執友，待詔親從之受畫法，京兆之交在文氏父子間，故石田爲作長卷，題以短歌，而京兆序之。長卷中平橋廣坡，桃柳雜植，有三峰出其上，離舟揮袂送者四五人，點染景物皆生動；短歌有「荔支初紅五馬到，江山亦爲人增奇」之句，其風致可想見焉。京兆文典雅有法度，小楷倣鍾太傅體，尤其生平不多得。詩自都玄敬以下十有五人，朱性甫存理、劉協中嘉績，尤以詞翰著名者也。先朝自成、弘以來，一郡方雅之族，莫過文氏，而吾宗用世講相輝映。當敍州還自蜀，參政河南，而文太僕丞出爲温州守。待詔以詩文書畫妙天下，晚出而與石田齊名，其於外家甥舅中表多有往還手蹟。偉業六七歲時，見吾祖封詹事竹臺公所藏數十紙，今大半散失，猶有存者。此卷比之它帙，日月爲最久，衰門凋替，不知落於何人，乃刦灰之餘，得諸某氏質庫中，若有神物擁護以表章其先德，不綦幸乎！吾吳氏自四世祖儀部冰蘗公以乙科起家，參政再世滋大，父子皆八十，有重德，其行畧具吳中先賢傳中。偉業無似，不能闡揚萬一，庶幾邀不朽於昔賢之名蹟，而藉手當世諸君子共圖其傳，是歌之作，見者有以教之也。

京江流水清如玉，楊柳千條萬條綠。畫舫勞勞送客亭，勾吳人去官巴蜀。巴蜀東南僰道開，夷牢山下居民屋。諸葛城縣斷棧邊，李冰路鑿顚崖腹。不知置郡始何年，卽敍西戎啓荒服。吾祖先朝事孝宗，清郎遠作蠻方牧。家世流傳餞別圖，知交姓字摩挲讀。先達鄉邦重文沈，太僕絲蘿共華省。徵仲當時尚少年，後來詞翰臻能品。師承父執石田翁，婉致姻親書畫請。相城高臥灑雲煙，話到相知因笑肯。太守嚴程五馬裝，山人尺素雙江景。草色官橋從騎行，花時祖帳離尊飲。碧樹遙遙別袂情，青山疊疊征帆影。首簡能書枝指生，揮毫定值殘酲醒。狂草平生見儘多，愛看楷法藏鋒緊。徵仲關心畫後題，石田句把前賢引。杜老曾遊擘荔支，涪翁有味嘗苦筍。唐戎州，宋紹聖四年始改爲敍。杜子美客游詩有「輕紅擘荔支」之句；黃山谷貶官，作筍賦，言苦而有味，官況似之。故石田短歌引此相贈。此地居然風土佳，丈人仕宦堪高枕。嗚呼！孝宗之世眞成康，相逢骨肉游羲皇。瞿塘劍閣失險阻，出門萬里皆康莊。雖爲邊郡二千石，經過黑水臨青羌。氂牛徼外無傳堠，鐵鎖江頭弗置防。去國豈愁親故遠，還家詎使鬢毛蒼。吾吳儒雅傾當代，石田旣沒風流在。待詔聲華晚更遒，枝山放達長無害。歲月悠悠習俗非，江鄉禮數歸時態。縱有丹青老輩存，故家興會知難再。京口千帆估客船，金焦依舊青如黛。巫峽巫山慘澹風，此州迢遞浮雲礙。正使何人送別離，登高腸斷烏蠻塞。衰白嗟余老秘書，先人名德從頭載。廢楮殘縑發浩歌，一天詩思江山外。

【校】

〔一〕璧　原作「壁」，據文徵明集改。

【評】

袁錄曰：一起公本色。至「孝宗」以下，風流俛仰，與之俱深矣。

沈文長雨過福源寺 并序〔一〕

余以己亥春遊石公山，宿文長山館。丁未復至，石公水涸，抉奇呈異，遠過舊游。將登歷而風雨驟至，竟靦面失之，殊不及我故人之高談蕭寺，追敍夙昔也。〔二〕

昔年訪沈子，石公山沒歸雲址；今年遇沈公，石公水落盤龍宮。沈公家在石公側，白頭三見山根出。而我分攜將九載，相看總老溪山改。石公在望風雨作，探得靈奇復蕭索。沈公蠟屐曉衝泥，握手精藍話疇昨。石公沈公且別去，明日回頭望山樹。

【校】

〔一〕詩鈔無題下「并序」字。

〔二〕詩鈔詩序文字頗有異同，迻錄如下：「余以己亥春過洞庭，爲石公之遊，宿文長山館，得紀遊二律。丁未春復至石公，時以水涸，抉奇呈異，比舊遊且百倍過之。然探索山根，將登歷而風雨驟至，竟靦面而失石公，殊不及我故人之高談蕭寺，追敍夙昔也。因再賦此章爲贈。」

秋日錫山謁家伯成明府臨別酬贈

吾家司馬山陰公，子弟變化風雲中。琱戈帶礪周京改，碣石鬬河禹穴通。泰伯城頭逢季子，登高極目霜楓紫。七十煙巒笠澤圖，三千歲月勾吳史。遍觀易象與春秋，魯頌唐風費考求。縞帶贈來同白璧，干將鑄就勝純鈎。此中盡說春申澗〔一〕，草荒幸舍飛梟雁。珠履何人解報恩，蒯緱枉自勤垂盼。黄初才子好加餐，季重翩翩畫省看。早負盛名游鄴下，只今詩酒駐江干。江干足比梁園勝，追陪衰叟招枚乘。八斗君堪跨建安，一編我尚慚長慶。剡山東望故人遥，玉局金吾未寂寥。汗簡舊開都護府，蘭臺新插侍中貂。感君意氣從君飲，燈火松窗安伏枕。數枝寒菊映琴心，百斛清泉定茶品。歸家迴首木蘭舟，鐘鼓高城暮靄收。最是九龍山下水，伴人離抱向東流。

【校】

〔一〕澗　原作「潤」，據四十卷本改。

【評】

袁錄曰：結句絕妙。

題劉伴阮凌煙閣圖 并序

唐閻立本十八學士圖，相傳在兵科直房中。余官史局，慈谿馮大司馬鄴仙時掌兵都垣，嘗同直禁中，出而觀之，吏啓篋未及展，而馮以上命宣召，遽扃鐍而去，遂不果。今相去三十年，六科廊燬於兵，此圖不可問矣。按王氏畫苑，立本畫十八學士，又畫凌煙二十四功臣，故兩圖並行；凌煙圖不著，著其所繇失。汴梁劉君伴阮，天才超詣，書畫尤其所長，自鍾、王以下，八分行草，摹之無不酷似；山水雅擅諸家，又出新意以繪人物，如所作凌煙功臣圖，氣象髣髴，衣裝瓌異，雖立本復出，無以過焉。伴阮遊於方伯三韓佟公之門，暫留吾吳，恨尚未識面，間取是圖以想像其爲人，意必嶔嵜磊落，有凌雲御風之氣。余因是以窺劉君之才，服方伯之知人，而深有感於余之老，不足追陪名輩也。爲之歌曰：

大梁才子今劉生，客遊書畫傾公卿。江南花發遇高會，油幢置酒羅羣英。開君書堂拂素壁，貞觀將相施丹青。長孫燕頷肺腑戚，河間隆準天潢親。鄂公衞公與英國，誰其匹者推秦瓊，房杜勗勷魏彊諫，元僚濟濟高勳名。二十四人半豐沛，君王帶礪山河盟。千載懸毫寫生面，雙眸顧盼關神明。長弓大矢佩刀劍，玄衮赤舄垂葱珩。正視橫看叫奇絕，一時車馬喧南城。余衰臥病滄江口，忽地流傳入吾手。細數從前翰墨家，海內知名交八九。慘澹相看識苦心，殘縑零落知何有。技窮仙佛幷侯王，四十年來誰不朽。北有崔青蚓，南有陳章侯。崔也餓死值喪亂，維摩一卷兵間留。含牙白象貝多樹，圖成還記通都求。陳生落魄走酒肆，好摹傖父屠沽流。笑償王媪錢十萬，稗官戲墨行觥籌。劉生三十稱詞伯，盛名緩帶通侯席。埋沒休嗤此兩生，古今多少窮途客。繁臺家在汴流平，老我相逢話鋒鏑。剩有關河出後生，枉將兵火催衰白。君不見秘書高館羣儒修，歐虞褚薛題銀鉤。朔州老將解兵柄〔一〕，折節愛與諸生游。丈夫遭際好文日，布衣可以輕兜鍪。似君才藻妙行草，況工絹素追營丘。它年供奉北門詔，大官賜食千金裘。嗚呼！石渠麟閣總天上，凌煙圖罷圖瀛洲。

【校】

〔一〕老將　原作「老軍」，據四十卷本改。

【評】

袁錄曰：落落露英氣。中夾崔、陳，亦自寫一時推服處。

白燕吟

雲間白燕菴，袁海叟丙舍在焉，吾友單狷菴隱居其傍，鴻飛冥冥，爲弋者所篡，故作此吟以贈之。余年二十餘，遇狷菴於陳徵君西佘山館，有歌者在席，迴環昔夢，因及其事。狷菴解組歸田，遭逢多故，視海叟之西臺謝病，倒騎烏犍牛，以智僅免者，均有牢落之感，俾讀者前後相觀，非獨因物比興也。

白燕菴頭晚照紅，摧頹毛羽訴西風。雖經社日重來到，終怯雕梁故壘空。當年掠地爭飛俊，垂楊拂處簾櫳映。徵君席上點微波，雙棲有箇凝妝靚。趙家姊妹鬭嬋娟，軟語輕身鬢影偏。錯信董君它日寵，昭陽舞袖出尊前。長安穠杏翩躚好，穿花掐蝶春風巧。楚雨孤城儔侶稀，歸心一片江南草。縞素還家念主人，瓊樓珠箔已成塵。雪衣力盡藍田土，玉骨神傷漢苑春。銜泥從此依林木，窺簷詎肯樊籠辱。高舉知無鴻鵠心，微生幸少烏鳶肉。探卵兒郎物命殘，朱絲繫足柘弓彈。傷心早已巢君屋，猶作徘徊怪鳥看。漫留指爪空迴顧，差池下上秦淮路。紫領關山夢怎歸，烏衣門巷雛誰哺？頭白天涯脫網羅，向人張口爲愁多。啁啾莫向斜陽語，爲唱袁生一曲歌。

【評】

袁錄曰：白燕吟公之後作，亦似才盡。

靳評「白燕菴頭」四句曰：起四句題面題意已都寫訖。「晚照」則時已暮矣，晚照猶紅，蓋稱頌之詞也；「摧頹毛羽」比狷菴爲弋者所篡；「社日重到」比狷菴之解組歸田；「終怯雕梁」比狷菴之遭逢多故。然祇詠白燕，已是絕妙好辭，梅村筆底有化工也。

木棉吟〔一〕并序

木棉出林邑及高昌、哀牢諸國，梁武帝時徼外以爲獻，見南史。又南州異物志、裴氏廣州記皆云南蠻不蠶，採木棉作絮，染爲班布，漢書所云荅布白疊，其時已流入交、廣矣。元至正間，淞江烏泥涇汙萊不食，偶傳此種，崖州黃婆教以捍彈紡織之法，死而爲廟祀之。按廣州木棉大如樹，與今所見不類。明初王梧溪逢以爲交、廣木棉一名班枝花，吳地所種乃草棉，非木棉也。陶南村亦呼爲吉貝，與梧溪語合，然世俗所傳，不可復改。余以爲地氣雖殊，物性本一，卽謂之木棉可也。自上海、練川以延及吾州，岡身高仰，合於土宜，隆、萬中閩商大至，州賴以饒。今累歲弗登，價賤如土，不足以供常賦矣。余作木棉吟紀之，俾盛衰知所考焉。

木棉花發春申家，東海昔聞無此種。南州異物記有之，芙蓉花蘂梧桐枝。崖州老姥曉移植，烏泥涇上黃婆祠。種花先傳治花法，左足先窺踏車捷。豨膏滑軸運雙穿，鐵峽黏雲吐重疊。椎弓絃急雪飄搖，白玉裝成絮萬條。兩指按來聲不斷，一輪空月影蕭蕭。紡就飛花日成疋，錯紗不獨誇雲織。軟如鵝毳色如銀，非紵非絲亦非帛。哀牢白疊貢南朝，黃潤筒中價並高。不信此方貪卉服，江天吉貝滿平皐。四月農占早花好，麥地栽來憂莫保。持鋤赤汗敢歸休，長怕遊靑低沒草。東舍西鄰助作勞，魚羹菜具歡呼飽。蟹患蟲災絕跡無，社鬼驅除釀錢禱。西風淅瀝幾回吹，花臺漸結花鈴老。豆溝零露濕衣裳，据拾提筐逐兄嫂。冬日常暄冷信遲，今年穩是霜黃少。有叟傴僂負戴行，編蒲縛索趁天晴。黃綿襖厚裝踰寸，白酒帘高買幾升。道畔相逢吏嗔怒，賣花何不完租賦！老翁仰首前致詞，足不能行口拔訴。眼見當初萬曆間，陳花富戶積如山。福州青襪鳥言賈，腰下千金過百灘。看花人到花滿屋，船板平鋪裝載足。黃鷄突嘴啄花蟲，狼藉當街白如玉。市橋燈火五更風，牙儈肩摩大道中。二入倡家唱歌宿，好花眞屬買花翁。劉河塞後遭多故，良田踏作官車路。縱加耘耔土膏非，雨雨風風把花妬。薄熟今年市價低，收時珍重棄如泥。天邊賈客無人到，門裏妻孥相向啼。昔年花早官租緩，比來催急花偏晚。花還未種勉輸糧，輸待將完花信遠。昔年河北載花去，今也栽花遍齊豫。北花高擁渡江南，南人種植知何利。嗚呼！一歌夏白紵，再歌秋木棉。木棉未開婦女績，緝麻執枲當姑前。徐王廟南絣澼洸，賣得官機佐種田。田事忙過又夜作，十月當窗織梭布。盡室飢寒敢自衣，私逋償過官錢誤。姚沙渡口片帆微，花好風波怎載歸？隔岸人家凝望斷，千山閩客到應稀。詔書昨下開網罟，蘇息烏村并鵶浦。招徠殘戶墾荒蕪，要識從今種花苦。殷勤里正聽此詞，催租須待花熟時。上海、嘉定、太倉境俱三分宜稻，七分宜木棉。凡種木棉者俱稱花以別于稻，有花田、花租之名。篇中言花者，從方言也。

【校】

〔一〕四十卷本無此篇。

吳梅村全集卷第十一　詩後集三

七言古詩二十一首

題蘇門高士圖贈孫徵君鍾元　容城人，孝廉。〔一〕

蘇門山水天下殊，中有一人淸且癯。龐眉扶杖白髭鬚，鶡冠野服談詩書。定州城北滱水瀦，白沙村畔爲吾廬。少年蹀躞千金駒，獻策天子來皇都。腰鞬三矢玉鹿盧〔二〕，幽州臺上爲歡娛。日暮酒酣登徐無，顧視同輩誰能如。十人五人居要樞，拖金橫玉當朝趨。今我不第胡爲乎？有田一廛書百廚，雞泉馬水吾歸歟！七徵不起乘柴車，當時猶是昇平餘。一朝鐵騎城南呼，長刀砍背將人驅〔三〕。里中大姓高門閭，鞭笞不得留須臾。叩頭莫敢爭膏腴〔四〕，乞爲佃隸租請輸。牽翁擔子立兩衢，問言不答但欷歔。先生閉門出無驢，僵臥一榻絕朝餔。弟子二人舁籃輿。百門書院今空虛，此中聞是孫登居。太行秀色何盤紆，檉楠榛栗松杉儲，風從中來十萬株。嘯臺遺址煙霞俱，流泉百道穿階除。幅巾短髮不用梳，彈琴橫卷心安舒。微言妙旨如貫珠，考鐘擊磬吹笙竽。古文屋壁闢禹謨，異人手授先天圖。談仁講義追堯夫，後來姚許開榛蕪，斯文不墜須吾徒。誰傳此圖來江湖，使我一見心踟躕。卽今絕學誰能扶，屈指耆舊堪嗟嘘〔五〕。蘇門山下有碩儒，中原學者多沾濡。百年文獻其存諸，我往從之歌黃虞。

【校】

〔一〕感舊無題下小注。

〔二〕韃　原作「鞬」，據四十卷本、感舊改。

〔三〕砍背　四十卷本、感舊均作「斫背」。

〔四〕膏腴　四十卷本、感舊均作「高腴」。

〔五〕嗟嘘　四十卷本、感舊均作「嗟吁」。

【評】

袁錄曰：筆欲突兀，然公本以駘蕩婉轉見長，突兀舌本強矣。

贈總憲龔公芝麓〔一〕

丈夫四十致卿相，努力公孤方少壯。握手開尊話疇昔，故人一見稱無恙。當初海內苦風塵〔二〕，解褐才名便絶倫。官守蘄春家近楚，賊窺江夏路通秦。書生年少非輕敵，擐甲開門便迎擊。詩成横槊指黄巾，戰定磨崖看赤壁。我同宋玉適來游，多士名賢共校讎。此地異才爲亂出，論文高話鎖廳秋。別後相思隔江水，黑山鐵騎如風雨。聞道黄州數被兵，讀書長嘯重圍裏。荏苒分飛十八年，我甘衰白老江邊。那知風雪嚴城鼓，重謁三公棨戟前。卽君致身已鼎足，正色趨朝勤補牘。異書捫腹五千卷，美酒開顔三百斛。月明歌舞出簾櫳，刻燭分題揮灑中〔三〕。談笑阮生青眼客，文章王掾黑頭公。卻思少小經離亂，銅駝荆棘尋常見。側身天地竟何心，過眼風光有誰羨。楚水吳山思不禁，朝衫欲脱主恩深。待看賀監歸來歲，勾漏丹砂本易尋。

【校】

〔一〕題 「贈」，四十卷本、詩鈔均作「壽」。

〔二〕海內 詩鈔作「宇內」。

〔三〕揮灑 詩鈔作「揮酒」。

王郎曲

王郎十五吳趨坊，覆額青絲白皙長。孝穆園亭常置酒，風流前輩醉人狂〔一〕。同伴李生柘枝鼓，結束新翻善財舞。鎖骨觀音變現身，反腰貼地蓮花吐。蓮花婀娜不禁風，一斛珠傾宛轉中。此際可憐明月夜，此時脆管出簾櫳。王郎水調歌緩緩，新鶯嘹嚦花枝暖。慣抛斜袖卸長肩〔二〕，眼看欲化愁應懶。摧藏掩抑未分明〔三〕，拍數移來發曼聲。最是轉喉偷入破〔四〕，殢人腸斷臉波橫〔五〕。十年芳草長洲綠，主人池館惟喬木。王郎三十長安城，老大傷心故園曲。誰知顏色更美好，瞳神翦水清如玉。五陵俠少豪華子，甘心欲爲王郎死。寧失尚書期，恐見王郎遲；寧犯金吾夜，難得王郎暇。坐中莫禁狂呼客，王郎一聲聲頓息。移牀欲坐看王郎，都似與郎不相識。往昔京師推小宋，外戚田家舊供奉。只今重聽王郎歌，不須再把昭文痛。時世工彈白翎雀〔六〕，婆羅門舞龜茲樂。梨園子弟愛傳頭〔七〕，請事王郎教弦索。恥向王門作伎兒，博徒酒伴貪歡謔。君不見康崑崙、黃幡綽，承恩白首華清閣。古來絕藝當通都，盛名肯放優閒多〔八〕？王郎王郎可奈何！王郎名稼，字紫稼，於勿齋徐先生二株園中見之，髫而皙，明慧善歌。今秋遇于京師，相去已十六七載，風流儇巧，猶承平時故習。酒酣一出其伎，坐上爲之傾靡。余此曲成，合肥龔公芝麓口占贈之曰：「薊苑霜高舞柘枝，當年楊柳尚如絲。酒闌卻唱梅村曲，腸斷王郎十五時。」〔九〕

【校】

〔一〕醉人　本事作「酒人」。

〔二〕長眉　新集作「長眉」。

〔三〕推藏　四十卷本、詩鈔、新集、本事均作「摧藏」。

〔四〕偷　詩鈔、本事均作「愁」。

〔五〕腸斷　新集作「腸帶」。

〔六〕白翎雀　詩鈔、新集均作「白翎鵲」。

〔七〕傳頭　本事作「纏頭」。

〔八〕肯放　新集作「肯敎」。

〔九〕新集無篇末小注。本事以篇末小注爲詩序，而無「字紫稼」三字。

臨淮老妓行

臨淮將軍擅開府，不鬭身強鬭歌舞。白骨何如棄戰場，青娥已自成灰土。老大猶存一妓師，柘枝記得開元譜。纔轉輕喉便淚流，尊前訴出漂零苦。妾是劉家舊主謳，冬兒小字唱梁州。翻新水調教桃葉，撥定鵾弦授莫愁。武安當日誇聲伎，秋娘絕藝傾時世。戚里迎歸金犢車，後來轉入臨淮第。臨淮游俠起山東，帳下銀箏小隊紅。巧笑射棚分畫的，濃妝毬仗簇花叢。縱爲房老腰肢在，若論軍容粉黛工。羊侃侍兒能走馬，李波小妹解彎弓。錦帶輕衫嬌結束，城南挾彈貪馳逐。忽聞京闕起黃塵〔一〕，殺氣奔騰滿川陸。探騎誰能到薊門，空閑千里追風足。消息無憑訪兩宮，兒家出入金張屋。請爲將軍走故都，一鞭夜渡黃河宿。暗穿敵壘過侯家，妓堂仍訝調絲竹。祿山裨將帶弓刀〔二〕，醉擁如花念奴曲。倉卒逢人問二王〔三〕，武安妻子相持哭。薰天貴勢倚椒房，不爲君王收骨肉。翻身歸去遇南兵，退駐淮陰正拔營。寶劍幾曾求死士，明珠還欲致傾城。男兒作健酣杯酒，女子無愁發曼聲。可憐西風怒，吹折山陽樹，將軍自撤沿淮戍。不惜黃金購海師，西施一舸東南避。鬱洲崩浪大於山，張帆捩柁無歸處。重來海口豎降幡，全家北過長淮去。長淮一去幾時還，誤作王侯邸第看。收者到門停奏伎，蕭條西市歎南冠。老婦今年頭總白，淒涼閱盡興亡迹。已見秋槐隕故宮，又看春草生南陌。依然絲管對東風，坐中尚識當時客。金谷田園化作塵，綠珠子弟更無人〔四〕。楚州月落清江冷〔五〕，長笛聲聲欲斷魂。

【校】

〔一〕京闕　鄒鈔作「金闕」。

〔二〕祿山　詩鈔此二字空格。　弓刀，鄒鈔作「刀弓」。

〔三〕問　詩鈔、鄒鈔、詩觀、本事均作「念」。

〔四〕子弟　鄒鈔作「弟子」。

〔五〕清江　鄒鈔作「江清」。

【評】

鄧漢儀曰：興亡盛衰，如許大事，却借一老妓發之，所謂白頭宮女、紅豆詞臣，有心人于此不禁情長耳。

靳曰：此詩以「尊前訴出漂零苦」爲眉目，而以「不關身強關歌舞」爲主腦，左縈右拂，層層入妙。

送沈繹堂太史之官大梁

雲間學士推二沈，布衣召見登華省。多少金閨榜墨新，科名埋沒聲華冷。青史流傳有弟兄，衣白山人披賜錦。一代才名竝玉珂，百年絹素垂金粉。知君門胄本能文，易世遭逢更絕倫。射策紫袞臚唱出，馬蹄不動六街塵。曲江李杜無遺恨，留取花枝待後人。即今藝苑多供奉，八分草隸清曹重。署額新宮十丈懸，韋郎體勢看飛動。其餘作者何紛紛，爭來待詔鴻都門。圍棋賭墅王長史，丹青畫馬曹將軍。君也讀書致上第，傳家翰墨閒游戲。迸落長空筆陣奇，縱橫妙得先人意。頓挫沉雄類壯夫，雙瞳剪水清癯異。臥疾蕭齋好苦吟，平生雅不爲身計。惟留詩句滿長安，清切長宜禁近官。秋雨直廬分手處，忽攜書卷看嵩山。嗚呼！男兒不入即當出，生世諸爲二千石。黃紙初除左馮翊〔二〕，腰間兩綬閒顏色。

君不見沈侍中，圖書秘閣存家風。匹夫徒步拜侍從，況今淋漓御墨宮袍紅。一麾去聽梁園鐘，軒車路出繁臺東〔二〕。杯酒意氣何雍容，薄領豈足羞英雄。安能低眉折腰事鉛槧，蹉跎白首從雕蟲。宣廟時，雲間有大、小沈學士，以布衣善書入翰林，皆著名跡。大學士名度，小學士名粲。繹堂爲壬辰第三人，官編修，擢授大梁道，亦有書名，小學士後也。

【校】

〔一〕黃紙　原作「黃子」，據四十卷本、詩鈔改。

〔二〕繁臺　原作「紫臺」，據四十卷本、詩鈔改。

通玄老人龍腹竹歌

通玄老人來何方，碧矑頳面拳毛蒼。手披地圖向我說，指點西極天微茫。視彼萬里若咫尺，使我不得悲他鄉。京師公卿誰舊識，與君異國同周行。九州喪亂朋友盡，此道不絕留扶桑。牀頭示我龍腹竹，夜半風雨疑騰驤。尾燒鱗蛻飛不得，蒼皮倔強膺微張。此中空洞亦何有？得無領下驪珠藏。漢家使者通大夏，仍來邛蜀搜篔簹。更踰葱嶺訪異種，攜歸上苑棲鸞皇。我欲裁之作龍笛，水底老蛟吟不得。縱使長房投葛陂，此龍偃臥難扶策。可是天教產竹郎，八荒奇事誰能識？一從海上西南來，中原篠簜多良材。淇園已竭蒼生痛，會稽正採征夫哀。天留異質在無用，任將抛擲生塵埃。若有人兮在空谷，束素娟娟不盈匊。盡道腰肢瘦勝肥，此君無乃非其族。雪壓霜欺直幹難，輪囷偃蹇忘榮辱。邴君豈出子魚下，高人磊砢遭題目。玉筍新抽漸拂雲，摩挲自倚東墻曲。苦節長同處士飢，寬心好耐湘妃哭。吁嗟乎！崑崙以外流沙西，當年老子驅青犢。手中竹杖插成林，殺青堪寫遺經讀。君不見猶龍道德五千字，要言無過寧爲腹，何可一日無此竹！

【評】

袁錄曰：意欲老蒼，每爲吳語所亂。　又曰：結尤巧而近拙，斷非大雅之音。

畫中九友歌

華亭尚書天人流，墨花五色風雲浮。至尊含笑黃金投，殘膏剩馥雞林求。玄宰〔一〕。太常妙蹟兼銀鉤，樂郊擁卷高堂秋。眞宰欲訴窮雕鎪〔二〕，解衣盤礴堪忘憂。煙客。誰其匹者王廉州，神姿玉樹三山頭，擺落萬象煙霞收。尊彝斑剝探商周，得意換卻千金裘。玄照。檀園著述誇前修，丹青餘事追營丘。平生書畫置兩舟，湖山勝處供淹留。長蘅。阿龍北固持雙矛〔三〕，披圖赤壁思曹劉。酒醉灑墨橫江樓，蒜山月落空悠悠。龍友。姑蘇太守今僧繇，問事不省張兩眸。振筆忽起風颼颼，連紙十丈神明遒。爾唯。松圓詩老通清謳〔四〕，墨莊自畫歸田游。一犂黄海鳴春鳩，長笛倒騎烏犉牛。孟陽。花龕巨幅千峰稠，小景點出林塘幽。晚年筆力淩滄洲，幅巾鶴髮輕王侯。潤甫。風流已矣吾瓜疇，一生迂癖爲人尤，僮僕竊罵妻孥愁。瘦如黄鵠閒如鷗，煙驅墨染何曾休！僧彌。

【校】

〔一〕玄宰　孫選作「思白」。

〔二〕雕鎪　原作「雕搜」，據孫選改。

〔三〕雙矛　孫選作「兩矛」。

〔四〕詩老　詩鈔、孫選均作「詩律」。

【評】

孫鋐曰：與飲中八仙歌對看，肯一字讓少陵出色否？

袁鎱曰：學飲中八仙體，語亦瘦勁可喜。

沈德潛曰：用飲中八仙歌格，而絶異其面目，所以可貴。（清詩别裁）。

送舊總憲龔公以上林苑監出使廣東〔一〕

與君對酒庾樓月，君逼干戈我離别；與君藉地燕山草，君作公孤我潦倒。亦知窮老應自疏，識君意氣眞吾徒。門前車馬多豪俊，躡衣上坐容衰鬢。我持半勺君一斗，我吟一篇君百首。每逢高會輒盡歡，把我新詩不容口。今日它鄉再送君，地角天涯復何有？山川有靈交有命，延津會合眞難定。如君共事曹侍郎，百僚彈壓風裁正。握手論文海內推〔二〕，交游京洛聲華盛。秋風吹向越王臺〔三〕，後先踪跡誰能信？不見蘭臺連柏府，卻過劍浦來珠郡。相贈雖無陸賈金，相看何必周昌印。丈夫豁達開心期，悠悠世上無人知。三仕三已總莫問，一貴一賤將奚爲？別君勸君休失意，碧水丹山暫游戲。客路扁舟好著書，故園九日堪沉醉。烏柏霜紅少婦樓，桄榔雨黑行人騎。獨有飄零老伏生，不堪衰白困將迎。祇因舊識當塗少，坐使新知我輩輕。花發羅浮夢君處，躑躅悲歌不能去。

【校】

〔一〕題 「公」，四十卷本、詩鈔、新集、篋衍均作「孝升」。鄒鈔題作「送舊總憲龔孝升出使廣東」。

〔二〕論文 篋衍作「論交」。

〔三〕向 原作「起」，據四十卷本、詩鈔、鄒鈔、新集、篋衍改。

【評】

袁錄曰：自是傾倒之詞。

雁門尚書行 幷序〔一〕

雁門尚書行〔二〕，爲大司馬白谷孫公作也。公代州人，地故雁門郡。長身伉爽，才武絕人。其用秦兵也，將憑巖關爲持久〔三〕，且固將吏心，秦士大夫弗善也，累檄趣之戰〔四〕，不得已始出。天淫雨，糗糧不繼〔五〕，師大潰，潼關陷，獨身橫刀衝賊陣以沒，從騎俱散，不能得其屍。公之出也，自念必死，顧語張夫人，夫人曰：「丈夫報國耳！無憂我。」西安破，率二女六妾沉于井，揮其八歲兒以去。兒踰垣避賊，墮民舍中，有老翁者善衣食之。二年，公長子世瑞重趼入秦，得夫人屍，貌如生。老翁歸以弟，相扶還。見者泣下，蓋公素有德秦人云。余門人馮君訥生〔六〕，公同里人，作潼關行紀其事；余曾識公於朝，因感賦此什。公死而天下事以去，然其敗由趣戰〔七〕，且大雨糧絕，此固天意，抑本廟謨〔八〕，未可專以責公也〔九〕。公之參佐，惟監軍道喬公以明經奏用，能不負公，潼關之破，同日死，名元柱，定襄人。

雁門尚書受專征，登壇顧盼三軍驚。身長八尺左右射，坐上咄咤風雲生〔一〇〕。家居絕塞愛死士〔一一〕，一日費盡千黃金。讀書致身取將相，關西鼠子方縱橫。長安城頭揮羽扇，臥甲韜弓不忘戰。持重能收壯士心，沉幾好待兇徒變〔一二〕。忽傳使者上都來，夜半星馳馬流汗。覆轍寧堪似往年，催軍還用松山箭。尙書得詔初沉吟，蹶起橫刀忽長歎。我今不死非英雄，古來得失誰由算？椎牛誓衆出潼關〔三〕，墟落蕭條轉餉難。六月炎蒸驅萬馬，二崤風雨斷千山。雄心慷慨宵飛檄，殺氣憑陵老據鞍。掃籜謀成頻撫劍，量沙力盡爲傳餐。尙書戰敗追兵急，退守巖關收潰卒。此地乘高足萬全，只今天險嗟何及！蟻聚蜂屯已入城，持矛瞋目呼狂賊。戰馬嘶鳴失主歸，橫尸撑距無能識。烏鳶啄肉北風寒，寡鵠孤鸞不忍看。願逐相公忠義死，一門恨血土花斑。故園有子音書絕，勾注烽煙路百盤。欲走雲中穿紫塞，別尋奇道訪長安。長安到日添悲哽，繭足荆榛見眢井。轆轤繩斷野苔生，幾尺枯泉浸形影。永夜曾歸風露淸，經秋不化冰霜冷。二女何年駕碧鸞，七姬無塚埋紅粉。複壁藏兒定有無〔四〕，破巢窮鳥問將雛〔五〕。時來作使千兵勢，運去流離六尺孤。傍人指點牽衣袂，相看一慟眞吾弟。訣絕難爲老母心，護持始識遺民意。回首潼關廢壘高，知公於此葬蓬蒿。沙沉白骨魂應在，雨洗金瘡恨未消。渭水無情自東去，殘鴉落日藍田樹〔六〕。青史誰人哭蘚碑，赤眉銅馬知何處？嗚呼！材官鐵騎看如雲，不降即走徒紛紛。尙書養士三十載，一時同死何無人？至今惟說喬參軍！

【校】

〔一〕詩觀、新集題下均無「并序」字。

〔二〕雁門尙書行　詩觀無此五字。
〔三〕巖關　詩觀作「嚴關」。
〔四〕新集無「且固」至「弗善也累」十三字。
〔五〕糗糧　新集作「糧糗」。
〔六〕馮君訥生　新集無「君」字。
〔七〕趣戰　鄒鈔作「趨戰」。
〔八〕抑本廟謨　新集無此四字。
〔九〕未可專以　新集無「以」字。詩觀無「余門人馮君訥生」至「未可專以責公也」六十三字。
〔一〇〕咄咤　四十卷本、感舊作「咄吒」，鄒鈔、詩觀、新集作「咄叱」。
〔一一〕愛　原作「受」，據四十卷本、鄒鈔、詩觀、新集、感舊改。
〔一二〕好待　新集作「要待」。
〔一三〕出　新集作「向」。
〔一四〕複壁　詩觀作「複道」。
〔一五〕鵁鳥　新集作「客鳥」。
〔一六〕藍田　新集作「藍關」。

【評】

鄧漢儀曰：詳略開闔，擒縱起束，俱以龍門手法行之。其敍戰事始末，則係一代興亡之實跡，非雕蟲家所可擬也。又評「尙書戰敗」八句曰：摹寫戰敗一段，泣風雨而號鬼神，覺尙書生氣猶存。

袁錄曰：序佳，詩不甚稱。

黃傳祖於「催軍還用松山箭」下評曰：明亡於兩戰，可爲痛哭。又於「橫尸撑距無能識」下評曰：大事必待鉅手，然詩亦藉以傳，互爲有功。又於「赤眉銅馬知何處」下評曰：落句所感者廣，不爲尙書。

靳引陸雲士曰：雁門尙書篇，以龍門之筆行之韻語，洵詩史也。梅村先生長歌甚多，率皆琵琶、長恨之遺，然用意每隱于使事，亦是詩家一病，未有淸眞精勁若此章者。末句補出參軍，大傳中藏一小傳，眞一語千鈞矣。

雕橋莊歌 幷序

高邑趙忠毅公爲雕橋莊記曰：「吾郡梁太宰有雕橋莊，在郡西十五里大茂諸山之東，前臨滹沱、西韓二水，東爲大門，表之曰尙書里。有樓曰蓮渚仙居，有堂曰壽槐，槐可四十圍，相傳數百年物。太宰功成身退，徜徉於此者二十年，今其孫愼可讀書其中，自號爲西韓生云。」此忠毅家居時所作也。公後拜吏部尙書，視梁公以同郡爲後繼，竟因黨禍戍代州死。愼可以孝廉入中翰，余始識之，知其爲趙公交。尋以齟齬去，相別十餘年，今起官水部，家門蟬冕，當代莫與比焉。余以其名山別墅，亂後獨全，高門遺老，晚節最勝，雕橋盛事，自太宰以來，百餘年於此矣，是可歌也，爲作雕橋莊歌。

常山古槐千尺起，雕橋西畔尙書里。偃蓋青披大茂雲，扶踈響拂韓河水。水部山莊遶碧渠，彈琴長嘯修篁裏。今年相見在長安，據鞍卻笑吾衰矣。盡道新枝任棟梁，不知老幹經風雨。自言年少西韓生，幽幷豪俠皆知名。酒酣箕踞聽鼓瑟，射麋擊兔邯鄲城。天生奇質難自棄，一朝折節傾公卿。當時海內推高邑，趙公簡重稱相得。才地能交大父行，襟期雅負名賢識。公曾過我讀書處，笑倚南樓指庭樹。歸田太宰昔同游，廿載林泉共來去。此是君恩優老臣，後來吾輩應難遇。每思此語輒泫然，知己投荒絕塞天。同是冢臣恩數異，傷心非復定陵年。黃巾從此成貽禍，青史誰來問斷編。鉤黨幾家傳舊業，干戈何地著平泉。我有山莊幸如故，老樹吟風自朝暮。磐石寧容蟲蟻穿，斧斤不受樵蘇誤。鈴索高齋擁賜書，名花異果雕欄護。綠葯紅蕖水面開，門前卽是鳴騶路。子弟傳呼千騎歸，不教鞍馬驚鷗鷺。年年細柳與新蒲，妝點溪山入畫圖。四海烽煙喬木在，一窗燈火故人無。相逢只有江南客，頭白尊前伴老夫。

【評】

袁錄曰：秀潤是公擅場。

贈馮訥生進士教授雲中

幷州馮郎長吳越，桐江風雪秦淮月。不烹羊酪敵蓴羹，肯拈蘆管吹桃葉。才同顧陸與温邢，俠少風流擅絶倫。名士有誰甘作諾，丈夫何必尙專城。乞得一氊還故土，欲化邊人作鄒魯。余笑謂君且歸去，不信廣文今廣武。絳帳懸弓設豹侯，講堂割肉摻鼉鼓。擊磬新調塞上歌，投壺卻奏軍中舞。文籍先生上谷儒，游閑公子河東賈。亂定初聞闕里鐘，時淸不用平城弩。雁門太守解將迎，馬邑名豪通訓詁。烏桓年少挾雕弧，射得黃羊供束脯。男兒作健羞裙屐〔一〕，拂雲堆上吹横笛。低頭博士爲萬卷，撫掌封侯空四壁。憶昔扁舟醉石頭，別來幾夢南徐客。隱囊麈尾撓卻盡，長鋏純鉤看自惜。學就吳趨恐未工，注成晉問無人識。嗚呼！五湖煙水憶鱸魚，落木天高好寄書〔二〕。塞雁不歸花又發，故人消息待何如？

【校】

〔一〕羞　鄒鈔作「修」。

〔二〕落木　鄒鈔作「木落」。

【評】

袁錄曰：意似有餘。公拙句甚多，雁門行如「時來作使千兵勢」，此首「不信廣文今廣武」，大似稚氣瞎調。

海戶曲 南海子周環一百六十里，有海戶千人。〔一〕

大紅門前逢海戶，衣食年年守環堵。收藁腰鐮拜嗇夫，築場貰酒從樵父。不知占籍始何年，家近龍池海眼穿〔二〕。七十二泉長不竭，御溝春暖自涓涓。平疇如掌催東作〔三〕，水田漠漠江南樂。鴛鴦鸂鶒滿煙汀，不枉人呼飛放泊〔四〕。南海子有水泉七十二處，元之飛放泊也。後湖相望築三山，兩地神洲咫尺間〔五〕。以西苑後湖名海子，故此云「南」〔六〕。遂使相如誇陸海，肯教王母笑桑田。蓬萊樓閣雲霞變，晾鷹臺上何王殿〔七〕？晾鷹臺，元之仁虞院也，常使大學士提調之〔八〕，鷹墜皆用先朝舊璽改作。傳說新羅玉海青，星眸雪爪飛如練〔九〕。玉海青卽白鷹也。詐馬筵開捫酒香〔一〇〕，元有詐馬宴。割鮮夜飲仁虞院〔一一〕。二百年來話大都〔一二〕，平生有眼何曾見？頭白經過是舊朝，春深慣鎖黃山苑叶。典守唯聞中使來，樵蘇輒假貧民便。芳林別館百花殘，廿四園中爛熳看〔一三〕。南海子有二十四園，係明時制。記得尙方初薦品，東風鈴索護雕闌。葡萄滿摘傾筠籠，蘋果新嘗捧玉盤。賜出宮中公主謝，分遺闕下侍臣餐。一朝翦伐生荊杞，五柞長楊悵巳矣〔一四〕。野火風吹螞蟻墳，海子東南有螞蟻墳，每清明日，數萬皆聚于此〔一五〕。枯楊月落蝦蟆水。玉泉一名蝦蟆泉，流入海子〔二六〕。盡道千年苑囿非，忽驚萬乘車塵起。雄圖開國馬蹄勞，將相風雲劍槊高。帳殿行城三十里，旌旗獵獵響鳴鞘。朝鮮使者奇毛進，白鷹刷羽霜天勁。舊跡淩歊好放鵰，荒臺百尺登臨勝〔二七〕。俊鶻重經此地飛，黑河講武當年盛〔二八〕。弔古難忘百戰心，掃空雉兎江山淨。新豐野老驚心目，縛落編籬守麋鹿〔二九〕。兵火摧殘淚滿衣，昇平再覩修茅屋。衰草今成御宿園，豫游只少千章木。上林丞尉已連催，灑掃離宮補花竹。人生陵谷不須哀，蘆葦陂塘雁影來。君不見鄠杜西風蕭瑟裏，丹青早起濯龍臺。

【校】

〔一〕篋衍無題下小注及行間夾注。

〔二〕海眼穿　鄒鈔作「海子邊」。

〔三〕催　篋衍作「罷」。

〔四〕新集此句下無夾注。

〔五〕神洲　原作「神州」，據詩鈔、鄒鈔、新集改。

〔六〕新集此注移在題下小注「千人」後。

〔七〕新集此句下無夾注。

〔八〕常使　四十卷本、鄒鈔均作「當使」。

〔九〕新集此句下無夾注。

〔一〇〕新集此句下無夾注。

〔一一〕新集此句下有夾注「晾鷹臺元仁虞院」。

〔一二〕二百年　詩鈔、箋衍均作「三百年」。

〔一三〕新集此句下無夾注。

〔一四〕悵　鄒鈔作「恨」。

〔一五〕新集此注無「每」、「皆」、「于」三字，鄒鈔無「皆」、「于」二字。

〔一六〕流入海子　鄒鈔無此四字。

〔一七〕荒臺　新集作「荒基」。

〔一八〕黑河　原作「墨河」，據四十卷本、詩鈔、鄒鈔、箋衍改。

〔一九〕縛落　詩鈔作「縛絡」。

【評】

袁錄曰：此乃一時典故。

黃傳祖於「樵蘇輒假貧民便」下評曰：胸中典故，傾倒而出，盡作魚龍風雨。

退谷歌　贈同年孫公北海〔一〕

我家乃在莫釐之下，具區之東，洞庭煙鬟七十二，天際杳杳聞霜鐘。豈無巢居子，長嘯呼赤松，後來高臥不可得，無乃此世非洪濛〔二〕。元氣茫茫鬼神鑿，黄虞既沒巢由窮。逆旅逢孫登，自稱北海翁，攜手共上徐無峰。仰天四顧指而笑，此下卽是宜春宮。若教天子廣苑囿，吾地應入甘泉中。丈夫蹤跡貴狡獪，何必萬里游崆峒？君不見抱石沉、焚山死，被髮佯狂棄妻子；匡廬峰、成都市，欲逃名姓竟誰是？少微無光客星暗，四皓衣冠只如此。使我山不得高，水不得深，鳥不得飛，魚不得沉。武陵洞口鬧野哭，蕭斧斫盡桃花林。仙人得道古來宅，刼火到處相追尋。不如三輔内，此地依靑門，非朝非市非沉淪。鄠杜豈闕蕭相請，茂陵不厭相如貧。飲君酒，就君宿，羨君逍遥之退谷。花好須隨禁苑開，泉淸不讓温湯浴。中使敲門爲放鷹，羽林下馬因尋鹿。我生亦胡爲，白頭苦碌碌。送君還山識君屋，庭草彷彿江南綠，客心歷亂登高目。噫嚱乎歸哉！我家乃在莫釐之下，具區之東，側身長望將安從？

【評】

【校】

〔一〕題　鄒鈔作「退谷歌贈同年孫北海〔一〕」，無題下小注。

〔二〕洪濛　鄒鈔作「鴻濛」。

袁錄曰：終非公本色。

贈文園公

君家丞相人中龍，屈伸時會風雲空。廬陵忠孝兩賢繼，待詔聲名累葉同。致主絲綸三月罷，傳家翰墨八分工。汝父翩翩相公弟，詞場跌宕酣聲伎。才大非關書畫傳，門高不屑公卿貴。老向長安作布衣，主知特達金門戲。先帝齋居好鼓琴，相如召入賜黃金。大絃張急宮聲亂，識是君王宵旰心。爲君既難臣亦苦，龜山東望思宗魯。左徒憔悴放江潭，忠愛惓惓不忘楚。可惜吾家有逐臣，曲終哀怨無人補。欲譚治道將琴諫，審音先取宮商辨。怡神玉几澹無爲，雲門樂作南薰殿。君臣朋友盡和平，四海熙然致清晏。聖主聞聲念舊臣，名家絕藝嗟稱善。歸來臥疾五湖雲，垂死干戈夢故君。綠綺暗塵書卷在，脊令原上戴顒墳。雍門歌罷平陵曲，報韓子弟幾湛族〔一〕。竺塢祠堂鬼火紅，閶門池館蒼鼯宿〔二〕。汝念先人供奉恩，抱琴長向荒江哭〔三〕。滿目雲山入舊圖，只今無地安茅屋。誰將妙蹟享千金，後人餓死空山麓。與君五世通中表，相國同朝悲宿草。尋山結伴筍輿游，汝父平生與我好。看君才調擅丹青，畫舫相逢話死生。君不見信國悲歌青史裏，古來猶子重家聲。

【校】

〔一〕子弟　鄒鈔作「弟子」。

〔二〕蒼駘　鄒鈔作「蒼騣」。

〔三〕長向　鄒鈔作「夜向」。

【評】

袁錄曰：平調弱，結可删。

銀泉山

銀泉山下行人稀，青楓月落魚燈微。道旁翁仲忽聞語，火入空墳燒寶衣。五陵小兒若狐兔，夜穴紅牆縣官捕。玉椀珠襦散草間，云是先朝鄭妃墓。覆雨翻雲四十年，專房共輦承恩顧。禮數繇來母后殊，至尊錯把旁人怒。承直中宮侍宴迴，血裹銀環不知數。豈有言辭忤大家，蛾眉薄命將身誤。宮人斜畔伯勞啼，聲聲爲怨驪姬訴。盡道昭儀殉夜臺，萬歲千秋共朝暮。宮車一去不相隨，當時枉信南山錮。只今雲母似平生，皓齒明眸向誰妬？選侍陵園亦已荒，移宮事蹟更茫茫。兩朝臺諫孤忠在，一月昭陽舊恨長。總爲是非留信史，卻憐恩寵異前王。路人尚說東西李，二李寢園亦在山下。指點飛花入壞牆。

【評】

鄧漢儀曰：說鄭妃又牽連選侍及二李，筆力參差入妙，全以史法爲詩。

黄傳祖曰：急管繁絃，一唱三歎。又於「蛾眉薄命將身誤」下評曰：前代逸事，國史所芟，收拾縝麗。

袁錄曰：亦近「同輩隨君」、「血汚遊魂」之意。

田家鐵獅歌

田家鐵獅屹相向，猙獰蹲夷信殊狀。良工朱火初寫成，四顧咨嗟覺神王。先朝異物徠西極，上林金鎖攀檻出。玉關罷獻獸圈空，刻畫丹青似爭力。武安戚里起高門，欲表君恩示子孫。鑄就銘詞鐫日月〔一〕，天貽神獸守重閽。第令監奴睛閃爍，老熊當路將人攫〔二〕。不堪此子更當關，鈎爪張眸吐銀齶〔三〕。七寶香猊玉辟邪，嬉游牽伴入侯家。圉人新進天閑馬，御賜仍名獅子花。假面羌胡裝雜伎，狻猊突出拳毛異。跳擲聲聲畫鼓催，條支海上何繇致？異材逸獸信超羣，其氣無乃如將軍。將軍豈是批熊手，瞋目哮呼天下聞。省中忽唱田蚡死，青犢明年食龍子。蝦蟆血灑上陽門，三十六宮土花紫。此時鐵獅絕可憐，兒童牽挽誰能前。橐駝磨肩牛礪角，霜摧雨蝕枯藤纏。主人已去朱扉改，眼鼻塵沙經幾載。鎖鑰無能護北門，畫圖何處歸西海？吾聞滄州鐵獅高數丈〔四〕，千年猛氣難凋喪。風雷夜半戲人間，柴皇戰伐英靈壯。蘆溝城堞對西山〔五〕，橋上征人竟不還。枉刻蹲獅七十二，桑乾流水自潺潺。秋風吹盡連雲宅，鐵鳳銅烏飛不得〔六〕。卻羨如來有化城，香林獅象空王力。扶雀犛牛見太平，月支使者貢西京。并州精鐵終南冶，好鑄江山莫鑄兵。

【校】

〔一〕日月　新集作「月日」。

〔二〕老熊　鄒鈔、新集、篋衍均作「老羆」。

〔三〕銀齶　鄒鈔、新集均作「齦齶」。

〔四〕滄州　原作「滄洲」，據四十卷本、鄒鈔、新集改。

〔五〕城堞　四十卷本、鄒鈔、新集、感舊、篋衍均作「城雉」。

〔六〕鐵鳳　篋衍作「銅鳳」。

【評】

袁錄曰：如見其形，工於寫事。

黃傳祖於「瞋目哮呼天下聞」下評曰：「七寶」下縱横擺盪，如珠走盤，不出盤外。又於「畫圖何處歸西海」下評曰：梅村每述興亡盛衰，輒淋漓欲絕。文生情、情生文耶？

題崔青蚓洗象圖

嗚呼顧陸不可作，世間景物都蕭索。雲臺冠劍半無存，維摩寺壁全凋落。開元名手空想像，昭陵御馬通泉鶴。燕山崔生何好奇，書畫不肯求人知。仙靈雲氣追恍惚，宓妃雜女乘龍螭。平生得意圖洗象，興來掃筆開屏障〔一〕。赤罽如披洱海裝，白牙似立含元仗。當時駕幸承天門，鑾旗日月陳金根。雞鳴鐘動雙闕下，肅然不動如崑崙。崔生布衣懷紙筆，道衝騶哄金吾卒。仰見天街馴象來，歸去沉吟思十日。眼前突兀加摩挲，非山非屋非陂陀。昔聞阿難騎香象，栴檀林內頻經過。我之此圖無乃是，貝多羅樹金沙河。十丈黃塵向天闕，霜天夜踏宮牆月。芻豆支來三品料，鞭梢趨就千官謁。材大寧堪世人用，徒使低頭受羈紲。京師風俗看洗象，玉河春水涓流潔。赤腳烏蠻縛雙帚，六街士女車塡咽。叩鼻殷成北闕雷，怒蹄捲起西山雪。圖成懸在長安市，道旁觀者呼奇絕。性癖難供勢要求〔二〕，價高一任名豪奪。十餘年來人事變，碧雞金馬爭傳箭〔三〕。越人善象教象兵，扶南身毒來酣戰。惜哉崔生不復見，畫圖未得開生面。若使從軍使趙佗，蒼梧城下看如練。更作昆明象戰圖，止須一疋鵝溪絹。嗟嗟崔生餓死長安陌，亂離荒草埋殘骨。一生心力付兵火，此卷猶在堪愛惜〔四〕。君不見武宗供奉徐霄仙，豹房夜直從游畋。青熊蒼兕寫奇特，至尊催賜黃金錢，只今零落同雲煙。古來畫家致身或將相，丹青慘澹誰千年？

【校】

〔一〕屏障　新集作「屛嶂」。

〔二〕性癖　鄒鈔、新集均作「性僻」。

〔三〕爭　鄒鈔、新集均作「驚」。

〔四〕猶在　四十卷本、鄒鈔、新集、感舊均作「猶存」。

【評】

袁錄曰：近人多賦洗象行，頗有佳趣，然視梅村此作，終覺遜其風格。

松山哀

拔劍倚柱悲無端，爲君慷慨歌松山。盧龍蜿蜒東走欲入海，屹然搘拄當雄關。連城列障去不息，茲山突兀烟峰攢。中有壘石之軍盤，白骨撐距凌巑岏。十三萬兵同日死，渾河流血增奔湍。豈無遭際異，變化須臾間，出身憂勞致將相，征蠻建節重登壇。還憶往時舊部曲，喟然歎息摧心肝。嗚呼！玄菟城頭夜吹角，殺氣軍聲振寥廓。一旦功成盡入關，錦裘跨馬征夫樂。天山回首長蓬蒿，烟火蕭條少耕作。廢壘斜陽不見人，獨留萬鬼塡寂寞。若使山川如此閑，不知何事爭強弱。聞道朝廷念舊京，詔書招募起春耕。兩河少壯丁男盡，三輔流移故土輕。牛背農夫分部送，雞鳴關吏點行頻。早知今日勞生聚，可惜中原耕戰人！

【評】

袁錄曰：惟此詩直寫舊恨。

胡薇元曰：松山哀，悲明亡也。……此首逼眞少陵。洪亭九偉畫壯猷，獨殄除明裔殆盡爲不仁耳。（夢痕館詩話卷四）

打冰詞

北河風高水生骨，玉壘銀橋堆幾尺。新成雲中千騎馬，横津直渡無行迹。下流湍悍川途開，吹笳官舫從南來。帆檣山齊排浪進，牽船百丈聲如雷。雪深沒髁衣露肘，背挽頭低風塞口。相逢羨殺順流船，急問來時河凍否？溜過湖寬放牐平〔一〕，長年穩望一帆輕。夜深側聽流澌響，瑣碎玲瓏漸結成。篙滑難施櫓枝折，舟人霜滿髭鬢白。發鼓催船喚打冰〔二〕，衝寒十指西風裂。吁嗟河伯何硜硜，白棓如雨終無聲。魚龍潛逃科斗匿，殊耐鞭杖非窮民〔三〕。官艙裘酒自高臥，只話篙師叉手坐。早辦人夫候治裝，明日推車冰上過。

【校】

〔一〕湖寬　孫選作「河寬」。

〔二〕喚　廣集作「歎」。

〔三〕鞭杖　孫選作「官杖」。

【評】

孫鋐曰：與重裘揮扇者同一不知疾苦，焉得此神手描摹？

黄傳祖曰：勞塵碌碌，宦海驅人，正矜爲得意之景。寫世情奕奕飛動。

袁録曰：兩打冰詞俱佳。南人不信有此。

靳曰：「背挽頭低」、「白棓如雨」，是畫工；「風塞口」、「終無聲」，是化工。梅村筆下殆無所不有。

再觀打冰詞

官催打冰不肯行，座船既泊商船停。商船雖住起潛聽，冰底有聲枙牙應。桅竿旗動吹南風，舟子喜甚呼蒙衝〔一〕。兒童操梃爭跳躍，其氣早奪馮夷宮。砉如蒼崖崩巨石，訇如戈矛相撞擊〔二〕。滃如雲氣騰虚空，颯如雨聲飛淅瀝。河伯娶婦三日眠，霜紈方空張輕煙。忽聞裂帛素娥笑，玉盤銀甕傾流泉。別有鮫鮪還未醒，沉魚浮藻何隱隱。上冰猶結下冰行，視水如燈取冰影〔三〕。冰輪既碾相催送〔四〕，三千練甲皆隨從〔五〕。激岸迴湍冰負冰，白龍十丈鱗鱗動。自古水嬉無此觀，披裘起坐捲簾看。估客兼程貪夜發，卻愁明日西風寒。枕畔輕雷殊不已〔六〕，醉裏扁舟行百里。安得并州第四弦，彈徹冰天霜月起。

【校】

〔一〕蒙衝　百家作「艨艟」。

〔二〕匐　四十卷本、詩鈔、詩持、廣集均作「鍧」。

〔三〕如燈　廣集作「如冰」。

〔四〕催送　廣集作「推送」。

〔五〕隨從　詩鈔、鄒鈔、百家、詩持均作「隨衆」。

〔六〕殊　廣集作「如」。

【評】

黃傳祖曰：篇中闡題盡致，以虛景結之，悠然有餘力。

雪中遇獵

北風雪花大如掌，河橋路斷流澌響。愁鴟飢雀語啁啾，健鶻奇鷹姿颯爽。將軍射獵城南隅，軟裘快馬紅氍毹。秋翎垂頭西鼠㲉，鴉青徑寸裝明珠。金鵝箭褶袍花濕，挏酒駝羹馬前立。錦靴玉貌撥秦箏，瑟瑟鬟多好顏色。少年家住賀蘭山，磧裏擒生夜往還。鐵嶺草枯燒堠火，黑河冰滿渡征鞍。十載功成過高柳，閑卻平生射雕手。漫唱千人敕勒歌，只傾萬斛屠蘇酒。今朝彷彿李陵臺，將軍喜甚圍場開。黃羊突過笑追射，鼻端出火聲如雷。回去朱旗滿城闕，不信溝中凍死骨。猶有長征遠戍人，哀哀萬里交河卒。笑我書生裋褐温，蹇驢箬笠過前村。即今莫用梁園賦，扶杖歸來自閉門。

【評】

袁錄曰：精警。

靳曰：通首正寫遇獵，而雪中字於旁襯得之。蓋軟裘、西鼠、袍濕、草枯、冰滿、屠蘇、凍骨、裋褐、箬笠、歸來閉門，皆帶一雪境在內；而梁園之賦，亦因雪賦中引梁王兔園也。組織工妙，都入渾成，是格力高人處。

吳梅村全集卷第十二　詩後集四

五言律詩八十九首

高郵道中四首〔一〕

野宿菰蒲晚，荒陂積雨痕。湖長城入岸〔二〕，塔動樹浮村。漁出沙成路，僧歸月在門。牽船上瓜埭，吹火映籬根。

其　二

十里藕塘西，浮圖插碧虛。霜清見江楚，山斷入淮徐。水驛難逢樹，溪橋易換魚。客程愁幾日，已覺久無書。

其　三

曾設經年戍，殘民早不堪。柳營當午道，水栅算丁男。雪滿防旗暗，風傳戰鼓酣。淮張空幕府，樓艦隔江南。

其四

甓社重來到，人家出遠林。種荷泥補屋，放鴨柳成陰。蝦菜春江酒，煙簑暮雨砧。曹生留畫水，三十六陂深。高郵有曹生畫水壁，米元章極稱之。其地有三十六陂。〔三〕

【校】

〔一〕鄒鈔選第一、四首。廣集選第一首。

〔二〕湖長　鄒鈔作「湖高」，廣集作「湖弓」。

〔三〕鄒鈔無篇末小注。

清江閘

岸東穿流怒，帆遲幾日程。石高三板浸，鼓急萬夫爭。善事監河吏，愁逢横海兵。時有事兩粵，兵過海上。我非名利客，歲晚肅宵征。

過姜給事如農〔一〕

侍從知名早，蕭條淮海東。思親當道梗，如農迎母，會膠、萊有兵亂〔二〕。哭弟在途窮。如須避地，沒於吳下〔三〕。骨肉悲歌裏，君臣信史中。翩翩同榜客，相對作衰翁。

【校】

〔一〕題　鄒鈔、廣集均作「過姜給事如農」。

〔二〕有兵亂　鄒鈔、廣集均無「有」字。

〔三〕廣集此注作「如須避地，卒吳門」。

遠路

遠路猶兵後，寒程況病餘。裝綿妻子線，致藥友人書。晚渡河津馬，晨冰驛舍車。蕭條故園樹，多負向山廬。

過東平故壘

重鎮銅龍第，雄邊珠虎牌。柳穿驍騎箭，花落美人釵。有客謀亡海，無書勸正淮。將軍留戰骨，狠藉雒陽街。

旅泊書懷

已遇江南雪，須防濟北冰。扁舟寒對酒，獨客夜挑燈。流落書千卷，淸羸米半升。徵車何用急，慚媿是無能。

黃　河 金龍口決，河從北入海，淸江、宿遷水勢稍緩，皆起新沙。〔一〕

白浪日崔嵬，魚龍亦壯哉。河聲天上改，地脈水中來。潮落神鴉廟，沙平戲馬臺。滄桑今古事，戰鼓不須哀。

【校】

〔一〕廣集無題下小注。

桃源縣 在黃河南，去淮陽八十里。

豈有秦人住，何來浪得名？山中難避地，河上得孤城。桃柳誰曾植，桑麻近可耕。君看問津處，烽火只縱橫。

膠州 時有兵變

將已三年僨，兵須六郡豪。一時緣調遣，平昔濫旌旄。後顧憂輜重，前軍敢遁逃？只今宜早擊，都護莫辭勞。

【評】

黃傳祖曰：情形瞭然。

白洋河 在淮安西北，膠州叛兵從此過河，時已收縛。

膠海愁難定，孫恩戰艦多。卻聞挑白馬，此處渡黃河。一戰收貔虎，千軍唱橐駝。淮西兒女笑，溟渤亦安波。

過古城謁三義廟 去桃源八十里，爲石崇鎮下邳所築，非三國時古城也。土人以傳訛立廟，傳奇有桃源結義，耳食附會，幾以爲眞矣。〔一〕

廟貌高原古，村巫薦白蘋。河山雖兩地，兄弟只三人。舊俗傳香火，殘碑誤鬼神。普天皆漢土，何必史書眞？

【校】

〔一〕題下小注，廣集無「爲」、「以」及「傳奇」以下十六字。

【評】

黄傳祖曰：掀翻疑誤，更開生面。

項王廟 在宿遷。項王下相人，即其地也。〔一〕

救趙非無算，坑秦亦有名。情深存魯沛〔二〕，氣盛失韓彭。垓下騅難逝，江東劍不成。

淒涼思晝錦，遺恨在彭城。

【校】

〔一〕題下小注，四十卷本無「也」字，廣集無「項」、「也」字。鄒鈔、篋衍均無題下小注。

〔二〕存 詩觀作「在」。

【評】

鄒漢儀曰：括盡項羽本紀。

袁錄曰：平情話。 又曰：與下相懷古作俱佳。

靳曰：此首總括羽紀。「情深」句人能言之，「氣盛」句罕言之者，至「失彭」則絶無有言之者矣，是特開生面處。

南旺謁分水龍王廟〔一〕

鱗甲往來中，靈奇奪禹功。平分泰山雨，兩使濟河風。岸似黄牛斷，流疑白馬通。始知青海上，不必盡朝東。

【校】

〔一〕題「南旺」上，四十卷本、鄒鈔、廣集均有「過」字。

【評】

靳曰：貼切中有渾成之妙。尤展成亦賦此題，不及吳作矣。

送天台何石湖之官臨晉兼簡蒲州道嚴方公

山色界諸盤，河流天際看。孤城當古渡，絶岸入王官。社鼓堯祠近，鄉書禹穴難。若逢嚴夫子，爲報故人安。

【評】

袁錄曰：爲報平安則穩，單押近拙。

送紀伯紫往太原四首〔一〕

不識盧從事，能添幕府雄。河穿高闕塞，山壓晉陽宫。霜磧三關樹，秋原萬馬風。相依劉越石，清嘯戍樓中。

【評】鄧漢儀曰：全首壯麗。　又曰：初唐氣概。

其　二

羨殺狂書記，翩翩負令名。軍知長揖貴，客傲敝裘輕。酒肆傳呼醉，毬場倒屣迎。須看雁門守，不及洛陽生。

【評】黄傳祖曰：氣概豪上。

其　三

客舍同三子，春風去住愁。那知爲此別，五月又并州。楡莢催征騎〔三〕，榴花落御溝。

知君分手意，端不爲封侯。三子：韓聖秋、胡彥遠及伯紫也。時彥遠已先行。〔三〕

其　四

佐府偏多暇，從容岸幘時。詩成千騎待，檄就百城知。從獵貪呼妓，行邊快賭棋。歸將出塞曲，唱與五陵兒〔四〕。

【校】

〔一〕鄒鈔選第一、四首。詩觀選第一首。百家選第四首。廣集選第二、三、四首。

〔二〕榆莢　原作「榆筴」，據四十卷本、詩鈔改。

〔三〕此注廣集置於其三首句下，「三子」作「爲」。

〔四〕五陵　百家作「武陵」。

送友人往眞定

五月常山去，滹沱雨過淸。賣漿無舊隱，挾瑟有新聲。曳履叢臺客，投戈熊耳兵。如逢趙公子，須重魯連生。

送純祜兄浙中藩幕四首〔一〕

散吏仍爲客，輕帆好過家。但逢新種柳，莫話久看花。黄閣交須舊，青山道未賒。獨嗟兄弟遠，辛苦滯京華。

其二

一第添憔悴，似君遭遇稀。杜門先業廢，乞祿壯心違。歌管移山棹，湖光上客衣。浪遊裝苟足，叩我故園扉。

其三

亦有湖山興，棲遲減宦情。官非遷吏傲，客豈故侯輕。粉壁僧寮畫，煙堤妓舫聲。從容趨府罷，斗酒聽流鶯。

其四

忽忽思陳事，全家客𠛬中。江山連暮雨，身世隔殘虹。高館燃官燭，淸猿叫曉風。一竿秋色裏，蹤跡媿漁翁。

【校】

〔一〕廣集選第一、二首。

曹秋嶽龔芝麓分韻三首贈趙友沂得江州書三字〔一〕

策馬高原去，煙鴻仰視雙。疏鐘穿落木〔二〕，殘日動寒江。浪跡愁偏劇，孤懷俠未降。舊交相見罷，沽酒話南窗。

其　二

誰識三公子，蕭條下澤車。門高輕仕宦，才大狎樵漁。黄葉窮幽興，青山出異書。不須身貴早，千騎上頭居。

其　三

已歸仍是客，不遇卻難留。更作異鄉別，倍添游子愁〔三〕。風霜違北土，兵甲阻西州。一雁低飛急，關河萬里秋。

【評】

靳曰：此首筆勢飛騰，無一平衍語。

【校】

〔一〕題「三首」，詩鈔作「再」。鄒鈔題作「曹秋嶽龔芝麓分韻再贈友沂」，選第一首。

〔二〕落木　鄒鈔作「洛水」。

〔三〕倍添　詩鈔作「倍深」。

病中別孚令弟十首〔一〕

昨歲衡寒別，蕭條北固樓。關山重落木，風雪又歸舟。地僻城鴉亂，天長塞雁愁。客程良不易，何日到揚州？

【評】

斷曰：纏綿悱惻，情見乎辭。

其二

秋盡霜鐘急，歸帆畏改風。家貧殘雪裏，門閉亂山中。客睡愁難熟，鄉書喜漸通〔二〕。長年沽市酒，宿火夜推篷。

其　三

十日長安住，何曾把酒尊？病憐兒餵飯，窮代女營婚。別我還歸去，憐渠始出門。往來幾半載，辛苦不須論。

其　四

消息憑誰寄？羈愁祇自哀。逾時游子信，到日老人開。久病吾猶在，長途汝卻回。白頭驚起問，新喜出京來。

其　五

早達成何濟，遭時信眇歡。客游三月病，世路一生難。憂患中年集，形容老輩看。相逢俱壯盛，五十未爲官。

其　六

此意無人識，惟應父子知。老猶經世亂，健反覺兒衰。萬事愁何益，浮名悔已遲。北來三十口，盡室更依誰〔三〕？

其七

似我眞成誤，歸從汝仲兄。教兒勤識字，事母學躬耕〔四〕。州郡羞干請〔五〕，門庭簡送迎。古人親在日，絕意在虛名。

【評】黃傳祖曰：是血非字。

其八

老母營齋誦，家貧只此心。飯僧餘白氎，裝佛少黃金。骨肉情難盡，關山思不禁。楞嚴經讀罷，無語淚痕深。

其九

寡妹無家苦，拋離又一年。老親頻念此，別語倍潸然。性弱孤難立，門衰產易捐。獨留兄弟在，中外幾人憐？

其十

稚子稱奇俊，迎門笑語忙。挽鬢憐尚幼，摩頂喜堪狂。小輩推能慧，新年料已長。吾家三萬卷，付託在兒郎。

【校】

〔一〕鄒鈔選第二、七首，孫選選第四首，新集選第二、七首，均題作「病中別弟」。昭代選第一、二、三首，百家選第六首。

〔二〕鄉書　鄒鈔、新集均作「鄉音」。

〔三〕依誰　百家作「誰依」。

〔四〕學　鄒鈔、新集均作「愛」。

〔五〕羞　鄒鈔作「休」。

【評】

袁錄曰：情眞語切，聲淚俱朗。

再寄三弟二首

拙宦眞無計，歸謀數口飧。海田人戰後，山稻雨來時。官稅催應早，鄉租送易遲。苟鋤西舍叟，憐我問歸期。

其二

五畝山園勝，春來客喚茶。籬荒謀補竹，溪冷課栽花。石迸牆根動，松欹屋脚斜。東莊租苟足，修葺好歸家。

送王玄照〔一〕

行止頻難定，裝輕忽戒途。望人離樹立，征棹入雲呼。野色平沙雁，朝光斷岸蘆。此中蕭瑟意，非爾不能圖。

【校】

〔一〕題　四十卷本作「再送王玄照」。

送孫令修游眞定

窮達非吾事，霜林萬象凋。北風吹大道，別酒置河橋。急雪迴征雁，低雲壓怒雕。曾爲燕趙客，寥落在今朝。

【評】

袁錄曰：是盛唐高、岑雄響。

靳曰：三、四雄健，餘亦相稱。

送周子俶張青琱往河南學使者幕六首（一）

不第仍難去，棲遲幕府游。幾人推記室，自古在中州。置酒龍門夜，論文虎觀秋。得依張壯武，揮麈盡風流。

其　二

少室多奇士，君尋到幾峰？山深惟杖策，雲盡卻聞鐘。文字眞詮近，鬚眉道氣濃。相貽書一卷，歸敕葛陂龍。子俶好道。

其　三

二陸來江左，三張入雒中。賦誇梁苑雪，歌起鄴臺風。傖父休輕笑，吳儂雅自雄。短衣頻貰酒，射獵過城東。

其四

誰失中原計，經過廢壘高。秋風向廣武，夜雨宿成皋。此地關河險，曾傳將士勞。當時軍祭酒，何不用吾曹？

【評】

黃傳祖曰：只爭上流，全在相題。

嘶曰：三、四語自然入妙，不由雕飾，此詩品也。

其五

極目銅駝陌，宮牆噪晚鴉。北邙空有骨，南渡更無家。靑史憐如意，蒼生遇永嘉。傷心譚往事，愁見雒陽花。

【評】

鄧漢儀曰：古人于送行極爲鄭重，多感慨箴勉之詞。讀二詩，令人發新亭楚囚之歎。

其六

河流天地盡，白日待銷沉。不謂斯文喪，終存萬古心。典墳留太學，鐘鼓起華林。清雒安瀾後，遺編定可尋。

【校】

〔一〕題　鄒鈔「幕」下有「中」字，選第一、四、五、六首。詩觀、新集均選第四、五首。

【評】

袁錄曰：亦自瓌奇有骨。

送湘陰沈旭輪謫判深州四首〔一〕

謫宦經年待，蹉跎忝此州。猶然領從事，未得比諸侯。旅食沾微祿，官途託浪游。郤嫌持手板，廳壁姓名留。

其二

月出瀟湘水，思家正渺然。不知西去信，可上北來船？故舊憐除目，妻孥笑俸錢。兎教烽火隔，飄泊楚江邊。

其三

此亦堪爲政，無因笑傲輕。爾能高治行，世止薄科名。煙井流移復，春苗斥鹵耕。古來稱一尉，何必尙專城？

其四

豈不貪高臥？其如世路非。故園先業在，多難幾時歸？遇事愁官長，逢人羡布衣。君看洞庭雁，日夜向南飛。

【校】

〔一〕鄒鈔選第一首。

【評】

袁錄曰：末二首可誦。

送王子彥南歸四首

得失歸時輩，如君總不然。共知三徑志，早定十年前。身業先疇廢，家風素德傳。蕭條書一卷，重上故鄉船。

其二

一第雖無意，名場技有餘。解頤匡鼎說，運腕卒更書。材已遭時棄，官猶辱詔除。白頭纔一命，需次復何如？子彥已謁選得官，需次未授。

【評】

袁錄曰：起豁達。

其三

錯受塵途誤，悽悽早半生。中年存舊業，雅志畢躬耕。憂患妨高臥，衰遲累遠行。與君嗟失路，不獨爲無成。

其四

客裏逢中表，登臨酒一杯。好將身計拙，留使後人材。燈火鄉園近，風塵笑語開。相攜孫入抱，解喚阿翁來。子彥近得孫，余之外孫也。

代州

萬里無征戍，三關卻晏然。河來非漢境，雪積自堯年。將老空屯臥〔一〕，僧高絕漠還〔二〕。中原偏戰鬭，此地不爲邊。

【校】

〔一〕將老　篋衍作「老將」。

〔二〕僧高　篋衍作「殘僧」。

【評】

斷曰：三、四工鍊。

送穆苑先南還四首

遍欲商身計，相逢話始眞。幸留殘歲伴，忍作獨歸人。年逼愁中老，家安夢裏貧。與君謀共隱，爲報故園春。

其　二

驟見疑還喜，堪當我半歸。路從今日近，信果向來稀。同事交方散，殘編道已非。老親看慰甚〔一〕，坐久更沾衣。

【評】

程曰：起句入神。

其三

舍弟今年別〔二〕，臨分恰杪秋〔三〕。苦將前日淚〔四〕，重向故人流。海國愁安枕，鄉田喜薄收。相期裁數紙〔五〕，春雨便歸舟〔六〕。

其四

庭樹書來長，空堦落葉黃。酒乘今夜月，夢遶一林霜。客過探松塢〔七〕，童飢偃石牀〔八〕。因君謝猿鶴〔九〕，開我北山堂〔一〇〕。

【校】

〔一〕看　手書扇面作「相」。

〔二〕今　手書扇面作「經」。

〔三〕臨分　手書扇面作「分攜」。

〔四〕苦　手書扇面作「還」。

〔五〕「相期」句　手書扇面作「寒潮門外足」。

〔六〕便　手書扇面作「望」。

〔七〕探松塢　手書扇面作「尋松徑」。

〔八〕偃　手書扇面作「臥」。

〔九〕謝　手書扇面作「護」。

〔一〇〕「開我」句　手書扇面作「掃舍答山光」。

送何蓉菴出守贛州四首〔一〕

想見征途便，還家正早秋。江聲連賜第，帆影上浮丘。兒女貪成長，親朋感去留。無將故鄉夢，不及石城頭。

其二

郡閣登臨迴，江湖已解兵。百灘爭二水，一嶺背孤城。石落蛟還鬬，天清雁自横。新來賢太守，官柳戰場生。

其三

三載爲郎久，棲遲共一貧。師恩衰境負，友道客途眞。世德推醇謹，鄉心入隱淪。蕭條何水部，未肯受風塵。

其四

弱息憐還幼，扶持有大家。高門雖宦迹，遠嫁況天涯。小字裁魚素，長亭響鹿車〔二〕。白頭雙淚在，相送日將斜。

【評】

袁錄曰：句句轉。

【校】

〔一〕鄒鈔選第一首。新集選第二、四首。

〔二〕響　新集作「闇」。

猿

得食驚心裏，逢人屢顧中。側身探老樹，長臂引秋風。傲弄忘形便，羈棲抵掌工。忽如思父子，回叫故山空。

【評】

袁錄曰：梅村詠物雖不入杜老冶鑄，而筆輕調俊，雅勝蘇家。

斷曰：此首詠物形容入妙，前四句更爲傳神妙品。

橐駝

獨任三軍苦，安西萬里行。鑄銅疑鶴頸，和角廢驢鳴。山負祁連重，泉知鄯善淸。可憐終後載，汗血擅功名。

【評】

斷曰：雅令之作，首尾相應。

象

神象何年至？傳聞自戰場。齒能齊玉德，性不受金創。白足跏趺坐，黃門拜舞行。越人歸駕馭，未許舁亭狂。

【評】靳曰：工巧之作，首尾亦能相應。

牛

瑩角偏轅快，奔蹄伏軛窮。賣刀耕隴上，執靮犒軍中。游刃庖丁技，扶犁田父功。君王思繭栗，座右置豳風。時頒戒殺牛文。

【評】靳曰：工鍊之作。

蒲萄

百斛明珠富，淸陰翠幕張。曉懸愁欲墜，露摘愛先嘗。色映金盤果，香流玉椀漿。不勞葱嶺使，常得進君王。

【評】靳曰：三、四入妙。

石榴

五月華林宴，榴花入眼來。百株當戶牖〔一〕，萬火照樓臺。絳帳垂羅袖，紅房出粉腮。江南逢巧笑，齵齒向人開。江南石榴多裂，江北獨否〔二〕。

【校】

〔一〕百株　鄒鈔作「百珠」。

〔二〕鄒鈔無篇末小注。四十卷本「江北」作「北方」。

【評】

斮曰：工整之作。

蘋婆

漢苑收名果，如君滿玉盤。幾年沙海使，移入上林看。對酒花仍豔，經霜實未殘。茂陵消渴甚，飽食勝加餐。

【評】

斮曰：三、四、七、八最用意，當于言外得之。

文官果

近世誰來尙，何因擅此名？小心冰骨細，虛體綠袍輕。味以經嘗淡，香從入手清。時珍誇來口，殽核太縱橫。

【評】

靳曰：用側筆起，不肯沾煞句下。

冰

清濁看都淨，長安喚買冰。見來消易待，欲問價偏增。潔自盤中顯，涼因酒後勝。若求調燮理，坐上去青蠅。

【評】

靳曰：用事脫化，不露痕迹，結更入妙。

南苑春蒐應制

詔闕期門旅，鐃歌起上林。風雲開步伍，草木壯登臨。天子三驅禮，將軍百戰心。割鮮親讌罷，告語主恩深。

送田髴淵孝廉南還四首〔二〕

客路論揆分，三年便已深。每尋蕭寺約，共話故園心。遠水明浮棹，疏村響急砧。灞亭橋畔柳，恰爲兩人陰。

其二

窮老無相識，如君得數過。祇貪懷抱盡，其奈別離多。晝靜堪攤卷，江寬足放歌。勝游佳絕處，回首隔關河。

其三

拂袖非長策，蹉跎爲老親。還家仍作客，不仕卻依人。勝識酬知己，奇懷答鬼神。鏡湖千丈月〔三〕，莫染雒陽塵。

其四

浪迹存吾道，風流獨有君。羣公雖走幣，狂客自掄文。樽酒堪呼月，雙峰看出雲。可憐滄海上，宋玉正參軍。

【校】

〔一〕新集選第三首。

〔三〕鏡湖　新集作「鏡明」。

偶見

挾彈打文鵝，翻身馬注坡。輕鞭過易水，大雪滿滹沱。錦帽垂青鼠，銀罌出紫駝。少時從出塞，十五便橫戈。

送詹司理之官濟南　詹楚人，余所得士。

匹馬指營丘，風淸肅爽鳩。齊言盈萬戶，楚客長諸侯。梅發江關信，松高日觀秋。故人慚鮑叔，相送話東游。

【評】

靳曰：三、四最工。

幼女

抱去纔周晬，應難記別時。信來偏早慧，似解識京師。書到遲回問，人前含吐詞。可憐汝母病，臨絕話相思。

【評】

斷曰：親切有味，首尾相應。

送程太史翼蒼謫姑蘇學博

道重何妨謫，官輕卻便歸。程門晴雪迴，吳市暮山微。舊俗弦歌在，前賢文字非。即今崇政殿，寥落侍臣衣。

【評】

斷曰：此詩之妙，在於切題，題內無一字放過也。

送郭宮贊汝菴謫宦山西

薄宦知何恨，秋風刷羽毛。因沾太行雪，憶賜未央袍。問俗壺關老，籌邊馬邑豪。爭傳郭有道，名姓壓詞曹。

【評】

斷曰：此與前首同妙。

送純祜兄之官確山四首〔一〕

五十猶卑宦，棲棲在此行。官從鵝炙貴，客向馬蹄輕。風俗高持論，山川喜罷兵。清時人物重，縣小足知名。

其二

絕有明湖勝，青山屬蔡州。曾爲釣臺客，今作朗陵侯。定訪袁安臥，須從叔度游。政閒人吏散，廳壁掃丹丘。

其三

懸瓠城西路，關山雪夜刀。至今勞戰伐，何日翦蓬蒿？地瘠軍租少，官輕客將豪。相逢蔡父老，閒說漢功曹。

【評】

鄧漢儀曰：典整又流逸，此非祭酒不能。

其四

落日龍陂望，西風動黍禾。歸人淮右近，名士汝南多。河上孤城迥，天中萬馬過。一官凋瘵後，兄弟意如何？

【評】

袁錄曰：禾黍云「黍禾」，似稚而拙。

【校】

〔一〕題「祜」原作「祐」，據卷十贈穆大苑先題下注及四十卷本、鄒鈔改。鄒鈔選第一、三首。詩觀選第三首。

吳梅村全集卷第十三　詩後集五

五言律詩六十一首

過中峰禮蒼公塔四首〔一〕

下馬支公塔，經聲萬壑松。影留吟處石，智出定時鐘。倘記山中約，誰傳海外逢。平生詩力健，翹足在何峰？

其　二

明月心常湛，寒泉性不枯。鳥啼香積散，花落影堂孤。道在寧來去，名高定有無。淒涼看筆塚，遺墨滿江湖。

其　三

慧業誰能繼？宗風絶可哀。昔人存馬癖，近代薄詩才。鹿走譚經苑，鴉飛説法臺。空懸竹如意，落日講堂開〔二〕。

其　四

故國流沙近，黄金窣堵坡。胡僧眉拄地，梵夾口懸河。傳法青蓮湧，還家白馬馱。他年乘願到，應認舊山阿。蒼公滇人。

【校】

〔一〕鄒鈔選第二、三首。

〔二〕講堂　詩鈔作「講當」。

過王庵看梅感興

練川城南三十里爲王庵，學憲王先生著書地也，有梅萬株，不減鄧尉。余以春日過其廢圃，學憲所著數種，其版籍倘存。

地僻幽人賞，名高拙宦居。客來惟老樹，花發爲殘書。斜日空林鳥，微風曲沼魚。平生貪著述，零落意何如？

獨往王庵看梅沈雨公攜尊道値余已遄返賦此爲笑

屢負尋山約，偶然來此間。多君攜酒至，愧我放船還。雙屐成孤往，千林就一閒。誰知種花叟，鎭日不開關。

送致言上人

獨下千峰去，蒼溪出樹腰。雲生穿磴屐，月滿過江瓢。一飯從村寺，前身夢石橋。經行無定著，惆悵故山遙。

【評】

靳曰：起結相應，通首工整。

過韓蘄王墓四首 〔一〕

訪古思天塹，江聲戰鼓中。全家知轉鬬，健婦笑臨戎。汗馬歸諸將，疲驢念兩宮。淒涼岳少保，宿草起秋風。

其二

行在倉黃日，提兵過故鄉。傳聞同父老，流涕說君王。石馬心猶壯，雲臺跡已荒。一坏堪漬酒，殘日下平岡。

其三

詔起祁連塚，豐碑有賜亭。掛弓關塞月，埋劍羽林星。百戰黃龍艦，三江白石銘。趙家金椀出，山鬼哭冬青。

【評】

孫鋐曰：用意精覈，復不掩其聲光。

其四

丘壟今蕪沒，江山竟寂寥。松風吹北固，碑雨洗南朝。細路牛羊上，荒岡草木凋。肯容樵豎擾〔二〕，遺恨在金焦。

【校】

〔一〕鄒鈔選第三、四首。孫選選第一、三首。

〔二〕樵豎　鄒鈔作「狐兔」。

【評】

袁錄曰：四首高雅可法。

宿沈文長山館二首〔一〕

一徑草堂偏，湖光四壁天。焙茶松竈火，浴繭竹籬泉。玉鼠仙人洞，銀鱸釣客船。前村呼種樹，偶語石橋邊。

【評】

靳曰：工雅之作，似少陵過何將軍山林諸首。

其二

遇山思便住，此地信堪留。謀食因溪碓，齋心在石樓。漁舟帆六面，橘井樹千頭。長共鴟夷子，翩然結伴游。

【評】

靳曰：與前首同妙。

【校】

〔一〕題　詩鈔「宿」上有「夜」字。

福源寺　去毛公壇三里爲攢雲嶺，有福源泉，寺以泉名，羅漢松係梁朝舊物。〔一〕

千尺攢雲嶺，金銀佛寺開。鹿仙吹笛過，龍女換珠來〔二〕。泉繞譚經苑，松依説法臺。蕭梁留古樹，風雨不凡材。

【校】

〔一〕鄒鈔無題下小注。

〔二〕換　鄒鈔作「供」。

【評】

靳曰：「鹿走譚經苑，鵶飛説法臺」，是悲涼語，移作「泉繞」、「松依」，便是懷古語，措詞入妙。

包山寺贈古如和尚〔一〕

古木包山寺，蒼然曉氣平。石毛仙蜕冷，近毛公壇〔二〕。雲影佛衣輕。咒鉢蛟人聽，彈棋鶴子驚。相逢茶早熟，匡坐説無生。

【校】

〔一〕題「古如」，詩鈔作「方如」。

〔二〕鄒鈔無此夾注。

過圻村

萬壑響鳴蟬，湖光樹杪懸。雲鬟神女廟，雪乳隱君泉。山籠櫻桃重，溪船菱芡鮮。相攜從此住，松老不知年。

湖中懷友

渺渺晴波晚，青青芳草時。遠帆看似定，獨樹去何遲。花落劉根廟，雲生柳毅祠。香蓴正可擷，欲寄起相思。

【評】

靳曰：三、四工妙，已有懷字在內。

七夕即事四首〔一〕

羽扇西王母，雲軿薛夜來。針神天上落，槎客日邊回。鵲渚星橋迥，羊車水殿開。祇今漢武帝，新起集靈臺〔二〕。

其二

今夜天孫錦，重將聘雒神。黄金裝鈿合，寶馬立文茵。刻石昆明水，停梭結綺春。沉香亭畔語，不數戚夫人。

其三

仙醞陳瓜果，天衣曝綺羅。高臺吹玉笛，複道入銀河。曼倩詼諧笑，延年婉轉歌。江南新樂府，齊唱夜如何。

其四

花萼高樓迥，岐王共輦游。淮南丹未熟，緱嶺樹先秋。詔罷驪山宴，恩深漢渚愁。傷心長枕被，無意候牽牛。

【校】

〔一〕鄒鈔選第一、二首。

〔三〕集靈臺　四十卷本、鄒鈔均作「集雲臺」。

大根菜

幾葉青青古，穿泥弗染痕。誰人愛高潔，留汝歷涼温。輪囷形難老，芳辛味獨存。古來磐石重，不必取深根。

趵突泉二首

似瀑懸何處？飛來絕壑風。伏流根窈渺，跳沫拂虚空。石破奔泉上，雲埋廢井通〔一〕。錯疑人力巧，天地桔槔中。

其　二

不信乘空起，憑闌直濺衣。池平難作勢，石隱定藏機。曲水金人立，凌波玉女歸。神魚鱗甲動，咫尺白雲飛。

【校】

〔一〕廢井　鄒鈔作「沸井」。

贈新泰令楊仲延其地爲羊叔子故里

置邑徂徠下，雙槐夾訟堂。殘民弓作社，遺碣石爲莊。野繭齊紈美，春泉魯酒香。歸來羊太傅，不用泣襄陽。

靈巖觀設戒

湖山留霸跡，花鳥供經臺。不信黄池會，今看白社開。枯潭龍洗出，妙塔雁歸來。此地關興廢，須資法將才。

遙别故友二首〔一〕

絶域重分路，知君萬里餘。馬頭辭主淚，雁足覆巢書。草沒還家夢，霜飛過磧車。齊諧他日事，應記北溟魚。

其　二

雪深難見日，海盡再逢關。野鼠多同穴，神魚斷似山。只應呼草地，都不類人間。勉謝從行者，他年有箇還。

【校】

〔一〕鄒鈔選第一首。

秋夜不寐

秋多入衆音，不寐夜沉沉。浩刼安危計，浮生久暫心。鄰雞殘夢斷，窗雨一燈深。薄冷披衣起，晨烏已滿林。

七夕感事

南飛烏鵲夜，北顧鸛鵝軍。圍壁鉦傳火，巢車劍拄雲。江從嚴鼓斷，風向祭牙分。眼見孫曹事，他年著異聞。

喜願雲師從廬山歸 幷序

願師住雲居十年而歸，出其匡廬詩，道五老、石門、九奇、三疊諸勝，飛泉怪瀑，不可思議，而尤以御碑亭雲海爲第一觀，竟似住鏡光、白銀二種世界，不知滄桑浮塵爲何等事矣。願公贈予五十初度詩，其落句曰：「半百定將前諾踐，敢期對坐聽松聲。」蓋責予前約。會時方喪亂，衰病無家，顧以高堂垂白，不能隨師以去也，乃爲此詩答之。

勝絕觀心處，天風萬壑聲。石門千鏡入，雲海一身輕。出世悲時事，忘情念友生。亂離兄弟恨，辜負十年盟。

贈錢受明

獨喜營時譽，疏通邁等倫。地從諸父重，性似外家貧。裘馬無他好，詩書別有神。古來傳孝謹，非必守前人。

受明得子柬賀

長因故人子，往事憶流連。曾忝充閭會，俄逢拜袞年。諸甥今甫爾，入抱卻依然。吾老猶堪待，公卿只眼前。

宿徐元歎落木庵　元歎棄家住故鄣山中，亂後歸天池丙舍。落木菴，竟陵譚友夏所題也。〔一〕

落木萬山心，蕭條無古今。棄家歸去晚，別業住來深。客過松間飯，僧留石上琴。早成茅屋計，枉向白雲尋。

【校】

〔一〕篋衍、昭代均無題下小注。

送王子惟夏以牽染北行四首

晚歲論時輩，空羣汝擅能。祇疑櫟陽逮，猶是濟南徵。名字供人借，文章召鬼憎。阿戎才地在，到此亦何憑！

其　二

二十輕當世，愁君門戶難。比來狂太減〔一〕，翻致禍無端。落木鄉關遠，疲驢道路寒。敝衣王謝物，請勿笑南冠。

【評】

靳曰：梅村五律，不肯平鋪直敍，每有飛動之勢，如此詩前四句是也。

其三

客睡愁頻起，霜天貫索明。此中多將相，何事一書生？末俗高門賤，淸時頌繫輕。爲文投獄吏，歸去就躬耕。

其四

但可寬幽縶，從敎察孝廉。昔人能薦達，名士出髠鉗。世局胥靡夢，生涯季主占。定聞收杜篤，寧止放江淹。

【校】

〔一〕太　四十卷本作「大」。

虎丘中秋新霽

萬籟廣場合，道人心地平。天留今夜月，雨洗去年兵。歌管星河動，禪燈風露淸。凄涼閭閻墓，斷壑起松聲。

【評】靳曰：三四清穩中有生動之趣。萬籟，松聲，自然應合。

哭亡女三首

喪亂才生汝，全家竄道邊。畏啼思便棄，得免意加憐。兒女關餘刼，干戈逼小年。興亡天下事，追感倍淒然。

【評】靳曰：起句領起通篇，餘亦層次入妙。

其二

一慟憐渠幼，他鄉失母時。止因身未殞，每恨見無期。白骨投懷抱，黄泉訴別離。相依三尺土，腸斷孝娥碑。

【評】靳曰：此首從失母說，眞摯可味。

其三

扶病常聞亂，漂零實可憂。危時難共濟，短算亦良謀。訣絕頻攜手，傷心但舉頭。昨宵還勸我，不必淚長流。

【評】
袁錄曰：居然血淚盈楮。
嶄曰：此首用透過一層法，意眞則語奇也。

中秋看月有感

今年京口月，猶得杖藜看。暫息干戈易，重經少壯難。江聲連戍鼓，人影出漁竿。晚悟盈虧理，愁君白玉盤。

支硎山齋聽雨明早晴更宿法螺精舍（二）

秋山所宿處，指點白雲生。故作中宵雨，倍添今日晴。一峰當止觀，萬象逼孤清。更上上方去，松風吹玉笙。

【校】

〔一〕題　四十卷本「明」下有「日」字。

【評】

靳榮藩《吳詩集覽》曰：筆閒而活。

憩趙凡夫所鑿石

石骨何年斲，蒼然萬態收。直從文字變，豈止斧斤搜。亂瀑垂痕古，枯松結體遒。即今苔蘚剝，一一類銀鉤。

趙凡夫山居爲祠堂今改爲報恩寺

高人心力盡，石在道長存。古佛同居住，名山即子孫。飛泉穿樹腹，奇字入雲根。夜半藤蘿月，鐘聲冷墓門。

【評】

靳榮藩《吳詩集覽》曰：後半首形容入妙，曲盡題意。

靈巖繼起和尚應曹村金相國請住虎丘祖席

應物心無繫〔一〕，觀空老辯才〔二〕。道隨諸佛住，山是相公開。日出嚴齋鼓，天淸護講臺。居然歌舞地，人爲放參來。

【校】

〔一〕應物　原作「應佛」，據四十卷本改。

〔二〕辯才　原作「辨才」，據四十卷本改。

王增城子彥罷官哭子留滯不歸近傳口信不得一字詩以歎之二首

老衜妻孥意，辭家苦萬端。歸心惟少子，失計在微官。客夢烏衣巷，鄉愁白石灘。可憐消息到，猶作兩人看。

其二

庾嶺應逢雁，章江莫寄魚。遙知雙淚盡，不遺一行書。家在無歸趣，途窮失所如。故鄉宜早去，臨發乃長吁。

寄懷陳直方四首

漢法三冬繫，秦關萬里流。可憐諸子壯，不料闔門收。要路寃誰救，寬恩病獨留。羈棲騎瘦馬，風雪阻他州。

其二

百口風波大，三生夢寐眞。膏粱虛早歲，辛苦得前身。索米芒鞋雪，傭書布帽塵。不知公府掾，可識路傍人？

其三

萬事偶相値，愁中且遣家。江山俄轉戰，妻子又天涯。客酒消殘漏，軍書過落花。出門翻自笑，安穩只龍沙。

其四

時世高門懼，似君誠又稀。何辜憂并坐，卽免忍先歸？苦語思持滿，勞生羨息機。向來兄弟輩，裘馬自輕肥。

【評】

袁錄曰：苦語危機，衝口信心，一時眼底都盡。

斷曰：此首纏綿悱惻，衷腸百轉，惟其情眞，是以語妙。

詠　月

長夜清輝發，愁來分外明。徘徊新戰骨，經過舊臺城。秋色知何處，江心似不平。可堪吹急管，重起故鄉情。

訪商倩郊居有贈

花影瘦籬根，江平客在門。時吟寒入市〔一〕，晚食雨歸村。管記看山爽，傭書宿火痕。西京游俠傳，乃父姓名存。

【校】

〔一〕時吟　四十卷本作「曉吟」。

假寐得月

滅燭貪涼夜，窗陰夢不成。雲從閉目過，月向舉頭生。樹黑添深影，溪長耐獨行。故人多萬里，相望祇盈盈。

三峰秋曉

曉色近諸天，霜空萬象懸。雞鳴松頂日，僧語石房煙。淸磬秀羣木，幽花香一泉。欲參黃蘗義，便向此中傳。

【評】

靳曰：寫得「曉」字出，如驪龍弄珠。

偕顧伊人晚從維摩踰嶺宿破山寺〔一〕

樹老不言處，秋深無事中。雲根僧過白，霜信客來紅。樵語歸林火〔二〕，茶煙小院風。杳然松下路，人影石橋東。

【校】

〔一〕題　詩鈔、昭代均無「偕顧伊人」四字。

〔二〕歸林　四十卷本、詩鈔均作「隔林」。

維摩楓林絕勝則公獨閉關結足出新詩見示

遇賞只枯坐，秋林自著霜。道心黃葉澹，勝事白雲忘。磵水通茶竈，山花對石牀。靜中幽思足，爲我出詩囊。

夜發破山寺別鶴如上人

得來松下宿，初月澹相親。山近住難定，僧高別更眞。暗泉隨去馬，急葉卷歸人〔一〕。過盡碧雲處，我心慚隱淪。

【校】

〔一〕急葉　原作「急月」，據四十卷本、詩鈔改。

苦雨

響苦滴殘更，愁中耳倍明。生涯貪舊業，天意誤躬耕。乞火泥連屋，輸租潦滿城。誰家歌舞宴，徹曉不聞聲。

吳梅村全集卷第十四　詩後集六

五言律詩六十六首

葺城客樓大風曉寒吟眺以示友聖九日玉符諸子

偶作扁舟興，偏逢旅夜窮。鴉啼殘夢樹，客話曉樓風。月落三江外，城荒萬馬中。空持一尊酒，歌哭與誰同？

遇宋子建話故友有感

對酒徐君劍，披襟宋玉秋。蕭條當晚歲，生死隔炎洲。萬里書難到，三山夢可求。子建學仙〔一〕。傷心南去雁，老淚只交流。

【校】

〔一〕詩鈔此注作「時子建學仙」。

樓聞晚角

霜角麗譙聞，天邊横海軍。旗翻當落木，馬動切寒雲。風急城烏亂，江昏野燒分。何年鼙鼓息〔一〕，倚枕向斜曛。

【校】

〔一〕息 原作「急」，據四十卷本、詩鈔改。

送錢子璧赴大名

一騎衝寒雪，孤城叫晚鴉。參軍雄鎭地，上客相公家。酒盡河聲合，燈殘劍影斜。信陵方下士，旅思莫興嗟。

【評】

袁錄曰：似岑參。

過諸乾一細林山館

興極期偏誤，名山識旅愁。橋痕穿谷口，亭影壓溪頭。霞爛丹山鼎，松鳴白石樓。居然華燭夜，先爲一峰留。

神山夜宿贈諸乾一

高士能調鶴，仙人得臥龍。穿雲三徑杖，聽月五聲鐘。管樂名堪亞，彭佺道自濃。獨來天際住，嘯詠赤城松。

過徐文在西佘山莊

已棄藍田第，還來灞水濱。烟開孤樹迥，霜淨一峰眞。路曲山迎杖，廊空月就人。始知蕭相計，留此待沉淪。

細林夜集送別倩扶女郎

遠翠入嚬眉，輕寒袖半垂。花生神女廟，月落影娥池。深竹微風度，晴沙細履移。回看下山路，紅燭爲誰遲？

天馬山過鐵崖墓有感

天馬龍爲友，雲山鳥自飛。定愁黄紙召，獨羨白衣歸。長卷心同苦，狂歌調已非。悲來吹鐵笛〔一〕，莫笑和人稀。

【校】

〔一〕吹　詩鈔作「呼」。

【評】

斷曰：梅村不能爲鐵崖，故所感獨深。

陳徵君西佘山祠

通隱居成市，風流白石仙。地高卿相上，身遠亂離前。客記茶龕夜〔一〕，僧追筆冢年。故人重下拜，酹酒向江天。

【校】

〔一〕夜　詩鈔作「後」。

【評】

斷曰：此詩佳處在第四句，非他手可及也，餘亦工穩。

橫雲

青嶂千金鑿，丹樓百尺高。空山開化迹，異代接賢豪。李氏園亭廢後，近爲諸乾一改築。身世供危眺，妻孥付濁醪。雙眸雲背豁，飛鳥敢吾逃？

送聖符弟之任蘄水丞四首

隨牒爲人佐，全家漢水東。放衙廳壁冷，趨府戟門雄。屈宋風塵下，江山醒醉中。丈夫從薄祿，莫作故園窮。

其二

四十未專城，除書負姓名。才高方薦達，地僻鮮逢迎。夏簟琴牀淨，春泉茗椀清。公餘臨墨沼，洗筆畫圖成。蘄有陸羽泉、右軍洗筆池。聖符善畫。

其三

西上今吾弟，分攜北固樓。最高搔白首，何處望黃州？故舊忻無恙，煙波感昔游。蘄春有香草，相寄慰離愁。兼柬畢協公侍御。

其四

訪俗會經亂，車過大澤鄉。殘民談勝廣，舊國記江黄。廿載流移復，三湘轉運長。正逢休息後，温詔重循良。

暑夜舟過溪橋示顧伊人

深岸聽微風，江清不寐中。舟行人影動，橋語月明空。寺樹侵門黑，漁燈颭水紅。誰家更吹笛？歸思瀫湖東。

【評】斷曰：三、四工絶，餘亦雅令。

佘山遇姚翁出所畫花鳥見贈

七十忘機叟，空山羡獨行。只今來白石，當日住青城。一斗開顔笑，千花洗筆成。那知牙齒落，忽發浩歌聲。

【評】

斷曰：曲盡題面，贈畫只用輕點。

贈青溪蔡羽明

家傍山城住，前賢定可追。一經傳漢相，八法繼秦碑。仙是麻姑降，才非唐舉知。逃名因賣藥，不愧鹿門期。

【評】

斷曰：此首點染入妙。

橘

莫設西山戍，蕭條是橘官。時洞庭初增兵將。果從今歲少，樹爲去年寒。昨冬大寒，橘大半枯死。一絹輸將苦，千頭翦伐難〔一〕。茂陵消渴甚，只向上林看。

【校】

〔一〕難　四十卷本作「殘」。

【評】

靳曰：通首言橘之少，是取別徑法。

蛤蜊

彊飯無良法，全憑適口湯。食經高此族，酒客得誰方？水斷車螯味，廚空牡蠣房。江南沈昭略，苦嗜不能嘗。

【評】

靳曰：工穩之作，結有別趣。

膾殘

棄擲誠何細，夫差信老饕。微芒經七箸〔一〕，變化入波濤。風俗銀盤薦，江湖玉饌高。六千殘卒在，脫網總秋毫。

【校】

〔一〕微芒　四十卷本、箋衍均作「微茫」。

【評】

袁錄曰：筆潤語細近拙。

斷曰：通首善於點染，三、四工妙。

石首

採鮮諸俠少，打鼓伐藏冰。五月三江去，千金一網能。尾黃荷葉蓋，腮赤柳條勝。笑殺兒童語，烹來可飯僧。

【評】

斷曰：善于體物，結有別趣。

燕窩

海燕無家苦，爭啣白小魚。卻供人採食，未卜汝安居。味入金齏美，巢營玉壘虛。大官求遠物，早獻上林書。

海參

預使燖湯洗，遲纔入鼎鐺。禁猶寬北海，饌可佐南烹。產東萊海中〔一〕，故無禁。莫辨蟲魚族，休疑草木名。但將滋味補，勿藥養餘生。

【校】

〔一〕東萊　四十卷本作「登萊」。

比目

比目誠何恨，滄波作伴游。幸逃網罟厄，可免別離愁。小市時珍改，殘書土物收。若逢封禪詔，定向海邊求。得東海比目魚可封禪〔一〕，見管子。

【校】

〔一〕得東海比目魚可封禪　四十卷本「魚」下有「始」字。

鮝

舊俗漁鹽賤，貧家入饌輕。自慚非肉食〔一〕，每飯望休兵。餘骨饘何附，長餐臭有情。腐儒嗟口腹，屬饜負昇平。

【校】

〔一〕肉食　四十卷本作「食肉」。

【評】

斷曰：起句最工，餘亦勻稱。

過吳江有感

落日松陵道，堤長欲抱城。塔盤湖勢動，橋引月痕生。市靜人逃賦，江寬客避兵。廿年交舊散，把酒歎浮名。

莫釐峰〔一〕

始信一生誤，未來天際看。亂峰經數轉，遠水忽千盤。獨立久方定，孤懷驟已寬〔二〕。亦知歸徑晚，老續此游難。

【校】

〔一〕題　詩鈔作「丁未三月廿三日同穆苑先孫浣心許起文葉予聞陳君祚游莫釐峰」。

〔二〕孤懷句　詩鈔作「回頭錯又觀」。

送沈友聖漢川哭友詩四首〔一〕幷序

漢川顧西巘侍御與雲間沈山人友聖爲布衣交，使吳，深自折節，友聖長揖就坐，箕踞狂嘯，無所不敢當。所居田坳蓬蔚，衡門兩版。侍御出郊枉訪，停車話舊，一郡皆驚。西巘亡，友聖徒步三千里哭之，糧盡道寒，直前不顧。予與友聖交厚，侍御亦以友聖之故厚予，嘗三人虎丘夜飲，其鄭重之意，形諸圖畫，見於歌詩。漢川之行，惜予不能從也，爰作詩寓其悲焉。

士有一知己，無須更不平。世翻嫌鮑叔，人竊罵侯生。置飲忘形踞，停驂廢禮迎。柴門車轍在，感舊淚縱横。

其二

得信俄狂走，千山一哭中。棄家芒屩雪，爲位草亭風。兩水江聲合，三生友道空。祇留黃鶴夢，相見話詩翁。

其三

貧賤誰曾託？相逢許此身。論文青眼客，漬酒白衣人。丘壠松楸冷，江山薤露新。一杯傾漢水，不肯負春申。

其四

徒步愁糧盡，傷心是各天。雲埋大別樹，雪暗小孤船。死友今朝見，狂名到處傳。范張千里約，重補入晴川。

【校】

〔一〕題　孫選作「送沈友聖漢川哭顧西巘侍御」，選第四首。

【評】

孫鋐曰：奇事奥筆，可以並傳。

袁錄曰：題佳，詩與序亦相稱。

秦留仙寄暢園三詠　同姜西溟、嚴蓀友、顧伊人作

山池塔影

黛色常疑雨，溪堂正早秋。亂山來衆響，倒影漾中流。似有一帆至，何因半塔留。眼前通妙理，斜日在峰頭。

惠井支泉

石斷源何處，涓涓樹底生。遇風流乍急，入夜響尤淸。枕可穿雲聽，茶頻帶月烹。只因愁水遞，到此暫逃名。

宛轉橋

斜月掛銀河，虹橋樂事多。花欹當曲檻，石礙折層波。客子沉吟去，佳人窈窕過。玉簫知此意，宛轉采蓮歌。

慧山酒樓遇蔣翁

桑苧誰來繼，名泉屬賣漿。價應誇下若，味豈過程鄉。故老空山裏，高樓大道旁。我同何水部，漫說撥醅香。

家園次罷官吳興有感四首

世路嗟誰穩，棲遲可奈何！官隨殘夢短，客比亂山多。閉閣凝香坐，行廚載酒過。卻聽漁唱響，落日有風波。

其二

勝事難忘處，陰晴檻外峰。高臺爭出水〔一〕，曲塢自栽松。失志花還放，離程鶴未從。白雲長澹澹，猶作到時容。

其三

枉殉千金諾，空酬一飯恩。只今求國士，誰與報王孫？強悶裁詩卷，長歌向酒尊。古人高急難，歎息在夷門。

其四

劇郡非吾好，蕭條去國身。幾年稱傲吏，此日作詩人。京洛虛名誤，江湖懶病眞。一官知已愧，所得是長貧。

【校】

〔一〕出水　四十卷本作「見水」。

許九日顧伊人和元人齋中雜詠詩成持示戲效其體

焦桐

流落中郎怨，薰風意乍開。響因知己出，歌爲逐臣哀。一曲尊前奏，千金爨下材。漢家忘曆火，絕調過江來。

蠹簡

飽食終何用，難全不朽名。秦灰招鼠盜，魯壁竄魬生。刀筆偏無害，神仙豈易成？卻留殘闕處，付與豎儒爭。

【評】靳曰：此詩妙處，當於離即間得之；沾煞句下，便負作者苦心矣。

殘畫

原自無多筆，年深色更凋〔一〕。茶煙衝雨過，竹粉遇風飄。童懶犀從墮，兒頑墨誤描。六朝金粉地，落木更蕭蕭。

【評】

靳曰：尤展成謂梅村畫亦成家，惜未及見。然「原自無多筆」，已曲盡畫家神理；而「茶烟」、「竹粉」，亦復點染生動。右軍以字掩詩，梅村亦以詩掩畫矣。

舊劍

此豈封侯日，摩挲憶往年。恩仇當酒後，關塞即燈前。解去將誰贈，輸來弗值錢。不逢張壯武，辜負寶刀篇。

【評】

靳曰：起句寫舊字入神，餘亦情詞並美。

破硯

一擲南唐恨，拋殘剩石頭。江山形半截，寶玉氣全收。洗墨池成玦，窺書月仰鉤。記曾疏闕失，望斷紫雲愁。

【評】

靳曰：文心如月印萬川，處處映徹，此梅村詩品之最高者。

廢檠

憶曾同不寐，棄置亦何心。喜伴疏窗冷，愁添老屋深。書將隣火映，夢共佛燈沉。莫嘆蘭膏燼，應無黠鼠侵。

【評】

靳曰：起筆有神。

塵鏡

舉目風塵暗，全遮皓魄輝。休嗟青鏡改，憐我白頭非。秦女妝猶在，陳宮淚乍揮〔二〕。不知徐孺子，負局幾時歸？

【評】

靳曰：句句切定塵字，與泛塡鏡事者迥別。

斷碑

妙蹟多完闕，天然反失眞。銷亡關世代，洗刷見精神。揚處懸崖險，裝來斷墨新。正從毫髮辨，半字亦先秦。

【評】

靳曰：起筆工妙，通首皆稱。

【校】

〔一〕更凋　四十卷本作「便凋」。

〔二〕乍揮　四十卷本作「怎揮」。

【評】

袁錄曰：梅村和元人雜詠及七律題畫、八風、繭虎、茄牛諸作，大開惡道，可以不作，作可不存。

靳曰：（楊載）諸詩體物雖工，然未免意盡言中；而梅村八首，音餘絃外，寄興獨遠，雖戲效其體，實突過元人也。

過東山朱氏畫樓有感 并序

東洞庭以山後爲尤勝，有碧山里，朱君築樓教其家姬歌舞。君每歸自湖中，不半里，令從者據船屋作鐵笛數弄，家人聞之皆出。樓西有赤欄干累丈餘，諸姬十二人，豔妝凝睇，指點歸舟於煙波杳靄間。既至，即洞簫錮鼓，譜笑並作，見者初不類人世也。君以布衣畜妓，晚而有指索其所愛者，以是不樂，遣去，無何竟卒。余偶以春日過其里，雖簾幙凝塵〔一〕，而湖山晴美，樓頭有紅杏一株，傍簷欲笑。客爲余言，君生平愛花，病困，猶扶而灑酒，再拜致別。諸伎中有紫雲者，爲感其意，至今守志不嫁。嗟乎！由此足以得君之爲人矣，爲題五言詩於壁上。

盡說凝眸望，東風徙倚身。如何踏歌處，不見看花人？舊曲抛紅豆，新愁長白蘋。傷心闕盼盼，又是一年春。

【校】

〔一〕凝塵　四十卷本作「凝一」。

葉君允文偕兩叔及余兄弟游寒山深處

投足疑無地，逢泉細聽來。松顚湖影動，峰背夕陽開。客過攜山榼，僧歸掃石臺。狂呼聲撼木，麋鹿莫驚猜。

【評】

斷曰：通首爲「深處」二字寫生，三、四最爲刻露。

查灣西望

屢折纔成望，山窗插石根。溼雲低染徑，老樹半侵門。漁直看疑岸，沙橫欲抱村。湖光猶在眼，燈火動黃昏。

【評】

斷曰：寫景如畫，處處有「望」字在內。

拜王文恪公墓

舊德豐碑冷，湖天敞寂寥。勳名高故相，經術重前朝。致主惟堯舜，憂時在豎刁。百年人世改，野唱起漁樵。

胥王廟

伍相丹青像，鬚眉見老臣。三江籌楚越，一劍答君親。雲壑埋忠憤，風濤訴苦辛。生平家國恨〔一〕，偏遇故鄉人。

【校】

〔一〕生平　四十卷本作「平生」。

查灣過友人飯

碧螺峰下去，宛轉得山家。橘市人沽釀，桑村客焙茶。溪橋逢樹轉，石路逐灘斜。莫負籃輿興，夭桃已著花。

寒山晚眺

驟入初疑誤，沿源興不窮。穿林人漸小，攬葛道微通。湖出千松杪，鐘生萬壑中。晚來山月吐，遙指斷巖東。

【評】

斷曰：狀難寫之景，如在目前，「晚」字在卽離之間。

翠峰寺遇友

臥疾峰腰寺，攲危脚步勞。松聲侵殿冷，花勢擁樓高。薄俗詩書賤，空山將吏豪。時有戍將居寺中。不堪從置酒，白髮自蕭騷。

登寒山高處策杖行崖谷中

側視峰形轉，空蒼萬象陰。斷巖湖數尺，絕澗樹千尋。日透玲瓏影，煙生窈靄心。忽逢天際廣，始覺所來深。

沙嶺

亂峰當面立，反憩得平丘。坐臥此云適，歌呼不自由。支頤蒼鹿過，坦腹白雲留。笑指鳥飛處，有人來上頭。

飯石峰

半空鳴杵臼，狼藉甑山傍。莫救黔黎餓，誰開白帝倉。養芝之香作粒，煑石露爲漿。飯顆相逢瘦，詩翁詎飽嘗？

【評】

斷曰：就「飯」字生情，然不脫「石」字、「峯」字，故佳。

柳毅井　其地卽橘社

仙井鹿盧音，原泉瀉橘林。寒添玉女恨，淸見柳郎心。短綆書難到，雙魚信豈沉。波瀾長不起，千尺爲情深。

【評】

斷曰：亦是將題內三字合說，與前首同工。

雞山　夫差養鬬雞處

飲啄丹山小，長鳴澤畔雲。錦冠虛恃氣，金距耿超羣。斂翅雌猶守，專場勝未分。西施眠正熟，啼報越來軍。

【評】

斷曰：結句入妙，以不脫「雞」字也。

廄里　在武山，吳王養馬處

夫差芻秣地，遺跡五湖傳。柳葉青絲鞚，桃花赤汗韉。武山桃花爲東洞庭一勝。降王羞執轡，豔妾笑垂鞭。老驥哀鳴甚，西風死骨捐。

仙掌樓留別衆友

杯酒鏡湖平，持來送客行。可憐高會處，偏起故園情。煙鳥窗中滅，風帆樹杪生。遙看沙渡口，明日是離程。

登東山雨花臺

白雲去何處，我步入雲根。一水圍山閣，千花夾寺門。日翻深谷影，煙抹遠天痕。變滅分晴晦，悠然道已存〔一〕。

【校】

〔一〕存　原作「深」，失韻，據四十卷本改。

留洞庭二十日歸自水東小港

漸覺雲天改〔一〕，扁舟曲曲行。野橋誰繫姓，村樹亦知名。晚市魚蝦賤，煙汀菰米生。

偶逢空闊處，重起舊灘聲。

【校】

〔一〕雲天　四十卷本作「湖天」。

武山　本名虎山，夫差於其地養虎，李唐諱虎爲武，至今仍之。

霸略誇擒縱，君王置虎牢。至今從震澤，疑是射成皋。土俗無機穽，山風少怒號。千秋遺患處，誰始𦾟蓬蒿？

【評】

靳曰：點染處與雞山一首相似。

題郁靜巖齋前壘石

就石補奇雲，潭幽亂石文。貞堅應有性，高下亦惟君。鳥雀因人亂，松杉我獨聞。苔階含古色，落落自同羣。

【評】

靳曰：三、四自作寫照，通首俱能相稱。

吳梅村全集卷第十五　詩後集七

七言律詩六十四首

江樓別幼弟孚令

野色滄江思不窮，登臨傑閣倚虛空。雲山兩岸傷心裏，雨雪孤城淚眼中。病後生涯同落木，亂來身計逐飄蓬。天涯兄弟分攜苦，明日扁舟聽曉風。

揚州四首（一）

疊鼓鳴笳發棹謳，榜人高唱廣陵秋。官河楊柳誰新種，御苑鶯花豈舊游。十載西風空白骨，廿橋明月自朱樓。南朝枉作迎鑾鎮，難博雷塘土一丘。

其　二

野哭江村百感生，鬬雞臺憶漢家營〔三〕。將軍甲第櫜弓臥，丞相中原拜表行。白面談邊多入幕〔三〕，赤眉求印却翻城。當時只有黃公覆，西上偏隨阮步兵。

【評】

鄧漢儀曰：甚惜之也。

靳引陸雲士曰：南都情事，該括無遺，筆有抑揚，意仍含蓄。

其　三

盡領通侯位上卿，三分淮蔡各專征。東來處仲無它志，北去深源有盛名。江左衣冠先解體〔四〕，京西豪傑竟投兵。只今八月觀濤處〔五〕，浪打新塘戰鼓聲。

【評】

鄧漢儀曰：詩兼論斷。

「有盛名」下黃傳祖評曰：一表之，一惜之，分寸不苟。

其　四

撥盡琵琶馬上絃，玉鈎斜畔泣嬋娟。紫駝人去瓊花院，青塚魂歸錦纜船。荳蔻梢頭春十二，茱萸灣口路三千。隋堤璧月珠簾夢，小杜曾游記昔年。

【校】

〔一〕鄧鈔選第一、四首，百家選第二、三、四首，詩觀選第二、三首，新集選第三首。

〔二〕漢家　詩觀作「舊家」。

〔三〕多　詩觀、百家均作「都」。

〔四〕江左　百家作「江表」。

〔五〕觀濤　百家作「觀潮」。

【評】

晰曰：四首首尾合之分之俱成章法，是梅村得意之筆。

過維揚弔衛少司馬紫岫〔一〕

衛韓城人，與余同年同官，後以少司馬死揚州難。

畫省連牀正論文〔二〕，天涯書劍忽離羣。非關衛瓘需開府，欲下高昂在護軍。高傑秦人，朝議以紫岫同鄉，拜兵部侍郎，典其軍事。葬骨九原江上月，思家百口隴頭雲。故人搖落邗溝暮，爲酹椒漿一慟君。

【校】

〔一〕題　鄒鈔「衞少司馬」上有「同年」字，無題下小注。

〔三〕正　原作「止」，據鄒鈔改。

過淮陰有感二首

落木淮南雁影高，孤城殘日亂蓬蒿。天邊故舊愁聞笛，市上兒童笑帶刀。世事眞成反招隱，吾徒何處續離騷。昔人一飯猶思報，廿載恩深感二毛。

其二

登高悵望八公山，琪樹丹崖未可攀。莫想陰符遇黃石，好將鴻寶駐朱顏。浮生所欠止一死，塵世無繇識九還〔一〕。我本淮王舊雞犬，不隨仙去落人間。

【校】

〔一〕無繇識九還　百家作「何由得大還」。

【評】

袁錄曰：公紀行諸作，時露流離牽挽之故，當非浪作。程曰：書曰「詩言志」，故聽其言可以睹其情焉。君子讀此二詩者，宜乎涕淚盈襟，哀思鬱亂矣。乃同時有久膺寵遇，夙負大名，而事往時移，披其著述，曾無一語及此者，獨何心哉！

贈淮撫沈公清遠

秋風杖節賜金貂，高會嚴更響麗譙。去國丁年遼海月，還家甲第浙江潮。書生禮樂修玄雁，諸將弓刀製皂鵰。最是東南資轉餉，功成蕭相未央朝。

淮上贈嵇叔子

湖海相逢一俊英，風流中散舊家聲。琴因調古須防怨，詩爲才多莫近名。濁酒如淮歌慷慨，蒼髯似戟論縱横。慚余亦與山公札，抱病推遷累養生。

過宿遷極樂庵明日晤陸紫霞年兄話舊有感

同時知己曲江游，縱酒高歌玉腕騮。黄葉渾隨諸子散，白頭猶幸故人留。雲堂下榻逢僧飯，雪夜聽鐘待客舟。如此衝寒緣底事，相逢無計訴離愁。

白鹿湖陸墩詩　在宿遷縣東，爲紫霞年兄避兵處。

招提東望柳堤深，雁浦魚莊買棹尋。墩似謝公堪賭墅，湖如賀監早抽簪。雲遮老屋容君臥，月落空潭照此心。百頃荷花千尺水，夜涼兄弟好披襟。

自信

自信平生懶是眞，底須辛苦踏春塵〔一〕？每逢墟落愁戎馬，卻聽風濤話鬼神。濁酒一杯今夜醉，好花明日故園春。長安冠蓋知多少，頭白江湖放散人。

【校】

〔一〕春塵　詩鈔、百家、昭代均作「征塵」。

新河夜泊

百尺荒岡十里津〔一〕，夜寒微雨溼荆榛。非關城郭炊煙少，自是河山戰鼓頻〔二〕。倦客似歸因望樹〔三〕，遠天如夢不逢人。扁舟蕭瑟知無計，獨倚篷窗暗愴神。

【校】

〔一〕荒岡　詩鈔作「荒園」。
〔二〕河山　百家作「湖山」。
〔三〕似歸　詩鈔作「自歸」。

將至京師寄當事諸老四首〔一〕

柴門秋色草蕭蕭，幕府驚傳折簡招。敢向煙霞堅笑傲，却貪耕鑿久逍遙。楊彪病後稱遺老，周黨歸來話聖朝。自是璽書修盛舉，此身只合伴漁樵。

【評】孫鋐曰：婉而不迫，大雅典型。

其二

莫嗟野老倦沉淪，領略青山未是貧。一自弓旌來退谷，苦將行李累衰親。田因買馬頻書券，屋爲牽船少結鄰〔二〕。今日巢由車下拜，凄涼詩卷乞閒身。

【評】黄傳祖曰：高秀之極，又不寒瘦。

其　三

匹馬天街對落暉，蕭條白髮悵誰依？北門待詔賓朋盛，東觀趨朝故舊稀。雪滿關河書未到，月斜宮闕雁還飛。赤松本是留侯志，早放商山四老歸。

其　四

平生蹤跡儘繇天〔三〕，世事浮名總棄捐。不召豈能逃聖代，無官敢卽傲高眠？匹夫志在何難奪，君相恩深自見憐。記送鐵崖詩句好，白衣宣至白衣還。

【評】

鄧漢儀曰：此笑啼不敢之時也，詩却字字斟酌。

孫鋐曰：謝簪組於聖朝，詩人本意；而君恩友誼，曲曲寫出，較之却聘書更覺妥宛。

黃傳祖曰：丰韻翛翛，神仙中人。

袁錄曰：解嘲耶？

【校】

〔一〕鄧鈔選第一、二首，孫選選第一、四首，詩觀選第四首，百家選第二首，廣集選第一、二、四首。

〔二〕爲　鄒鈔、百家均作「待」。　「少」，鄒鈔、百家、廣集均作「未」。
〔三〕儘　詩鈔作「總」。

【評】

查爲仁曰：梅村將至京師，有寄當事諸老詩，反復吟詠，不勝悽楚。嘗記雪菴和尚一絕云：「看了青燈夢不成，東風滾雪落寒聲。半生客裏無窮恨，告訴梅花說到明。」可以贈之。（蓮坡詩話）

讀楊文驄舊題走馬詩于郵壁漫次其韻二首〔一〕

數卷殘編兩石弓，書生搖筆壯懷空。南朝子弟誇諸將，北固軍營畏阿童。江上化龍圖割據，國中指鹿詫成功。可憐曹霸丹青手，銜策無人付朔風。

其二

君是黃驄最少年，驊騮凋喪使人憐。當時只望勳名貴，後日誰知書畫傳。十載鹽車悲道路，一朝天馬蹴風煙。軍書已報韓擒虎，夜半新林早著鞭。

【校】

〔一〕題　「楊文驄」，四十卷本作「友人」。

過鄭州

馬滑霜蹄路又長，鴉鳴殘雪古城荒。河冰雨入車難過，野岸沙崩樹半僵。邢邵文章埋斷碣，公孫樓櫓付斜陽。只留村酒雞豚社，香火年年賽藥王。

【評】

靳曰：三、四能狀難言之景，餘亦工整。

恭紀聖駕幸南海子遇雪大獵〔一〕

君王羽獵近長安，龍雀刀環七寶鞍〔二〕。立馬山川千騎擁〔三〕，賜錢父老萬人看。賑饑〔四〕。霜林白鹿開金彈，春酒黃羊進玉盤。不向回中逢大雪，無因知道外邊寒。

【校】

〔一〕題　鄒鈔、百家均無「恭紀」字。

〔二〕刀環　四十卷本、鄒鈔均作「刀鐶」。

〔三〕山川　百家作「川原」。

〔四〕百家無此夾注。

【評】沈德潛曰：頌揚中不失箴規，此惟唐人有之。（清詩別裁）
靳引陸雲士曰：旨原夏諺，調合唐音，有諷有規，最爲得體。

聞撤織造志喜

春日柔桑士女歌，東南杼軸待如何？千金織綺花成市，萬歲迴文月滿梭。恩詔只今憐赤子，貢船從此罷黃河。尚方玉帛年來盛，早見西川濯錦多。

上駐蹕南苑閱武行蒐禮召廷臣恭視賜宴行宮賦五七言律詩五七言絕句每體一首應制〔一〕

露臺吹角九天聞，射獵黃山散馬羣。練甲曉懸千鏡日，翠旗晴轉一鞭雲。奇鷹出架雕弓勁，新兔登盤玉饌分。最是小臣慚獻賦，屬車叨奉羽林軍。

【校】

〔一〕題　原無「五七言律詩」五字，據四十卷本補。

【評】

靳曰：仿初唐應制諸作，三、四工鍊。

送無錫堵伊令之官歷城

攬轡朱輪起壯圖，遺民喜得管夷吾。城荒戶少三男子，名重人看五大夫。畫就煙雲連泰岱，詩成書札滿江湖。茶經水傳平生事，第二泉如趵突無？

【評】

靳曰：三、四工妙，以從歷城生情也；結有別趣，以其兼點無錫也。

元夕〔一〕

諸王花萼奉宸游，清路千門照夜騮〔二〕。長信玉杯簪戴勝，昭陽銀燭擘箜篌。傳柑曲裏啼鶯到，爆竹光中戰馬收。却憶征南人望月，金閨燈火別離愁。

【校】

〔一〕題　鄒鈔作「元旦」。

〔二〕清路　鄒鈔作「淸露」。

讀鄗城魏石生懷古詩〔一〕

長安雪後客心孤，晝省論文折簡呼。家近叢臺推意氣，山開全趙見平蕪。憂時危論書千卷，懷古高歌酒百壺。自是漢廷員諫議，蕭王陌上賦東都。

【校】

〔一〕題　四十卷本無「鄗城」字。

送永城吳令之任

春風驛樹早聞鶯，馬過梁園候吏迎。山縣尹來三月雨，人家兵後十年耕。鴉啼粉堞河依岸，草沒旗亭路入城。會見官軍收賊壘，時清今已重儒生。

【評】

蘄曰：三、四名雋，餘亦雅令。

送安慶朱司李之任

到官春水畫橈輕，天柱峰高郎郡城。百里殘黎半商賈，十年同榜盡公卿。雞豚塢壁山中税，鼓角帆檣江上兵。亂後莫言無吏治，此方朱邑最知名。

【評】

靳曰：結句最佳。

送胡彥遠南還河渚〔一〕

西馬春風返故林，松杉書屋晝陰陰。猿愁客倦晨投果，鶴喜人歸夜聽琴。我有田廬難共隱，君今朋友獨何心？還家早便更名姓，只恐青山尚未深。

【校】

〔一〕題　四十卷本無「胡」字。

江上

鐵馬新林戰鼓休，十年軍府笑諳謀〔一〕。但虞莊蹻爭南郡，不信孫恩到蔡洲〔二〕。江過濡須誰築壘？潮通滬瀆在今上海〔三〕。總安流。蘆花一夜西風起，兩點金焦萬里愁。

【校】

〔一〕笑　鄒鈔、廣集均作「嘯」。

〔二〕蔡洲　原作「蔡州」，據廣集改。

〔三〕鄒鈔無此夾注。

送顧蒨來典試東粤

客路梅花嶺外飄，江山才調屬車招。石成文字兵須定，珠出風雷瘴自消。使者千旌開五管，諸生禮樂化三苗。憑君寄語征南將，誰勒炎天銅柱標？

【評】

斷曰：句句切典試東粤，結更所見者大，所謂高處立闊處行也。

送李書雲蔡閬培典試西川

柳陌征衫錦帶鈎，詔書西去馬卿游。棧縈秦嶺千盤細，水落巴江萬里流。兵火才人羈旅合，山川奇字亂離搜。莫愁沃野猶難問，取得揚雄勝益州。

【評】

黄傳祖曰：每于結處搖漾振動，有一唱三歎之致。

送山東耿中丞靑藜

三經持節領諸侯，好畤家風指顧收。岱頂磨崖看出日，海邊吹角對淸秋。幕中壯士爭超距，稷下高賢共唱酬。北道主人東郡守，丹青剖策本營丘。

送友人之淮安管餉

高牙鼓角雁飛天，估舶千帆落照懸。使者自徵滄海粟，將軍輒費水衡錢。中原河患魚龍窟，江左官租粳稻年。聞道故鄉烽火急，淮南幾日下樓船？

【評】黄傳祖曰：襯入時事，恰好作波。

送隴右道吳贊皇之任

笳鼓千人度隴頭，使君斜控紫驊騮。城高赤坂魚鹽塞，日落黄河鳥鼠秋。移檄北庭收屬國，閱兵西海取封侯。請傾百斛葡萄酒，玉笛關山緩帶游。

恭遇聖節次安丘劉相國韻

興慶樓前捧玉觴，金張岐薛儼分行。龍生大漠雲方起，河出崑崙日正長。節過放燈開禁苑，春將射柳幸平陽。燕公上壽天顏喜，親定甘泉賜宴章。

【評】

蘄曰：似唐人應制詩，三、四比賦更工。

朝日壇 次韻〔一〕

曉日曈曨萬象鋪〔二〕，六龍銜燭下平蕪。石壇爟火燔玄牡，露掌華漿飲渴烏。不夜城傳宣夜漏，玉宮朝奉竹宮符。即今東氾西崐處，盡入銅壺倒景殊〔三〕。

【校】

〔一〕廣集題下注作「次安丘劉相國韻」。

〔二〕曉日　廣集作「曉色」。

〔三〕銅壺　廣集作「周髀」。

【評】

蘄曰：詩與題稱，藻不妄抒。

李退庵侍御奉使湖南從兵問探衡山洞壑諸勝歸省還吳詩以送之〔一〕

一官之楚復游燕，歸去還乘笠澤船。戎馬千山尋洞壑，鶯花三月羨神仙。路穿江底聞雞犬，家在湖中接水天。侍御吾吳洞庭人〔二〕。不似少陵長作客，祝融峰下住年年。

【校】

〔一〕題「侍御」原作「侍衛」，據本詩夾注及四十卷本、詩鈔、鄒鈔改。

〔二〕廣集無「吾吳」字。鄒鈔無此夾注。

得蒲州道嚴方公信卻寄

西風對酒夢魂勞，聞道蒲津著錦袍。山遶塞垣長坂峻，河分天地斷崖高。登樓楚客看雲樹，隔岸秦人拜節旄。回首舊游飛雁遠，書來嚴助問枚臯。

送趙友沂下第南歸

秋風匹馬試登臨，此日能無感慨心？趙氏只應完白璧，燕臺今已重黃金。鄉關兵火傷王粲，京國才名識杜欽。最是淮南遇搖落，相思千里暮雲深。

懷王奉常煙客

把君詩卷問南鴻，憔悴看成六十翁。老去祇應添鬢雪，愁來那得愈頭風。田園蕪沒支笻懶，書畫蕭條隱几空。猶喜梅花開遶屋，臘醅初熟草堂中。

【評】斷曰：因得詩而有懷，情詞並美，「鬢雪」、「頭風」工對。

送友人從軍閩中二首〔一〕

客中書劍愴離羣，貰酒新豐一送君。絕嶠烽煙看草檄，高齋風雨記論文。中宵清角猿啼月，百道飛泉馬入雲。詔諭諸侯同伐越，可知勞苦有終軍？

其二

平生不識李輕車，被詔揮鞭白鼻騧。簫鼓濟江催落木，旌旗衝雪冷梅花。胡牀對客招虞寄，羽扇麾軍逐呂嘉。自是風流新制府，王孫何事苦思家？

【校】

〔一〕題　鄒鈔無「人」字。

紀事

鄠杜山南起直廬，從禽載筆有相如。秋風講武臨熊館，乙夜橫經勝石渠。七萃車徒堪討習，百家圖史可佃漁。上林獸簿何曾問，叩馬無煩諫獵書。

送汪均萬南歸

扁舟春草五湖寬，歸去酴醿架未殘。撥刺錦鱗初上筋，團枝珠實已堆盤。瓔瓢量水僧燒筍，拳石分泥客買蘭。四月山塘風景好，知君端不憶長安。

壽座師李太虛先生四首〔一〕

放懷天地總浮鷗，客裏風光爛熳收。一斗濁醪還太白，二分明月屬揚州。錦筝士女觴飛夜，鐵笛關山劍舞秋。猶有壯心消未得，欲從何處訪丹丘？

【評】靳曰：三、四點染最工，以太虛時在揚州也。

其　二

好客從無二頃田，勝游隨地記平泉。解衣白日消棋局，岸幘青山入釣船。故國風塵驚晚歲，天涯歌舞惜流年。篋中別有龍沙記，不許傍人喚謫仙。

【評】

斷曰：五、六最工，壽字亦暗寫。

其　三

讀易看山愛息機；閉門芳草雁還飛。江湖有夢爭南幸，滄海無家記北歸。煙水一竿思舊隱，兵戈十口出重圍。杜陵豈少安危志？老大飄零感布衣。

【評】

斷曰：三、四眞摯，結句暗寓壽字。

其　四

廬頂談經破碧苔，十年不到首重回。風濤鐘鼓吳山出，雲黑帆檣楚雨來。痛飲長江看自注，異書絕壁訪應開。芒鞋歸去身差健，白鹿諸生掃講臺。

【評】

斷曰：三、四清拔，結句亦帶壽字，首尾相應。

【校】

【一】鄒鈔選第一、二首。

寄房師周芮公先生四首〔一〕并序

偉業以庚午受知於晉江周芮公師，進謁潤州官舍，維時上流無恙，京口晏然。吾師以陸生入雒之年，弟子亦終軍棄繻之歲〔二〕。南徐月夜，北固江聲，揮麈論文，登樓置酒，笑譚甚適，賓從皆賢。已而入主銓衡，地當清切，周旋禁近，提挈聲華。拜別河梁，十有八載，滄桑兵火，萬事都非。偉業負耒躬耕，誓終没齒，不謂推遷塵事，潦倒浮生，病苦窮愁，羈縻煎迫。師以同徵，獨得不至，方推周黨，共羨管寧，而家居窮海，身受重圍，羽檄時聞，音塵莫及。雖然，江南近信，已泊樓船；京峴舊游，皆非樂土。何必無諸臺上，始接烽煙；歐冶城邊，纔開壁壘也！既知援師南下，山郡依然。鄭樵居第，可保圖書；楊僕軍營，惟聞笳吹。欣故人之杖履，致遠道之郵筒。爰作短章，聊存微尚，抒平生於慷慨，寫盡日之羈愁。庶幾同經喪亂，識此襟情；雖隔山川，無殊會面云爾。

惆悵平生負所知，尺書難到雁來遲。桄榔月暗嚴城閉，鶻鵃風高畫角悲。湖裏逢仙占昔夢，洞中遇叟看殘棋。脫身衰白干戈際，筍屐尋山話後期。

其　二

北府風流坐嘯淸，蕭郎白帢愛將迎〔三〕。蒜山望斷江千月，荔浦愁看海上城。劉寄闗河雖險塞，盧循樓艦正縱橫。莫嫌戰鼓鄉園急，瓜步年來已用兵〔四〕。

其　三

但若盤桓便見收，詔書趨迫敢淹留？始知處士靑門里，須傍仙人白石樓。晉室衣冠依嶺嶠，越王刀劍閉林丘。少微卻照南天遠，榕樹峰高隱故侯。

其　四

白鶴靑猿叫晚風，苦將身世訴飄蓬。千灘水惡盤渦險，九曲雲迷絕磴空。廣武登臨狂阮籍，承明寂寞老揚雄。亘源舊日稱知己，誤玷名賢啓事中。

【校】

〔一〕鄒鈔選第二首，無詩序。

〔三〕藁編　原作「藁襦」，據四十卷本改。

〔三〕白帢　鄒鈔作「白袷」。

〔四〕四十卷本篇末有小注：「晉江黃東崖先生和予此詩，中一聯曰：『徵書鄭重眠飡損，法曲淒涼涕淚橫。』知己之言，讀之感欺。」

【評】

褱錄曰：詩序俱佳。序中「雖然」一轉似多，反似累筆。

即事十首〔一〕

夾城朝日漸臺風，玉樹青葱起桂宮。時乾清宮成。謁者北衙新掌節，初設內監。郎官西府舊乘驄。新選部郎爲巡方。叔孫禮在終應復，蕭相功成固不同。百戰可憐諸將帥，幾人高會未央中？

【評】

靳曰：此首連舉數事，而大氣包舉，筆力甚遒。

其　二

六龍初幸晾鷹臺，千騎從官帳殿開。南苑車聲穿碧柳，西山馳道夾青槐。繙書夜半移燈召，敎射樓頭走馬來。聞道上林親試士，卽今誰是長卿才？

其三

元僚白髮領槐廳，風度須看似九齡。疏乞江湖陳老病，詔傳容貌寫丹青。曹村相公乞休不允，畫其像賜之。從游西苑花初放，侍宴南臺酒半醒。最是御書房下過，賜茶淸燕共談經。

其四

列卿嚴譴赴三韓，貰酒悲歌行路難。妻子幾隨關外去，都人爭擁路旁看。樂浪有吏崔亭伯，遼海無家管幼安。盡說日南多瘴癘，如君絕域是流官。

其五

黃河東注出潼關，本濟漕渠竟北還。淮水獨流空到海，淮水爲黃河所逼，始于淸口濟漕；河去則淮竟入海，此淸江閘所以涸也。汴堤橫嚙不逢山。天心豈爲投圭璧，民力何堪棄草菅？瓠子未成淇竹盡，龍門遠掛白雲間。金龍口決〔二〕，用柳梢作土牛塞河，功竟不就。悼兩河民力之盡也〔三〕。

【評】

靳曰：此梅村河渠書也，與風雲月露之詞不同。

其六

西山盜賊尙縱橫，白晝畿南桴鼓鳴。誰道盡提龍武將，翻敎遠過闔閭城？軍需苦給嫖姚騎，節制難逢僕射營。斥堠但嚴三輔靖，願銷兵甲罷長征。

【評】

靳曰：此首卽梅村刑法志也。

其七

新傳使者出皇都，十道飛車算國租。故事已除將作監，他年須尙執金吾。主持朝論垂魚袋，料理軍書下虎符。始信蕭曹務休息，太平良策未全無。

【評】

靳曰：此首卽梅村食貨志也。

其八

柳營江上羽書傳，白馬三郎被酒眠。無意漫提歐冶劍，有心長放呂嘉船。金錢北去緣求印，鐵券南來再控弦。廟算只今勤遠略，伏波横海已經年。

【評】

靳曰：此首卽梅村兵志也。

其九

秋盡黄陵對落暉，長沙西去不能歸。甘寧舊壘潮初落，陶侃新營樹幾圍。五嶺烽煙城郭改，三湘征調吏人稀。老臣褒革平生志，往事傷心尚鐵衣。

其十

巴山千丈壁雲根，節使征西入劍門〔四〕。蜀相軍營猶石壁，漢高原廟自江村。駐兵南鄭，分閬閬州，兩地皆有高祖廟〔五〕。全家故國空從難，異姓眞王獨拜恩。回首十年成敗事，笛聲哀怨起黄昏。

【校】

〔一〕鄒鈔選第一、二、三、五、六、十首。詩觀選第五、六首，並卷六雜感二十一首第一、二、十六首，卷十六長安雜詠第三首，合題長安雜詠。

〔二〕金龍口　詩觀作「荆隆口」。

〔三〕悼兩河民力之盡也　詩觀無此句。

〔四〕征西　鄒鈔作「征南」。

〔五〕鄒鈔「高祖廟」上有「漢」字。

【評】

袁錄曰：卽事數首，尙有老杜秋興、諸將敍事之遺。

吳梅村全集卷第十六　詩後集八

七言律詩七十八首

長安雜詠四首〔一〕

玉泉秋散鼎湖龍，世廟玄都閟御容。絳節久銷金竈火，青詞長護石壇松〔二〕。運移梅福身難去，道向麻姑使未逢。重過竹宮聞夜祭，徐無仙客話乾封。

其　二

石門秋聳妙高臺，慈聖金輪寺榜開。龍苑樹荒香界壞，鹿園花盡塔鈴哀。燈傳初地中峰變，經過流沙萬里來。代有異人爲教出，鳩摩天付不凡材。

其三

鼓角鳴鞘下建章，平明獵火照咸陽。黄山走馬開新埒，青海求鷹出大荒。奉轡射生新宿衞，帶刀行炙舊名王。侍臣獻賦思遺事，指點先朝說豹房。

其四

百戰關山馬槊高，恥將階級關蕭曹。兩河子弟能談劍，一矢君王已賜袍。此日大家親校武，他時年少定分茅。功成老將無人識，看取征南帶血刀。

【校】

〔一〕鄒鈔選第一、三首。詩觀、百家均選第三首。

〔二〕青詞　鄒鈔作「青祠」。

哭蒼雪法師二首〔一〕

憶昔穿雲到上方，飛泉夾路筍輿忙。孤峰半榻霜顛白，淸磬一聲山葉黄。得道好窮詩正變，觀心難遣世興亡。汰公塔在今同傳，無著天親共影堂。汰如住華山，與師爲法侶，最相得，滅

度已十六載矣。〔三〕

其二

說法中峰語句眞，滄桑閱盡剩閑身。宗風實處都成敎，慧業通來不礙塵。白社老應空世想〔三〕，青山我自哭詩人。總敎落得江南夢〔四〕，萬樹梅花孰比鄰？

【校】

〔一〕鄒鈔選第二首。

〔二〕新集此注作「華山汰如，與師爲法侶，最相得，先滅度十六載矣」。

〔三〕世想　四十卷本、鄒鈔、新集均作「世相」。

〔四〕總敎　四十卷本、鄒鈔、新集均作「縱敎」。

【評】

黃傳祖曰：梅村時官京師，不得南歸，寄感切至。

送友人出塞　門人杜登春曰：此詩送泰興季掌科作也。季名開生，字天中，以言事觸先帝怒，徙尙陽。言官之遣始此。〔一〕

上書有意不忘君，竄逐還將諫草焚。聖主起居當日愼，小臣忠愛本風聞。玉關信斷機中錦，金谷園空畫裏雲。塞馬一聲親舊哭，焉支少婦欲從軍。

【校】

〔一〕四十卷本無題下小注。

海　警〔一〕

龍驤開府集戈船，不數昆明教戰年。刊木止因裝大艦，習流眞豈募空拳。越工樓櫓偏風利，楚失餘皇尚晝眠。潮落春申灘上望，虛糜十萬水衡錢。

【校】

〔一〕四十卷本無此篇。

即　事

擊鼓迎神太乙壇〔一〕，越巫吐火舞珊珊。露臺月上調絲管，禁苑霜凋挾彈丸。赤驥似龍徠萬里，白鷹如雪致三韓。柏梁焚後宜春起，只有西山作舊看。

【校】

〔一〕太乙　鄒鈔作「太一」。

【評】

黃傳祖曰：比興言外，迴複淒其。

靳曰：此首亦包舉數事，筆力遒厚。

送同官出牧 門人杜登春曰：乙未之秋，先帝出朝臣四十有一人爲外任，翰林讀學楊猶龍以下皆忤安丘，故有是命。〔一〕

露掌明河玉漏寒，侍中出宰據征鞍。君王此日親除吏，臣子何心道換官。壯士驪山秋送戍，豪家渭曲夜探丸。扶風馮翊皆難治，努力諸公奏最看。

【校】

〔一〕四十卷本、詩鈔均無題下小注。

寄周子俶中州

聞道周郎數酒悲，中原極目更依誰？雲遮二室關山在，河奪三門風雨移。銅狄紀年何代恨，石經傳字幾人知？狂歌落日登臨罷，殘醉歸來信馬遲。

懷古兼弔侯朝宗

河洛烽煙萬里昏〔一〕，百年心事向夷門。氣傾市俠收奇用，策動宮娥報舊恩。多見攝衣稱上客，幾人刎頸送王孫。死生總負侯嬴諾，欲滴椒漿淚滿樽。朝宗歸德人，貽書約終隱不出，余爲世所逼，有負夙諾，故及之。〔二〕

【校】

〔一〕烽煙　四十卷本、鄒鈔均作「風煙」。

〔二〕此注四十卷本置於題下。

送曹秋岳以少司農遷廣東左轄四首〔一〕

江東才子漢平陽，身歷三臺拜侍郎。五管清秋懸使節，百蠻風靜據胡牀。珠官作貢通滄海，象郡休兵奉朔方。早晚酇侯能薦達，鋒車好促舍人裝。

其二

秋風西馬尉佗城，銅鼓西來正苦兵。萬里虞翻空遠宦，十年楊僕自專征。山連鳥道天應盡，日落蠻江浪未平。此去好看宣室召，漢皇前席問蒼生〔二〕。

【評】鄧漢儀曰：氣象巍峩。又曰：筆力透過紙背。

其三

銅柱天南起暮笳，蒼山不斷火雲遮。羅浮客到花爲夢，庾嶺書來雁是家。五月蠻村供白越〔三〕，千年仙竇訪丹砂。炎州百口堪同住，莫遣閒愁感鬢華。

其四

懸瀑丹崖萬仭流，越王臺上月輪秋。江湖家在堪回首，京國人多獨倚樓。海外文章龍變化，日南風俗鳥鉤輈。知君此地登臨罷，追憶平生話少游。

【校】

〔一〕鄒鈔選第二、三首。百家選第一、二、三首。

〔二〕漢皇　鄒鈔作「漢王」。「前席」，詩鈔作「前度」。

〔三〕白越　百家作「白墮」。

送楊猶龍學士按察山西二首〔一〕

碧山學士起嚴裝，新把牙旗下太行。玉壘開尊從將吏，銀毫判牒喜文章。三關日落凝笳吹，千騎風流出射堂。憶賜錦袍天上煖，西遊早拂雁門霜。

其二

一天涼影散鳴珂，落木平沙雁渡河。北地詩名三輔少，西風客思五原多。紫貂被酒雲中火，鐵笛吟秋塞上歌〔二〕。回首禁城從獵處，千山殘雪滿滹沱。

【評】

鄧漢儀曰：聲容壯麗。又評「紫貂」二句曰：燦若雲錦。

【校】

〔一〕詩觀選第二首。

〔二〕吟秋　四十卷本、詩鈔、詩觀均作「迎秋」，鄒鈔作「吹秋」。

送王藉茅學士按察浙江二首

始興門第故人稀，才子傳家典北扉。晝省日移花更發〔一〕，御溝春過柳成圍。江湖宦跡飄蓬轉，嵩少鄉心旅雁飛。重到治城開戟地，豈堪還問舊烏衣？

其二

訟堂閒嘯聽流鶯，十載東南憶避兵。江左湖山多故吏，王家書畫豈虛名。從容簿領詩還就，料理煙霞政自成。欲過會稽尋禊事，斷碑春草曲池平。

送當湖馬覘揚備兵岢嵐

絕塞驅車出定羌，洗兵空磧散牛羊。黃河盡處無征戰，紫燕飛時敢望鄉。獨客登臨傷廢壘，前人心力困危疆。君恩不遣邊臣苦，高臥荒城對夕陽。

送王孝源備兵山西

秋盡黃河氣欲收，千山雪色照并州。鵰盤落木蒼崖壯，馬蹴層冰斷澗流。父老壺關迎節使，將軍廣武恥封侯。雍容賓佐資譚笑，吹笛城南月夜樓。

送同年江右朱遂初憲副固原四首〔一〕

銜杯落日指雕鞍，渭北燕南兩地看。士馬河湟征戰罷〔二〕，弟兄關塞別離難。荒祠黑水龍湫暗，絕坂丹崖鳥道盤。錯認故京還咫尺，幾人遷客近長安〔三〕？

【評】黄傳祖曰：就題生情，恰好合拍。

其二

淸秋柳陌響朱輪，帳下班聲到近臣。萬里河源通大夏，七盤山勢控新秦。北庭將在黄驄老，西海僧來白象馴。最喜安邊眞節使，君恩深處少風塵。

其三

白草原頭驛路微，十年踪跡是耶非？月明函谷朝雞遠，木落蕭關塞馬肥。便道江城鄉思急，故人京洛諫書稀。一官漂泊知何恨，老大匡山未拂衣。

其四

長將詩酒付奚囊，此去征途被急裝。苜蓿金鞍調白馬，梅花鐵笛奏青羌。涼州水草軍營盛，漢代亭臺獵火荒。往事功名歸衞霍，書生垂老玉門霜。

【校】

〔一〕題 鄒鈔作「送同年朱遂初憲副固原」，選第一、二、四首。百家選第一、二首。新集選第一首。

〔二〕征戰 百家作「征伐」。

〔三〕近 百家作「去」。

七夕感事

天上人間總玉京，今年牛女倍分明。畫圖紅粉深宮恨，砧杵金閨瘴海情。南國綠珠辭故主，北邙黃鳥送傾城。憑君試問雕陵鵲，一種銀河風浪生。

【評】

袁錄曰：讀五律七夕即事四首，參以此韻，卽清涼讚佛之遺意乎？

和楊鐵崖天寶遺事詩二首

漢主秋宵宴上林，延年供奉漏沉沉。給來妙服裁文錦，賞就新聲賜餠金。鳷鵲風微清笛迴，蒲萄月落晝絃深。明朝曼倩思言事，日午君王駕未臨。

【評】靳曰：此兩首可補唐宮詞，義取諷諫。

其二

複道笙歌幾處通，博山香裊綺疏中。檀槽豈出龜茲伎，玉笛非關于闐工。浩唱扇低槐市月，緩聲衫動石頭風。霓裳本是人間曲，天上吹來便不同。

【評】靳曰：與前首同意，結句蘊藉之甚。

送少司空傅夢禎還嵩山

高臥千峰鎖暮霞，洛城春盡自飛花。銅仙露冷宮門草，玉女臺荒洞口沙。被褐盧鴻仍拜詔，賜金疏受早還家。西巡擬上登封頌，抱犢山莊候翠華。

【評】靳曰：杜子美遊龍門奉先寺，而起句云「已從招提遊」，便省却半篇文字；此送傅司空還山，而直從

「高臥千峯」起，亦省却許多情話矣。

夜宿蒙陰

客行杖策魯城邊，訪俗春風百里天。蒙嶺出泉茶辨性，龜田加火穀占年。野蠶養就都成繭，村酒沽來不費錢。我亦山東狂李白，倦游好覓主家眠。

【評】

蘄曰：三、四工巧絶倫，「客行」、「倦游」，起結相應。

郯城曉發

匹馬孤城望眼愁，雞聲喔喔曉煙收。魯山將斷雲不斷，沂水欲流沙未流。野戍凄涼經喪亂，殘民零落困誅求。他鄉已過故鄉遠，屈指歸期二月頭。

【評】

蘄曰：三、四工絶，結句入妙。

聞台州警四首（一）

高灘響急峭帆收，橘柚人煙對鬱洲。天際燕飛黄石嶺，雲中犬吠赤城樓。投戈將士逍遙臥，橫笛漁翁縹緲愁。聞說天台踰萬丈，可容長嘯碧峰頭？

【評】

靳曰：將「台州警」三字合寫，故能入妙。

其 二

野哭山深叫杜鵑〔三〕，閩風臺畔羽書傳。軍捫絕磴松根火，士接飛流馬上泉。雁積稻粱池萬頃，猿知擊刺劍千年。桃花好種今誰種，從此人間少洞天。

【評】

靳曰：與前首同一筆法，而新警過之。

其 三

天門中斷接危梁，玉館金庭跡渺茫。石鼓響來開峭壁，干將飛去出滄浪。仙家壘是何年築，刺史丹無不死方。亂後有人還采藥，越王餘算禹餘糧。

【評】

靳曰：與前兩首同妙。

其　四

三江木落海天西[三]，華頂風高聽鼓鼙。瀑布洗兵青嶂險，石橋通馬白雲齊。途窮鄭老身何竄，春去劉郎路總迷[四]。最是孤城蕭瑟甚，斷虹殘雨子規啼。

【評】

斷曰：亦用合寫法，蓋「瀑布」下忽有「洗兵」字，「石橋」下忽有「通馬」字，皆不經人道過者。

【校】

〔一〕題　鄒鈔作「台警」。
〔二〕野哭　原作「野火」，據四十卷本、鄒鈔改。
〔三〕木落　鄒鈔作「落木」。
〔四〕途窮二句　鄒鈔此二句作「劉郎去後仙源遠，鄭老窮來郡閣低」。

遣　嫁[一]

蕪水寒堤百里風，扁舟裝送月明中。但教兒女輕諸累，一任兵戈誤此翁。故友蘋蘩生死寄，貧家棗栗亂離空。歸來往事關心在，不寐愁看燭影紅。

【校】

〔一〕四十卷本無此篇。

江城遠眺〔一〕

幕府山前噪乳鴉，嚴城煙樹隱悲笳。柳條徧拂將軍馬，燕子難求百姓家。東海奔濤連北固，西陵傳火走南沙。江皐戰鬼無人哭，橫笛聲聲怨落花。

【校】

〔一〕四十卷本無此篇。

贈遼左故人八首〔一〕

詔書切責罷三公，千里驅車向大東。曾募流移耕塞下，豈遷豪傑實關中？桑麻亭障行人斷，松杏山河戰骨空。此去纍臣聞鬼哭，可無杯酒酹西風？

其二

短轅一哭暮雲低，雪窖冰天路慘悽。青史幾年朝玉馬，白頭何日放金雞？燕支塞遠春難到，木葉山高鳥亂啼。百口總行君莫歎，免教少婦憶遼西。

【評】斲曰：聲情并到，氣格俱佳。

其　三

傷心書斷玉關秋，使者收鷹北海頭。共事故人誰賜告，別來諸將幾封侯？風霜磧裏眞難受，瘴癘天邊不易求。莫信古稱卑濕地，南中猶有逐臣愁。

其　四

潦倒南冠顧影慚，殘生得失懺瞿曇。君恩未許誇前席，世路誰能脫左驂。雁去雁來空塞北，花開花落自江南。可憐庾信多才思，關隴鄉心已不堪。

【評】斲曰：有一氣渾成之妙。

其　五

貫索天邊動使星，赭衣羸馬夕陽亭。胥靡憔悴傷圖畫，巷伯牽連累汗青。減死朔方誰考驗，徙家合浦竟漂零。故園無限東風柳，蘆管吹來不忍聽。

【評】靳曰：若爲慰藉者，而其悲更深。

其六

浮生踪跡總茫然，兩拜中書再徙邊。儘有温湯堪療疾，恰逢靈藥可延年。垂來文鼠裝綿暖，射得寒魚入饌鮮。只少江南好春色〔三〕，孤山梅樹罨溪船。

其七

路出河西望八城〔三〕，保宮老母淚縱橫。重圍屢困孤身在，垂死翻悲絕塞行。盡室可憐逢將吏〔四〕，生兒眞悔作公卿。蕭蕭夜半玄菟月，鶴唳歸來夢不成。

其八

齊女門前萬里臺，傷心砧杵北風哀。一官慢汝高門累，半子憐渠快婿才。失母況經關塞別，從夫只好夢魂來。摩挲老眼千行淚，望斷寒雲凍不開。

【評】孫鋐曰：二詩（其七、其八）眞一字一淚。

【校】

〔一〕四十卷本止錄六首，無其三、其五。鄒鈔選第一、二、三、五、六、八首，百家、孫選均選第七、八首。

〔二〕好春色　鄒鈔作「春色好」。

〔三〕河西　四十卷本作「西河」。

〔四〕逢　孫選作「輸」。

【評】

袁錄曰：哀痛之情，見之紙上。

春日小園即席次白林九明府韻

小築疏籬占綠灣，釣竿斜出草堂間。柳因見日頻舒眼，花爲迎風早破顏。地是廉泉連讓水，人如退谷遇香山。新詩片石留題在，採蕨烹葵數往還。

【評】

靳曰：似晚唐、南宋人語。

題畫（一）

芍藥

花到春深爛熳紅，香來士女踏歌中。風知相謔吹芳蒂，露恨將離浥粉叢。漬酒穩欹顏色異，調羹誤許姓名同。內家彩筆新成頌，肯讓玄暉句自工。

【評】

靳曰：三、四最工。

石榴

碧雲翦翦月鈎鈎，猩藉珊瑚露未收。絳樹憑闌看獨笑，綠衣傳火照梳頭。深房莫倚含苞固，多子還憐齲齒羞。種得菖蒲堪漬酒，劉郎花底拜紅侯。

【評】

靳曰：題畫六首，皆詠物詩，別無寓言，故以工穩爲主。

洛陽花

綠窗昨夜長輕莎，玉作欄杆錦覆窠。丹纈好描秦氏粉，墨痕重點石家螺。翦同翠刄來金谷，織並紅羅出絳河。千種洛陽名卉在，不知須讓此花多。

【評】斷曰：結有別趣。

茉　莉

翦雪裁冰莫浪猜，玉人纖手摘將來。新泉浸後香偪滿，細縷穿成蕊半開。愛玩晚涼宜小立，護持隔歲爲親栽。一枝點就東風裹〔三〕，好與新妝報鏡臺。

【評】斷曰：中四語將養花之法摹寫入妙。

芙　蓉

細雨横塘白鷺拳，竊紅婀娜向風前。千絲衣薄荷同製，三醉顔酡柳共眠。水殿曉涼妝徙倚，玉河春淺共遷延。涉江好把芳名認，錯讀陳王賦一篇。

【評】

靳曰：三、四襯托入妙。

菊花

夜深銀燭最分明，翠葉金鈿認小名。故著黄絁貪入道，却翹紫袖擅傾城。生來豔質何消瘦，移近高人恰老成。幾度看花花耐久，可知花亦是多情。

【校】

〔一〕鄒鈔選三首，題作：「題畫芍藥」、「題畫洛陽花」、「題畫芙蓉」。

〔二〕點就　四十卷本作「點染」。

【評】

袁錄曰：題畫小巧。

繭虎

南山五日鏡奩開，綵索春葱縛軼材。奇物巧從蠶館製，内家親見豹房來。越巫辟惡鏤金勝，漢將擒生畫玉臺。最是繭絲添虎翼，難將續命訴牛哀。

【評】

袁錄曰：下數首刻畫近入惡道。

斷曰：組織最佳，結有別趣。

茄牛

擊鼓喧闐笑未休，泥車瓦狗出同游。生成豈比東鄰犢，觳觫何來孺子牛。老圃盤飧詩特殺，太牢滋味入常羞。看它諸葛貪游戲〔一〕，苦鬬兒曹巧運籌。

【校】

〔一〕貪　詩鈔作「同」。

【評】

斷曰：將題內二字合寫，妙能自然。

鶱鶴

丁令歸來寄素書，羽毛零落待何如？雲霄豈有餔糟計，飲啄寧闕逐臭餘。雪比撒鹽堆勁翮，蟻旋封垤附專車。秦皇跨鶴思仙去，死骨何因葬鮑魚？

【評】

靳曰：亦以合寫見奇。

蟬猴

仙蛻誰傳不死方，最高枝處憶同行。移將吸露迎風意，做就輕軀細骨妝。薄鬢影如逢越女，斷腸聲豈怨齊王。內家近作通侯相，賜出貂蟬傲粉郎。

【評】

靳曰：後四句更佳。

蘆筆

採箸編蒲課筆耕，織簾居士擅書名。掃來魯壁枯難用，焚就秦灰煑不成。飛白夜窗花入夢，草玄秋閣雁銜橫。中山本是盧郎宅，錯認移封號管城。

【評】

靳曰：合寫入妙。

橘燈

掩映蘭膏葉底尋，玉盤纖手出無心。花開槐市枝枝火，霜滿江潭樹樹金。繡佛傳燈珠錯落，洞仙爭弈漏深沉。饒他丁緩施工巧，不及生成在上林。

【評】

晰曰：有分有合，分處皆合，是筆力也。

桃核船

漢家水戰習昆明，曼倩偷來下瀨橫。三士漫成齊相計，五湖好載越姝行。桑田核種千年久，河渚槎浮一葉輕。從此武陵漁問渡，胡麻飯裏棹歌聲。

【評】

晰曰：分合入妙。

蓮蓬人

獨立平生重此翁，反裘雙袖倚東風。殘身顛倒憑誰戲，亂服粗疏恥便工。共結苦心諸子散，早拈香粉美人空。莫嫌到老絲難斷〔一〕，總在汚泥不染中。

【校】

〔一〕難斷　詩鈔作「羅斷」。

【評】

斷曰：後半首最佳。

戲詠不倒翁

掉首浮生半紙輕，一丸封就任縱橫。何妨失足貪游戲，不耐安眠欠老成。儘受推排偏倔強，敢煩扶策自支撐。却遭桃梗姸皮誚，此內空空浪得名。

【評】

斷曰：才餘於詩，若不經意，而人自不能到。

海虞孫孝維三十贈言四首

法護僧彌並絕倫，聽經蕭寺紫綸巾。高齋點筆依紅樹，畫檝徵歌轉綠蘋。一榻茶香專供佛，五湖蝦菜待留賓。丈夫早歲輕名宦，鄧禹無爲苦笑人。

【評】斷曰：寫出名士風流。結句點三十。

其二

招眞臺下讀書莊，總角知名已老蒼。何氏三高推小隱，荀家羣從重中郎。鬭茶客話千山雨，寄橘人歸百顆霜。太末理官孝若，其兄也，地產橘最佳。麈尾執來思竪義，晏公同飯餐公房。

【評】斷曰：與前首同妙。第四句切定三十。

其三

始立何容減宦情，法曹有弟尙諸生。松窗映火茗芽熟，貝葉研朱梵夾成。金谷酒空消治習，曲江花落悟浮名。花落者爲扶桑志感也。年來恥學王懷祖，初辟中兵捧檄行。

【評】斷曰：起結點出三十。

其四

高柳長風六月天，青鞋白襪尚湖邊。輕舟掠過破山寺，橫笛邀來大石仙。孫氏之先，遇仙于烏目山之大石。王儉拜公猶昨歲，張充學易在今年。種松記取合圍後，樹下著書堪醉眠。

【評】

靳曰：五、六切定三十。

贈錢臣扆 同年給諫公弟

杜家中弟擅閒身，處士風流折角巾。花蕚一樓圖史遍，竹梧三徑管絃新。東都賓客多同輩，西息田園有主人。酒熟好從君取醉，脊令原上獨傷神。

贈荆州守袁大韞玉四首〔一〕袁爲吳郡佳公子，風流才調，詞曲擅名〔二〕，

遭亂北都，佐藩西楚，尋以失職空囊，僑寓白下。扁舟歸里，惆悵無家。爲作此詩贈之。

曉日珠簾半上鉤，少年走馬過紅樓。五陵烽火窮途恨，三峽雲山遠地愁。盧女門前烏柏樹，昭君村畔木蘭舟。相逢莫唱思歸引，故國傷心恐淚流。

其二

霓裳三疊遍天涯，浪跡巴丘度歲華。頼有狂名堪作客，誰知拙宦已無家。西州士女章臺柳，南國江山玉樹花。正遇秋風蕭索甚，淒涼賀老撥琵琶。

其三

詞客開元擅盛名，蕭條鶴髮可憐生〔三〕。劉郎浦口潮初長，伍相祠邊月正明。擊筑悲歌燕市恨，彈絲法曲楚江情。袁西樓樂府中有楚江情一齣。善才已死秋娘老，溼盡青衫調不成。

其四

湘山木落洞庭波，杜宇聲聲喚奈何！千騎油幢持虎節，扁舟鐵笛換漁簑。使君灘急風濤阻，神女臺荒雲雨多。楚相歸來惟四壁，故人優孟早高歌。

【校】

〔一〕題　鄒鈔作「贈荆州守袁韞玉」，選第一、三首，無題下小注。
〔二〕詞曲　詩鈔作「詩酒」。
〔三〕鶴髮　鄒鈔作「白髮」。

【評】

靳曰：四首在梅村集中亦推高唱。

送楊懷湄擢臨安令

聽松鈴閣放衙陰，飛瀑穿階入室琴〔一〕。許掾仙居丹井在，謝公游策碧雲深。山農虎善樵微徑，溪女蠶忙採遠林。此地何王誇衣錦？錦城人起故鄉心。令成都人，臨安乃錢鏐衣錦城也。

【校】

〔一〕入室　四十卷本作「石室」。

【評】

靳曰：切定臨安風景，結有別趣。

登縹緲峰

絶頂江湖放眼明，飄然如欲御風行。最高尙有魚龍氣，半嶺全無鳥雀聲。芳草青蕪迷近遠〔一〕，夕陽金碧變陰晴。夫差覇業銷沉盡，楓葉蘆花釣艇橫。

【校】

〔一〕近遠　四十卷本作「遠近」。

【評】

斵引張如哉曰：寫得縹緲意象出，五、六句更爲神到。

過席允來山居

碧梧門巷亂山邊，灑掃雖頻得自然。石筍一林雲活活，藥欄千品雨娟娟。養花性爲先人好，種樹經從伯氏傳。社酒已濃茶已熟，客來長繫五湖船。

【評】

斵曰：山居幽事，描寫殆盡，于允來尤爲貼切。

贈武林李笠翁 笠翁名漁，能爲唐人小說，兼以金、元詞曲知名。

家近西陵住薛蘿，十郎才調歲蹉跎。江湖笑傲誇齊贅，雲雨荒唐憶楚娥。海外九州書志怪，坐中三疊舞迴波。前身合是玄眞子，一笠滄浪自放歌。

贈崑令王莘雲尊人杏翁 永平人

半載江南客未深，玉山秋靜夜沉吟。九邊田牧思班壹，三輔交游識季心。快馬柳城常命酒，軟輿花縣暫聞琴。白頭閒說西京事，曾記循良久賜金。莘雲有能名，未半載，以錢糧報罷。

客譚雲間帥坐中事

五茸絲管妓堂秋，奪得蛾眉付主謳。豈是絕纓諸將會，偶因行酒故人留。青尊有恨攀他手，白削無情笑者頭。若遇季倫西市日，可宜還墮綠珠樓？

【評】

靳曰：起結相應，描寫處喚醒處情致俱佳，與過吳來之竹亭湖墅迥異，蓋一則懷舊情深，一則諷刺示戒也。

别維夏

惆悵書生萬事非，赭衣今抵舊烏衣。六朝門第鴉啼遶，九月關河木葉飛。庾嶺故人猶未别，維夏叔增城公子彥〔一〕。燕山游子早應歸。正逢漉酒登高會，執手西風歎落暉。

【校】

〔一〕鄒鈔無此夾注。

吳梅村全集卷第十七　詩後集九

七言律詩七十四首

庚子八月訪同年吳永調於錫山有感賦贈四首

廿載京華共酒尊，十人今有幾人存？京師知已爲眞率會，今其人零落已盡〔一〕。多愁我已嫌身世，高臥君還長子孫。士馬孤城喧渡口，雲山老屋冷溪門。相逢萬事從頭問，樺燭三條照淚痕。

其　二

杖藜何必遠行遊，抱膝看雲鶴氅裘。天遣名山供戶牖，老逢佳節占風流。干戈定後身還健，花月閒時我欲愁。莫歎勝情無勝具，亂峰深處著高樓。永調有足疾。

【評】

嶄曰：起結相應，中四承轉入妙。

其三

黃花秋水五湖船，客鬢蕭騷別幾年〔二〕。老去妻孥多下世，窮來官長有誰賢？酒杯驅使從無分，書卷消磨絕可憐。賸得當時舊松菊，數間茅屋對晴川。

其四

虛臺便闕信沉沉，話及清郎淚不禁。到處風波寧敢恨，僅存兄弟獨何心？南州師友江天笛，北固知交午夜砧。從此溪山避矰繳，暮雲黃葉閉門深。

【校】

〔一〕其人 「人」字原無，據四十卷本、詩鈔補。

〔二〕客鬢 昭代作「容鬢」。

送張玉甲憲長之官邛雅四首〔一〕

秋水連天棹五湖，勞勞亭畔客心孤。飄蓬宦迹空迢遞，浩刦山川尚有無？石鏡開花惟自照，郫筒憶酒向誰沽？蕭條大散關頭路，匹馬西風入畫圖〔一〕。

其　二

劍外新傳一道通，十年羣盜漫稱雄。橫刀割取青神渡，烈火燒殘白帝宮。豈有山川歸李特，猶能車馬識文翁。誰將牛斗龍泉氣，移在天彭井絡中？張從江南學使者遷是職〔二〕。

其　三

岷峨悽愴百蠻秋，路折邛崍九坂愁。城裏白雲從地出，馬前黑水向人流。松番將在看高臥，雪嶺僧歸話遠遊。欲問辟支諸佛土，貝多羅樹即關頭。雅州關外即烏思藏。

其　四

錦宮春色故依然〔三〕，料理蠶叢半壁天。葛相祠堂尋有蹟，譙玄門戶訪誰傳？還家杜宇三更夢，寄遠菖蒲十樣箋。此去壯游何所恨，思君長問楚江船。

【校】

〔一〕鄒紗選第二首。

〔三〕詩鈔「張」上有「謂」字。鄒鈔無篇末小注。

〔三〕錦宮　四十卷本、詩鈔均作「錦官」。

哭中書趙友沂兼柬其尊甫洞門都憲

長沙長子九江船〔一〕，御史臺西月正圓。兩省親朋歡笑日，一官詩酒亂離年。朱樓有淚看楊柳，白髮無家聽杜鵑。太息賈生歸未得，湘花湘草夕陽邊。

【校】

〔一〕長子　疑當作「才子」。

【評】

靳曰：聲情俱佳。

贈學易友人吳燕餘二首〔一〕

風雨菰蘆宿火紅，胥靡憔悴過牆東。吞爻夢逐虞生放，端策占成屈子窮。縱絕三編身世外，橫添一畫是非中。道人莫訝姚平笑，六十應稱未濟翁。

【評】

靳曰：象外寰中，用意精切。

其二

註就梁丘早十年，石壕呼怒蓽門前。范升免後成何用，甯越鞭來絕可憐。人世催科逢此地，吾生憂患在先天。從今郫上田休種，簾肆無家取百錢。

【校】

〔一〕題　詩鈔作「贈學易友人」，題下有小注「吳綿祚棄儒冠學易，弟子從遊甚衆。歲甲辰，以賦役罹獄」。

壽繼起和尚

故山東望路微茫，講樹秋風老著霜。不羨紫衣誇妙相，惟憑白足徧諸方。隨雲舒卷身兼杖，與月空明詩一囊。台頂最高三萬丈，道人心在赤城梁。

惠山二泉亭爲無錫吳邑侯賦〔一〕

九龍山半二泉亭，水遞名標陸羽經。寺外流觴何處訪，公餘飛舄偶來聽。丹凝高閣空潭紫，翠涇層巒萬樹青。治行吳公今第一，此泉應足勝中泠。

【校】

〔一〕題　詩鈔作「無錫吳邑侯伯成新修二泉亭有贈」。

贈張以韞來鶴詩〔一〕

草聖傳家久著聞，斗看孤鶴下層雲。路從蓬島三山遠，影落琴川七水分。自是昂藏矜鳳侶，休教嫉妬報雞羣。春風一樹梅花發，耐守寒香孰似君。

【校】

〔一〕四十卷本無此篇。「以韞」，四十卷本卷二十三來鶴集序作「以韜」。

過三峰藥公話舊

霜落千峰曳杖尋，筍輿衝雨過高林。埋書草沒松根史，洗鉢泉流石磴琴。萬事幾經黄葉夢，三生難負碧潭心。山童不省團圞話，催打溪鐘夜未深。

永平田君宗周吳故學博也袁重其識之尤展成司李其地相見詢袁年百有二矣索詩紀異幷簡展成〔一〕

北平車馬訪煙蘿，記向夷齊廟下過。百歲共看秦伏勝，一經長在漢田何。知交已料滄江少，耆舊翻疑絕塞多。聽罷袁絲數東望，酒酣求作絳人歌。

【校】

〔一〕題　詩鈔無「幷簡展成」字。

顧西巘侍御同沈友聖虎丘即事四首〔一〕

註就逍遙賦大風，彥先才調擅諸公。晴川兩岸憑欄外，雪嶺千尋攬轡中。我昔楚江同宋玉，君今吳市訪梁鴻。芳洲杜若無能採，慚愧當年過渚宮。

其　二

喻蜀書成楚大夫，征帆萬里到江湖。鄉心縹緲思黃鶴，祖德風流話赤烏。問俗駐車從父老，尋山著屐共生徒。君家自有丹青筆，衰白追陪入畫圖。

其三

生公石畔廣場開，短簿祠荒閉綠苔。山榼偶攜羣吏散，布帆無恙故人來。爭傳五月登高會，應改三江作賦臺。自是野王思故里，可知先賞陸機才。

其四

一馬雙僮出野塘，論文蕭寺坐匡牀。花移㟴鼓青油舫，月映行廚白石廊。漫叟短歌傷老大，散人長揖恕清狂。細將朋友從頭數〔二〕，落落申生𢇲盟。與沈郎〔三〕。

【校】

〔一〕題　詩鈔作「甲辰仲夏顧西巘侍御招同沈友聖虎丘即事」。

〔二〕朋友　詩鈔作「朋舊」。

〔三〕詩鈔本句「申生」下無夾注，句末注云：「申生指𢇲盟也。」

贈松江郡侯張升衢 從江寧遷任

石城門外水東流，簫鼓千人最上頭。二陸鄉園江畔樹，三張詞賦郡西樓。油幢置酒蓴艫夜，晝舫鈎簾秔稻秋。聞道青溪行部近，兒童欣喜使君游。

贈松郡副守涪陵陳三石 官董漕

獨上高城回首難，揚雄老去滯微官。湖天搖落雲舒卷，巫峽蕭森路折盤。廿載兵戈違故里，千村輸輓向長安。京江原是三巴水，莫作郫筒萬里看。

贈松郡司李内江王擔四 〔一〕

十月江天曉放衙，茸城寒發錦城花。金堤更植先人柳，玉壘重看使者車。父侍御治京口湖堤。庾嶺霜柑書憶弟，弟粤東令。曲阿春釀夢思家。侍御避亂僑居丹陽〔二〕。詩成別寫鵞溪絹，廳壁風篁醉墨斜。善寫竹。

【校】

〔一〕題　詩鈔無「郡」字。

〔二〕詩鈔無「居」字。

【評】

靳曰：此首以鋪敍周到爲工。

贈彭郡丞益甫

樓船落日紫貂輕，坐嘯胡牀雁影横。雨過笛生黄歇浦，花開夢遶發干城。舊棠邑令。龍蛇絹素爭搖筆，善書。松杏山河已息兵。杏山人。慷慨與君談舊事，夜深欣共酒杯傾。

【評】

斷曰：意到筆隨，惟熟於詩者能之。

十月下澣偕九日過雲間公讌閲石蒼水齋中同文饒諸子二首

百里溪山訪舊游，南皮賓客盛風流。文章座上驚黄絹，名字人間愧白頭。董相園開三徑夜，陸生臺在九峰秋。酒酣莫話當年事，門外滄江起暮愁。

其二

霜落南樓笑語清，無端街鼓逼嚴城。三江風月尊前醉，一郡荆榛笛裏聲。花滿應徐陪上讌，歌殘嵇阮隔平生。歸來枕底天涯夢，喔喔荒雞已五更。

贈松江別駕日照安肇開

秋盡西風鬢影蒼，伏生經術蓋公堂。雞聲日出秦祠遠，鶴唳江空禹蹟荒。二水淄澠杯酒合，三山樓觀畫圖裝。歸來好咯安期棗，不夜城頭是故鄉。

滇池鐃吹四首〔一〕

碧雞臺樹亂雲中，舊是梁王避暑宮。銅柱雨來千嶂洗，鐵橋風定百蠻通。朱鳶縣小輸賨布，白象營高挂柘弓。誰唱太平滇海曲？檳榔花發去年紅。

其　二

苴蘭城闕鬱岧嶢，貝葉金書使者朝。海內徵輸歸六詔，天邊勳伐定三苗。魚龍異樂軍中舞，風月蠻姬馬上簫。莫向昆明話疏鑿，道人知已刦灰消。

其　三

靄翠奢香祠總荒，蘆笙吹徹瘴雲黃。縱擒有策新疆定，叛服何常舊史亡。鬼國三年勞薄伐，王師五月下殊方。瀾滄肯爲它人渡，不許竊人有夜郎。

其　四

盤江西逶七星關，可渡河邊萬仞山。隴上舊傳收白帝，南中今喜定烏蠻。龍坑壯馬看馳騾，雞足高僧任往還。辛苦武侯停節處，殘碑零落草斑斑。

【評】

袁錄曰：滇池四首，宜有杜鵑天馬之感。

儒　將

河朔功名指顧收，身兼使相領諸侯。按兵白道調神鶻，挾妓青山駕快牛。論敵肯輸楊大眼，知書不減范長頭。它年信史推儒將，馬矟淸談第一流。

【評】

靳曰：儒字將字，分合入妙。

俠　少

寶刀千直氣凌雲，俠少新參龍武軍。柳市博徒珠勒馬，柏堂箏妓石華裙。招權夜結金安上，挾策朝千王長君。堪笑年年秘書客，白頭空守太玄文。

山居即事示王惟夏郁計登諸子

灌木清潭五畝居，山菘簷果釣竿魚。金龜典後頻賒酒，麈尾撓來爲著書。對客好穿高齒屐，出門常駕短轅車。陸倕張率呼同載，三月江南正祓除。

【評】靳曰：名士風流，與梅村一首相彷。

九峰詩九首

鳳凰山

碧樹丹山千仞岡，夫差親獵雉媒場。五茸風動琅玕實，三泖雲流沆瀣漿。鳥聽和鳴巢翡翠，花舒錦翼照文章。西施醉唱秦樓曲，天半吹簫引鳳凰。

厙公山

庫公石礎掩莓苔，千載陰符戰骨哀。鐵斧任從田父識〔一〕，玉書休爲道人開。三分舊數江東望，二俊終非馬上才。恨殺圯橋多授受，關它劉項至今來。

神　山

紫蓋青童白鹿巾，細林仙館鶴書頻。洗來丹井千年藥，蛻去靈蛇五色鱗。洞起春雲招勝侶，潭空秋月證前身。赤松早見留侯志，何況商顏避世人！

佘　山

溪堂剪燭話徵君，通隱昇平半席分。茶筍香來朝命酒，竹梧陰滿夜論文。知交倒屣傾黃閣，妻子誅茅住白雲。處士盛名收不盡，至今山屬佘將軍。

薛　山

薛公高臥始何年，學士傳家有墓田。枉自布衣登侍從，長將雲壑讓神仙。坐來石榻蒼苔冷，採得溪毛碧藕鮮。最愛玉屏山下路，月明橋畔五湖船。

機山

蒹葭滿目雁何依，內史村邊弔陸機。豪士十年貪隱遯，通侯三世累輕肥。江山麗藻歸文賦，京洛浮沉負釣磯。白袷未還青蓋遠，辨亡書在故園非。

橫雲山

橫雲插漢領諸峰，雨過泉飛亂壑松。赤壁豈經新戰伐〔二〕，丹楓須記舊游蹤。祠荒故相江村鼓，客散名園蘭若鐘。莫信豢龍雲不去，此山雲只爲人龍。山有龍母祠，又陸雲故宅。

天馬山〔三〕

龍媒天馬出昆崙，青海長留汗血痕。此地千將騰劍氣，何來逸足鑠雲根？石鯨潭影秋風動，山有二石魚飛去。鐵笛江聲夜雨昏。鐵崖葬處。芻秣可辭銜勒免，空山長放主人恩。

【評】

靳曰：敍述妙矣，結又入妙，令人于言外得之。

小昆山

積玉昆岡絕代無，讀書臺上賦吳都。君臣割據空祠廟，家國經營入畫圖。勢去河橋悲士馬，詩成山館憶蓴鱸。傷心白壁投何處，汗簡淒涼陸大夫。

【校】

〔一〕鐵斧　四十卷本作「鐵鎖」。

〔二〕經　原作「徑」，據四十卷本改。

〔三〕四十卷本題下有小注「一名干山」。

送贛州曾庭聞孝廉移家寧夏

十年走馬向天涯，回首關河數暮鴉。大庾嶺頭初罷戰，賀蘭山下不思家。詩成磧裏因聞雁，書到江南定落花。夜半酒樓羌笛起，軟裘衝雪踏鳴沙。

贈何匡山

早年納節臥滄浪，回首風塵鬢髮蒼。陶令軍營姑孰口，大兵收溧陽，參其軍事。謝公游墅石門莊。後僑寓溧陽，太白所謂石門精舍，即其地也。山田種罷輸常稅，海國歸來認故鄉。何本嘐城人，今歸。二月村居春雨足，官梅花發爲何郎。

【評】

靳曰：鎔鑄入妙，丹頭在手，瓦礫皆金也。

題海虞孫子長七十壽圖

春秋註就授生徒，虞仲祠前一老夫。烏几看雲吟菌閣，布帆衝雨醉菱湖。空山撫操彈三峽，故國興懷賦兩都。同輩半非身健在，爲誰寫入煉丹圖？虞有徐神翁煉丹處。

觀蜀鵑啼劇有感四首 并序〔一〕

蜀鵑啼者，丘子嶼雪爲吾兄成都令志衍作也。志衍一官遠宦，萬里嚴裝，愛弟從行，故人送別。上游梗塞，盡室扶攜，既舍水而登山〔三〕，甫自滇而入蜀。北都覆沒，西土淪亡，身殉封疆，家罹鋒鏑。嗚呼！三十六口，痛碧血之何存；一百八盤，招游魂而莫返。無兒可託，有弟言歸，竄身荆棘之林，乞食猿猱之族，望蠻煙而奔走，脱賊刃以崎嶇。恥趙禮之獨全，赤眉何酷；恨童烏之不免，黄口奚辜？爰將委巷之謳，展作巴渝之舞。庾子山之賦傷心，時方板蕩；袁山松之歌行路，聞且唏歔。余也老逐歡游，間逢浩唱，在中年早傷於哀樂，況昔夢重感乎交朋。豈獨伍相窮來，憐者有同聲之歎；遂使雍門曲罷，泫焉如亡邑之人。瞻望兄兮猶來，思悲翁而不見。蘭堂客散，金谷詩成，非關聽伎之吟，聊當懷人之什爾。

花發春江望眼空，杜鵑聲切畫簾通。親朋形影燈前月，家國音書笛裏風。百口悔教從鳥道，一官催去墮蠶叢。雪山盜賊今何處？腸斷箜篌曲未終。

其　二

江關蕭瑟片帆留，策馬俄成萬里游。失計未能全愛子，端居何用覓封侯。雲山已斷中宵夢，絃管猶開舊日樓。二月東風吹水調〔三〕，鶺鴒原上使人愁。

其　三

平生兄弟劇流連，高會南樓盡少年。往事酒杯來夢裏，新聲歌板出花前。青城道士看游戲，白髮衰翁漫放顛。雙淚正垂俄一笑，認君眞已作神仙。劇中志衍兵解仙去。

其　四

過盡蠻江與瘴河，還家有弟脫兵戈。狂從劇孟千場博，老愛優旃一曲歌。紅豆花開聲宛轉，綠楊枝動舞婆娑。不堪唱徹關山調，血汚游魂可奈何！

【校】

〔一〕幷序：詩鈔作「有序」。

〔二〕水　原作「冰」，據四十卷本、詩鈔改。

〔三〕吹　四十卷本、詩鈔均作「歌」。

【評】

袁錄曰：序淒咽如聞蜀中猿啼，詩亦稱意。

題華山蘗菴和尙畫像二首〔一〕

和尙熊姓，字魚山，直諫予杖不死，後入道。

淸如黃鵠矯如龍，浩劫長撑不壞松。四國雞壇趨北面，千年雪嶺啓南宗。西銘復社、漢月禪燈，皆師令吳江時身所興起。江湖夙世歸梅福，經卷殘生繼戴顒。諍論總銷隨諫草，故人已隱祝融峰。繼公隱南嶽，蘗公本師也。

其　二

西南天地歎無歸，漂泊干戈愛息機。黃蘗禪心淸磬冷，白雲鄉樹遠帆微。全生詔獄同官在，指姜如農〔三〕乞食江城故老稀。松陵〔三〕布衲綻來還自笑，篋中血裹舊朝衣。

【評】

鄧漢儀曰：纔是贈藥菴詩，汎作宗門語何涉。又評「布衲」二句曰：別位衲子不敢當此二語。

【校】

〔一〕詩觀選第二首。

〔二〕指姜如農　詩觀無「指」字。

〔三〕松陵　詩觀無此二字。

戊申上巳過吳興家閬次太守招飲郡圃之愛山臺坐客十八同修禊事余分韻得苔字

六客堂西禊飲臺，亂山高會嘯歌開。塔懸津樹雨中出，鐘送浦帆天際來。同輩酒狂眠怪石，前賢墨妙洗蒼苔。右軍勝集今誰繼，仗有吾家季重才。

立夏日陪園次郡伯過孫山人太白亭落成置酒分韻得人字

春盡山空鶴唳頻，亂雲歸處鎖松筠。江湖有道容奇士，隴畝無家出俊人。招隱起亭吟社客，散仙留冢醉眠身。一瓢零落殘詩在，誰伴先生理釣緡？

得友人札詢近況詩以答之

溪堂六月火雲愁，支枕閒窗話貴游。王令文章今日進，丘公仕宦早年休。道衰薄俗甘棲遁，才退殘書勉勘讎。京雒故人問健飯，黄塵騎馬夾城頭。

【評】

斷曰：以詩代書，妙能達所欲言。

八風詩八首　幷序

余消夏小園，風壒然而四至，雖泠泠可以析酲已疾，而淒其怒號，不能無爰居之思避，其庶人之雌風乎！聊廣其意，作爲此詩。莊、列寓言，沈、謝作賦，庶以鳴候蟲而諧比竹；若云侯諸輶軒，則此不足採也。

其一　東風

汴水楊花撲面迎，飄飄飛過雒陽城。陶潛籬畔吹殘醉，宋玉牆頭送落英。油壁馬嘶羅袖舉，綠塘波皺畫簾聲。獨憐趙后身輕甚，斜倚雕闌待月生。

其二 南風

玉尺披圖解愠篇，相烏高指越裳天。終南雲出松檜響，雙闕雨飛鈴索懸。師曠審音吹不競，鍾儀懷土操誰傳？九疑望斷黃陵廟，曾共湘靈拂五絃。

其三 西風

落日巴山素女秋，梧宮蕭瑟唱涼州。白團掌內恩應棄，絳蠟窗前淚未收。隴坂征夫蘆管怨，玉關思婦杵聲愁。可堪益部龍驤鼓，獵獵牙旗指石頭。

其四 北風

萬里扶搖過白登，少卿書斷雁難憑。蕭梢駿尾依宛馬，颯爽雄姿刷代鷹。野火燒原青海雪，驚沙擊面黑河冰。愚公墐戶頭如蝟，傳道君王獵霸陵。

其五 東南風

紫蓋黃旗半壁中，斗牛斜直上游通。漫分漢沔魚龍陣，須仗江湘烏鵲風。捩柁引船濡口利，禡牙揮扇赭圻功。試看片刻周郎火，一捲曹公戰艦空。三國志周瑜傳註：黃蓋取輕艦十舫，載燥荻枯柴，建旌旗于上。時東南風急，同時發火，燒盡北船，曹公退走。

其六　西南風

武帝雄圖邛筰開，相如馳傳夜郎回。巴童引節旌旄動，僰馬隨車壓土來。堯女尚應愁赭樹，史記：秦皇西南渡淮水，浮江至湘山祠，逢大風，幾不得渡。知是堯女，使刑徒伐湘山樹，赭其山。楚王從此怕登臺。小臣欲進乘槎賦，萬里披襟好快哉！

其七　東北風

飛廉熛怒向人間，徐福求仙恨未還。萬乘雨休封禪樹，史記封禪書：始皇上太山，遇暴風雨，休于大樹下。八神波斷羨門山。史：三神山在渤海中，患且至，則船引風而去。始皇時，方士皆以風爲解。八神皆在齊北，成山斗入海，最居齊東北隅。蕭蕭班馬東巡海，發發嚴旌北距關。錯認祖龍噫氣盛，蓬萊咫尺竟誰攀？

其八　西北風

沛宮親作大風歌，往事彭城奈楚何！身陷重圍逢晦冥，天留數騎脱干戈。史記：項王圍漢王三匝，大風從西北起，折木發屋揚沙石，窈冥晝晦，楚軍亂，乃得遁去。威加河朔金方整，地邊幽并殺氣多。好祭蚩尤祔風伯，飛揚長護漢山河。

贈同年嘉定王進士內三四首

槎浦岡頭自種田，居然生活勝焦先。赤松採藥深山隱，白鶴談經古寺禪。孺仲清名交宦絕，彥方高行里閭傳。曲江細柳新蒲綠，回首銅龍對策年。

其　二

翠竹黃花一草堂，柴門月出課耕桑。蘇林投老思遺事，譙秀辭徵住故鄉。彊飯卻扶芒屨健，高歌脱帽酒杯狂。莫嗟過眼年光易，征調初嚴已十霜。

其　三

先生吟社夜留賓，紫蟹黃雞甕面春。萬事夢中稱幸叟，一家榜下出閑人。內三及二子皆科第而不仕。君房門第多遷改，叔度才名固絕倫。指上谷、江夏。青史舊交餘我在，北窗猶得岸烏巾。

【評】

靳曰：此首所詠者大，詞意雙美。

其　四

晚歲風流孰似君，烏衣子弟總能文〔一〕。青箱世業高門在，白髮遺經半席分。正禮雙龍方矯角，釋奴千里又空羣。外家流輩非容易，肯信袁宗有右軍。

【校】

〔一〕子弟　弟原作「第」，據文義逕改。

大中丞心康韓公九月還自淮南生日爲壽

閶闔清秋爽氣來，尙書新自上游回。八公草木登高宴，九日茱萸置酒臺。兵食從容經久計，江淮安穩濟時才。尊前好唱南山曲，笳鼓西風笑語開。

贈李膚公五十〔一〕

先德傳家歷苦辛，汗青零落剩閒身。雲山笑傲容遺叟，松菊招尋見故人。猶有田園供伏臘，豈無書卷慰沉淪。只看五月開樽宴，撥剌江魚入饌新。

【校】

〔一〕題 詩鈔作「贈江上李膚公」。

庚戌梅信日雨過鄧尉哭剖石和尙遇大雪夜宿還元閣二首

筍輿衝雨哭參寥，宿鳥啾鳴萬象凋。北寺九成新妙塔，師修報恩塔初成。南湖千頃舊長橋。雲堂過飯言猶在，去歲與師同飯山閣。雪夜挑燈夢未消。最是曉鐘敲不寐，半天松栝影蕭蕭。

其二

投老相期共閉關，師有招住山中之約。影堂重到淚潺潺。身居十地莊嚴上，師初刻華藏圖。道出三峰玄要間。壞衲風光青桂冷，四宜堂叢桂最盛。殘經燈火白雲閒。吾師末句分明在，雪裏梅花雨後山。

【評】

袁錄曰：梅村贈答方外詩俱無佳處。

感舊贈蕭明府

余年三十有一，以己卯七月，奉命封延津、孟津兩王於禹州，過汴梁，登梁孝王臺，適學使者會課屬郡知名士於臺上，因與其人諮訪古蹟，徘徊久之而後行。逾三十三年，睢陽蕭公涵三從道臣左官來治吾州，拭目驚視，云曾識余，則蕭公乃臺上諸生中一人也。感舊太息，爲賦此詩。

三十張旌過大梁，繁臺憑眺遇蕭郎。黃河有恨歸遺老，朱邸何人問故王？授簡肯忘羣彥會，棄繻誰識少年裝？長卿駟馬高車夢，臥疾相逢話草堂。

【評】

靳曰：感舊處層層寫出，情詞俱佳。

送許堯文之官莆陽二首

烏石煙巒列畫圖，雙旌遙喜入名都。路經鷓嶺還龍嶺，符剖鴛湖更鯉湖。訪舊草堂搜萬卷，吟詩別墅補千株。知君不淺絃歌興，別有高樓起望壺。

其二

榕陰五馬快𨙻驛，親到游洋古越南。抹麗香分魚䰵細，荔支漿勝橘奴甘。鮫宮月映浮春嶼，蜃市煙消見夕嵐。此去褰帷先問俗，上溪秋色正堪探。

吳梅村全集卷第十八　詩後集十

五言排律四首

途中遇雪即事言懷〔一〕

雪來榆塞北，人去衞河西。川隴方瀰漫，關山正慘淒。短衣吹帶直，矮帽壓簷低。漁臥舟膠浦，樵歸柳斷蹊。危灘沙路失〔二〕，廢井草痕齊。塔迥埋榱桷，臺荒凍鼓鼙。襆輕裝易發，書重笈難攜。久病人貽藥，長途友贈綈。橫津船渡馬，野店屋棲雞。家訴兵來破，牆嫌客亂題。贅牀寧有席，葦壁半無泥。路遠人呼飯，廚空婦乞醯。白溲麪作餌，綠糝韭成虀。入筯非鮭菜，堆柈少棗梨〔三〕。山薪土銼續，村釀瓦罌提。齕莝驢如怒，窺燈鼠似啼。旗亭人又起，草市路偏擠。遇淖前騶唱，衝風後騎嘶。輿肩幾步換，囊糒一夫齎。行子誰停轡，居人尚掩閨。漸逢農荷鍤，稍見叟扶藜。往事觀車轂，浮蹤信馬蹄。世應嘲僕僕，我亦嘆栖栖〔四〕。赤縣初移社，青門早灌畦。餘生隨雁鶩，壯志失虹蜺。築圃千條柳，耕田十具犂。昔賢長笑傲，吾道務提撕。得失書新語，行藏學古稽。詩才追短李，畫癖近迂倪。室靜閒支枕，樓高懶上梯〔五〕。老宜稱漫士，窮喜備殘黎。有道寧徵管〔六〕，無才卻薦嵇。北山休誚讓，東觀豈攀躋。令伯親垂白，中郎女及笄。離程波渺渺，別淚草萋萋。憶弟看雲遠，思親望樹迷。書來盤谷友，夢向鹿門妻。蹭蹬吾衰矣，飄零歸去兮。蓴鱸三泖宅，花鳥五湖堤。著屐尋廬嶠，張帆入剡溪。江南春雨足，把酒聽黃鸝。

【校】

〔一〕題　鄒鈔作「途雪言懷」。

〔二〕危灘　鄒鈔、廣集均作「危坡」。

〔三〕少　孫選作「乏」。

〔四〕我　孫選作「吾」。

〔五〕「昔賢長笑傲」至「樓高懶上梯」　鄒鈔、廣集均無此八句。

〔六〕寧　鄒鈔、廣集均作「俄」。

【評】

孫鋐曰：觀其間架整齊，結構密緻，點綴韶妍，欲不推爲獨步，其可得乎？

送吳門李仲木出守寧羌

君到南山去〔一〕，興元驛路長。孤城當沮口，舊俗問華陽。稻近皤溪種，魚從丙穴嘗。殘兵白馬戍，廢塢赤亭羌。鐵鎖穿天上，金牛立道傍。隗囂宮尚在，諸葛壘應荒。往事英雄恨，新愁旅客裝。七盤遮駱谷，十口隔秦倉。黑水分榆柳，青泥老驌驦〔二〕。不堪巴女曲，尚賽武都王。

【校】

〔一〕南山　箋衍作「山南」。

〔二〕驌驦　原作「鷫鸘」，據箋衍改。

【評】

鄧漢儀曰：莊雅整鍊，純是唐音。

贈家園次湖州守五十韻

清切推華省，風流擅廣陵。俊從江左造，賢比濟南徵。經學三公薦，文章兩府稱。北門供奉吏，西掖秘書丞。月俸鴉翎鈔，春衣鳳尾綾。賜酺班上膳，從獵賦奇鷹。粉署勞偏著，仙曹跡屢陞。赤囊條每對，黄紙詔親承。乞外名都重，分符寵命仍。爭傳何水部，新拜柳吳興。城闕晨笳動，旌旗瑞靄凝。射堂青嶂合，訟閣絳霞蒸。敎出漁租減，詩成紙價增。笙歌前隊引，賓客後車乘。石戶樵輸栗，銀塘女採菱。水嬉鈎卷幔，社飮鼓分堋。急雨溪諠碓，斜陽岸曬罾。宗盟高季札，史局慨吳兢。官退囊頻澀，年侵鏡漸懵。鹿皮朝擁卷，松火夜挑燈。舊業凋林薄，殘身瘦石稜。彈琴伐木澗，荷鍤種瓜塍。撥刺魚窺網，偷晴鳥避矰。已躭耕稼隱，幾受黨碑懲。寥落依兄弟，艱難仗友朋。殷勤書一紙，離別思千層。逸爵斟佳醞，綈袍製異繒。蠶忙供杼軸，茶熟裹緘縢。族姓叨三謝，詞場繼二應。歃宜陪魯衛，賦僅半鄒滕。謙抑君胡過，慚惶我曷勝。長緘招鄭重，短策跂飛騰。好士公投轄，尋山客擔簦。竹溪春澹蕩，梅隴雪崚嶒。孤館披襟坐，危欄送目凭。嵐光浮翠黛，塔勢界金繩。爲政崔元亮，相逢皇甫曾。蘭橈輕共載，蠟屐響同登。笛冷荒臺妓，鐘沉廢寺僧。趙碑娟露滴，顏壁壯雲崩。衰至容吾放，狂來敢自矜。雄談茗是戰，良會酒如澠。楚澤投劉表，江樓謁庾冰。故交當路遍，前席幾人曾？妄把歡遊數，癡將好夢憑。懷人吟力健，觀物道心澄。雅意通毫素，閑愁託剡藤。折花貽杜牧，採菊寄王弘。瑣屑陳篇蠹，欹邪醉墨蠅。非云聊以報，舍此亦何能？

【評】

袁錄曰：工于窄，穩於纖。

賦得西隱寺古松　次葉訒菴韻贈陸翼王

誰將東海月，挂在一株松。偃蓋荒祠暗，槎枒蘚石封。寒生高士骨，瘦入定僧容。絕頂危巢鸛，奔枝破壁龍。盤根供客踞，掃葉認仙蹤。風寂吹常謖，泉枯灑若淙。性孤千尺傲，材大百年慵。葛相堪同臥，秦皇恥再逢。鹿芝香作供，鶴草錦成茸。影出層雲外，霜天落曉鐘。

【評】

靳曰：此詩筆力似與梅村不稱，疑梅村點竄後生之作，因有佳句而收入集中者。

五言絕句八首

讀漢武帝紀

岱觀東迎日，河源西問天。晚來雄略盡，巫蠱是神仙。

【評】

斷曰：前二句是雄略，轉出議論，仍不落尖新一派。又引陸雲士曰：語渾意深，居然正始。

讀光武紀〔一〕

雷雨昆陽戰，風雲赤伏符。始知銅馬帝，遠勝執金吾。

【校】

〔一〕題　饒衍作「讀光武帝紀」。

【評】

斷曰：氣格與前首相似。

蕭　何

蕭相營私第，他年畏勢家。豈知未央殿，壯麗只棲鴉。

【評】

斷曰：此首稍涉議論，妙近唐音。

南苑應制

熊館發雲旌，春蒐告禮成。東風吹紫陌，千騎暮歸營。

【評】

靳曰：似盛唐人語。

題畫

亂瀑界蒼崖，松風吹雨急。石廊虛無人，高寒不能立。

【評】

靳曰：三、四更妙。畫之工在無筆墨處，詩人妙能傳出。

偶見二首〔一〕

合歡金縷帶，蘇合寶香薰。欲展湘文袴，微微蕩畫裙。

其二

背影立銀荷，瓊肌映綺羅。燭花紅淚滿，遮莫爲心多。

【校】

〔一〕鷓鴣斑錄第一首。

古　意

歡似機中絲，織作相思樹。儂似衣上花，春風吹不去。

【評】

嘶曰：奇創乃爾。

六言絶句十二首

偶成十二首

南山不逢堯舜，北窗自有羲皇。智如樗里何用？窮似黔婁不妨。

其　二

張良貌似女子，李廣恂恂鄙人。祖龍一擊幾中，猿臂善射如神。

其三

異錦文繒歌者，黃金白璧蒼頭。諸生昏腐齒落，終歲華冠敝裘。

其四

寶帳葳蕤雲漾，象牀刻鏤花深。破盡民間萬室，遠踰禁物千金。

其五

韓非傳同老子，蘇侯坐配唐堯。今古一丘之貉，不知誰鳳誰梟？

其六

雍齒且加封爵，田橫可誓丹青。願得毋忘堂阜，相看寧識神亭？

其七

織薄吹簫豐沛，拍張狂叫風雲。朝領白衣隊主，暮稱黑矟將軍。

其八

雅擅潑文樂旨，妙參洋體稀心。畫虎雕龍染翰，高山流水彈琴。

其九

東部督郵恣橫，北門待詔窮愁。莫舉賢良有道，且求刀筆封侯。

其十

食其長爲說客，夷甫自謂談宗。著書一篇雋永，緩頰四座從容。

其十一

趙壹恃才倨傲，禰衡作達疏狂。計吏恣睢卿相，布衣笑駡侯王。

其十二

廚下綠葵紫蓼，盤中白柰黃柑。冠櫛懶施高枕，樵蘇失爨淸談。

【評】

袁錄曰：六絕最難，易入俳優耳。梅村偶成亦是乘興疾書之筆。

吴梅村全集

下

〔清〕吴偉業 著
李學穎 集評標校

上海古籍出版社

吴梅村全集卷第四十九　文集二十七

墓誌銘八

勅贈盧母羅淑人墓誌銘〔一〕

淑人姓羅氏，楚之蘄州人，贈大中大夫鹽運使盧公首山諱如鼎之妻，進士管江南漕務左參政紘之母也。首山於癸未二月，賊張獻忠攻蘄，誓死設守，得正而斃。參政時計偕在都，次子紱又先期遇害。淑人哭號行求，收公屍於骸骨撑拒之中，以待參政之還，憂勞成瘁，不半載而卒，得年六十有七。蓋公之死則殉城也，淑人之死則殉夫也，可謂酷矣。人猶爲淑人厚幸曰：「未沒於兵。」又六年，參政成進士，聖朝推恩其母，初以新泰令贈孺人，再以桂林府同知贈宜人，三以長蘆鹽運使贈淑人，國家十數年間，凡有覃慶大典，參政母子未嘗不在褒寵中，可謂榮矣。人猶爲淑人惋惜曰：「不及於祿。」偉業讀其家傳而歎曰：「天地摻黷〔二〕，生民糜爛，閨門婦孺以一身搘拄於室家骨肉九鼎一絲之際，豈不難哉！」

當蘄之初被兵也，首山之次子紱、紱子晨初、從子紳、紳子震初皆死，而紱妻楊氏、震初妻袁氏死尤烈。又一月，而首山及參政之長子旦初同罹於難。蘄、黃旣全楚之望，盧氏尤稱忠孝義門，推厥本源，咸出公與淑人之教。至於今曹江之水空流，宋廟之火久熄，有過中郎之閭而弔其禮宗者，幾與共姬、孝娥同其節概。淑人生嘗荼苦，沒被寵榮，烏頭雙闕，且與豐碑宰木照耀天壤，此史氏所必載，而私紀可以弗之詳乎？

按狀，淑人之父繡軒公官藩府書記，從荆邸自建昌遷於蘄，因家焉。盧氏參政之大父曰贈大中大夫南槐公，兩家共里閈爲世好〔三〕。繡軒任俠能文，南槐之弟曰南林，好棋酒，尤相善。南槐嘗遠遊而不在，兩人共弈，從者劍首山立於前〔四〕，南林撫之曰：「兄子也，請君女以爲婚。」羅公笑而應曰：「諾。」南槐至而弗改也。南槐娶於宋，有二子而母見背，公生已五年矣，繼室以李氏，無子，視之如所生。羅氏則爲愛壻早失恃，其周惜甚有恩紀〔五〕，參政言之輒出涕曰：「吾外王父之德，猶吾王父也。」

淑人年十九歸於公。生長高門，母朱又宗家女也，裝送爲盛。淑人綦縞自甘，執穀弗御，箴管鞶袠，紉治必工。爲人儉而莊，柔而正，通詩書，能識其大義〔六〕，事高堂具有禮法。南槐天性剛嚴，寢門之內，懾氣屏息，李淑人雖賢乎，後姑也，舅氏之佐籩者又擬於女君，勃稽語言，易生嫌間。伯兄長姒爲之析產異居。淑人則下氣怡色，就養無方，二十餘年，能奉之以終始，斯其孝可知已。羅氏之饔人，膳羞脯醢，倣王家食官之制，南槐進而甘之，舍是即投箸命徹。淑人知之，中廚躬自割烹，約水火之齊，醬物珍物，必致其美，命媵者奉以饋曰：「此羅氏饔也。」

淑人性不飲，自奉粗飯無兼味。有潔癖，簠簋匕箸必手滌，而几席振拂無纖塵。身親井臼，生殖漸充，僮指百餘，計口賦食，嘗御之以寬，終歲不聞疾言遽色，而內外奉其規程，莫敢陝輸嬉笑者，其家法如此。首山屢躓於鎖院，淑人婉語相勞苦。參政兄弟就外傅，所以教督之有方。嘗篝燈聽其夜讀，至東漢宋弘傳，舉弘糟糠貧賤之語以爲訓；又至寇準傳，曰：「『天下好，用寇老。』兒爲人當如此矣。」得參政丙子賢書信，曰：「若它日所就詎止此？」〔七〕旁人睨之，殊無驚喜容，退而皆服。

寇禍之作也，首山自郊徙於城，淑人方盥洗，聞鬼哭，愴然知不保。城陷，公被縛矣，已而釋乎執〔八〕。參政之子旦初、昭初扶其母張淑人以免，弟紱則與妻子偕沒，淑人蒼黃散〔九〕，有外戚熊姓者導之使歸。踰月寇復至，公與於難，二孫別而纍，昭初乘間逸〔一〇〕，旦初遂不知生亡〔一一〕。淑人僵立壞墻之旁，同里顧氏妾者左右之，還之以其衣，遂與張淑人偕脫。嗚呼，此二者孰非天爲之哉！

首山以二月二十二日殪，又十日於江崖而得，淑人哭而收之，焚以殮，亂故不成喪也。參政間道西還，遇其斧於湖涘之舟，相扶歸辰山鄉莊，而淑人亦以病，八月之二十二日遂革。其訣也，猶以沒身子手爲幸。飯含之夕，非淑人避兵時所攜帛中金，則不能爲襯。參政言之輒噭然泣〔三〕。墓在蝦蟆湖之秀山原，以視土門珠樹林首山藏骨處爲別葬。孔子曰：「衞人之祔也離之，魯人之祔也合之。」季武子曰：「合葬非古也，周公蓋祔。」君子之重其親，有其禮，無其時，不能行也。同穴之詩，平世之所爲作，詎所論於流離板蕩哉！夫井陘之復以矢〔三〕，狐駘之弔以髽，若首山公者，所謂埋而置揭，得土而已，此窮於禮者之禮也。淑人則猶得斂以時服，懸棺而封，故其於公也，有杞梁同絕之心，而援蒼梧不從之義。別誌者，蓋變文以起例，所以著其孝而中其哀焉。

余嘗泛覽史傳，每歎天下大亂，女子之死節者，其姓名最易爲抑沒，傳者蓋千不獲一。惟子奉其母，婦奉其姑，幸而得免者，其後門第光顯，後人爲之稱述，或側見於孝義、獨行、世家、列傳之中，而貞姬節母，遂以奕世不朽。今觀淑人得全，而楊氏、袁氏因之併著於後，蓋造物若留之，俾生者絕而復續，死者隱而得章，必如此始可報首山於九原而啓參政於身後，豈偶然哉！余史官也，又嘗使楚，於楚事宜詳。參政今宦於吳，爲廉吏，爲孝子。傳曰：「非此母不生此子。」然則淑人之必傳於百世無疑也。是何可不銘？銘曰：

鈷鉧源泉兮其流發發〔一四〕，爰采香草兮我心則悅。石穴洲高兮銅零江小，翠篠霜筠兮停雲縹緲。若堂若斧兮出於湖墳，三湘之哲兮八米之門。釋奴龍子兮一日千里，伊誰貽之兮母之懷矣。蘄春大澤兮狐鳴篝火，黄巾城下兮白骨道左。父求死子兮婦求死夫，毋使併沒兮天乎何辜〔一五〕！我刻斯銘兮用昭愍綸，誰曰不見兮後千百世其長存。

【校】

〔一〕題　四十卷本、風雨樓本均無「勅贈」字。

〔二〕摻黷　原作「慘黷」，據四十卷本、風雨樓本改。

〔三〕里閈　風雨樓本作「閈里」。

〔四〕前　四十卷本作「側」。

〔五〕周惜　四十卷本、風雨樓本均作「周恤」。

〔六〕能識其大義　風雨樓本無「能」字。

〔七〕止此　原作「至此」，據四十卷本、風雨樓本改。

〔八〕乎　原作「手」，據四十卷本、風雨樓本改。

〔九〕蒼黄　四十卷本、風雨樓本均作「倉皇」。

〔一〇〕逸　原作「逢」，據四十卷本、風雨樓本改。

〔一一〕生亡　四十卷本、風雨樓本均作「存亡」。

〔一二〕泣　四十卷本、風雨樓本均作「哭」。

〔一三〕井陘　原作「升陘」，矢　原作「失」，據四十卷本改。

〔一四〕鈷鉧　原作「鈷鉧」，據四十卷本改。

〔一五〕「天乎何辜」下，四十卷本、風雨樓本均有「崩城隕霜兮冊𠔉喪亂，斂魂山丘兮夫復奚憾」二句。

陳母夏安人墓誌銘

余嘗覽史傳，慨自古危亂之際，貞姬孝女泯滅於兵火者不可勝紀。間有一二幸而全，全而子孫備載其行跡，俾後人因其事以追考其世，則夫身殉而名不存者，亦得附著焉以顯，而此一二人者，天若有意留之不使之併沒，如涪州陳母夏安人，非其彰彰者乎！

安人今松江郡丞陳君三石諱計長之配，而用其子命世等之行狀爲請。三石余友也，泣而言曰：「吾妻獲邀今天子之覃恩以得封，而其卒也在己丑年之正月六日，是爲張獻忠破蜀後之五歲。當吾提攜細弱，奔走竄伏於窮山絕箐之中，其得脫於萬一者，翳安人黽勉措持是賴。今計長竊祿此方，諸子克有寧宇，而安人年已不待。詩有之：『將恐將懼，惟予與女；將安將樂，女轉棄予。』惟仁人君子賜之不朽之一言，庶有以慰其無窮之悲乎！」余因

諸其請，爲之銘，

按狀：安人夏氏，其先以宗人故冢宰諱邦謨爲望姓，而癸未進士員外郎諱國孝之孫女也。父可淇，諸生。母趙氏嘗病，已革，安人刲股肉進以愈。年十七歸於陳。欒城令諱某，郡丞君之大王父也。欒城有母曰劉太恭人，年八十餘矣，蜀道遠而欒城初仕，母老不能從行，欒城之配曰文恭人，請留，安人長跽請曰：「吾舅萬里遠宦，姑不行，無以主內政。太恭人晨昏定省，則新婦事也。」蓋涕泣固請而後許。久之，劉太恭人以無疾逝。先期君與其叔與兄以公事不得已於省會，既聞訃而望國以哭，則安人已踊而成喪，自餘閣之奠，以及於浴衣含玉，附身附棺，終事畢舉。欒城歸而詢諸左右長御，知大小斂無遺憾者，乃聚其弟若子以泣，召安人前而勞之曰：「若有大功於吾陳氏。」安人遜謝不敢當。

初君之舉賢書也，少嘗上南宮，一再不第歸，同輩多卒業於京師，往往得官。自欒城亡後，秦、楚有寇難，蜀道梗，君猶豫不成行，獨坐恆拊髀自歎，安人寬譬之曰：「人生窮達會有命，母在，君奈何以身蹈不測？且吾幸有先人餘祿，以娛奉甘旨，不亦可乎！」君從之，得以一意閑居養志。與其兄推財讓分，遇凶札則傾囊橐以賑貸宗親里黨，凡皆安人贊之也。文恭人病目，醫言得人血可治，安人潛刺臂出血漬之，不使姑知。文恭人臨歿訣曰：「吾昔者不能視吾姑飯含以累汝，今吾二子在膝下，而獲歿身汝手，夫何憾！西土將亂，諸孫少，汝必勉之。」安人泣而受命。嗚呼，亦可謂之孝矣！

安人生於丁未之六月十七，距其卒己丑春，得年四十有三，卽以其月權厝於涪南三里馬援壩之陽。有六子：名世、維世、命世、德世、輔世、壽世，皆庶出。孫二，幼未名也。安人能訓長異室，恩踰所生，諸子亦克盡其孝。名世與輔世以貢爲明經，命世中庚子四川鄉試，餘三人諸生，所娶皆名族。

初文恭人之喪也，君挈子姓避賊，自涪走黔之婺縣。同年生西充李乾德雨然者，懷其偏沅巡撫節，間行歸家，亦抵婺，相抱慟哭。李公者智略士，自其在沅中，數以計破賊，戰不利而後走。旣入蜀，聞西充陷，其父被殺，益憤結思報，而與君相知，謀起事以距獻忠。安人從東廂微聞其語，旣入，亟戒之曰：「李公重臣，君父遭大難，義不可以浚浚。君儒者，未嘗居官任事，其材與地大非李公者比。我聞諸先姑，居危邦，愼毋爲世指名。」因顧視諸子曰：「君獨不爲若等計耶？」君出而盛推讓李，嗛言己不足共事者，李亦知其意，不復彊，而敬君長者，謀以妻子託之，安人與君參語許諾，喜曰：「李公不負國，而君可不負李公，其勝於從李同死者多矣！」其後李公沒於兵，而君以免，室家完，其第四子德世爲雨然壻，李氏弱息實賴君以存，然後知安人之言，不徒以爲其諸子也。嗟乎，豈不賢且智哉！

安人之厝也，以亂故禮不備。三石之言又曰：「獻忠蹦蜀，棄骴之不葬者，高於巴陵之堆。吾妻得土爲幸，詎敢謀諸楄柎？然以吾之流離白首，諸子僑於異邦，它日者歸掃先恭人之壟，以爲伉儷謀同穴，期尚有待，惟即菆宮告哀，西望嗚咽於魂氣之無不之而已。」余曰：我聞楚、蜀間好爲哀些之辭，今陳氏之速銘也，語多惻愴，請變銘體而系之歌曰〔一〕：

涪水潺湲兮涪山巑岏，虎豹嘷嘷兮風雪孱顔。從夫木末兮哺子草間，黄雀啁啾兮猿猱以攀〔二〕。丹楓隕葉兮血淚斑斑，苟盡室之可免兮，一身奚歎。彼巴姬之何辜兮，委骨江邊；幸坏土之猶在兮，從姑以安。念夫君之遠道兮，匹馬征鞍；倘夢魂之可越兮，寧愁間關。亂曰：已焉哉！伏波駐兮銅柱灘，銅柱灘即馬援壩之水，安人葬處。馬鬣封兮西風寒，望不見兮涕汍瀾。蕁虆兮郫筒，鵑㖂兮啼鵑。劖赤甲兮片石，刻銘辭兮千年。

【校】

〔一〕「系之」下，四十卷本有「以」字。

〔二〕兮　原作「分」，據四十卷本、風雨樓本改。

白母陳孺人墓誌銘

金陵有二白，曰明經夢鼎孟新、孝廉夢鼐仲調，天下之賢士也。二白之母曰陳孺人，亦天下之賢母也。孺人以月日卒，二子以父奉亭君諱某之藏祔於大父，卜某阡以別葬，而屬誌銘於余。余與二白有三十年游講之雅，今年春，仲調相遇於吳興。古者朋友之親之喪，遇諸道則爲位哭，余因以追敍三十年來死生契闊。凡人子之憂及其母與母之不保其子者，多有之矣，以吾兩家遭時多難，生事死葬，僅而獲禮，余衰且病，猶得執筆誌白母之墓，不綦幸乎！孺人之初亡也，大司馬合肥龔公爲之傳。余與龔公交於二白者皆最深，龔公已詳述孺人之內行，余將何以加諸？無已，請卽其傳繹言之可乎？

孺人縣尉陳君忠藎之女，忠藎官於閩而卒，子幼，自以長女代其弟奉母以奔父喪。年二十而嬪於奉亭君。奉亭之父曰敬亭，諱某，元配張孺人早亡，孺人酒漿滫瀡盡婦禮，惟以不逮事其姑爲恨。敬亭歿，執舅之喪如其父。事繼姑厲孺人，姑有女，出己奩爲之嫁，姑病，奉湯藥、滌廁牏以將護之。厲孺人歿，執繼姑之喪如其姑。詩曰：「明發不寐，有懷二人。」傳之所以稱其孝也。奉亭好狥親友之急，不以無爲解。孺人所生二男四女，家又遭兩喪，搘捂拮据，匪朝伊夕。有勸以家貧罷二子治制舉業者，不肯聽，曰：「子苟讀書知禮，何憂貧？」盡斥簪珥以爲束脯資。詩曰：「何有何無，黽勉求之。」傳之所以稱其勤也。孺人訓子女以下逮僕御，終其身無疾言遽容。奉亭君病，焚香告天曰：「是有人父之責於其祖父，願以妾代某之身。」奉亭竟不起，孺人號呼，欲以其身殉，念孺子無以成立，則茹齋修竺乾之教者四十年，勉二子以力修乃父之志。詩曰：「釐爾女士，從以孫子。」傳之所以稱其義也。

余覽范史之傳黨人也，先書黨人之母。夫爲人母，未有不痛念其子者也。子以義死，其母許之，且告以死而無憾。若此者爲黨人難，爲黨人之母亦難。當阮懷寧由逆奄之餘孽，乘國難以竊政，修二白生夙昔執言之憾而下之獄。孺人聞二子之被收也，色不變，將誓以俱死，而加慰勞焉，然卒以免。嗚呼！宗社而既屋矣，爲僉壬者身敗名滅，一二正流或以喪亂得全。君子於斯時也，未嘗不以黨人之已死者爲悲，而不敢以黨人之不死者爲幸，惟取賢母之壽考令終，歸諸天道之可信而已。

白母之偕二子以免也，踰七年，而仲調舉於鄉；又二年，孟新貢入太學。母年八十，健飯無恙，嘗以仲調罷其南宮薦，孟新有事於廣陵，母感疾危啜，而二子皆未歸，意中不能無戀戀者。既而脫然愈。是冬也，仲子歸，母歡咍竟日，爲加餐。卒之夕，偕寡女談笑如平時，漏三下就寢，俄起坐不言。女亟呼二子，母持伯子手，摩頂，仲子抱母坐，家人泣，搖手止之，遽而念佛，母西北向，正色跏趺而逝。此其臨終正定，淨土往生，辨證無疑者，余聞之不勝太息。詩曰：「孝子不匱，永錫爾類。」觀白母之灑然坐脫，何其有類吾母乎！吾母朱太淑人奉佛受戒者三十餘年，白母年八十，吾母年亦七十有七，其終也，三子環侍，戒勿哭，吾母親見幡幢前導，諸佛受記而去，具載往生錄中。嗟乎！余亦黨人也。當二白獄急時，引縲批根，余自知將不免，常恐聞此憂吾母，不敢以告。無何大亂，奔走流離，事定，庶幾奉兩尊人以終老，而不能已於北行，吾母握手長訣傷心，母子俱大病，恐遂不復相見。比蒙恩歸里，再奉吾母七箸者五年，親視飯含，終天無憾者，皆出於君父之賜，其視兩白生之終事其母者，實同有厚幸焉。

余既已銓次龔公之文，又念三十年故交，吾母猶若母，故質言之，以見兩家慈孝之道爲無愧。爲之序而銘曰：

子才也優，僉夫是仇，伊我母之憂。母曰何尤，百祿來求。子行也壯，四方是向，伊我母之望。母曰無恙，歸來在養。其生也有基，其死也有歸，遭時孔難〔一〕，罄無不宜。若此母者，垂百世其奚悲！

【校】

〔一〕孔難　四十卷本作「孔艱」。

王母周太安人墓誌銘

先王制禮，後之人有進而加隆者，其惟母服乎！禮家云：父在爲母齊衰期者，屈於其尊也。今執母之喪，不得以二尊之故稍有等殺。雖然，禮寧爲其過，無爲其不及。古者禮不足而哀有餘，今之禮猶古之禮，今之哀不及古之哀也。古三月而葬，父在而葬母者，其父以妻之道行之，爲之子者衰服，面深墨，徒跣引柩，扱衽雜斯，以中削杖之痛，若此者，其服不同，禮同，孝之至也。今之人於致哀之道其果能盡歟否歟？如吾友刑部郎中海虞王君楚先葬其母周安人者，斯可謂之能哀矣乎！

楚先與父餘姚公喜賡同舉進士，楚先筮仕十餘年，既以親老得請，餘姚公方在養，而安人見背。楚先將以月日封北山之新阡，在餘姚公則葬妻也，楚先則葬母也，君子竊於此觀禮焉。禮先殯而後葬，安人之葬也，先期楚先奉柩車以祖載，柳池牆翣，四面有章，屋奩加黼，罔不盡飾。主人袒括髮，拊心辟踊，自家徂壙，匍匐而號者數里。內宗外姻，四方之來觀者數百人，皆爲欷歔出涕，且曰：「王大夫之孝，匪其母之賢不及此。」於是楚先奉餘姚公之命實來請銘。偉業讀其狀有感曰：「河上之歌不云乎，同病相憐，此余與楚先之謂也。夫悲者不可爲粲歔，憂者不可爲歎息，聞吾友之哭其母，余能無潸然承睫以追痛吾母乎？當世祖章皇帝之十載，詔舉遺佚，偉業與楚先爲同徵。是時吾母朱淑人年六十有九，善病，長恐不復相見，吏趣上道急，母子日涕泣，目盡腫。既抵京師，與楚先言而嗚咽，楚先亦泫然曰：『人孰無親？卽吾母未嘗不善病也。』余曰：『君父子同取甲第，父處子出，於道爲宜。君之母少於吾母者一紀，及君仕宦之成，將母未遲也，此豈我所得而同耶？』歲月而往，追惟友朋夙昔之語，戚戚未嘗有忘，今日者執筆誌安人之葬，不自知其傷心而盡痛也。」

安人七歲通孝經，兼工聲衮箴管。既長，代其母以搘捂家政。年十八歸於王，事君舅震毅公、君姑張孺人盡婦禮。餘姚公窮諸生也，束脩羊不足以具甘旨，又不能謝賓客之過從，朝夕所養，能得其歡心。餘姚公出爲叔氏後，所後之母戴，年少勵苦節，安人左右就給，咸出安人十指中。撫育諸子，辛勤教督，有機杼佐讀之勞，有粗糲不飽之苦。既貴，辟纑布素如平時，斥衣食之餘以恤婣收族，親舊之窮鰲者咸以爲歸。遇媵妾、御臧獲皆有恩紀。於里巷則給棺櫝，施醫藥，五十年依佛氏之敎焉。其晚歲也，訓楚先以居官清謹，不欲仲子之與物爲競，又使之乘時鼓勇以自進於功名，其賢明識大體如此。楚先追念生平艱難黽勉之故，而痛其母之卽世，故哭之尤加哀焉。

嗚呼！吾父亦窮諸生也。吾母之事大王父、王母以孝，而敎三子以成立，其仁勤莊儉之德，實有類於安人；而偉業之事其母，有媿楚先固已多矣。自古賢母〔二〕，未有不願其夫若子之富貴，而富貴之無媿者尤難當。吾父之有聲場屋，屢試不收，而祖母湯淑人已老，家貧無以爲養，吾母爲余言之而泣。余幸弋一第〔三〕，竊喜有以慰母，而終有憾於吾父之不遇也。今王氏父子一朝並舉南宮薦，安人之於其家也，宗族親黨前爲壽，可以爲貴盛矣。人子之事其親，孰有加於此者乎？若夫遭逢世故、進退維谷之日，在楚先欲以完節畀餘姚公，可出身爲門戶計，而余於大義不得援此以爲解。自恨於當世無毫髮裨補，徒以羈愁病苦之餘，累吾母之倚閭長望，而貽之以晨夕之憂。然則余之有負子職者，捫心慚汗，終天而已矣！沒齒而已矣！以視安人母子，詎可同日而語哉！

安人卒於康熙丁未四月十四日，距其生年丁酉八月十四日〔三〕，春秋七十有一。子三人：長澧，卽楚先也，刑部郎中；次渼，丙午舉人；次潛，殤。女四，俱庶出。楚先娶徐氏，渼娶范氏。孫九人：奕棠、雲槎，澧出也；世棐、雲槃、雲檠、雲棨、雲梁、雲樫、雲藻，渼出也。奕棠、雲棨皆諸生。孫女四。曾孫男三。安人之七十也，楚先奉恩命以歸養，再踰年而安人以卒。嗟乎！人子莫大乎親視飯含，雖以余之不孝，藉國恩以終事吾母，庶幾稍有以自慰。禮曰：「五十不致毁。」又曰：「父在不爲母滅性。」楚先之爲孺子泣者，亦可以有節而不至於毁瘠乎！是亦母心之所以卽安也已。爲之銘曰：

哀也可以無容，言也可以無文。是少連之居喪，而在乎虞仲之城。翳賢母之善貽兮，用不匱乎斯人。烏目其隮兮，尙湖以淸，我爲此銘，如燕雀之廻翔兮，鳥獸躑躅而啾鳴。噫嘻乎悲哉！石以永存。

【校】

〔一〕賢母 原作「賢人」，據四十卷本、風雨樓本改。

〔二〕幸　四十卷本、風雨樓本均作「倖」。

〔三〕距　原作「詎」，據四十卷本改。

潘孺人墓誌銘

吾友鄒訏士祗謨狀其母黨潘孺人之內行來告曰：「孺人姓潘氏，常之宜興人，翰林檢討孫衣月自式之元配也。衣月將以月日葬其父母於龍蕩之新阡，而用孺人祔。吾子既許銘其大墓矣，敢并以請。」且曰：「孺人之父湖廣都司參軍文臺公，祗謨之外王父也。文臺以周孺人生二子三女，既成立矣，吾母則長女也。周孺人晚又一舉得二女，其一殤，存者爲最幼，以此絕憐愛之。當吾祖之以憲副治九江也，吾父率吾母以從。文臺公方隨牒官雅州，道出九江，周孺人攜女與俱〔一〕，生八年矣。吾母見而留之曰：『蜀萬里遠宦，雅州又處蠻箐中，妹方在提抱，請爲母鞠之以待母歸，可乎？』周孺人曰：『吾哀此兒尤小，不忍去左右。雖然，吾老，恐不及見其成也。事姊猶事母，他日爲我擇婚，處於郡城以相近，終且累汝。』母笑而應曰：『諾。』越二年，文臺公還自蜀，抵荆州而周孺人卒。又二年，文臺公亦卒。疾已革，召吾母至榻前，指女弟託之，且理周孺人前語，吾母唏噓受命，以此孺人育於鄒氏。」又曰：「吾鄒與孫之先有道義之雅，故世締姻盟〔三〕。先姑之歸封檢討公而生五子也，以衣月爲長，吾祖奇此甥而愛之，曰：『它日且早貴。』孺人之依吾母以居也，爲人和而莊，進止皆有禮節。先姑之歸寧也，與吾母相愛，孺人以女之道事吾母，即以姪之道事吾姑。姑相謂曰：『長甥而所愛也，盍以而妹爲吾婦乎？』母若謙言不敢當者，姑進曰：『君家兩尊人之命不云乎，近伯姊爲幸。吾家雖貧，如其近則莫予若也已。』母乃訪於潘氏而後從之。婚之夕，衣月來逆，內外姻交賀，喜其得所歸也。吾母施矜結褵，持其手爲之泣，痛父母之不及見也。既貴，以覃恩與其姑並受封，乃請於衣月，願同過荆溪展父母之墓。潘氏自戶部郎直軒公爲馬鬣封，而文臺夫婦從焉。孺人之至也，宗親會者車數十兩，孺人翟茀副編，環珮之音璆然，里媪長老，聚觀太息，有泣下者。吾母聞之，喜且悲曰：『吾可報江州之諸矣。』逾三年，孺人以病歿於京師，年僅二十有六。生一子曰賢，今長矣，爲諸生。孺人之有京師行也，別吾母，如有慘戚不自持者。既而訝曰：『得無有不祥乎？』其赴也，吾母追念外家，與先姑遇而哭之加慟。今先姑亦已亡矣，庶幾得子銘以兼慰吾母焉。」余曰：「婦人所難者貴而有子。孺人有子與女矣，其貴又早貴也，而竟夭歿〔三〕，不有命乎！周孺人之歿荆州也，載輤而歸，孺人甫十齡，委褏行哭，道路皆哀之。今孺人之葬，有賢也爲之主，同姻畢至，於終事亦未爲不幸也。」

訏士之來速銘也，述衣月之言曰：「詩云：『百歲之後，歸于其室。』吾有事四方，而孺子祔於姑，反哭於寢，爲無憾而已矣〔五〕。」余爲春秋之紀卒葬也〔六〕，內夫人、外夫人皆書，外也長，姑就一坏以寧其體魄〔四〕。今日之禮，吾知痛吾親焉爾，顧於妻亦有傷心者，惟其得夫人之喪或致或不致，其葬也或日或不日，則各就其赴告之詞以爲詳略。今吾於潘孺人之內行，所不得而詳也；而許士爲能文家，且以骨肉故，紀其事爲甚備。嗚呼！狀則既以詳矣，誌又安得而略諸？此余所以狥吾友請而合於春秋之意也。爲之銘曰：

蘭芝猗猗兮生於谷中〔七〕，孰滋而培之兮不必於其土，孰萎而落之兮不必於其風。惟榮華之長在兮，芬芬襲襲於無窮〔八〕。噫嘻！是爲孺人之幽宮。

【校】

〔一〕「擕」下，四十卷本、風雨樓本均有「幼」字。

〔二〕締　原作「諦」，據四十卷本、風雨樓本改。

〔三〕夭歿　原作「天歿」，據四十卷本、風雨樓本改。

〔四〕一坏　四十卷本作「一抔」。

〔五〕無憾　風雨樓本作「無恨」。

〔六〕爲　四十卷本、風雨樓本均作「維」。

〔七〕蘭芝　四十卷本、風雨樓本均作「蘭之」。

〔九〕芬芬　四十卷本作「芬芳」，風雨樓本作「芳芬」。

孫母金孺人墓誌銘

余嘗登虞山，笴將而南，見有城佳哉，面勢爽塏，左岡右阜，拱伏棋置，中爲馬鬣封焉，土赭而不毁，木欒而方遂，饗堂三楹，中唐置甓，墉周以完。詢之，余門人孫孝維藩所以葬生母也。前數武，巨石斗辟，下瞰百仞，有介丘隆起乎椒，霜樹相錯如繡，曰吾谷，乃孫氏之世阡，而茲山適攬其秀，凡湖山丙舍之勝，專之於孫氏矣。孝維晨過我，跽而謝曰：「夫子幸謁先孺人隴，以不及從爲戾。某渴葬吾母，懸綷之石，未有刻辭，敢請。」余曰：「諾。」

按狀，孺人金氏，常熟人。其承事方伯公也，贊女君黃夫人羞醬於舅中大夫，進止有禮，退而齒同列。鉛澤不華，箴管必飭，酒漿是潔，巾帨以時。從宦粤邸而生子，粤東多珠璣翡翠，象犀荃葛，孺人不以私其槖。方伯公疾，孝維甫羈貫，嘗抱著膝，方伯念困劣不能自還，哀此兒尤小，撫之泣下。孺人淚承睫，銜悽用好言相寬，不以孺子未立增其戀戀心。方伯捐館舍，冢嗣司李君持門戶，遇異母弟有恩紀，孝維修弟道甚恭，友愛無間，閨門雍睦，由兩母氏之教焉。孝維就外傅，孺人訓以儉德，庀治家政，僮御褎息，中外爭多其賢。及病，泣語孝維曰：「自汝君母黃夫人歿，吾屬助籩者三人，其有子而貴，禮有從而致隆者也；

無子者不祔。吾幸育汝，願得身先驅螻蟻，以下報黄夫人於地下，俾知孺子有成。惟汝大墓兆域未定，吾瞑，汝當規尋丈亟壙。」孝維涕洟受命。

余惟禮古不合葬，孔子曰：「衞人之祔也離之，魯人之祔也合之。」季武子曰：「周公蓋祔。」先是方伯公已營高敞於山之陰，以形家言改卜，而孝維承母意，不及俟先君於窀穸乃距祖阡里而近，貞龜維食。葬前之一夕，孝維夢孺人趨而來曰：「某所有文杏焉，可以馨吾骨矣。」旦而詢諸負土者，則其處在宋、元日故嘗植杏萬株，爲維摩講舍之西，辟垣而宮，以杏顔之，今墟矣，人猶有識者。嗟乎！孺人之靈其妥斯土也，筮襲於夢，異哉！

孝維丱歲從余游，實受命於其母，雖無闒門之語，而長御傳道，以孺子在幼，惟長者扶而植之，其諈諉甚至。閱二十年，余已成遲暮〔一〕，而孝維雅自樹立，克襄大事，可謂無負於母氏也已。用徇其請而爲之銘。銘曰：

湖水漣兮楓葉丹，淩風去兮乘雲還。植文杏兮棲鳴鸞，子千億兮仙根蟠。刻兹石兮永不刊。

【校】

〔一〕遲暮　原作「遲墓」，據四十卷本、風雨樓本改。

亡女權厝誌

嗚呼！此我之仲女，而陳之介婦。卒也以難，故斂於屋之小寢，無主哭，父撫之始受含，乃卽其地爲菆宮，俾朱書甎以識月日曰：女生於京師，在震而母郁淑人以哭下殤子蓮疾，彌月而瀕於殆。其產也，萬無母子俱全理，屬有天幸無害，竊心喜，雖女絕憐愛之。知星家曰：「是其長必貴。」十有一歲而郁淑人卒，躃踊如成人。祖父母手加鞠育，婉嫕得意旨，知詩書，工箴管，遇姊妹以恩，待上下有禮法。陳，海寧大姓也，今相國初在翰林與余同官，其生子女也又同歲〔一〕，相國之父中丞公以請婚，年十八始禮成，歸於相國子孝廉容永字直方。時相國守司農卿，而直方北闈得舉，施衿之夕，以高門勉之。旣饋而翁姑交賀，曰：「此賢婦也。」

司農再相未一歲，用言者謫居瀋陽，取最少子從，其二在南，獨留直方京師，以絕塞遠，饋衣藥，通音問，居中爲調護。余時臥疾，遭緦麻慘，戚戚不樂，直方虛左邸迎以歸。相國疽發背，舍中兒多南下，直方孱然膏粱少年也，從一醫一童子出關，踔千里絕跡無人地以省父。余與之立馬門外，女泣而送之。已而相國召入京爲宿衛，視舊人，在諸子法當從。會余丁嗣母喪，女執手訣曰：「兒從夫，長作京師人矣。父老病無意復出，兒非有事不得還江南。」因慟哭。嗚呼！孰知其夭死江南，欲長作京師人，何可得哉！

當相國再以它事下請室，家人咸被繫，直方在外舍，未就執，得以其身變服省視，塗炭奔走，見者殆不復識。女盡心佽助，具槖饘，參消息，寄帑主費，所以搘拄萬端。勞不見恤，或反以之受譙讓，無怨色。獄旬月而後讞，全家徙遼左，用流人法，不得爲前日比。獨子婦不在遣中，相國命將幼稚歸，寓書余曰：「吾子女不少，患難苦辛，惟有容兒夫婦耳。」

嗟乎！陳氏家方隆盛時，子弟厚自封殖，即難作，而室中裝爲在南者分持去。相國母夫人於武林聞之，曰：「四郎無私財，若妻子何？」女歸舟中舉一男，名之曰環，志環召也。抵家，住空舍中，支一鼎以爨，手脫傅璣珥，市棗栗以上太母，曰：「兒貧，不能與伯叔比也。」直方右目眇，於律，廢疾者贖，女時省余東滄，聞之喜曰：「吾爲貴家婦以有此苦，若骨肉幸以完，當僦居父舍傍，紡枲作活也。」未幾海警急，京江陷，北信不至，州人一日數驚。女積憂勞久，病咯血，返而就醫郡城，余憐其無依，父子常相守。二女甥四五歲，頗慧黠，長者教之禮佛，祈直方早歸，女凝視長吁曰：「汝父不還矣。」余訝問故，曰：「吾舅姑已行，若止一子，以贖論易耳。今株逮者盡室在南(三)，安坐無行色，部檄屢不前，事且有變，變則禍重至，渠何以獨免乎？」居兩月，果有後命。女病已憊，聞之憂且悸，嘔血數升，遂以是卒。當中丞初以婚請，余難之，曰：「物禁大盛，陳氏世顯貴，庸我耦乎？」其言二十五年而大驗。

女生於丁丑七月二十八日，卒於庚子五月六日。卒前二十四日，而直方在京師與諸兄弟竟同遣云。余曰：「陳氏之歸未有日，其權厝也，於法不當銘。然不可以無識也。[二]」變爲招魂之詞以哀之，曰：

木葉山兮雨冥冥，蘆管吹兮，悲風慘慄之中人。伊巖關之巀嶭兮，虎豹以狺；冰雪皚皚兮，恨黑水之無津。問華表之奚歸兮，鶴告余以不聞；生與死其終弗見兮，噫乎寥廓於重雲。越有岑兮江有滸，魂歸來兮從汝母。奠椒漿兮瀆茲土，依佛火兮救諸苦。

【校】

〔一〕其生子女也　風雨樓本無「也」字。

〔二〕今　原作「餘」，據四十卷本、風雨樓本改。

吳梅村全集卷第五十　文集二十八

墓表

卓海幢墓表

公諱禺，姓卓氏，字甪生，別字海幢，浙之瑞安人。明建文時戶部侍郎忠貞公諱敬，靖難不屈死，與方正學俱夷族，其子孫有脫者，流寓仁和，從外家之姓曰宋氏。萬曆中，鴻臚寺鳴贊公諱文炎，忠貞之七世孫也，始以仕顯復其姓，人乃知忠貞有後矣。鴻臚娶於孫氏，生公，公之從兄弟曰爾康，字去病，曰發之，字左車，俱以文章負重名，知交傾東南，而公亦雅著才望，時人莫能定其優劣，蓋仁和之卓始大。去病博學好屬文，而左車才辯穎悟，兼通佛理，其所持說，雖碩學名僧莫能屈。公傾心好之，日夜叩擊不倦，乃同爲北游。居京師五載，屢試於鎖院輒不利。歸而讀書武康山中，益探究爲性命之學。

先是公弱冠便有得於姚江知行合一之旨。姚江重良知，頗近佛氏之頓敎，而源流本殊，後之門人推演其義以見吾道之大，於是儒釋遂合。公旣偕同志崇理學，談仁義，而好從博山、雪嶠諸耆宿請質疑滯，雖發自左車，要本其師說然也。

公之爲學，從本達用，多所通涉，詩詞書法，無不精詣。卽治生之術亦能盡其所長，精彊有心計，課役僮隸，各得其宜，歲所入數倍，以高貲稱里中。客謂左車曰：「君與君之兄同講學，而獨以貧者何也？」左車曰：「白圭之治生也，以爲知不足與權變，勇不足以決斷，仁不能以取予，彊不能有所守，雖學吾術，終不告之。夫知仁勇彊〔一〕，此儒者之事，而貨殖用之，則以擇人任時，彊本力用，非深於學者不能辨也〔二〕。今余之學不足以及余兄，而余兄之爲善里中，嘗斥千金修橋梁之圮壞者，歲饑出囷粟，所全活以百數，彼其於吾儒義利之辨，佛氏外命之說，深有所得，豈區區焉與廢著鬻財者比耶〔三〕？」旣而公之子辛彝用高第入爲秘書院編修，公貽書敎誡之所以修身心，勤職業，其道甚備。嗟乎！富而不溢，貴而不驕，左車之言益信而有徵矣。

夫忠貞之裔湮滅不可知者二百餘年，而去病、左車與公三人者始以文章發聞於世，可謂盛矣，而皆不能得一第，去病、左車竟淪沒窮困以死，論者且謂天道之不可信，而公卒以其子貴享後福，然則天之所以厚忠貞子孫者〔四〕，詎可量哉！當方正學收族之日，一二賢者竊其幼息以免。忠貞遺孥得脱，史雖不載其事，保舍匿藏，要自有人。今正學之世未顯，而卓氏遂昌，亦可見忠臣之必有後，足以慰諸人於地下矣。

嗚呼！忠貞之德可以百世，而公能上繼祖烈，下啓來胤，苟不書其行事以告天下，則無以昭示乎後之人，乃鑱諸墓石。公二子：長彝，即編修君也〔五〕，次方淸，庠生。公以某年月日生，以某年月日卒，以某年月日偕元配張孺人合葬〔六〕，墓在武康縣之河圖村。婁東吳偉業述。

【校】

〔一〕知仁勇彊　四十卷本、風雨樓本均作「知勇仁彊」。

〔二〕辮　原作「辨」，據四十卷本、風雨樓本改。

〔三〕廢著　原作「廢箸」，據四十卷本改。

〔四〕天之所以　四十卷本、風雨樓本均無「之」字。

〔五〕編修君　四十卷本、風雨樓本均作「編修公」。

〔六〕四十卷本、風雨樓本均無「年」字。　元配，四十卷本作「原配」。

保御鄭三山墓表

余嘗讀戴元滑嬰寧傳〔一〕，見其人粹然儒者，又好爲名僧耆宿之游。蓋自疵癘夭札，刀兵水火之並作，善醫者非原本儒與禪，講求乎天人性命之故，俾人聞之者身心正定〔二〕，煩惱破除，則其藥石之所奏，不足以發膏肓而理癥結。求諸今人，若保御三山鄭君，斯近之矣。

鄭之先始於司空公，爲宋天聖間名臣。建炎南渡，武顯大夫有扈蹕功，賜田松陵。子孫習外家李氏帶下醫，遂以術著。其別祖之顯者，在宋曰學士忠惠公、丞相忠定公，在元曰所南高士。君堂構於程、朱之學，和、緩之技，咸有師承，相傳五百餘載，爲士族，爲名家。

君自少攻詩書，飭言行，早孤，居喪能哀，仲兄病，刲肉以進，人皆曰鄭氏有子。長身美鬚髯，溫良樂易，一見知爲通人長者。其於醫也，發揮精微，行之以誠心惻怛，名乃益起。千里之內，鉅公貴游，輜軿接跡，書幣交錯於庭，君造請問遺無虛日。窶人踽叟傴行過者，手注善藥以去，視之必均。性不喜入官府，有願交者必見重，始終不干以私。居常刪食疏爲章程，然中廚日具十人之饌，高人勝流，明燈接席，評騭詩文書畫爲笑樂。子弟守循牆之禮，端拜詳視，得義門之餘風。修先祀以收族，婚必告，喪必訃，周恤具有恩紀。宗人農部公庶子自其沒後始生，鞠育敎誨之者備焉。同里負重名者曰楊、徐兩先生，身殞家破，所知皆亡匿，君非前有一言之託，以己女女其子，孫女女其孫，處田宅，謀膏火，成就其門戶。徐之長子孝廉屏跡山中，不交人事，嘗抱病且困，君急挐舟往訪，見突煙不起〔三〕，奄然壞絮弊簀中，爲之泣，手和藥，解衣易粟，割半氈充臥具，孝廉乃張目能視，起而錄其事曰更生。他若指囷賙寓公之急，推宅慰謫宦之窮，爲粥路人，脫驂舊館，不可悉數。此其儒行之坊表者也。

君事雲棲蓮池和尚爲幅巾弟子，於武林石公爲同參，晚扣擊於張司農靜涵居士，以研究法乘。有弟曰士敬，余同年生，襲浮屠服以避世，講道論藝〔四〕，學者奉爲經師人師。君朝而率其孫櫛聽士敬演大易一章，夕而偕士敬從靜涵受般若妙義。所居杏圃，西近永定舊刹，名賢古德所遊處，傷其蕪廢，揮斥數百金擔荷修復。偕曹村相國結同善之會，誘掖勸懲，施者坌集。君嘗謂人，上藥養性，中藥養生，醍醐以爲參苓，楗椎以爲箴砭，去其陰憂蠱惑之疾，予以歡喜利益之方，彼且惙然汗，霍然已，我則不居功，不尸利。富者敎以營像設，飯伊蒲；貧者敎以掩骴骼，恤鷇卵：皆不期而至，不速而成。年七十餘矣，三春而眠，雞鳴而起，搰搰然若有不容自已者。畢餘景以護末法，回塵勞而入種智，飭巾正定，知命篤終，末後證明，歸諸解脫，緇素合掌讚歎，一以爲醫王，一以爲長者，此其禪觀之撈籠者也。

余每見世之士大夫困於更徭賦役之煩，在杜門學佛者爲尤甚，卽其親黨故人，義相收恤者，不能黽勉佽助，而營齋利生，恆詘於力之所弗及。若其棄家室，毀容貌，雖或大人長德，其徒相與敍統系，爭壇墠以屈辱之。庸兒俗媪，見其疏經詮敎，規重矩疊，苦難知而避之若浼，不得與一知半解者同其利養，是儒者窮，儒而禪者尤窮。醫獨出入儒與禪之間，其地位可以權巧，其交游可以牽勸，故急難死生〔五〕，捐金援手，伽藍塔廟，鳩財庀工，在今日唯醫之力饒爲之，顧獨難乎其人。君則其人與術相值而適會乎其時，願力乃有所成就。然則通儒與禪之窮者莫如醫，又莫如我三山之爲醫也。嗟乎！苟不爲三山，士君子之不振於斯世，可勝道哉！

余與君爲中表，往來游跡甚多，間嘗記其一事。登靈巖共謁吾師蘗庵〔六〕，蘗庵乃楚魚山熊公也〔七〕。楚有何先生者在坐，先朝爲淮南倅，因流寓其土而過吳，徒步訪師，師命寓君舟還郡。遇山村，君登岸遄返，出十金曰：「此村人所以資藥囊，願以爲何先生壽。」何先生之過吳也，因故人爲吳令不得見，困甚，藉君金裝以歸。夫以余所偶見如此，則其不見者可得而推矣。若三山者，今復有其人乎？

君諱欽諭，三山其字，晚自號初曉道人。子二：長共亮，次之洪。亮早世，之洪能養志，先君四年以卒，余所表其墓曰鄭孝子者也。孫櫛，醇謹有學行，能世其家。余既論次君行事，進而求之所南先生，似乎首陽、柱下之不同；然君子之道，或默或語，汩泥揚波，蓋所以救世也，歸潔其身而已矣。易曰：「不事王侯，高尚其事。」所南有焉。詩曰：「凡民有喪，匍匐救之。」三山有焉。所南之書埋之絕罋之下，君之碑刻之高原之上，後三百年，當有知其人而爲之愾歎者。是爲表。

【校】

〔一〕滑嬰寧　按明史方伎傳：滑壽，自號攖寧生。嬰當作「攖」。

〔二〕身心正定　「身」字原無，據四十卷本、風雨樓本增。

〔三〕見　風雨樓本作「覩」。

〔四〕講道論藝　風雨樓本作「講論道藝」。

〔五〕故急難死生　四十卷本無「故」字。

〔六〕〔七〕蘗庵　原作「柏庵」，據四十卷本、風雨樓本改。卷十七有題華山蘗庵和尚畫像二首。

先伯祖玉田公墓表

傍石湖而西，不半里爲梅灣，余伯祖故福安縣縣丞玉田公諱諫之墓也。余家世鹿城人，自禮部公以下，大參、鴻臚三世皆葬於鹿城。公爲鴻臚長子；次卽贈嘉議大夫少詹事諱議，余祖也；又次則諱誥，偉業四五歲曾及見之，老且貧，衣食於卜肆。余祖嘗抱偉業於膝，顧叔祖而歎曰：「爾知吾宗之所以衰乎？三世仕宦，廉吏之橐，固足以傳子孫，爾伯祖實主其帑，用之爲飲食裘馬費，產遂中落。余與爾叔祖庶出也，少孤，故皆貧。」余祖亡後，祖母湯孺人每談及鴻臚公時事，輒言嘉、隆中鹿城有倭難，伯祖自以私財募兵千餘人，轉戰湖、泖間，兵敗，左右皆歿，得一健卒負之免，家遂以破。其遷吳門也，買一故宅，起廢磚〔一〕，下有巨穴，見金繩緄棺，朱砂題畫，乃故王公葬處，以是邑邑不樂，得病死。有子而殤，一女不知女誰氏。吾家自移婁東，彼此不往來四十餘年矣。

偉業後十年成進士，於吳門遇三山鄭君，曰余姻也，詢之，則三山之兄曰某者，爲伯祖壻，余姑尚在也。偉業乃具禮幣拜見，則年已七十三，泫然泣曰：「猶憶曾鴻臚公葬時，曾到鹿城見二叔，今已六十年，不通家問。」二叔謂吾祖也。歸而告吾祖母湯孺人，孺人泣，吾世父與吾父知之亦泣，泣年六十始識有伯姊也。相率至梅灣墓下再拜哭，且加封樹焉。

嗚呼，甚矣吾宗之衰也！自曾祖以下不三世，婁東去吳門不百里，而門戶凋落，子孫分適他國，吉凶婚葬，訖不相聞，卽梅灣之一坏土，使非有鄭氏者識其故處，則蔦葛蒙薈，狐兔竄窟，遼墟深莽之間，若堂若坻者，忽焉過之，且不知爲何人之墓，而何以示子孫？惟有刻詞於石，表之於阡，以明鄭氏之德，而識余之愧，俾後之人知宗法之宜修也。

吾姑後三年以卒，有二子，以其一從吳姓，主梅灣之祭。祔葬者爲繼伯母查氏，而殤子諱□冢在其左，其陸氏從葬，則吾姑生母也。元配伯母□孺人，先伯祖幾年歿，猶葬鹿城云。

【校】

〔一〕起　四十卷本作「啓」。風雨樓本無「起」字。

誥封吳母孟恭人墓表

古卿大夫之獲內助者，匪僅國政，於軍旅有裨益焉。詩秦風之詠西伐也，用武之道備矣，終之以「言念君子，載寢載興。厭厭良人，秩秩德音。」君子讀而歎曰：「美哉，此國之所由興乎！」自昔運會之將至，精明強固之氣，不獨男子也，閨門婦孺，交相黽勉，踴躍於軍興之會。繇今觀之，若吳母孟恭人者，其事大有關於民生國故，可以墓門之石弗之著乎？

吳氏山陰大司馬之族，世爲著姓，後遷遼之清河。恭人清河指揮使德清孟公之女，其嬪於吳，爲贈中憲大夫越川公諱某之冢婦，今御史按察司使匪躬公諱執忠之配，而知無錫縣事興祚字伯成之母也。當國家王業始基，吳氏、孟氏實共執櫜鞬，以通婚媾。恭人事其君舅君姑，腆洗必豐，篋管必飭，遂以孝聞。匪躬公好結納，狥然諾，不問生計，恭人篝火紡績資給之無乏。處危疑之時，爲親黨畫可否多中。越川公曰：「微孟氏婦，無以寧吾家。」逮乎天下大定，匪躬公出牧畿縣，入擢西臺，官守言責，恭人之助居多，最大者無如閩漳南、楚西山之二役。

公之由御史出參政於閩也，漳南首被寇，我師之調集者數十萬，共偫惴惴弗及。恭人內率其媵妾傔從，外命其縫人膳宰，竭晝夜以就功，於是乎縵纓鎧扞、簦笠革舄，所以犒士也，稻醴粱糗、牲牷饇牽，所以饗兵也，皆取諸宮中而給之〔二〕，勿以累民。且亟謀諸公曰：「嗟沿海之人詿誤於賊者，非下令招之，諭以禍福，將惶惑無以自歸。諸將之執俘者萬數，王師弔民伐罪，此屬誠何辜？亟宜請王命脫其縛，暴露也爲之居，餓莩也予之食，仳離也還其親屬，俾得保聚。」公如其言行之，恩及一道矣。楚西山者，暴師於窮箐絕坂之中，人負斗糧，十日而後至，三軍之告匱狎聞。公方受命督楚餉，憂之不知所出。恭人策曰：「亟發取府之緡錢藏帛，吾率執鍼之屬紉爲縑囊，用襁負於軍所。」士賴以濟。嗟乎！此二者皆所以佐軍也，而恤民寓焉。漳南之資糧屝屨，既民不知勞；若西山則驛騷固不免矣，然使羣有司之在事者，一推以恭人之心，則楚人不至重困，而當時如我公者不多見也。噫嘻，恭人之賢豈不難哉！

恭人三子：長伯成也，次興基，又次興都。伯成凡三娶：元配韓氏，繼李氏，再繼以孔氏，生子，幼未名也。仲娶於于，季娶於萬，各有子一人。孫女共四人，其許字皆名族。恭人年六十有七，墓在京西之山原，曰龔村。其細行詳於幽堂之銘，故不載。

初伯成令無錫，而恭人南就養，將車都亭，威儀甚盛。踰數月，辦嚴北發，伯成牽裾請留，母正色勉之曰：「魯敬姜之教其子也，男女效績，愆則有辟。我孟氏也，有弗聞乎？修若職，庀若政，此乃爲孝，何必朝於寢而夕於側耶？」伯成再拜受所戒，弗敢言。既行，未浹旬而訃至，祖括髮而叫曰：「天乎！自吾始筮仕，萍鄉有萑苻警，而大寧山縣地被邊，皆不克奉母從。惟沂州魯之南境，而錫山江南，又以家京師，未畢正臘而遽返。今者覩紋衾、奠餘閣屬之兩弟，而羈一官於斯土，吾之生其不如死也已。」

偉業聞之曰：「甚哉伯成之孝也！雖然，先王制禮，不可以過也〔三〕。父在而爲母滅性乎？且恭人可謂不沒矣，夫以孝慈共恪之行，又出之以佐軍事而勤恤其民，若此以圖不朽，夫復奚憾耶？」伯成稽首曰：「子宗老也，請以一言累子。」偉業熟於大司馬之後，誼最深，自少同舉進士，直史館，晚而與伯成游，伯成之母猶吾母，何敢辭？抑吾聞之，先王爲治，卿大夫妻若母之賢者，必表著之以風勵天下。今吳氏忝世臣，而恭人備有懿德，當宁修開代之史，偉業衰且廢，曩者曾與覩乎故府，今奮筆書之者，詎獨爲其宗人已乎？乃修不文之辭，俾刻而表諸墓上。

【校】

〔一〕宫中　疑當作「官中」。

〔二〕「過」字原闕，據四十卷本、風雨樓本補。

吳梅村全集卷第五十一　文集二十九

塔銘　塔頌

香山白馬寺巨冶禪師教公塔銘

如來以虛無爲宗，眞實爲義，其有出世爲人，興頹舉廢者，揆之甚深微，妙法機用相等。我吳鄧尉聖恩寺剖公壁和尙，建大法幢，尊勝殊特，所度弟子，各坐道場，遠者台、宕、廬、黃之間，精藍巨刹，千里列望焉。乃若巾瓶弗離，鐘魚互答，相去一牛鳴地，無如穹窿之海雲、香山之白馬。海雲起自道衍少師；白馬則始於支公，其後有道淸禪師，實萬峯之法嗣。香山分鄧尉支隴，而聖恩原本萬峯，故命巨冶教公主之，修別院，復祖庭也。巨師既委順觀化，嗣法門人正道件繫行事，奉剖公命以塔銘來請。偉業皈依和尙，仰見其擔荷大法，囑累後人，纘佛慧命。世相遷滅不常，十餘年來，得法上首六人示寂，白馬則尤其龍象蹴踏所侍爲金湯者也，烏可不勒梵行、昭法派以垂示來茲乎？

師諱濟教，亘治其字，毛姓也，揚之泰州人。父古莊公，有壹行。母沈氏生師，岧嶤穎發，氣骨不凡。早歲厭薄塵勞，父母見背，捨家入道，學於其族之爲浮屠道者西山寺深林茂，叔父行也。先朝神廟之世，詔集有道高僧證戒於五臺，江南觀法師者與焉，膺紫衣之賜，而茂公出其門。師年十八，薙染爲大僧，從觀法師開講於天竺、於雙徑，廣通大藏尊經。已而蟬蛻文句，思證覺海，聞三峯漢和尚唱臨濟宗旨於鄧尉，杖策往游。漢和尚者，剖公之師，海内所推爲三峯禪也。和尚一見契合，迎謂之曰：「汝拚得五年住，卽留單。」師應曰：「古人拚這一生，何論五年？」遂留侍左右，服勞執苦，朝夕弗懈，稟戒入堂爲悦衆。上堂晚參，和尚舉「鵓鳩樹頭啼」語，言下有省，和尚誠以古德行解相應，方堪入道。師盡心供職，一衆悦服，漢公入滅，剖公開堂之日，舉爲監寺。當是時，鄧尉緇素坌集，日有千人，而經寮齋室，規制未備。師内營資糧，外接賓客，十年之間，威儀肅給，信施塡委，湧閣飛樓，宏敞嚴飭，凡使三峯之道揚於天下者，剖公之力，師爲之也。空有一徹，照用兼收，猛求向上一著，朝咨夕叩，既接源流，受信拂，觀法師亦取所賜紫衣爲贈。

出主香山，草翳木荒，敝屋三楹，不蔽風雨，乃剪林莽，乃剗巖巒，度地鳩工，簡材陶甓，未幾而寶坊矗起，四方不祈而薦貨，不命而獻力，以潰於成。師軌行方雅，質性温醇，與人言煦煦然，誘接初機，惟恐弗及，撈籠薰染，罔不嚮赴。說法授戒，千僧禮足；拈錐豎拂，四衆趨風。住香山之十有□年，爲辛丑八月二十八日，報緣已盡，沐浴更衣，作偈示衆曰：「生年五十七，大事今已畢。推倒須彌山，打破無生國。」泊然而逝。得度弟子首戒雪，即正道也，次曰法印宗、曰天句玄、曰千齡載、曰化燈用、曰二非□，共六人，所著語錄二卷行世。正道旣以師命繼白馬席，爰率同衣，於甲辰八月二十五日，瘞靈骨於香山西麓，遵遺意也。

當道清開法之初，有梅泉滃沸於山巔，湮沒已久，師至而泉於舊處迸出，甘洌異常，流細而供不竭，中峯蒼雪澈有「細流引到泉盈壑，空鉢持歸雪滿舟」之句，香山以爲勝事。夫白馬始於支公，以余所見，若中峯蒼師者，深究竺墳，旁通孔籍，亦近代之支公也。道林偕王、許爲山澤之遊，百世而下，風流可想。蒼公沒踰十載，而中峯鞠爲茂草，識者過之太息。當今海內尊宿，如鄧尉、靈巖、靈隱三四大老，皆性相圓通，了無窒礙。後生淺聞薄植，掠知見而護門庭，世俗靡然，不復知有天台賢首之旨，經臺講席，抑沒而弗振，斯非末法之可憂者乎！亘師之從剖公游也，建傑閣以奉尊經，實轉華嚴藏海，而與蒼公有異常之契，此其眞實妙義，有不墮於空寂者矣，是可銘也。銘曰：

維臨濟之印，歸乎戒定，用絕鬭諍。師守其密令，契於眞乘，非相非性。光明如鏡，慧珠圓映，斯之謂清淨。維鄧尉之宮，湧乎虛空，聲聞鼓鐘，師相其成功。遷於別峯，有栝有佛法西來，至乎東夏，修多羅藏，馱以白馬。夐矣松，丹樓如虹，寶鐸吟風，斯謂之顯融。有大導師，厥稱亘冶，不離文字，坐證般若，大聲一喝，震彼聾啞。頑石潛通，飛泉高瀉，栴檀香林，青山白社，靈塔巋然，雙樹之下。法雲布護，道風瀟灑，覺性爲眞，報身寧假。權實同歸，有無交捨，刻茲銘詞，用告來者。

靈隱具德和尚塔銘

自佛法入中夏，以漸被江南，宋、元以來，浙河東西分立五山十刹，而靈隱實居其最，是能致有道浮屠，如無著喜、永明壽、明教嵩、雪竇顯、大慧杲十有數公，退哉其不易及也已。爰當本朝御籙之初，我具德大和尚用臨濟宗旨，敷揚正法眼藏，而靈隱乃熾然其復興。其既也，遷席於雙徑，順世於天寧，而道價攸崇，靈骨是妥，始終於此山爲不朽，若是乎我佛如來因緣付囑，應身示現，不可得而思議者。噫嘻，詎偶然哉！於是嗣法弟子晦山顯件繫梵行，郵書屬其友吳偉業曰：「子固辱與吾師遊者也。塔有刻文，非子不足傳，信石已具，敢請。」偉業既遜謝弗獲，則伏而思曰：「夫像法之有盛衰，猶生相之有起滅也。興復則重來懸記，坐脫則末後證明，皆所以開導有情，表彰正覺。今以和尚之功用莊嚴，遷化殊特，烏可不標舉大端，庸昭示於來禩乎！且偉業稱同學於晦山者四十年矣，猶記晦山初經薙染，和尙結制於玉峯之海藏，惟時緇素大集，偉業隨衆禮足，開誘殷勤，自慚鈍根，無以追隨參學。今者竊有餘幸，獲以世諦文字效奉揚於萬一。晦山之師，猶吾師也，其何敢辭？」

謹按師諱弘禮，號具德，生於紹興山陰之張氏，世稱著姓，明隆慶辛未狀元陽和先生元忭，其族也。從祖父徙會城，好與黃冠者游，有紫陽洞蘇道者，教以息養方，頗本於天台小止觀。止觀爲智者大師所修，梵僧謂與首楞嚴相合，今大師拜經石具在。師因讀是經而發正信，遂投普陀寶花庵靜長老，下髮出家。昔李叟過流沙而爲浮屠，阿難登雪山而度仙衆，師之卽仙證佛，又從敎入禪，毋乃類是乎！三峯漢月藏禪師，則其所從記莂，授以臨濟一宗者也。臨濟在明初，法運中微，漢公出而直追從上相承之密印，自謂得心於高峯，得法於覺範，得源流於金粟悟和尙，而其始終加護者，則在覺範之綱宗。綱宗者，全提五家宗旨，而於臨濟，則一句分明之中，有玄有要，照用權實，料簡回互，賓主歷然，漢公所以尊奉源流，又不得已而至於辨難，其一念總不出乎此，師聞乃亟往而從焉，當其時漢公開法於安隱矣。師於座下首參本來面目，偶窺鏡見影，被同參驀背一推，猛然有省，然未敢以爲得也。自以生逢明師，聞至道，苟不於向上一著，關捩穿通，將何以發明弘道之苦心而擔荷大法？凡歷三峯、玄墓者數年，晝夜服勞，飽參力叩，一旦橫楖栗，下坡陀，放眼虛空，忽悟自家活計，而臨濟全機大用，當前畢現矣。師面貌淸稜，口機迅利，在函丈之前，豎義嶽嶽不下，而渼公輒痛加錐劄，故逆折之於疇人之中，嘗以機語不契，納履而去，最後乃許爲鐵骨禪，而謂吾宗必興於是子，其師弟機緣如此。三峯沒，同學潭吉忍公著五宗救於安隱，而已病，師贊助之力居多。書成而闡揚綱宗，三峯道法始曉然於天下，雖與當時辨難三峯者持論不無異同，要其大指，不過曰：「吾道應如是也。」昔巖頭以德山不知末後句，仰山謂翠巖不知祖師禪，師友兄弟相資教益，在世法爲鬭諍，佛法則酬唱而已，師何心焉。

於是師歸隱雲門山中。御史大夫念臺劉公爲方外交，請師出世於會稽之廣孝寺。久之，居杭之安隱、顯寧，已而去之江北。其開期天長則慶雲，高郵則地藏，維揚則天寧，而杭之佛日、靈隱、徑山，又還自江北主焉者也。先後十坐道場，惟天寧、靈隱爲大。天寧學侶奔湊，師偈所云「五千衲子下揚州」者也。靈隱能起二百年之廢，大殿火，重新之，費以億萬計，王公大人施者坌集，殿材之長與其圍，產大山深谷中，非人力所致，若有天龍鬼神相之以畢出。吁，亦異哉！殿成，鉅麗甲天下，峯巒澗壑，次第布置，又斥其餘力以葺杭之諸寺。而徑山頻以興復請，師乃招晦山於黃梅四祖，取靈隱付之。住徑山未一歲，再往天寧。其未之天寧也，若似乎息機投老，報齡將近者。既至，預刻時日爲齋期。齋前一日，搭衣禮佛，夜過半，談笑如平時，五鼓，易新衣，呼侍者隨我上方去，頓足一下，端坐逝焉，世壽六十七，僧臘四十三，丁未十月之十九日也。

最師之生平，有奮迅之力，有漚和之智，有眞實了義，有無礙辨才，故能上以承當佛祖，下以調伏諸方，而鍛鍊學人，尤推爲莫及。蓋佛法自馬祖以後，大慧以前，正令接物，皆顯大機大用，三峯始修舉行之，而師極變化於莫測，在大乘法器，舉不能越其範圍，卽淺學初機，望崖思退者，尋當悔而遄返。師嘗以語晦山曰：「綱宗者，人能講，我能用。先師當日鉗鎚，晚年始獲其益，此卽我三峯家法也。」嗟乎！今人以分別覺路者曰知解，建立行業者曰有爲。師之講求宗旨，分條析理，而未嘗落言詮，入窠臼，得諸性相平等，雖有千差萬別，總歸一源，故能破除心意識以超脫生死，不可謂之知解也。師願力廣大，攝受經營，能以無著心應一切物，視飛樓湧殿，食輪萬指，與夫草舍單丁，了無以異，功德克就，躧屣去之，不可謂之有爲也。若師者，天所以撐拄末法，爲道而生者哉！

得法弟子巨渤恆，初主天寧，先其師示寂；次戒顯，卽晦山，今補位於靈隱者也；次剖玉璞、紫蓋衡、三目淵、若相有、穆文晉，今主吾鄉之法輪衲華通則爲吾鄉人，相繼付囑者共六十七人。當靈龕東歸，徑山有以爲請，諸弟子念師二十年拮据大功，託於此山，且枚筮之亦惟靈隱爲吉，故用戊申八月二十六日入塔，緇素畢會，咸歎爲允。

晦山之來速銘也，曰：「師初至山，有二騰猿呈異；而殿功創手，一钁下得文喜故塔，跡示後身，人符昔夢：此二者狀失之略，不可以不書。」嗚呼！法席有盛衰，而大道借此山無終極。和尚在長寂光中，與從上諸祖相印證，固無假於斯文，乃百世而下，摩挲其日月而考校其行履，并吾與晦山爲出世之交〔一〕，亦得附佛法以垂永久，則此碑之作，又烏可以弗詳乎！爲之銘曰：

靈鷲何年來，玲瓏入佛智，幸遭威音喝，故得不飛去。龍湫日噴薄，徹骨松風寒，清冷長不竭，我心如此泉。小悟攬鏡光，大悟擔拄杖，覿面更轉肩，有相參無相。乃立三玄要，乃著五綱宗，千聖縱復出，此理罔不同。建瓴決懸河，辨才信無礙，不現文句身，而得大自在。白椎告四衆，佛法無容情，手持吹毛劍，把定迷塗津。驀頭緊一按，攙胸速令說，老宿有擒縱，徒侶鮮敗闕。願以清淨心，而作廣大事，於一彈指間，攝授俄孔熾〔二〕。公侯諸宰執，都護大將軍，槖駝載法施，解放韝中鷹。香花結慈雲，鐘魚答天籟，婦孺布金錢，屠沽請法戒。檀柘三十國，絕壑封雲煙，越氓閩鬼語，將以供諸天。八龍騁威神，夜半雷雨送，涌水巉巖齊，耶許力不用。觚稜截虹霓。丹艧蒸雲霞，變現兜率宮，週滿恆河沙。祝釐鞏丕圖，皈依發正信，白象捧金輪，青蓮演佛乘。功成已不有，道在我且行，泊然入滅度，便是娑羅林。是謂大堅忍，是謂正知覺，世幻等微塵，去住總不著。能以義句參，不落識想故；能以行業求，不貪利養故。門庭饒拔濟，機用垂森嚴，馬駒踏四海，優鉢開千年。燈燈鎮相續，如如永不壞，若論無盡身，充滿於法界。顧惟有情衆，俯仰於茲山，拳石本灌莽，冷泉空潺湲。念以何因緣，成此功德聚，靈骨於焉藏，理在不思議。日色起滄海，潮聲來浙江，吉祥殊勝地，寂滅光明幢。我爲作此銘，刻諸無縫塔，曠劫長不磨，炯炯玄要法。

【校】

〔一〕爲 四十卷本、風雨樓本均作「世」。

〔二〕授 四十卷本、風雨樓本均作「受」。

照如禪師生塔頌

吾郡西郊華雨庵照如禪師，俗曹姓，諱洵，字元孟。祖爲魯川先生，偉業外王母之父。魯川著書數百卷，其論浮屠氏與孔子之道合。照如繇諸生出家，先後一揆，識者稱之。年七十有二，乞言於余，銘其生塔，若以秘演、浩初有託乎文字以傳者。余遜謝不敢，祇以譜系渭陽，傷心風樹，同登正覺，有感夙因，合掌作禮，而爲之頌曰：

佛說大報恩，左肩嘗負母，經歷千餘年，恩深難報故。以是作思維，母上更有母，乃至其親黨，恩愛總不殊。譬如娑羅樹，葉葉本同條；譬如瓔珞珠，絲絲自相續。吾母朱淑人，曹乃所自出，始余六七歲，得見外王母。嘗用兜綿手，摩頂在膝前，阿甥汝當知，我父循良吏，上書忤時宰，拂袖歸田廬。理學專門家，孔釋水乳合，諸方大尊宿，推重惟魯川，敎律

與論藏，一一手撰述。吾母時諦聽，大發菩提心，晚受具足戒，修持二十載。名山構傑閣
虔奉修多羅。幡幢分五色〔二〕，親見如來迎。末後勘辨明，往生安樂國。霜露漸以改，中表
日以凋，朱、曹兩姓人，屈指存者幾？有一大比丘，其名曰照如，住錫華雨庵，精修木叉行。
皎然紹靈運，智永嗣右軍，是爲魯川孫，儒、釋合而一。少年好詩酒，有聲諸生中，南適閩與
甌，西過伊與雒。長揖謁卿相，高論傾賢豪，相贈千黃金，棄之若涕唾。歸來槖如洗，客至
貧無氈，趺坐惟一牀，瞑目思萬里。雒城佳麗地，冠蓋羅王侯，兜率天王宮，雲霞結成綺。黃
流俄屈注，平地起龍蛇，千尺妙高臺，遷變若泡影。無諸越人市，琥珀珊瑚珠，白象旃檀香，
黃犀金孔翠。劫火忽燒灼，委落恆河沙，七寶蘇迷山，剎那成瓦礫。微塵具世界，世界爲微
塵，普視閻浮提，嘗作寂滅想。緣此棄妻子，薙落爲浮屠，梵夾手自詮，薰心兼注耳。惟有
妙法華，是爲經中王，藏通別圓義，開權而顯實。無二亦無三，融通歸一乘。繕寫貝葉文，
六萬九千餘，音演第五時，光週三法界。妙義已充足，廣攝信解門。稽首龍樹尊，證入雜華
海。悉心念厥祖，多聞大總持，遺書雖散亡，般若炯然在。百年種佛智，宗旨留家風，重以
文句身，而修秘密印。我初念舅氏，逃入於苦空，比悟淸淨因，身心大饒益。却恨煩惱障，
八萬塵勞纏，浮名若空華，世慧如利刃。歸命大慈氏，法乳甘醍醐，佛恩與親恩，昊天同罔
極。師其勤接引，覺筏開迷津，三世諸眷屬，共成無上道。

【校】

〔一〕分　四十卷本作「紛」。

吳梅村全集卷第五十二　文集三十

傳

謝封翁傳

定海慈孝村人人皆稱謝封翁。翁諱瀚，字愛夫，別號泮池。其先有令定海者，遂家焉。世以孝聞，能修廬墓禮，村以是得名。其墓間夜輒聞呼畚聲，狀若讞決者，諺爲語曰：「謝家墳，鬼開門。」元初年間毀墓石繕城闉，村人以靈異故，爭畚土掩覆，故謝墳封鬣至今高丈二尺許云。屢傳而有琛者〔一〕，以上饒令起家，政治神明，號曰謝城隍。琛弟璵，四傳而爲贈參政公大綸〔二〕，卽翁之父也，時產已中落。

翁年十二，一日見家不能炊，遂緣江岸禱水神，沙且沒踵，倏大蛤數斗湧出，徐囊歸，得餉父母，蓋純孝所感也。因謂其季曰〔三〕：「需青紫何時？萬一吾父母槁羸至不及待何！爾執不律，吾行且逐烏兔走矣。」遂棄去制舉義，修業吳、越間，足繭起寸，業遂稍起，壹意奉父母歡，季卽參政公〔四〕，乃得卒其學成進士。贈公性好晏處，會歲除，鄰失火，蕩其室亡有，僦旁舍以居，輒忽忽不樂。翁乃收合煨燼，蕰材鳩傭，落成而間燥，贈公始喜，然以亡樓居，且未陽也〔五〕。翁偵知之，復自爲臿築，楯柵之屬，以意審面。已而南熏拂拂，江山縈繞，贈公登焉而樂，樂而甚爲加餐也。參政公既宦游萬里外，翁家居養母，備極情志。參政無內顧憂，與翁沒齒友愛，視曩者青紫數言，始終蓋無間云。

翁輕貲財，排患難，慕義若嗜欲，里閈尊爲祭酒〔六〕。已伯子泰宗既貴，海巡使者及郡邑長吏爭迎致翁，翁爲畫策，輒有所興革〔七〕，無不砉然解者。減苛徭，定兵變，語皆在誌中。初翁以小賈役常熟〔八〕，迷失路，夜昏黑矣，有童子導至邸舍，忽不見。渡福山遇颶風，海船將覆，翁見帆柱脫，急呼篙師理之，遂得免。又嘗痒瘍生於背〔九〕，有客過門，手和蠟礬爲丸，竟去不受謝。其隱報類如此，謂非慈孝所致哉！

翁故五子。鄞人爲余言慈孝村有謝伯子者，以進士出漳浦之門，今隱居教授，所著書且萬言，時念家國師友之故，輒發聲讀，讀罷輒泣，而骯髒無憀，一發洩之於酒，酒故不醉，卽泰宗也。余慕其名而無繇見，會其季泰交以明經對策第一〔一〇〕，卒業北雍，文辭卓犖，余摸索喜甚，以冠其軍，及來謁余，傑然篤行儒者也，乃爲慈孝村八十三翁立傳焉。

國史氏曰：余爲謝封翁傳，傳不詳其它，重稱慈孝村者，蓋著所本也。語云：「不知其父視其子。」余門下士泰交爲其父請傳，跪門外者三日，每見輒蒲伏堦下〔二〕，流涕不能起。於乎！至性感動，卽若翁可知矣。

【校】

〔一〕有琛者　四十卷本作「有僉憲琛者」。

〔二〕四傳　四十卷本作「三傳」。

〔三〕〔四〕季　四十卷本、風雨樓本均作「仲」。

〔五〕未陽　風雨樓本作「未暢」。

〔六〕奪　四十卷本、風雨樓本均作「稱」。

〔七〕興革　原作「興第」，據四十卷本、風雨樓本改。

〔八〕小買　四十卷本、風雨樓本均作「親命」。

〔九〕痒瘍　四十卷本、風雨樓本均作「瘴瘍」。

〔一〇〕四十卷本無「會」字。

〔一一〕堦下　四十卷本作「堦前」。

志衍傳

志衍諱繼善，姓吳氏，志衍其字也。余年十四識志衍，志衍長於余三歲，兩人深相得。又六年而人撫、純祜相與砥礪爲文章，人撫、志衍與余同魁庚午一經，而純祜未十年成進士，里中稱科名者推吳氏云。當是時天如師以古學振東南，海內能文家聞其風者靡然而至，余羸病不能數對，客過志衍，則人人自得也。

志衍博聞辯智，風流警速，於書一覽輒記，下筆灑灑數千言，家本春秋，治三傳，通史、漢諸大家，繼又出入齊、梁，工詩歌，善尺牘，尤愛圖繪，有元人風，下至樗蒲、六博、彈琴、蹴踘，無不畢解。性好客，日具數人饌，賓至者無貴賤必與均，每三爵之後，詞辨鋒起，雜以諧謔，輒屈其坐人。余口不識杯鐺，同其醉醒；而志衍白擲劇飲，與人決度，不勝不止，岸幘笑詠，酣飲絕叫以爲常。生平負志節，急人患難。其成進士也，會里中兒刊章告密，天如師爲所搆，勢張甚，志衍鋭身爲營救，卒以免。大司馬鄭仙湄公聞而嚴重之，願與交。已得慈谿令，司馬其邑人，益相爲引重，而長安名公卿爭揖志衍矣。母夫人喪，未之任，家居侍太公疾，視湯藥，浣廁牏，衣不解帶者數十日，哭泣喪葬，備物盡志，人稱曰孝。事長兄，待二弟，友愛無間言。伉爽曠達，恥爲小節苛禮，而父黨造門，必躡履問起居。中表故舊及所游門下士一旦請緩急，未嘗以不足爲解，而無纖毫德色。家世素高貲，坐是析箸，假貸累千金，意豁如也。嘗游黃山，凌躋險絕，同游者不能從焉。雅自負彊濟，謂可就功業，慨然曰：「今天下將亂，大丈夫習勞苦，任艱難，爲國家馳驅奔走〔一〕，有如此游矣！」而其後乃得蜀之成都。

成都在萬里外，又荆、襄陷沒，江、鄂道斷，賓客逡巡勸少留，志衍曰：「吾旣受成命矣，人臣守官，其敢以利害辭？且今日何樂土之有？」志衍雖勇於蜀游乎，顧置酒張樂，召所與游人人道別，雖握手極笑語，而獨坐凝視，椎牀彈指〔二〕，或親故問之，則浮大白引滿，欷歔不復言。旣上道，復改途出宜春，道酉陽，涉黔江，南而入蜀〔三〕，卽日啓蜀王，請發帑金爲備禦計。當時蜀事已棘，而藩府金繒積者數百萬，王恡不應，則貽余書曰：「事不可爲，余必死於此。」詞甚酸愴云。

居五六月，蜀問至，成都陷，余中夜蹶起曰：「志衍死矣！」欲爲位哭，行自念，盡室西川，豈無一自脫得報親戚者？越三年，其弟事衍徒跣萬里，望家而哭曰：「吾兄以甲申十一月二十五日遇害，罵不絕口，賊臠而割之。一門四十餘人，同日併命。」嗟乎，何其酷也！當夫燕京已沒，先皇帝崩問已至，志衍慟哭上書，卽藩邸亦心動，而文武大吏無一人肯辦賊。劍門、夔峽諸險皆已失守，而後驅數千之卒，阻五丈之城，以當百萬之強寇，雖智勇無所施。

護親藩竄山谷，屏跡蠻僚閒，可以圖全，而志衍喋血自誓，與此城爲存亡，終至骨肉葅醢，妻兒橫分，以報所受，豈不難哉！

初純祜之在永嘉也，書問阻絕；而事衍聞東南大亂，亦長慟，恐至則無歸。及兩人先後到里門，問宗人親戚尚無恙。余向謂志衍卽尚存，勢不能自拔，今見兩兄弟流離辛苦，終得相見，抱持痛哭，而志衍獨不幸以死。死者人所不免，而家室同盡，齠稚無遺，并其斷骸殘骼不得一棺之土，故哭其喪者爲尤痛焉。

嗟乎！志衍之入蜀也，天如師已前沒，未一歲而司馬馮公亦亡，平昔志衍所與游零落殆盡，禍與志衍同者亦比比而是也。其宜死而不死，如余與人撫，則又窮愁疾病，所去志衍者幾何，而今日猶哭吾志衍，志衍亦可以無憾矣。

志衍有子曰孫慈，賊將憐而匿之，後亦遇害。純祜經紀其兄喪，以少子某爲之後。志衍之死也，友人季曾貫與同難。其族人名漢者逸出城，箭及之，顚而殞。家人五郞者免矣，奮曰：「吾主與主母死矣，義不忍獨生！」乃慷慨罵詈而盡於主側。嗚呼！是皆可書也。

【校】

〔一〕馳驅　四十卷本、風雨樓本均作「驅馳」。

〔二〕椎牀　四十卷本、風雨樓本均作「推牀」。

〔三〕南而入蜀　四十卷本、風雨樓本均無「南」字。

柳敬亭傳

柳敬亭者，揚之泰州人，蓋曹姓。年十五，獷悍無賴，名已在捕中，走之盱眙，困甚。挾稗官一册，非所習也，耳剽久，妄以其意抵掌盱眙市，則已傾其市人。好博，所得亦緣手盡，有老人日爲醵百錢從寄食。久之過江，休大柳下，生攀條泫然，已撫其樹，顧同行數十人曰：「嘻，吾今氏柳矣！」聞者以生多端，或大笑以去。後二十年，金陵有善談論柳生，衣冠懷之輻輳，門車常接轂，所到坐中皆驚，有識之者，此固嚮年過江時休樹下者也。

柳生之技，其先後江湖間者，廣陵張樵、陳思，姑蘇吳逸，與柳生四人者各名其家，柳生獨以能著。或問生何師，生曰：「吾無師也。吾之師乃儒者雲間莫君後光。」莫君之言曰：「夫演義雖小技，其以辨性情，考方俗，形容萬類，不與儒者異道。故取之欲其肆，中之欲其微，促而赴之欲其迅，舒而繹之欲其安，進而止之欲其留，整而歸之欲其潔，非天下至精者，其孰與於斯矣！」柳生乃退就舍，養氣定詞，審音辨物，以爲揣摩，期月而後請莫君，莫君曰：「子之說未也。聞子說者驩咍嗢噱，是得子之易也。」又期月，曰：「子之說幾矣。聞子說者，危坐變色，毛髮盡悚，舌撟然不能下。」又期月，莫君望見驚起曰：「子得之矣！目之所視，手之所倚，足之所跂，言未發而哀樂具乎其前，此說之全矣。」於是聽者儻然若有見焉；其竟也，恤然若有亡焉。莫君曰：「雖以行天下莫能難也。」已而柳生辭去，之揚州，之杭，之吳，吳最久，之金陵，所至與其豪長者相結，人人昵就生。其處己也，雖甚卑賤，必折節下之；卽通顯，傲弄無所詘。與人談，初不甚諧謔，徐舉一往事相酬答，澹辭雅對，一坐傾靡。諸公以此重之，亦不盡以其技彊也。

當是時士大夫避寇南下，僑金陵者萬家。大司馬吳橋范公以憂兵開府，名好士，相國何文端闔門避造請，兩家引生爲上客。客有謂生者曰：「方海內無事，生所談皆豪猾大俠，草澤亡命，吾等聞之，笑謂必無是，乃公故善誕耳。孰圖今日不幸竟親見之乎！」生聞其語慨然。屬與吳人張燕筑、沈公憲俱，張、沈以歌，生以談，三人者酒酣，悲吟擊節，意悽悵傷懷〔二〕，凡北人流離在南者，聞之無不流涕。未幾而有左兵之事。

左兵者，寧南伯良玉軍譟而南，尋奉詔守楚，駐皖城待發。守皖者杜將軍弘域，於生爲故人。寧南嘗奏酒，思得一異客，杜既已洩之矣。會兩人用軍事不相中，念非生莫可解者，乃檄生至進之。左以爲此天下辯士，欲以觀其能，帳下用長刀遮客，引就席，坐客咸振慴失次，生拜訖，索酒，談啁諧笑〔三〕，旁若無人者。左大驚，自以爲得生晚也。居數日，左沉吟不樂，熟視生曰：「生揣我何念？」生曰：「得毋以亡卒入皖，而杜將軍不法治之乎？」左曰：

「然。」生曰：「此非有君侯令，杜將軍不敢以專也。生請啣命矣！」馳一騎入杜將軍軍中，斬數人乃定。左幕府多儒生，所爲文檄不甚中窾會〔三〕；生故不知書，口畫便宜輒合。左起卒伍，少孤貧，與母相失，請貤封不能得其姓，淚承睫不止。生曰：「君侯不聞天子賜姓事乎？此吾說書中故實也。」大喜，立具奏。左武人，卽以爲知古今、識大體矣。阮司馬大鋮〔四〕，生舊識也，與左郄而新用事。生還南中，請左曰：「見阮云何？」左無文書，卽令口報阮以捐棄故嫌，圖國事於司馬也。生歸，對如寧南指〔五〕，且約結還報。及聞坂磯築城，則頓足曰：「此示西備，疑必起矣！」後果如其慮焉。

左喪過龍江關〔六〕，生祠哭已，有迎且拜，拜不肯起者，則其愛將陳秀也。秀嘗有急，生活之，具爲余言救秀狀。始左病，多恚怒，而秀所犯重，且必死，生莫得搘捂，乃設之以事曰：「今日飲酒不樂，君侯有奇物玩好，請一觀可乎？」左曰：「甚善。」出所畫已像二，其一關隴破賊圖也。覽鏡自照，歎曰：「良玉天下健兒也，而今衰。」指其次曰：「吾破賊後將入山，此圖所以志也。」見衲而杖者，數童子從，其負瓢笠且近，則秀也。生佯不省，而徐語爲誰〔七〕，左語之，且告其罪，生曰：「若負恩當死。顧君侯以親信，卽入山且令自從，而殺之，卽此圖爲不全矣。」左頷之。其善用權譎，爲人排患解紛率類此。

初生從武昌歸，以客將新道軍所來，朝貴皆傾動，顧自安舊節，起居故人無所改。逮江上之變，生所攜及留軍中者亡散累千金，再貧困而意氣自如。或問之，曰：「吾在盱眙市上時，夜寒，借束藁臥〔八〕，屝履踵決〔九〕，行雨雪中，竊不自料以至於此。今雖復落，尚足爲生，且有吾技在，寧渠憂貧乎？」乃復來吳中。每被酒，嘗爲人說故寧南時事，則欷歔灑泣。既在軍中久，其所談益習，而無聊不平之氣無所用，益發之於書，故晚節尤進云。

舊史氏曰：余從金陵識柳生，同時有楊生季蘅，故醫也，亦客於左，奏摄武昌守，拜爲眞。左因彊柳生以官，笑弗就也。楊今去官，仍故業，在南中，亦縱橫士，與余善。

【校】

〔一〕悽悵　四十卷本、風雨樓本均作「悽愴」。
〔二〕談喁　四十卷本作「詼喁」。
〔三〕竄會　原作「竅會」，據四十卷本、風雨樓本改。
〔四〕大鋮　原作「大鉞」，據四十卷本及明史奸臣傳改。
〔五〕寧南　原作「南寧」，據四十卷本及上文乙。
〔六〕龍江關　「關」字原無，據四十卷本、風雨樓本增。
〔七〕徐語　四十卷本作「徐睨」。
〔八〕借　四十卷本作「藉」，風雨樓本作「籍」。

〔九〕扉屨 原作「扉履」，據四十卷本、風雨樓本改。

張南垣傳

張南垣名漣，南垣其字，華亭人，徙秀州，又爲秀州人。少學畫，好寫人像，兼通山水，遂以其意壘石，故他藝不甚著，其壘石最工，在他人爲之莫能及也。百餘年來，爲此技者類學嶄巖嵌特，好事之家羅取一二異石，標之曰峯，皆從他邑輦致，決城闉，壞道路，人牛喘汗，僅而得至。絡以巨絙，錮以鐵汁，刑牲下拜，劖顏刻字，鉤塡空青，穹窿巖巖，若在喬嶽，其難也如此。而其旁又架危梁，梯鳥道，遊之者鉤巾棘履，拾級數折〔一〕，傴僂入深洞，捫壁投罅，瞪盻駭栗〔二〕。南垣過而笑曰：「是豈知爲山者耶？今夫羣峯造天，深巖蔽日，此夫造物神靈之所爲，非人力所得而致也〔三〕。況其地輒跨數百里，而吾以盈丈之址，五尺之溝，尤而效之，何異市人摶土以欺兒童哉〔四〕！惟夫平岡小坂，陵阜陂陁，版築之功可計日以就，然後錯之以石，棋置其間，繚以短垣，翳以密篠，若似乎奇峯絕嶂，纍纍乎牆外，而人或見之也。其石脈之所奔注，伏而起，突而怒，爲獅蹲，爲獸攫，口鼻含呀，牙錯距躍，決林莽，犯軒楹而不去，若似乎處大山之麓，截谿斷谷，私此數石者爲吾有也。方塘石洫，易以曲岸迴沙；邃闥雕楹，改爲青扉白屋；樹取其不凋者，松杉檜栝，雜植成林；石取其易致者，太湖巒峯，隨意布置〔五〕，有林泉之美，無登頓之勞，不亦可乎！」華亭董宗伯玄宰、陳徵君仲醇亟稱之曰：「江南諸山，土中戴石，黄一峯、吳仲圭常言之，此知夫畫脈者也。」羣公交書走幣，歲無虛數十家，有不能應者，用爲大恨，顧一見君，驚喜歡笑如初。

君爲人肥而短黑，性滑稽，好舉里巷諧媟以爲撫掌之資，或陳語舊聞，反以此受人嘲弄，亦不顧也。與人交，好談人之善，不擇高下，能安異同，以此游於江南諸郡者五十餘年。自華亭、秀州外，於白門、於金沙、於海虞、於婁東、於鹿城，所過必數月。其所爲園，則李工部之横雲、虞觀察之預園、王奉常之樂郊、錢宗伯之拂水、吳吏部之竹亭爲最著。經營粉本，高下濃淡，早有成法。初立土山，樹石未添〔六〕，巖壑已具，隨皴隨改，煙雲渲染，補入無痕，即一花一竹，疏密欹斜，妙得俯仰。山未成，先思著屋，屋未就，又思其中之所施設，牕櫺几榻，不事雕飾，雅合自然。主人解事者，君不受促迫，次第結構；其或任情自用，不得已骫骳曲折〔七〕，後有過者，輒歎息曰〔八〕：「此必非南垣意也。」

君爲此技既久，土石草樹，咸能識其性情。每創手之日，亂石林立，或卧或倚，君躊躇四顧，正勢側峯，横支豎理，皆默識在心，借成衆手。常高坐一室，與客談笑，呼役夫曰：「某樹下某石可置某處。」目不轉視，手不再指，若金在冶，不假斧鑿，甚至施竿結頂，懸而下縋，尺寸勿爽，觀者以此服其能矣。人有學其術者，以爲曲折變化，此君生平之所長，盡其心力以求彷彿，初見或似，久觀輒非。而君獨規模大勢，使人於數日之內，尋丈之間，落落蕤合，及其既就，則天墮地出，得未曾有。嘗於友人齋前作荆、關老筆，對峙平城，已過五尋，不作一折；忽於其顚將數石盤互得勢，則全體飛動，蒼然不羣。所謂他人爲之莫能及者，蓋以此也。

君有四子，能傳父術。晚歲辭涿鹿相國之聘，遣其仲子行，退老於鴛湖之側，結廬三楹。余過之，謂余曰：「自吾以此術游江以南也，數十年來，名園別墅易其故主者，比比多矣〔九〕。蕩於兵火，沒於荆榛，奇花異石，他人輦取以去，吾仍爲之營置者，輒數見焉。吾懼石之不足留吾名，而欲得子文以傳之也。」余曰：「柳宗元爲梓人傳，謂有得於經國治民之旨。今觀張君之術，雖庖丁解牛，公輸刻鵠，無以復過，其藝而合於道者歟！君子不作無益，穿池築臺，春秋所戒，而王公貴人，歌舞般樂，侈欲傷財，獨此爲耳目之觀，稍有合於淸淨。且張君因深就高，合自然，惜人力，此學愚公之術而變焉者也，其可傳也已。」作張南垣傳。

【校】

〔一〕拾級　原作「拾給」，據四十卷本、風雨樓本改。

〔二〕盼　風雨樓本作「盼」。

〔三〕所得　四十卷本、風雨樓本均作「可得」。
〔四〕摶　原作「搏」，據四十卷本、風雨樓本改。
〔五〕隨意　四十卷本作「隨宜」。
〔六〕樹石　四十卷本、風雨樓本均作「樹木」。
〔七〕骫骳出折　「骫骳」原作「骳骳」，據四十卷本、風雨樓本改。「曲折」，四十卷本、風雨樓本均作「曲隨」。
〔八〕歎息　四十卷本、風雨樓本均作「歎惜」。
〔九〕多　四十卷本、風雨樓本均作「是」。

汪處士傳

汪處士鳳齡，字儀卿，別字思穎，其先出唐越國公華之後。越國數十傳爲時揚公，世居徽之唐模村，當趙宋之季，時揚以孝聞，由唐模徙巖鎮，是爲巖鎮汪氏。時揚有十子，其第四子允亮，又十餘傳而得君。

君生而姿貌穎異，目睛爛爛燭人。始在髫齔，不苟嬉弄，凝重如成人。六歲出就外傅〔一〕，彊記雒誦，大有過於凡兒之所習，操管爲文，袞袞不能自休，時師避席畏之曰：「非某所能教也。」既長，試有司輒不利，或有勸之者曰：「丈夫拔足阡陌之中，乘堅驅良，足以爲豪耳。儒者博而寡效，勞而無功，是安用此呫嗶者爲？」君慨然歎息曰：「吾新安非徽國文公父母之邦乎？今紫陽書院，先聖之微言，諸儒之解詁具在，奈何而不悦學乎？且吾汪氏仕而顯、賈而贏者，世有其人矣，苟富貴堙滅不稱，何如吾爲一卷師，而以兎園終老也！」聞者眙愕以去。久之，歙有大中丞方公者聘請高行爲弟子師〔二〕，里塾之士自衒鬻者以十數，方公獨以望實細推擇曰：「必汪先生。」於是潔館舍，具書幣以迎致之，命其子若弟修北面之禮，鄉人聚觀，詫指曰：「吾今日始知學之爲益矣！」

君爲人性至孝，再刲股以療其親疾，居喪哀毁，幾致滅性。御史張公愼學行部至新安，州郡上其事，命大書孝行，著綽楔以旌之〔三〕。邑宰聘飲於鄉，復加崇奬〔四〕。君嘗謂人曰：「世謂儒者有名無情，不足乎緩急，此腐生孤陋者所爲，非所以概吾道也。夫君子先人後己，重義輕利，詎肯於死生然諾有二其心哉？」當明之末造，新安穀歉人饑，君推其資計，賑贍里閭，人有急難叩門，傾囊倒庋，應之惟恐不足。甚至舉倍稱之息，爲人解對，後雖掉臂負之，弗恤也。新安之俗，好以纖介自言，鄰比漚麻之爭，兄弟原田之訟，經年所不能決，君出一言爲之平處，退而皆服。居嘗引諸生讎問經義，有暇則東阡西陌，親友過從，數舉長者之言，提耳訓告，其有懷詐面謾，輒質責譙讓，俾無所容。性高整，雖妻子不見有燕惰之色，居處服飾，務敦儉樸〔五〕，以爲時世先。里人伏臘置酒，三爵之後，以嚴見憚，少長無敢䛁號載呶者，咸相謂曰：「汪君在坐，使人不樂，不見又從而思之。」其取重若此。

初越國公以九子散居六邑，其著者曰尧山、邑南，曰桃溪、萬安，曰登源、太呅、西門、潛口、黃坡〔六〕，無慮數十大族，君皆能條舉枚數，分其所自出；而於巖鎮，則婚必告，喪必賻，祭享必會，修收族之道焉。有八子，多以孝謹起家，篤修行誼。君敎之曰：「陶朱公之傳不云乎？年衰老而聽子孫。吾以隱居廢治生，諸子有志於四方甚善，但能禮義自將，不媿於儒術，吾願足矣。」

君生於萬曆癸巳年正月初五日，卒於康熙丁未年臘月二十八日，享年七十有五。八子者：秉乾、秉中、秉和、秉厚、秉晟、秉亮、秉光、秉貞，皆克遵遺訓，而秉乾僑寓吾州，故知君言行爲詳。君葬宮在其邑之南山，其誌碣將以俟諸啓奠，故不備載。

舊史氏吳偉業曰：黟、歙居萬山中，風氣完密，世稱多篤厚長者。當前朝成、弘之時，篁墩程先生好論次其鄉人之可傳者以告世，如孝義汪處士思義、汪義士中和，此兩君者，苟以入獨行傳，則良史所必採焉。今思穎汪君先後一揆，何汪氏之多賢哉！往余在京師，知方中丞護巖關，其門下多文武智計之士，乃爲子弟擇師得汪君，由此觀之，卽汪君可知矣。

【校】

〔二〕六歲出就外傅　「六」字原無，據四十卷本、風雨樓本增。
〔三〕弟子　風雨樓本作「子弟」。
〔三〕綽楔　原作「棹楔」，逕改。
〔四〕加　原作「架」，據四十卷本、風雨樓本改。
〔五〕敦　四十卷本、風雨樓本均作「惇」。
〔六〕太販　四十卷本作「大販」。

登封三節婦傳

河南登封焦氏有三節婦，曰周氏，曰楊氏、牛氏。周氏者，太僕寺少卿與嵩公次子文學□□之妻也。文學早死，孺人與側室李氏皆有遺腹，免身皆男。孺人曰：「吾之不早從地下者此爾，今天幸俱有子，吾將下報吾夫。」太僕公固止之。亡何，李以病逝，孺人乃抱其孤泣曰：「天乎！吾兩兒恐不能俱全，若此子失所，鬼而有知，問李氏孤何在，則將奚辭以對？」遂擇里媪乳己子，而親抱李氏孤乳之。太僕爲仰天出涕曰：「人情莫不愛其子，此古人所難，吾媳婦能行之，兒爲不亡矣。」

後二十年，登封縣民有具節母事上直指使者，使者爲請，天子下其奏，錫封表閭，歲給饘米□石，河南人皆歎息曰：「周太君撫兩孤成立以膺此寵也。」蓋自文學沒二十年，而孺人始以節孝顯於朝。又□年而孺人沒，沒後□年，而登封陷於寇，其以節死者爲焦家婦楊氏、牛氏，河南人復皆歎息曰：「微周太君之教不及此。」

楊氏者，焦君陽長之婦，周藩儀賓四聰公之女也。既歸陽長君，事姑最恭謹，而讀書識大體，嘗手列女傳一編，與姒牛氏講貫義旨，悉通曉。登封既圍急，孺人知不免，紉其中外衣以自固，拜辭太君木主，將引決，侍婢止之曰：「吾城前受圍，匝月不下，今尚冀萬一得全。且郎君不在，主君旦暮城守，盍俟休沐時一謀之乎！」楊孺人叱之曰：「吾奉先姑教訓，若不死，何面目見地下且玷太僕家風乎？」乃約牛氏同死，指梧下井曰：「此吾兩人畢命處也。」卒俱死。

吳偉業曰：余之中州，嘗望見嵩嶽，云其下必多偉人鉅卿，負奇節、立志概者。今觀焦太僕齟齬江陵，屢躓復振，一門之內，男清女貞，周太君有鳲鳩之仁〔二〕、柏舟之節，而兩烈婦捐生殉義，立志皎然〔三〕，豈山川之氣賦稟有素耶！抑門內之訓浸漬涵育使然也？初陽長走京師，乞名公卿歌詠，太君之節聞於天下，可謂甚孝。今兩烈婦之殉也，適會搶攘，無所表章以顯當世；然觀陽長悼亡詩，音節悲苦，屬和者無不泣下。嗚呼！若兩烈婦者，誠無愧於其姑矣！故婁東舊史氏爲合傳焉。

【校】

〔一〕周太君有鳲鳩之仁　原作「周太君鳴鳩之仁」，據四十卷本、風雨樓本改。

〔二〕皎然　四十卷本、風雨樓本均作「較然」。

湯節母趙氏傳

節母趙姓，河南睢州人，其先許昌徙也，世爲望族。年十八，歸同邑文學湯君諱祖契，字孝先；其子今爲國史院檢討諱斌，則以孺人之節義聞於朝者也。湯於睢陽亦望姓，始祖以武功爵世授衛指揮僉事。自孝先以上，三世用儒術聞矣。孝先之父曰壐齋，居家有禮法。孺人醮而廟見，壐齋喜曰：「此必爲賢婦，興吾家。」

壐齋嘗大病，孺人調匕箸、奉湯藥，偕孝先侍疾者四十日。壐齋疾少間，見其孫立於旁，手摩顖頂，淚泫然承睫曰：「吾子孝，新婦賢，殆將有後，其在此子乎！吾老不及見矣。」壐齋歿，含殮以時具，孺人皆先事縫紉，附身附棺，應手立辦，親黨相顧而驚，微孺人不能以喪也。歲大祲，家益以貧落，傅璣之飾鬻既盡，則蠶績繼之。堂上饘飽修瀡，弗缺於供，私則噉藜藿，食糠覈，勿使姑聞。篝燈機杼，課檢討以夜讀，燭不至，則誦古書，俾闇而記之；略上口乃止。蓋孺人少習孝經、列女傳，識其大義，居常以訓飭子女，欲親見諸躬行，故其事舅姑服勞無倦，臨患難立意皎然〔一〕，不挫所守，誠天性然也。

河南方亂，旱蝗不止，孺人憂之，爲長女營嫁；檢討未應婚也，則又爲營婚。慨然謂孝先曰：「吾一子一女，志願畢矣。世事至此，如姑年老何！」或問以身謀，則笑勿應。

明年賊大至，睢陽旁邑皆陷，孺人閑定如平時，戒左右莫驚吾姑也。先是檢討讀書北恆山之麓，事急馳歸，守陴者勿納，則循城而號之，孺人曰：「來則俱死無益，不可令湯氏無後。」戒勿復入。城既破，孝先負其母竄蘆葦中，僅而後免。孺人召集家人，從容慷慨，自以累世高門，今日義無全理，且以姑老不得終事爲恨。解衣帶自縊，不絕，再投於井，眢井也，家人縋而出之。賊尋至，環以白刃，孺人大駡，賊刃交於胸，噀血不撓。及旬而殮，尸僵如生。今建祠於故居之東，知州事者春秋祭祀不絕云。

吳偉業曰：節義之起也，豈不以讀書知禮義哉！婦人女子，倉皇傴側，勇於一決，抑亦計無復之耳。觀節母處危亂之中，不以身累其夫，不以死憂其親，非其學問志行，深有得於孝經、女史，能從容如是耶？黄河潰決，孺人之殯再沒於水，論者謂天道太酷。嗟乎！梁園之側，洛水之旁，其爲高墳巨碣者何限，終委蔓草而號狐狸。今節母之英靈昭爽，翱翔乎星辰日月之際，又何有於衣裳形魄之坏土？而獨令其平生行事，載之圖牒，傳之丹青，俾知者播爲奇聞異蹟，則世教有裨，而於孺人讀書知禮之志，亦可以無憾。余故謹次所聞，俾采風者識所考焉。

【校】

〔一〕立意皎然　四十卷本、風雨樓本均作「志意較然」。

吳淑人傳〔一〕

淑人姓吳氏，贈亞中大夫席君右源之妻，而故太僕寺少卿寧侯君之母也。席與吳東山著姓，右源又吳之所自出。其父怡泉公生四子，長矣，而繼室以吳氏，生右源與其兄左源，爲幼子，故少分焉。淑人則其姑之再從女也，父養心絕憐愛之，有豪家求委禽焉，勿與。右源傫然貧者也，一見獨偉之，曰：「吾擇壻無踰此郎矣。」既饋而怡泉已沒，事姑克以孝聞，舍旁有隙地，修蠶桑，植蔬果，得一味之甘，調糝而進之，曰：「勿使吾夫有內顧憂也。」左源之配曰沈孺人，先後相友愛。二源兄弟同心，足以發貧成業，而兩婦裄無異衣，廩無異粟，箕箒不誶，井臼必均，黽勉有無，辛勤共事者垂四十年。

右源之初謀廢舉也，苦無以爲資，淑人斥嫁時裝以佐什一。家既起至鉅萬矣，右源中夜寢熟，輒捫牀大呼曰：「安所得百金以爲積著計乎？」蓋其少更難□，雖贏得過當，不忘所自始也。以常情度之，宜其重於棄財，顧用好施聞郡國，賑卹貧弱，甃治津梁，其費動以千百計。人或以謂淑人，淑人慨然曰：「吾夫婦累積纖微以有今日，匪由人力，天所贊也。苟爲善不卒，何以克長久乎？」

怡泉公著家居雜儀一卷，最詳於內訓，淑人自以不逮事吾舅，常捧之而泣。其庀家政也，肅而寬，廉而不劌；知人善任，得其才而用之；奉事祖宗，問遺親戚，魚菽之祭必以敬，腶修之將必以誠；箴管縏袟，罔勿飭也；米鹽淩雜，罔弗戒也；機杼刀尺之聲聞於戶外，篤老而猶不衰。或以爲太自苦，淑人曰：「先舅之鑒言在，吾敢違諸乎？」

少卿事其母至孝，中外事諮而後行。賑荒之役，跽而請命，淑人曰：「此而父志也。」盡捐其篋衍所畜，市千石以助之施，齊、魯及吳人受其賜者皆曰：「義母生我。」所司欲以其事上聞，庶幾褒寵如古所謂女懷淸臺者，淑人笑曰：「吾雖不知書，如秦皇帝以萬乘禮一嫠婦，而其夫與子顧弗傳，豈紀者略之耶！抑恩弗及也？若此何足爲天下勸乎？今吾子傾家佐軍，璽書貤封三世，奏英蕩之節，過家上冢，其爲寵光也大矣，又何必以老婦之義聞也？」其賢明識道理如此。蓋年有九十而卒。

舊史氏曰：余觀江以南，惟新安善治生，其丈夫轉轂四方，女子持門戶，中外咸有成法。蓋吳之洞庭亦然，過其地，見重垣如城，廳屛淸肅，終日行里中，不見有游閑之跡、笑語之聲。詩曰：「不績其麻，市也婆娑。」中古且以爲歎，況今日而有此風，不亦異乎！乃聞席有賢母，以九十之年，執廠枲，課紡績，賦事而獻功，不以盈滿少自暇豫。昔魯敬姜有言：「瘠土之民，莫不好義。」夫洞庭固沃土，非瘠土也，而卿士大夫之家，禮法足以化其境內，其有裨世道，豈偶然哉！是不可以莫之傳也。作吳淑人傳。

【校】

〔一〕四十卷本、風雨樓本均無此篇。

施太夫人傳

秦與施晉陽之望姓，秦自方伯公以下先後通顯，而施太僕爲名卿。方伯公三傳爲文學水庵公，太僕以季女女之，余同年今令淸江大音所自出也。禮爲人後者爲之子，歸爲人後者爲之子婦。其以支子出爲支子後，婦姒婦也；支子入爲大宗後，婦冢婦也。詩曰：「於以奠之，宗室牖下。誰其尸之？有齊季女。」女子之嫁也，教成之祭尙於大宗，而況於從夫乎！太夫人自太僕公曰「吾季女」，自秦龍槐公曰「吾冢婦」。文學爲徵仕公次子，嗣於龍槐，筐筥錡釜，實先族人，諸姑伯姊視我婦禮，太夫人之處此也蓋難。

太夫人歸秦氏時，龍槐公已前死，新遭談孺人喪，踰年而成禮，又以哭徵仕公，髽而當戶，用佐哀泣〔一〕。一年之中，兩見素冠；太夫人不旣甓已乎！旣而視服膳，迎顏旨，婉娩聽順〔二〕，以事吳孺人、陳太孺人，曰：「吾遭二喪而事一姑，其敢弗力？吾不獲行冢婦禮，而行冢孫婦禮，猶余幸也已。」

文學公好書，多雅游，皆海内知名士，太夫人爲修脡具，議酒食，佐讀不輟，書皆暗誦〔三〕，通大義相論難。顧文學公體素羸，不勝其志氣，嘗勸以毋汲汲太自苦。文學公好施，不問貲算，輒爲治絲穀，計生產，給衆指執作，曰：「吾教儉，且佐治也已。」文學公中奪，夫人傷之垂絕，欲以死殉，復重自抑以撫藐孤，訖於成立，服無華，髻無飾，發言則涕，曰：「汝父無年，嗛於一第，汝其無荒於業以繼汝父之志乎！」庚午，大音舉於鄉，越六年成進士，得官清江，而太夫人已前歿。嗟乎，何太君之集於荼蓼也！

太君以名公卿女，入門下車，就位縞泣，一年而哭談孺人，又一年而哭徵仕公，又四年而哭陳太孺人，又九年而哭吳孺人。文學公棘人欒欒，夫婦未嘗見齒，以至於亡焉。文學公卽世，太君以一婦人抱弱子，長者數歲，少者不過五月，煢煢二十餘年，始得大音之一遇，又不二年而卒，不見其成進士。嗚呼！憂樂之際，何其遠哉！

太君爲女者十五年，爲婦者十六年，爲母者二十六年。其爲女也柔懿爲則，其爲婦也貞順有禮，其爲母也敬儉弗忘。語曰：「斥鹵無松柏。」又曰：「雲出於山而雨其山。」大音之恂恂忠孝，非有得母氏之教乎！噫，是可紀也已。

【校】

〔一〕哀泣　原作「衰泣」，據四十卷本、風雨樓本改。

〔二〕婉娩　原作「娩婉」，據四十卷本、風雨樓本改。

〔三〕暗誦　四十卷本、風雨樓本均作「諳誦」。

吳梅村全集卷第五十三　文集三十一

祭文　銘　贊

祭李幼基文〔一〕

嗚呼！人生憂樂，豈不有命？卜宅平皐，長林掩映，隱几青山，怡神選勝，謂君爲愁，曰余不信。人生贏絀，豈不由天？美田上腴，前陂後川，滌場多黍，伏臘豐年，謂君爲貧，僉曰不然。乃君端居，咄咄仰屋，臨食必歎，生涯日促。握手生平，告余衷曲，容有勿盡，尚欺骨肉。比君之亡，匍匐往哭，篋無長物，庾無藏粟，餘閣之奠，飯含不足。

嗚呼！君之居身，聲色是屏，衣不纖縠，食不南烹。素心別尙，翰墨丹青，品題訪搆，卷握千金。君之讀書，厭薄章句，涉獵陳編，脫略時製。尺素翩翩，周詳援據，指事抒懷，親疎各致。太史之子，中丞之孫，温醇孝謹，不言躬行，性弗接物，與世無爭。擇肉猶虎，同惡如蠅，投缿告緡，操兵到門。余忝姻盟，道衰莫庇，屈指親朋，高門日替。鬼瞰盜憎，虛名是累，脫屣家園，超然身世。追隨浪迹，聚首京華，嗟余匏繫，苦雪寒沙，死喪疾病，寥落天涯。君頻枉顧，載酒烹茶，挑燈笑語，足慰無家。君以避仇，思叨一命，募民實邊，入錢應令。需次半綸，恐荒三徑，我勸子歸，無與物競。伯氏雍容，家門貴盛，名駒雖少，可稱神駿。接武諸兄，後先超乘，晚節林泉，優游霜鬢。比余返轡，邂逅歸舟，西風搔首，蕭索如秋。湖田既薄，秔稻難收，轂賤年饑，政急人愁。遭難破家，況困誅求，時會若此，定復何尤？一笑開尊，申卿眉頭。

嗚呼！匪朝伊夕，棲遲客裏，言旋言歸，於三十里，其室則邇，經過有幾？昨來問疾，披衣半起，從子在前，青燈置几，把臂涕洟，謂託以死。余撫而慰，君言過矣，努力加餐，慎調藥餌，豁達胸懷，所苦良已。別未兩月，遽至於此！君之家法，奕葉衣冠，雖無末命，屬有墜言，子弟宗族，奉以周旋。世故雖非，囊空則安。朋友論定，在於闔棺，以此報君，無負九原。唯君一生，門高責重，身處膏粱，不樂自奉。晚值艱難，傷心盡痛，五十之年，焦勞一夢。酹酒陳詞，失聲長慟。

【校】

〔一〕四十卷本、風雨樓本均無此篇。

祭錢大鶴文〔一〕

哀哀與立，竟死謂何？匪姻之故，涕泗如沱。自我與子，兩榜連翩，我年廿三，君長三年。我則樸樕，口吶語喃，羨爾雋妙，角巾輕衫。君爲文章，清饕硉屼，我雖居前，悚怛放越。君工樂律，兼擅新詩，謬相推許，謂我爲師。惜哉年力，志歇聲銷，宮詞百首，讀之蕭慘。

憶昔南都，子官職方，受知樞密，經營設防。雞籠、雀桁，屯營睥睨，皖口祲氛〔二〕，壯思涌厲。爰跨駿騎，赤韎銀刀，沿江上下，君實人豪。文雅從容，好整以暇，帳後清歌，石城子夜。燈毬簫鼓，百戲雜陳，樓船桃葉，飄瞥若神。徹侯磨牙，逞其狂猘，君也掉頭，解組以去。

我知君性，直是愛閒，流連白社，跌宕青山。箏展花□，蘭舠月浦，車子吹簫，紅兒教舞。郊居臨水，山墅依田，顧我而笑，謂將終焉。世論不然，憂子遷謫，邂逅當塗，知已再入。

我病子行，乃陟理丞，閒曹蕭抗，亞次清卿。天軸倒翻，鼎湖髯絕，吳橋彎弓，文忠吭血。吁嗟錢郎，與衆陷賊！抵隙脫峨，間關偪仄。自稱一鶴，當罪萬死，衄咯三升，言猶在紙。維南黨魁，玉虎鈕柱，周內厥獄，惜客顧主。鋃鐺甫脫，宗社已非，君尤偃蹇，病瘵無肥。執腕啞氣，傷哉昔時，覼縷愛息，顧託奚辭！三年於茲，牽蘿縮蔕，我女雖幼，君男則慧。今春赫虩，臂漏穿肉，字畫滅沒，余懷斛鹿。轉瞬及夏，寄訊相聞，肺痿骨立，浹旬不葷。旋迫大漸，拏舟恨後，僅及玉含，訣詞揑手。老親在堂，遺孤在疚，我來撫慟，君其鑒宥。

【校】

〔一〕四十卷本、風雨樓本均無此篇。

〔二〕皖 原作「皖」，逕改。

興福寺鐵爐銘

州城之西興福禪寺者，光宗皇帝在東朝時所賜建也，今三十餘年矣。邑賴其利，年穀以時，士庶乂安，兵革勿擾，乃作爲鐵爐答焉。時山海梗闕，鐵官勿效，釜錡錢鎛，貴同黄鐘，而冶人告功，民樂其事。以著國典，則永且固；以報佛恩，則深以廣；以保民生，奠土域，則凝重安定，用垂萬禩於勿壞。州人吳偉業爲之銘曰：

天地久，金火守，音中宫，量中豆。非刑鼎，非銘卣，雲雷從，魑魅走。侈其腹，弇其口，蹲熊跗，旋螭首。鍑𩰪亯，㕟斯䤈，造諸業，空所有。負大海，包具藪，壓鯨鯢，不得吼。月丙子，歲己丑，列斯銘，示不朽。

柳敬亭贊

頎而立，黔而澤，視若營，似有得。文士舌，武士色〔一〕，爲傖楚，爲諸給。醜而婉者其貌，佞而忠者其德。初卽之也如驚，驟去之也如失。人以爲此柳可愛，而吾笑爲廡中之直。斯眞天下之辯士，而諸侯之上客也歟！

【校】

〔一〕武士　風雨樓本作「武夫」。

吳梅村全集卷第五十四　文集三十二

書

答土撫臺開劉河書〔一〕

伏惟老公祖台臺上籌國計，下軫民生，以水利爲東南命脈，慨然經畫，復三江之故道，定萬世之長策，不遺葑菲，俯詢芻蕘，敎下郡國，士民相賀，以爲此夏忠靖、周文襄復見於今日，而東南之民休養生息之道當於是而始。然而手書之下問者半月於茲矣，生等不敢遽對，則以興大役，動大衆，必詳稽典故，旁諮父老，察其形勢，參之人情，俾其功必成而無悔，其事有利而無患，然後敢以書獻。生等婁人也，於劉河事爲近，輒掇其大略，惟老公祖裁擇焉。

夫劉河者，婁江入海之口也。禹貢曰：「三江既入，震澤底定。」震澤者太湖，三江者，淞江、婁江、東江也。必三江入而震澤始可底定，則以東南之水，太湖不足以受之，而用大海以爲歸也。案令甲：三江淤塞，起六郡人夫挑濬。夫淞江、婁江，其地在蘇、松兩郡，而起六郡人夫者，則以三江所受之水非一郡之水，而三江所救之田亦非一郡之田也。今劉河塞矣，太倉、嘉定沿河腴產，皆化爲石田焦土，不可復耕，則其患在兩邑爲尤切。然兩邑之所資者，獨有灌溉耳，若夫宣洩之不通，其害之遠且大，有百倍於灌溉者，不可不察也。今即以崑山、常熟之近者觀之，其田瀦爲巨浸，以彼隄堰圩岸之防非不力也，塘浦涇瀝之流非不疏也，害且彌甚，則以劉河之塞扼之於口也。且非獨於此也。前此冬月水涸，今冬月水不涸矣；前此一年旱一年水，今連年大水矣。湖汎溪泖泛漲之勢日增〔二〕，而其民不得已乃爭尺寸之地，晝夜與水相持以益其怒。萬一澤腹太滿，挾五六月之淫潦，衝嚙奔潰而去，壞廬舍，殺人民，當有甚於今日者。則漕賦於何而出〔三〕？民生於何而救〔四〕？故劉河之應開，所當大聲疾呼不待再計而決者也。

一曰議費。夫以七十五里之河，而人工物價又百倍於往年，此其費非可以數計而臆度也。國家以東南財賦重地，誠慨然發帑金，截部餉，捐數十萬金錢於洪流之中，而爲生民建不世之績，此在朝廷之仁恩，公卿大臣之謀畫，非草野之中所可揣摩而想望者也。其次則責之六郡，譬如一人之身，血脈扞格不通，必其頭目手足聯絡呼應，而疾乃可治。顧人情各私其己，而又各爲其鄉。今以崑山、常熟之人，督以治河，其田之稍高者曰：「我無所事河也。」其田之低窪者曰：「我田在水底，尙用力於數十里外之劉河哉？」數十里如此，況於嘉、湖之三四百里者哉？雖然，此其人未覩治河之利也。使其人覩治河之利，則苟非幷心合力，其功何繇而成也？語曰：「愚民可與樂成，難與慮始。」然則爲此者唯有於紛紜異論、怨咨交作之際，直以身當之而有所不顧，如此則費集，費集而事易辦矣。故曰議費之難也。

一曰度工。夫地方興一大役，須其工力寬然有餘，俾公私煩費咸出其中，而事乃可就，非可據尋丈之溝，約其分寸，層累而計者也。今姑以土方之法算之。劉河七十五里，里一百八十丈，是長一萬三千五百丈也。河面狹則易塞，海忠介以十五丈爲率，今縱不能及，須在十丈不可復減。土方之法，上下四旁各一丈曰一方，是十三萬五千方也；使其深一丈而又五尺，則此五尺者，舉前數折而計之，又六萬七千五百方也。雖然，此乃就河身言之也，河之口乃有陰沙。往者萬曆中，浙西袁了凡先生嘗過而歎曰：「獼猴生舌，劉河必沒。不三十年，此爲平陸矣！」其言至今日已大驗。令河通而沙尙爲之梗，則渾潮之入者退必緩弱，淤泥不去，河卽旋塞耳。如欲疏而去之，則必用巨艦纜大海中，木犂鐵齒，榔爬滂掃，隨風潮上下，是若有鬼神焉，非全藉人力者也。不則避其漲口，別鑿東北一道入海，勢必穿城堡，犯村落，置斗門，築堤岸，其事又至重，不敢輕議也。故曰度工之難也。

一曰派夫。約略開挑之例，以十五工開一方；分段之例，以十里分一段。省計之，例以一月開一程。就一里算之，其廣十丈，其深一丈五尺，得二千七百方，則四萬五百工也。工程一月，是每一夫分三十工矣。統計一千四百夫一月可開一里，積算一月之中，若開十里，則當用一萬四千夫矣。他若車戽有夫，椿壩有夫，搭廠主爨有夫，一切轉移執事之人，不在此數。夫沿河之地，至墝埆也，其農民多逃散，其屋舍多傾圮，一旦聚幾萬人於其間，商賈不通，物價騰踴，將何以支？惟有貯粟數百石，官爲之主糴，準其工力而給之以粟，庶公私上下可以不困。故曰派夫之難也。

一曰銷田。向者以河爲田，而其民已受無窮之累；今者以田爲河，而其民又失有形之利，則謂之何？曰：否否。凡民之有蘆蕩者，必其有老田者也。河開則民之老田盡熟，彼不喜田之熟，而惜此塗蕩哉？則又有疑之者曰：「蘆政自有專管衙門，設令上請而所司堅持中撓，則奈之何？」曰：蘆稅之爲民害，在兩邑甚大也；其兩邑之稅，收之公家又甚少也。且國家苟興此役，當捐數十萬金爲之，以爲不大費者不大利耳，豈在區區兩邑之蘆稅耶？所患開河之初，丈量不清，册籍不立，其後衙門胥吏之生事者，今日一查，明日一勘，是又一重糧矣，不可不慮也。且其中有永捐之稅，有暫免之租。夫永捐者，河身開去之田，所不必言者也。其暫免，則以七十餘里之河，開二十萬方之土，其積之也廣矣，其壞田也多矣，卽岡身高仰，種之仍可薄收，亦必三四年後，農民以漸鋤鈀，纔堪播種。故其地可以輕糧，不可以重糧也；即輕糧可徵之三四年以後，不可徵之三四年以前者也。其預爲講求，不可不定也。故曰銷田之難也。

一曰定法。鄉耆塘保開二三里陂渠，而其區民之惰玩者，丞尉之貪墨者，尚有實段緩挑之弊，胥吏之暴横者，尚有需索科擾之弊，而況於劉河乎？故爲之算土以正其界，爲之立長以總其成，爲之編號椿以量其淺深，爲之打水線以平其闊狹，爲之設接挑之擔以節其勞，爲之表堆泥之處以警其惰。法如是備矣，猶未也。官吏之踏勘，文書之催督，預定其制，恐以爲驛騷也；錢糧之支放，物料之領辦，審擇其人，恐以爲冒破也。故曰定法之難也。

然則治河如是其難乎？曰：非也。天下之事圖其難者於始，收其易者於終。祖臺漸摩愛育之德浹洽於生民，而精明强固之治鼓舞乎羣吏，合是五者論之，其所謂度工、派夫、銷田、定法者，一指顧而有餘，所難者不過議費耳。今朝廷發政施仁，詔書頻下，海内喁喁，黄童白叟，皆引領而望，以爲可旦晚太平。夫東南係天下之命，而劉河又係東南之命，當宁籌之熟矣，祖臺朝拜疏而夕報可也，又何患六郡之人不踴躍恐後哉？生等俟河工告成之日，當磨巨石立之海上，以昭國家之恩德，且垂祖臺之功於萬世，生等其與有榮焉。

【校】

〔一〕題　四十卷本、風雨樓本均無「土」字。

〔二〕湖汎　四十卷本、風雨樓本均作「湖汍」。

〔三〕〔四〕何　原作「河」，據四十卷本、風雨樓本改。

致雲間同社諸子書

偉業頓首：世事隔闊，書問缺然，猥辱嘉招，敦我朋好，集南皮之冠蓋，傾北海之樽罍，欣此良辰，幸陪末座。祇奈鄙人固陋，久謝知交，方鑿坏而閉門，將離羣而索處，豈可玷名品藻，濫跡追隨？敢布短緘，聊抒積愫。

夫張茂先名德至重，羽翼六經；陳元龍才氣無雙，搜揚百代。十年師友，兩地人文，壇坫斯存，典刑具在。漢室雖遷，猶識鄭玄之子弟；蕭梁已往，尚留任昉之故人。學擅淵源，才經成就。卽使門戶凋零，有同袁粲；身名隱約，不異揚雄。而華轂之彥，過白屋以下車；蘭臺之英，見布衣而握手。道在是矣，又何疑焉！若夫曠代逸羣，後來特達；少年遇亂，總角知名。仲宣既才動中郎，子瞻且文齊永叔。當與耆舊，共推此生；庶幾聲華，總歸吾輩。焉能置璠璵而弗寶〔一〕，棄騏驥而別乘哉？

況乎器識乃人倫所重，而道義則友分宜先。今有才具通明，風裁朗拔，方騰茂實，雅負重名，而能後己先人，推賢樂善。黃叔度汪洋莫及，庶幾近之；樂彥輔恬雅不羣，於今復見。於是積學通儒，高才貴冑，共相欽挹，咸許襟期。慨自雅道陵遲，名流零落，何圖今日，再遇此賢？有大道爲公之心，申久要不忘之誼，誓諸皦日，往蒞辟旍。而其間有僑、札班荆〔二〕，蕭、朱刎頸，偶因汝、潁之辨，幾致洛、蜀之爭，勉進苦言，同歸舊好。夫意氣總千秋共許，而才名均四海所知，初既彼此齊驅，今豈後先分歒？願披悃愊，盡釋猜嫌，從此同心，永消浮論，此偉業翹首而觀、聳心而聽者也。

諸君子以二陸名邦，三江重望。遠則野王讀書之處，遺跡風流；近則海叟避跡之鄉，名賢唱和。主持大雅，獎識同人，結集篇章，勒成卷軸。九峯之月觀、風亭，賞心樂事；三泖之蓴羹鱸膾，旨酒嘉賓。眞昇平之勝集，江左之巨觀矣！偉業因風溯德，臨紙懷人，書不盡言，可勝翹企。

【校】

〔一〕弗寶　原作「弗賓」，據四十卷本、風雨樓本改。

〔二〕僑札　原作「僑扎」，逕改。按此指公孫僑、季札。

致孚社諸子書

偉業聞之：天下才行器識之士，其生同時，學同方，而比肩接踵於里閭族黨之間者，其合志共術，不問而知者也。其有生同時，學同方，而相去或千里，或五百里，書幣之贈遺，冠蓋之接見，非有徵會期令可召而至也；而近者雲合，遠者聲應〔一〕，車馬滿道，屣屐到門，結縞紵之歡，置文酒之會，果何道而致然耶？要亦因乎其地與其時而已。

今海內方定，兵革已息，而求之九州之內，有方千里之境，其士人習詩書，其小民力耕作，煙火晏然，無鳴吠之警者，未有如江之南北、浙之東西者也。屬當國家右文之治，繇制藝取進者，既自力於功名之途；而故老遺黎，優游寬大，亦得以考故實而徵文獻。蓋地之晏安而時之極盛，可謂兼之矣。諸君子之爲斯社，所以樂昇平之化，而潤色其鴻庥也，豈不美哉！偉業雖窮老海濱，幸不爲名賢所棄，敢不樂觀其成，而病疹忽作，逡巡不前，恐仰負同盟諸公見顧之重，故敢以書獻。

竊以士君子之爲學，將射策決科，取世資而致大位耶？抑修明先王之敎，而學爲聖人之徒也？夫誠射策決科，則從事一卷之師，不出堂戶之內，爲術足矣。今諸君子溯江涉湖，戒舟楫，齎餱糧，不避風雨，重趼而至者，庶幾求英博卓犖之士，方雅正直之儒，輸寫腹心，講求德業，則其論文取友之道，未可一二盡也。

一曰審學術。自黃溍、柳貫以經術倡起婺學，而宋公濂用其師說，首開一代之文治，後二百餘年，鉅公碩儒，後先輩出，終未有駕文憲而出其上者，蓋窮經適用，甚矣實學之難也！偉業嘗親見西銘先師手鈔註疏、大全等書，規模前賢，欲得其條貫，雖所志未就，而遺書備乙夜之覽，吾師不沒於地下矣〔二〕。今諸公遵傳註而奉功令，務以表章六經，斥奇衺而補闕失，如此則西銘之遺緒將以再振，偉業昔見之於師者，今復見之於友，所謂學術之宜審者此也。

一曰持品節。先達如山陰、檇李、歸安、練川、吳門諸先生，或講學而標正直之風，或清操而篤匪躬之誼，或三事公孤，或承明侍從，皆文章政事，彪炳一時，而遭患處變，風霜不改。今朝廷褒忠之典方下，無非欲維持名教，風勵人倫。吾黨生於其鄉，景行在望，當於羣居論道之時，求顚沛不失之義。所謂品節之宜持者此也。

一曰考文藝。弇州先生專主盛唐，力還大雅，其詩學之雄乎！雲間諸子，繼弇州而作者也；龍眠、西陵，繼雲間而作者也。風雅一道，舍開元、大曆其將誰歸〔三〕？至古文辭，則規先秦者失之摸擬；學六朝者失之輕靡；震川、毘陵扶衰起敝，崇尚八家；而鹿門分條晰委，開示後學。若集衆長而掩前哲，其在虞山乎！諸君子當察其源流，刊其枝葉，毋使才而礙法，毋襲貌而遺情。所謂文藝之宜考者此也。

一曰化意見。語有之：「前事不忘，後事之師」也。往者門戶之分，始於講學，而終於立社，其於人心世道有裨者，實賴江南、兩浙十數大賢以身持之。其後黨禍之成，攻訐者固敢爲小人，而依附者亦未盡君子，主其事者不得不返而自咎也。夫盛者必衰，盈者必昃，苟於始事之初，不能盡化同異，則開端造隙，何以持其後乎？所願老成者援接英能，繼起者搜揚耆碩，或彼讚而此歎，或前推而後挽，勿以窮達而異轍，勿以夷險而易心，勿以門地自許而啓其驕矜，勿以語言薄故而生其交構。所謂意見之當化者此也。

偉業樸遬譾陋，垂老無成，實不足仰參末論。祇以世故推遷，早聞道於先生長者，故敢竊其緒言，用陳悃愊。諸君子廣識博聞，其必有以教我，俾開其矇而震其聵〔四〕，則偉業雖未接塵而遊，班荆而語，固已處壇坫之下、託交款之末矣。

【校】

〔一〕聲應　風雨樓本作「響應」。

〔二〕四十卷本、風雨樓本均無「下」字。

〔三〕開元　原作「開明」，據四十卷本、風雨樓本改。

〔四〕聵　原作「瞶」，據四十卷本、風雨樓本改。

與宋尙木論詩書

偉業頓首尙木兄足下：捧讀來問，極論作詩之法，上溯四始，旁究六代，貫穿三唐，搜揚二季，追國初之元音，還盛明乎大雅，其於詩也，可謂美且備矣！弟何人斯，敢置一喙耶？弟材力蹇薄，於此道未有證入。自陳、李云亡，知交寥落，君家兄弟謬愛，遂使弟受過差之譚，要之古人，不能庶幾萬一。夫詩之工拙，弟自知之，恨其學之未能，方欲捐棄筆墨，屏蹟乎深山無人之境，原本造化，窮極物理，以幾幸其一得，又安能以應酬涉獵，申紙搦管之言，遽爲知己告哉？雖然，當今作者固不乏人，而獨於論詩一道，攻訐門戶，排詆異同，壞人心而亂風俗，不能不爲足下一言之。

夫詩之尊李、杜，文之尙韓、歐，此猶山之有泰、華，水之有江、河，無不仰止而取益焉，所不待言者也。使泰山之農人得拳石而寶之，笑終南、太乙爲培塿；河濱之漁父捧勺水而飮之，目洞庭、震澤爲汎觴：則庸人皆得而揶揄之矣。今之學者何以異於是？彼其於李、杜之高深雄渾者未嘗望其崖略，而剽舉一二近似，以號於人曰：「我盛唐，我王、李。」則何以服竟陵諸子之心哉？竟陵之所主者，不過高、岑數家耳，立論最偏，取材甚狹。其自爲之詩，旣不足追其所見，後之人復踵事增陋，取侏儒木強者，附而著之竟陵，此猶齊人之待客，使眇者迓眇者，跛者迓跛者，供婦人之一笑而已，非有尋丈之壘，五尺之矛，足以致人之師，而相遇於境上，苟有勁敵，必過而去之，不足乎攻也。吾祇患今之學盛唐者，粗疏鹵莽，不能標古人之赤幟，特排突竟陵以爲名高，以彼虚憍之氣，浮游之響，不二十年嗒然其消歇，必反爲竟陵之所乘。如此則紛糾雜揉，後生小子耳目熒亂，不復考古人之源流，正始元聲，將墜於地，噫嘻，不大可慮哉！雖然，此二説者，今之大人先生有盡舉而廢之者矣，其廢之者是也，其所以救之者則又非也。古樂之失傳也，撞萬石之鐘，懸靈鼉之鼓，莫知其節奏，繁箏哀笛，靡靡之響，又不足以聽也，乃爲田夫嫠婦，操作而歌吳歌，則審音者將賞之乎？且人有見千金之璧，識其瑕纇，必不以之易束帛者，以束帛非其倫也。今夫鴻儒偉人，名章鉅什，爲世所流傳者，其價非特千金之璧也。苟有瑕纇，與衆見之足矣，折而毁之，抵而棄之，必欲使之磨滅；而游夫之口號，畫客之題詞，香奩、白社之遺句，反以僻陋故存，且從而爲之説曰：「此天眞爛熳，非猶夫剽竊摹擬者之所爲。」夫剽竊摹擬者固非矣，而此天眞爛熳者，插齒牙，摇唇吻，鬭捷爲工，取快目前焉爾，原其心未嘗以之誇當時而垂後世，乃後之人過從而推高之。相如之詞賦，子雲之筆札，以覆酒瓿，而淳于髡、郭舍人詼諧啁笑之辭，欲駕而出乎其上，有是理哉？

然則爲詩之道何如？曰：亦取其中焉而已。閟宮之章，淸廟之作，被之管絃，施諸詔箾者，固不得與兔罝之野人、采蘩之婦女同日而論，孔子删詩，輒並舉而存之。夫詩者本乎性情，因乎事物，政教流俗之遷改，山川雲物之變幻，交乎吾之前，而吾自出其胸懷與之吞吐，其出沒變化，固不可一端而求也，又何取乎訾人專己、喋喋而呫呫哉！足下天才横發，鴻富典贍，楚鴻、河宗、子壽兄弟又繼起而似續之，宋氏之書，以懸國門而登明堂，非弟之謭薄愚陋所能拜下風者也。蒙手書下及，既爲選定足下之詩，輒復陳其率略，惟足下更有以教之，幸甚。

上馬制府書

恭維老公祖望重樞衡，功高戡定，經綸南土，折衝沿海，鎮全淮樞軸中原，襟帶三江連七澤，總半壁神州之筦鎖，領百城雄甸之金湯，此眞生民共覩其鴻烈，而古今希見其壯猷也。偉業竊伏草茅，久叨覆庇，仰請仁風，匪朝伊夕，顧未有咫尺之書，一日之雅，以見於左右，而祖臺列之薦牘，知己之感，所當銘之終身不敢有忘者也。

但才力必須自量，而官職非可濫叨。偉業少年咯血，久治不痊，今夏舊患彌增，支離牀褥，腰脚攣瘇，胸腹膨脹，飲食難進，骨瘦形枯，發言喉喘，起立足僵，困劣之狀，難以言悉。豈有如此疾苦，尚堪居官効力、趨蹌執事者耶？部覆確查鄉評品行學問實蹟共見共聞者，逐事詳列，保舉到部。偉業學行一無所取，固不待言，而患病則實蹟也，共見共聞者也。伏乞祖臺卽於確查之中，將偉業患病緣由詳列到部。

偉業自辛未通籍後，陳情者二，請急者三，歸臥凡踰十載，其清羸善病，卽今在京同鄉諸老共所矜諒。撫、按兩臺，偉業已具揭請之矣，而祖臺則舉主也，方受德感知，無可報塞，苟不早以實情自言，異日者卽欲竭蹶趨命，而膏肓沉痼，狼狽不前，萬難上道，有負祖臺之造就，將朝廷責成保舉寧嚴無濫之意，其謂之何？爲此懇陳，萬祈垂鑒。得餘生未塡溝壑，俟病痊之日，九頓台階，以謝祖臺生成之誼耳。臨啓瞻切悚仄之至。

【校】

〔一〕自本篇至卷五十八所有篇目，均爲四十卷本、風雨樓本所無，不再一一出校。

答黃總戎書

某頓首：竊伏草茅，仰聆鴻問，山川敻阻，未及致書，歸依之忱，匪朝伊夕。捧接瑶緘，知老先生爲某籌諮出處，其誼甚殷而論甚切；且傳述制臺老公祖屬望之厚，見遇之隆，勤拳款曲，無以復加。

某謹拙自守之人也，仰覩朝廷以寬厚德澤休養天下，羣公師濟，百辟賢能，自幸以樗櫟之身，涵濡聖化，耕田鑿井，詠歌太平，本志所守，止此而已。弓旌俯賁，猥及下走，大札所及，備悉殷勤。偉業自揣平生，於制臺公祖無一日之雅、咫尺之書，草野疎賤，特加薦剡，此大臣虚公之道，誠不可及；而老先生千里貽札，加稱譽於從未謀面之人，賢者氣誼之合，不以遠近爲親疎。某何人斯，敢當盛愛？知己之德，能無感哉！

比者請急陳詞，正以部覆寧嚴無濫，而賤體屢病難痊，既蒙知愛，敢不實情上告，此乃所以感制臺之知，恐有以負制臺之德，而吐其衷曲，以答生成也。乃承意旨諄切，自當靜聽部覆，豈敢以私門病苦，再四瀆陳？但某之謹愼愚拙，如先生所聞，或以見知於三四大君子；而其清羸疲劣，種種不堪，亦素爲三四大君子所亮，且亦憐而念之矣。量材授爵，論其可否，自在朝廷之用舍，而不在某之出處。若以著述爲高，行藏自卜，則偉業惟有守分斂拙，鼓腹嬉游，以樂昇平之化耳，於斯二者，所不敢出也。伏冀老先生進見制臺，曲道某感德之念，輸誠之懷，容俟病痊躬謝，并圖與先生面晤，以申鄙忱。臨楮不勝瞻切。

南中與志衍書

過句曲，望五門，紫房石室之奇；登鍾阜，謁孝陵，金支翠旗之氣。講舍倚鷄籠山，俯瞰臺城，飛甍、馳道之觀；迴瞻帳殿，馺娑、駘蕩之盛。拜表出龍光門列校以下，仗刀立直，望之如荼如墨如火，羽林佽飛之容；還過莫愁湖，都人張水嬉，采芙蓉，荐舫鯉，桂棹蘭槳之樂。信江左之鉅麗，吾徒之勝事也。志衍亦羨我有此游乎？

清涼寺無高座談經，玄武湖無水犀耀甲。功臣廟畫壁漫漶，無陸探微、顧野王添越公、鄂公毛髮；銅渾天儀款識皆蒙古、色目人，不得如徐鉉、蕭子雲大小篆書。太學經庫，書簡脫落，不及竟陵王子良鈔集經史百家；諸生販繒賣漿者兒，不及雷次宗、伏挺教授生徒數百。列肆橋門，多籬壁間物，無嵇叔夜酒杯、徐景山酒鎗。秦淮歌舫有屠沽氣，不得碧玉吹簫，桃葉持檝，唱烏棲曲，謝靈運、劉孝標輩作醉人。志衍聞之又爽然自失矣。

嗟乎！涼秋獨夜，危峯斷雲，梧桐一聲，猿鳥競嘯，追念舊游，獨坐不樂。世已抵隨、和，而吾猶戀腐鼠，若弟者獨何以爲心哉！丈夫終脫朝服掛神虎門，不能作老博士署紙尾也。歸矣志衍，掃草堂待我耳！

吳梅村全集卷第五十五　文集三十三

制科一

崇禎四年廷試策一道

臣對：臣聞帝王之臨御天下也，必有克纘前猷之大典，而後覲光揚烈，可以立四方之綱；必有聿修厥德之精意，而後嗣服作求，可以受萬年之祜〔一〕。何謂大典？令緒之所昭，典常之所繫，咸收於若彝撫事之內，而無不修明者是已。何謂精意？夙夜之罔懈，虁壇之罔間，畢挈於一心宥密之中，而無不臨保者是已。故總一統類而整齊萬民者，法也，命職而辨官，修德而布政猷，爲無有不備，而明作敦大剛柔，尤有時措之宜。經理宇內而垂訓百世者，法也，攘外以安內，勸善而禁非，治效無有不張，而窮變通久節愛，尤有恰符之竅。古帝王所以祗遹前休，率百職以勤事，而致民生於康阜，丕承篤敘，命羣工以効力，而躋斯世於雍熙，用此道也。是以奉制而定一尊，上之所建立者秩然其不易，而庶明勵翼，用成其紀綱燕及之休；法古而建長策，前之所懋建者焕焉其重新，而衆績咸修，享其正直平康之化：其道端有在於今日矣。

欽惟皇帝陛下，剛健中正以時乘，文武聖神而廣運。建五有極，四方遵彝訓之蕩平；得一爲貞，百度歸紀綱之肅穆。寶册衍青鏤之慶，歌重暉重潤於無疆；靈壇展蒼壁之虔，凛日旦日明於有赫。遜志務時敏，愼修罔懈，而緝熙之心法允符；儉德懷永圖，甘節以通，而素樸之淳規久布。金華晝接，爲明諸，爲董正，宛然總章衢室之休風；玉案時親，乃啓沃，乃論思，信矣辟雍明堂之盛事。征弗庭以靖衆，運籌無煩十札，白旄黄鉞，敉寧已奏乎膚功；沛大賚以安民，蓄積爰備九年，赤縣神州，懷保遍施其膏澤。固已四三王，六五帝，而超出於尋常萬萬矣。乃猶不自滿，假進臣等於廷，俯垂清問，首諏以治法，兼舉夫治人，次及於建官理財，惇典庸禮，詰戎禁暴，通工柔遠之道，而凡奬恬旌廉之典，民賦屯鹽之政，終至於兵餉撫賞，與綜稽明罰之條，無不備陳，雖唐、虞謨誥，成周咨訪，何以過焉！臣圖事揆策，雖無見事之明；而畢智竭能，可效一長之策。敢悉其所知，以爲陛下獻焉。

臣聞之：人主之立法也，知明意美，道高德厚，設誠於内而制行之，仁義禮樂皆其具也。然非選温良上德之士，以因能而責治，經常何自而修焉？故必量材而授官，錄德而定位，使上有以持其統，下有以知所守，則法度可明，統紀可一，皆從此始也。人主之立法也，事爲之制，曲爲之防，隨俗之宜而通變之，政文章皆其效也〔三〕。然非舉通道進善之人，以分職而效官，典章何自而備焉？故必因物以識物，因人以知人，使教化自內以達外，道法自略以及詳，則智者獻明，能者効力，皆從此始也。故唐、虞稽古，建官惟百，而凡邦土邦教之職，司農司寇之官，無不掌其賦入，修其典禮，詰其兵戎，於以食足貨通，而遠方來服，此三代治人治法之明驗也。漢、唐設職，浸失初制，而凡錢穀之任有掌，德刑之教有司，無不制其出納，修其彝常，戢其兵革，於以重本抑末，而遐邇率俾，此後世治法治人之明徵也。

洪惟我太祖高皇帝，定一代之所尚，而創制顯庸，上追虞、夏之模；收庶績於咸熙，而立綱陳紀，遠邁漢、唐之制。陛下修舉而率行之，此眞建久安之勢，而道德隆於百王，成長治之體，而淑問揚於疆外者也。乃伏讀聖制，有曰「時遠則玩愒易生，玩久則初意寢失，而於下之風習，邦之賦用，養兵修備，釐弊懲姦之事，猶兢兢焉。」臣竊思之：夫君之所以制下者格也，極之積漸，以課其功，則倖心不作，所以養奬恬之化者至矣，而世習未變，其何以勸焉？惟以實試賢能爲務，而有一材者居一位，有一能者服一事，退讓所自生也。君之所以養士者祿也，厚其爵予，以彰有德，則冀念不生，所以成養廉之德者至矣，而風氣未更，其何以勸焉？惟以貴誼賤利爲先，而見賢不居其上，受祿不過其量，廉法所自見也。

若夫賦稅之數，強人以從己難，抑己以從人易。故漢人之法，司農掌田賦之入，少府掌山澤之稅。邦之大事，費出司農；而共養勞賜，咸屬少府。蓋不以民力供浮費，別公私，示正路也。則民與賦交利之術，存乎節用而已矣。農商之政，貴本以抑末難，緣末以通本易。故國初之制，商人耕塞下之田，鹽吏給關中之引。邊之積貯，有賴商人；而因山煑海，大開鹽利。蓋不以屯耕苦吏卒，不以賦稅困內邦，貴五穀，治鹽鐵也。則屯與鹽相濟之計，存乎重農而已矣。

乃兵餉果無良策乎？夫漢起田中爲吏卒，唐以屯種爲府兵，其時漕法之省何如也？自變爲羽林彍騎之選，而其後遂有養兵之費。故惟汰其老弱而選取民壯，使無事自爲耕耘，有事自爲調度，則軍政備乎里，卒伍成乎郊，而兵餉可無慮也。

撫賞果無勝算乎？夫漢人絕匈奴之約，唐人廢渭橋之盟，其時中國之盛何如也？自參以請好和親之說，而其國遂有無備之虞。故惟棄其甘言而急爲防禦，使攻之不爲招寇，約之不爲見欺，則暫費者久寧，一勞者永逸，而撫賞可無患也。

所謂綜稽者，君操其名以責實，臣治其職以赴功。其爲能吏者，必有事以知其能；其廉吏者，必有事以知其廉。夫然後職任修而庶事康焉。所謂明罰者，制賞奪以勸其從，嚴刑法以威其淫。使從上化者，既可治而不可亂；其不率上教者，亦自重而畏犯法。夫然後上下順而風俗成焉。故有體統以肅之於上，而翼明佐治，諸臣復有勷相之勞，則四夷嚮風，海內致附，所謂求王道之端而正其本也。有憲典以振之於先，而大法小廉，羣工皆有克勤之職，則教化大行，民生有濟，所謂因風俗之變而用其權也。

抑臣更有進焉。夫朝廷者，天下之率也；道德者，政治之端也。願陛下加之意而已。昭前之光明而效其成制，則有以祗承於厥休；然至時勢所趨，則不法其政，不循其俗，尤有善制之宜。覩下之情性而治其大綱，則有以加惠於庶類；而至規條所繫，則涖之以彊，斷之以剛，尤有救時之術，斯極治矣。臣愚不識忌諱，干冒宸嚴，不勝戰慄隕越之至。臣謹對。

【校】

〔一〕祐　疑當作「祜」。

〔二〕政文章　「政」下疑脫「事」字。

吳梅村全集卷第五十六　文集三十四

制科二

崇禎九年湖廣鄉試程錄　序一首　論一首　策三道

湖廣鄉試錄序

崇禎九年秋八月，湖廣大比士，上俞禮官請，命編修臣偉業偕給事中臣玫往典試事。臣材質闇薄，皇上拔置侍從，夙夜畏慄，弗克奉稱。今奉詔命臣錄楚士，臣懼任之不勝，然楚之多材，於何蔑有，臣其敢弗力？臣惟大雅文王作人，棫樸之五章曰：「勉勉我王，綱紀四方。」未有綱紀正而不收四方之才者也。文王綱紀四方，多士趣之。其伐崇墉也，「是類是禡，是致是附，四方以無侮」，「是伐是肆，是絕是忽，四方以無拂」。未有綱紀正，人材得，不收四方之功者也。

今國家以天下之士而一之於學，以天下之士之學而一之於道。道者，行於己之謂德，適於人之謂材，比於事之謂藝，通於變之謂術。故士有志行淸白，執節淳固以爲道者，有寬溥善謀，剛毅多略以爲道者；士有通達經術，多聞內植以爲道者，有明習法令，治煩去惑以爲道者；士有進退揖讓，比禮節樂以爲道者，有奔走禦侮，折衝厭難以爲道者。上之科令一，而下之材分殊，其何以比天下而同之？曰：漢之數路不及賢良，唐之諸科不及詞賦。我國家寵進儒雅，登用俊良，不計口率，不議限年，不束聲病是非，不難孤文絕義，舉德材藝術之士，而一以帖誦試之。若是者豈文焉已乎？曰：凡以爲道爾。道者，文亦所自生，德材藝術所繇出也。皇上興化建善，選忠用良，布求士之詔，下責實之令，庶幾得文武材以備任使。行射禮，復明法、明算諸條，猶恐致誨之不先，士未必其馴習而服習之也，下之禮官，博諮其議。諸士生明盛之世，應察舉之詔，上則有道先揚，次亦曲藝必誓，其何有不感上之恩德而率上之誠令也！

臣聞高皇帝召國子生命之射，爲稱「文武吉甫」之詩。吉甫楚產也。宣王之時，荆州、太原皆有寇難，吉甫北伐，方叔南征。美方叔之功者曰：「征伐玁狁，蠻荆來威。」豈以六月之師，方叔從吉甫有功、南人慴其先聲哉？以楚人定亂功莫有如吉甫者也。楚士矜氣誼，負志節，不爲爵勸，不爲祿勉，不避事，不違難；楚兵慓以銳，未嘗挫北；楚地名山大川廣藪，魁奇瓌達之士生焉。然則求士之文武材稱上任使者其莫若楚。楚之先，養繇基之藝不過下大夫，孫叔敖乘馬三年，不知牝牡，楚國以霸。論者以材不如德，藝術不如材。然國家文恬武嬉，二百餘年，流寇發難，荆、襄、漢、汝，井堙木刊，天子詔用楚餉十萬，以饟楚士之在行者，申、息之北門，諸將之過者以數百，徵、盧、庸、濮之師，無不提劍揮鼓，願爲前行，忠孝之所畜，其惟士乎！猶曰文武異用，不在軍事，若此者其於道甚不可也。

臣聞之，詩曰：「德輶如毛，民鮮克舉之，惟仲山甫舉之。」又曰：「羔裘豹飾，孔武有力。彼其之子，邦之司直。」楚大夫如楊文定、夏忠靖諸君子，匡危疑，恢王略，身兼數器，有直毅強正之風；楊忠烈持直節，好彊諫，觸禍患，臨死生而不顧：此所謂不畏彊禦者也，雖賁、育何以過諸！士而爲此也，天下士之求行其必於楚矣，士之求材其必於楚矣；而不若是，雖外有儁材過絶於人，臣懼其經術無所師受，傷於德而累於道也。書誓有之：「仡仡勇夫」，「截截善諞言。」說曰：是非君子之勇也，仡仡者，是非君子之言也；截截者，豈諸士之所期也哉？夫簡文小諵，拘牽流俗，不以此時佐國家之急，表樹行能，與夫乘時蹶捷，負能而遺行者，皆道所弗取，功令所必禁。然則諸士服文王之德，輔宣王之功，以無負國家綱紀作人之意，其在斯乎！

聖王修身立政之本論

王者之道，於其內不於其外，於其實不於其文，於其虛不於其盈。知所以理情性，則高而能下矣；知所以處德位，則滿而能損矣；知所以飭己而治人，則恭而能安矣；知所以尊道而重事，則愼而能止矣。夫人君有持一術而百行修，庶事舉，天下後世從者，其惟敬也。眞西山曰：「聖王以敬爲修身立政之本。」生民之初，于于而睢睢，袒裼而蹲夷，能知立如磬折乎？拱如桴鼓乎？拜而顙至地乎？抑知事而君臣父子莊莊乎其悅，兄弟朋友抑抑乎其儀乎？曰：不知也，是皆聖王之教也。

聖王之教，聰明以爲德矣，而見有道必齊；尊卑以爲序矣，而禮高年必杖；冕而繅采，可以爲臨矣，必前俯而後仰；佩而珩琚，可以爲度矣，必衡折而委蛇。然則爲聖王者不亦勞乎？其爲道也不亦繁乎？於以教天下也不亦難乎？曰：本存焉故爾。本者謂何？五味之本以和，五色之本以素。雖有嘉稷，弗忘五尺之耒；雖有綺縠，弗忘三月之桑。丹青在山，人寶而用之，而或不能名其山；良玉在野，人服而珮之，而或不能名其野。人知師氏之樂，師氏之樂非琴瑟也；人知公輸之藝，公輸之藝非繩削也；人知聖王之光施文惠，燭明四極，不知齋莊中正其爲道之淵泉也。匪勤弗昌，匪逸弗亡，無怠無荒，是爲聖王。

聖王之治天下也，天尊焉而日月當時，民衆焉而歌舞自來，羣臣庶官材焉而小大受祿。戎車之警，無或聞也；弓矢犀革出於四境，無外懼也；圭璧在笥，鬼神既格，祝史之詞有報而無祈也。太山之隈，奚有於阜？大海之蕩，奚有於川？喬木之下，奚有於植？然而聖王進師保而命之曰：「爾得毋以寡人爲驕乎？以寡人爲汰乎？其拂我而弗舍我，將終身守此翼翼。」朝國人而謂之曰：「百姓其有憂乎？庶政其有闕乎？匹夫勝余敢不畏圖，將終身守此栗栗。」處法宮之中，明堂之上，適然以思曰：「吾其在佚而勤乎？不然則已疎；吾其居安而懼乎？不然則已玩。誠無垢，思無辱，將終身守此戰戰也。」君臣父子，非敬不親；神人上下，非敬不格，軌章物采，非敬不立；官爵刑賞，非敬不行。

夫敬生於人心者也。潢汙之菜，采之烹之，登於鼎俎；溝中之斷，樸斲丹臒，入於饗獻：則見者爲肅衣冠，盥手足矣。人有挈一石之樽，不知於色；奉三升之酒，舉前曳踵者：敬在故也。聖王知其然也，爲之昭文章，辨等列，明少長，習威儀，使人見其動作有象，俯仰可受，則而傚之，畏而近之。猶恐人之有易心也，臨之以天地，懼之以鬼神，爲之說曰：「敬勝怠者吉，怠勝敬者凶。敬者養之以福，不敬者敗以取禍。」若此者，自其君公大夫以及乎匹夫士庶無有易之者矣；自班朝蒞官以及乎燕居夙夜，無有違之者矣。魯隱觀百金之魚，僖伯疾諫；景王鑄無射之鍾，州鳩獻箴。君子必敬其耳目。公子言懼，是宜爲君大夫；語犯，必將有咎。語曰：「牆有耳，伏寇在側。」君子必敬其語言。齊侯搢笏於會，遈矜不終；晉國慢瑞者亡，肅命則禍。語曰：「若行獨梁，不爲無人不競其容。」又曰：「火滅修容，愼戒則恭，恭則壽。」君子必敬其容貌。鄭子華服不衷而身及，齊慶氏車甚澤而人瘁。君子必敬其車服。契爲司徒，敬敷五教，蘇公司寇，式敬爾獄。君子必敬其政刑。趙襄子得兩城，中食而憂；晉文公定三國，側席而坐；莫敖狃蒲騷之役，虢公恃桑田之功。君子必敬其兵旅。先民之恭，以將烈祖；夙夜之畏，是享文王。孔子猶曰：「誦詩三百，不足以一獻。」君子必敬其祭祀。蟋蟀歌而印氏以無荒保祿，草蟲賦而子展以降心後亡，子皙招亂，伯有爲戮。君子必敬其宴享。是以聖王之世，上無戲渝之言，下無陵暴之俗，百官無跛踦之容，庶民無流淫之行。其爲道也，顒然以和，慤然以端，偪然以肅，翼然以莊，見以爲可休而不可休也，見以爲可佚而不可佚也。其於天下也，不約而誠，不令而一，豈非敬德所致也哉！

堯典稱「欽明」，欽者言敬也。馬融曰：「威儀表備謂之欽。」漢志曰：「內曰恭，外曰欽。」堯之敬其在外也。朱子曰：「恭主容，敬主事。恭見乎外，敬主乎中。」又曰：「敬體而明用。」堯之敬其在內也。合內外而一之，此敬所以爲明也。坤六爻辭：「直其正也，方其義也；君子敬以直內，義以方外。」疏云直內方外，易之辭不曰正以直內，變文以見義者，言正者之能敬也。太公告武王以丹書曰：凡事弗強則枉，弗正則不敬，枉者廢滅，敬者萬世，此敬所以爲正也。

後世之言敬者，其惟程子乎！程子之言敬有二說：其一存乎知，其一存乎禮。存乎知者，程子之言曰：「入道莫如敬，未有能致知而不在敬者。」存乎禮者，朱子之言曰：「程子之論主敬，不曰虛靜淵默，而必謹之於衣冠言動之間。」夫存乎知，則明之說也；存乎禮，則正之說也。王者有其功，儒者有其理，聖人得其道，賢人得其義，所以德行寬容而守之以恭，位尊祿重而守之以畏，聰明睿智而守之以愚，博聞強記而守之以淺。敬夫！

第一問

愚聞之：君之於政也，在所任也。惟正人是庸，惟匪人是退，以立庶事，以興王功，所任得也。君之於政也，在所聽也。惟嘉言弗伏，惟辯言弗聞，以持國是，以定衆謀，所聽得也。詩曰：「思皇多士，生此王國。」禮曰：「事君者〔二〕，大言入則望大利，小言入則望小利。」夫人君博求賢能，奬進忠直；士之生其國者如此其庶且多，人臣之進說於君者如此其利且遠也。天下之大，何患無材？羣臣之衆，何患無直？雖然，殊能絕行之士，勞心盡節，訢訢侃侃，攄蘊積於前矣；其或爵祿所勸，天下士之來者日益衆，邪正並進，忠佞無常，斯亦有國之所憂也。人主所以馭之者，其必有道乎！

高皇帝諭羣臣：「君子之過，雖微必彰；小人之過，雖大弗形。蓋君子直道而行，故無所回護；小人巧於修飾，故多所隱蔽。」又曰：「朕觀往昔議論於廷，有忤人主之意者，必君子也；其順從人主之意者，必小人也。」高皇帝知人之明，官人之惠，度越萬古，與堯、舜同德。其諭羣臣，反覆以君子小人爲戒，蓋以貞佞不並立，忠邪不共朝，奸回之士折公實之臣，背誕之謀亂黨正之議，此堯、舜所以難壬人、堲讒說耳。

洪惟我皇上聰明勇智、寬仁威惠之德，遠追堯、舜，同符太祖。即位之初，進有德，誅大憝，責公卿以吏事，雖萬里之外，諸大吏惴惴奉職，一不稱，盤毛氂纓，法弗少貸。憂勞海內，慎擇守牧，下令羣臣各舉有道方正之士，郎官以下，庶人流外，無不察舉。弘開使過，而亂人之黨先暴其辜；謀及芻蕘，而誣上之言必下於理。天下之士，咸洗心濯意以承休德。愚生胸臆約結，固無奇也，生明盛之世，豈有遺慮乎，其何言之敢獻？何計之敢圖？惟執事之問而竊以意對。

愚生聞之：自古公忠有爲之臣，利不必其在身，當官則行；謀不必其出己，見義則斷；其得也有可紀之功，其失也亦有不避之罪，故資其器用，有益公家。若守智安祿之徒，於國家之事非不知其可也，而恐其爲己罪也，又惡人之功之掩己也，因循沮壞以至於弗爲；及事機顛蹶，彼固未有顯謀，從容固位，終受其無咎。彼其時天下之責非不至也，能言之士非不衆也，然爲之者往往覆塞其小過，以解免其大過。夫人臣有大過，幸自解免，而諸士大夫之望我也，匿名跡，示歸誠，以營去其小過，乃陽爲謝曰：「天下不安，諸臣所責是也。若所引，不敢承也。」夫大過則謝而受之，不以爲負；小過則營而去之，不以爲嫌：而人臣遂無過矣。無過而天下不安何也？以天下之無材；豈惟無材也，將疑天下之無直。夫天下近無材與無直，而名爲材與直者將安歸乎？而言事者起矣。雖然，不可以不慎也。天下有弊人，無弊法。言者議法而不及人，以法無所畏沮，而人多所還諱也。天下無弊法，多弊例。言者議法而不及例，以法易於改爲，而弊難於披剔也。所欲行則抱慮而進之，所欲去則厚誹而出之，法去而人不易，法變而例又生，甚至利與害兩窮而不可解，此古人與言之通患也。

我國家設官立極，機要之司非止治文書，銓衡之政非僅稽年考，執憲不得以奏卻而奇請，司馬不得以險度而亡師。今皇上所以禮諸臣者可謂至矣，諸臣所以事皇上者可謂勤矣。上意以四方未靖，夙夜弗遑，諸臣簿書期會之是憂，國之大事不聞曉然畫可否於上前。夫先朝滿四之叛，彭文憲持京軍不可遣，兵尚書有危言，弗爲動，而項襄毅得以討賊；那吉來奔，高文襄從總制請，力主羈縻〔三〕，舉朝危之，王襄毅卒以靖寇。此二臣者，苟令石城未下，俺答未臣，豈不知言出患入，而爲國効節，不顧後難。今者內寇外虜，戰守撫勦，諸臣有能爲皇上任之者乎？洪武中，陝西士人上仁政書而不及愛民，廣東儒士上治平策而不及用賢，高皇以其弗達政體，面諭羣臣，降旨切責。皇上謀卿士庶人之從，而嚴無藉弗詢之戒，衆言是同，亂政必斥，詔書數下，而上書言事者卒循尙浮詞，無卓爾異聞。前代吏民封奏，或於鼓院投遞，或於仗下面陳，言繁多以決擇，漢昭帝令杜延年平處復奏，宋神宗委司馬光、張方平詳定選擇。我宣宗章皇帝三年，行在禮部奏：官民建言，請同六部尙書、都御史、六科給事中會議以聞。夫先朝如甘州戍卒以言事賜衣一襲，鹽山縣丞以應詔條上十事。蘇軾曰：「庶人之言，不知爵祿之可愛，故其言公；不知君威之可畏，故其言直。」公直之言，明主所欲急聞也。今之吏民，有能爲皇上陳之者乎？

用人之法，功過一而職事修；進言之道，利害清而是非正。此皆上意所責成，明詔所訓誡，愚生畢智竭慮，竊願與諸臣交修之也。乃執事之問又曰：「重郡邑之職，選府史之材，合庶官之謀，達百姓之隱。」生請歷數而備言之。

夫守令之所治者民也。監司守倅，其主書從事能操舉狀，而民之不得治者二三矣；經賦科調，文案塡委，閭左桀黠把其疏密，而民之不得治者五六矣；里尉閭司，禁令易令，游夫閒民，流言飛文，而民之不得治者八九矣。然則下嚴符繫來庭中者，下戶羸弱之民耳。是昔之治者四民，今之治者一民也。府史之所急者官也。漢法，有市籍不得宦爲吏，今長安游徼吏多賈人子矣；漢法，左馮翊卒史秩二百石，今提控以下，視其所輸先後以私錢代矣。

其黠者，舞文造姦，擊鐘連騎，志在老於吏乎！管庫之職，非其好也，資歷既久，不得已而後乞官。是昔之府史志在官，今之府史志不在官也。夫庶司之義所以未同者，古者天子稱制臨決，有稱丞相議是者矣，有稱博士議是者矣；今卿貳嫌不逼上，占位署名，庶官衆僚，議成而弗與，令出而弗聞。百姓之隱所以未達者，苟爲忠信誠慤之民，其不能自直於里尉矣，況郡縣乎？苟能豪猾陰譎之民，其不欲受治於使者矣，況郡縣乎？置之則大姓漁食鄉里，察之則姦人交錯道路，然則四者之效，從可知已。欲四國之有政，則重其任；欲吏道之勿雜，則愼其人；欲稽參衆謀，則定百僚會議之制；欲盡極下情，則復監司奏事之權。雖然，非此四者之難，而人與言之難也；非人與言之難，而人與言有君子小人之難也。夫得一賢士愈於百城之地，得一嘉言愈於治萬民之功，如是而後知天下未始無材，未始無直。天下有材與直，而功過可一也，利害可淸也。功過一，利害淸，堯、舜之治不難致也。愚生聞之：用善如采葛焉，綿綿之葛，生於道左，采而用之，爲絺爲綌，不則委之矣。去惡如去草焉，或薙之，或芟之，能無除乎？或蘊之，或沃之，又能無生乎？是在皇上加之意可也。

【校】

〔一〕事君者　禮記表記無「者」字。

〔二〕羈縻　原作「羈縻」，據文義逕改。

第二問

曆者，歷也，歷日月而象之也。日月之行，聖人以賓禮致之；其食也，以武事救之。夫不知其來，不可以言賓也；不知其往，不可以言餞也；不知其道里次舍，不可以言救也。於是爲之治算以求密度，而曆事興焉。雖然，曆之興也，其號最密不過數家，餘或增損傅會，不應軌道。所以然者，前代禮樂未備，服色未改，百官職事未修，宗廟樂章未定，一時君臣皆赫然有改制作之心，而言天者以其術進，五行竊渺，刻度荒忽，苟不參之人事，進以儒術，無以服當時、示後世。於是緣飾圖記，雜考鐘律，博引經傳，使人見曆事一定，貞符著，黃鐘和，易象春秋合，淸臺之下，課在上第，而曆行焉。然曆之爲道，非覃思畢智，以求定率，盈虛發斂，差之杪忽不能得也。我皇上舉正而日星爲紀，明民而閏朔必書，立典常，定明制，以協三辰，以和萬國。孟冬月朔，太常具羽葆，師氏奏樂，百官朝服賀，開明堂，頒正朔。疇人子弟見國家禮樂之盛，制作之備，曆事無所用其緣飾，故煩辭廣証，廢而不存，考實求眞必其驗，此天以宣考四時之責授國家也，豈歷代之所同也哉？

蓋嘗論之，生民之初，紀年以禾。炎帝八節，俶農事也。軒轅甲子，系日成也。帝嚳序星，徵天象也。堯立閏月，四時始定。舜造璣衡，七政以齊。夏后周人，其敎漸□，小正載於戴禮，月令記於周書，二篇存焉。五星聚房，兆開周之慶；歲當鶉火，紀克殷之祥。自是以迨春秋，率歲登臺測驗日至，順天以求合，故閏多矣，置晦朔國殊，其時有疎舛而無穿鑿。周末秦初，緯書競作，遂有六家之曆，託之黃帝、顓頊、夏、殷、周、魯，大抵以四分一爲歲餘，九百四十分三百九十九爲朔，實遷曆元以就當時，何異削趾適履，故桓譚稱其矯妄，杜預疑其非眞也。漢初，張蒼承奏用顓頊曆，洛下閎太初舛駁尤劇，劉歆三統辨而非眞，東漢四分跬步不行，前此諸家，無異一丘之貉。劉洪乾象，始減歲餘，創制月行遲疾，陰陽黃赤交錯，以合天度，爲推步師表。景初、泰始無加焉。姜岌始以月蝕簡日躔，何承天始以晷景定冬至，祖沖之始變章法之固，分天歲之差，張子信始立入氣之差，正五星之序，傅仁均始改平朔爲定朔，則蝕必在數，月無朓朒。前此二十三家，至僧一行大衍曆而始密。其一歲差斥建星之謬，躔差得朓積之變，月食辨內外之道，歲星分超次之殊，神悟綜覈，諸家罕及；然時有不合，則謂乾造告譴於經數之表，變常於潛度之中，亦其所昧也。然後之作者，迨於宋、金，終莫越其範圍，或遷就畸零，以逐天變，一時偶合，數十載輒差矣。

元太史令郭守敬作授時曆，創簡儀、仰儀、高表諸器，用二線代管窺，推測宿度餘分皆盡。當時測景之所二十七，東極高麗，西至滇池，南踰朱崖，北盡鐵勒，以前後晷景折取冬至加時，自丙子迄己卯，增損歲餘歲差，古今冬至悉合。以太白辰星之距驗日躔，以日轉遲疾中平行度驗月離宿度，以四正定氣立損益限以定日之盈縮，分二十八限爲三百三十六限以定月之遲疾，以赤道變九道定月行，以遲疾轉定度分定朔，而不用平行度，以日月寅合時刻定晦朔，而不用虛進法，以躔離朓朒定交會，其法視古皆密。而又悉去演積立元之謬，一本天道之自然，其諸應等數則隨時推測，可以貽之永久。

明興，高皇帝首嚴欽若曆象之典，召天下通知律曆者議曆法。三年，立欽天監，自五官正以下專科習肄。十七年修清類分野書，書成，賜諸王，楚亦有分焉。是年博士元統請以洪武甲子歲冬至爲曆元，書奏，擢爲監正。李德芳言其改不用消長，於古法非是，統疏爭，而大統曆遂行，列聖以來，未之有改也。唐開元六年，太史監瞿曇悉達以九執曆至京師，大衍寫之未盡；當時考驗第下者，里差使然。元至元四年，西域有萬年曆行用，而授時陰用其法，儀象有地理志者，木爲圓毬，略如今之西說。國初靈臺郎有回回曆，高皇帝稱其精密有驗。緯度之法，中國書所三卷，其法造於隋開皇己未，未能悉合也。皇上以舊曆交食屢不售，俞禮臣之請，開局設官，譯書制儀，以宣昭一代之制。

一曰曆術。術者，戴記挈矩、九章勾股是也。古之勾股，知用邊不知用角，以勾實、股實、弦實若三和三較相求而已，隸首之術，蓋窮於此。三邊之對爲三角，邊無方，大亘六虛，小限咫尺；輳心之角必應極界之弧，積分成度以至九十，並有一定諸線。以直線割圓輪，內曰弦、曰矢，外曰切、曰交，同隅餘角諸線如之。挈有定之角，御無方之邊，內外相顯，進之圓而。曲線以首尾率相易爲用。

二曰儀器。求倍勝之法，資倍勝之器，以測三辰地平經緯，以測相距度分，以測赤道黃道經緯，以定時刻。古以渾，今以平；古以全，今以隅。徑廣三倍，分細十倍，赤黃分器，咸極精審。

三曰度地。漢人罕識渾天，今人罕識渾地，不審地形，測天何階？水地合一圓珠，闔虛之圓，其景也，周徧生物〔一〕，戴履不殊，以覩日爲晝。兩極下極寒，以半載爲晝夜；赤道下極暑，以二分爲夏，二至爲冬。北行累日，北星漸出，南星漸沒，形圓可知，里數亦審。

四曰測天。天爲動物，本行無不右旋爲性，所循黃道，所宗黃極，而又循赤道左旋，外此則不動爲諸動宗，赤道經緯圈依斯而設，故黃赤道相距今漸以近，而日道隨黃道如故。十二分次，古人非能得諸鬼神，蓋依當時日躔而設；直從今日二交晝黃道以分十二，事理爲允，但經緯度用赤耳。恆星麗天，終古不改，而徽循黃道東移，是與赤道斜迤參差，糾紛轉易，故古來距度，諸曆互異。樞星移去北辰，過三度也。七政運行乍舒乍疾，是其輪轂不與地心同處，人在地視之，輪轉一高一卑，則遠者見遲，近者見疾。授時以前，此秘未啓。回回曆用同心輪負小輪，小輪之心循同心輪而右，日循小輪而左，俱一歲而復。小輪半徑與地心不同之分，並爲日輪半徑百分之三有半，是爲贏縮宗因。舍此言曆，殆眞瞽史。

五曰步氣。歲實之數，生於日躔，後世日消，繇日輪之轂漸近地心也。舊曆齊之，故不能以相通。授時創立消長，上考往古，百年加一，下驗將來，百年減一，魯獻以還四十九事而合三十九。大統又復齊之爲二十四刻二十五秒，知其謬也。今之改憲，長乎消乎？二千餘年之消，驟長何憑？欲消則實測爲據者不服也。太陽以贏縮知高卑，高卑之最不直兩至，百年右移一度，故行度多寡，冬夏異而春秋亦異。繇斯以求日躔之實，而歲實安得齊也？紀月則有平朔、定朔矣，紀歲何獨不然？平歲用授時消分，更以最高差數加之，則冬至定矣。

六曰步朔。朔者無所取之，取之食也。月離眞度多差，不可目視，而器測必以食甚日躔之衡而得。月行天一周，黃道內外各半，曰交終；過之又逐及於日，曰朔策；其一高一卑環轉曰轉終；又以小輪自行加減爲未足也。法用同心輪負本輪之心而右，本輪又負次輪之心而左，俱一周而復；月復循次輪而右，半周而復。次輪半徑半於本輪半徑，并之大至八千七百得五度弱，爲上下弦。惟朔望月在本輪內規，不須次輪加減。

七曰步交食。加時蚤晚不在朔望實時，而在人目所見之時。然必先求實時，先推日月中會，計其平行及自行而得均數，然後以均數加減求得實會，因得實時，此即古法躔離朓朒而加詳焉也。食分多寡，以日月兩半徑較月距黃道度分得其大小，次求二曜距交遠近，與古法不異。第日月各有最高卑，景徑緜之小大，黃白距度有廣狹，食限爲之多少，皆以日視爲據，不論實交地心。人距地心之羌能使視北爲南〔二〕，曰南北差；刻羌蚤減晚加〔三〕，授時以赤道距午爲限，新曆以黃道出地最高爲限，曰東西差；併最高卑三差以爲勾股形。黃道正中無勾差，正東正西無股差，皆合於弦也，故地心實會改爲地面視會也。

八曰定五星。天以遲疾定高卑，又人目距地心之差，恆星獨無，卽爲極界。塡星最遠，僅得數杪；太陰最遠，差過一度六分；太陽居中，視差三分。太白辰星時與上上。黃道緯度，恆星不遷，五緯時異。其經度，恆星七十年又七月行一度，五緯各有本行。赤道緯度，恆星、五緯皆時異，其經度，恆星爲黃道同升度，五緯各有本行，並以同心輪負本次兩輪或不同心輪。細行雖賾，可以一術齊之矣。若夫淸蒙之氣盛，則高而厚，減則薄而下。昇卑折照，大於本形，夜刻爲多，水氣彌甚，故經度不差，緯度多差，眞高在下，視高在上，差高之緣，端緜於此。

抑度數之理，硏幾極深，考驗必晳，今術之不能通於古，猶古術之不能通於今，何必古人之信而今人之疑乎？夫古者傅會之家，唯從事於末，不求其端，故纖紀瑣言，不足依違，漏見曲論，反戾正理。今以國家禮樂之盛，制作之備，而疇人子弟參互曆術，累黍不失。然後天子升靈臺，望雲氣，吹時律，觀物變，詠福祉，舞功德，是曆事之成也，豈不盛哉！

【校】

〔一〕周徧　原作「周偏」，逕改。

〔二〕、〔三〕羌　疑均當作「差」。

第三問

國家自秦、晉流孽，輕心語難，民人蕩居，大夫旰食，車馳而徒走，八年於茲矣。天子威命震疊，集諸路之師，東西追擊，苟將士一力，宣揚國威，先聲所指，羣醜蕩駭，何難禽獮而草薙之！夫寇賊奸宄，蝨螣螟賊，皆一氣所生。自古流孽之作，未有不號數十萬；數十萬之衆，未有一敗而不即滅者也。

賊初作難，發於延綏，其北多逃兵，而神木、靖邊、綏德、慶陽、延安最劇；南多饑寇，而西川、淸澗、中部、延川、保安最劇。據府谷，破合水諸縣，延、鄜、慶、平之間，井湮木刊者幾千里。秦食盡，晉代之受病，先後渡河而東者三十六營。首據河曲，破汾、霍，蔓於興、嵐，已襲據臨縣，陷遼州，東擾澤、潞，內犯忻、靜，五年之內，九十郡邑，不被寇者三五耳。晉食盡，豫代之受病，其波及楚、蜀、兩畿者，皆豫之餘也。南侵武安，據林縣，聚於武陟，河以北騷然苦兵。闖入畿南，掠趙州、寧晉，別自五臺侵行唐，踞井陘，南哨臨洺。邊兵大集，還逃河、朔，賊大困乞降，亡何河冰合，有澠池之潰。賊之未潰也，誠以此時塞太行之口，斷河北之津，駐兵曹、濮，扼弗使東軼，羽林佽飛之士從中下，與諸邊勁騎蹙而殲之，賊成擒耳。

稔惡未已，再得渡河，從此而南，分爲三支：入伊陽，犯商、雒，或自嵩、伊犯汝州，南屯魯、寶，繇華陰復歸盧、靈，稍入於秦。其南走盧氏、嵩縣三山，繇間道至內鄉，驟入楚。其東潰者偏於宛境及汝寧、歸德，內犯新蔡，已越壽、亳，陷潁州，奄入中都，聚廬、安，圍桐窺皖，陪京大震；旋返永、睢、汝、黃，踞伊、宛，或掠雲夢，大抵皆還商、雒，合於大賊。其入楚者，據鄖、津，蔓荆、襄之間，破當陽，入於蜀，回聚房、竹，遁平利，或自鳳、隴入漢返鄖，連營十里，犯均、光，流毒棗陽、隨、應，伏黃陂，屯桐柏、信陽，走蘄、黃，逼襄、鄧，別自英山破羅田，迫於大兵，盡遁秦川。

方秦事之殷，秦將士大小數十戰，斬首三萬六千，弓不及箙，馬不及秣，掠者不及收，傷者不及起，數道之寇復相率而歸秦。秦地方數千里，防豫之界曰關門、曰商、雒，防楚之界曰平利、曰紫陽、曰白河，防川之界曰漢中、曰寧羌，防晉之界曰延、鄜、黃河一帶。賊未入秦，逐賊者窮馬足，扼賊者壞車轍，謀聚而殲焉。既併入於秦，合於大夥，而賊益慓悍無忌，再自秦朱陽關直犯汴城，還竄禹、許，從沈丘突潁、亳，別自嵩、犖趨陝、禹，闌密縣，去擾澠、永，或遁靈、盧；已乃殘雒、汝，南破和、合，圍江浦、滁州，西還汴城，走入內、淅。漢江春殘，有自白河、光、潁而渡，深林密箐，阻山公行，邊兵既撤，荊、襄之間受其虔劉矣。而內、淅之賊再擾，漢、興之賊已深，秦、豫之警，月凡數告，兵何繇以息，民何繇以安也哉？

詔書切責諸大吏盡賊而止。賊奔敗之餘，跳驅走險，困蹙乞降，冀緩我師，國家以大兵臨之，若不自縛以獻，屈彊山谷間，如釜魚阱獸，趣卽糜爛耳。雖然，賊轗軻棘矜之人，郡縣討捕力也。不得已而至用兵，偏將軍之師，費旬日糧足以辦此。乃自有賊事以來，督理則三邊五省總其令，撫治則秦、晉、豫、楚、蜀、鄖、鳳陽兩畿通其謀，應援則南樞、兩操、東撫防其潰，總鎭則征西、鎭西、平羌、臨鞏、山西、昌平、保定、湖廣將其兵，士卒則禁旅六千、薊、密夷漢、關、遼鐵騎、天津招標、鎭算茅岡、施南石砫、川、浙、黔、滇、辰、虔數近十萬，供餉則截留部發冏寺馬價，親藩士大夫捐助，數逾百萬。旬獻首功，月報大捷，積歲斬馘，每營萬計，八大營合之無慮十萬，而賊勢滋蔓益甚，入晉已多於秦，入豫、楚愈多於晉者何也？

夫士不素訓，不可以應卒；計不豫定，不可以弭變；申令不齊，不可以明罰；糗糧不備，不可以致武。兵者武事，以怒則立，解甲之日，距躍曲踊，乃可一戰。李陵軍有女子，而鼓聲弗起；竪轂陽進酒子反，而楚人宵潰。今前有一死之懼，後有三軍之樂，往者既利，來者慕之，採掠稽留，緩追逸賊，夫先自退也已，焉能先人。且疆場之間，一彼一此，賊在秦、豫則秦、豫急，賊在淮、楚則淮、楚急，事之不捷，過有所分，雖無專功，亦無專罪。將士多高班，詐增首級，足以養階勳，避文法。其甚不律者，大吏不能直繩，奏下兵部，乃當之奪官。夫死敵之賞與奪官之罰，未見人之趨賞而避罰也。

爲將之道，非深執忠孝，持己廉信；則輕財果毅，獲人生死。今之將帥，奉己而已，志不在軍。軍之所出，下令懸賞，饗士椎牛之具，將不能辦也；既戰，折矛傷弩，罷馬亡矢之費，將不能出也；傷者空財而共樂，完者內醻而華樂，將不能給也。乃聽其自掠，而將操其五，坐而得利，故三軍之中，約束禁令，將不爲也，且又不能。賊之來也，百里斥堠，唯視苗頭，兩軍相當，則有活仗。賊初以輜重爲餌，兵以爲利；繼以脅從爲餌，兵以爲功。夫至兵以爲功，百姓之命其哀號宛轉於矢刃之下者，不可勝數矣。

賊之所過，瀰地無類，家貧戶饉，民生不聊，遇賊死，不遇賊亦死；藉第令無死，官軍所淫掠者十室而九，老弱顚踣，壯夫詿誤，土賊數見，告矣客兵，行鹽月餉，三倍土著，賊傳城而陣，乃請濟師，賊去而兵始來，兵罷而賊又至。有司餼廩竭矣，或閉門而謝曰：「我所守者，天子之民也。」將或循城而徇曰：「我所將者，天子之軍也。」郡無見錢，縣無見穀，本折兼支，逗遛城下。夫士之偏袒搤擊，深入敢決，皆以氣之蹻與力之銳，故遇敵則奮，乘堅則拔。

今調撥之卒，贏糧數萬，負弓矢萬箇，越燕、趙、齊、魏之郊，夐地數千里而未見賊；賊阻林谷爲險，士緣山負食乾糒飲水，不見鹽穀，曾未接戰，師病矣。郡縣供其扉屨資糧可也〔二〕，不則桀驁狠戾，鼓之弗前，尙安事兵？吏議不能盡賊，曰：撫之。夫賊撫則我民也，不撫則我寇也，奈何其忽！今宣布詔書，許以不死，賊且降且殺人，未肯解甲。嚮者臨縣信之而城破，眞寧信之而印失，武陟夾勦，信之而南逸於河，棧道合圍，信之而潰決千里，置河西則抄暴不止，編行伍則抄掠如故，其帖然不終叛者，僅一二支耳。然則今日之計從可知已。

賊阻山，我師奪山者勝；賊忌水，我師扼水者勝；賊恣掠，我以饑困之；賊用衆，我以寡擊之；賊以乞撫愚我，我以計間之。潼關之險失，其通者曰華陰、曰華、渭、曰商南、曰雒南；大散之險失，其通者曰階、文、曰蜀道、曰秦川、曰斜谷。子午黑水谷高山絕險，遂爲五達之衢矣。盧氏、內鄉、淅川，三省之會；伏牛深亘數百里；太和諸山，地接宛、洛、漢、興、均、鄖、房、竹，彼抄盜公行，我車騎難入；英、六山深土曠，賊走集焉。吳、越守江，其要者曰焦湖、望江、裕溪、泥汊；齊、魯守河，其要者曰上流自曹至延津三百里，下流自單至徐三百里：此數地者，今日之所急也。秦、豫土疏民慢，山邑恃陋，城已惡而不修，村疃鎮集，富比一都，而無埤垣之守。楚則商車所集，市民饒於郭，郭民饒於城，賊皆生心。犯此數忌，以爲賊資。而我有叛兵，有土寇，有難民，以日益其衆。援師日夜奔郡縣之急，而陵園、漕運、親藩諸地宿重兵。賊勢益急，我師愈分；我師愈分，賊勢益急，此變計之日也。

客兵戰，主兵守，山民守砦，澤民守川，重民守家，輕民守市，無郊處而驚，無散地而走，無夜呼而恐，無露積而懼。諸大吏視郡縣足辦賊，以賊委之，厚集其力，無分兵，無奔命，視賊甚獷悍者，扼其一支。賊之所逐，我必斷之；賊之所避，我必致之。以數省之師，先後夾擊，屠磔務盡。賊偏敗必擒，無黨必阻，然後宣示賞購，洗滌脅從，百萬之衆，可一朝而散也。

且討賊以來，大臣不聞自請視師者，士大夫不聞以家財佐軍者，大帥不聞以罪用鉞者，士卒不聞以功遷右列者，其故何哉？惟邑丞郡倅能殺賊者即爲眞；廝徒役養能殺賊者即爲將；百姓有止賊鹵獲者，以其全予之；散私財募義勇者，賜爵級束帛，風示天下。若夫茇舍草止之禮也，糧從軍行之法也，軍無頓舍，士不宿飽，而欲卒乘之輯睦，此不得之數也。士持糧置竈，老弱私從負羈紲，贏囊槖，士傳器而食，嚴刁斗而止，無因民火，無雇舍宿，如是以令於軍中曰：「犯者殺無赦。」軍志於是乎一矣。

是故民弱而其勇可使也，兵驕而其教可立也，兵民志意不齊，其道可相爲用也。夫使民不畏賊，兵不擾民，而賊氣弗破傷，大黨弗震壞者，有是理哉？然則將士受詔討賊，八年功弗成，是皆謀臣之失長計，非賊能久稽天討也。「式遏寇虐」，「以綏四方」，是在皇上斷之而已矣。

【校】

〔一〕扉屨　原作「扉屨」，逕改。

吳梅村全集卷第五十七　文集三十五

奏疏　疏揭

劾元臣疏

奏爲時艱亟藉元臣，責重宜祛積習，敬抒忠告，仰乞聖裁事。臣束髮登朝，依光日月，蒙恩考滿，榮及所生。頃者愼簡端良，以臣備員輔導，感激圖報，矢竭愚誠，竊效涓埃，以當拜獻。

伏見我皇上敬天求治，宵旰憂勞，當茲國事艱難之時，正藉元僚匡弼之益。得其人則理，不得其人則亂；得其人而抱公絕私則理，不得其人而背公行私則亂。首臣張至發者，遭逢隆遇，致位孤卿，今復總轄羣司，具瞻朝宁。臣以爲新猷方始，治忽攸關，其能回心易慮，從善圖功，改比周之積非，謀公忠之實效，臣之所厚幸也。若復懷私狥庇，固陋因循，滋巧僞以爲工，視忠貞爲罔益，臣之所大恐也。

語曰：「前事不忘，後事之師。」首臣今日之鑒，取之去輔温體仁足矣。體仁學無經術，則當講求仁義，練達朝章；體仁性習險詖，則當矢志光明，立身公正；體仁比暱宵人，則當嚴杜諂訕之輩；體仁護持悍黨，則當力維忠孝之經。專精神以圖平治，毋如體仁之泄沓偷容；晝可否以決危疑，毋如體仁之游移飾詐。如此而聖恩庶可副，衆望庶可塞也。

臣所憂者，首臣積習未化，故轍猶存。臣讀其近日辨揭，盛稱體仁之美：一曰孤執，一曰不欺。夫體仁之當國也，有唐世濟、閔洪學、蔡奕琛、吳振纓、胡鍾麟之徒參贊密謀，有陳履謙、張漢儒、陸文聲之徒驅除異己，何謂孤？庇樞貳則總理可不設而事敗乃設，狥鳳撫則鎖可不移而事敗乃移，何謂執？皇上之決去體仁，正爲其善欺耳。家窩巨盜，產遍苕溪，自詭曰清；孽子招權，匪人入幕，自詭曰謹。何謂不欺？然則首臣眞以爲孤執不欺乎？夫使聊爲嘗試之言，實作更新之計，滌心飾行，以收後效，臣何敢議？如其不然，則必因私踵陋，盡襲前人之所爲，大臣公忠正眞之風，何時復見？海內干戈盜賊之患，何日就平？爲首臣者亦何以副聖恩而塞衆望耶？

臣念切憂時，義存報主，敢以懲前毖後之道，首效箴規，首臣而虛懷樂善者，不訝臣言之過也。臣區區愚誠，惟皇上鑒察。臣不勝惶恐待命之至。

辭職疏

奏爲報國有心，趨朝無力，蒙恩負罪，抱病懷慚，謹請處分，以肅官方事。臣本庸虛，材力淺短，謬膺朝寵，累陟淸階。恭遇皇上應籙御天，大造區夏，百僚卿士，濟濟興朝，黯陋小臣，過蒙收採，詔書下及，乃忝今官，扶服叩頭，怔營戰灼。伏念獎勸，察臣於衆忌之會，賜以保全，碎首糜軀，莫能裨報。

祇以微臣受生尫劣，積疢纏綿，重荷矜憐，得寬休沐，尙冀瘳損，仰效馳驅。不謂禍難殷流，兇徒干紀，痛深九服，悲結萬方。況在孤臣，扣心飮血，身雖在野，官列近臣，不能從難，罪應萬死。皇上儆於有位，宜肅刑章，天澤沛然，顧加優擢。夫今日盈廷發謀，羣帥戮力，疇功論德，啓邑承家，而一二老臣猶以大讎未復，國步方艱，用舍勿輕，是非當定。三事以降，毋啓殿陛之爭；五等初開，宜重河山之賞。況如臣者，文史末流，其於國家，無裨塵露，豈可取柰朝典，忝竊金章也哉？

臣宜歸罪有司，陳誠闕下，請免其見職，退就處分。而自國難驚心，舊痾彌劇，病痁兩月，復加下痢，淸羸困弊，幾不自支。臣雖不才，粗知大義。當日寇變初聞，九流失序，若非皇上整齊萬品，光啓中興，則臣餘生，已塡溝壑。今日軀命，咸荷生成，君恩未報，豈敢言病？無如夙嬰沉痼，雜患屯邅，縱欲扶抱登途，少明盡瘁，而狼狽不前，歎息而止。每思國事，涕泗橫流，以急裝累繭之誠，抱偃息在牀之恨，拊髀慷慨，宵旦彷徨，臣獨何人，自隔興運？先朝被遇，愧納肝刎脰之忠；新詔加恩，失倍道兼行之赴。伏惟聖斷，先賜處分，俾臣免於曠官，安其素分。仰祈覆載，俯念蓋帷，容臣在籍調理，俟病痊之日，泥首闕廷，陳力謝罪。庶幾犬馬之疾，自放山林；葵藿之忱，長依日月。稍堪鞭策，終效涓埃。感戀天恩，無涯極矣。臣不勝悚慄待命之至。

乞假省親疏

奏爲驚聞母病，懇乞天恩，暫假省親事。微臣起家寒素，臣母朱氏，辛勤俯仰，心力焦枯；自臣未第，已成寢瘵；及遭際國恩，獲沾祿養，得至今日，咸荷生成。其如崦嵫暮齒，錮癖沉疴，參朮難支，遂成風緩，支離牀褥，轉側需人。微臣少病尫羸，憂親彌劇，先朝矜覽，寬加休沐。母子二人，相須爲命，侍調藥餌，頃刻難離。此臣家門至情，今在廷諸臣所共洞悉者也。

皇上中興御極，徵臣扶力趨朝，恭逢覃慶新綸，感戴皇恩，極天隆地，非臣頂踵，所能報塞。惟有勉修職事，少答涓埃。乃本月十六日接臣父手書，言臣母久病之餘，誤觸風寒，飲食不進，勢甚危急。臣聞之心魂飛越，涕泣憂思，於二十日夜忽嘔血數升。自恐顛躓困踣，曠官廢職，公私兩愧，負罪悚惶。伏見皇上深仁錫類，孝治宏開，敢不瀝陳至情，仰告君父。願乞聖恩，暫假數月，俟臣母調理少痊，微臣卽遄趨受事，天地隆施，無涯極矣。臣無任激切待命之至。爲此具本謹具奏聞，伏惟敕旨。

陞任請養疏

奏爲微臣蒙恩陞任，抱病不能供職，懇乞聖恩，特準在籍調理事。臣門寒人悴，遭遇聖明，累拔清階，因忝今授，誓心效職，少答鴻私。不謂母子同病，情迫呼天，負德曠官，不勝惶悚。

微臣受生尩瘠，善病虛羸。往年給侍殿廷，時憂隕越。奉使中州，在途忽聞臣母背疽危篤，焦心灼骨，晝夜兼程，抵家之日，幸而得救，外證雖痊，元神難復。從此臣母不離伏枕，而臣亦以憂勞兼至，抱病困劣矣。爲此投誠君父，拜表陳情，天地陶成，著於南雍供職。所冀講授之暇，養身事親，仰答生成。乃臣母沈痼纏綿，微臣復清羸憔悴。幸蒙拔擢，奉母東還，義急王程，心憂母恙，以致夙疾再作，百診交侵。春初嘔血數升，精神耗消，肌膚瘦削，腰脚虛腫，不成行立，頭目昏眩，輒致沉迷。入夏以來，寖增寖劇，母子同患，闔室驚危，正爾徬徨，再聞除目。臣扶力叩頭，感膺寵命。自念叨竊踰涯，非臣謭劣所能勝受，因緣疾患，仰負國恩。

皇上錄舊興賢，海內人才，彈冠踴躍。微臣心長力短，實命不同，稽以曠鰥，宜從官罰。若以臣供事微勞，特準在籍調理，微臣母子二人，悉蒙恩造，庶幾餘生，不填溝壑，留形天壤，拜見闕廷，生生世世，感聖恩於無窮矣。爲此謹遣義男吳忠齎本奏聞，臣無任悚息待命之至。

自陳不職疏

奏爲遵旨自陳不職，恭候黜幽之典事。臣繇辛未科進士歷陞今職，仰荷天恩，准臣請假省母。歸里以來，感念生成，誓圖報稱。惟是母病未能卽痊，微臣積痾仍劇，王程難赴，方切屏營。於本月初十日接讀邸抄，吏部一本爲特請鑒別事，奉聖旨云云。臣家居僻遠，臥疾沉迷，繕疏上聞，已遲月日，心神戰灼，益用悚惶。

切念臣志局凡近，行能淺薄，叨忝清班，實踰素分，每弘止足，輒荷推遷。事先皇帝十有四年，請急陳情，累塵聽覽，沿資隨牒，內愧夙心。遭遇皇上中興，優加齒召，冀攄誠節，扶力趨朝。仰見聖明講學勤政，重道親儒，微臣幸列從官，亦思自効。奈學以病疎，志因力奪，無能拜獻，上益高深，重迫子情，遽求休沐，臣之庸劣，從可見矣。

方今國事艱難，至尊旰食，一時宣力諸臣，竭蹶馳驅，共襄時急。微臣職司清切，地實優閒，縱有供事微勞，尙應捫心恧汗；况其烏私孔亟，樗質尫頹，疾患纏綿，精神越渫，自揣疲曳，難任衣冠。金華侍從，愧往哲之陳謨；玉署含毫，負兩朝之史職。又何以追陪禁近之班，坐貽維鵜之刺？伏乞皇上，俯鑒微忱，語非矯飾，勅下該部，將臣罷黜，以儆有位。庶幾微臣退安愚分，免戾曠官，高天厚地，感聖恩於無窮矣。臣無任惶悚待命之至。

揭

辭薦揭

揭爲感恩揣分，瀝陳病苦，以祈矜鑒事。伏惟用人而拔幽滯者，君父之恩；量力而受爵祿者，臣子之分。偉業以草莽孤微，江湖廢棄，仰荷聖朝高厚，覆載生成，力田以供公稅，鼓腹而歌太平者，十年於茲矣。恩詔舉地方人材，督臺馬老公祖過加採擇，以偉業姓名入告，旋奉部覆，行督、撫、按各臺老公祖確查鄉評品行學問實蹟。偉業行能庸陋，學問迂疎，無當於用，所不必言。而素嬰痼疾，萬難服官，苟不先事啓陳，則私門疾苦，何繇上達？爲此輒敢具聞。

偉業稟受尫羸，素有咯血之證，每一發舉，嘔輒數升，藥餌支持，僅延殘喘。不意今春舊疾大作，竟成虛損，胸膈脹滿，腰脚虛寒，自膝以下，支離攣躄。老父病母，年過七旬，衰殘風燭，相依爲命，日夜涕泣，廣求醫卜。豈知沉痼已甚，療治無功，奄奄一息，飲食短少，待盡牀褥，不能行立。夫居官盡職，必須精力強濟，豈有患苦如此，尚堪驅策？偉業自辛未通籍後，在京止有四載，臥病乃踰十年，其淸羸困劣，當途諸老見聞共悉。方值聖治維新，凡有心知，咸思報稱。偉業自甘沉痼，斷非人情；而眞病眞苦，實實如此。及今若不早言，異日不能供職，仰負朝廷爲官擇人之德意，有虛各臺以人事主之盛心，此偉業之所大懼也。伏祈祖臺將病苦實情開列到部，庶幾於共聞共見，寧嚴毋濫之部覆功令允符。而偉業貪觀聖化，調理餘生，仰誦九重之深仁，拜感祖臺之至愛，生生世世，啣結於無窮矣。謹揭。

與子暻疏

吾少多疾病，兩親護惜，十五六不知門外事。應童子試，四舉而後入彀。不意年踰二十，遂掇大魁，福過其分，實切悚慄。時有攻宜興座主，借吾爲射的者，故榜下即多危疑，賴烈皇帝保全，給假歸娶先室郁氏。三年入朝，值烏程當國，吾與楊伯祥諸君子正直激昂，不入其黨。烏程去，武陵繼之，蘄水又與吾不合，種種受其摧挫。先是吳下有陸文聲、張漢儒之事，吾以復社黨魁，又代爲營救，世所指目。淄川傳烏程衣鉢，吾首疏攻之，又因召對與濟寧楊鳧岫謀擊大姦史𡎆，𡎆逮而陰毒遂中於吾。吾去而封王豫中，𡎆謀以戍御史寶慈勇參武陵事主使坐吾，賴𡎆死而後免。既陞南中少司成，甫三日而黃石齋予杖信至，吾遣涂監生入都具橐饘。涂上書觸聖怒，嚴旨責問主使，吾知其必及；既與者七人，而吾得免。於是陞宮允、宮諭，吾絕意仕進，而天下亂矣。

南中立君，吾入朝兩月，固請病而歸。改革後吾閉門不通人物，然虛名在人，每東南有一獄，長慮收者在門，及詩禍史禍，惴惴莫保。十年，危疑稍定，謂可養親終身，不意薦剡牽連，逼迫萬狀。老親懼禍，流涕催裝，同事者有借吾爲剡矢，吾遂落彀中，不能白衣而返矣。先是吾臨行時以怫鬱大病，入京師而又病，蒙世祖皇帝撫慰備至。吾以繼伯母之喪出都，主上親賜丸藥。今二十年來，得安林泉者，皆本朝之賜。惟是吾以草茅諸生，蒙先朝巍科拔擢，世運既更，分宜不仕，而牽戀骨肉，逡巡失身，此吾萬古慚愧，無面目以見烈皇帝及伯祥諸君子，而爲後世儒者所笑也。

吾歸里得見高堂，可爲無憾。既奉先太夫人之諱，而奏銷事起。奏銷適吾素願，獨以在籍部提牽累，幾至破家；既免，而又有海寧之獄，吾之幸而脫者幾微耳。無何陸鑾告訐，吾之家門骨肉當至糜爛，幸天子神聖，燭奸反坐，而諸君子營救之力亦多，此吾祖宗之大幸，而亦東南之大幸也。

吾五十無子，已立三房姪爲嗣，五十三生子而後令歸宗。吾生平無長物，惟經營賁園，約費萬金。今三子頗有頭角，若能效陳、鄭累世同居之義，吾死且瞑目；倘因門戶不一，松菊荒涼，則便爲大不孝，諸父尊親以此責之，誓諸皎日可也。

吾於孝道不能克盡，葬事又未完，深負罪愆。惟是待兩弟休戚一體，及竭力以爲朋友，費盡苦心。三弟尤宜以吾事爲己事，執友則託諸端士、子俶可也。

吾於言動，尺寸不敢有所踰越，具在鄉黨聞見。吾詩文外，尚有流寇紀略一部，爲無錫、常熟友人借去其半，婁中尚有抄本，須收葺完全，及氏族、地理二志以付三子，此事周玄恭主之。

吾同事諸君多不免，而吾獨優游晚節，人皆以爲後福，而不知吾一生遭際，萬事憂危，無一刻不歷艱難，無一境不嘗辛苦，今心力俱枯，一至於此，職是故也。歲月日更，兒子又小，恐無人識吾前事者，故書其大略，明吾爲天下大苦人，俾諸兒知之而已。辛亥冬十一月二十八日書。

吳梅村全集卷第五十八 詩話

詩話

梅村詩話

宋玫字文玉，別字九青，萊陽人。年十九登乙丑進士，繇吏給事中陞太常，進戶侍，以枚卜遇譴歸，城陷不屈死。其父尙寶卿繼登，夢李北地生其家而得玫。少而穎異，爲詩學少陵，愛蒼渾而斥婉麗，然不無踳駁，當其合處，不減古人。日課五言詩一首，爲亞卿將大用，年尙未四十，集竟散佚不傳。嘗與余同使楚，楚嘉魚熊魚山、竟陵鄭潛石俱九青同年，到武昌相訪。鄭詩亦淸逸，其贈什曰：「剖斗折衡爲文章，天下婁東與萊陽。」謂吾兩人也。九青登黃鶴樓，過小孤，皆有作，今失記，惟憶其掖中言懷中一聯云：「朋友誰無生死問，朝廷今作是非看。」時上方切治苞苴，而金吾徼卒乘之，反行其奸利，貪吏放手無罰，而寸覶尺縑，輒加逮治。九青之語，蓋實錄也。過南中有云：「草迷三國樹，水改六朝山。」九青曰：「天下之山，未有不繇水改者。」其用意精刻如此。

陳子龍字臥子，雲間華亭人。繇丁丑進士考選兵給事中，殉節死。友人宋轅文收其遺藁，今並存。臥子負曠世逸才，年二十，與臨川艾千子論文不合，面斥之。其四六跨徐、庾；論策覗二蘇；詩特高華雄渾，睥睨一世，好推崇右丞，後又模擬太白，而於少陵微有異同，要亦倔強語，非繇中也。初與夏考功瑗公、周文學勒卣、徐孝廉闇公同起，而李舒章特以詩故雁行，號陳、李詩，繼得轅文又號三子詩，然皆不及。當是時，幾社名聞天下。臥子眼光奕奕，意氣籠罩千人，見者無不辟易。登臨贈答，淋漓慷慨，雖百世後猶想見其人也。嘗與余宿京邸，夜半謂余曰：「卿詩絕似李頎。」又誦余雒陽行一篇，謂爲合作。余曰：「卿詩固佳，何首爲第一？」臥子曰：「『苑內起山名萬歲，閣中新戲號千秋』，此余中聯得意語也。『祠官流涕松風路，回首長陵出塞年』，又『李氏功名猶帶礪，斷垣落日海雲黃』，此余結法可誦者也。」余贊歎久之。晚歲與夏考功相期死國事，考功先赴水死，臥子爲書報考功於地下，誓必相從，文絕可觀。而李舒章仕而北歸，讀臥子王明君篇曰：「明妃慷慨自請行，一代紅顏一擲輕。」則感慨流涕。舒章久次諸生不遇，流離世故，僶勉一官，反葬請急，遇臥子於九峯山中，期滿北發，未渡江而臥子及禍，舒章鬱鬱道死。雲間有爲詩唁之者曰：「蘇李交情在五言。」未嘗不寄慨於此兩人也。

楊廷麟字伯祥，別字機部，臨江人。爲文排宕峭刻，在韓、蘇間；書法出入兩晉，倣索靖體；詩則好用奇思棘句，不甚合律，然秀異聳拔，往往出人。機部偕臥子同出吾師姜新建之門，以文章氣節相砥礪。既遇黃石齋先生於京邸，一見道合。負直節，好強諫，上書論閣部楊嗣昌失事罪，得旨改兵部贊畫，參督師盧象昇軍事。余贈之詩曰：「諸將自承中尉令，孤臣誰給羽林兵？」蓋實事也。盧與閣部議軍事不合，遇機部相得甚。已而中外異心，兵勢日蹙，盧自謂必死，顧參軍書生，徒共死無益，乃以計檄之去，機部不知也。機部到孫侍郎傳庭軍前六日，而盧公於賈莊殉難，乃求得其尸，抱之痛哭。盧公之死，有馬士抱之，傷不深。機部詩曰：「死君旁者一掌牧。」通首俱妙，而惜佚落不全。又憶其渾河詩中聯曰：「春至軍中草木寃。」亦奇句。機部自盧公死後，其策益不用，無聊生。會詔詰督師死狀。賈莊前數日，督師誓必戰，顧孤軍無援，聞太監高起潛兵在近，則大喜，於眞定野廟中倚土銼作書，約之合軍，高竟拔營夜遯，督師用無援故敗。機部受詔，直以實對。慈谿馮鄴仙得其書，謂余曰：「此疏入，機部死矣！」爲定數語。機部聞之則大恨。先是嗣昌遣部役張姓者偵賈莊，而其人談盧公死狀，流涕動色。嗣昌榜笞之，楚毒倍至，口無改辭，曰：「死則死耳，盧老爺忠臣，吾儕小人，敢欺天乎？」遂以考死。於是機部貽書馮與余曰：「高監一段，竟爲删却，後世謂伯祥不及一部役耶？」然機部竟以此得免。余之詩又有曰：「憂深平勃軍南北，疏訟甘陳誼死生。」亦實事也。已而機部過宜興訪盧公子孫，再放舟婁中，與天如師及余會飲十日，嘉定程孟陽爲畫髯參軍圖，錢牧齋作短歌，余得臨江參軍一章，凡數十韻，以文多忌，不全錄，其略曰：「臨江髯參軍，負性何貞栗。上書請賜對，高語爭得失。左右爲流汗，天子知質直。公卿有闕遺，廣坐憂指摘。鷹隼伏指爪，其氣常突兀。同舍展歡謔，失語輒面詰。萬仞削蒼崖，飛鳥不得立。余與交十年，弱節資扶植。忠孝固平生，吾徒在眞實。去年東師來，饑飽恣馳突。桓桓盧尚書，提兵戰疾力。將相有纖介，中外爲危慄。君拜極言疏，夜半片紙出。贊畫尚書郎，遷官得左秩。天子欲用人，何必歷顯職。受詞長安門，走馬桑乾側。但見塵滅沒，不知風慘慄。四野多豺狼，十日無消息。蒼頭軍中來，整暇見紙墨。唯說尚書賢，與語材挺特。次見諸大帥，驕懦固無匹。逗撓失事機，倏忽不相及。變計趨之去，直云戰不得。成敗不可知，死生余所執。余時讀其書，對案不能食。賈莊敗問至，南望爲於邑。忽得眞定書，慰藉告親識。云與孫侍郎，會師有月日。顧恨不同死，痛憤塡胸臆。先是在軍中，我師已孔亟。剽略斬亂兵，掩面對之泣。我法爲三軍，汝實飢寒極。諸營勢潰亡，羣公意敦逼。公獨顧而笑，我死則塞責。老母隔山川，無繇寄悽惻。作書與兒子，勿復收吾骨。得歸或相見，且復慰家室。別我顧無言，但云到順德。犄角竟無人，親軍惟數百。是夜所乘馬，嘶鳴氣蕭瑟。椎鼓鼓聲衰，拔刀刀芒澀。公知爲我故，悲歌壯心溢。當爲諸將軍，揮戈誓深入。日暮箭鏃盡，左右刀鋋集。帳下勸之走，叱謂吾死國。官能制萬里，年不及四十。詔下詰死狀，疏成紙爲濕。引義太激昂，見者憂讒疾。公既先我亡，投迹復奚恤。大節苟弗明，後世謂吾筆！此意通鬼神，至尊從薄謫。生還就耕釣，志願自此畢。匡廬何巖業，大江流不測。君看磊落士，艱難到蓬蓽。猶見參軍船，再訪征東宅。風雨懷友生，江山爲社稷。生死無愧辭，大義照顏色。」余與機部相知最深，於其爲參軍周旋最久，故於詩最眞，論其事最當，即謂之詩史可勿愧。機部後守贛州，從城上投濠死，集竟散佚不傳。

龔鼎孳字孝升，廬州合肥人。甲戌進士，授蘄水知縣。丙子余與九青使楚，而孝升分一經，最得士，相知爲深。後考選給事中，入清爲僕少，中間流離患難，幾不免。庚寅秋，於臨淸舟中報余書曰：「庾樓之別，垂十五年。壬午以前，猶得時通音驛。運移癸、甲，大棟漸傾，妄以狂愚，奮身刀俎，甫離獄戶，頓見滄桑，續命蛟宮，偷延晷息，墮坑落塹，爲世慚人。先生方霞引碧山之巔，鴻舉青雲之外，西薇東菊，萬仞難躋。自顧平生，曾邀盼飾，相期何等，差跌至今！所以伏處蓬蒿，欲有陳而未敢也。停舫金閶，竊幸龍門在望，展晤有期。而先生旣抱騎省之傷，賤子亦迫王猷之棹，何圖咫尺，復成參商。惟從同人處見先生尺幅寸幀，片言隻字，寶若明珠大貝，火齊木難，攬持芳華，以當瞻侍耳。客秋至白門，拜發良書，欣聞謦咳，蹷然頑懦，復起爲人，感念疇曩，泫焉雨泣。自傷失路，尙爲知己所收憐，使得齒於舊遊之末。中間情文温縟，慰諭綢繆，金錯玉盤，美人之遺我厚矣。伏蒙不棄鄙陋，垂問雕蟲。先生留思文章，超絶前軌，馬、班、屈、宋，蔚有兼長，爝火至微，何敢妄希扶桑之耀？且身既敗矣，焉用文之！顧萬事瓦裂，空言一綫，猶冀後世原心，宣鬱遣愁，亦惟斯道。往在燕邸，與秋嶽、舒章諸子各有抒寫，篇軸遂繁。近年以來，蓬轉江湖，仲宣登臨，襟情難忍；嗣宗懷抱，歌哭無端。未極斐然，不無驅染。然前則魂魄初召，瑟既苦而難調；繼乃離索寡羣，刀雖操而未善。亟思大雅，提振小巫，九合葵丘，舍公誰屬？方當悉索敝賦，奉鞭弭於中原，不敢煩苞茅之討也。此行粗了殘局，卽歸臥松筠，興會適來，扁舟相就，極論千古，殫精百氏。備孔門之游、夏，稱鄴下之應、徐，庶幾餘生，不同草木。先生著作，雷霆天壤，氣象名山，其亦肯示雌霓於王筠、授論衡於中郎否耶？」此書至，余發之於相知，讀者無不以爲徐、庾復出也。孝升於詩最秀潁高麗，聲調遒緊，有義山之風，余嘗憶其潤州一首中聯曰：「亂後江聲猶北固，坐中人影半南冠。」激昂慷慨，猶是此書大意，可爲三歎！

女道士卞玉京字雲裝，白門人也。善畫蘭，能書，好作小詩。曾題扇送余兄志衍入蜀一絶云：「剪燭巴山別思遥，送君蘭檝渡江皋。願將一幅瀟湘種，寄與春風問薛濤。」後往南中，七年不得消息。忽過尙湖，寓一友家不出。余在牧齋宗伯座，談及故人，牧齋云力能致之，卽呼輿往迎。續報至矣，已而登樓，託以妝點始見，久之云痁疾驟發，請以異日訪余山莊。余詩云：「緣知薄倖逢應恨，恰便多情喚却羞。」此當日情景實語也。又過三月，爲辛卯初春，乃得扁舟見訪，共載橫塘，始將前四詩書以贈之。而牧齋讀余詩有感，亦成四律，其序曰：「余觀楊孟載論李義山無題詩，以謂音調淸婉，雖極其濃麗，皆託於臣不忘君之意，因以深悟風人之指。若韓致光遭唐末造，流離閩、越，縱浪香奩，蓋亦起興比物，申寫託寄，非猶夫小夫浪子、沈湎流連之云也。頃讀梅村豔體詩，聲律硏秀，風懷惻愴，於歌禾賦麥之時，爲題柳看桃之作。彷徨吟賞，竊有義山、致光之遺感焉。雨牕無俚，援筆屬和，秋蛩寒蟬，吟噪啁哳，豈堪與間關上下之音希風說響乎？河上之歌，聽者將同病相憐，抑或以同牀各夢，而囅爾一笑也（二）。」詩絕佳，以其談故朝事，與玉京不甚切，故不錄。末簡又云：「小序引楊眉庵論義山臣不忘君語，使騷人詞客見之，不免有兔園學究之誚。然他日黃閣易名，都堂集議，有彈駁『文正』二字，出余此言爲證明，可以杜後生三尺之喙，亦省得梅老自下註脚。」其言如此。玉京明慧絕倫，書法逼眞黃庭，琴亦妙得指法。余有聽女道士彈琴歌及西江月、醉春風塡詞，皆爲玉京作，未盡如牧齋所引楊孟載語也，此老殆借余解嘲。

湯燕生字玄翼，姑孰人。赭山懷古二首云：「赤鑄山頭鳥不飛，上皇曾此易靑衣。無多侍從爭投甲，有限生靈但掩扉。五國城西邊月苦，景陽樓下暮鐘微。傷心莫唱淋鈴曲，未得生從蜀道歸。」「淚逐天風向北揮，山僧指點舊重圍。翠華東駐泉偏咽，代馬南來草不肥。野老久知今日事，先臣猶護昔年非。延秋門外王孫盡，司馬元戎自錦衣。」二詩於乙酉五月事極切，哀婉悽節，使人不忍讀，武塘夏雪子極稱之。

周鍾字介生，以陷賊汚僞命，自投南歸。南中誣其賀賊表有堯、舜、湯、武等語，論斬西市。其實乃張嶙然陝西賀表語，非鍾筆也。嶙然庚辰進士，以西安知府降賊，嘗以語人曰：「偶爲此語，不意爲政府皇上所見賞。」又自請淸宮，手棄太廟神主於外。其死也，叩頭流血，口稱皇上，臣該萬死，蓋爲天所誅云。鍾以文章負海内重名，不死殉節，死固其罪。獨爲黨人所殺，誣以大逆，則寃甚矣。雲間李雯親見其事，嘗爲詩哭之曰：「亂世身名可自繇，恨君不及鄭虔州。劇秦新論誰曾草？月旦家評總世讎。」鍾兄曰鑣，字仲馭，亦負重名，相忌積不能平。聞此言即仲馭文致，竟以他獄與鍾同死，家評蓋指此也。

楊機部殉節後，云已無子。康小范孝廉來吳門，攜機部在贛州詩十餘首，幷言其子尚在。小范與機部同事，兵敗被縛下獄，瀕死而免。吳門葉聖野贈之詩曰：「盧諶流落劉公死，回首章門一惘然。」亦俠烈士也。余後訪機部子，知在寧都山中。寧都有彭同者，爲機部門人，以諸生特授職方郎，監總兵順慶軍。順慶之復寧都也，在金、王舉事時，機部已前死矣。己丑正月，南贛總兵胡有陞破寧都，職方曰：「吾以書生受思文不次之遇，不可以不死。」與其妻皆自縊。寧都被兵大掠，機部之子亦在掠中。職方之弟曰彭士望者，亦機部門人，訪知之，以三百金贖得，并求得其母子置一處。此兩彭君者，可謂不負機部者也。機部詩，寄李尙書云：「朝聞驛使向江樓，虎韔魚文耀列侯。戎服畫綃南浦雨，漢家雲護北陵秋。崆峒山下看雙節，天柱灘頭領八州。今日傳呼新僕射，臨淮依舊擁貂裘。」過惶恐灘云：「空山夕照深江樹，明月灘聲下石城。愁盡關河極北望，如今虎豹正縱橫。」「鶴猿自在灘邊宿，江漢飄零夢後還。遂使南州爲異域，知君何處塞函關？」丙戌元日云：「黃華嶺外瑞雲齊，白鷺洲前戰馬嘶。五道將軍臨直北，三江父老望征西。春風斗帳降銅馬，細雨戈船闞水犀。此日建昌二字疑。應拜舞，近臣還解賦梟鷺。」又一首：「朝元帳下領高班，稽首春風動百蠻。九葉雲雷開萬國，一時江漢擁三山。宮中勝帖盤龍出，杖裹勞樽藉草頒。從此鎬京傳盛事，年年虎豹渡天關。」丙戌九日云：「河西獵火照高樓，五嶺風光異昔遊。木葉看雲寒戍晚，菊花宜雨漢宮秋。山城野幔開三市，江表輕裘署九州。且晚功成萸釀熟，憑君一笑舊田疇。」又次首丘記其中聯云：「將軍諸嘯多文吏，羣盜縱橫半舊臣。」機部詩學素抝折，此竟高渾深麗。軍中從容慷慨，戎服賦詩，具見整暇。七年不見，其學問之進益如此。

圓鑑，靈隱僧，故練川大家子也。父兄死國事。其哭江東詩曰：「平原曲罷人何在？越絕書成事已非。」人多稱之。已而被收，亡命爲僧。在揚州有過天寧寺見放馬歌最悲壯，詩云：「法窟聊藏獅子花，空王爲指金鞭影。」「神駿惟應支遁看，舊恩不願孫陽顧。」「垂頭肯向朔風嘶，烙印猶存漢家字。」寄兄研德云：「歸期此夜長難曉，別夢如秋遠更清。」竟以疾歿於靈隱。友人周子俶舊與遊，過其地，爲詩弔之曰：「袁尹全家赴汨羅，九閽夢夢訴如何！只今靈隱猿三叫，似聽天寧放馬歌。」又曰：「寺樓遙掛海門潮，鷲嶺龍宮夜寂寥。精衞不知何處去，冷泉亭下獨吹簫。」

黃媛介字皆令，嘉興人，儒家女也。能詩善畫。其夫楊興公，聘後貧不能娶，流落吳門。媛介詩名日高，有以千金聘爲名人妾者，其兄堅持不肯。余詩曰：「不知世有杜樊川。」指其事也。媛介後客於牧齋柳夫人絳雲樓中，樓燬於火，牧齋亦牢落，嘗爲媛介詩序，有今昔之感。吳巖子偕其女卞玄文皆有詩名，媛介相得甚。媛介和余詩曰：「月移明鏡照新妝，閨閣清吟已雁行。花裏雙雙巢翡翠，池中六六列鴛鴦。黃粱熟去遲僊夢，白雲傳來促和章。一自蓬飛求避地，詩成何處寄蕭娘？」「罷吟紈扇禮金僊，欲洗塵根返自然。風掃桃花餘白石，波呈荷葉露青錢。山中自護燒丹井〔三〕，世上誰耕種玉田？磊磊明珠天外落，獨吟遙對月平川。」「石移山去草堂虛，謾理琴尊葺故居。閒敎癡兒頻護竹，驚聞長者獨迴車。牽蘿補屋思偏逸，織錦成文意自如。獨怪幽懷人不識，目空禹穴舊藏書。」「往來何處是僊壇？飄忽迴風降紫鸞。句落錦雲驚韻險，思縈彩筆惜才難。飛花滿徑春情淡，新水平隄夜雨寒。憶昔金閨曾比調，莫愁城外小江干。」此詩出後，屬和者衆，妝點閨閣，過於綺靡。黄觀只獨爲詩非之，以爲媛介德勝於貌，有阿承醜女之名，何得言過其實？此言最爲雅正云。

林佳璣字衡者，莆田人。少遊黄忠烈之門。以壬辰二月來婁東。所著詩文詞數十卷，詩蒼深秀渾，古文雅健有法。其行也，余贈以詩，有「五月關山樹影圓，送君吹笛柳陰船」之句。已而道阻，再遊吾州，則秋深木落，鄉關烽火，南望思親，旅懷感咤，有聽鐘鳴、悲落葉之風焉。其客中言懷五首曰：「南方方震蕩，爲客久堪悲〔三〕。海內親朋少，兵間道路遲。無衣霜落後，不寐月明時。孰伴城頭柝，烏啼向北枝。」「音書能不寄？萬嶺鳥空回。壁壘連三楚，乾坤動七哀。高秋聊看菊，夜月自空臺。淚眼涓涓甚，憑誰辨刼灰？」「干戈傳更甚，多病在長途。幾月來霜雪，家鄉問有無。雲孤滄海碓，身傍夕陽烏。含愧看秋色，蒼鷹得壯圖。」「幾次逢親故，途窮不敢言。關梁捹一醉，烏雀總千村。樹立淸商色，江消野岸痕。二毛潘岳見，貧病媿私恩。」「殺氣何時盡？閩方亂不停。荔支愁萬騎，牛女怨雙〔四〕。露白隨風柳，猿啼滿石屛。身經兵火慣，長醉不須醒。」衡者詩文極多，以閩南不辨四聲，多拗體，此五首駸駸江南風致矣。

蒼雪師，雲南人。與維揚汰如師生同年月日，相去萬里，而法門兄弟，氣誼最得。蒼住中峯，汰住華山，人以比無著、天親焉。汰公早世，其徒道開能詩兼書畫，後亦卒。而蒼公年老有肺疾，然好談詩。以壬辰臘月過草堂，謂余曰：「今世狐禪盛行，一大藏教將墜於地矣。且無論義學，卽求一詩人不可復得，乃幸與子遇。我襆被來，不曾攜詩卷，當爲子誦之。」是夜風雨大作，師語音傖重，撼動四壁，疾動，喉間咯咯有聲，已呼茶復話，不爲倦。漏下三鼓，得數十篇，視階下雨深二尺矣。當其得意，軒眉抵掌，慷慨擊案，自謂生平於此證入不二法門，禪機詩學，總一參悟。其詩之蒼深淸老，沉著痛快，當爲詩中第一，不徒僧中第一也。余憶其贈方密之中聯曰：「山中久不見神駿，世上人多好畫龍。」贈陳百史五六聯句曰：「霜氣一湖飛遠夢，月明今夜宿孤峯。朝來無限塵中事，回首西山路幾重？」金山詩中兩聯曰：「古今僧住老，日夜水朝東。塔影中流火，帆來四面風。」淸涼臺懷古曰：「薰風不見吹人醉，春雪無聲到地消。」焚筆詩曰：「土冢不封毛盡禿，鐵門斷限字原無。欲來風雨千章掃，望去蒼茫一管枯。」皆絕唱也。師和余西田賞菊詩，有「獨擅秋容晩節全」，全字落韻，和者甚多，無出師上者。其金陵懷古四首，最爲時所傳。師雖方外，於興亡之際，感慨泣下，每見之詩歌。嘗自詠云：「剪尺杖頭挑寶誌，山河掌上見圖澄。休將白帽街頭賣，道衍終爲未了僧〔四〕。」益以見其志云。

瞿式耜字稼軒，常熟人。繇進士爲兵給事中，好直諫，爲權相所訐，與其師錢宗伯同罷歸。築室於虞山之下，曰東皋，極遊觀之勝。酷嗜石田翁畫，購得數百卷，爲耕石軒藏之。未幾，里中兒飛文誣染，偕宗伯逮就獄。余時在京師，所謂東皋草堂歌者，贈稼軒於請室也。後數年，余再至東皋，則稼軒唱義粵西，其子伯升門戶是懼，故山別墅，皆荒蕪斥賣，無復向日之觀。余爲作後東皋草堂歌，蓋傷之也。又二年，知稼軒以相國留守桂林，城陷不屈，與張別山俱死。別山者，江陵人，故相文忠公曾孫，諱同敞，爲督師司馬。稼軒臨難遺表曰：庚寅十一月初五日聞警，開國公趙印選移營先去，衞國公胡一青、寧遠伯王永祚、綏寧伯蒲纓、武陵侯楊國棟、寧武伯馬養麟盡室而行，惟督臣張同敞從江東泅水過江，相期共死。其赴義則閏十一月之十七日也。纍囚一月，兩人從容唱和，稼軒得詩八首，曰：「二祖江山人盡擲，四年精血我偏傷。」又曰：「願作須臾階下鬼，何妨慷慨殿中狂。」其末章曰：「年逾六十復奚求？多難頻經渾不愁。劫運千年彈指到，綱常萬古一身留。欲堅道力憑魔力，何事俘囚學楚囚？了却人間生死業，黃冠莫擬故鄉遊。」別山和章有曰：「稜稜瘦骨不成眠，祖德君恩四十年。腰膝尚存堪作鬼，死生有數肯呼天！」又曰：「白刃臨頭唯一笑，青天在上任人狂。」又曰：「亡家骨肉多寃鬼，多難師生共哭聲。」又曰：「此地骨原堪朽腐，他年魂不待招尋。」二公死，有舊給事中後出家號性因者收其骨，義士楊碩父藏其藁。稼軒孫昌文間關歸，以其詩與表刻之吳中爲浩氣吟云。別山死事最烈，其未死也，受考掠，兩臂俱折，目睛出，語不爲撓。稼軒有初六日紀事一詩曰：「文山當日猶長揖，堪笑狂生禮太疎。」別山和曰：「臂先頭斷生堪賤，身爲城亡計豈疎。銜木焉知舌在否，傷睛自笑眼多餘。」此其被刑時事也。稼軒以義命自處，從容整暇，詩曰：「死豈求名地？吾當立命觀。」又自艾曰：「七尺不隨城共殉，羞顏何以見中湘？」蓋指何公騰蛟以殉難封中湘王也。若兩公者，眞可謂殺身成仁者矣。錢宗伯爲詩哭之，得百二十韻，其敍浩氣吟，文詞伉烈，絕可傳。稼軒在囚中，亦有頻夢牧師之作。蓋其師弟氣誼，出入患難數十餘年，雖末路頓殊，而初心不異，其見於詩文者如此。余亦爲詩哭稼軒曰：「萬里從王擁節旄，通侯靑史姓名高。禁垣遺直看封事，絕徼孤忠誓佩刀。元祐黨碑藏北寺，辟疆山墅記東皋。歸來耕石堂前夢，書畫平生結聚勞。」其言通侯者，蓋稼軒用翼戴功，以留守大學士封臨桂伯也。

【校】

〔一〕齀爾　原作「輾爾」，據文義逕改。

〔二〕護　原作「獲」，形近致誤，逕改。

〔三〕爲客　兩字原爲墨釘，據吳詩集覽所附詩話補。

〔四〕道衍　「衍」原作「術」，形近致誤，逕改。姚廣孝僧名道衍。

吳梅村全集卷第五十九　補遺

五言古詩

縹緲峯

茲峯非云高，高與衆山別。其下多嵌空，天風吹不折。插根虛無際，縹緲爲險絕。細徑緣山腰，人聲來木末。籃輿雜徒步，佳處欣屢歇。躋嶺路倍艱，往往攬垂葛。灝氣凌泬寥，一身若冰雪。輕心出天地，羽翮生髣髴。杖底撥殘雲，了了見吳越。曜靈燭滄浪〔一〕，滉瀁金光發。陰霞俄已變，慘澹玄雲結。歸笻破暝靄，半嶺值虹蜺〔二〕。始知清境杳，跡共人鳥滅。丹砂定可求，苦爲妻子奪。看君衣上雲，飛過松間月。

〔校〕

〔一〕滄浪　感舊作「滄波」。

【評】靳引陸雲士曰：驚人之句，觸緒紛來，今日梅村，不減昔時謝朓。

七言律詩

題王端士北歸草

讀罷新詩萬感興，夜深挑盡草堂燈。玉河嗚咽聞嘶馬，金殿淒涼見按鷹。南內舊人逢庾信，北朝文士識崔㥄。蹇驢風雪蘆溝道，一慟昭陵恨未能。

秣陵口號

車馬垂楊十字街，河橋燈火舊秦淮。放衙非復通侯第，中山賜宅，改作公署。廢圃誰知博士齋。易餅市傍王殿瓦，換魚江上孝陵柴。無端射取原頭鹿，收得長生苑內牌。

【評】沈德潛曰：梅村詠前朝事，滄桑悲感，俱近盛唐。（清詩別裁）

靳曰：此首感慨淋漓，如聽雍門之琴。蓋前七首各舉一事而言，此則觸緒興懷，萬感交集也。結句有彈指現須彌之趣。

同孫浣心郁靜巖家純祜過福城觀華嚴會

不求身世不求年，二六時中小有天。今日雲門纔喫棒，多生山谷少安禪。茶鐺藥臼隨時供，蒲笠蕉團到處眠。撒手懸崖無一事，經聲燈火覺王前。

【評】

靳曰：此梅村逃禪之作，筆意亦頹然自放矣。

七言絕句

下相懷古

戲馬臺前拜魯公，興王何必定關中？故人子弟多豪傑，弗及封侯呂馬童。

無爲州雙烈詩　爲嘉定學博沈陶軒賦

濡須城下起干戈，二女芳魂葬汨羅。安得米顛書大字，井邊刻石比曹娥。

為李灌谿侍御題高澹游畫

煙雨扁舟放五湖，自甘生計老菰蒲。誰將白馬西臺客，寫作青牛道士圖？

題釣隱圖 贈陳鴻文

綠波春水釣魚槎，縮項雙鯿付酒家。忘却承明曾待詔，武陵溪上醉桃花。

詩餘

望江南

江南好，五色錦鱗肥。反舌巧偷紅嘴慧，畫眉羞傍白頭棲。翡翠逐金衣。

序

宋玉叔詩文集序

余嘗觀古今文人才士之興，而知天之生材甚艱，其成就之尤不易也。夫世習榛蕪，絕學隕墜，即有儁異非常之資，猶難卓然自拔。天於其先必生數人焉，爲之導湮宣鬱，光啓前徽；然後俊哲挺生，從漸漬擩染之內，薈萃融液，獨自名家。而此一人者，或生於高門世胄，地望通顯，性靈恐伏而未發；天於是又使之中歷艱虞，洊更埳壈，以激爲要眇之音，乃始解駮其沉滯而致之亨途，益昌厥辭，軼邁作者。世徒服其材之度越，而不知天之篤若人以底於成，良不偶然矣。若萊陽宋子玉叔殆其人也。

當萬曆之中葉，海內文氣衰苶，古道寖頓，士爭緝拾籩語，繆詡逢年之技；而萊陽宋氏獨以學古攻文辭鳴，鴻生唆儒，後先輩望，翕然金舂而玉應也。三齊科第，大都一姓爲多，因而陟巍資、躋貴仕者，珪重組襲，何其盛哉！而吾友故司空九靑在其間尤稱絕出，詩文踔厲廉悍，雄視漢、唐以來諸家，遭時兵火，篇章蕩爲煙墟，弗果信今而傳後。後九靑而起者，又得吾友玉叔。

玉叔天才儁上，接聞父兄典訓，胚胎前光，甘嗜文學，自九青之存，駸駸乎欲連鑣而競爽。弱冠，南踰大江，薄遊吳會，日尋英儒，酌酒倡和，長歌短賦，春容寂寥，他文皆彪蔚炳朗，濯濯其英，曄曄其光。盛年值際興運，綰綬登朝，羽儀京國，不可謂不遭時也。而仍見蹇跲，用詿浮繫於理，凡浹月而獲湔祓；還官郎署，踐敭計銓，僅循年出調外省。遠跡窮邊絕徼，人咸謂非所宜，而玉叔不然，當夫履幽憂，乘亭障，羈纍憔悴，浮沉遷次之感，一假詩文以發之。其才情儁麗，格合聲諧，明豔如華，溫潤如璧，而撫時觸事，類多淒清激宕之調，又如秋隼盤空，嶺猿啼夜，境事既極，亦復不盭於和平，庶幾乎備文質而兼稚怨者。今被簡命來長臬於浙，浙爲東南都會，湖山秀美，由來風月之奧區。而廉憲古觀察也，官以采風爲職。驂騑所過，剡耶溪之水，瀹鑑湖之蕺，探天姥、石梁之嵌巖崱屴，其足資吟哦紀述者，又可勝道耶！然則天之善成玉叔，與玉叔之所自得爲何如哉！

玉叔既之官，郵示其所刻前後集俾余序之。余幼執經張西銘先生門，即知萊陽之文，與東吳、豫章壎篪應和。洎通籍入都，交玉叔尊人吏部公於邸舍。守官京師，從九青遊，奉使同視楚闈，登黃鶴樓，俛眺荆江、鄂渚間，拊楹慷慨。九青題詠甚夥，余愧未能成章，亦勉賡以紀名勝。九青不鄙而進余，謂可深造於斯事，嘗示余掖中數詩，能諳誦其佳句。每念時移勢謝，先友云徂，并其遺文銷蝕糞土，悲未嘗去於心也。乃今得扣玉叔之嵗袟而卒業焉，竊幸典刑之未淪，希大雅之復作，其不在斯人歟，其不在斯文歟，何能無一言以弁諸簡首？因爲推本其所自來，有得於天之成就者如此，欲使世之習讀者知統繫在斯，相與珍重而虔奉之也。是爲序。

田髴淵詩序

余初識孝廉田子髴淵於京師，時南士之從計者甚衆，田子才辨器識，有以絕出於流輩。讀書穿穴經傳，落筆爲詩歌古文，袞袞不能自休；與人交好，傾身爲之盡，窮達盛衰，誓不得而移也。試南宮，既不第，有勸之歸者，田子曰：「居鄉里抑鬱無所得，姑留邸中，一交天下長者。」於是宛平王公、柏鄉魏公、合肥龔公、眞定梁公以大臣折節好士名天下，田子與之游，用詩文學藝相切劘，一時三四公之門無出田子右者。天子拔才俊，給筆札於中書，由布衣諸生爲超授，人皆曰田子宜在選中。禮部依故典策名者再，用詔書擧行者一，主者思收知名士以重格令，從闌牘揣摩捫索，以庶幾得田子爲喜，不能識田子爲愧。然自余歸里十年，屈指耳目所見，其才與地出田子下遠甚，又無此三四公者爲之知，乃先後躡淸塗、掇上第者踵相接，田子獨寥落不得一官，此孰爲之而孰止之耶？

家在泖東，扁舟觸風濤而過我，中夜置酒高談，無幾微不豫之色。發其囊，出詩文數百篇，才氣坌涌，詞色敷腴，若蒸雲霞而戛金石。余因以知田子於世故物變，皆以磨鍊其所長，而識詣益至，雖淹蹇不合，而疏通豁達之氣未嘗少挫，一以發之於文章自如也。嗟乎，交道之難久矣！當余初識田子，固已在賓客旣衰之後，比歸臥海濱，雖親知故舊，棄我如遺跡，而田子獨有過於曩時。余不知何以得之於田子，然觀其雅志期待，不肯自同疇人，所以取重於三四大君子者，端在於此，余欲概以望之悠悠之徒，不亦過乎！

田子之別也，謀僦屋就余，尋朝夕過從之樂。追溯平生所與游者：魏公躋政地，握化權，王公以公孤居府，父子顯重；龔公、梁公名位在股肱心膂之間，天下士經其題拂者，望塵弗及；天或者留田子而使之窮，以慰余於荒江寂寞之畔，未可知也。然余觀田子之才之識，非久屈抑者，則余又安得而與之居歟？聊記其語言往還，足徵知交之厚而已。田子名茂遇，髴淵其字，松江之華亭人。

魏貞庵兼濟堂文集序

自古一代之興，必有名世鉅人出而弘濟蒼生，潤色鴻業，然而長於政事者未必工於文章，工於文章者未必優於理學，求其兼備無遺者，不數見也。當西漢之隆，蕭、曹、丙、魏，號爲賢相，然所長者止於政事，無論理學，卽文章且無聞焉；而司馬遷、相如、枚皐、揚雄之流，又徒以文章著稱，而不及施於政事，其於理學則亦未能窺其萬一也〔一〕。所謂兼備無遺者，求之古而不得，今乃得之於柏鄉魏公。

公稟鴻駿魁杰之才，遭逢聖朝，迴翔禁近，値世祖章皇帝興治右文，招延俊乂，數舉經筵，命儒臣講論大義，或時巡游南苑，應制賦詩，一時文學侍從之臣，無不掞藻摛華，對揚休命，而公實巋然爲冠首。其後歷諫垣，躋柏府，密勿論思，綱紀庶政，封章數十上，如請開日講、頒孝經、錄遺忠、闢異端諸疏，皆關天下國家大計。蓋非當宁知公之深，不能盡用公之言以興致太平；而非公之才與公之學，亦不能輔導以成至治。聖主良臣，相得益彰，於以調元贊化，經國庇民，千載一時也。

今上御極，公以銓衡重望，入居政府，於時重熙累洽，海內晏安，從容於黃扉綸閣之間，得以留心述作，博游才藝，而公又邃於關、閩、濂、雒之旨，其學以性善爲本，以致知爲要，所輯聖學知統錄及大全纂要、學規彙絹諸書，皆足以闡繹微言，紹明聖緒，而以其餘閒作爲詩歌〔二〕，則又能籠挫萬物，匠心獨妙，至於悲鼎湖之莫逮，痛子期之云亡，其忠孝氣節，於君父友朋之間，尤惓惓乎三致意焉。所謂理學、文章、政事，公殆兼而有之。蓋公之才與學，其積之也有本，而出之也不窮。今夫江河之水，灝漾潢瀁，雖疏而爲川，注而爲瀆，而其源則一也；公之蓄於中者，渟泓演迤，雖試之於政，見之於文，而其本則一也。公之弘致遠識，固非若漢之輔相醇謹樸遬者可擬，而亦豈僅如賦上林、誇長楊者，以翰墨爲勳績、詞賦爲君子而已哉？

公爲高邑趙忠毅公之甥，忠毅與公同主銓政，世傳爲美談。然忠毅値黨議紛呶，羣言謠諑之日，枋用未久，而公之功名在日月之旁，筦樞軸之任，以視忠毅，其所遇之幸不幸何如也？

公所著詩文甚多，中州彭子士報謀之吳君冉渠、楊君仲延，撮其尤要者鋟板以行。蓋公之學與公之才，其所以開物成務者，雖不盡於此，而於此亦足以見其大者焉，故不揣而爲之序。

【校】

〔二〕則亦未能　四十卷本、風雨樓本均無「亦」字。

〔三〕聞 風雨樓本作「閒」。

鴻雪園詩集序

略。文郎卷三十一許堯文詩小引。

定園近集序

往余在燕臺，與渤海伯子共事史館，時既序定園先生之詩矣。先生復與范陽范箕生先生評隲晉、魏迄明風雅之林，剟其菁英，號曰詩家。海內譚詩，無不知有范陽、渤海兩先生壇坫，其尊奉者七，駭而走者三，以俟千古定論焉，要於濟南、竟陵之外，別開堂奧，不向如來行處行也。

邇渤海仲子來爲揚州法曹，不遺故交，遺札相訊。余病赴海濱，十載於茲矣。輒憶渤海寄跡東山，無由聞問，得於法曹公悉其起居。故人間隔三千餘里，形景相望，俱在齒危髮秃之年，後晤何期，企懷如瘠。乃法曹書言，先生已絕筆不復爲詩古文辭，棲心性命，勵志藏密；法曹欲檢其焚餘著作，彙刻存之，先生未之許也。意以身既隱矣，雪中鴻爪，何以存爲？遠質於余。

余曰：有是哉？古來高蹈之流，蓬萊可尋，三神山可接，息機內運，瞑目反視，覺言語爲多，何況文字？是以王子喬之徒，吹笙跨鶴，所遺者緱山履跡而已。吾屬雕蟲末技，不足當達人一唾也。然不聞老子出關之書乎？道德五千言，尹喜者竭誠執贄，爲停青牛之車，傳經度世。今法曹以父子之親，身爲尹喜，當亦先生之所不深拒也。今披近集，大旨一本於忠孝愛敬、匡時維世之心，故讀其詩，可以見其閱歷修省、陶鑄古今之深情焉；讀其文，可以見其寢食左、史，砥柱波靡之大力焉；讀賜章紀，可以見世廟君臣魚水之殊遇焉；讀偶見錄，可以見先生撒手世網，悟道於晚年之歸宿焉。是此集行流傳寰海，非比風雲月錄、巵言夢語，於人間世無所關繫者，先生其許之也！

法曹惠政洋溢大江南北，行且冠循吏傳，播之不朽，不止以關尹之道自畫，其以余語質之過庭，俾先生頷而存之可乎？是爲序。康熙丁未上元之吉婁東社弟吳偉業拜撰。

崇川邑侯王孝伯壽序

河汾王公以解元登進士，擢知吾吳之崇川。崇壯縣也，東連閩、粵，南達江淮，鎮兵萬騎，星羅棋布，儼然有塞上之風。邑長於斯者，欲使兵民兩安，文武輯睦，實難其人。吾王公父母是邦，百姓之顚危悉起，什伍之風鶴無驚，治行遂爲江左冠。督撫臺省，交列薦剡，輒署上考。朝廷嘉其廉善，例得誥封褒贈，將出殊典，猗歟休哉，可謂榮矣！嘗觀漢之寵循吏者，多以璽書獎勸，增秩賜金，而使之久其任，今法亦猶行古之道也。

公門下士有郁子青南名棠，以學行受知，雅爲武城所禮重。於是邑之薦紳先生及諸父老諗之於郁子曰：「甘棠之蔭，於今三年，考功如是其已最也，恩綸如是其將渥也。今九日令辰，龍山高會，値嶽降之期，朋酒之享，實在於茲，其能忘兕觥之獻？盍乞言於大君子，以侑一觴乎！」郁子領之，以爲非偉業言，不足當吉甫之誦清風，天保之歌南山也，介邦人之書，造門伏謁。余亟應之曰：某之食德鄰封舊矣，居恆熟其治譜，章章在人耳目，蓋可得而言焉。

東沙瀉鹵，以漲海爲城郭，養兵秣馬，取足賦稅，稍不如期，則庚癸輒聞，不可以常法治者。公爲之垂簾勸課，以深仁厚澤相固結，士民服其敎化，孝弟力田，無復向時出沒波濤之習，牛車襁負，不煩桁楊之議，其後而至誠所感，鱷鯨遠徙，昔之地接蓬萊，與海市蜃樓相隱見者，今則廬落如林，煙火相望，此漢、唐循良之書所未有也。

公性狷潔，澹泊明志，鳴琴退食，酌水自甘，澣衣濯冠，行止率如寒士，其耿介大節，超出倫等。春秋循行郊野，輒引老農，問其佳麥良繭，察民疾苦而補助之。簿書期會之暇，數接賢士大夫，談經講藝，上下古今。而扶風掾史，京兆功曹，則屏息重足，不敢少望顏色。

其與會所寄，獨嗜圖籍，當河陽花嫂，青箱萬卷，如置身石渠、天祿中，而北苑、南宮之筆，右軍、太傅之書，靡不割清俸以佐琴鶴，紛紛俗好，都不入其胸次，墨莊之外，蕭然無辨，其赤文綠字，即公之鬱林片石也。雖昌黎之在潮，東坡之在杭，流風遺韻，如同一轍。蓋公之廉能得諸天授。而家學實有淵源。自文中子紹法孔、孟，代出眞儒。公之府君諱萬基，由明經司訓西河，虔奉太上一編。甲申間避難石州，城將陷，府君夢白衣人自稱太上，垂救甚力，卒免於難。爲善之報，此其一驗。積厚流光，篤生吾公，掇巍科，作廉吏，而文中之績學，府君之砥行，亦藉以弘閥閱而祚民社。則公之由司牧而登卿貳，由強壯而躋期頤也宜哉！行見玉堂紫誥，金馬朱綸，纍纍若若，將與彭咸甲子並進無疆也已，某之祝公異日者，寧有涯量哉！

海濱僻壤，薦更湯火。自公來涖茲土，工虞禮樂，漸以修明；夫里征徭，漸以休息。既富方穀，物無夭札，絳縣有復陶之老人，康衢多鼓腹之野叟，琴堂大年，有不與百姓共之者乎！請爲之歌豳風曰：「九月肅霜，十月滌場。稱彼兕觥，萬壽無疆。」公可以進一觴矣。謹拜手而爲之序。

孫母郭孺人壽序

余嘗觀世家巨姓，其爵位之蟬聯，閥閱之光寵，既以誇耀於遐邇矣，而家庭燕喜，猶勤勤於知己之一言，誠欲宣昭令德，而淑問施於無窮也。雖然，非其鄉有魁壘耆宿之大儒，則不足知其門以外，俾崔、盧世牒著於閭史；非其家有孝友愨誠之君子，則不足知其門以內，俾鍾、郝禮法告之國人：斯二者未易一二遇也。

吾友孫孝若以進士假歸省母，而郭孺人屆期五十，侑爵之詞，鄉先達則請諸宗伯錢牧齋先生，諸父則請諸光甫。光甫余同年進士，舊泉州守也。而又以其言屬余。夫牧齋以文章重海內，而光甫孝謹聞於郡國，孝若之壽其母也，於二者已兼之矣。牧齋之言曰：「孫氏自世節先生父子以詩文節俠起家，齊之雄長詞壇，二子競爽，恭甫兄弟名行烜赫。」此余所謂門以外之事，唯宗伯足以知之者也。光甫之言曰：「孺人方雅名家，閨門之內，不妄言笑。伯氏即世，修內政，禦外侮，保持門戶以有今日者，翳維孺人是賴。」此余所謂門以內之事，微光甫何以知之？余齒德不如牧齋，懿親不如光甫，其何以壽孺人？無已，就余之得於孝若者以壽孺人可乎！

孝若姿神吐納，譽速風流，好屬文，工詞翰，交天下賢豪長者，以名節氣誼相砥礪，吾以知孺人之賢而能教也。吾谷有喬木千章，楓林赭葉，賓客之來遊者，樽俎雜陳，絲肉競作，餦餭粔籹，臛炙糒餈，左顧而欬，應手立辦，吾以知孺人之勤而有禮也。家有罍尊千金，刻鏤龍文，丁公癸父，摩挲欵識；而唐人所圖應眞十有六像，絹素筆墨，皆絕代珍玩。孝若博物君子，雅擅收藏，而於先世所遺，尤能護持手澤，吾以知孺人之敬而能守也。體自華宗，長於富厚，一門中從不下數百，其成進士也，無彊植兼并之風，無名豪武斷之習，無蒼頭綠韝衣絲履縞之出入，無後房袨服鈿車寶馬之行游，吾以知孺人之義而有制也。余門人孝維，爲孝若之異母弟，在孺而孤，迄乎成立，友于篤至，扶掖恩勤，廬舍田園，推肥取瘠，諸妹裝送，皆一情不異，中外親黨，殆無間然，吾以知孺人之仁而有恩也。爲孝廉十年，中遭世變，郡縣虎冠之吏，肉視大家，其桀黠監奴，酒食通關，因緣乾沒，交結魁宿，以爲俠里中，主人持之以體，臨之以威，慴伏而彈壓之，卒莫敢動，吾以知孺人之嚴而有法也。凡此六者，微孝若不足以揚孺人之德，微孺人不足以成孝若之名。傳曰：「非此母不生此子。」其是之謂歟！

余猶記通籍之歲，以年家子弟拜謁恭甫之尊人子喬先生。當是時，孝若未就外傅，而孝維始生，先生喜恭甫以得孫，而憂光甫之無子也。今兩家子弟，蘭芽玉茁，而孝若掇上第，就顯官，過家休沐，拜母上觴，鄉里聚觀，以爲盛事。蓋孫氏之福澤，如日升川至，正未有艾，而遡其再世發祥，實啓自孺人，孺人其可以囅然而舉此觴矣〔一〕。余所以隨牧齋、光甫兩公之後，敢具不腆之詞進者，實以交於孝若者深，知於孺人者悉，故不憚覼縷以致其頌且禱也。是爲壽。

【校】

〔一〕囅然　原作「輾然」，各本皆同，據文義逕改。

補神道碑銘

勅贈大中大夫盧公神道碑銘

丙子歲，偉業被命偕給諫萊陽宋公九青典校湖廣鄉試。時中原已憂寇盛〔一〕，彌漫豫楚之交，流氛四出，羽檄交道。謬以一介，虔奉簡書，揚旍馳驟巖疆，轉徙金革，幸得畢使。以鉛黃甲乙多士，鎖院三試，所弋獲皆爲俊民，而蘄州盧大夫紘在選。徹棘，捧雉來謁，躹躹然君子人也。既而詢知其家世以儒業發聞，尊人呂侯公經行犖犖，爲儒林長德，余嘉其學有淵源，稱嘆者久之。

迄今兩閱星終，而大夫來爲參藩，董儲偫於茲土，一再過存，具呂侯公素履及奉諱始末以視，泣而請曰：「先子生平好古篤行，阨於時數，潛德弗耀。重以寇禍滔天，毒流方嶽，閫門抗節，竟殞非命。孤每念此，日夜悼心。今幸蒙恩聖朝，榮施泉壤，告第納書，秩登三品，於令得樹碣隧道以紀休昭烈，而徵辭摩勒，尚竢載筆。惟夫子辱知最深，又前職記注，若不鄙而賜之光闡，孤實假寵以報所天，徼直成我而已，敢固以請。」余衰薾，不任脂澤之言，何足爲公增重？顧念公績學純行，法宜備書，其死事一節尤奇，且處大夫父子間契分特厚，采錄懿鑠，傳信惇史，固其所也，容敢以不文辭？謹掇大夫自狀與虞山錢先生所爲傳而繫之左方。

公姓盧氏，諱如鼎，呂侯其字。其先吳人，遷楚之梅川，勝國永樂間始占籍于蘄。四世而爲南槐公諱楷，郎公之考也，用孫貴贈大中大夫；妣宋氏，繼李氏，皆贈淑人。公生而奇穎，承傳家學，丱歲屬文有聲，南槐公義方甚嚴，營丙舍於濠上，引泉植竹，疏窗閒靚，以爲公肄業之所，延里中少俊讀書談藝其中。公挾册吟諷，鞫曣究明，不問家人生產，淵涵淳濇，霈爲文辭。弱冠游博士宮，頻受知督學使者，試輒雄其儕伍。數踏省門不售，中間危得之〔二〕，而更抑置，人皆爲搤擥。公一意修學著書，以造進後昆爲己任，抗顏家塾，說經鏗鏗，疏疑釋難，教施如雨，至者虛往實歸，充然意得去〔三〕，由是負笈雲集，江、黄間推爲大師。嘗手箋尚書、四子書，科別同異，丹粉狼藉，成就子若從子，多列鴻生畯儒。比大夫以丙子名薦書，英譽鵲起，公遂撞弦息機，不復事榮進。

爲人厚重質直，不苟訾笑，服勤孝弟，內行修勅。南槐公治家嚴，公應唯伺顏色惟謹，少有不懌，或形譙讓，彌益踧踖起敬〔四〕。執內外喪，毀瘠踰禮；分財產能適長兄，田廬取湫萊者，僮奴取羸拙者；撫兄子如己子，同仁均愛，有鳲鳩之心。辛巳凶札，橫道多殣，公倒囷賑贍，視致醫藥，宗黨卒倚以全。閭閻有爭，相率就公平決，片言折衷，愧屈過於要質，其爲時所信嚮如此。異時鄉里子弟不悅學，公用形家言，請於當事，增壘江中石磯閣，祠梓潼神其上，俾助文風〔五〕。自此雋兩闈者蟬聯不絕，蘄人士至今頌德焉。

公之卒也，劇寇自廣濟乘夜襲蘄，公被執，賊中有識者曰：「彼善士，縱諸！」寇退舍，公勒習里中人分布關隘，爲死守計，自守南城。寇盡銳來攻，公督勵守陴殊死鬭，賊垂卻，而他樓堞隳，從公後肉薄而入，刃及於背，公拒不及，遂遇害〔六〕，時癸未春也。子姪從孫及諸婦楊氏、袁氏同時死者八九人。嗟乎！自盜起中原，生靈塗地，大城名藩，相繼陷沒，其間義夫淑媛，就煨塵而不稱者何限！而堂堂身都將相，擁強兵，牧伯正長，覆師失守，委而去之，色甚安者多矣！公進趨退怯，眇然儒者，又老困呫嗶，未登仕版，無預封略人民之任，而能臨難賈勇，授兵登陴，力屈則鈹交胸腹，橫屍原野而不惜，可不謂識取舍烈丈夫乎！況於雖斯弱質，聲不出梱〔七〕，赴蹈如歸者成羣乎！

公生萬曆戊寅四月，下距癸未，壽六十有六。娶淑人羅氏，生男子二，長即大夫紘，次紱。公卒後三日，羅淑人屍於江滸焚而殮之。五閱月，大夫歸自公車，以殉節狀鳴於所司，將拜章請旌，未及上，會改物而止。丙戌冬，大夫卜新阡，葬公土門珠樹林。己丑第進士，由邑令累官藩臬，廉辨肅給，善政流聞，凡三報最，推恩得贈公自文林郎三命至大中大夫。壬寅歲今上紀元之載，奉命督糧蘇、松，而俾余書其隧道之石。公可謂有子矣。雖不獲光顯其身，而洊受哀榮於後，天之報忠義不爲無意也。

在禮，死寇之士旌之曰兵〔八〕。戰於郎重，汪踦死，魯人欲勿殤，子曰：「能執干戈以衞社稷，雖欲勿殤也，不亦可乎！」如公精忠大節，有光册書無疑也。昔魯共姬待火而殞者〔九〕，春秋賢之，書曰：「宋災，伯姬卒。」盧氏貞姬競烈，玉碎不汚，曾何愧焉！余不揣固陋，採摭遺芳，牽聯書之，比於春秋、禮傳之義，以詔來者。狀又稱公邑子暴卒，攝至冥途，冥王命屬盧某保任而後釋歸。正直之人，鬼神所是哉！事涉恍惚，故從附見，然世所喜傳者在此，則亦莫得而略也。銘曰：

卓哉盧公，儒宗文師，幼閑庭訓，悅禮敦詩。法律繩己，名敎夙賌，嚅嚌道眞，克昌厥詞。進思經世，有物隘之；退淑諸徒，南面臯比。敷陳聖謨，牛毛繭絲，疏理滯礙，如結得觿。躧躧媚學，陶鑄靡遺。方領矩步，好仁樂施，閭里質成，彥方愧知。運鍾百六，天狼失維，巨寇狂猘，帕首朱眉。羣飛海水，潰隄莫揞，若火燎原，撲滅詎期，祝融郊甸，魚爛則悲。我公孱者，武奮熊羆，部勒壯士，率用姑鉟。丁寧振鐸，擐甲登陴，戈衝賊喉，日舍欲移。環城百礮，三板突隳，戰鼓不揚，渠門火旗。身膏草野，刳腹折頤，志均馬革，義遂死綏。婉婉彼姝，穎爾自持，清泉虐焰，視甘如飴。號無茅絰，哀動出譆，一門忠烈，前行後隨。似川卬浦，啓佑本支，魏科洊陟，熙朝羽儀。位崇嶽牧，絳節金龜，禮備哀榮，鸞書紫綬〔一〇〕。旌幢棨戟，邦委來尸，停驂訪舊，南史是咨。徽文篆刻，徽懿昭垂，佳城鬱葱，贔屭豐碑。松楸馬鬣，傳信在斯，於千萬世，式瞻慕思。

【校】

〔一〕寇盛　風雨樓本作「寇甚」。

〔二〕危　風雨樓本作「佹」。

〔三〕風雨樓本無「去」字。

〔四〕蹴蹜　風雨樓本作「蹴縮」。

〔五〕俾　原作「埤」，據風雨樓本改。

〔六〕四十卷本、風雨樓本均無「遂」字。

〔七〕梱　原作「捆」，據四十卷本、風雨樓本改。

〔八〕風雨樓本無「旌之」字。

〔九〕四十卷本、風雨樓本均無「者」字。

〔10〕緌　四十卷本、風雨樓本均作「綏」。

墓誌銘

姚胤華墓誌銘

憶乙巳歲，余所親王子惟夏語余云：「有新安姚君胤華者，僑寓吾婁，爲某比鄰。能傾財以舒人之急，昏夜叩亦輒應，其它仁心質行，足以聳善扶誼，雖鄒、魯士君子有弗逮，非更僕不能盡也。」余聞其言而疑之，以爲王子所與往還其亦博矣〔一〕，內而宗黨姻連，外而當世豪傑，賢公卿大夫，見其窮阨折挫，號鳴大吒，夫豈無助而張之者耶？而爲余稱說不離口，乃僅姚君一人。以余所覩，今世之擁厚貲、埓封君者，大約善積居之術，精舉廢之方，其於利也，目營而足赴，仰取而俯拾，每視貲業益穰，則益緘縢而固守之，設有毛髮緩急，坐視不一援手者，比比然耳。而姚君所爲乃若是，是烏足信哉！已而念王子名知人，能自植立，恥隨俗浮湛，其言又似可信。蓋余之意中久矣有一姚君矣。

今年秋，姚君沒已五載，君之仲子震介王子來謁。余接之，容蹙而辭哀。詢其所欲言，則已歷繫君生平善行，再拜而請曰：「先子之早廢舉子業，不獲沾一命，思用詩書亢厥宗也，唯寀始忘之。而震兄弟不敏，尙未克以儒成名。今先子體魄將入土，儻徼惠於大人君子，實畀矜之，錫以片言，鑱諸窆石，則先子猶不歿也。」余感其意之甚誠而言之有禮，因慨然深有動於中焉。古云：爲善者譬若藝禾，能令嘉種世世不絕。其姚君之謂乎！以君之躬備純德〔二〕，謂宜優游自適，享有五福，乃身既隱約於布衣，而復嗇其年，俾志業弗得盡展，是豈天意果難臆測哉？夫亦篤於姚氏，欲其必久積而後大發，俾嘉種之堅好穎栗〔三〕，迄再世而是任是負也。余蓋即震之摭行焯能，急於不泯其親，益知爲善者自必有後，方以俛識其子，先失其父爲憾，而又何能以不文牢讓也耶？

按狀〔四〕，君諱葉，胤華其字。系出饒州，至明膺宣公始遷蓀溪，又傳十一世爲文學蓀谷公。君即蓀谷公第五子，幼警敏，不肯躡庸人後，蓀谷公器之，命庀闔宗事，事胥就理。其治生不牟纖細，而先業日充拓。値鼎革，劇盜相挺而起，君身率羣從子姪，保聚捍衞，鈴榜之聲，徹晝夜罔息，寇烽不敢近。蓀谷公捐舍館，躃踊幾不欲生。有兄遭非意災，多耗費，君慨然共任之，曰：「兄若弟同氣也，何較爲？」里閈間或以曲直來質，鬭爭齗齗然，君出片言，輒中肯綮。與人交有本末，其遘疾將殆，婚友爭醵錢爲禱神。歿之日，無貴賤少長，莫不悼惜，或潸然出涕。嗚呼！觀君之所得於人如是，則君之立心制行可知已。

君少而好學，長彌篤嗜，能通經史大義。時談論古今人物〔五〕，治道政術，語纚纚如貫珠。嘗謂諸子曰：「讀書以明聖賢理道爲先，徒呻吟佔畢，汩沒章句間，非所貴也。」尤喜蓄古書，購求不下數千卷，擬構一樓貯藏之而未果。今仲子震偕其兄升收捃益富，方將成其先志，而惜乎君已不得見矣。吾友金陵九煙黄公官戶部，遭世變後，隱於講授，震兄弟特延諸家塾，同敬事之，相與發篋中書，取所疑而質問焉。凡狀中所述暨余所聞於王子者，亦徵諸黄公之言而益信。嗟夫！宿儒遺老，其見重於當代也罕矣，而二子獨爲之不少阻，謂非得於家庭淑艾者深而能遽然耶！夫亦愈可以知君已。

君生於明天啓甲子九月二十三日，卒於康熙丁未二月二十一日，享年四十有四。元配孫孺人，繼配吳孺人。丈夫子三：長升，太學生，娶汪氏，孫孺人出；次即震，太學生，初娶戴氏，繼娶吳氏；又次霦，幼，業儒，未聘，俱吳孺人出。女一，適邑庠生戴儁，孫孺人出。孫女一，幼，未字，震出。君葬地在蓀溪之某，待卜吉某年某月歸窆，今以某年月日權攢於首山之陽，而余爲之銘。銘曰：

重華苗裔，宗姓爲姚，支派蟬嫣，鍾祥於饒。教諭諸孫，宋室參政，源鴻流長，門閥滋盛。疇以貲贏，懋遷化居，擇人任時，深藏若虛。曰惟府君，最賢且智，不競錐刀，而競仁義。雖嗇爾年，實崇爾基，乃經乃史，爲裘爲箕。爰啓象賢，以膺福祚，冑監蜚英，天衢高步。嗣後億禩，善宏慶綿，追遡自始，首山新阡。有崔者岡，勒斯貞石，過者式焉，君子之澤。

【校】

〔一〕往還　原作「住還」，據四十卷本、風雨樓本改。

〔二〕君之　原作「君子」，據四十卷本、風雨樓本改。其　四十卷本、風雨樓本均作「斯」。

〔三〕穎栗　原作「穎票」，據四十卷本、風雨樓本改。

〔四〕四十卷本、風雨樓本均無「按狀」字。

〔五〕談論　四十卷本、風雨樓本均無「論」字。

贊

秋聽圖像贊

萬頃兮凝綠，有客兮扁舟。載絃管兮數部，挾尊罍於兩頭。徉狂嘯傲，散誕夷猶。快矣哉浯溪寒碧之下，更彷彿乎三十年瀟湘黃鶴之遊。石闌倚兮窈窕，水檻聽兮颼飀。吾不知夫江之深，水之修，葭之蒼，桂之幽。庶以爲吹笙洛浦之濱，俱仙子弄玉之樓也。丙午女夕弟吳偉業題。

書

與冒辟疆書

霜天茅屋，被褐擁火。友人索過江一札，郵致知己，則同里兩詩家，一爲毛生亦史，一爲周生翼微也。婁東嚮以吟壇自命者，半爲饑寒所奪，惟兩兄以才地自命，聲出金石。亦史爲柱老安義公之姪，將以詩文謁王貽上公祖，謀讀書一席於貴里；而翼微嚮日客授澄江，風帆煙浪，時切問渡，故與之偕發。蕭辰搖落，孤篷衝雪，而遠訪未識面之安道。當此之時，老盟翁出桑落以飲之，割半氈以贈之，非藝林中一快事乎！兩公郎久擅潘江陸海之才，邂逅論文，百篇斗酒，知不可失也。陶公云「叩門拙言辭」，故兩兄請弟札先之。老杜云「途窮仗友生」，是在老兄翁加之意耳。老病杜門，未由會面，因風一問起居，惟加餐。不一。

又 甲辰

江南江北，隔絶相思；逸老遺民，晤言不易。水繪園倡和大集，盈緗溢縹，沾被海內；至銷夏十集，讀之如偕其年諸子，同坐小三吾下也。弟少時讀書，自以不至觝滯，比才退慮荒，心力大減，百口不能自給，而追呼日擾其門，以此吟詠之事，經歲輒費。窮而後工，徒虛話耳。自虞山云亡，後生才俊如研德者，憂能傷人，一二已塡溝壑，此中人士，救死不贍，何暇復問詩文？毘陵賦額稍輕，故其年在潭府屢歲，尙可不生內顧。老盟翁開名園，揖文士，又有兩令子轂梁、青若，如機、雲競爽，此世界可易得哉！上流有杜于皇之詩，戴務旃之畫，陳伯璣之識，林茂之、邵潛夫以八九十老人談開元、天寶遺事，君家橋梓提挈其間，王貽上公祖卽內除，尙以公事小留，按部延訪，揚扢風雅，共商文事，石城、邗溝之間，不大落寞也，視吳會遠過之矣。毛亦史感知己之愛，今遠涉江湖，所恃惟翁兄力加推揚，俾主人知爲重客耳。濒行深用念之，特以爲託。春來鹿鹿無暇，不及答其年詩札，潛夫先輩名流，辱其先賜書，統俟之毛兄家郵後信。題董如嫂遺像短章，自謂不負尊委，因大篇追悼，纏綿哀豔，文生於情，俾讀之者涉筆亦有論次，倘其可存，亦夢華佳話也。燈下率楮，臨發依依。

又

江干往還，欣得風問；而來訊過推，佳貺遠及，自慚蹇劣，有負盛雅爲不安耳。秋聽圖勉題數行塞責，不盡揄揚。深閨妙箑，摩挲屢日，老眼作細字，既不解書，又初病起，昏眵特甚，徒累便面，如何如何！再卽篋中舊玩，又題二絕句，自謂「半折秋風還入袖，任他明月自團圓」，於情事頗合，知己嗜痂，應勿笑其率也。弟偶入歙郡傷暑，留臥邸中，使者久淹始發，題中牽牛女夕，非實錄也，并以附聞。亦史蒙愛之至，百凡提挈，知不待言。新秋爲道自重，臨紙布謝。不一。

又 丁未

亦史便筒，未及附信奉候。弟春夏蹤跡，半在九峯、金閶之間，因訪吾師蘗庵和尙於中峯。此地吳中第一山，支公道場，文、姚兩公爲汰公及高士朱白民結屋棲遯之處，計老盟翁所熟遊。至其伐木開徑，直造蓮華峯絕頂，有雲母怪石，落落數十丈，扶異呈奇，太湖亦盪漾心目，則弟以爲得未曾有，恨不偕兄翁笑傲其間也。佛殿前檐後廡不深，諸弟子發願募修，廣求善信，作大功德。有兩僧渡江特造檀護，求爲布金勝果，將發而弟適至，因書弟九峯之詩寄呈教和。蘗公即楚熊魚山先生，江南人士所宗仰，而直言予杖有聲前史者也。中峯既有文、姚遺跡，文、姚與潭府爲世交，翁兄於山川盛衰之後，發盛心勝緣，刻之山門，重記其事世出世間，詫爲美譚，不可挫過也。九峯爲諸乾老集各游志佳會，中吳諸山復得耆宿如蘗師相提唱，此間幸不寂寞，一棹猶夷，相見甚近，翁兄何不亟圖把臂之緣乎？松下索筆，率爾不盡。

中峯乃弟誤書，此地則華山也。二山接跡，皆爲文、姚所結集，故匆匆移彼作此，直所謂「山行誤亦好」耳。又行。

又

亦史歸，接兄翁手教，迴環懷袖，如獲異書。贈紵之德，恨不能折窗畔梅花，江北江南，盈盈相念，以答所貺也。弟比作雲間遊，遍歷九峯，有諸乾一兄者，破家以爲名山復徵君之祠，修彭儒之廟，弟爲之感今懷古，得詩數章。因念風雅道喪，一二遺老，汩沒於窮愁催科之中，不能復出；若兄翁之陶寫詩歌，流連賓從，有子弟以持門戶，有田園以供饘粥，海內誠復幾人哉！亦史述于皇兄賢倩賴公得濟，此雖豪俠餘事，往來者爭誦之矣。貴年家周孝逸兄，慷慨喜談論，亦來謁幕府，周旋之雅，諒亦無俟鄙言。亦史懷德狗知，銘心何已！

歲暮過江，深爲念之賢主人，弟不便通啓，并道契慕也。有中州一友，向在左寧南幕中，弟曾合柳敬亭同一歌贈之，所謂蘇崑生是也。王烟老賞音之最，稱爲魏良輔遺響，倘在蘇生，而不免爲吳兒所困，比獨身蕭寺中，惟兄翁可振拔之。水繪園中，不可無此客也。冗次卒復，并布謝懷。不盡。

又

得其年札，知老盟翁將續選樓，爲一代詩文開生面，誠屬盛事。弟疾苦潦倒，不能與詞苑諸公相上下，然得快書一讀，名什縱觀，未嘗不可痊我頭風也。大梁蘇崑生兄，於聲音一道，得其精微，四聲九宮，清濁抗墜，講求貫穿於微眇之間，幾欲質子野、州鳩而與之辨，康崑崙、賀懷智不足道也。古道良自愛，今人多不彈。昔年知交，大半下世，淪落江湖，幾同挾瑟齊王之門矣。方今大江南北，風流儒雅，選新聲而歌楚調，孰有過我老盟翁者乎！弟故令一見左右，以小札先之。嗟乎！士方窮苦，扁舟鐵笛，風雪渡江，以求知己，倘無以收之，將不能自還；幸開名園，延上客，朗歌數曲，後日傳之，添一段佳話也。小詞秣陵春近演於豫章滄浪亭，江右諸公皆有篇詠，不識曾見之否？江左玲瓏亦有能歌一闋乎？望老盟翁選秦青以授之也。并及，不一。

又　辛亥中秋絶筆

平生以文章友朋爲性命，比來神志磨耗，今夏暑熱非常，遂致舊疾大作，痰聲如鋸，胸動若杵。接手敎於伏枕之中，腆貺優渥，文詞款至，摩挲太息〔一〕，自以相慕之殷，何相遇之不易？然以弟臥病若此，雖蒙鷁首見過，未能握手高談、銜杯危坐也。知尊體亦有小恙，偃息虎丘。吾輩老矣，海內碩果，寧有幾人？惟有藥餌不離手，善自攝衛，一切人事，付之悠悠可耳。弟三四年來，頗有事於纂輯，欲成春秋諸志，而地理與氏族先成，地志尤爲該洽，病中聊以自娛，惜當世無有劓劂之者，終付醬瓿，又以自歎矣。長公在都門，次公温凊〔二〕，父子以詩文酬和，尊門家集，定垂百世不朽。拙刻附正，往來筆墨皆在其中。佳貺種種，無以爲報，如何！臨紙謝，彊飯自愛。不一。

【校】

〔一〕摩挲　原作「摩娑」，逕改。

〔二〕溫凊　疑當作「溫凊」。

吳梅村全集卷第六十　輯佚

五言古詩

秋胡行

西上太行山，十月天風寒。西上太行山，十月天風寒。糧盡不進，牛死谷間。道渴下車，沙老水乾。日暮路長，關山七盤。歌以言志，西上太行山。

南望洞庭湖，白浪何嵯峨！南望洞庭湖，白浪何嵯峨！大魚丘陵，吐沫成河。彼舞其牙，此張其羅。風雨晦冥，日月盪磨。歌以言志，南望洞庭湖。

晦德丘園，詩書難棄捐。晦德丘園，詩書難棄捐。維石有玉，而傷其山。芝蘭自焚，膏火自煎。藏名變跡，慚彼昔賢。歌以言志，詩書難棄捐。

隨俗浮沉，盛名爲不祥。隨俗浮沉，盛名爲不祥。蹇足康衢，騄耳羊腸。干將易折，鉛刀善藏。嫫姆不嫁，乃笑共姜。歌以言志，盛名爲不祥。

——以上錄自江左三大家詩鈔梅村詩鈔

山水閒想

石脈有時隱，越吾溪上村。溪水亦無底，石當深處行。伏流過千里，乃或驚而鳴。彼與尋丈瀑，亦共分古今。始知變化力，隱見有苦心。舉世亂魚鳥　何能恃煙雲。吾于萬物間，而不藏其眞。山水其愛我，山水仍畏人。

【評】

「始知」二句下，朱隗曰：思入杳冥，潛心初古。

雜詩

東海麋竺家〔一〕，西蜀王孫室。窖米流出門，阿縞被牆壁。吾聞秦皇帝，築臺女懷淸。丈夫守緘縢，留爲女子名。所以牧羊兒，輸帛爲公卿。

又

輔嗣好自然，處默能多通。叔寶自神清，在德非爲容。天性固蹈道，何必資談功？士龍有笑疾，嗣宗悲途窮。哀樂既異理，所以尊虛空。

——以上錄自朱隗明詩平論

【評】

「天性」二句下，朱隗曰：說出王、衞身分甚高。

【校】

〔一〕麋竺　原作「糜竺」，據三國志蜀書本傳改。

七言古詩

讀楊參軍悲鉅鹿詩

去年敵入王師蹙，黃榆嶺下殘兵哭。惟有君參幕府謀，長望寒雲悲鉅鹿。君初出入銅龍樓，焉支火照西山頭。上書言事公卿怒，負劍從征關塞愁。是日風寒大雨雪〔一〕，馬蹴層冰凍蹄裂。短衣結帶試羊羹，土銼吹燈穿虎穴。高揖橫刀盧尙書〔二〕，參卿軍事復何如？宣雲士馬三秋壯，趙魏山川百戰餘。豈料多魚濡師久，謂當獨鹿遷營走。神策毬場有賜錢，征東戲下無升酒。此時偏將來秦州，君當往會軍前謀。尙書贈策送君去，滹沱之水東西流。自言我留當盡敵，不爾先登死亦得。眼前戎馬飽金繒，異日諸生尋刀筆〔三〕。君行六日尙書死，獨渡滹河淚不止。身雖濩落負知交，天爲孤忠留信史。嗚呼！美人騎馬黄金臺，蕭蕭擊筑悲風來。乃知死者士所重，羽聲慷慨胡爲哉〔四〕！卽今看君悲鉅鹿，尙書磊落眞奇才〔五〕。君今罷官且歸去，死生契闊知何處？

——錄自王士禛感舊集

【校】

〔一〕風寒　吳越作「寒風」。
〔二〕高揖横刀　吳越作「横刀高揖」。
〔三〕諸生尋　吳越作「諸公弄」。
〔四〕胡　吳越作「何」。
〔五〕才　吳越作「材」。

題李鏡月廬山勝覽圖歌

廬山南出靑濛濛，巔崖直上連蒼穹。萬丈恍惚淩罡風，俯視雲氣纔半空。秀甲東南千萬重，長天壁立驚芙蓉。我昔過此不得上，至今彷彿縈心胸。陶潛李白古來士，偃仰笑傲常從容。壟塊轇輵忘仙蹤，展卷一看眞面目，如倚瀑布香爐峯。五老插立若可揖，石梁横削誰能通。疊泉蒼雨落翠巘，鹿洞古院蟠深松。李君之遊誠難逢，丹青渲染煙霞籠，置身絶巘飛流中。快哉此圖閲欲終，滄洲羽翼吾安從？

——録自廬山志

五言律詩

寄題僧彌頤堂

澗曲臥廬處，雨添三尺檐。寫書青鐵硯，記帙白犀籤。竹亂山中嘯，花飛水上噞。閒修辨宗論，獨往問支纖。

送王晦季令古田

地僻聞新尹，蠻歌響石隄。風生黄蘗嶺，花發白沙谿。井税輸園蔗，山農捕海霓。放衙人吏少，設茗訟庭西。

傅右君以諫死其子持喪歸臨川

直道身何在，猶爲天地傷。同時憐死諫，幾疏有疎狂。盡室方多難，孤舟況異鄉。蕭條大河上，高樹足風霜。

懷邵僧彌讀書山中

歸鳥欲爭山，山中自掩關。不知雲去住，但見鶴飛還。梅影參差冷，松聲動靜閒。唯餘一溪水，流出到人間。

偶成

獨向閒原住，山廬遶碧潭。兒童軀健犢，婦女簇眠蠶。紅葉包江鮓〔一〕，青絲挈海蚶。秋來鬭茶處，又在道人龕。

【校】

〔一〕江鮓　原作「江酢」，據平論改。

【評】

朱隗曰：淸綺歷歷。

送姚永言都諫謫官

此日江湖去，孤臣豈卽安？危時容諫易，吾道盡心難。野滌山川直，城空草木寒。蕭蕭戎馬後，憔悴故人看。

黄州朱白石以武康令歿於官止存派孫敬躋避亂偶寓婁東今將攜家往客滁州漸圖遠楚詩以送之〔一〕

歸棹不堪別，況聞仍旅游。寄家荒郡遠，當戶弱年愁。楚雨連淮暗，京江入海流。故人今寂寞，獨語上南樓。

【校】

〔一〕題 「遠楚」，疑當作「還楚」。

題王玄照臨北苑畫

亂沙弈落日，遠樹入奇雲。裋褐此中叟，新泉雨後聞。半灘孤艇沒，雙徑斷橋分。扶杖柴門過，相逢盡識君。

嘲主博進者

籬門通小巷，露井欹高軒。燭影分曹坐，骰盤爭道喧。觸屏童半睡，撩釜婦多言。抱膝鄰家叟，悠聽在隔垣。

——以上錄自江左三大家詩鈔梅村詩鈔

蜀中馬仁石師復園

結室盤溪右，通流入四除。葵根供野鶴〔一〕，藻影漾河魚。春屐花當齒，風簾葉繞書。何如少陵叟，幾地別林廬。

【校】

〔一〕葵根句　孫選作「蔬香供野鶴」。

【評】

孫鋐曰：娟秀出塵。

無題

花時陰自好，香氣煖還添。袨服凝長鬋，清矑倚半簾。折梅攀廣袖，解橘冷春纖。含笑牽同伴，窺人學避嫌。

——以上錄自鄒漪五大家詩鈔吳先生詩

七言律詩

述苑先申之譚閩事〔一〕

君到西溪五月涼，欲吹寒笛擬瀟湘。雕籠白兔霜毛潤，露井紅蕉翠帶長。團扇雨來冰簟冷，隱囊風過玉羅香。興酣攜妓丹青閣，不問千金使粵裝。

鷓鴣聲急雨生潮，花裏搖鞭過石橋〔二〕。路繞筍江看水碓，人來黎嶺半山樵。藏鉤小史青絲履，學語蠻姬碧玉簫。爲客桄榔菴下好，無端重上木蘭橈。

【評】

朱衣曰：金門吏隱，玉局風流，歲星、奎宿游戲人間耳。

石牀丹竈飯胡麻，不見仙人萼綠華。雲護松門穿嶺月，雨翻榕樹響溪沙。藤鞋箬帽收崖蜜，豆莢瓜當點乳茶。歸去突星灘上過，數莖棕竹佛桑花。申之攜棕竹、佛桑以歸〔三〕。

吳門吏卒建溪仙，遺得孫郎濯錦川〔四〕。琥珀杯濃椰子熟，水晶簾冷荔支鮮。山中茶蠟江南賈，海上緹緣異國船〔五〕。我亦欲從梅尉隱，與君先乞武夷田。令修令甌寧，山有梅福仙處〔六〕。

【校】

〔一〕題　平論作「逃談閩事六首錄四」，所錄四首同。詩歸亦作「逃談閩事」，此錄第二首。

〔二〕過　平論、吳江詩鈔（凡吳江詩鈔校文均引自吳詩集覽談藪，下同）、詩歸均作「度」。

〔三〕鄒鈔、平論均無篇末小注。

〔四〕遺得孫郎　吳江詩鈔作「擕得仙人」。

〔五〕緹緣　吳江詩鈔作「緹縕」。

〔六〕平論無篇末小注。

春　思

疎欞小閣占垂楊，薄病輕寒夜語長〔一〕。何處春風吹別騎，故留苦雨伴啼粧〔二〕。銀箏翠管傷羅薦，素手烏絲怨筆牀。幾度赤欄橋上望，似君蘭楫向橫塘。

曲巷春深訪泰娘，方疏碧戶隱橫塘。晴沙日暖鵁鶄睡，小院風微芍藥香。帳底唱歌低舞扇，眉邊寫恨入詩囊〔三〕。相思盡若江南草〔四〕，是處隨人離夢長。

【校】

〔一〕夜語　吳江詩鈔作「夜雨」。
〔二〕故留苦雨　吳江詩鈔作「苦留小雨」。
〔三〕入詩囊　吳江詩鈔作「濕琴囊」。
〔四〕盡若　吳江詩鈔作「不盡」。

玄墓似鏡師即故山別構靜室詩以贈之

清羸石上倚孤笻，掃葉誅茅老此峯。鳥識磬聲仍下食，雲移潭影恰聞鐘。銅瓶供佛新穿井，麈尾談經舊種松。盡說遠公棲遁好，故山煙水自重重。

白塔寺

春深玉殿鎖玲瓏，塔勢孤盤烽火通。草木陰森兵氣合，丹青神武畫圖空。風塵百里飛欄外，勝負三軍鈴語中。當日太平臨萬乘，白頭父老說離宮。

贈袁重其

見君不覺卅年餘，兩鬢蕭騷賦索居。結納天涯常縱酒，悲歌江上好傭書。庭前松菊開三徑，篋裏詩篇載五車。莫道袁絲愛遊俠，扁舟長笑狎樵漁。

——以上錄自江左三大家詩鈔梅村詩鈔

贈留都錢大鶴職方

極上層城千里峯，少年白袷耀軍容。沿淮車騎高牙壯，橫海樓船畫戟重。士女吹簫梁苑柳，江山鼓角孝陵松。如君莫負驅馳志，三十通侯已實封。

述苑先申之譚閩事〔一〕

海燕孤飛人倚樓，夜深灘雨泣潛虬。牀頭老易階前樹，醉後離騷江上秋。夾漈藏書春草沒，考亭遺像故山幽。九湖石上游仙夢，惆悵西風杜若洲。

【校】

〔一〕本題鄒鈔共選四首，前三首與詩鈔所選四首之前三首同。

邊　思

黑山不斷海西流，萬里征笳此壯游。刁斗令嚴榆塞月，詔書恩重玉門秋。築毬馬射靑油幕，釃酒歌鐘紫罽衾。借問部人都護姓，北州大將灤陽侯。

秋感

凌歊臺畔獨行吟，輒道年來宿草侵。誰向銅陵開故壘，重煩鐵馬駐新林。水犀甲士風濤險，山越遺民塢壁深。惆悵聖公無葬處，亂鴉流水日西沈。

元日早朝

晝燭千官劍佩高，閤門春帖待枚皋。玉鞭龍尾青驄騎，銀管螭頭紫兔毫。雪霽西山看寶幄〔一〕，花開東閣映宮袍。內家敕賜葫蘆錦，笑進君王五色醪。

【校】

〔一〕西山　原作「四山」，據文義改。

——以上錄自鄒漪五大家詩鈔吳先生詩

雲中將

薊門山伏渾河通，犄角驕胡兩鎮中。大小一身兼百戰〔一〕，是非三策任諸公。射雕塞下秋風急，戲馬營前落日紅。聞說青陂無堠火，嫖姚已立幕南功。

【校】

〔一〕大小　吳越作「老大」。

送周明府湓任婁東　二首其一

白馬朱韁行步工，放衙伐鼓日曈曈。投刀削記諸曹恐〔一〕，露板移書屬郡通。窮盜即今愁楚北，少年無復橫桓東。城陰士女昇平曲，譜入元和雅奏中〔二〕。

【校】

〔一〕恐　吳越作「懼」。

〔二〕譜入　吳越作「盡入」。

邊　思

都尉征西領蹶張，黃河不盡塞垣長。火篩哨急防花馬，土魯烽高戍白羊。絕徼亂山塡雨雪，諸陵列樹護風霜〔一〕。承恩宿將皆年老，見說三關鼓角涼。

【校】

〔一〕護　吳越作「盡」。

【評】

吳越引雪竇曰：向見駿公七律，多綺麗之調；如此雄俊爽朗，高視闊步，何媿渤海、嘉州。

過滄州麻姑城

漢皇刻石祀麻姑，此地金支光有無？瓊島樓臺迎鳥使，水衡鹽鐵待龍屠。中原烽火山東亂，軍吏誅求海上租。不數戈船諸將在，玉壇縹緲詛匈奴。

【校】

〔一〕詛匈奴　詩歸作「辟兵符」。

【評】

「瓊島」二句下，朱隗曰：神麗。

程如嬰曰：途中紀實語。當時作者目擊，今日讀者心傷。

再憶機部〔一〕

國事艱難倚數公，登城慘澹望征東〔二〕。朝家議論安危外，兄弟山川況瘁中〔三〕。夜月帶刀隨破虜，淸秋搖筆賦從戎。書生表餌非無算，誰立軍前跳盪功。

【校】

〔一〕題　吳越作「再憶楊機部」。
〔二〕慘澹望　吳越作「遙望客」。
〔三〕山川況瘁　吳越作「關河風雪」。

【評】

吳越引允武曰：胸有雄槩，腕有勁力，音節諧捷，神氣豪上。

送同官王炳藜奉使代藩

射柳城西磴道前，送君匹馬度燕然。河移汾口三關雨，雪盡恆山五月天。積弩將軍誰控虜，勝衣帝子獨臨邊。征車一路羌聲起，莫倚高樓聽暮蟬。

【評】

「河移」二句下，朱隗曰：警切清壯，與臥子悉敵。

——以上錄自朱隗明詩平論

壽席敬軒先生八十

何年安定適遼陽，潛德猶龍未可量。化日康衢忘甲子，淸時皂帽閱滄桑。重看瓊樹三秋發，共聽濤聲八月長。鳩杖自今扶國老，天香吹下紫鸞章。

新蒲綠

三月十九日公祭於婁東之鐘樓，偉業敬賦二律，以當迎神送神之曲。

白髮禪僧到講堂，衲衣錫杖拜先皇。半杯松葉長陵飯，一炷沈煙寢廟香。有恨山川空歲改，無情鶯燕又春忙。欲知遺老傷心事，月下鐘樓照萬方。

甲申龍去可悲哉，幾度東風長綠苔。擾擾十年陵谷變，寥寥七日道場開。剖肝義士沈滄海，嘗膽王孫葬刼灰。誰助老僧淸夜哭，祇應猿鶴與同哀。

——錄自昭代詩存

——錄自狄葆賢平等閣詩話

壽詩

金門掉臂卽蓬萊，石室烟霞待爾開。三徑春遊鳩杖出，九苞朝食鳳雛來。夢懸西掖雙鳴珮，坐對南山共舉杯。却喜文孫傳奕葉，五雲遙見日邊迴。

——錄自陸鎣問花樓詩話卷三

七言絕句

觀棋　和錢牧齋先生

決賭心勞興未闌，當場劫急是嗔官。點頭得計君休羨，雙眼由人局外看。

題趙文度畫爲鎮江海防吳冉渠

雍丘才子擅風流，季重懷人北固樓。正遇江山最奇處，丹青一幅贈君侯。

——以上錄自江左三大家詩鈔梅村詩鈔

觀棋　和錢牧齋先生

白徒西下羽書飛，十道軍符補黑衣。一把子人何足打，被誰指點出重圍。

題袁重其霜哺篇

被髮提壺痛昔年，伯通廡下五噫篇。獨憐此夜霜天苦，強著斑衣戲母前。

——以上錄自鄒漪五大家詩鈔吳先生詩

涼州詞

漢皇且戰且遊仙，王母神宮在酒泉。何事將軍諸道出，不教五利過祈連。

擿子路

匈奴動地漁陽鼓，都護酣歌幕府鍾。一夜薊門風雪裏，軍前樽酒賣盧龍。

——以上錄自朱隗明詩平論

題尤展成水亭垂釣圖 二首

長楊苑裏呼才子，孤竹城邊話使君。移作漁磯便垂釣，故山箕踞一溪雲。

遂初重把舊堂開，故相家聲出異才。莫向盧龍夢關塞，此生何必畫雲臺。

——錄自尤侗西堂雜俎二集

聽僧夜話

殘鐘忽起竹林東，古殿煙寒佛火紅。晚譯罷時僧影散，院門鶴叫落花風。

闕題

萬壑松濤碧欲流，石牀冰簟冷於秋。捲簾飛瀑三千丈，恰對我家竹裏樓。

——以上錄自靳榮藩吳詩談藪

詩餘

菩薩蠻　閨詞

謝家池館桐花甃，畫屏曲屈翹紅袖。欲剪鳳凰衫，青蟲搖羽簪。一枝雙荳蔻，淺立東風瘦。春思遠於山，眉痕凡幾彎。

謁金門　題美人圖

人離別，屏上小山凄絕。欲寄相思教誰說，梧桐初下葉。窗外綠鬟輕撇，立盡閒階周折。慢把羅幃向前揭，早是愁時節。

【評】詩餘引董蒼水云：構處得北宋人氣味。

憶秦娥　代沈初明

愁脈脈，江山滿目傷心客。傷心客。長干夢斷，灞橋聞笛。天涯攬鏡看衰白，秦川對酒青衫濕。青衫濕。冷猿悲雁，暮雲蕭瑟。

【評】

詩餘引王阮亭云：咸陽王子鐘鳴葉落之詞，無此悱惻。卽起左丞自爲之，何以復加。

山花子　閨情

阿母頻催上玉鈎，侍兒先起護香篝。曉氣撲簾花尙睡，怯梳頭。　靨暈有情眉岫遠，額黃無盡眼波流。細骨輕軀春一把，許多愁。

【評】

詩餘引鄒程邨云：「曉氣撲簾花尙睡」，自是絕妙詞語，着詩不得。

鷓鴣天　遊仙

絳節霓旌降下方，玉卮娘怨鎖瑤房。桃花阿母勤拘管，流出桃源賺阮郎。　紫鳳輦，碧霞觴，麒麟爲脯玉爲漿。人間別有黃姑夢，笑把雲和引鳳凰。

洞仙歌　第一體　梅花

梅花獨自，倚東風低說。那一枝枝向誰折。更高處、偏寒玉手，徘徊知有贈，惹我梅心如結。　晚來憐素影，影亦憐人，偏是今宵共明月。正傳柑時候，薄袖輕衫，蟬鬢動、腰肢清切。但屈指、年來攜手處，又不道梅花、像人離別。

【評】

詩餘引吳薗次云：一氣旋轉，此法惟大蘇能之。

又引陳椒峯云：如話如畫，寫生寫眞。

滿江紅　題尤悔菴小影和原韻〔一〕

納納乾坤，問才子、幾人輕許？人爭道，北平司李，騷壇宗主。碣石宮傾北海酒，令支塞捲西風雨。更翩然解組賦歸來，雲深處。　三毫頰〔二〕，平添與；虎頭筆，神相佇。似元龍百尺，樓頭高踞。鷸蚌利名持壁壘，觸蠻知勇分旗鼓。只莊周爲蝶蝶爲周，都忘語。

【校】

〔一〕題　西堂餘集作「和尤悔菴生日題竹林晏坐圖小影」。

〔二〕頰　原作「頮」，據西堂餘集改。

【評】

詩餘引吳薗次云：眼大如箕，心空如鏡，勘破英雄本來面目，可以嗒然喪我。

水調歌頭　題贈

三月鶯花盛，十里小紅樓。輕裘肥馬，年少錦帶佩吳鉤。人道季心兄弟，還是翁歸伯仲談笑擅風流。下馬飲君酒，消盡古今愁。燒銀燭，張筵宴，繫蘭舟。主人開閣，招我別墅好淹留。家有風亭水榭，伎奏玉絲金管，妙舞擘箜篌。二十四橋夜，明月滿揚州。

【評】詩餘引鄒程村云：「下馬飲君酒，消盡古今愁」，所謂我言作僕射不勝飲酒樂也。又云：讀此詞令人神往。

——以上錄自孫默國朝名家詩餘梅村詞

文

來鶴集序

新安張君以韜僑居虞山，有鶴來集其庭，一時文士多投贈之作，而乞余爲之序。記曰：鳥獸之巢可俯而窺。君子且用爲瑞。況鶴之飲啄必於山水之間，不與凡鳥伍，張君居城邑之聚，乃灕然而至止，豈非祥歟！衞懿公好鶴，鶴有乘軒者，蘇子瞻以爲南面之君所不得好。然是鶴也，以淸遠閑放之物，舍山林而縻榮寵，又其德之衰也。宋隱士林和靖屛居西湖，有鶴甚馴，朝飛暮還，至今孤山之鶴猶爲美談，誠能擇地而處也。雖然，物之幸不幸有不可知，彼游乎江海，淹乎大沼，安知不爲矰盧繒繳之所加？卽和靖之西湖，曾幾何時，而南園之莊，葛嶺之第，所致文禽異獸必多矣，其物之蒙辱乃更甚於衞之鶴，安在託迹山林者遂爲得善地歟？莊子曰：至人入獸不亂羣，入鳥不亂行。然則物雖無知，亦能擇人以爲歸歟！苟得其人，固無問其山林城市之跡歟！

新安俗多素封，君獨孝友溫睦，工詩善書，多長者游，又不騖走聲利，有退讓君子之風，其能冥機事而葆天眞者耶！夫人能脫乎塵垢，雖近市之居，猶之隱士之山也；苟湛於混濁，雖無人之境，猶之衞君之庭也。斯鶴之來，固其所矣。遂不辭而序之。

郁靜巖家譜序

家之貴譜，其來尚矣。周禮小史敍世繫，辨昭穆，譜之所由昉也。而與譜相表裏者，莫重於宗法。自漢以前，戶必立宗，其祖禰適庶之序，較若列眉，故家可以不譜，非無譜也，譜寓于宗法之中也。魏以降，宗法墮矣，譜學盛行，沿流六朝，尤貴士族，賈弼、劉諶之徒，並精譜事，徐勉、王儉、王僧孺諸家，各以姓系之書爲世推服，朝廷置官開局以定之，譜之爲道，何其重乎！楊隋以後，閥閱彫亡，士不敦本，而譜始廢。間有垂情姓牒，若柳沖、韋述其人者，戞戞乎其難哉！綜而論之：南北重門第，凡仕宦之家必有譜，達其簿狀于銓曹，以爲選舉之格，九品中正之登下，皆于譜是問，故其權在上而常合；李唐以還，官方混淆，譜之廢興不一，有能修明其門緒者，藏之寢室，以備遺忘，故其權在下而常散：此大較已。

余外家郁氏，爲吳中右姓，向有家乘一編，簪纓奕葉，勳名纍纍。其後人靜巖名滋，篤行君子也，孝友修飭，爲士林模楷，屬其猶子計登編葺其舊而廣之，圖高曾之像，件系其行事，展而視焉，肅乎其可敬，穆然其可風也。請余一言弁其首。余竊慨凡爲譜者有三失：蓋在于擇人而祖之，又假其人而子孫之，且有譜書而無譜法以維之也。如曹孟德遠宗振鐸，郭崇韜上紹汾陽，非誣其祖乎？李義甫欲合于趙郡，杜正倫求齒于城南，不令子孫之皆僞乎？淳安汪氏追譜七十世，而徒詳其諱字之出入，卒葬之日月，至禴祠烝嘗之典，闕焉不講，將何法以善厥後乎？三失之中，有一於斯，皆不足語于譜者也。今觀郁氏有野雲公新之制禮作樂，勳在社稷；有見菴公容、華容公勳之宦績卓然，詩文茂著；而近代完吾公啓明、釆臣公藻並有隱德：則無俟乎擇其人而祖之可知矣。黎陽子弟其以學行名者，豈謂無才，又何待假其人而子孫之耶！

至於禮法之足師，若顏氏之家訓、方氏之宗儀，其書具在，以靜巖、計登之敦睦，詎難一舉而行之，使推古人重宗之意，以復大宗小宗之法，喪祭有典，族食有章，上治下治，秩然可紀，吾將於郁氏乎觀禮。

——以上錄自梅村集卷二十三

題織簾居唱和册

少陵之於驥子，義山之於袞師，皆以愛子見諸篇什，不徒王氏人人有集者足輝耀前後也。當織簾先生窮經著書之日，兩張公連床共几，余亦得與研席。今西銘、南郭，門戶凋落；織簾以令嗣伊人表章先德，索友人和其篇咏，可以爲有子矣。追念舊遊，能不慨然。

題白醉樓讌集詩序後

余贈孫孝維詩，有「曲江花落悟浮名」之句，蓋指扶桑也。吾友周孝逸歸自尙湖，擕定遠、肯堂、介眉、玉池、伊人諸子唱和之作，感舊論心，纏綿惻愴，予不勝天台赤城有故人之思矣。其詩之工，各有風格，孝逸敍以傳之，宜也。

——以上錄自梅村集卷四十

扶輪集序

黄子心甫、錢子星客刻其扶輪集成，予讀而歎曰：「方海寓多事，士不能爲鐃歌、鼓吹諸曲，鋪揚武功，而徒詠牛渚之月，問莫愁之湖，張譏淸譚，豈能效蕭郎破賊？麈尾蠅拂，可燒却耳。」二子慨然進曰：「兵興以來，人士凋喪，鮑參軍、摯太常之輩，斷楮殘墨，不可復得。其餘流離飄薄，若劉司空之贈盧諶，庾開府之別孝穆，鐘鳴葉落，悲叱彷皇。吾等猶飲石城之水，尚保柴桑之田，黃柑斗酒，日奏一篇，不廢我嘯歌也。」

嗟乎！歷下山川，景陵烟水，草豐人滅，遺跡空傳，五言一派，近惟江左。黃子菰蘆才士，錢郎裙屐少年，研精聲詩，采綴風什，梁溪山水佳麗，當綰轂之口，二子扁舟菼葦間，載茶鐺酒具，日向過客索句，攜至錫山極頂，酣飲叫絕。嘗語同志，欲取惠泉百斛，洗天下傖楚心腸，歸諸大雅。江東弱小，祗以元聲散亡，嘽緩噍殺，用致武功弗振。今日重開正始，務使新朝之什，足配車攻；將待收京之後，大集十五國而被之管絃，是編其前驅也已。婁江社弟吳偉業題。

——錄自黃傳祖輯扶輪集

且樸齋詩稿序

古者詩與史通，故天子採詩，其有關於世運升降、時政得失者，雖野夫游女之詩，必宣付史館，不必其爲士大夫之詩也；太史陳詩，其有關於世運升降、時政得失者，雖野夫游女之詩，必入貢天子，不必其爲朝廷邦國之史也。

憶余曩與映薇年兄同游師門，映薇雖不官史，而一時稱能詩者必首映薇；余雖不能詩而官於史，映薇稱知詩者必及余。余兩人深相得，而於詩相得尤深。中間雖或中或外，或遷謫投閒，或循資待罪，宦跡時離，詩筒時合。大抵映薇之詩，首尙氣格，次矜精采，皇皇矞矞，登高能賦，遇物可銘，信乎其爲士大夫之詩。讀之者如置身天保以上，采薇以下，無論漢、魏，又何論貞觀、開元乎！

厥後而時事難言矣。映薇急流疾退，一遯而入於野夫游女之羣，相與一唱三歎，人之視之與其自視，皆不復知爲士大夫也。然而氣運關心，不堪悽惻，乃教翠鬟十二，遂空紅粉三千。一老子韻脚初收，衆女郎踏歌齊應。筆搖五嶽，知竹枝、白苧非豪；舞罷六么，笑霓裳羽衣未韻。人謂是映薇酒情結綺、纏綿燕婉時，余謂是映薇絮語連昌、唏吁慷愾時也。觀其遺余詩曰：「菰蘆十載臥蘧蘧，風雨爲君歎索居。」出處相商，兄弟之情，宛焉如昨。又曰：「山中已着還初服，闕下猶懸次九書。」則又諒余前此浮沉史局，掌故之責，未能脫然。嗟乎！以此類推之，映薇之詩，可以史矣！可以謂之史外傳心之史矣！

昔宋子京官翰林，詔修唐史，每中夜有作，必令侍女數十，手秉絳燭，高下熒煌，子京據案揮毫，則筆則削，人望之疑爲神仙中人。後世高其才而微少其品，故其史不傳。今映薇之作詩亦復爾，而世亦謬以是神仙之，不且大累映薇之詩乎哉！映薇裒次全稿，謀諸梓人，而馳書徵余序其端，余故書此以告天下，當以讀古人史法讀吾映薇詩也。庚子季秋，婁東門年弟吴偉業駿公頓首題。

——錄自徐懋曙且樸齋詩稿

三吴遊覽志序

余子博覽載籍，躭情山水，遊屐半東南，隨見輒紀，日無虚策。頃來吴下，探勝選幽，山巔水涯，煙墨葱蔚，偶刻三吴遊覽一書，余伏而讀之，曰：嗟乎，異哉！古今一時一事，一草一木，遇其人則傳，不遇其人則湮滅無聞者多矣。然其間哀樂之趣不同，要以性情觸之，發爲歌嘯，著爲文章，各自孤行一意，而興會機境，因之以傳，如阮步兵途窮之哭，謝康樂鑿山之遊，謝太傅溯海之舟，韓吏部華山之慟皆是也。今余子汗漫寥蕭，玄情絶照，雖陶寫于絲竹，總無損其神明。推己外求，可以累心處都盡。昔務觀蜀記有事而無詩，致能吴船詳今而略古，而余子兼之，尺幅中居然有萬里之勢，抑何必撫琴動操而後衆山皆響也哉！婁東吴偉業駿公撰。

——錄自余懷三吴遊覽志

仝氏族譜序

原夫氏族之學，古人最重，故曩昔先王立大宗小宗之法，別子爲祖，繼別爲宗，繼禰者爲小宗，有綱有條，於以睦宗族而厚風俗，法甚詳備。厥後寖以廢壞，而魏、晉之世，圖譜有局，朝廷尚設官治之，民俗昏聘，則於是焉徵考。沿至五季乃廢。士大夫家始自爲譜牒，紀一姓之源流，信者書之，疑者闕之，所以著爲人子孫之義，至敬且慎也。然而傳諸久遠，不無燬於兵燹，簪紳巨族，莫究厥始，君子未嘗不三歎焉。有能從散佚之餘，推本反始，惓惓乎蒐採纂修，務求其精而且覈，可不謂難乎！

今懷遠將軍擺塔喇布勒哈番劉河營遊擊嵩山仝公，家於雲中，自行間奮起，從梁大將軍破賊山右，累奏奇捷，移鎭海上。己亥之秋，鄭逆入犯，公復堅守崇明孤城，出奇擊賊，斬刺甚衆。帥府上功簿，天子嘉其勳績，錫以世爵，制書追贈公祖、父，皆如其官。天光赫熹，寵靈存歿，山雲草木，煥然動色，觀者盡嘖嘖歎慕，公顧恆撫膺太息曰：予少長邊陲，承藉祖先遺庇，用武功顯。今雖高牙大纛，得專閫海邦，奈祖先世系將就泯泯何！且予之祖先，逸其名者既弗可譜，幸而可譜者，又不條縷系絡之以示後代子孫，予恐其愈久而愈忘，公於一本者，或至等諸塗人之視也。於是取耳目所覩記，自始祖而下至從孫，悉疏其名氏行次，爲家譜一編，函以示予，而屬予言弁其首。予受而披覽之，則覩支析派殊，彪炳在列，不惟深得古人之遺意，而併合於古人之成法。嗚呼，如仝公者，可不謂難乎！

嘗考仝爲希姓，其字本出道書，卽今文同字也。漢時有同典恩，前涼有將軍同善，唐有同谷，至元而集賢學士同恕遂以大儒名一代，元史儒學傳稱搢紳望之如景星麟鳳，然無所謂仝也。意者同之改而爲仝，亦猶余之爲佘、洗之爲冼、華之爲花、刀之爲刁、弁之爲卞乎？不然何以自明而前，仝姓闃寥罕聞耶？或云全字古作仝，蓋吳大司馬全綜之後，然全之爲字從入，仝之爲字從人，全與仝固非一姓也。或又云公家雲中，雲中在唐爲大同軍，迄今鎭名尙沿其舊，古人受姓命氏，往往從其所居之地，或者仝卽爲同，實從大同之地而稱歟？然予嘗讀金史，考其國語，則夾谷漢姓曰仝，是仝姓金時已有之矣。而公又嘗爲予言，先世實從延州徙居於此，其在雲中未久，又安可據爲得姓之始乎？居恆每憾近世通行姓氏之書，如淩氏夏所輯，皆不載姓所自始，以爲缺略，惜乎不得起古人而質正之也。然吾又聞昔之爲族譜者，若歐陽氏則取法史家之年表，若蘇氏則取法禮家之宗圖，而黃魯直氏之族譜，七世以上，遠不可知，疑不能明者，皆略而不著，蓋敬且愼之至，凡以求世系之眞也。得毋姓所自始，亦姑就耳目覩記者譜之，斯自足以傳信，而固無取乎載述之必遠必詳，或反疑於附會也乎！

按仝姓之顯，肇自明洪、永間，有名希顏、名銑者，始舉於中州，爲鄉進士。入國朝，又有省元名廷舉者。大抵仝姓自明以來，在中州則爲洧川、祥符，在關中則爲褒城，在吾江南則爲泰州，皆有顯人，率以科貢入仕。其山右之仝，多出安邑。明弘治中，有名鑾者，亦舉鄉進士，而錦衣百戶寅最著。志稱寅少瞽而聰警，學京房易，占斷多巧中。正統時嘗客遊大同，值英宗北轅，大璫裴當往筮，輒奇驗；又嘗以卜叱指揮盧忠阻其誣告南宮逆謀。英宗復辟，石亨有異志，寅復力止之。事頗奇偉，且在大同又著，而今譜亦絕不之及，豈非敬且愼之至者與！郭崇韜既貴而拜汾陽之墓，識者鄙之；而狄武襄不祖梁公，千古莫不歎美。今仝姓在天下，雖諸派各出，而號國之鉅人名將，實自公始。公方且以其身爲人所攀附，其不攀附人如狄武襄，固無足奇；顧卽公輯譜一事，而馭軍之紀律，與夫恤民之恩意，亦可由是以推見之矣。嗚呼，如仝公者，可不謂難乎！

公始祖諱德眞，生四子，其第三子諱信者爲公之先，家世耕讀，晦迹嘉遯。公父贈懷遠將軍諱思蘭，生而奇偉倜儻，食酒至數石，爲人孝於親，睦於族姻鄉黨。方公仗劍從軍，值姜逆之變，贈公尙困汾州。厥後公隨端重王破賊復汾，父子獲相遇，忠孝所感，事非偶然。予已詳諸墓碑銘中，茲不具載。而稍舉大略者，聊以見仝氏之洪址深源，所培已久，而天之篤生我公，固非尋常可比埒也。從此子子孫孫，勿替引之，行見傳珪襲紫，世澤之演迤深長，自當歷億萬祀而罔斁焉。爲仝氏後人者，尙愼旃哉！是用拜手而爲序。

此由訟牘中披閱宗譜，見有梅村先生所作序，爲抄存一通，今爲刊刻，洵吉光片羽也。中輔記。

雜劇三集序

造化氤氳之氣，分陰分陽，貞淫各出。其貞氣所感，則爲忠孝節烈之事；其淫氣所感，則爲放蕩邪慝之事。二氣並行宇宙間，光怪百出，情狀萬殊，而總繇文人之筆傳之。文人之筆，或寓言，或紀實，想像形容，千載如見：由是貞者傳，淫者亦傳。如三百篇中不删鄭、衞，聖人以爲男女情欲之事，不必過遏。詞人狂肆之言，未嘗無意，貞淫並載，可以爲勸，可以爲鑒，有其文則傳其文而已。

漢、魏以降，四言變爲五七言，其長者乃至百韻。五七言又變爲詩餘，其長者乃至三四闋。其言益長，其旨益暢。唐詩、宋詞，可謂美備矣，而文人猶未已也，詩餘又變而爲曲。蓋金、元之樂，嘈雜淒緊，緩急之間，詞不能接，一時才子如關、鄭、馬、白輩，更創爲新聲以媚之。傳奇、雜劇，體雖不同，要於縱發欲言而止。一事之傳，文成數萬，而筆墨之巧，乃不可勝窮也。

元詞無論已。明興，文章家頗尙雜劇，一集不足，繼以二集。余嘗閲之，大半多綺靡之語，心頗不然，以爲此選家之過也。已而思之，人苟不爲名敎束縛，則淫佚之事，何所不有？有其事則不能禁其傳，有其傳則不能禁其選。如長卿之於文君，衞公之於紅拂，非人間越禮之事乎？而風流家言反以爲絕好一椿公案，至願效之而不可得。噫！氣運日降，淫倍於貞；文人無賴，詩變爲曲。諷一勸百，時勢使然，言之者無罪，選之者豈任過乎？近時多以帖括爲業，窮研日夕，詩且不知，何有於曲？余以爲曲亦有道也：世路悠悠，人生如夢，終身顚倒，何假何眞？若其當場演劇，謂假似眞，謂眞實假，眞假之間，禪家三昧，惟曉人可與言之。

木石鄒年兄，梁谿老學，宿有契悟，旁通聲律，近選雜劇三集成，囑袁子重其索余言。余閱其三十餘種，近今名流鉅公之筆，搜採殆遍。達情敍事，闊暢詳明；貞淫錯出，各臻至妙：殆眞所謂有其文則傳其文，可以爲鑒，可以爲勸者也。是其爲雜劇也，可以傳也。袁子歸，其以此言告吾木石可乎！小弟灌隱人題。

——錄自影印誦芬室本雜劇三集

西堂樂府序

余讀漢史，至孝章於崔駰之事，未嘗不廢書興感也。駰以布衣獻頌，受知人主，謂其才過於班固。既遇之于竇憲第，有詔召見，而憲以白衣阻之，待命授官，會值上賓不果。嗟乎！此其與吾友尤展成何相類也。展成司李北平，政成報績，遭遇覩亭伯勝之；而雕龍之才，凌雲之氣，經乙夜之所賞歎，緣鼎湖陟格，不得一望承明之庭。相如被詔于上林，浩然哀吟於雲夢，上有好文之主，下受不世之知，而時會適然，遇與不遇之不同若此。士君子之牢落于斯世者，可勝道哉！

展成既退歸吳門，修閒居養親之樂，詩文爲當代所稱。以其餘暇，操爲北音，清壯佚宕，聽者無不以爲合節。予十年前喜爲小詞，晉江黃東崖貽之以詩曰：「徵書鄭重眠餐損，法曲淒涼涕淚橫。」今讀展成之詞而有感于余心也。後之人有追論其世者，可以慨然而歎矣。婁東吳偉業梅村譔。

——錄自清人雜劇初集西堂樂府

北詞廣正譜序

今之傳奇，卽古者歌舞之變也；然其感動人心，較昔之歌舞更顯而暢矣。蓋士之不遇者，鬱積其無聊不平之槩於胸中，無所發抒，因借古人之歌呼笑罵，以陶寫我之抑鬱牢騷。而我之性情爰借古人之性情而盤旋於紙上，宛轉於當場。於是乎熱腔罵世，冷板敲人，令閱者不自覺其喜怒悲歡之隨所觸而生，而亦於是乎歌呼笑罵之不自已，則感人之深，與樂之歌舞所以陶淑斯人而歸於中正和平者，其致一也。而元人傳奇，又其最善者也。蓋當時固嘗以此取士，士皆傳粉墨而踐排場，一代之人文，皆從此描眉畫頰、詼諧調笑而出之，固宜其擅絕千古。而士之困窮不得志、無以奮發於事業功名者，往往遁於山巔水湄，亦恆借他人之酒杯，澆自己之塊壘。其馳騁千古，才情跌宕，幾不減屈子離憂、子長感憤，眞可與漢文、唐詩、宋詞連鑣並轡。而其中屬辭比事，引宮刻羽，不爽尺寸，渾然天成，仍自雕劃衆形，細若毫髮，而意象豪邁，不爲法律拘縛者，又多以北調擅場。第所傳諸劇，人握隋珠，家操卞璧，美等碎金，罕窺全豹。李子玄玉，好奇學古士也，其才足以上下千載，其學足以囊括藝林，而連厄於有司。晚幾得之，仍中副車。甲申以後，絕意仕進，以十郎之才調，效耆卿之塡詞，所著傳奇數十種，卽當場之歌呼笑罵，以寓顯微闡幽之旨，忠孝節烈，有美斯彰，無微不著。間以其餘閒，採元人各種傳奇散套及明初諸名人所著中之北詞，依宮按調，彙爲全書，復取華亭徐于室所輯參而訂之，此眞騷壇鼓吹，堪與漢文、唐詩、宋詞並傳不朽矣。予至郡城，嘗過其廬，出以相示，喜其能成前人所未有之書也，爲序其始末云。婁東吳偉業書。

——錄自李玉北詞廣正譜

清忠譜序

先朝有國二百八十餘年，其間被寺人禍者凡三：王振、劉瑾專恣於前，魏忠賢擅竊於後；馴致流毒天下，而國家遂亡。然振、瑾之專，勢皆岌岌，所以危而復安者，以衆賢聚於朝廷，其一二大臣及內外大吏，尙未敢顯爲閹寺私人也。至魏忠賢之擅則不然，上自宰輔禁近，下曁省會重臣，非閹私人莫參要選；時傾險之士思逞志於正直者，亦願爲之爪牙，供其走噬，甚至自負阿父、養子而不惜，而東林之難作矣。故自辛酉至丁卯七年之中，在朝諸賢無不遭其坑戮，而國家之氣以不振。

吾郡周忠介公，初吏閩，卽裁稅閹高寀，以強項聞；及立朝，又無所迴避。文文肅以新進疏得失，語攻東廠，與公同邑相善，賢黨深忌之。公旣免歸，文肅亦削逐，猶不釋憾。乃以巡撫起元周公減袍價一案羅織，公斃詔獄；文肅蓄毒藥待命。思陵嗣位，羣兇伏辜，東林君子幸存者，相繼起用。文肅推時重望，訟公寃獨力。至今邦邑人士，逮於婦稚，咸識公名，稱述遺事如當日者，以文肅爲之友，而表之於其後也。

方公被逮時，宣詔於郡西察院，民隨而號泣請救者萬人；見公將就桎梏，咸戟手憤詈，因直前擊緹騎，幾爲變。賴郡守寇公、邑令陳公撫之而後定。事聞，詔捕首亂，顏佩韋等五人毅然詣官府自列，赴死無改容。嗚呼！公之節義能使人感奮至此，可謂難矣！

聞公在詔獄，賢黨虐脅之者萬端，五毒備嘗，辭色不少屈，卒以不可屈而私斃之。公長嗣曰茂蘭。緹騎之挾公入都也，蘭願徒步從；公反覆喻之，因痛哭而止。及逆賢敗，刺身血書疏，伏闕鳴父冤，請卽加誅賢黨某某等，時稱其孝。逆案旣布，以公事塡詞傳奇者凡數家，李子玄玉所作清忠譜最晚出，獨以文肅與公相映發，而事俱按實，其言亦雅馴；雖云塡詞，目之信史可也。

余所惜者，先朝列聖相承，思陵躬親菲惡、焦勞勤政者，十有七年，而逆寇射天，神京淪陷。追維始禍，起於延、西二撫之貪婪；皆逆賢黨也。當是時，逆布其黨宇內，秦中要地二撫，實閹腹心，肆虐縱貪，莫之敢指，胎禍全秦者數歲；終於賊焰燎原，災彌穹壤，一敗而不可救，眞可痛也！尤扼腕者，思陵圖治，相文文肅僅兩月，忌之者卽以事中之去位，國政愈不可爲。甲申之變，留都立君，國是未定，顧乃先朋黨、後朝廷，而東南之禍亦至。噫！彼爲閹黨漏網之孽，固無足怪，誰爲老成，喪心毫及，更可痛也！假令忠介公當日得久立於熹廟之朝，拾遺補過，退傾險而進正直，國家之禍，寧復至此？又使文肅之相不遽罷，扶衰救弊，卜年或可再延。而一誤再誤，等於漢、唐末造之覆轍。始信兩公於閹黨之事，決然以死生去就爭之，其有關宗社非細也。

余老矣，不復見他年事，不知此後塡詞者亦能按實譜義，使百千歲後觀者泣、聞者歎，如讀李子之詞否也！梅村吳偉業題

——錄自李玉清忠譜

重建王文毅公祠記

余考玉峯志，追慕鄉先生歿而俎豆者，景行而私淑之，未有歷世綿遠，久而彌耀，如宋左朝請大夫王公者也。公諱葆，字彥先。其先蓋三槐名胄，五世家崑。公第宣和六年進士，爲麗水簿。紹興改元，疏陳十弊〔一〕，兼請建儲，執政偉之，遷宜興令。時淮、浙用兵，供億繁困，而公策辦軍需，將士稍戢〔二〕。後擢司封郎〔三〕，權國子司業，俄拜監察御史兼崇政殿說書。秦檜柄政日久，陽欲告老，問公，公言：果欲請老，勿論親仇，舉賢自代，誠社稷蒼生之福。檜默然不懌。尋爲考功，介然特立。出知廣德軍，移守漢州，德政洽聞，擢淮南安撫使。逾年，召副廷尉，改浙東提刑，時孝宗隆興元年也。乾道三年，公以古稀告老，山居宜興。考終，歸窆於先塋，乃縣治東南新漕里也。

溯公壯年通籍，國事旁午，愛公者幸其身遠闕廷，罔貽戚辱，而公志憤偏安，心懷激烈。既而奸相當權，朝臣側足，公惟亮節清風，敭歷中外〔四〕，侃直不阿，從容進退，豈非浩氣中存，獨能善養以勝之耶！晚好經學，尤邃於春秋，所著集傳講論諸卷行世。平生獎勵後賢，允稱大儒宗範，沒後奉勅崇祀，追謚文毅，建祠墓所，朝廷崇德報功，甚盛典也。至明興，洪武初〔五〕，玄孫諱遜、諒、英偕列御史臺，科第蟬聯不絕。弘治中，裔孫成憲重建碑亭，迄今僅存遺址，碑文柱石，滅沒于風烟蔓草中，田夫野老，雖知爲王氏墓，而廟貌不修，祀典寖闕，漸忘其功德所由來矣。

癸未秋，系孫泰際成進士，暨其宗弟槩皆余鄉榜同籍，謀新祠宇，而十七世孫胤玉鳩工肅事，因請爲記。余維公立朝大節在國史，居鄉懿行在稗乘，而儀容彷彿在宋初也，可不爲鼎新慶乎！嗚呼！五百餘禩，流風邈矣〔六〕，而奕葉彌長，芳徽未歇，猶足銘彝鼎而被絃歌也。於是薦紳耆老，喜爲公祠落成者，曠世而下，有同心也，則公之明德遠矣。是爲記。

——錄自康熙崑山縣志卷第十

【校】

〔一〕疏　原作「號」，據乾隆蘇州府志（以下簡稱府志）改。
〔二〕稍　原作「精」，據府志改。
〔三〕擢　原作「權」，據府志改。
〔四〕「敭」字原闕，據府志補。
〔五〕洪武　原作「弘武」，據府志改。
〔六〕邈　原作「遜」，據府志改。

太倉州學記

婁之去於孔林也，蓋在二千里外。其車器竹册劍履之屬有足據焉乎？曰：否也。然孔子之道，其端仁義禮智，其事則君臣父子，垂之于文章，而懸之于學校者，蓋不可聞見論也。漢、唐、宋之君，或卽位而幸學，或元年而視學，或過魯而祠孔子以太牢，綱目必謹而書之，以志其美，而亡國敗君則不舉焉。甚矣，學之廢興，王化之廢興也；而孔廟之廢興，又學之廢興也。

吾婁之有學，自先朝弘治年始，有州卽有學，所以責學，使士子知所崇尚；有學卽有廟，所以尊孔子，使士子知所服習。而鐘鼓歌舞之節，周旋進退之容，釋奠釋菜之别其儀，大籩小豆之殊其器，春丁秋丁之異其物，諸生乃以時揖讓其間。是以婁之學建立獨後于吳，而科目人材，漸進漸出，遂甲于吳而聞于天下。且婁固勾吳之餘而瀕于東海者也。孔子曰：「言忠信，行篤敬。」又曰：「乘桴浮于海。」則神靈之所棲菸，其果不必于婁焉否耶？然國學與郡邑之學，其爲廟者又不可指數矣，其果必于婁焉否耶？夫孔子之道，安往而不在焉，則廟烏可廢哉！彼異端百家，如佛之祀其瞿曇，道之祀其老子，而農者祭田祖，織者祭原蠶，苟殿宇之或傾，廟貌之不飭，賽之不以其時，備之不以其食，猶屬屬然觸于目而動于中，若忘其師之罪也，況我之所謂孔子者乎！將聽其門庭廊廡、木主祭器，上漏旁穿，堙剝而莫之理也，則諸生以何俯仰而興起、自附于聖人之徒耶？必將棄爾君臣父子、廢爾仁義禮智也耶？

陳公來守茲土，而從學博楊君、張君之請，喟然以修舉爲務。捐贖鍰，料匠石，凡廟之達鄉，殿之掇廇，以及儀門之扉朳，步道之欄墹，亦既新之，以還故觀，而所謂明倫堂、尊經閣、啓聖、鄉賢祠者，將次第就理焉。嗚呼！自鼎革以來，八年於茲矣。天下靡然，皆以陰謀祕策、長槍大刀，足以適于世達于用，而鄙先儒之言爲迂闊。且椎首露价〔一〕，以爲禮樂之未遑，其牧守師傅亦因循苟且，無守先崇聖之心，無講道論德之事，即使過闕里，登其堂，摩挲植柏，觀俎豆與禮器，恐無足以感發其志思者，何況婁之僻處一隅，而廟之頹壞不堪有如此哉！嗚呼，陳公之念可謂甚盛，而楊君等之力可謂甚勤也已。

——錄自嘉慶直隸太倉州志卷十三

【校】

〔一〕价　字書無此字，疑爲「紒」之形誤。

濬劉家河記

惟三吳江海之介，其望震澤，一號太湖，受天目西北宣州諸山谿之水，大江外抑，因而內瀦，汪洋渟蓄，縱廣三萬六千頃，曼衍七郡，茫然爲東南巨浸。其灌輸于海之道，古凡有三，曰：松江、東江、婁江。相傳松江下七十里分流，東北入海者爲婁江，東南入海者爲東江，併松江爲三江。二江皆松江之別，水經所謂長瀆歷河口東，則松江出焉，江水奇分，謂之三江口者也。以往記求之，則松江北行七十里分流者，宜在今崑山之境。自禹迹既湮，獨一松江仰接太湖，而奇分二江之水遂不可見。其後宋通漕渠，引水築塘，水跡益非其故。或謂塘卽引婁江之水，入太倉州境，環城而南、而東，至城東七十里曰劉家港入海，其果然也歟？鄉先達參政陸公容，據殷奎孝伯之言，曰：東北直入海者爲婁江，竝無紆曲，以今環城南而東繚繞入海者爲不然；而太僕歸公有光亦擬續郡志，以劉家港當婁江者爲附會。然千年神禹之跡，既難面稽，而一綫通震澤之尾閭，其利賴與古江相埒，則土人移以命之，亦猶思古之意也。

在前元時，海運千艘所聚。爰及勝國，戶部尙書夏公原吉奉命來濬。面勢宏闊，瀧濤莽壯，爲西水入海孔道，北境雖有七浦承昆陽諸湖之委，不若是河之尤駃。海潮迅湧，會于州境，西溢崑而却迴。維時艖舫番舶，檣帆輻輳，奇珍瑋寶，繹絡傒館，鮫人海賈之利，幾被天下。引以溉田，則溝塍周布，秔稌櫛比，下無羨溼，高無亢乾，滋液滲漉，何生不育。故瀕河之地，號爲土膏，其價畝直金；旁縣以湖水通行之速，不苦積水病田，田亦肥美。三吳之民，用是繁富安樂，足供國家百萬之財賦。邑屋華麗，人文鬱郁，其利賴于東南甚鉅。然湖水自西下，而海潮自東上，清流每不勝濁泥之滓，不可一日而不濬。百年以來，水土之政不修，人力懈於疏導，馴致潮泥填淤反上；又河滑地衍沃，豪民往往圍占爲田，與水爭尺寸之壤：以此河流涓涓，日就湮塞。沿至崇禎子、丑之間，漸成平陸。河口漲沙橫亙，隱然隆起，名曰海舌。徑石家塘而西彌望皆茭蒲菼薍，不通舟楫，湖水稍北徙，趨七浦以達於海，行迴遠而流益弱。而州境縱橫塘瀝，諸釃引劉河者，惟見止水薀藻，不任灌溉。昔日上腴，廢爲斥鹵。土瘠民貧，職此之由。前朝巡按御史周公一敬上疏請濬治，事下所司議，皆諉曰天意，非人力所及；兼庸費浩穰，興發七郡，恐無所於出，遂寢。

入國朝，工科右給事中胡公之駿疏陳便宜，請開劉河，得報可；復以動支官帑，考案無故事，不果。順治丙申冬，巡按御史李公行部至州，崑邑及州之耆老紳士，僉言劉河宜濬，且請專屬州侯白公。先是白公治民，條教精密，尤加意境內水利，訪逮民隱，得銷圩起夫法，履畝賦功，役田作力，業戶量給口食，無傭直。行其法濬朱涇，民樂其便。遂以聞於御史，願令民自疏鑿，以受上命。御史大喜，許會督、撫具題，蠲州賦半，派別屬代輸，仍委公專督。

公視事惟謹，親歷河干，相度難易。南鹽鐵之西，傅城而近，水道微通爲易；相見灣迤東抵石家塘，淤廢日久，率目縵田，施功爲難。用嘉靖中海都御史役嘉、上、青開松江例，屬役止崑、太、嘉三縣。酌撥太倉濬河七千丈；嘉定額役河夫一萬三千名，水利均沾，俾鑿濬河二千丈；崑山地窪仰，以隔縣，協濬易河一千八百丈。公塘灣至補缺口，紆二十里，與嘉定界俠，舊形宜因，則因之；相見灣而東，直開六十丈，比舊省一千餘丈，逕道宜鑿，則鑿之。以丁酉二月之八日，斬牲祀神，始有事於啓土。歡聲雷動，畚鍤如雲，役夫丕作，一眡旗砲，氣勢增倍，信踰鼛鼓。公復巡行勸來，暴露泥塗中，不宿民家，人益競奮，七千丈之工，僅閱月而告竣。嘉定原任邑侯劉公，御衆嚴整，公與同心教護，程課二千丈之功，亦閱月而告竣。惟崑山勢家持兩端頡頏，會御史坐事急徵，遂倡貼銀浮說以亂聽，賴公屢檄固爭，得無廢格，其千八百丈之功，凡三閱月而粗集。通計開鑿一萬有八百六十丈，江面不能復故額，準海公開淞江式，自南館至相見灣，廣十有二丈，深丈有四尺；自相見灣至東壩，廣贏四分之一，深贏七分之一。其工力廣十二丈者，百五十工而袤一丈，廣十五丈者，二百工而袤一丈。計費二百萬工有奇。每工銀七分，計費十四萬兩有奇。然崑山協濬半涇口南北數里，竟多淺段，不中法程，有遺恨焉。自石家塘壩外至海口十餘里不濬，以河流尚通，亦備海盜之闌入，志愼也。鄉人謂是役不當無記，乃以屬余。

余惟古者澤貴陂障，川貴滌源，矧三吳天地之盡脈，而三江天地之出孔也。不獨宣洩江湖之水，順流使出，且延納潮海之水，逆流使入；不獨借海潮之生氣，補天地之虛氣，使出者復入，且借江水之旺氣，滌海潮之濁氣，使入者復出。濁氣者，潮泥也。三江不通，潮泥淤之，其中消息盈虛，關係天地氣機，非如西門豹、史起瀹一渠、堰一澤可比。先朝治水，皆遣大臣奉璽書，佐以都水郎署，出捐大農金錢巨萬，節制數郡，始克有成績；然尚膢臘尸祝，奕世載德。豈如今用一州之力，倡三縣之民，不煩專官，不費公帑，因農之隙，舉累世不復之廢滯，爲國家阜財賦之源，苟非賢直指堅主于上，良司牧集事于下，何以有是乎！是役也，其爲有利而無害，皎然易見矣；然且室中有婦姑，膜外有秦、越，不免九仞之虧一簣焉。可見事得其人，則無廢不可復；而任事者之難，其叢非萃責，豈可勝道哉！雖然，河不可一日不浚，而增修之易，不如創復之難也。踵二公居位者，尙其建閘以視時扃啓，置夫以乘潮櫛爬，毋使□受渾潮之積；以其間歷疏境內小水，溝防遂列，修治如法：則決川距海，浚畎澮距川，雖神禹厎定之謨，不是過也。庶三吳永賴，而前人捍患興利之盛心，亦不隳於沒世乎！

李公名森先，山東人。白公名登明，三韓人。嘉定則邑侯劉公名宏德，奉天寧遠衛人。他若崑山縣丞滕元鼎、太倉州同李棠、經歷張鉉；皆嘗宣勞茲役，法得牽聯書。

——錄自乾隆鎭洋縣志卷三

平海紀略

東漢以前無海寇，非無海寇也，其時人民不習於海，斥鹵沮洳，無閭里烟井，不足以藉寇。過江以後，豪強之家，熢山占海，而萑苻之警日聞。嗟乎！無岸上之虎，則不憂水中之龍，何可不爲之所也！我程使君始視事，捕大猾，赦其保舍匿藏之罪，令辦賊自贖，得要領矣〔一〕。先是公以潤州守臨江治軍，賊發輒得，威聲流聞。公至之日〔二〕，賊投兵遙指曰〔三〕：「此京口旌麾也。」固已內懾。公笑謂鼠子輩不足數，當折箠笞之。或有難公者曰：「昔肅皇帝時，用虎符發兵，制使便宜從事，材官組練十萬人〔四〕，費縣官錢數百萬，然猶九易帥，坐甲數年而後定。今乃偏師蕩之哉？」公曰：「吾之在潤州也，横江諸將集采石上游〔五〕，吾不過丹徒市人百輩〔六〕，用以破賊。今以一大帥數偏裨聽吾鼓音，賊何憂弗平！」於是懸賞格，定軍令，大治餘皇之師。蓋自公下批繩之令，賊已孤立震慴〔七〕。諸將服公威名，莫敢逼撓〔八〕，跳盪先登，斬首功過當。賊遁去，則拔劍叱海師殪之窮島之中。賊大困乞降，公解縛而用之，駐車散其餘黨〔九〕。浹旬之間，萬里淸蕩，斯可謂奇矣。夫公幕府初開，非有閩、粵羨緡瓌貨，濟犀渠器甲之用者也；非若溫、處諸郡，窩越山之材，下會稽之竹，戈船下瀨，以水師雄江東也。當數十年承平之餘，單車討賊，未嘗張大羽書，悉索軍賦，而蘆人漁子以爲兵，束矢鈎金以爲餉。及事成功立，收其戰艦戈矛劍盾，充軍實而壯國容。自非文武籌略，足敵萬人能如是乎？立石海上，公之功永永勿忘可也。

——錄自乾隆鎮洋縣志卷六

【校】

〔一〕得要領矣　嘉慶直隸太倉州志（以下簡稱州志）無此四字。

〔二〕至之　州志作「之至」。

〔三〕遙指　州志作「咋指」。

〔四〕十萬　州志作「千萬」。

〔五〕集　州志作「在」。

〔六〕「吾」字原無，據州志增。　百輩，州志作「百數」。

〔七〕震慴　州志作「震懾」。

〔八〕逼撓　疑當作「逗撓」。

〔九〕駐車　州志作「駐軍」。

勅贈懷遠將軍峻吾仝公墓誌銘

皇清盪平海宇，隆禮功臣，一時鴻勳駿伐之彥，上追祖考，下逮子孫，恩數皆極優渥周至。我蘇松水師鎮標部營遊擊、加擺塔喇布勒哈番、轉陞江南劉河營遊擊嵩山仝公，以順治十八年覃恩，追贈父峻吾府君懷遠將軍，母陸氏、繼母李氏，皆贈淑人。仝公功高於國，澤厚於民，孝篤於親，卜以順治十七年八月初五日合葬吉壤，屬偉業書其麗牲之碑。偉業辭之不獲，乃爲論次。

謹按府君諱思蘭，號峻吾。惟仝之先世居延州，其徙之雲中，則在明初。有諱德眞者，是爲始祖，七傳而至府君。府君產時卽有異徵，少以穎慧聞，事親極其孝謹，又能厚宗婣，睦鄉黨，施與不少靳。性倜儻慷慨，食酒至數石，危坐卓然。配陸氏，嚴恭儉惠，克相其家。遊擊公甫七歲，依外王父居應州南小寨，逮弱冠乃歸，則騎射無敵。府君深奇之，呼而諭曰：「爾可出矣。公侯將相，若輩事也。若不聞男子志四方耶？」公仰遵庭訓，仗劍之燕都。會甲申大亂，道梗不得歸，暫結義旅，保障於陝西西安府鮎魚寨。天兵下秦，公以其衆附二王入楚，隸公秦撫孟公戲下，與今大將軍梁公交。在關中兩載，以思親告歸，至汾州，病作，府君知之，馳詣汾城視公，而姜逆變起矣。於時秦、晉鼎沸，汾州亦從亂。俄公病已痊，府君密語公曰：「古稱危邦不入，亂邦不居，殆謂此地乎！爾出城則順，居此則逆，宜早圖善計，勿以我爲念。」公涕泣難，府君重促之，聲色俱厲，乃行。自是公從端重王轉戰山右，而府君留汾。王師復汾州，賊黨知復汾之師，公居行間，遂共執府君，脅之刃，欲誘招公，府君抗節不屈，賊衆環顧失色，莫敢加害。城垂破，汾士民競出府君，送之故邸。公入城，走故邸求府君不得，大驚。有老僕識公聲，從夾道中扶府君與俱出，父子相見，悲喜交集，一時以爲忠孝所感。先是公之未入城也，恐城破日，鋒鏑所罹，府君或有患，哭請於王，得賜旗一矢一，懸門首爲識。府君命公以徇於軍，闔坊俱賴保全，皆府君賜云。於是併迎陸淑人於大同，僑居汾州，而公别四出征勦，殄滅餘孽，功績益著。適梁大將軍遷江南，強公同行，乃奉兩尊人以行，匆匆色養，備極孝敬。方公虎帳治軍，威嚴可畏，部曲諸校，縮氣屏息，不敢上視；而入奉府君與陸淑人，先事揣意，扶持必親，則又若孺子也。居亡何，原配陸淑人、繼配李氏相繼下世，府君扶兩柩歸里。公遣僕屢迎，府君自以年壽已高，頗樂故鄉，不復南來，惟遺書訓公，諄諄勉以盡忠報國而已。

己亥之秋，江南猝有鄭逆之變，時賊兵數萬突入，陷京口、揚州，直指金陵。梁大將軍星馳赴援，念崇明根本地，非公不可守者，乃以崇明屬公，而大將軍遂大敗賊兵於神策、儀鳳門。賊擁衆南竄，且逞忿於崇明，極力圍困其城，欲必陷之。公歃血登陴，鼓勵將卒，時縋死士擊賊城下，斬刺無算，賊惶駭走盡散，崇河獲生，從此海不揚波，捷謝踵至，鯨鯢巢窟，爲之悉空。天子旌公戰功，特加世職，寵錫便蕃，恩榮溥博，而府君先於是冬溘然長逝矣。迹公櫜鞬馳驅，首尾數載，才勇勞烈若此，誠不難劵取茅土乎。顧稱人之善，本諸父母，無論公始之挺身從軍，先自府君啓其端，厥後滅賊汾中，扞寇江左，實皆由府君決策出城與夫遺書訓勉之力；而卽其家門轉徙，兵革周旋，佹危復安，幾散復聚，亦莫非府君之基德累仁有以致之，而乃能儲精發祥如是歟！今始知人臣宣劬扞國，功成疏爵，固必有所自來也。偉業舊忝史職，卽徵公請，又安能已於紀述也哉！

府君父諱尋，世有潛德，母石氏，皆以公貴，贈如府君。府君之子一，卽遊擊公；女一，適許氏。孫三：長大捷，次大德，次大志，襲世爵。府君生以明萬曆乙酉六月十三日，歿以大清順治己亥十二月二十五日。原配陸淑人歿以順治癸巳七月七日，繼配李淑人歿以順治乙未六月六日。今合窆於永定里十甲南鄉之墓。偉業既題其碣，而因繫以銘，銘曰：

扶輿靈氣來穹窿，誕生豪傑爲元戎。龍驤豹變先關中，奇勳以逮吾江東，盪滅寇氛奏膚功。天子寵錫祖考封，山雲草木增光榮。子孫奕葉貂蟬同，追遡發祥由乃翁，仁親睦鄰淳古風。永定馬鬣恆鬱葱，大書堅珉藏幽宮，垂億萬載無終窮。

此由山中履勘，於墓石間剔荊括蘚，捫讀銜款，知爲梅村先生文也，亟爲鈔存，惜字畫已將漫漶矣。中輔又記

書

與王士禛書

增城渡江一札，想已得候見竹西，正求傳示。論詩大什，上下今古，咸歸玉尺，當今此事，非得公孰能裁乎！江表多賢，正恐不鳴不躍者，或漏珊瑚之網。如吾友許九日兄，爲寒齋二十年酬唱之友，十子才推第一，篇什流傳，定蒙鑒賞。近詣益進，私心畏且服之，而獨苦其食貧無依，即宿舂辦裝，亦復不易，而出門求友之難也。今春坐梅花樹下，讀阮亭集，躍起狂叫曰：「當吾世而不一謁王先生，誰知我者？」僕被買舟，素箏濁酒，特造門下。雖幸舍多賢，誰復出九日上者乎？其姿神吐納，書法之妙，見者傾倒，當以爲長史、玉斧之流，不徒繼美乎丁卯橋也。門下延華攬秀，或亦倦於津梁，然如此客，急宜收之夾袋。咳唾所及，增光長價，且此君青鞵布襪，由是而始，無使寥落，便增旅況，則皆名賢傳中佳話耳。

——錄自王士禛古夫于亭雜錄卷三

與陳寶鑰緑厓書

魏惟度年翁過訪草堂，得讀老祖臺蘱山堂集，奇思妙句，絡繹奔會于尺幅之中，使人應接不暇。七言長歌，落想不凡，峨嵋天半，太華削成，無以喻其超特。茲復榮任黔中，車轍所過，山川益奇，篇章益富，相如、子雲，當復見于西南矣。抱膝鼓腹之叟，長臥丘壑，無繇瞻溯。雖寥寥數語，未盡其妙，已大略可覩，余又何以贊之哉！

——錄自詩持三集卷之一陳寶鑰詩後，下書「附吳梅村先生札一則」。

與人書

每從元恆兄手書中時聞起居佳勝，讀之爲慰。及秋杪接得翰言，撫勞深至，情致温切，兼加以厚儀，何以克當？祇因千里，不敢有違，敬爾拜嘉，先此致謝。弟讀至「夙昔之誼」一言，眞感而□□。數年以來，所期望朝夕及加之以恩、隆之以禮者，不啻如子弟，決不忍以存亡易心，感念之懷，有如皦日。但吾舅所處甚難，所任又甚重，二年之內，一門兩大喪，今日所恃爲祖德之光、集一家之慶者，吾舅一人而已。亡者之所望，存者之所賴，吾舅速宜勉進大業，毋爲家故所覊，毋爲在旁所止；若夫功名之事，弟力可以任之。仲冬弟當得假歸，此時可以握手敍懽矣。元恆兄敦篤古誼，眞君子也，每有字來，所以爲吾舅者切至。弟以事多，不能致書，望乞道意。草草不盡。弟偉業頓首。

疏

是(崇禎十二年正)月，翰林院編修吳偉業上言：今日阽危極矣，皇上當下哀痛之詔，憫人罪己，思咎懼災，弔死卹忠，賞功禁暴。使父老子弟，悲憤同仇，人心勃然，戰氣自倍。夫臨清一州耳，賈人千金購士，輒用破賊。今以京師之大，公侯貴戚之盛，皇上召之便殿，忠義激之，共捐家財以募死士。更出空頭告身數百道，懸犒有功。使入敵營，燒其輜重，毒其水草。臣以爲敵氣已惰，陛下威靈四暢，敵必遁逃。但敵去之後，方勞聖慮耳。

今日之計，亟遣知兵大臣，選銳九邊，再益以川、浙兵各數千人，預防今秋。然後大更法制，上下軍民日夜事戰。彼不過一州之地，其所用降人降將，非盡知兵也。但彼飲食長技，皆與兵合；我之飲食長技，皆與兵反。士大夫狃安習故，曰毋動爲大耳，是以坐困。苟非曠然盡變其俗，臣知中國不能以一歲爲安矣。衞所者，高皇帝所以修郡縣之備也，事久寖微，虛縻廢弱。今宜淸餉覈軍，甄用世職，其不任者，汰之以授有功。特令大臣典護一省衞所，許其徵辟，收召義勇，互相脣齒，以壯干掫。且民兵法壞極矣。兵燹之後，百姓畏死樂生，得縣將倡率，團結訓練，數歲之內，可成勁兵。

——錄自明淸畫苑尺牘

若夫備邊之道，在乎選將；守國之道，在乎足食。今省試武科，半出情面；京營聽用，不過粗才。誠倣保舉之制，大州縣十人，次六人。州縣以上之府，府以上之撫、按。兵部覈而校閱之，設有不稱，嚴坐舉者。禮數既優，士樂爲用，矯矯虎臣，端出于此。然足食則京師根本固矣。皇上下積粟之令，公侯貴戚，于山東、河南遣人收糴，預備平價，毋致傷農。私帑既充，蓄積足恃。今天下郡邑，社倉積穀，徒具文書。臣請長吏牘鍰盡輸米粟，私折銀者罪亡赦。漢人有言曰：「數石之重，中人勿勝。」此法一行，上官之符不能取，下吏之篋不能充，緩急凶荒俱有備矣。

——錄自國榷卷九十七

詞評

評余懷秋雪詞

澹心之詞，大要本於放翁，而點染藻豔，出脫淸俊，又得諸金荃、淸眞，此由學富而才儁，無所不詣其勝耳。余少喜學詞，每自恨香奩豔情，當昇平遊賞之日，不能渺思巧句以規摹秦、柳；中歲悲歌侘傺之響，間有所發，而轉喉捫舌，喑噫不能出聲；比垂老而其氣已衰矣；此予詞所以不成也。讀澹心之作，不能無愧。

——錄自百名家詞鈔

評孫枝蔚溉堂詞

劍拔弩張之態，噴薄楮墨間。想古人擊碎唾壺時，亦復爾爾。

——錄自百名家詞鈔

題畫

題趙文度畫

梅道人有圖，峯巒險絕，人物叢萃，爲收藏家所賞。此幅蕭疎見長，散乘小果，自足證道，不必學如來面目也。

——錄自陳撰玉几山房畫外錄

吳梅村全集卷第六十一　傳奇一

秣陵春傳奇一名雙影記上

灌隱主人編次
寓園居士參定

第一齣　麈引（末上）〔一〕

【桃源憶故人】垂楊不管人心事，點點閑愁飛至。悶把殘編誰是，剩有相思字。　玉笙吹徹風流子，吾輩鍾情如此。一卷澄心堂紙，改抹鶯花史。

【沁園春】次樂徐生，四海無家，客游雒陽。喜展娘小姐，玉杯照影；買來金鏡，却是紅粧。後主昭儀，兼公外戚，倩女離魂出洞房。招佳婿，仙官贊禮，王母傳觴。　東都拆散鸞皇，賜及第春風夢一場。待狀元辭職，貂璫獻婢；裊烟相見，話出行藏。給假完婚，重修遺廟，舊事風流說李唐。淒涼恨，霓裳一曲，萬古傳芳。

白玉杯徐郎傅粉，青銅鏡黃女簪花。

將軍玩澄心法帖，善才弄焦尾琵琶。

【校】

〔一〕劉本「末上」二字在「桃源憶故人」下，以下類此不另出校。

第二齣　話玉（生上）

【正宮引子】【瑞鶴仙】燕子東風裏。笑青青楊柳，欲眠還起。春光竟誰主？正空梁斷影，落花無語。憑高漫倚，又是一番桃李。春去愁來矣，欲留春住，避愁何處？

【鷓鴣天】石子岡頭聽曉鶯，芳林園裏醉遊人。南朝子弟多年少，孝穆兒郎總好文。　躭寂寞，漫沉吟，今年山色爲誰青？一池春水風吹皺，愁向寒樓控玉笙。小生姓徐，名適，表字次樂，廣陵人也。先集賢官知制誥、右內史，望重中書。家國飄零，市朝遷改。澄心堂內，無復故游；朱雀桁邊，猶存舊業。因此浪跡金陵，放情山水。陸士衡當弱冠而吳滅，閉戶十年；陶元亮以先世爲晉臣，高眠五柳。棲遲不仕，索莫無聊，倒著脚在骨董行中，自揣有幾分眼力，識得幾件正路收藏，別人看來極沒要緊，吾自家別有一番議論，一番好尚，儘足消磨日子。左近有個蔡客卿，〔二〕他胸中抱負，頗是不凡，只因落魄家貧，也便在骨董裏邊混帳度日，雖然也曉得些銅玉，那墨蹟畫片，還未當行。昨日約他試試新茶，要他尋些便宜骨董。聽蕉那裏？（丑應上）擁書先洗硯，看畫早烹茶。相公叫聽蕉有何分付？（生）昨日新茶不曾試得，你將

泉水燉好，待我親泡〔一〕。若是蔡相公來，疾忙報知。（丑）曉得。（末上）

【黃鍾引子】【西地錦】步屧村村花柳，故人寂寞青溪。南朝自古傷心地，啼鳥有恨誰知。

自家蔡游，表字客卿。次樂兄約我試茶，此間是他門首，不免徑入。（丑）蔡相公到了。（生見介）昨日吳門茶客有眞正廟後岕在此，特邀兄來一嘗。（末）只怕未必是眞的。（生）兄不曉得，這個朋友，足色在行，不但賣茶葉，兼且帶得幾件骨董，儘看得過。（末）可有漢玉物事麼？（生）蔡兄，你說起便是銅玉，這些硬貨易看，算不得甚麼眼睛，畢竟有法書名畫，纔是收藏家。（末）你只是家裏藏得第一件玉玩，把以下的都看得不值錢了。（生）我貧士有甚收藏？（末）外面人都說你家學士有御賜于闐玉杯，今日新泉佳茗，何不取出來一玩？（生）正是，在行朋友到此，該應拿出來賞鑒賞鑒。聽蕉，可取玉杯出來。（丑）杯在此。（末）眞正江南第一件骨董，就是那玉情做手眼裏未曾見來。

【南呂過曲】【宜春令】雲雷篆，子母螭，羨良工昆刀切泥。那包漿優法〔二〕，從來沒有。土花如砌，雪膚鈿粟瓊膏膩。點櫻桃丹井砂紅，染空青越州磁翠。（合）晴窗，鬪茗持杯，舊朝遺惠。

（生）客卿兄，我想此杯初賜出的時節，先學士方在恩榮，南唐朝正當明盛，好不光彩也！

【前腔】司徒卣，尚父彝，拜恩迴朱衣捧持。到今日呵，錦茵雕几，一朝零落絣罍恥。河如帶趙玉今完，甌無缺柴窰同碎。（合前）

（末）秘府圖書，君家畢竟也有頒賜的，次樂兄每常間爲何還要到別處去尋覓？（生嘆介）客卿，只看「宜官閣」三字，是爲先公得師宜官眞蹟，後主御筆親題，賜下來的。我小時曾見此地收貯鍾、王百種，遭亂之後，盡都失散了。

【三學士】秘閣牙籤今已矣，過江十紙差池。（末）隔壁黃將軍家，收藏晉、唐妙楷極多，都有澄心堂小印在上面。（生）嗄，這是黃保儀家。兩朝遺墨，後主都付保儀掌管，想一定是眞的了。城南杜姥凄涼第，倒藏着江上曹娥絶妙碑。（末）聞得果然都有保儀題跋，小押鸞封看畫尾，（生）只是可惜，留香帖付阿誰？（末）你不曉得，他家有個女兒，儘通文翰哩。

【前腔】美女簪花矜別體，工書不讓文姬。（生）這等却也難得。大娘善學公孫舞，弟子還收逸少書。（末）我們明日到他家去，求他些名蹟一看何如？（生）使得。須趁明朝風日美，閒尋玩終日歸。（生嘆介）吾想世人求田問舍，奔波勞苦；我兩人沒甚要緊，終日講究骨董，旁人聞之，豈不可笑。

【尾】春愁沒箇安排處，閒向縹緗簡舊題。（末）還不如酒熟茶香數舉杯。

君到南朝訪遺事，每逢佳處便開看。
他年猶擬金貂換，竹裏行廚洗玉盤。

【校】

〔一〕泡　原作「炮」，據劉本改。

〔二〕侵　劉本作「浸」。

第三齣　閨授

（雜扮院子隨外上）（外）【中呂引〔一〕】【滿庭芳】恩澤通侯，勳貲名將，江東門第金張。歌鐘零落，花沒舊昭陽。老去悲看故劍，記當年、笳吹橫江。傷心處，夕陽乳燕，相對說興亡。

嫖姚少貴因長信，定遠家聲自倢伃。今日故宮芳草合，寶刀半折刈園蔬。自家南唐臨淮將軍黃濟，表字兼公，江夏人氏。先保儀備位椒塗，我少年立功淝水，通籍光政門，賜第棲霞里，與徐鉉學士忝作近隣。記得開寶五年，後主游攝山寺，臨幸吾家，召徐學士同宴。那時吾女展娘，生方數月，主上抱在懷中，說道：「自古稱天子嫁女，待你女兒長成，替他擇婿。」隨命學士賦詩紀事。光陰荏苒，女已長成一十六歲。吾主亡時，保儀同殉，每思此語，不覺淚零。昨夜三更，忽得一夢，夢見後主、保儀，仍幸吾第，保儀執着展兒的手，對我說道：「我欲替你擇婿，只是姻緣未合，尚須待年一載。你老人家聽我主張，不可妄許他人。」我當時叩頭謝訖，瞥然驚覺。不知主何吉凶？夫人出來，與他說知。（老旦上）

【商調引】【遶地遊〔二〕】椒華舊望，往事如天上。小門楣明珠入掌。

（見介）相公爲何悶悶不樂？（外）我昨夜夢見保儀妹子，爲展兒擇婿。我想他是亡過昭陽，怎照顧得人間嬿婉？好生沉吟，放心不下。（老旦）展兒是保儀極愛的，他在夢裏鶴馭還歸，要做我們乘龍佳兆，這是喜信，何足多疑？我還藏得宜官寶鏡，係姑娘所賜，正要把與展兒掌管。（外）吾書架上鍾、王墨蹟二卷，也要付與孩兒朝夕臨摹，叫小廝們取來。（雜應持帖上）帖在此。（外取看介）你看題跋宛然，圖記如故，人亡物在，可傷可傷！（嘆介）夫人，我一家大小，盡沾戚里餘恩。今日他汴梁坏土，無人澆奠。（老旦）正是。他淒涼不過，魂夢歸來，或者爲此。（淚介）（旦上貼隨上）？（旦）（見介）（旦）呀！爹爹，母親，爲何在此下淚？（外嘆介）咳！你那裏知道我心事來〔三〕？（旦）

【前腔】玉衣嘉況，生小黃姑向。（貼）鎖雕闌名花護養。

【仙呂入雙調過曲】【玉山供】爹娘在上，老年人愁懷易傷。念孩兒弱息無知，苦雙親衰年誰傍。朱門洞敞，全不似舊時情況。（合）只有黃鶯好，語雕梁，苔莓池館鎖淒涼。

（老旦）你爺思量姑娘哩。（外）

【前腔】孩兒聽講，念吾家飄零楚鄉。你姑娘十載宮闈，荷君王一家恩賞。時移物往，禁不得舘娃西望。（合前）

（老旦）孩兒，有你姑娘所賜宜官寶鏡，付你收藏。裊烟取鏡過來。（貼）鏡在此。（老旦授鏡介）孩兒，你好好收着。

【玉胞肚】（旦）你看這 六花浮漾，五絲繩盤龍錦囊。掃寒山兩點春愁，剪南湖一片秋光。孩兒，你羅衣猶打內家香，少不得八字宮眉捧額黃。

（外）你姑娘雖是女流，專工筆墨，後主教他掌管鍾、王眞蹟。傳流二本，尙在我家，後面題跋，都是你姑娘親筆。孩兒，你也臨一臨兒。（授帖介）

【前腔】禁林淸賞，冷金箋琉璃筆床。笑羊家婢作夫人，羨文姬女類中郎。便是我呵，將軍爭坐可曾忘，孩兒你玉潤官奴習幾行。（旦謝介）

【尾】感爹娘玉鏡閑書幌，好教我 點罷輕螺寫硬黃。（老旦）裊烟，你好生伏侍小姐。須索要 拂黛焚香特地忙。

宮釵折盡垂雙鬢，減却桃花一片紅。
重繡鏡囊磨鏡面，金條零落滿函中。

【校】

〔一〕劉本「中呂引」下有「子」字。按底本「引子」常省作「引」，劉本則補全「引子」二字，此類情況，以下不再出校。

〔二〕遶地遊　劉本「地」作「池」。

〔三〕劉本無「我」字。

〔四〕玉胞肚　劉本「胞」作「抱」。

第四齣　恨嘲（副淨上，小丑隨上）（副淨）

【越調過曲】【水底魚兒】銅斗家緣，生來二十年。鴉飛不過，市南金谷園。拽袖揎拳，逢人歪死纏。村沙心性，腌臢喬使錢。

自家眞琦便是。父親眞尙書，區區眞大爺。三輩兒齊天福氣，一家中撒地橫財。那些朋友，見我有錢有勢，奉承一句兒，說是「眞在行」。我說你當面叫得好，不要背後換口。及至打聽，那些天殺的果然私下做鬼臉，倒叫我「眞無趣」。但到院子裏嫖，胡姑姑、賈姐姐，認定「眞大老官」，儘意科排；賭場裏賭，刁三官、滑大舍，擺弄「眞正酒頭」，盡情結打。我肚皮也氣直了。阿寄，除非另尋一樣頑耍，使人輕薄我弗得個纔好。（小丑）這個，憑大爺的主意。（副淨）我前日在三山街上看見隔壁徐次樂。（小丑）嗄，就是徐十郎官人。（副淨）他飯米沒得在家，倒在冷器店裏尋甚麼骨董。我也看了幾件，那店主人見我在行，說道：「大爺是眞古董。」阿寄，我想這個名兒倒好，我認眞叫他何如？（小丑）大爺叫了，自然是好的。（副淨）嗄，徐次樂鑽心骨董，做人透骨時樣，我無一毫蘇意，吃得這個諢名，又被人笑話了。（小丑）誰人作死，敢笑大爺！（副淨）你不曉得，我生出來血僾厭勝，長成是土繡辟邪。鸂鶒眼、黃鱔肚皮，夔龍紋、蝴蝶獸面。斜宵耳，把蜻蜓調轉，還是蜒蝣〔一〕；獅子頭，將脛骨伸長，逼眞螭虎。塡漆牙齒，裏向多應是金胎；哥窰脚根，四邊少不得鐵足。黃髭鬚有如火爍，黑精神渾似漆僾。滋楞楞㸌起橫筋，依稀浮走；骨漉漉滾下汗水，竟是包漿。（小丑）如今女客家還要舊玉新做，大爺何不用些皂莢水〔二〕、烏梅湯刷攃刷攃。（副淨指面介）你看我這東西，蠟查地一片水銀古，石榴皮幾搭硃砂斑。芝蔴皴、鬼面皴、蟹殼皴，烟薰舊畫；梅花斷、蛇腹斷、牛皮斷，黑漆斷紋。冷金硬黃，再增子雙勾塡墨〔三〕；龍青粉白，還經得五彩裝花。那裏尋得一個做手來？（小丑）我看見街上賣骨董的，極低個貨，拿紫檀匣子，舊錦包袱裹好，就擡子價錢。大爺何弗做幾件道地海青，華一華，品一品？就是小人跟出去，也有光彩哩。（副淨）咳！偏是我撞着一班小夥子，掂子舌頭，動弗動點點搠搠。就是我幾件衣裳，但穿子栗殼色、粉皮青，活像江西窰變〔四〕；海棠紅、瓜皮綠，笑是河南燒斑。起初薰得噴香，偏說金絲虎皮；後底穿得淹潤，便道九箍百折。水襪統直子一雙牛腿脚，網巾環大星兩個象鼻眼。時樣只有醬色方舄，倒嚼蛆是鱔血足；新出無過稀眼機紗，又亂話道鷄皮紋。扯開子護領，好個鵝頸瓶；鑲攏子袖口，全副羊骨鈕。咳！只爲我生落是個傳世古怪，不得不把別人逐樣賞鑒。正是滿面有如張旭草，渾身却是戴嵩牛〔五〕。阿寄，我也常時自想，命好生得富貴，偏養出這個嘴臉來。譬如徐十郎一輩人，窮滴滴，光油油，扭揑着身子，人人道好，我看了便心上不服。

【正宮近詞】【刮鍬令〔六〕】強文撇醋腌窮儉，胡謅歪講鬼廝纏。身軀線兒牽，搓光腼腆，挑牙料啓，非長是短。偏是俺們嘴臉，被人笑傳。

（小丑）大爺，近來下路淸客，技藝第一，人物次之，但要簫管提琴，那怕癡瞎瘸絆〔七〕。大爺何不學幾隻時曲，打一套十法，就免子俗哉！（副淨）也說得是，只是一時間尋不出好師父來。（小丑）黃將軍對河有個曹善才，是李後主仙音院裏出來的，吹得好燥笛，撥得好琵琶，如今閒在家裏，大爺何不步去會會。（副淨）間壁是徐家，大間壁是黃家，黃家對河，差不得幾步路，這個何難，我如今就去。（同下介。生末同上）。（生）出門無至友，（末）動即到君家。（生）今日與蔡兄訪黃兼公看晉帖。（末）這是兼公門首了。

【雙調過曲】【鎖南枝】（生）朱扉閉，畫壁懸。有人麽？銅環緊叩聲悄然。（貼上）翠袖小庭軒，聽得敲門扇。（生）爲何有女娘聲音？迴廊下，嬌語傳。（貼）是那個？（生）是鄰家，住非遠。

（貼開門見介）二位那裏來？（末）我們是訪你家老爺求法帖看的〔八〕。（貼）老爺不在家，不要進去。

【前腔】（換頭）兒郎且回轉，俺姑娘在那邊。（生）原來你們小姐在此。（望介）（貼）法帖倒是我家小姐收管，只可惜老爺不在家。（生）若是你老爺在家，肯借麽？（貼）我老爺呵，他有舊朝名玩，既是有意收藏，也要人來看。（生、末）〔九〕待老爺回來，但說徐次樂、蔡客卿兩人來訪罷了。（貼）莫不是間壁徐十郎官人麽？（生微笑介）正是。（回對末說介）〔一〇〕那兼公畢竟是在行的〔一一〕，休說主人翁，心性賢；便是小梅香，話兒軟。

（副淨上）〔一二〕原來曹善才出外去了。阿寄，這是那一家？（小丑）就是黃將軍家裏。（副淨）呀！原來徐、蔡兩兄在此。（生）倒是眞大兄。

【前腔】（副淨）垂楊院，笑語嫣。老徐，你春風自來多好緣。（生）說甚麽話！（副淨指貼介）好個標緻女子，抹了我一鼻沙糖，好把頑涎嚥。老徐，不要獨便宜了〔一三〕。比似你俏人兒〔一四〕，順水船，也放我劣身材，溜一眼。

（貼）這個人姓眞，莫不是眞古董麽？（副淨）我的綽號，他也曉得了，樂殺，樂殺。（貼）適纔十郎要借我家法帖，這個人面上都是頑刻碑哩。（副淨揖介）我只得唱一個肥喏謝叫。（貼不理介。內叫梟烟，貼應閉門下。末指副淨背語生介）這是有名的眞臭厭，我們快去，不要睬他。

【前腔】侯門謁難見，癡人言放顚。便是兼公呵，我與他平生交淺，萬一擡來，恰似我輩狐朋，在此閒行串。疾忙走，莫亂纏，看他強風情，甚頑臉。（全生下）

（副淨唱喏不住介。）（小丑）大爺回家罷，他們都去了。（副淨回頭看介）小徐、老蔡，別也不別，這樣可惡，便是裏面這丫頭也不理我，不免擡進去。（小丑）左右明日來會曹善才，再看也不遲。這是大人家宅裏。任你新興花太歲，他是舊日李將軍。我們還是回去罷。

鳶肩公子二十餘，管領春風總不如。

這廋自知顏色重，生來不讀半行書。

【校】

〔一〕蛸　劉本作「蚰」。

〔二〕莢　原作「筴」，據董本、劉本改。

〔三〕子　劉本作「了」。

〔四〕話　劉本作「活」。

〔五〕嵩　原作「崧」，據文義逕改。按戴嵩，唐畫家，以畫牛著名，世稱「韓（幹）馬戴牛」。

〔六〕剗鍬令　劉本「剗」作「划」。

〔七〕絆　劉本作「胖」。
〔八〕劉本「求」下有「借」字。
〔九〕生末　原作「小生」，據劉本改。
〔10〕回對末說　原作「對小生說」，據劉本改。董本作「對末說」。
〔11〕那　劉本作「好」。
〔12〕上　劉本作「問介」。
〔13〕了　劉本作「人」。
〔14〕比　劉本作「見」。

第五齣　攬鏡（旦貼同上）（旦）

【雙調引】【秋蘂香】曉閣圖書清潤，窗前好鳥喚芳辰。搭伏鮫綃枕頭瞌，驚睡覺明眸一寸。

〔攤破浣溪沙〕阿母頻催上玉鈎，（貼）侍兒先起護香篝。（旦）曉氣撲簾花尚睡，怯梳頭。（貼）黳暈有情眉岫遠，（旦）額黃無盡眼波流。（貼）細骨輕軀春一把，許多愁。（旦）裊烟，你看夭桃一樹，俯映清池，落處依枝，飛還入水。恰似粧臺曉鏡，戀惜流光。煞是可憐人也。

【仙呂入雙調過曲】【步步嬌】薄暖輕寒清明近，正是愁時分。花花落向人，閒捲羅衫，將亂紅微襯。爲我惜花心，花被人憂損。

（貼）今日天氣甚好，老夫人與小姐的宜官寶鏡，何不取出來一照新粧。（旦）咳！我看此落花時節，心緒無聊，若比他池上衰紅，安能常保我樓頭凝黛。裊烟，只怕芳年易過，曼鬋誰憐。轉盼之間，我展娘呵，便不似鏡中人矣。照他則甚？

【忒忒令】（貼）你睡懨懨桃腮鎖春，磣可可柳眉堆恨。曉窗倦繡，怕誰瞧身分。還索向畫屏邊，鏡臺前，菱花底，自認定個俏影。

鏡已取得在此，小姐還是照一照兒。（旦）裊烟，你看鏡兒委實是好也。

【沉醉東風】照見咱閒愁晻黷，照見咱半羞微哂，照見咱睡情新，斷霞雙印，照見咱翠消紅損。背人自勻，瑣窗淚痕，非單照咱嬌香一麗人。

裊烟，我攬鏡興嗟，粧成自惜，這鏡中人好不淒冷也。

【月上海棠】還自忖，釵頭媚子花邊隱。儘淡粧濃抹，誰與温存？我想起來，獨處深閨，淒涼憔悴，今日遇見那鏡中人，同愁共笑，形影相知，也索彀了。我憐卿送笑殷勤，卿憐我相看薄命。（貼）我曉得小姐的意兒了。春來悶，一縷紅絲，少個人人。

不瞞小姐說，裊烟昨日在門首，倒見個人兒。（旦驚介）是那個？

【五供養】（貼）風流少俊，叩轡雙環，城北徐君。（旦）呀！是個男人，你該迴避了。（貼）小姐，他偷睛佯欲進，半簾身。（旦）他說甚麼來？（貼）他要借老爺法帖，我說法帖是小姐收管，只可惜老爺不在家，無人答應，料小姐多應不肯。那時裊烟既回了他，他還和那同來的這一個人絮絮叨叨，不知說些甚麼。有一個同陪伴，絮寒温，今年花底學窺人。

（旦）我正忘了，那法帖是與寶鏡一齊交付我的，快取來一看。（貼取法帖介）小姐，法帖在此。（旦看介）看好個晉、唐眞蹟，前面「澄心堂」小印，是李主與保儀姑娘鑒賞。後面「臣鉉題」。嗄，我聽得老爺說，有個徐鉉學士，想就是他了。（貼）小姐何不題跋幾句兒？（旦）說得有理。

【玉交枝】玉瑳春筍〔一〕，吮霜毫芳流絳唇。（作沉吟介）（貼）小姐何不下筆？（旦）女兒識字塗鴉嫩，怕眞個借與東隣。（貼）若論這樣，一發該多寫幾句了。你盤龍鏡囊生暗塵，韭花帖尾藏春恨。印纖纖靑編粉痕，要見咱香閨解文。

（旦）裊烟，你說那裏話？我想老爺家藏法帖，誰人得知？

【江兒水】燕尾嬌秦鏡，鸞箋寫洛神，葳蕤春鎖藏春緊。誰着你姿姿媚媚將人認，惹他兜兜答答前來問。（貼）是他來借，我那裏曉得？（旦）聽說教咱難信，年少兒郎，怎曉得內家眞本。

【川撥棹】（貼）閒譚論，小孩家無定准。偶然閒話及王孫，偶然閒話及王孫，怎娘行偏生認眞。逗春光曾幾分，逗春光曾幾分。小姐，那寶鏡法帖收過了罷。

【尾】（旦）你把我緗囊鈿合牢收頓，再休向階頭閒趁。裊烟，還是鏡裏人兒相見得穩。

閒看明鏡坐淸晨，併覺今朝粉態新。

料得相如偷半面，不知風月屬何人？

【校】

〔一〕瑳　劉本作「搓」。

第六齣　賞音（外上）

【仙呂過曲】【靑歌兒】霓裳部當年第一，五陵游舊人誰識。空梁燕子傍人飛，呢喃欲語，不自知何世。

（西江月）憶昔華淸供奉，琵琶弟子徵歌。宮聲不返羽聲多，演念家山入破。又是江南好景，落花時節經過。相逢莫唱定風波，一曲懊儂誰和？自家曹善才是也。天寶之後，段師弟子有曹、穆二善才，子孫頗傳遺法。後主皇爺以霓裳舊譜遭亂失傳，遍訪江南，得某于梨園樂籍，道是善才嫡派，卽賜名善才。那時御製阮郎歸初成，命某按節而歌，小周后撥燒槽琵琶，皇爺自吹玉笛，酌于闐白玉杯，極歡而罷。數年以來，傷心舊事，絕意新聲，黃旛綽陷沒于長安，李龜年流落于江左，天上人間，思之如夢。昨日有個眞公子，要到吾家做勝會。他年紀不多，富貴性子，未必當行，又回他不得，只索混帳一場罷了。正是：近來時世輕先輩，好染髭鬚事後生。（下）（丑末上）

【光光乍】（丑）裝謊弄虛脾，（末）學俏賣查梨。（丑）大老官人脫貨遲，（末）難得今朝做勝會。

（丑）勝會勝會，弗是曹善才家講技。（丑作回頭介）呀！是柳愛山。你來得早。（末）姚仰溪，我倒有星怕去〔一〕。老曹做人扳障，我們曲子被他指出小小一個破賺〔二〕，大爺前須不好看。（丑）獃子，我們同大爺去，他若說我，就與輕薄主人一般。老物事難道不曉得這個腔口？不要怕他。（副淨上）呀！老柳、小姚在此，我約你到曹家去講技，來得能濕。（丑）正在此祗候大爺。（末）不多幾步，就是曹家門首了。（作行介。丑行入。外上。）遇飲酒時須飲酒，得高歌處且高歌。（丑）大爺在門首。（外迎介。副淨作揖介。）久慕久慕。（外）昨日失迎，得罪。老夫退處窮閻，何勞公子降臨，不勝惶悚。（丑末）曹相公大名，小子輩如雷灌耳，今日喜得請教。（外）老夫是過時的人，怎及得兩兄道地。（副淨）曹先生，你少時頑耍的光景，怎麼樣的？（外）老夫伏侍後主皇爺時節，比今日光景大不相同，也不消題起了。

【皂羅袍】記得秦淮佳麗，正露橋吹笛，子夜烏棲，何戡曲裏故園非，岐王席上誰相會。月明淮水，鷓鴣自啼。春風游騎，楊花亂飛。伊州唱罷千行淚。

（丑）我們坐了講技藝罷。那蓬塵起冬春話兒〔三〕，說他怎的？（副淨）講得有理。小廝們！鋪氈條，擺榼子。這橋寬敞有趣，正好坐坐。（外）對過是黃兼公的門首，只怕不便麼？（末）大爺吃酒，那裏管他！

【前腔】（丑、末合唱）正是踏青天氣，喜咱們兄弟，柳醉花迷。竹枝水調任人吹，採茶打棗逢場戲。憑他誇嘴，明皇貴妃；誰人能記，霓裳羽衣？人前裝出風風勢。

老柳，你吹簫，我吹管子。（末）還是你吹簫。（奪管子介）曹伯伯，定要請教琵琶。（副淨）畢竟老柳有興。（外作謙遜介）（旦、貼上作登樓介）〔四〕（旦）竹裏登樓人不見，花間覓路鳥先知。裊烟，我們到樓上閒耍一回。（外彈介）（旦）呀！好一派聲音也。（外）

【北罵玉郎帶上小樓】〔五〕小殿笙歌春日閒，恰是無人處，整翠鬟。樓頭吹徹玉笙寒，注沉檀。

低低語，影在秋千。柳絲長易攀，柳絲長易攀。玉鈎手捲珠簾，又東風乍還，又東風乍還。閒思想朱顏凋換，禁不住淚珠何限。知猶在玉砌雕闌，知猶在玉砌雕闌，正月明回首，春事闌珊。一重山，兩重山，想故國依然。沒亂煞許多愁，向春江怎挽。

（丑作眼望口贊介）（旦語貼介）那琵琶彈得好聽也。都是李後主小令，檃括成歌，嘈嘈切切，使我聞之不覺淚下。

（外又彈介）

【前腔】山遠天高烟水寒，留得相思苦，楓葉丹。別時容易見時難，莫憑闌，遙望見，初雁飛還。聽花邊漏殘，聽花邊漏殘。夢中一餉貪歡，嘆羅衾正寒，嘆羅衾正寒。迴想着嬪妃魚貫，寂寞鎖梧桐深院。現隔那無限江山，現隔那無限江山，嘆落花流水，天上人間。菊花開，菊花殘，雙淚潸潸。幾時得舊紅粧花前再看。

（旦）呀！是後主的虞美人。呀！又是他的山花子。烏烟，你去問他，這彈的新詞，可是後主皇爺詞曲合湊成的麼？（貼）小姐，面生生教我怎生去問〔六〕？（旦）你昨日與男人講話，今日我叫你問，偏害羞起來。（貼出見介）啐！原來又是眞古董在此。那彈琵琶的官人，俺家小姐問你，彈的新詞，可是後主皇爺虞美人、山花子諸曲？（外）好知音！小娘子，我正是仙音院的曹善才，曾經伏侍皇爺與保儀夫人的。這詞委實是皇爺的詞曲。（副淨）我聽了半日，只覺彭彭響，不曉得一句。怎小姐偏識詞中意思〔七〕，比俺老眞更覺知音些。（丑）大爺知音不消說起，那小姐眞是難得。（副淨對貼介）你家小姐，可曉得我在此做隊會麼？（貼）誰來問你？（副淨）前日你替小徐說得好話，難道我就講不得一句兒？（貼作不理上樓對旦介）小姐，這唱曲的是仙音院曹善才，唱的曲兒，果是後主皇爺詞曲。（旦）哦！原來如此。下面有人，怕不雅相，裊烟，進去罷。四絃千遍語，一曲萬重情。（同下）（副淨）這小姐既是這般有趣，何不下來吃一鍾梯己酒兒，倒進去了。（丑）小姐或者倒肯，却是這劣丫頭，苦生生催將進去。（外）兩兄休得惹事〔六〕，大人家宅子，不可囉唣。（丑）也有理。我們今日歡有趣了，聽了好曲子，又瞧着個美人，也不枉了這場勝會。大爺歸去罷！（大笑同唱介）

【仙呂過曲】【掉角兒序】趁春光花蹊柳堤，陪公子醉游羅綺。撥檀槽玉盤小珠，逗嬌娃畫簾濃翠。眼迷稀，孜孜地。影徘徊，還猶在，綠楊枝裏。段師子弟，楊家小姨，分明是，開元春禊，五家車隊。

公子開筵月滿樓，美人南國翠蛾愁。
誰能截得曹剛手，金谷歌傳第一流。

【校】

〔一〕星　劉本作「些」。
〔二〕賺　董本作「綻」。
〔三〕春　劉本作「春」。
〔四〕劉本「旦貼」下有「同」字。
〔五〕調　劉本作「駡玉郎」。

〔六〕董本「生生」下有「的」字，「教」作「叫」。

〔七〕董本「識」下有「得」字。

〔八〕事　劉本作「是非」。

第七齣　惜杯（生上）

馬癖會鬭換麗人，詩名不惜碎胡琴。少年情性無常好，擬典溪山買雒神。前日借得黃將軍晉唐小楷，吾把玩三日，寢食都廢。貧士無法可處，只有宜官閣數楹，價值二百餘金。吾左右將到雒陽客遊，去訪通家獨孤榮，這房空閒在此也沒用。爲此特央蔡兄去說，與他打換。他房子是要的，說道法帖希世之寶，必得千金古玩，纔足相當，聞我有于闐白玉杯，要來交易。我想這杯是先學士賜物，子孫世守，豈可與人？仔細思量，那法帖後面標題，又是我父親手筆，做兒子的守定祖、父的玩器，還不如搜尋祖、父的筆跡，因此勉強應承了他。只是白玉杯也是我極愛的，怎生捨得？今日且拿出來賞玩一番。聽蕉那裏？（丑上）典衣因換酒，賣屋爲收書。相公，好端端一個宅子送與別人，換這幾張紙頭兒，還要貼上個白玉杯。這杯是先老爺家藏寶玩，相公須放出主意來，不可聽蔡相公說騙去了。（生）唗！這是我的主意，與蔡相公何干？蠢材不許胡講〔一〕。白玉杯在那裏？取出來我看。（丑）杯已取在此。（生）咳！這杯兒委實可愛人也！聽蕉，我想有這杯也要享用他。

【集賢賓】晴窗小几傾玉甌，遇花發南樓。百斛清泉新雨後，聽松風活火床頭。茶烟半透，閒伴着圖書清晝，嘗數口，好溫潤我家良友。

（丑）相公，想這樣受用，怎生換與別人？（生）雖然如此，這般享用，還覺太寂寞些，必得個女客，唱隻曲兒，笋條般指頭捧來，纔是快活。（丑）一發有趣了。

【前腔】（生）良工美玉雙鳳頭，正嘉醞新篘。促坐傳觴人二九，醉流霞歌按涼州。圓搓玉手，微襯着絳羅衫袖，將進酒，笑擎起美人爲壽。

（末）翰墨爲游說，圖書作蹇修。自家爲徐次樂兄見託，回他說話，不免逕入。（生）客卿兄，所議如何？（末）老黃古撤得緊，他說這帖是保儀宮中出來的，一定不賣。（生）這怎麽了！

【前腔】（末）鍾王禁本陸故侯，似初出昭丘。被我再三說合，他說必得于闐白玉杯，纔肯打換。趙璧秦城須索剖，爲君家平割鴻溝。（生）這也罷了，只是可惜此杯。（末）他還不肯，倒是裏面小姐差使女出來，說老兄是賞鑒的人，與了他罷。梅香卽溜，早知道十郎名久，纔得就。君應是報之瓊玖。

（生）這等就替我拿了玉杯去罷！

【前腔】先朝賜物非暗投，爲妙楷銀鉤。良玉書中吾自有，況先公遺墨當收。（末）兄爲此交易，所見也不差。（生）專城玉斗，須信是千金難購。輕授受，休誇你舊家田竇。

（末）黃將軍武人，不知賞鑒，倒是他女兒像個識貨的。（生）就是這法帖後面，有幾行題跋，寫得楚楚可愛。這白玉杯一定落他手中。吾想他愛玩此杯呵。

【琥珀貓兒墜】雒川姿首，盞底照明眸。我倒不如這個杯了。舊主持觴嗟瓦缶，新人臨鏡把瓊舟。溫柔。淺酌微醺，遠山眉秀。

（末）我看兄愛惜此杯得緊，何必換與別人？就是宜官閣一池水竹，怎丢掉了，到別處去打抽豐。世情可知，未必得意，不如守舊是個上策。這個交易，回了他罷。

【前腔】一庭花柳，池竹鎖淸幽。次樂兄，你白玉樽空還自守，黃金交盡向誰求？休休。待價沽諸，不脛而走。

（丑）蔡相公的說話，句句正經，還依他的是。（生怒介）誰要你多嘴，還不去！客卿兄，我自見此帖，寢不安席，食不甘味。這杯雖是我極愛的，反覆思之：圖書筆墨，是書生常分；珠玉寶玩，非貧士所宜。況我浪跡江湖，得無以懷璧爲罪。我主意已定，不消再講了。你看這個杯呵。

【尾】俺書生陋室難消受，珍重他碧玉紅窗着意收。（末）次樂兄，你幾時起程？（生）俺明日就去了。（末）也要收拾行李。（生笑介）客卿，我有甚麼行李？止無過一卷黃庭枕敝裘。

遺業淒涼近故都，敢論松竹久荒蕪。
逢君買酒因成醉，一片冰心在玉壺。

【校】

〔一〕材　董本作「才」。

第八齣　僊媒（老旦道服上）

上元小女降宮中，曾占巫山第幾峯。今夜集靈臺上過，月明笙鶴珮環風。自家耿先生，乃王母位下箜篌娘子是也。祇因混元皇帝說南唐國主是他九十八代兒孫，眼見得運去江南，要勸他尋眞海上，命我入爲宮嬪，說以游仙。豈料彼一念牽纏〔一〕，辜負了百般點化。這是天緣無分，王氣將終，也索罷了。只可笑那陳摶老兒，睡裏夢裏，摸着杜嬷嬷兩個兒子，誇他自家眼力。難道香孩兒作殿前檢點時，我就一些不曉得麼？只爲俺們做神仙的，須要冷處着脚，難處下手。這樣順風話，那個不曉得說一句兒？咳！陳圖南，陳圖南，我美甜甜陪着皇帝睡過二十年〔二〕，從不曾折了神仙氣分；你黑嘍嘍在山凹內睡過一千歲，說出來都是勢利話頭。只怕希夷陳先生及不得我比大耿先生了。

【北點絳脣】則爲着仙李根芽，玉眞二八，天公嫁。花髻交叉，紫鳳烟鬟跨。

（小旦上）綠章新弟子，紫袖舊昭容。自家花蘂夫人。與耿先生相期汴梁城外，須索走一遭也。呀！那個不是先生？先生，你從那裏來者？（老旦）俺從玉蘂峯頭會過謝自然，瞬息到此。（小旦）先生既是神仙，在李主宮中，難道也比人世一般相處的麼？（老旦）既做宮眷，夫婦之好，自然是一樣的。（小旦）聞先生曾孕過皇子，娩身之夜，大雷雨失去。先生神通游戲，未必是眞的？（老旦）怎麼不眞！只因唐家運去，招受不起，混元皇帝抱上天去，做天男天女了。夫人，你怎曉得俺的行蹤也？

【混江龍】俺那碧城瀟洒，桃花肌骨撲烟霞。粉丕丕喬裝措大，大剌剌實在宮娃。須不是小蘭香降民間私貪歡耍，莽梁清走天門惹動諠譁，欒道人誇大口騙他媽媽，趙皇后捏假肚產過哇哇〔三〕。俺自有白雲鄉、温柔鄉，鸞嬌鳳姹；芙蓉冠、菖蒲冠，月珮雲珈。玉女漿蒸龍腦尊前歡洽，麻姑掌探鳥爪背上搔爬。絳雪丹鍊姹女丹成不死，黃竹詩和王母詩正而葩。一任你錢婆兒趨奉帝王家，柴皇親冷淡興亡話，止供俺神仙頑耍，婦女嗟呀。

（小旦）今日原約你家小周后、黃保儀及劉家的媚兒〔四〕，與先生把盞，這時候怎不見到來？（丑媚猪上〔五〕）人皆稱鳳凰，我獨喚猪猪。先生、夫人兩位在此，須索施禮者。（相見介）（老旦）我家周后、保儀怎不見來？（丑）周后與李主尋鬧，保儀不好獨自前來。（小旦）這等我們先坐罷。（老旦）有隨身仙樂速奏。（作細樂送酒介）（小旦）你家小周后與李主頻頻抄鬧〔六〕，却是為何？（老旦）說起來可憐人也。

【油葫蘆】他在昭惠宮中恰破瓜，步香堦添話靶。大唐天子阿姨家，汴梁宮班立在夫人下，隴西公苦受他歸來罵。君王私涕淚，兒女口波查，只得牽衣外走裝聾啞，說不出今日怎由咱。

（小旦淚介）（丑）夫人為何下淚？（小旦）我想起摩訶池上光景，一朝至此。先生說起小周后，不禁悽惶起來。（老）〔七〕咳！蜀中有兩花蘂夫人，遭逢亡國，一般可嘆。

【天下樂】你蜀女生來愛浣花，差也不差。閒調牙，兩人兒恰好是花枝亞。做宮詞誰分那，修降表總如咱。我想那花蘂呵，偏遇着風雨兒恣情打。

（丑）臨行的時節，保儀說有一句話，託夫人轉致先生，不知可曾到麽？（小旦）咳！我幾乎忘了。保儀前日相會，說他有個姪女黃展娘，沒個好對頭。聞先生新掌了氤氳大使，主天下婚姻，要先生替他尋個主兒。（老旦）那婚姻大事，天公主意，顛顛倒倒，最難料理的。

【寄生草】繾綣司簽押，鴛鴦牒勘查。呆子弟喬裝着封神詐，乾夫妻苦守那天孫寡，浪短命窣變了崔生卦。不爭你舊宮娃還替着女娘愁，便是俺做神仙也把那媒人怕。

這般干係，惹人埋怨的。夫人回了他罷。（小旦）如今亂世，女人儘數吃虧，全賴先生主持。況保儀再三叮嚀，不可辜負他懇求的意思。（老旦）

【么篇】仙錦拖紅定，瓊漿點肯茶。那保儀呵，他要俺老厖姑撮合上盧郎話，小瓊枝迤逗着淳于要，樊夫人攛掇了雲英嫁。則除是玉鏡臺早上你姑娘，㛹金合先謝俺媒人罷。

（小旦）先生，比如媚姐配劉郎，可是天緣註定的麼？（老旦）

【後庭花】這是大耳兒毛女家，黑臀公玄妻嫁，茂陵郎赤堯雲中下，衛夫人春風射艾豭。抱持着語村沙，忒親熱遍體寒毛乍〔八〕。百和香塡臥榻，黑貂茵突膛花，淸嬉室習水窪，裸游館如長夏。笑無鹽賓帝耙〔九〕。同牢食，並體佳，糟糠妻，誰似他。

（丑）呀！先生恁般欺負人，說話裏句句帶着譏諷，煞是可笑。你看呂雉爲后，飛燕入宮，李鵐兒做了官家，郭雀兒現有天下。難道人小名兒也叫不得一個，被人作笑話的麼？（小旦）先生偶然取笑，媚姐爲何發怒起來？（老旦）我一時閒譚，有何成意？速把酒來痛飲一回。（丑）誰耐煩吃酒！我們劉郎性子可是好惹的？今日氣不過，只得回去教他來理論罷了。（作拂衣去介）（小旦）那媚兒畢竟年紀小，使慣性子，在先生跟前如此撒懆〔一〇〕，別也不別，竟自去了。（老旦大笑介）我家周后、保儀不來，倒遇着這個東西。別人怕劉鋹，我可是怕他的？要唆寸夫來替你出氣，豈不可笑！只是做媒的三句話兒說不完，就惹着閒是非了。

【賺煞尾】俺只待點勘赤繩家，回覆黃姑話。撞門羊未得個水米沾牙，倒逢着石家醋醋迎頭罵，可不道一笑爭差。（小旦）先生不要因他阻興，我們再飲几杯者。（老旦）今日還要赴瑤池小宴，只索去了。（小旦）保儀所囑的，先生早些留意。（老旦）這個曉得。我與他覓箇，碧桃花玉樹蒹葭，織女支機星漢槎，少不得把紅絲牽下。夫人，你見保儀，替我致意。須早擺會親筵席撥琵琶。

龍華會裏日相望，爲報先開白玉堂。
要喚麻姑同一醉，不令仙犬吠劉郎。

【校】

〔一〕一　劉本作「世」。
〔二〕甜甜　董本作「甘甘」。
〔三〕哇哇　劉本作「娃娃」。
〔四〕董本「你家」下有「的」字。
〔五〕劉本「丑」下有「扮」字。
〔六〕抄　董本作「吵」。
〔七〕劉本「老」下有「旦」字。
〔八〕劉本「忒」下有「甚」字。
〔九〕羓　原作「疤」，據劉本改。

〔10〕跟　董本作「眼」。

第九齣　杯影　〔旦貼上〕

〔菩薩蠻〕（旦）謝家池館桐花發，畫屏屈曲翹紅袖。（貼）欲剪鳳凰衫，青蟲搖羽簪。（旦）一枝雙荳蔻，淺立東風瘦。（貼）春思遼于山，眉痕凡幾彎？（旦）裊烟，我自移徐家小閣，疏窗文砌，種種宜人；花藥紛披，房廊窈窕。就是壁間屬詠，石上留題，落筆皆妙楷名篇，聯句亦高人雅士。況且棄產收書，辭家作客，名流行徑，自是不凡。以此思之，徐君風韻定可人也。（貼）前日裊烟瞥見丰姿，無心閒講，倒被小姐絮了幾句。今日移他池館，想見風流；若覩彼才華，清韶蘊藉，當不啻如此。（旦）李主有言：「吹皺一池春水，干卿底事？」他家兒郎，說他怎的？呀！你看匾額上宜官閣三字，是李主御筆。我家有宜官寶鏡，賜第御書，預占先兆了。（貼）小姐，那白玉杯也是他家的。老爺有洪粱美酒，何不取來飲一杯兒！就是粧鏡中，也好添海棠春色。（旦）這個使得，你去取來。（貼下）（旦開匣取杯嘆介）你看蜀錦湖綿，重重襯裹；犀牌鈿匣，事事精工。似這等潤澤光瑩，不知經許多摩挲愛惜。比似我黃展娘呵，碧玉破瓜，瑤英待嫁，肌理空誇白璧，杵臼未搗玄霜。今日將此杯迴環玉手，傾倒瓊漿；幾時得花底傳觴，尊前索笑？好不冷落人也！（貼上）縹青香若下，玉醴泛宜城。小姐，酒在此。老夫人呼喚，裊烟走一回就來。（旦）你自去罷。咳！細雨寒窗，微吟獨酌，正好賞玩此杯也。呀！杯裏却有個影兒。

【南呂過曲】【香遍滿】玉顏斜照，梨花一枝春動搖。怎麼不像我的？仔細端相非奴貌。呀！竟像個男子。幅巾犀導小，輕衫羅帶飄。風風流流，絕好一個標致的模樣。便俺會作喬，也做不出男兒俏。

（作左右看介）莫不是有人窺俺麼？咋！這裏那得人來！

【懶畫眉】俺娘親拘管幾曾饒，便算是畫裏兒郎不許瞧。咳！這個影兒，也隄防不及了。紗窗日上暗梅梢，一點窺人小。却是俺繡出鴛鴦解弄潮。

【梧桐樹犯】教我含嬌向恁嬌，欲惱和誰惱？細抹輕描，別樣閒情稿。他好似一絲紛絮風前裊，難道我八字紅鸞水底撈。或者我眼中曾見這個人麽？相逢那處曾同笑，浪蕩虛囂，驀地空明厮照。

咳！獨處深閨，甚麽人我曾見來？

【浣溪沙】心性嬌，房櫳悄，料這裏斷腸人少。除非是春風夢割巫山曉。他夢也尋常向影裏逃。縈懷抱。似這樣瘦身奇俏魂靈，怎盼到眼底眉梢。

（貼暗上聽介）小姐把盞沉吟，徘徊想像，却是爲何？（旦）你纔去了，我瀉酒杯中，驀見個男兒影子，好生放心不下。（貼）那有此事？待裊烟也瞧一瞧。呀！一些沒有。（旦）如今現在杯中，你却又看他不見，這緣法兒好難猜也！（貼）我們昨夜燒香祝告。要招個好姐夫，一定有些靈應了。

【劉潑帽】香燒，夜立東風禱，伴哥兒弔下雲霄，小姐你心虛唬得拘拘跳，敢怕兒曹，窣地向夫人告。

【秋夜月】（旦）怪賊牢，嗤的胡遮笑。你俏眼逢人瞧得飽，我羞眸有甚閒花鳥。橫枝兒打攪，落來的懊惱。

(貼)我曉得這個人了。

【東甌令】管猜着，那根苗。這杯是徐家的，一定就是十郎的影兒。(旦)難道他是這樣好的？(貼)小姐，入水花枝分外標，(旦)這眼睛也好不過。(貼)箇人最是秋波妙。相見處多風調。丹青畫出軟苗條，半截沈郎腰。

(旦)我往常在鏡兒裏照見我的影呵。

【金蓮子】漫心焦，少不得京兆眉兒有個描。怕春易老，花月暗消。那曉得今日呵，向酒杯中瞥眼，羞見粉郎招。

【尾】裊烟，你看定他，忙收好，只怕巧風吹去不經瞧。(貼)難道教裊烟賠一個不成？小姐，常言道水性人兒會跳槽。

新粧面面下朱樓，秦女窺人不解羞。
料得也應憐宋玉，幾回擡眼又低頭。

第十齣　示耍

(副淨小丑上)(副淨)

【趙皮靴】我是魔合羅，錢眼裏安身糖堆裏過。三媒六證討家婆，怎怕得傍人輕覷我。

我眞大爺。自見黃家小姐，曉夜思量。恰好他移在宜官閣上，與我家後園，止隔得一條魚池。這是天賜姻緣，穩穩到手的了。昨日央曹善才去說親，却又作怪，那小姐照見玉杯裏一個男兒影子，要與他一般的方肯成婚。這是要老公眼睛花罷了，難道玉杯作怪不成？（小丑）大爺前日做勝會，不該只管瞧他，倒被他看出破綻來了。（副淨）怎見得？（小丑）大爺，不是我說。

【大齋郎】你背兒駝〔一〕，眼兒晙，花花面孔落腮鬍。呆頭呆腦人瞧破，頑涎空嘸笑呵呵。

（副淨）狗才，你也來笑我！我想劈面相便瞞人不得，那影兒有甚分別，打扮得相像罷了。如今人做俏的，荷葉巾兩條飄帶，瓜心帽一個玉瓶。難道我裝起來，做不得傻子弟孩兒？（小丑）只怕也該在水裏照一照兒。（副淨）說起照字，我便頭疼。昨日在廚下受水的牛腿缸裏相了半日，只見我面孔鬎鬎灑灑，糊糊塗塗，連邊鬍尋弗出下頦，摳髏眼光露着顴骨，一些頭腦摸不着。（小丑）阿呀！蘇州人說話，大爺的親事，一些影也沒有的了。我聞黃家有面宜官寶鏡，照得人村的俏起來，黑的白起來，和那玉杯都是梟烟掌管。今夜月黑，我們悄悄走過牆去，偷了他的。若遇見梟烟，只道杯裏影兒活現罷了。（副淨）我最怪這丫頭嘴喙罵我，不如先弄他一下，教他開不得口。今夜二更，你在牆口接應，我親身自去。事成重重賞你。計就月中擒玉兔，謀成日裏捉金烏。（同下）（老旦上）樓上簫聲隨鳳吏，臺前鏡影伴仙娥。自家受保儀囑付，替他侄女展娘尋一門親事。前日渡江，看見徐鉉學士之子十郎，將往雒陽。此子風神韶令，眞是可兒。但與展娘雖定婚姻，還分形影。用是假閨閣之玉杯，與軒轅之寶鏡，因其變化，示我神通。投朱李于帶邊，無煩夢寐；遇玉簫于帳裏，不假丹青。假假眞眞，寧云錯認；生生死死，匪曰還魂。是好一番膳那也！鏡神那裏？（末白巾銀甲上）鸞翅巢空月，菱花遍小天。自家鏡神便是。大仙有何分付？（老旦）玉杯已顯神通〔二〕，寶鏡宜成變化。你聽我道來：

【南呂】【一枝花】則你那光搖翡翠釵，繡結芙蓉帶，鳳從臺上出，花向匣中開。蕙質蓮腮，好點出雙眉黛。映蘭房，照玉堦。休教是粉漬塵埋，辜負了人間稔色。

（末）大仙，左隣眞琦，今夜二更三點，到宜官閣上謀取寶鏡，預稟大仙知道。（老旦笑介）這個人兒，煞是可笑也！都是俺差他搬弄，做一場游戲，你也不消問他。只是你做鏡神的，雖具妍媸，須疲屢照。畢竟揀個像意的跟隨着他，如毛嬙、西施，留他不去，宿瘤、嫫母，推之不來，纔顯得神仙手段也！

【梁州第七】沒揣的菱花長蒂，猛可裏荳蔻含胎。儘神通留得威光在。隨明月霓裳仙界，坐蓮花繡佛長齋。迤逗的秀才們低頭納拜，女裙釵眼去眉來。這壁廂見着愛，鸞驚鳳駭；那壁廂躭着害，月値時該。他怎曉得俺們呵，撮合山可是俺不費錢財，定婚店替招着堂前嬌客，則你那老姑娘早下了温嶠粧臺。不用疑猜。昭陽舊物盤螭怪，成就了鴛鴦債。可不道天子重光御筆裁，大笑咍咍。

（下）（副淨、小丑上）不施萬丈深潭計，怎得驪龍頷下珠。（小丑）大爺跳進去。（副淨作跳牆摸介）寶鏡倒在這裏，梟烟臥房不知在何處，且悄悄看來。（內叫，梟烟作應介）（副淨走出，鏡神沖上，副淨驚落水喚介）救人！救人！（小丑扶介）阿呀！大爺跌壞了。（副淨）衣服濕了不妨，只是連那寶鏡都跌在水裏去了，可惜，可惜！羊肉弗吃得，惹子一身臊。（下）（老旦上）這人被俺們耍得彀了。

【尾】他圖個瞞神唬鬼偷營寨，倒做了拽巷邏街大會垓。落得一場惡搶白。則教他後次裏放乖，再休得亂踹。鏡神，他見了你，也不消得這等害怕。只望見自己龐兒先一嚇。三月三日，是李皇爺生辰，東京風俗，在廟裏做市。我帶你賣與徐郎，成就他婚姻便了。

半夜潛身入洞房，小樓前後捉迷藏。
鏡臺飛去青天上，佳兆聯翩遇鳳凰。

【校】

〔一〕駝　原作「佗」，據董本改。

〔二〕神　劉本作「聖」。

第十一齣　廟市（丑扮道人上）

閭閻兒女換，歌舞歲時新。自家李王廟廟祝。常年三月初三日，是李王菩薩生辰。做經紀的，自初一起趕集三日。今日是個正辰，比前兩日倍加熱鬧。呀！遠遠望見一位相公來了。（生上）野廟向江春寂寂，古碑無字草芊芊。到汴梁訪獨孤太僕，聞已留守西京。出得酸棗門，向雒陽前去。半途遇着這廟宇，却也人烟湊集，不知是何人香火。我且下了馬，觀看一番。有個道人在此。老道請了。這是那個的廟？幾時興造的？（丑）相公是南人聲音，俺廟裏菩薩，說道也是南京來的。（生）待我看一看。呀！牌額上寫道「南唐國主李王之廟」。嗄！就是後主，死葬汴梁，遺廟在此。你看野鼠緣朱幔，陰塵蠹畫衣，受用些落木寒鴉〔二〕，看守着殘山廢塔。一代帝王，憔悴至此，好不傷感人也！我且向前一拜。

【中呂過曲】【泣顏回】蘚壁畫南朝，淚盡湘川遺廟。江山餘恨，長空黯淡芳草。呀！這匾上是我父親手筆。臨風悲悼，識興亡斷碣先臣表。咳！我父子受國厚恩，無由答報。（作拭淚介）過夷門梁孝臺空，入西雒陸機年少。

(丑)相公爲何掉下淚來？(生)我的心事，你那裏曉得？我且問你，這許多人在此喧鬧，却是爲何？(丑)東京風俗，三月三做廟市。這是趕集的。(雜扮賣衣服骨董樂器等上)

【千秋歲】赤闌橋，撥轉樊樓道，鏇鍋兒灌肺燒刀。士女游遨，看士女游遨。一謎裏擺的珠犀香藥。蘇州店緬紬號，陜西客看羢料，估價稱元寶。賣甘州枸杞，瑣瑣葡萄。

(列坐介)(丑)相公，這是銀孩兒第一家老鋪，金獅子不二價牙行。過街棚，大賈行商；滴水簷，冷攤雜貨。紅托盤跟着燒香轎子，青涼傘撑着賣酒招頭。香爐脚壓士女門神，供卓前擺湯團炊餅。土地廟裏，無非襪帶汗巾；金剛脚邊，盡是木梳鈕扣。還有使鎗棒，走繩索，講說五代遺文；弄蟲蟻，叫果子，拖逗兩軍百戲。賣卦通靈，再畫着朱砂地謎；春方不效，緊靠那黑髮烏鬚。眞正是東京地面，人山人海，好熱鬧也。(生)這些店面與我都沒相干，有甚麼骨董店麼？(丑)這在市角頭。(生)我們就此步去。偶逢宛雒游春處，閒看商周博古圖。(下)(老旦上)

【前腔】下雲霄，踏遍紅塵道，混蹤跡酒肆茶寮。花市今朝，做花市今朝。百忙裏攤的圖書珍好。自家因展娘姻事，特攜宜官寶鏡來賣與徐郎。趕着東京廟市，在此開個骨董店兒。這早晚徐郎待到也。青槐陌風光好，黃茅店人烟鬧。取次姻緣到。贈裴航玉杵，好會藍橋。(坐介)(雜扮官員金扇便服，衆隨上)

【越恁好】綠楊塵裏，綠楊塵裏，齊楚楚好俊豪。退朝花底散，洒金扇，藤兜轎。牡丹棚走遭，蓮花棚走遭。嬝亭亭女妓兒，吹着洞簫，黃甘甘內官，楞睜睜軍漢兒，欹在樹腰。猜詩

謎，要秀才，人壓園場倒。擠村姑跌也，街上狂笑。（下）

（生上）客路宜三月，閒游到夕陽。你看不多會兒，鋪子漸漸收了。

【前腔】踏青歸去，踏青歸去，矻登登駿馬驕。日斜街鼓急，瓦子鋪，收場早。封丘門路遙，陳橋門路遙。看各刺刺車隊兒，推過畫橋，還有一店在此。軟設設布帘，冷淸淸舊店兒，還在市梢。這就是骨董店了。銅釵子，棗木梳，帶却菱花照。這鏡兒賣也，要價多少？

（老旦）這是寶鏡，不比尋常。相公是有緣的，論不得價，竟相送便了。（衆）天色已晚，我們大家收了鋪面回去罷。

【紅繡鞋】急留骨碌心焦，心焦。乞丟磕搭空勞，空勞。滑七擦走荒郊，滴溜撲趕今朝，乾廝哄沒成交。（同下）

（生弔場）衆人都去了，那廟兒依舊靜悄悄的。（哭介）咳，我那後主呵！

【尾】春花秋月何時了？依舊空山鎖寂寥。我只得拜辭去也，一鞭落照，瘦馬西風趲陽道。

寢廟徒悲劍與冠，茅花櫪葉蓋神壇。
紫玉玉鏡蟾蜍字，石馬無聲蔓草寒。

【校】

【一】落木　劉本作「淺水」。

第十二齣　誤謁（雜扮中軍從人隨淨上）（淨）

【中呂引】【遶紅樓】畫戟朱旛出未央，牙門啓、嵩少蒼茫。細柳微風，綠槐殘雨，笳吹擁油幢。

玉節領司州，金貂鎭上游。西京新使相，東雒古諸侯。獨孤榮，字華仲，秦州人也。先世仕宦毘陵，因家白下。遭遇徐鉉學士知舉，忝中開寶五年進士。只因唐亡，未經授官。後來學士入朝，薦爲三班借職。歷叨要任，新陞節度，留守雒陽。每念徐氏後人，欲加尋訪。仔細想來，如今做官的，只要奉承當塗津要，那裏顧得舊日恩知。這個念頭，也索罷了。還有一件，下官雖居重鎭，未入中書，畢竟要尋個題目，通些線索，獻些殷勤，纔好做內召的張本。聞得朝廷命王著搜集古今法書，倒是個絕好的機會。我想雒陽好古的人家最多，何不尋些晉、唐墨蹟，做一本獻上。一者見留意詞章，二者明有心進奉。雖然與做官絕沒要緊，揣摩去倒有幾分。少待尋個心腹人，與他商議便了。俺今日身子困倦，左右的！有相知貴客，後堂相見；此外一概都回去罷。（雜應介）（生上）阮籍多窮路，嵇康有故人。初到雒陽，聞得留守司衙門在此，不免進謁。（作揖中軍介）小生是獨孤老爺同鄉至親，要求相見。（中軍）老爺不會客，除非極相知的，纔好通報。（生）小生是你老爺座師的兒子，若論相知，倒也算得個兒。（中軍）既然如此，相公請坐。待報過名帖，然後相請。（稟介）稟老爺，有個金陵秀才，說是老爺座師的兒子，要求相見。（淨）取名帖看。（送帖介）（淨）「通家晚弟徐適」。我方纔說起徐老爺，難道還秀才就是他的兒子？也罷，請他進來。（生進見介）老先生請上，小生有一拜。（拜介）楚樹嵩雲萬里餘，（淨拜介）故人莫恨久無書。（生）掃門幸賜公餘暇，（淨）傾蓋欣逢游子車。（淨）看坐。（生）還該侍側。（淨）不消謙遜了。一向意興何如？（生）自家君亡後，蕭條貧落，困頓無聊，不能細述，仰瀆台聽。（淨）老師舊家盛族，遺產必多，難道就不能守麽？

【中呂過曲】【駐馬聽】家世膏粱，兄弟朱輪笏滿床。須是田連湖熟，冶占梅根，筩夾清漳。徐公寶劍好收藏，景山酒具供吟賞。宛雒風霜，兀的穿州撞府，做個茂陵郎。（生）

【前腔】聽說行藏，松菊荒蕪學士莊。那有千頭橘柚，十具耕牛，八百枯桑。負薪徒使路人傷，束芻誰會先君葬？旅況淒涼，爲吾作計全賴丈人行。

（丑）老爺，聽蕉叩頭。

【前腔】從主他鄉，結柳奴星爲客忙。（淨）你老爺有許多家人，難道只存你一個？（丑）如今都散去了。老爺，怎麽有平頭搖扇，白直當關，厮走擎箱。只有小人呵，獠奴阿段負游囊，楊家便了行沽釀。（淨）你身上也繿縷得緊。（丑）貌赤鬚黃，全仗爺們看管，買件舊衣裳。

（淨）別樣不消說了。尊公愛玩的翰墨，畢竟還存幾件麽（一）？（生）家君所藏，盡都散失。倒是晚弟近日置得些晉、唐眞蹟。（淨）今日該留兄小飯，偶有公事，後日奉邀。叫中軍，你隨徐相公到寓中取法帖來，我立刻就要看的。（中軍應介）（生）就此告別。（生下）（淨笑介）我正要晉、唐眞蹟，白白裏送上門來，甚是湊巧。若果然看得過，把稽小分上打發他起身便了。

雖言千騎上頭居，欲報瓊瑤媿不如。
誰引相公開口笑，故交惟有袖中書。

【校】

〔一〕存　董本作「有」。

第十三齣　決婿

（雜扮太監引小生上）（小生）

【中呂引】【金菊對芙蓉】昨夜東風，穿花玉漏，銀河影轉梧桐。記西宮陳事，笑問昭容。攝山戚里曾游幸，同懽讌、遶膝兒童。戲語而兄，嫁卿阿琰，十五年中。

往事傷青蓋，新年紀赤烏。湘神憐少女，許嫁問蒼梧。孤家南唐後主陰魂是也。夙世謬稱詞客，前身誤作人王。南國風流，北邙蕭瑟。不如速朽，自媿有知。所幸上帝見憐，命俺廟食茲土。仍同嬪御，略備威儀。昨過西宮見保儀，說起黃將軍女兒親事。記得攝山游幸，曾有此言。咳！今日事勢已殊，不消重問了。據保儀說，曾託耿先生替他擇婿。今日備宴宮中，待他回話。內使們！宣保儀上殿。（小旦上）

【滿庭芳前】綠蟻杯濃，青鸞鏡好，平恩嬌女芳容。東華築館，喜氣近椒風。

妾身保儀黃氏。皇爺宣喚，不免進見。（拜介）臣妾黃氏見駕。（小生）耿先生怎不見來？（小旦）想就到了。（老旦上）

【滿庭芳後】天上交鸞伴侶，問東君應許乘龍。紅雲擁，嵩丘嫁女，高會丈人峯。

（見介）陛下、保儀，稽首了。（小生）保儀姪兒親事，不知先生曾得其人否？（老旦）貧道已得個絕好兒郎〔一〕，特來復命。（小旦）是何等樣人？（老旦）是個讀書秀才，與唐家有些瓜葛的。（小生）這樣是南京人了。他姓甚麼？（老旦）陛下試猜一猜。（小生）待我想來。

【南呂過曲】【紅衲襖】莫不是俊周郎戚里宗？莫不是　楊王孫支附種？莫不是　齊丘後裔東牆

宋？莫不是 延巳家兒大小馮？（老旦）都不是。（小生）莫不是 丹陽丞萬石鍾？莫不是 盧陵侯千里董？（老旦）一發差了。（小生）敢則是門第清華，揀個天壤王郎也，年少烏衣問阿戎？

（老旦）實對陛下說，他姓徐，就是學士鉉之子，喚名徐適。（小生）嗄！是徐鉉的兒子。我想起十五年前，在你家置酒，抱展娘膝上，戲語替他擇婚〔三〕。那時學士也在坐中，曾作詩紀事。若是他兒子，可見天緣有定了。（老旦）他相貌人才，種種第一，眞是可愛。（小旦）先生所見，定然不差。只是怎生撮合起來？（老旦）這個不消費心，都在我身上。

【前腔】少不得七香車桃李穠，少不得百子鈴絲蘿共，少不得 禁婚家絳帖門楣重，少不得 冶遊郎青絲行步工，少不得選金屛步障通，少不得 搶絲鞭笙歌動。你看 配合嬋娟，只費 一口甜茶也，逗得個宋玉全身燭影紅。

（小生）做親的所在，就在這裏罷。（小旦）阿呀！這是幽冥地界，生人怎結得花燭？（老旦）你不要管，還你佳兒佳婦，都在眼前罷了。（小生）他是仙人，神通變化，你我怎測度得來？（小旦）待我想一想。

【前腔】莫不是 白龍膏廣利宮？莫不是 碧桃花天台洞？莫不是 趙王佗義女賠錢送？莫不是 秦穆公重招沈侍中？莫不是 舊少府識盧充？莫不是 老夫差輕韓重？俺索是 兒女關心，守着 一搦香娃也，須尋個 天上麒麟配阿儂。

（老旦）所料也不甚差。只是此番作合，古古怪怪，在幾件寶玩上，做出個天大的姻緣來。（小旦）是甚麼東西？（老旦）前日宮中曾有于闐玉杯、宜官寶鏡。（小生）玉杯賜與徐學士，寶鏡投與黃將軍了。不過兩件骨董，怎生撮合起來？

（老旦）貧道自有作用。

【前腔】也只爲李重光做婦翁，惹得個鏡新磨能搬弄。那一個茂陵玉椀親齋送，這一個逸少蘭亭坦腹同。比似俺琉璃瓶琥珀濃，好像你霓裳曲箜篌夢。兩下裏錦瑟華年，做個鵲影塡河也，不枉了一曲琵琶思不窮。

（小生）只有一件，劉鋹這廝，爲先生輕薄了媚豬，終日思量尋鬧〔三〕。萬一新人吉禮，他提兵搶奪，爲之奈何？（老旦）陛下將士雖多，必得個生人統率，纔好立功。徐郎英銳少年，用之爲將，劉鋹一戰可擒矣。（小生）說得有理。（合）

【古輪臺】漫臨戎。玉魚信節紫鸞封，蘭陵陣樂吹簫弄。桓溫處仲，不比槐宮，贅婿淳于驕縱。烽火瑤臺，空慚將種，虎頭燕頷粉侯容。三軍奮勇，看玉郎意氣如虹。角聲懽動，虎帳分弓，鵲橋承寵，高宴未央宮。凌烟夢，玉人共枕翠幃中。

（小生）咳！我國破家亡，便是一坏殘土〔四〕，也不能保。當年若得這個女壻，祖宗舊業不至塗地了。（合）

【前腔】英雄。愛婿親自搶頭功，重整頓千里江東。豐碑一統，紀績書勳，不數人間南董。敢死三千，凶門鑿孔，驪丘石馬汗趨風。高冠劍竦，任敵軍九地相攻。横尸何恐，長陵坏土〔五〕，南山不動，地振景陽鐘。祁連塚，萬年玉匣一丸封。

（老旦）貧道告辭了。（小生）

【餘文】仙緣就，樂事融。待得個天孫雁捧，眼見那紫鳳銜花出禁中。

王孫帝女下仙臺，只爲衡門未有媒。

戚里舊知何駙馬，青銅鏡裏一枝開。

【校】

〔一〕已　董本作「揀」。

〔二〕擇　劉本作「主」。

〔三〕尋　劉本作「一」。

〔四〕、〔五〕坏　劉本作「抔」。

第十四齣　鏡影（生上）

【仙呂引】【鵲橋仙】單衣試酒，客心瀟灑，浪子隨何陸賈。天合何處賺胡麻？一笑風流調法。

小生自到雒陽，旅困無聊，閒步清明陌上，見那素素紅紅，少不得尋尋覓覓。客裏風光，酒徒蕭索，歸來納悶，惹得春愁。只有晉、唐法帖，是我時常愛玩的，被獨孤華仲借去上卷，恐怕他又來借看，匣藏下卷，不便臨摹。寓中無可消遣，有李王廟前買得鏡子在此。那賣鏡老嫗說相公是有緣的。我孤身落寞，所遭不偶，難道鏡子上倒有甚麽緣法起來？（取鏡在手介）你看：碧玉玲瓏匣，黄金宛轉繩。不消說是宮禁中流傳出來的。爲甚拂拂有些香氣，多應是女娘愛玩，留些粉澤脂香。徐次樂孤身得此，好不僥倖也。（驚介）呀！鏡裏絶好一個女子，難道我眼花不成？

【南呂過曲】【太師引】猛嗟呀，這是誰撇下，豔非常生香俊娃。看淡掃蛾眉如畫，冷惺忪月在梨花。儘舉措衣裳閑雅，出落的春風無價。朱扉亞、鶯聲絳紗，亂分春色到儂家。

這個面龐，我眼裏似曾見來。（想介）記得前日在郊外呵，

【瑣窗寒】垂楊巷陌藏鴉，趁鞭梢白鼻騧。美婦人便撞着了幾個，那裏有這樣標致的。雙鬟佇立，粉垣人家，倡條冶葉，鈿車羅帕，誰曾見箇人嬌姹？你看這般丰神舉止，不要說花街柳巷沒有，就是尋常閨秀，急切裏尋不出這個人來。多應生長好官衙，爲甚來此行踏？

小姐，你既是官宦人家，住的是深宅大院，我徐次樂正眼也不敢瞧一瞧兒。如今在鏡子裏，憑俺飽看，畢竟是天緣注定的了。

【黃鍾過曲】【三段子】你妙年未嫁，逗香閨瞇䁯認咱；俺倦客看花，遇天仙疏狂自誇。虧你三寸金蓮走將來，難道不害怕？脚兒怎挪愁他嚇，爲甚你又怕羞起來？臉兒半掩知他詐。小姐還該下來，那鏡子裏站着，好不冷也！只怕凍徹香魂，須不當耍。

咳！我又癡了，這影是假的，怎生認眞起來？仔細一想，却又算不得假。大凡人心所好，形神夢想，與之俱移。就如我換去的玉杯，止因平生愛玩，近來出神閑想，恍恍忽忽，如在杯裏。那鏡子一定是這小姐心上極愛的，流落在我手中，他心頭牽掛，逗出個影兒。雖是假，也要算是眞的了。

【南呂過曲】【東甌令】眞和假，不爭差。稔色人兒手內拏，嬌香細骨春堪把。我徐次樂是江南有名才子，做得過女婿的。小姐，你便把我抱一抱兒。說不得饒伊罷，羞雲怯雨臉烘霞，管採牡丹芽。

呀！我便在此嬉笑，細看他面上爲何有些病容？畢竟鏡子作怪，他失魄丢魂，在家裏害些症候，爹娘定然求神問卜，埋怨着誰哩。

【三換頭】芳年二八，有爹娘牽掛。嬌癡似醉，怕傷春病加。却也休怪他，這其間也不合悮着他。春風破瓜。瞧着個人兒也，俏魂靈立化。碧水蒹葭，夢斷游絲顫落花。咳！我孤身落魄在雒陽道上，那個人兒瞧我？

【仙呂過曲】【解三酲】俺本是彈琴司馬，怎及得寄鏡秦嘉。芸窗十年書生寡〔一〕，辜負了雒陽花。也有人說一兩樁親事。幾迴邂逅閒嗑牙，奈百歲姻緣一線差。如今好了，有了這位小娘子了。風流話，非關浪酒，不費閒茶。

說了一會，鏡裏並無半句言語。嗄！我曉得了。他是幽閒女子，還待央媒說合，纔肯成婚。只是你一到家中，知道是甚樣門楣，爹娘便要拿班做勢，須是害死了小生也。

【南呂過曲】【三學士】燕子樓頭鎖麗華，等閒不近諠譁。那時我要見你一面，有心擲眼梅香罵；便是你思量我，無事顰眉阿母查。何如乘此清風朗月，今夜成其好事。悄地定婚花月下，美夫妻一世誇。

呀！你看眼兒活動，脚步兒有些挪移，像個要下來的了，我好喜也！

【節節高】輕裾踏雁沙，玉無瑕。腰肢冉冉荼蘼架。驚人詫，絶代佳，良緣乍。背人不說些兒話，休教變了相思卦。假饒飛去海天涯，碧鸞有分須同跨。只是旅館中人多眼雜，萬一小姐下來，不當穩便。不如早些別了華仲回去。就是四海空囊，拾着一個美人，也算不折本了。

【尾】待消停，風聲大，明朝收拾早回家。准備着碧柳橋邊一輛車。

蟬翼羅衣白玉人，長安才子看須頻。
欲知此地相思夢，半爲當時賦雒神。

【校】

〔一〕年　劉本作「載」。

第十五齣　思鏡（貼上）

【商調引】【風馬兒】一搭行眼最老成。閒消遣，緊叮嚀。茶湯應口忙支應。春來一病，盡道俺知情。

珍簟涼如水，綺窗人似花。我小姐只因被人偷去寶鏡，曉夜思量，氣咽聲絲，淹淹病倒。老夫人十指上止養着這個女兒，着忙不過，倒把個擔子推在我身上。他是孩子家性兒，怎生勸得轉？他也說得好：看見杯兒，別人的樣子倒在眼前；提起鏡來，自己的魂靈不知何處。沒顛沒倒，如醉如癡，非痛非疼，不茶不飯。一會兒精細，也能使着身軀；忽地裏沉迷，便是軟癱一朵。差不多十分沉重了。老爺今日親要來看，我且扶他出來坐一坐兒〔一〕。（內叫梟烟，貼應介）呀！醒了。（旦上）

【前腔】幾葉秋聲和雁聲。屏山掩，月朧明。無端照出心頭病。淒淒耿耿，燈火向人青。梟烟，這是甚麼所在？（貼）是小姐的臥房。（旦）阿呀！我虛飄飄一個身子，不知怎麼，正像在鏡子裏一般。

【商調過曲】【二郎神】重簾靜，漫淹煎似春酲未醒。見等翠分紅身外影，無端對面，依稀聲笑逢迎。（貼）呀！這樣，小姐眼裏邊見什麼人了？（旦）我也記不得那個。我夢遶游絲難記省，知道他誰家薄倖。一枕暗魂驚，不耐煩聽人喚作卿卿。

（貼）小姐，這是那裏說起？

【前腔】（換頭）消停。空花水月，無人折證。我想起來，人還是笨的好。譬如梟烟，黑漆漆過日子，倒着頭便睡，儘是快活。小姐，你千伶百俐，游思妄想，只管生出事來。你所事聰明人物整，隨心慣性，閒拖逗貪耍成眞。倒教我一度看花一度驚，沒亂煞生情見景。（旦）難道我要看見他不成？（貼）還說不惺惺，兩下兒牽來有影無形。

（旦惱介）據你說，我前日玉杯裏的影，都是掉謊了〔二〕。（貼）不是梟烟多嘴，奉老夫人嚴命，叫我百端開釋。小姐，你今日疑惑玉杯，明日思量寶鏡，教他老年人怎放得下？（旦）老夫人曉得我的病，想是有些憂煩了。（貼）怎說憂煩兩字，他曉夜淚眼不曾乾哩。（旦泣〔三〕）咳！我娘還望我有好的日子。我怕驚壞了他，不敢告訴。梟烟，實對你說，我身子十分不濟了。（貼）小姐說那裏話來？（旦）我日裏還是眼中看見，晚頭竟隨着一道光走，悠悠颺颺，不知到那裏去，直待雞鳴時候纔收得轉來。這是甚麽光景，不消說是不好的了。

【囀林鶯】輕烟裊曳雲母屛，露幌搖徹多丁。睡情一片秋光冷，病梢兒貼定寒更。向梧桐甃井，照見我離魂孤逞。冷淸淸，緊撇轉銀河澹月疏星。

(貼)小姐你放心，這是虛脫出神的光景。裊烟伏侍得久，曉得詳細。小姐如花似玉，行一步，別人的眼睛也亮一亮兒；何況心坎玲瓏，虛空想像，自然現出這個境界來。難道鏡子眞會攝你的魂兒不成？

【前腔】京江秀滑人嫋婷，妙手誰數丹青。雙眸剪水紅粧靚，步凌波十里柔情。正花愁月暝，占斷了生香荀令。笑盈盈，夢醒處一天玉露初零。

(旦)裊烟，我說話半日，心上不耐煩，困倦起來。(貼)我到老夫人那裏看看就來，小姐且安心睡一覺兒。(旦睡介)(貼下)(末同侍衛上)銀纏辟惡呪，翠結定婚符。俺鏡神，奉耿先生律令，攝黃展娘魂兒與徐次樂成親，不免走遭。

【黃鶯兒】銅雀舊知名，掩塵埃，恨未平。紫綿重拂盤螭整。黃展娘，今日我揀個好對頭與你也彀了。憐卿可憎，因他至誠，相宜好醜端詳定。結深盟，蓮花紐鎖，綰定合歡繩。

(雜)稟尊神，鬪有劉鋹擋路，怎生是好？(末搖首介)他怎搶奪別人的婚姻也！

【前腔】七寶鏡臺成，付温郎，在北征。你劉郎舊物他人聘。(雜)他另有一個鏡兒麽？(末)儘有哩。紅雲宴迎，烏銅殿屛，玄妻可鑒光相映。覷方明，流香秘戲，天老敎圖經。

展娘，展娘！隨吾神去也。(假旦隨下)(貼急上介)天有不測風雲，人有旦夕禍福。小姐，小姐！(旦不應介)(貼驚介)呀！方纔好端端的，爲甚沉重起來？老爺，老夫人，快些來看小姐！(外、老旦急上)(老旦)綠窗弱息三分病，(外)堂上雙親一片愁。裊烟，小姐病體如何？（貼）小姐一會兒沉迷起來，再三叫喚不醒。（老旦驚淚介）（外同叫介）展娘我兒！（外、老旦合）

【簇御林】爹年老，母病增。掌中珠，心上疼。一絲氣是全家命。（旦作醒介）（老旦）好了！（外搖首介）看他 軟答刺，言胡啞，眼瞢騰。頭梢不起，折倒玉娉婷。

夫人，你前日說女兒照見玉杯裏面有甚麼影兒，難道是他作怪不成？（老旦）我勸你早些禳解，你只是不信，害了我女兒也！（貼）老爺，小姐只爲失了鏡子，終日思想，所以生起病來。（外）阿呀，兒！一發不消得了。那鏡呵，

【前腔】長生鑑，神壽銘〔四〕。辟邪符，魑魅驚。便女娘照膽多清正。兒，你但好起來，須像遺鏡子，花並蒂，鸞交頸，鳳和鳴。粧臺插戴，好揀舊家聲。（外、老旦）

【尾】我兒，你玉杯看罷渾癡睜，又撇下宜官寶鏡。這是身外之物，沒要緊的。須把我 老業雙親心上省。

鏡弄佳人紅粉春，陽臺去作不歸雲。
白頭老淚惟兒女，乞取刀圭救病身。

【校】

〔一〕兒　原作「見」，據董本、劉本改。

〔三〕掉　原作「棹」，據董本、劉本改。

〔三〕「泣」下，董本、劉本均有「介」字。

〔四〕神　劉本作「仁」。

第十六齣　驢怒（淨上）

【北端正好】夜郎城，邛都水。魂游處剩甲殘旗。五溪舊俗仍稱鬼，不改人王貴。

自家南漢主劉鋹陰魂是也。性同蛟蜃，生類虺蛇。謬因鼇令之尊，得忝沙蟲之長。獻來僚婢，名喚媚兒，宮中謂之崑崙，朕特憐其豐腴。北郭尚有雕青天子，南風豈無短黑宮妃。但能肆我聚猳，何必嫌咱逐臭？可笑李煜這廝，自己抱着阿姨睡罷了，却遣耿先生來嘲笑俺們。近日打聽得有個黃展娘，是他外戚之女，早晚成婚，要從這裏經過。不免操練軍馬，去搶他來受用。（笑介）我想他說我妃子是黑的，如今我搶你女兒，倒是黃的。只是俺赤帝子腌臢些，怕配不上顏色哩。（雜）稟王爺，娘娘到。（女兵擁丑上）（丑）〔一〕

【幺篇】大狠王，長蛇婿。風流陣戰勝而肥。過師枕席非容易，升降軒轅勢。

黑山女將張飛燕，繡甲陰兵石野猪。自家媚兒。俺劉王在將臺上，須索施禮者。（見介）大王，你鐵纏稍雖號驍雄，經俺連環鎖子甲，不免落塹。聞得江東婦女，都是長山蛇陣勢，你一條懶龍，怎生對付得來？（淨）如今女子兵，像妃子的絕少。俺偶然退縮，還圖再舉，未肯伏輸。何況他人，盡非吾敵。若使妃子將水軍，俺將騎兵，天下不足定也！叫大小三軍，擺陣勢與娘娘看。（雜應介）（淨）

【南普天樂】日南軍，扶留騎，壓禺山，連瀧水。蒼梧卒、蒼梧卒蟒目蛟眉，伏波營兕甲犀皮。

(合)呀！看三軍進退，秋風散馬蹄。伐鼓摐金來往〔三〕，來往吶喊搖旗。

【北朝天子】召青氏白氏，結生黎熟黎。遣山魈獨脚穿營壘，沙蝨水弩，布山顛水湄。毒天下，民從易。脯蚺蛇幾圍，享蠻軍千隊。緊追緊追緊緊追，出零陵平吞吳會。賨民勇，峒刀利。賨民勇，峒刀利。

陣勢如何？（丑）也儘看得，只怕還當俺不過哩。（淨笑介）如今你也演個陣兒。（女兵稟介）衆女兵候娘娘教演。（丑衆排陣介）（丑）

【南普天樂】娘子軍，夫人壘，女蚩尤，兵鋒銳。狠牙纛、狠牙纛緊簇明妃，搭銀鎗對對宮姬。

(合)呀！聽角聲遠沸，花腔鼓細擂。隱映臙脂馬上，馬上雙颭紅旗。

【北朝天子】按圖經握奇，擺長營合圍。笑蕭娘呂姥裝風勢，高涼舊地，布威風九溪。鳳靴兜，銀鞍韉。襯金盔粉題，趁雕弓玉臂。整齊整齊整整齊，壯軍容三門五壘，領征南，烟花隊。

（淨）果然擺得好陣勢。（丑）妾尚有秘傳陣法，不可洩漏，與大王宮中私演何如？（淨）叫大小三軍，擺隊回宮。

黃沙磧裏本無春，錦繖夫人娘子軍。
曉日靚粧千騎女，桃花馬上石榴裙。

【校】

〔一〕劉本無「丑」字。

〔二〕摐　原作「縱」，據劉本改。

第十七齣　影現（旦上）

〔南歌子〕銀漢紅牆隔，珠樓翠箔空。柳絲無力怯東風，吹去一床殘夢，月明中。奴家着淋鬼病，死沒騰那，懶設設扶起頭梢，虛飄飄不知脚步。猛可裏添些害怕，落來的一會淒涼。這是甚麼所在？連鳧烟也不見跟來。

【越調過曲】【小桃紅】濕雲乍斂未梳蟬，搭伏着闌干喘也，睡眼迷離，那處俄延。秋水碧于天。依稀的好亭軒，小屛山，滿陳編。宣州硯也，側置小帖宜官，是儂家舊題籤。（作取不着介）呀！明明是我家晉、唐小楷下卷，爲何取他不着？待把燈頭剔亮了再看。（剔不去介）却又作怪，那燈花剔他不去。像眼前有一層輕綃薄幔，件件明亮，件件是遮住的。便是寶鴨香烟，吹到我身邊，倒做了濇雲重霧，把袖兒篩去，一些兒不上來。難道我父親將此帖換了玉杯，便是與俺沒分的了？幸得玉杯還帶在此，且取出來一看。（背看杯介）（生上）黑貂游子困，青鏡麗人愁。俺徐次樂作客睢陽，了無意興。昨晚朋友約去飲酒，不曾收拾得鏡子，把俺美人也冷落一夜了。（作驚介）呀！我從不曾見他後影，今日爲何背立在此？腰肢體度，更是翩躚；只是懶髻愁鬟，不施裝束。美人，美人，你有甚憔悴來？

【前腔】寶釵半欲卸香肩，怕瘦損嬌姿倦也，（旦）這裏有人聲。（作回見生介）（生）忽地回頭，笑的輕匀。花倍舊時妍。他生來正韶年，乍相看，得人憐。將淸寧勸也，彷彿舊玉藍田。是何因，恰良緣。

呀！美人手裏擎着一隻玉杯，竟像是我的。嗄，前日蔡客卿將去換黃將軍家法帖，原說他有個女兒，難道美人竟是黃家小姐不成？近來蘇州淸客說，男子漢都不在行，倒虧幾個大家宅眷，儘有眼力，肯出價錢。只看我的玉杯，包猜玉情，一發熟脫了，這是眞正收藏家。只是果然是他，那帖後有小姐的題跋，我且翻出來，他自家的筆跡，一定認得的。

(作念介)黃展娘題。(旦驚介)他那裏曉得我小名兒？

【下山虎】秀才纔半面，小字誰傳？嗄！就是我題在帖後的了。記得題黃絹，粉痕尚鮮。這生竟像我玉杯裏的影兒。拖逗的衞玠全身，右軍一卷。看几上瓶花映翠鈿，屏山幾曲展。我待要捻花枝打少年，爲何花也攀不下，無計將花撚。丹青儼然，難道是隔水游人書畫船。

(生)美人一雙俊眼，不住在法帖上，一定是他的了。只是玉杯是我舊物，也該與我喫一杯兒，爲何不言不語？

【前腔】女孩兒腼腆，執盞花前。穩把相思嚥，背人笑嫣。動情處眼色相鈎，臉紅欲斷。小姐，你不肯言語，有素琴一張，可試一彈。(取琴介)待謝女停杯拂紫絃，纖纖愁太軟，還不如寫春心託膩箋。

(取筆介)這帖是小姐的題跋，再題幾行兒。生小親柔翰，標題宛然，難道是鸚鵡前頭不敢言。

(旦)我在此有許多言語，他全然不省。我往日嫌玉杯裏的影不會講話，難道我站在此，竟是個影兒？偏是他的影遇着我，我的影也遇着他，天下有這樣湊巧的事麽？

【山麻稭〔二〕】紅絲一線，爲弄玉銜盃，瑣窗人怨。閤外寒山，乍香夢飛懸。風便，絳河波動，流出桃花春片。那生，與你個影兒看看，也索彀了。你躲在杯兒裏，也是個不會說話的。蛾眉難畫，瓊漿未飲，知怨誰邊？

（生）那法帖不消題起了。鏡子是那一個的？小姐的影却在裏頭。難道我的玉杯在他處，他的寶鏡又在我處，天下有這樣湊巧的事麽？

【前腔】堪羡，看玉燕嬋娟，銀鸞活現，雒浦凌波，映出水輕蓮。冰泮，玉杯寒少，金屋夜情懽讌。太眞未聘，樂昌莫剖，花裏逢仙。

（丑上）離家僮僕苦，作客主人癡。我相公千山萬水，到這裏打秋風，也該央地方人說合，去衙門中打聽，纔有些事體。你看隔壁眞公子寓中，好不熱鬧。偏生關了門，今日叫美人，明日喚小姐，莫非失心風了？聽得外邊說，留守老爺今日要到長街上拜客。我想這街上無過是俺兩家，也要打點伺候。呀！節導響了。（急走介）相公還在此做甚麽？獨孤老爺來拜了！（作收拾介，且驚下）（生）誰要你着忙？（丑）這時節不收拾，來時在那裏坐？（生）取公服來！（丑）我收拾茶去。（又上）相公，獨孤老爺拜了眞大爺遝去了。（生怒介）都是你這狗才！我好端端坐地，待他來不來罷了。誰要你稟？（丑）阿呀！相公你便有坐性。像俺小人們，只指望留守老爺到一到門，就生些光彩，打合幾件分上回去。誰想他是過門不入的。（生怒踢介）還要多嘴！（丑下生嘆介）眞古董父親現任，就去拜訪；我飛不得張單帖兒。世情可恨，也索由他。只是今日鏡裏的小姐，差不多說出話來，被聽蕉一聲驚散，好不懊惱。

【尾】俺臨邛作客相如賤，還喜得當壚人面。美人，美人，你須不是勢利眼睛，看不上徐次樂的。則把俺疾病文園時常覷一眼。

背插金釵笑向人，斂眸微盻不勝春（二）。

皆言賤妾紅顏好，曾爲無雙今兩身。

【校】

〔二〕稽　原作「楷」，據劉本改。

〔三〕盻　劉本作「盼」。

第十八齣　見姑（老旦上）

【南呂引】【驀山溪】雲輕踏蹉，月就天邊墮。玉女綵鸞歸，石上花飛碧唾。（旦上）東風無力，悶倚小桃柯。偷眸，有個人兒可，好夢春無那。

（老旦）自家熱心腸，替黃展娘尋一門親事，引他影兒與徐郎廝認，四目相覷，調得火熱。只是鏡裏夫妻，可是摟得着、睡得穩的麽？除非見了他姑娘，把那生也從容引入，好費俺許多周折，纔成就你一段姻緣也。（旦）婆婆，你等得俺好苦。（老旦）小孩子家，虧你自己相着一個風流少年，還說苦麽？（旦作羞介）是遇着一個兒。只是他許多說話，十句裏我也一兩句應，他却像一字不曾聽得的，教我冷清清獨自站立，好不苦哩。（老旦）這件事，你我都做不得主。你有姑娘在那裏，快去見他。（旦）我家姑娘久不往來，如何便去？（老旦）自己骨肉，這也不妨。（同下）（雜隨從小旦上）（小旦）玉臺秋管怨，銀海夜燈青。一別家鄉，遂踰一紀。今日聞耿先生領姪女到宮。我想雁書久斷，蝶夢無憑，未知果然得見否也？（雜報介）耿先生、黃展娘宮門祗候。（小旦喜介）請進來。（老旦）稽首。展娘拜見了姑娘。（小旦）先生，我好喜也！

【正宮過曲】【白練序】秋宮冷守，斷粉零膏翡翠窩。驀忽地小鳳啄花飛過。（老旦）好容易將你女兒到這裏。嬌娥細馬馱，一撚香鬟燕尾拖。畢竟金陵粧束好。（小旦）我別時，還是一丢丢小孩子哩。兒安坐。相拋幾日，這般長大。

（旦作驚疑退立介）（老旦笑介）這是姑娘家裏，爲甚害羞起來？

【醉太平】偷睃。他紅羞翠躲，被游絲約住，沒處騰那。（小旦）年紀還小哩。（老旦）他芳年尚小，閒窗風月消磨。鏡子裏却有人看見了。如何，菱花對影暈雙蛾，早撞個秀才瞧破。（小旦）這是天緣注定的。（老旦）三生因果，管教秦樓弄玉，烏鵲塡河。

（小旦）你父親是我的哥哥，母親是嫂嫂，難道不認得我麽？（旦作醒悟介）孩兒曉得了。俺爹娘長思想姑娘哩。（小旦淚介）

【白練序】（換頭）哥哥。索念我，昭陽綺羅，淒涼煞望鄉臺亂山殘火。你父親家計何如？（旦）門庭也蕭索得緊。（小旦）他銅駝舊恨多〔一〕，怕做入女宮中老伏波。如今賀，仙郎花燭，畫眉靑瑣。

（老旦）若不是夫人做主，這門親事，他老人家急切裏尋不出哩。

【醉太平】（換頭）蹉跎，雕房繡閣，把碧桃花朶，冷落山阿。（小旦）耿先生說你讀書識字，不墮我舊日家風哩。（旦）孩兒會把姑娘法帖臨一番來。（老旦）便春來消遣，也不過舊碑孝女曹娥，臨摹。綠窗倦繡晝閒哦，須索你姑娘酬和。（小旦）待我將歌舞也教會了他。（老旦）女兒功課，無非是花前擫管，月下聞歌。

(旦)孩兒住此甚好。只是爹娘在家思念,還求那婆婆早些送我回去。(小旦)這個不消憂得。

【尾】但是你父母知呵,在我的宮中愁甚麽。哥哥,嫂嫂,便拖逗得孩兒也只是我。

六朝宮樣窄衣裳,不住薰爐換好香。
誰與王昌報消息,小姑居處本無郎。

【校】

〔一〕駝　原作「馳」,據董本、劉本改。

第十九齣　醉逐　(生上)

【黃鍾過曲】【出隊滴溜子】連宵功課,夢裏鴛鴦被折磨。無形有影費尋睃。小生爲鏡中美人,日夜端詳,昨日方纔有些影響,不想聽蕉提來衝破。獨眠旅店,轉覺無聊。我想獨孤相待甚是冷落,前日借去晉、唐眞蹟,倘未見還。不免叫聽蕉去討了出來,再往別處去罷。聽蕉那裏?(丑上)游客空雙手,書僮皺兩眉。相公有何分付?(生)你到獨孤老爺那邊,取討前日借去的法帖;我也要往前面酒樓上去飲幾杯酒,以消寂寞。扣上門兒,一同出去。(同行介)(生)可堪詩脾還渴,仗蘭陵琥珀醅,把春愁潑破。省得歸來,情多恨多。來此是司前。聽蕉,你去討法帖,我自到酒樓上飲酒。正是:澆悶三杯紅麴酒,賞心十里翠旗樓。(下)(丑)相公已去,我且到留守司看來。（副淨、末扮二中軍上）（副淨）緦棕金頂帽，令字杏黃旗。（末）帥府傳呼喚，轅門聽鼓鼙。是那個在此窺探？（丑）是秣陵徐相公家人，在此討法帖的。（副淨喝介）唗！甚麽法帖？這裏留守衙門，須不是當耍的。快走！快走！（丑）呀！法帖也不要討的？前日你們老爺要借看，是我親手送來，難道你們就忘記了？（末）有是有一個冊葉，只是我聽得說，是你相公送與老爺的。如何又來取討？（丑）那有送的理？分明是借的。（末）這等，我倒明白對你說罷：這法帖就是借的，俺老爺也沒得還了。你不曉得這法帖呵，

【黃龍醉太平】小楷精工，俺老爺好不愛他，看齊整裝潢，日日摩挲。（丑）這是俺相公之物，難道老爺要藏匿他不成？多管是你們在裏頭作弊。我東人舊物，你背地瞞天，抵賴因何？（副淨喝介）這廝放刁麽！你不知俺留守衙門，動不動是軍法從事的。俺們在這裏呵，巡邏，有棍徒平地起風波，打脊杖割將耳朵。（丑）不要把這些說話來嚇我。這法帖價值千金，斷然要討還的。事非輕可，這堂堂帥府，須不是虎穴狼窠。（末）這等，待我請老爺出來，你自對他取討便了。（傳鼓介）老爺有請。（雜衆隨淨上）（淨）

【黃鍾引】【傳言玉女】油戟雕戈，日午風閒鈴閣。是甚麽人在此大驚小怪？（丑跪稟介）小的是徐家聽蕉。前日有晉、唐眞蹟在老爺府中，家相公特差小人來取討。（淨冷笑介）

【黃鍾過曲】【黃龍醉太平】狂奴，頭顱幾顆。這小事些須，敢打破砂鍋。（做變臉介）你家相公幾曾有甚麽法帖送我府中？却來混帳，左右與我扯下去！（衆扭）（丑嚷介）老爺，這是小的親手送來的。（淨怒介）唗！這廝放刁可惡。我老爺在這裏做官，一淸如水。多少鄉紳大老，送我金銀幣帛，一些也不受，希罕你家這幾幅破紙兒。左右

的！與我把這廝扯下去，打四十板。（衆應捉丑打介）（丑哭介）災禍，廳前不敢把氣兒呵，撞天屈上天無路。（淨低唱）這籌停妥。蘭亭巧賺，妙計誰過。

（生醉上）千鍾拚酩酊，雙眼欲模糊。在酒樓上喫了幾杯酒，不覺微醉。回到下處，聽蕉取討法帖尚未回來，不免到司前去看一看。（做望介）怎麽在裏邊打人？（丑叫屈介）（生）呀！這是聽蕉的聲音。敢是獨孤榮把他難爲？不免闖將進去。（做闖入介）（雜攔不住介）（生）老先生，你爲甚把小价在此痛打？（淨）你家小廝無端圖賴，說你有甚法帖借在我處，趕來取討。爲此着惱打他。（生怒介）呀！這法帖是你要借看，我着小廝送進衙裏的，如何說沒有？（淨）想是你醉了。你這法帖，據你說值許多銀子？（生）這帖是鍾、王墨妙，價值千金。（淨）可又來。千金之物，怎不親手交付？有何憑據，便見得在我處？憑你到那裏去講來。（生怒介）獨孤榮，我千里投你，一無相贈，倒來賺我法帖，打我僮僕，只怕天理上也講不過。（淨笑介）講得過，講得過。（生）獨孤榮！

【黃龍滾】你憑空設網羅，憑空設網羅，逞勢欺柔懦。我眼內無珠，自悔當時錯。（對淨擧手介）獨孤榮，多謝你了。千里相投，這場結果。通家誼，師弟情，多蒙荷。

（淨怒介）徐適，你不知那裏喫醉了，倒來這裏撒酒風。好惱，好惱！

【前腔】無端酗酒徒，無端酗酒徒，把俺來贓汚。數黑論黃，掇起心頭火。狂生抵觸官長，本應行文罷黜；念係故舊，姑免重懲。叫中軍官，分付地方，速速把徐適趕出境外。如有容留歇宿者，重責枷號。聽蕉這奴才，十分放肆，發監羈候，還要問他重重一個罪名兒。（雜應押丑下）（淨）地方驅逐，即時出郭。將家屬，且發監，牢枷鎖。

左右掩門！（雜衆推生同下）（生吊場介）有這樣異事！帖既遭賺，奴又被囚。獨孤榮！你處得我忒刻毒了。

【尾】西京留守便威風大，怎把俺沒出豁書生折挫。獨孤榮，獨孤榮，我徐次樂也不是長貧賤的。敢直待駟馬高車你纔認得我。

此處定難安身，只得且到店中收拾行李，再往別處。別件不打緊，這一面照得見美人的鏡子，與那半本法帖，須要牢拴身畔，不可遺失了。

瘦馬頻嘶灞水寒，人情翻覆似波瀾。
莫嫌恃酒輕言語，爭奈貧儒得路難。

第二十齣　遇獵（雜扮隨從同小生上）（小生）

射雉山頭雁影高，鬬鷄臺畔馬蹄驕。後庭玉樹都零落，緱嶺吹笙醉碧桃。孤家同着宮監才人，芒山打獵。傳語三軍，此行雖云講武，實係訪賢。聞得江南徐次樂相公流落在此，須索沿途尋去，請他相見。（雜應同下）（生上）

【仙呂過曲】【二犯傍粧臺】嘆倉黃，一身流落向何方。論世路情何薄，漂泊怨誰行。〔八聲甘州〕窮途馬蹄須信步，不覺的被酒悲歌到北邙。〔皂羅袍〕恨添潘鬢，愁深庾腸〔二〕，斷鴻聲裏立斜陽。

俺被獨孤老賊一口氣，走出陳留門。細思人情涼薄，自然如此，這也不在俺心上。只是鏡裏美人，不知是何方女子。我想臨邛倦客，得遇文君；苧蘿獨游，恰逢西子。自古英雄落魄，意況無聊，常遇憐才重德的女子，成就一段奇緣。我既有鏡子裏緣分，信步走去，或者撞着那人。你看豔陽天氣，那陌上游人，三三兩兩。正是：杯酒逢花住，笙歌簇馬吹。是好春光也。呀！怎麼山坡上忽然排列許多人馬，旌旗部伍，彷彿侯王氣象。這是西京地面，或者有甚王子把守，趁着春和景明，打圍快活，也未可知。

【前腔】暮雲黃，平沙茸草打毬場。聽長笛關山月，吹畫角灞橋霜。猛聽得笛聲哀怨，又見他一行人都立馬高崗，徘徊不樂。這是他長安少年閒走馬，爲甚的手把雕弓似望鄉。他收拾人馬，像要回去了。呀！遠遠一帶樓臺，畢竟是他府第。角聲歸騎，朱扉綠楊，土花繚繞舊宮牆。

我且躲在一邊看他。（小生、衆上合唱）

【仙呂近調（二）】【不是路】射獵長楊，千騎弓刀八寶裝。（生反手作看介）（雜）相公可是姓徐麼？（生）你那裏曉得我姓徐？（雜）這等，我們快報皇爺知道。從天降，一鞭春色報君王。（小生）有甚急報？漫張皇，敢怕是劉家人馬前攔擋。（雜）不是，是徐相公。（小生）原來是天上吹簫傅粉郎。忙追上，教紫衣答應須謙讓。（紫衣應介）（小生）俺保儀可是喜也。一家歡暢，一家歡暢。（生）

【前腔】踏翠尋芳，步屧春風到曲江。這人爲甚問我？難道留守不能容賢，倒是王府好客麼？我自看俺春色，不要管他。書生莽，怕甚薛王車騎壽王莊。（紫對生介）相公幾時到這裏？（生）嘆行藏，孤身落拓風塵況。（紫）原籍可是南邊？（生）家世南朝事李唐。（紫）俺皇爺特請相公到府中去。（生）我與你皇爺從不相識，莫非錯認了？（紫）無差妄，主公門第本是江東望。請來閒講，請來閒講。

(生)既是同鄉，且去走一遭。呀！你看翠柏青松，蒼麟白鹿，朱樓畫棟，玉砌雕欄，居然帝室王居，彷彿瑤池閬苑。怎麼有這般所在？(紫)這是維陽離宫。萬歲爺親自臨幸，相公速換了青袍槐簡，上殿見駕。(生見介)江南徐適見駕。(小生)孤家有女及笄，以卿東南才望，門第高華，先卿學士，君臣道合，特此遠屈，中以姻親。(生)微臣羈旅孤生，恐不足仰當天眷，有負聖恩。(小生)不必遜辭。只是還有一事商量。孤家僻處一方，累遭強隣侵擾。觀卿儀表，必是文武兼才。今特拜爲中軍元帥，領取三軍，前往征討。得勝回來，便成嘉會〔三〕。(生)臣一介書生，怎諳韜略？(小生)卿之才具，孤家素知〔四〕，管取功成。已備喜筵相待。(小生、雜合)

【掉角兒】你須是換兜鍪宫花帽光，剪征衫玉羅春樣。捲牙旗笛吹破羌，奪燕支月明乘障。待來朝，轅門上，臥番羊，花紅賞，凱歌齊唱。綵鸞絲帳，金猊內香。那時節千條畫燭，帝姬親降。

(老旦上)徐郎早則喜也！(生)呀！賣鏡子的婆婆也在這裏。我問你，鏡子是那裏來的？(老旦)我的鏡子，就是你的媒人。(生)婆婆又掉謊了。(老旦)

【前腔】不爭你買青銅書生放狂，到是俺繫赤繩老娘裝謊。還你個熱温存腰肢豔粧，省得你冷頑涎眼皮供養。(生)你替我做媒，畢竟與鏡子裏一般的纔好。(老旦)不消愁得。看才郎，移銀蠟，入蘭堂。開羅幌，玉人相傍。你還不曾見他這一對小脚兒，裙拖微蕩，凌波一雙。只是忒便宜了你。早成就酸丁劣角，十分停當。

內屋金屏曉色開，雪爲肢體玉爲腮。

夢中無限風流事，催促陽臺近鏡臺。

【校】

〔一〕劉本「庾陽」下有曲調「傍粧臺」字。
〔二〕調　劉本作「曲」。
〔三〕會　董本作「禮」。
〔四〕素　董本作「儘」。

第二十一齣　虜劉（淨上）

藤甲韓僚部，銅環羅鬼軍。果然皮勝錦，吉了舌如人。自家跨據一方，帶甲十萬。可惱李煜老兒有個內姪女，便招了老劉，也不辱抹你唐家枝葉，倒去尋甚麼秀才提兵來與俺抵敵。秀才可是會廝殺的麼？大小三軍，就此起兵。將他抓將過來，黃小姐不怕不是我的。（雜應介）

【中呂過曲】【紅繡鞋】石門尋峽雄關，雄關。馬人龍戶兵單，兵單。銅鼓塞，荔枝灘；五溪洞，六州番。把邊頭一搶南安，南安。

稟大王，有唐家人馬攔路。（淨）殺將去！（下）（生上）弓刀龍虎塞，簫管鳳皇樓。不耐邊頭苦，風烟試粉侯。徐次樂恩連戚畹，職領戎行。書生從未知兵，肺腑還思報主。各將官，整東人馬，聽我號令。（雜應介）（生）

【前腔】書生投筆登壇，登壇。令牌金印征蠻，征蠻。吹畫角，跨雕鞍；橫玉帶，羨朱顏。待封侯萬里凌烟，凌烟。

(淨衆上)來將何名?(生)征南大將軍徐。(淨)就是新招的女婿麽?你老婆還不穩哩!(生)劉鋹么麽小寇，早早投降，休要在我手中納命。(作戰介)(生)

【撲燈蛾】中原烽火急，中原烽火急，生民受塗炭。大家占江山，兄弟邦可好窺瞷也，我是南唐，你是僞漢。哨馬來沒得遮攔，喊聲高無心戀戰。敗殘兵，管敎追過賀蘭山。(淨敗介)(生)就此收軍。(合)

【前腔】連營笳吹發，連營笳吹發，朱旗照天半。鎭南大元戎，細柳軍貔貅三萬也，若個先登，那個後斷。兩口刀東盪西盤，一管鎗橫衝直攛。玉關頭，羽書飛奏凱歌還。

日落轅門鼓角鳴，魚麗陣接塞雲平。
可憐無定河邊骨，風雨時聞有戰聲。

第二十二齣　僊婚　(貼扮王母，老旦、雜隨從上)

【鷓鴣天】(貼)絳節霓旌降下方，玉巵娘怨鎖瑤房。桃花阿母勤拘管，流出桃源賺阮郎。紫鳳聲，碧霞觴，麒麟爲脯玉爲漿。人間別有黃姑夢，笑把雲和引鳳皇。自家西王母是也。箜篌娘子請俺到南唐赴會親筵席。仙官茅盈、劉綱，侍女許飛瓊、董雙成，都隨俺去走一遭。叫紫鸞、白鶴擺駕。（雜扮鸞、鶴上）（老旦）請娘娘起行。

【北粉蝶兒】鶴駕鸞軒，早備下鶴駕鸞軒。待要過雒陽城，赴碧桃花宴。邀幾個玉洞嬋娟。隔天風，吹笑語，都約在絳河相見。搖曳着翠袖翩翩，笑踏破彤雲一片。

（小生、小旦上）紅房迎少女，碧海引靈童。今日耿先生報王母來赴喜筵。雲頭上隱隱一派仙韶，快到宮門外候駕。

【南泣顏回】寶鼎爇沉烟〔一〕，萬樹琪花葱蒨。紅羅書字，央及煞青鳥傳言。呀！這是王母御駕。玄都阿母，赤霜袍掩映銀鸞扇。（跪接介）臣下土愚頑，何敢當仙馭親臨，不勝慶幸。（貼）蓬萊路遠，無因相見。耿女冠說有宮中花燭，爲此特來主婚。（小生）嫁玉姬烏鵲樓臺，降仙姥蟪蛄宮殿。

（小生）傳話後宮，就請新人。（貼）我想嵩嶽故事，有田、鄧二生掌禮。今日就請茅、劉二仙權充此職，導引新人。（茅劉）得旨。（茅請旦介）花燭天人降，椒蘭帝子游。金唐公主小，私語識牽牛。（旦上）（劉請生介）白玉天邊璧，青銅夢裏收。南唐駙馬貴，明月起粧樓。（生上）（喝拜介〔二〕）（貼）

【北上小樓〔三〕】你看那雒陽春色正芳妍，端的是香玉豔藍田。記那日佳人南國，才子西園。玉杯纖手裏，金鏡小窗前。他兩個俊龐兒、他兩個俊龐兒，飲瓊漿瞥見相如面，對菱花嬌娃、嬌娃垂盼。花月好流連，花月好流連。畢竟是因循靦腆，怎能彀執手拜嫣然。（作樂送酒介）（小生）

【南泣顏回】花明柳軟綺羅天。風簾翠幙，錦瑟華年。門闌喜氣，今宵璧月初圓。（貼）唐天子，你小周后西宮相見時，與今夜差不多兒。（小生）臣也想來。良辰美景，把兩宮陳事思量遍。剗金鞋姊妹前緣，下玉臺兒家姻眷。

（貼）保儀，偏是你外戚人家，生得好女兒。（小旦）塵世女子，怎當得上仙垂盼。（貼）煞是好也。你看他，

【北黃龍滾犯〔四〕】翠盈盈豔裏濃梳，翠盈盈豔裏濃梳，嬌的的星眸月面。軟設設霧縠冰紈，赤資資珠翹珀釧。（指生介）却遇着俊俏參軍晝錦還。（指老旦介）你百忙裏遞絲鞭〔五〕。響當當玉漏穿花，響當當玉漏穿花，廝琅琅金屏合箭。

（小生）御駕降臨，媿乏天設仙醴，不勝惶恐。（貼笑介）這會親筵席，煞是整齊也。

【北撲燈蛾犯〔六〕】美津津杯承雲母漿，香噴噴鼎列天廚膳。嫋亭亭妙舞袖翩躚，韻悠悠歌聲入變。涼拂拂繡簾風軟，見冉冉紅葉出池邊。撲騰騰流鶯細囀，笑哈哈百花高處會羣仙。

斗轉參橫，雲程甚遠，須索去也。（小生）難得御駕到此，微臣尚欲挽留片刻。（老旦）夜色已深，從官擺駕。（貼）

【北上小樓犯〔七〕】從官們立既倦，侍女輩曲又殘。俺只見人影參差，俺只見人影參差，月影徘徊，花影闌珊。俺待要仙駕將回，俺待要仙駕將回，仙音將閴，仙雲將散。就是新人也該安息了。纔顯得會親的方便。（下）

（衆拜介）（小生）上仙既回，快請新人入洞房。（合）

【北叠字犯〔八〕】對對蘭膏畫燭，簇簇香毬銀串。丁丁的環珮搖，欵欵的錦段牽。朱朱粉粉，女娘們立遍。楚楚擺珠璣翠鈿，楚楚擺珠璣翠鈿，點點撒紅豆金錢。風風流流，羅幬綺薦。明明是兩人今夜好安眠。

（小生、小旦）我想今日兒女團圓，遇着王母降臨，仙官作合，豈非盛事。

【尾】尋常苦把神仙羨，今夜裏親來士女筵。兒是這樣做夫妻〔九〕，便神仙也去不遠。

玉宇瑤壇知幾重，青鸞飛入合歡宮〔一〇〕。
若爲蕭史通家客，今夜吹簫明月中。

【校】

〔一〕爇　原作「熱」，據董本改。

〔二〕喝　劉本作「謁」。

〔三〕調　劉本作「北石榴花」。

〔四〕調　劉本作「北鬬鵪鶉」。

〔五〕劉本「遞」下有「了」字。

〔六〕調　劉本作「南撲燈蛾」。

〔七〕調　劉本無「犯」字。

〔八〕調　劉本作「南撲燈蛾」。
〔九〕兒　劉本作「兀」。
〔10〕青　原作「音」，據劉本改。

吳梅村全集卷第六十二 傳奇二

秣陵春傳奇下

第二十三齣 影釁（外上）

【中呂引】【遶紅樓】一女無端病浹旬，連朝暮役夢勞魂。零落桑榆，凋殘桃杏，無語拭啼痕。

事不關心，關心者亂。我家好端端一個女孩兒，不知爲甚害起病來，竟像失了魂一般。連日求籤算命，有的說游神作耗，有的說天喜臨門，心上好生委決不下。不免叫院子再尋術士，問個吉凶消息。院子那裏？（末上）堂上呼雙字，堦前應一聲。老爺有何使令？（外）小姐病體沉重，你往街坊上尋個術士來問他一問。（末）啓老爺得知，有個圓光的鄷先生，十分靈驗。（外）這等就去請他來。（末）曉得。不爭三五步，咫尺是他家。鄷先生有麽？（淨內應介）是那個？

【中呂過曲】【風蟬兒】花嘴油唇，渾身。太上老君，欠准。書符捻訣寡精神。雞一隻，肉三觔，壇前用，極要緊。

（見介）阿呀！是黃阿叔，到此何幹？（末）吾家老爺請你去圓光。（淨）全仗幫襯。（同行介）行行去去，去去行行。（入見外介）（淨）老爺在上，小子作揖了。（外）先生少禮。（淨）宅上要圓光，不知紙馬香燭、茶酒三牲完備不會？（外）這東西辦來就是。（淨）還要個未破身的童子看光。（外）家中有兩個小厮，都差去請醫了，這却怎麼好？（末）隔壁眞家阿寄，看他倒還是個童男子，喚他來看何如？（外）快去喚來。（末向內介）寄舍有麼？（小丑內應介）來了。

【前腔】咱是眞爺貼身，滲瀨臉皮好認。人稱木寸是東君。笑馬戶，共尸巾，厮捉對，忒煞俊。

（見介）黃阿叔爲甚麼叫我？（末）我家小姐有病，請個先生圓光，你去看看，買菓子你吃〔一〕。（小丑）我去我去。（末向外介）喚到了。（外）各色完備，請先生登壇作法。（淨）請問老爺，畢竟爲甚麼事圓光，好待小子通誠。（外）

【粉孩兒】先生的且點茶來拜懇。老夫有一女呵，現懨懨癆瘦，一絲將盡。（淨）小姐尊恙是怎麼樣起的？（外）想年災月晦是八字輪，敢攛誰行惡煞凶神。因此上遠迎將鸞鶴仙靈，訊判出個鴉鵲音信。

（淨）原來如此，待小子作起法來。（做糊紙壁上步罡介。念呪介）天之金光，地之靈光，日之華光，月之陰光，上帝聖光，祖師威光，雷神火光，九叱毫光，二十八宿金光。我是金光，金光速現，速現金光。奉請關元帥、趙元帥、溫元帥、王元帥、馬元帥，祖師、玄帝急到壇前。弟子鄷仁，至誠至意，耑爲信官黃濟，有女展娘，患病未痊，特請金光，明斷吉凶。

乞現眞形，以便童子觀看。（對小丑介）小哥你如今來看。（小丑看介）咦！果然有些亮光，圓圓的一圈，好像月亮一般。（外）

【福馬郎】看蟾窟淸虛光幾寸，（小丑）〔三〕有一個姐姐走出來了。（外）早有個孃孃婷婷影，乍遠近。俺心中事，在病中人，何來鏡中身？重添出個小眞眞。

（淨）這不是別個，一定就是令愛的元神現出來了。（小丑指介）那邊有個嬷嬷，和這姐姐廝拉着說話哩。（外）那女人旣是我女，這嬷嬷又是何人？

【紅芍藥】深閨裏有甚情親，怎閒拖逗月姊雲君。（小丑叫介）好看好看，現出一座大房子來了，四圍柱子都是金裝的，柱上盤着五爪金龍哩。（外）更變幻出樓臺似海中蜃，劃地裏費人思忖。（小丑）那房子裏面坐着一個皇帝，一個皇后，兩傍立着許多太監宮女。那嬷嬷領了這姐姐，向上邊拜哩跪哩。（外）這是什麼所在？那班君王妃后都從何來，我那女兒却到那邊去？嬌魂此時何處存，悶弓兒難噤難吞。嗄！我曉得了，定花妖木魅纏身，（哭介）我那兒嗄！敢一夜雨斷送紅粉。

（淨）老爺且莫煩惱，看那光中再現出什麼來。（小丑）奇呀，奇呀，如今那姐兒、嬷嬷和這皇后、宮女都不見了。那皇帝帶着許多軍馬、許多鷹犬出去。那邊又走出個秀才來，和那一行人行禮講話。呀！那秀才竟跟了皇帝回去了。（外）這一發奇怪。

【耍孩兒】怪殺那萬騎蚍蜉鷹馬俊，羽獵平原過，肯分地遇着郎君。那酸丁與帝子有甚喬緣分，到做得個渭水非熊穩。只是這些影像，與我女兒病體一些相干也沒有，好啞謎難猜問。

(小丑)又來了，那邊湧出奇形怪狀一隊軍馬。呀！那秀才換了盔甲，坐在馬上，領許多兵將和那邊廝殺哩。好看，好看。呀！那邊兵馬殺輸退去，秀才殺贏回來了〔三〕。(外搖頭介)一發教我分毫不解。

【會河陽】好無端紅戟碧幢，雕戈畫輪，鳴笳疊鼓擁回軍。我想女兒這病呵，又不關兵燹摧殘，花姿月魄。難道是豹尾黃幡引。怎生先現出個槐南郡，怎生還擺個檀蘿陣。

(淨)怎麽光中倒現出許多不相干的事體來？想是壇前不潔淨，神將不肯明判。待俺再燒一道符，定要現出小姐眞形來。(做燒符念呪介)(小丑)呀！不好了，如今滿紙都是人了。先前那姐姐也來了，嬷嬷也來了，又添上許多老的少的、長的短的、瘦的胖的、村的俏的、像皇帝的、像官員的、像道士道姑的，齊齊的擺在兩傍，又有許多女娘們，在那裏吹彈歌舞哩。咦！那姐兒做了新人，和那秀才做親，在那裏跪拜哩。身邊又立着兩個冠冕待詔，替他喝禮哩。(外惱介)這是那裏說起？(淨)據這光景看起來，想是令愛年紀長成，思想要招女婿，虛空摸擬，鬱鬱成病，所以現出這光景來。(小丑)正是，你家小姐年紀不小，也該應思量嫁人了。只怕這病不是什麽病，倒是要老公病。(外怒介)唗！胡說！有這等事？好惱好惱！

【縷縷金】惱得我心如火，眼欲昏。飛鴉和彩鳳並無因，九烈三貞女被傍人譏論。我曉得了，光裏邊原沒有這些影像，都是這一班人憑空揑造，玷家門，教我胸膛氣難忍，胸膛氣難忍。

(淨)怎麽就惱將起來？

【越恁好】伊家堪笑，伊家堪笑，如何恁煞村。(小丑)這是光裏照出來的，干我甚事？疔瘡碗大，眼中見，果然眞。(外指小丑介)胡言廝混小猢猻。(小丑)好駡。(外指淨介)圓光沒准，料來是個精光棍，料來是個精光棍。

(淨)我是有名的鄧仙人,怎麼便破口罵我?

【紅繡鞋】(外)恁休說甚仙人,仙人。(小丑)鄉隣面上,虧你罵得出。(外)恁休說甚鄉隣,鄉隣。癡魍魎,蠢餛飩。院子,喚些人來,將亂棒打他們出去。(末應。雜上混打介)打一個撞天昏。(淨)苦難挨徧體傷痕,傷痕。

(小丑哭介)你們這樣欺瞞我,待我歸去對大爺說。(淨)不要多說了,走罷。雙手劈開生死路,一身跳出是非門。(衆同趕下)(外)這圓光的人可惡,走得快,饒了他。眞家小廝無狀,既打了一頓,也不要去告訴他家主了。只是無端廝鬧一場,却是好笑。

【尾】病人兒消息全無准,枉了我打瓦鑽龜又賽神,添上愁懷倒有幾十分。

走龍鞭虎下崑崙,羽服星冠道意存。
影裏如開金口說,南方實有未招魂。

【校】

〔一〕吃　原作「去」,據董本、劉本改。

〔二〕小丑　「小」字原無,據劉本增。

〔三〕羸　原作「嬴」,據董本、劉本改。

第二十四齣　諂獻（雜隨副淨上）（副淨）

不如意事常八九，可與人言無二三。我眞公子一生做事，十分燥脾，只有那黃家展娘再謀不上手。前番偸鏡，又折便宜。這幾時往西京打抽豐，有些油水回來。正要思量央媒說合，不想昨日貼身跟隨的小廝，被他家騙去看圓光，一頓痛打。仔細思量，那黃濟老兒好不可惡，就是去求親，說了我家，一定不肯。不如弄個計策，斷送了這丫頭，省得後來嫁與別人受用，帶累我老眞眼熱。恰好有個欽差採選宮女的太監在此。那太監心性，最喜奉承。如今世界，不論甚麽衙門的官，秀才便鑽去拜門生，只有內相尙未開此例。我如今送些禮物，把門生帖兒去拜那太監，就把黃展娘名字報上，活活氣殺那個老驢。小廝，快隨我到太監府前去。（雜應介）（副淨）正是：恨小非君子，無毒不丈夫。（下）（丑扮太監、貼小太監同上）（丑）

【步蟾宮】欽差大字金牌豎，盡喝道公公來矣！帽餛飩玉帶織金衣，（笑介）有勢堪憐無勢。

咱欽差採選宮女司禮監太監張見便是。來到秣陵，着落地方報那宮女，都沒有出色的，好不着惱。孩子們，今日早些去衙門首，瞧有甚麽報宮女的，着他過來。（貼應介）（副淨雜上）（副淨）轉過前街，串出後巷，此間已是太監府前，有個小內相坐在門首。小廝，你去送個包兒，央他傳帖進去。（雜應。遞帖與貼介）有個小意兒在這裏，這名帖煩傳一傳。（貼看帖念介）「沐恩門生眞琦頓首百拜。」呀！甚麽官銜呢？（雜）不是官銜，是拜你公公做師父的。你只傳帖進去便了。（貼傳帖，丑看介）（丑）呀！差了。這不是拜我的，帖上寫着門生哩。（貼）他說正是來拜公公做師父的。（丑笑介）咱也有門生，快活，快活！快請這門生相公進來。（貼）俺公公請相公相見，管家外面祗候罷。（雜下）（副淨入見。拜介）門生不才，久慕老師淸德，特來拜在門下，望老師擡舉作養。（丑）罪過，罪過，不當人子！（副淨出禮帖介）還有些須薄禮，伏求笑納。（丑）孩子們，接過禮帖兒。（貼接介）（丑）你讀書人，怎肯來拜咱做師父？敢是爲甚科考、歲考，或是觀風季考，要咱薦與提學道和那些府縣官麼？這倒也不難。（副淨）並不爲此。老師奉旨在此採選宮女，門生訪知緊隣黃家有個女兒，名喚展娘，十分標致，特來奉報，以見孝順老師之意。（丑笑介）妙、妙、妙！咱就差人往黃家取這女兒去。老眞，不信世上有你這樣妙人。（副淨）不敢。

【瑣窗郎】多慚賤子寒徽，附門牆蒙品題。無非只當添注乾兒。把宮娥謹具，聊申芹意。望恩師心上長把眞琦記，賜一個進身地。（丑）

【前腔】從今另眼看伊，謝伊家粧面皮。兼蒙指點採訪嬪妃。果然還是門生知禮。卽忙仰役到黃家去，取綵女進宮裏。

（副淨）門生告別了。（丑）不要忙，且進去嗑杯內酒兒。

曾把文章謁後塵，諂容卑迹賴君門。
椒房阿監青蛾老，但保紅顏莫保恩。

第二十五齣　婢俠（貼上）

自家兒女多災悔（一），却怨橋頭賣卜人。嗨（二），我小姐病得一絲兩氣，我老爺也害得七顚八倒。昨日聽了院子（三），圓甚麼光，光裏竟圓出小姐在那裏做親。走方的搗鬼，不聽他罷了。老爺一惱惱將起來，把那圓光的打了一頓，連眞家小廝也打在裏面。我想眞古董這個人，貌陋心險，不是好惹的，老爺不要打他小廝便好。說猶未了，老爺夫人早

到。（外上）

【商調引】【憶秦娥】年衰暮，梨花院落愁無數。（老旦上）愁無數。香娃疾病，雨禁風妬。

（外）孩兒的病怎麼樣了？（老旦）面皮黃甘甘，也不見瘦下去，只是失魂落魄，似笑如啼，竟不像好的。（外）咳！怎麼處？（院子上）街頭鬨急信，報與主人知。老爺，不好了！小姐的名字已報上選宮女的公公，如今花紅鼓樂將到門首，怎樣答應他？（老旦貼驚介）怎麼有這樣事？（外）狗才！你又來胡說，恐嚇家裏哩。

【商調過曲】【山坡轉五更】俺本是三公潭府，誰不知我嬌娃病苦。夫人，那選宮女的事，最要亂傳的。趁匆忙官媒搶親，賺人家多少差和誤。（院子）阿呀！老爺不信麼？街坊上人都說間壁眞家報的。（貼）嗄！就是打了他小廝的緣故。（老旦）這是眞的了！（外怒介）我那日呵，挑鬬起一肚皮無明火，他尋爭覓釁，把我胡爲做。（作行介。老旦扯介）那裏去？（外）我將這潑賴無徒，早向官司分訴。（老旦）那太監最是可惡，你又不是現任縉紳，說也不聽。別尋個計較藏過女兒纔好。（合）長吁，哭哀哀老眼枯。天乎，苦懨懨一病纏。

（外）老天，我女兒命不該活，只該早些決絕了，爲何半生不死，如今又添出這樣事來。（老旦）難道你就不望他好了？

【前腔】俺一口口將他喂哺，一夜夜貼他身臥。病淹纏旁人冷看，快刀兒割不斷親娘肚。

（外低頭介）我想那班人來，竟把女兒與他一看，見他病到這樣田地，自然罷了。（老旦）啐！老背晦（四），一發說到水裏去了。倒虧你沒計兒支門戶，他聲絲氣咽，怎得輕挪步。（指外介）休要拋耳撓腮，早把我孩兒遮護。（合前）

(貼背介)我在府中多年，蒙老爺夫人和小姐看顧。今日患難之際，不出身圖報，更待何時？(轉介)老爺、夫人，若是裊烟替得，情願替小姐前去。

【前腔】生小與娘行同住，嘗把做女兒看覷。沒支持兒家願行，只怕劣根苗認不起爹和姆。(外老旦)那裏是這樣說？只是難爲你一片好心，我也捨你不得。(貼)老爺、夫人，不必躊躇，竟是裊烟去罷。幸喜得小姐年同三五，(院子)那太監曉得小姐通文理的，怕充不過。(貼)這也不妨。但知書識字，那裏便吟詩賦。(外)只是怕他盤問，不要臨時說了出來。(貼)這是我自己擔承，休要爹娘分付。(合前)

(貼)只是裊烟伏侍小姐一場，一旦分離，寸腸欲斷。小姐有玉杯一隻，是他朝夕愛玩的，老爺夫人若肯付與裊烟做個憶念，見了玉杯，就如見小姐一般了。(老旦)他身子也是你替了，何惜身外之物？這玉杯竟是老身做主，相贈與你。儻他年舊玉重還，倒是一場佳話。(外)既然如此，我們同到裏邊，替他裝束起來。正是：世上萬般哀苦事，無過死別與生離。(仝下)(鼓樂。從人同官媒婆上)

【南呂過曲】【香柳娘】選嬌娃豔姝，選嬌娃豔姝。匆匆前去，我們是張公公差來接宮女的。大哥，黃家在那裏？(內應介)在眞家間壁。(衆)那眞家左近是他門前路。擺香輪畫車，擺香輪畫車。到了。端的好門閭，皇親舊家數。呀！怎麽靜悄悄的？(媒)列位住在門首，待我進去。呀！光景不像。悄中堂內廚，悄中堂內廚。有人在裏邊哭哩。燈火並無，淒涼何故。

我且喚一聲：有人麽？(外、老旦、貼上)(外)衰年看世態，(老旦)小膽怯人聲。你是那裏來的？(媒)老爺、夫人，官媒婆是張公公差來迎接小姐的。(外)呀！有這等事？論起我也是宦官門楣，不該混報的。但既經採選，怎好違拗朝廷？（老旦）只是苦了我孩兒也！（媒）人夫轎馬伺候久了，小姐就此拜別罷。（外、老旦哭介）天！怎撇捨得孩兒去也！（貼拜介）爹爹母親在上，孩兒此去呵，

【前腔】怯關山道塗，怯關山道塗。孤身飄絮，斜牽雙袖垂紅縷。盼家鄉寄書，盼家鄉寄書。你衰病好支持，我飄零在覊旅。（附老旦耳介）怕姑娘問奴，怕姑娘問奴。休教淚枯，他年相遇。

（雜作樂。迎下）

【前腔】（外老旦）他眞心爲主，他眞心爲主。分離愁緒，傷情至處同吾女。恨孩兒命苦，恨孩兒命苦。枕簟少人扶，茶湯敎誰取？我衰年夫婦，我衰年夫婦。只一個梟烟，又被眞家賊子所算去了。形單影孤，倍添凄楚。

逐隊隨行過幾春，天涯去住各沾巾。
衆中不敢分明語，一面紅粧惱殺人。

【校】

〔一〕悔　董本作「晦」。
〔二〕嗨　原作「珻」，據董本、劉本改。
〔三〕昨　原作「作」，據董本改。
〔四〕晦　原作「悔」，據董本改。

第二十六齣　宮餞（小生小旦上）

【黃鍾引】【傳言玉女】（小生）畫角鳴梢，帳飲禁城高會。粉侯朝朱纓玉轡。（小旦）宮娥報道，貴主鑾旗夾隊。有十里笙歌，一天珠翠。

（小生）玉杯金鏡枉多情，寂寞梨花雨未晴。却向琵琶問消息，四條絃上見卿卿。孤家為保儀擇婿，虧得耿先生費心，與徐郎得成佳偶。只是此處不是久留之地，速宜送他回去。我想玉杯鏡子，畢竟水月空花。我南唐還有一件寶貝，是燒槽琵琶，在宋朝大庫中，已曾令耿先生飛身取來，隨令保儀傳授展娘數曲。後來一段姻緣，倒在琵琶上收成結果。今日離亭餞別，媒人是少不得的，且待耿先生來者。（老旦上）洞口花長在，人間路正遙。貧道稽首了。（小旦）先生，徐郎住處，可曾料理麽？（老旦）汴梁城外揀個僻靜去處，買一所小小宅院，器皿奴婢，件件都齊，只等他夫妻前去。（小生）是這樣，做媒的也算十分周備了。（生上）

【疎影】河橋柳色，正炫服揮鞭，鈿車如水。（旦上）紫玉還家，同昌出降，一路風光佳麗。（合）旗亭置酒君王餞，玉管馬嘶人醉。休戀着鳳閣龍樓，少甚脂田粉碓。

（見介）臣徐適見駕。（小生）孤家為送卿回鄉，把酒在長亭餞別。（生）微臣夫婦，何敢親勞御駕餞行？只是初蒙恩眷，幸結姻親，還沒有五日三朝，忽然間千山萬水。分攜之際，能不涕零？（旦）就是姑娘位下，沒有第二個骨肉，兒怎忍隨夫前去。（小旦）兒，這是你皇爺的主意，連我也主張不得。（小生）孤家豈忍捨卿夫婦？只是功名事大，前程路遠，不能久留。（生）呀！若說起功名，難道丟了皇上，走到別處，另有個際遇麽？就是外戚避嫌，那閒散官職也還做得。（小

生）咳！卿那裏曉得？不是這個世界了。左右看酒過來。（雜作樂。送酒介）（小生）

【羽調近詞】【勝如花】君須去，莫浪遲。這裏呵不是你尋常富貴。難留做駙馬隨朝，却還他書生故里，早圖個狀元歸第。一程程長堤短堤，一步步桃谿柳谿。裘馬輕肥，趁春風得意。休埋怨關山迢遞，恰相攜美滿夫妻，恰相攜美滿夫妻。

（生作退立遲疑介）（小生）卿爲何沉吟不語？（生）微臣雒陽城裏流落書生，一朝遭際，本出意外。今日教臣回去，覺往時踪跡也疑惑起來。

【前腔】忙拋閃，忒煞奇。豈料淒涼客裏，驀忽地北府參軍，落可便東床愛婿，又早是西清歸騎。（小生）不必沉吟，後日自然曉得。（生背介）他道俺心知意知，俺却是形疑影疑。魂夢依稀，到紅樓游戲，怎禁得別離容易。問何年再拜丹墀，問何年再拜丹墀。

（小生）卿此去有別館在汴梁城外，良田二百頃，奴婢十餘人，儘足供你兩人受用。又得耿先生護送前行，不必過慮。孤家有晉、唐小楷二冊，向在黃家，卿會把玉杯打換，後被獨孤榮騙去一冊，少不得物各有主，這帖終到卿手。咳！不要說書生見識，愛的是書畫；就是孤家，社稷江山都不在意，只生平幾件寶玩，畢竟放他不下。那小楷就是孤家第一賞鑒的了。

【越調過曲】【憶多嬌】小隸書，草聖碑。俺把蜀錦裝成付保儀，小印澄心封紫泥。寶墨淋漓，寶墨淋漓，有你先公舊題。

（小旦）展兒，我前日教你的琵琶，可記得麽？（旦）兒已記得幾曲。（小旦）你姑爺仙音院裏有個老樂工曹善才，曉得這傳頭。我這燒槽琵琶交付你帶去。這是希世之寶，與玉杯、寶鏡差不多兒。

【前腔】繁管吹，促柱移。破得東風小忽雷，月傍關山何處歸。別調淒其，別調淒其，此曲知音和誰？

（生）臣夫婦只得拜辭前去。（小旦淚介）展兒，你果然要去麼？徐郎，我有一句話分付你：我的女兒身子輕弱，虛飄飄的，擎在手掌裏，還怕一陣風吹去。你須刻刻看守着，不可放他獨對個影兒，無人相伴。（小生）正是，他膽兒極小，怕有人驚嚇了他。（小生、小旦）

【鬥黑麻】他玉骨娉婷，瘦來一圍。愁穿薄羅裳，又怕風吹。形共影，是耶非。似削如描，僊僊欲飛。（合）斜陽半堤，征旆抵死催。此去相思，此去相思，恨無見期。

（生）臣夫婦不知何時再覲天顏？（小生）咳！只怕離多會少了。（生旦拜介）

【前腔】草樹黏天，乳鶯亂啼。回頭望高城，玉筯頻垂。流水急，暮山低。懶採蘼蕪，愁聞子規。（合前）

玉盞金罍傾送君，九華仙洞七香輪。
宮槐葉落西風起，從此蕭郎是路人。

第二十七齣　敍影（外上）

他鄉失意客，絕藝暮年人。我曹善才年老家貧，閒日子坐他不過。好笑那眞公子，拜太監做了門生，勤了紗帽的興，約我陪伴，同到東京，已經兩月。他終日東鑽西奔，沒得工夫。我老人家獨自一個，喫了飯，大街上閒耍。聽那彈箏的、唱曲的，個個誇能，人人道好，不曉得道旁邊立着俺仙音院第一手琵琶的老樂工哩。且喜大老官今日也有閒的日子，要到郊外去耍子。呀！公子出來了。（副淨）衣冠趨要路，絲管樂閒人。老曹，我幾日沒得工夫陪你，今日天氣好，出門外走走。（外）就此同行。請問做官的事怎麼樣了？（副淨）不好告訴你，我那公公老師管了內庫，庫裏失了一件寶貝骨董，不知叫甚麼東西，我忘記了。（外笑介）〔一〕那內庫裏便插翅也飛不進去。（副淨）不知那裏來這樣高手段的賊，門不開，戶不動，悄悄裏偷了去。皇帝出了賞錢，着俺老師挨戶搜尋，滿頭汗在那裏跑，我的說話怎入得去。（外）說話之間，早到東郊外了。（副淨）你看桃柳桑麻，莊房寺觀，比我南京更勝哩。（外指介）這一帶所在，倒也僻靜，我們到那裏去步步。長安二月花如錦，偸得浮生半日閒。（下）（生上）

【仙呂引】〔三〕【探春令】嵩雲回首漫咨嗟，到東都客舍。（旦上）撥檀槽送別歌纔闋，又早是花開謝。

官人，我那日只道他們送我回去，却倒住在這裏，廳堂什物，件件整齊，難爲他兩個老人家費心了。（生）正是。我成親兩日，卽便登程，不曾細細問你。你可是李皇親生女兒麼？（旦）官人，我是他內侄女兒。（生）這等說，你另有父母，怎生到他家來？（旦）說話長哩。我那琵琶從不會彈，今日就把來訴說一番何如？（生）最妙的了。（旦）只怕有人聽見。

（生）這裏沒有人來的。（旦彈介）

【商調過曲】【鶯集御林春】我爹行舊日豪奢，爲年老困劣。只我癡小寃家難割捨。我家有一面寶鏡，舊菱花故家囊篋。把與俺胸前緊揣，百忙裏打就個盤龍結。誰知失去杳無踪，枉教我苦思暈、病沾惹。

(生)嗄！娘子爲失了寶鏡，生起病來。咳！我倒曾買個鏡兒，有些作怪。

【前腔】聽說罷半刻如呆，這樁事煞是怪也。我記得客裏關山游計拙，遇佳人夢魂飛越。(旦)呀！官人，你早有個人了，怎麽樣遇見的？如今在那裏？(生)咳！娘子又多心了。我在雒陽市上買一面鏡子，照一照，裏邊竟是個美女。是鏡中曾見，見嬌羞有個人如月。正沒處買查梨，難得我的娘行話頭接。

(旦)嗄！官人，你倒是鏡子裏面見的，一發奇怪了。

【前腔】纔提起逗着些些，又是玉杯那節。(生)我說鏡子，你說玉杯，難道杯裏也見甚麽來？(旦)說也希奇，爹爹有隻玉杯，我把來飲酒，竟有個書生的模樣在裏頭。我瞧着個兒郎避不迭，緊隄防侍兒饒舌。(生)是個影兒，怎麽怕丫頭曉得？(旦)怕向娘親說道〔三〕，道女兒生出閒枝葉。那曉得枕函邊，却將我的小名兒喚的切。

(外、副淨上介)(副淨)這裏怎麽有人彈琵琶？(外)彈頭竟正路。待我到那邊去細聽一聽。(下介)(生)你耳邊有人叫麽？(旦)正是。我問你，你見了鏡子裏的，怎麽樣待他？(生)

【前腔】我那日醉眼乜斜，叫一聲兒小姐。(旦)你也叫他麽？他便怎的？(生)他笑靨迎來紅半頰，告求他受你男兒一喏。(揖介)(旦)啐！你拜那影兒，倒作起我的揖來！(生)怕他冰肌凍徹，把袖梢摟定偎他熱。(作摟旦介)娘子，是這樣強風情，俺十分兒待癡也。

(旦)這也差不多兒。(生)你聽得人叫，難道竟不理他罷了？(旦)我那時口裏應了一聲「來了」，身子竟虛飄飄，不知怎麼樣走了出來。(生)女孩兒家，走到那裏去？(旦)這琵琶絃有些走了，待我和了絃，再彈與官人知道。(外、副淨又上)(外)那彈頭不消說起，是俺內府裏傳的。這琵琶的聲音一發奇怪，竟像我當初在御前彈的那燒槽琵琶。(副淨)嗄，嗄！我記得了，方纔內庫失的正叫做燒槽琵琶。賊在這裏了！(外)你不要惹閒事。(副淨)不要你管，快些報人來拿去！(扯外下)

【四犯黃鶯兒】(旦)我心性忒嬌怯，脚踪兒擦一跌，有個白頭嬭嬭將咱衫袖揝。(生)他扯着你說甚麼？(旦)他說道：你背了俺爹，瞞過侍妾。當不得乞留磕搭路週折。把我一引引到一個所在，龍樓鳳闕，宮娥擺列，這是你姑娘拜謁。

(生)這回總會你姑娘？(旦)正是。我問你，你在那裏撞見我姑爺的？(生)我在雒陽城外閒走，見一簇人馬在那裏打獵。

【前腔】我叉手看圍獵，他哄我統三軍打草窩。把征南駙馬高高寫。馬頭告捷，絲鞭要接。我那時還有一件愁哩。(旦)愁甚麼來？(生)愁的是鏡中恩愛把寃家撇。(旦)這也見得你有情。怎麼成親之後，就忘却鏡中人了？(生)我幾曾忘來？(笑認旦介)豈其夢耶？如今看者，一般樣龐兒姐姐。

(旦)這樣說，你就把我做鏡中人了。(生)差也不多。只是你既然和那玉杯裏人兒有些緣分，爲甚麼聽別人主婚，倒招贅起我來？(旦)難道我就不留心訪問的？(彈介)

【前腔】親見俺姑爺，這門親打聽者，是玉杯中揀選那豪杰。只爲你就是杯裏的人，所以我肯了。你來的時節，我在屛風後張哩。黃羅傘遮，紫藤轎欹，穩簪簪坐着個人人也。（生）難道竟是杯裏一樣的？（旦）當初只照見面龐，此時瞧你渾身打扮，都是風流可喜的。踹的粉靴，佩的玉玦，添出如今半截。（生）這是我兩人天緣註定，故此玉杯、鏡子先弄這許多光景出來。只是我如今還有些疑心。（旦）你疑心甚麼？（生）我見娘子細骨輕軀，就是茶飯也不多幾口，莫不還是影兒走將下來的？（旦）人都說夫妻形影相隨。你是個形，我是個影，但要一步兒不相捨罷了。（生）

【前腔】扶上七香車，瘦腰圍一尺賒，怕好風吹去遭磨滅。裙兒幾褶，冠兒未卸，嫩苗條打扮身材別。羅衫軟設，弓鞋熨貼，恰似花枝夜月。

我們許多說話，倒不曾問得你親生父親的名字，住居在那裏？（旦）阿呀！日子多，慢慢裏說罷。你聽那邊像有人來了。

【尾】隔牆有耳防漏泄，漫消停從頭再說。只這一曲琵琶將咱倦了也。（副淨同雜官校上）

【恁麻郎】搗嚮鈔三寸闊官票，坐大轎六塊頭京帽。眞先兒，擾了你。指望三千貫賞犒，倒折了十兄弟東道。沒走風，忙捉倒，也顯你原告人兒一個好。

（副淨）這一家就是。（雜打進，旦驚下介）（生）你們甚麼人？把我娘子打散了。（雜怒介）你是內府裏人犯，倒賴我們還你妻子不成？（縛生介）

【前腔】你要叫失了你妻小，我要弔捉着咱強盜。（生）我是秀才，難道做賊？這都是你們假揑官府詐人。

（雜）怎說假官旗抄鬧，你看琵琶現在哩，明放着眞贓證推調（四）。只是彈琵琶這女人，那裏有這樣躲得快的。這婦人却好笑，聽得他聲音就不見了。

不要管他，鎖到內府去，自有原告人在那裏。

惆悵相逢舊日緣，鏡中照出月中仙。
霞杯醉喚劉郎賭，腸斷琵琶第四絃。

【校】

〔一〕外 原作「曹」，據董本改。

〔二〕劉本「仙呂引」下有「子」字。

〔三〕向 董本作「同」。

〔四〕證 劉本作「怎」。

第二十八齣 魂飄（旦急上）

香在衣裳粧在臂，魂歸寥廓魄歸泉。我彈得琵琶正好，那裏一班人蠭湧前來，把我的魂靈都諕掉了，一個身子像有人一領領了出來。不知脚步高低，却到了甚麽所在？（淚介）咳！徐郎吉凶難保，我那裏去打聽他消息？若是尋得見姑爺，或者還可救得。只不知打從那一條路去？嗄！我爹娘家在南邊，只得望南走罷了。

【越調近詞】【綿搭絮】斷魂千里，飛下楚山頭。回首悠悠，見銀河天際流。莫遲留，往事都休。恰似詩邊就夢，畫裏移舟。惱人處，一片江聲，隔岸寒鐘敲暮愁。咳！我與徐郎形影相逢，今日驚魂失散，好不淒楚。又不知何日到我爹娘住處？【前腔】故鄉何處，殘月曉天秋。煙樹如浮，聽鶯啼，思舊游。漫凝眸，燈火揚州。記得看花南陌，待月西樓。從別後，寂寞闌干，羅襪歸來露未收。行了一回，好生困倦，不免尋個宿頭，明日再走罷。

斷腸聲裏唱陽關，爲雨爲雲過此山。
飛去仙郎魂夢裏，可能從此住人間。

第二十九齣　特試（末上）

曉漏傳清禁，朝光動紫宸。下官刑科都給事中蔡游。本是江左書生。因聖上開直言極諫科，我對策說道：閹宦縱橫，孤寒淹滯；開封府不清理在京刑獄，翰林院不收拾各路人才。聖上道俺言詞愷切，切中時弊，擢居內府。舊日有個同窗朋友徐次樂，他的才品，我還讓他幾分。因到雒陽干謁，被獨孤榮怠慢，落魄天涯，竟不知走到那裏去了〔一〕。我着人四下抓尋〔二〕，待要奏知聖上，薦他做個館職。那獨孤榮居官狼藉，慢慢裏訪些事件，參他一本，也出我好朋友一點氣兒。今日早朝時分，在此伺候。（丑、副淨、衆擁生上）秀才露馬脚，番子捉鵝頭。（末）呀！這是朝門裏，怎麼有人喧嚷？（雜）是管庫老公公捉了一個秀才，在那裏叫屈哩。（末）既是秀才，也不是太監管得的。待我去看來。（生驚介）呀！這個官好像蔡客卿。客卿兄，我徐適落難在此。（末）怎麼是我南邊人聲音？呀！次樂兄，一向不見，你今日卻犯何罪？（雜打生介）（丑）這是御庫裏偷東西的賊。蔡老先，你不要管他。（末）呀！聖上着俺提點刑名，審問登聞鼓狀。這件事正是我的職掌。這個秀才是江南名士。御庫物件，一個瘦弱書生，怎生偷盜來？待我保奏，必無此事。（丑）偏是兩衙門要管閒事，難道你奏得，我奏不得？待我先奏。（末）一同面君去。（跪介）（丑）司禮監管庫太監臣張見奏：臣爲那燒槽琵琶，晝夜尋緝，現獲在徐適寓中。

【駐雲飛】內府衙門，御庫錢粮須要緊。遵限來盤問，是處都搜盡。臣緝獲在荒村〔三〕，秀才贜證，子曰詩云，就裏都逃遁。怕的周旋是要津。

（末）刑科都給事中臣蔡游謹奏：徐適是臣同鄉，才品素著。此事定係寃枉，伏乞聖明鑒察。

【前腔】官校風聞，事件全然無定准。假勢將錢趁，屈把平民論。臣體察是孤身，江南才俊，禁地重闈，那得書生進。封駁惟知報主恩。

（內）官裏道來：徐適既係書生，著即以燒槽琵琶爲題，試賦一篇。其內庫事情，司禮監會同九卿科道，審明具奏。（末、丑）萬歲！（叩頭起介）（雜領生下）（丑）蔡老先，這是甚麼道理？難道贜證俱全的賊，做了一篇文字，就饒了他罪名不成？（末笑介）不要說問罪，他文字好，還要做官哩。（丑）蔡老先。

【啄木兒】你休誇口，枉論文，今世裏酸倈誰做品。則你左班官受鈔通贜，一味裏闊譚高論。這幾個秀才，那一處不鑽營到了。長班撞來都相認，便區區有些門生分。（末）那裏有秀才拜太監做門生的？（丑）不敢欺，也是貴處。就是你帶友沾親眞舍人。

（副淨揖末介）這司禮公公，是學生的老師。（末不理介）原來是你。徐次樂的是非，是你撥鬬的了。（丑）同是一樣秀才，我的門生，你就難爲他起來，這樣欺負人。（作氣介）（末）

【前腔】何須怒，忒認眞，大古裏當權休太儘。則你內相們沒的兒孫，也留個做人方寸。我那徐次樂呵，他書生後來書生運，(丑)他便做了官，難道有罪不要問的？(末)就有罪也不該你問。我刑垣現懸刑垣印。收拾你入內穿宮平字巾。

(生持卷上)薦非因狗監，文却類相如。(末)徐兄卷子完了？(讀介)伊琵琶之爲製也：上銳下規，中虛外圓；龜腰鳳頸，熊據龍旋。公輸之制同却月，阮咸之弄若鳴泉。仲容則竹林佳宴，季倫有金谷名園。鬱輪池上，曲項花前。若乃邊兒玉鼻之彈，貴妃邏逤之擘。公主旣金城遠嫁，將軍則玉關難入。謝鎭西之紫襦魂消，白司馬之青衫淚濕。豪嘈凄切，關情何極？焦尾豈中郎之桐，朱弦匪索妃之瑟。同異質于爨餘，聞哀彈而嘆息。許久不見，兄的學問一發長了。進呈自然有當聖意的。(生跪介)

【三段子】草茅賤貧，到京華空嗟負薪。鋃鐺苦辛(四)，荷天恩得昭覆盆。讀書致君爲堯舜，天涯流落雙蓬鬢。俯伏瞻天，不勝顚隕。

(末)卷子即當進呈御覽，就在這裏候旨便了。金門獻賦客，咫尺動龍顏。(下)(副淨)老蔡進去了，待我把小徐羞辱一番。徐適，你也是我江南人，爲何做起賊來？(生)原來是你誣陷我的。(副淨)你往常在家裏裝俊俏，騙婆娘，與俺道路各別；就是獨孤公那裏要搶我的抽豐，也不在我心上。今日自家做了賊，難道怪出首的人不成？(丑)嗄！他又在獨孤公那裏閂撞麽？(副淨)正是。

【滴溜子】粧喬的，粧喬的，賣他身分。鑽營的，鑽營的，沒些投奔。(生)你驚散我的妻子，定要追尋還我哩。(副淨)你從來一個精身子，那裏有妻子來，有名秋風一棍，倒將假婦人，裝圈囤。(丑)不要慌，少不得旨意下來，帶進了衙門，一同推問。

（末上）官裏道來：徐適博學高才，免其註誤，三日後午門聽候傳臚。眞琦誣陷良善，着法司拿問定罪。（丑）罷了、罷了。皇上聽了外官說話，竟把我們抹殺了。（副淨）怎麼把我原告人倒問起罪來？老師救我一救！（丑）不妨事，我明日面君，定然不饒這個賊哩！（雜捉副淨介）從前作過事，沒興一齊來。（丑羞下）（末）次樂兄，因禍得福，恭喜，恭喜。

（生）都是兄引救之力。

【歸朝歡】黃門郎，黃門郎，獻納紫宸，念兄弟同朝汲引。（末）凌雲賦，凌雲賦，落筆有神，我君王臨軒首肯。來朝看取泥金穩，將中官動個連名本。

（生）我的氣都出盡了。只是妻子失散，不知在那裏？（末）〔五〕咳！次樂兄，你須是爲國忘家過幾春。

憐君今日蘊風雷，獨向都堂納卷回。
聖主恩深漢武帝，獄成寃雪暮雲開。

【校】

〔一〕知　原作「如」，據董本、劉本改。
〔二〕抓　劉本作「找」。
〔三〕緝　原作「輯」，據董本改。
〔四〕鋃　董本作「銀」。
〔五〕末　原作「小生」，顯誤逕改。

第三十齣　冥拒

(淨引鬼卒上)(淨)

【雙調引子】【霜蕉葉】英雄憤懣，把住河橋寨。圖得個姻緣到來，敗殘軍添些氣色。

自家劉鋹，爲李煜所敗，睢陽難住，逃到江邊。見皂角林有個廢祠，被我將小鬼趕去，占了香火，充作皂角大王。顯些靈應，那居人都來祈賽，好不熱鬧。只可笑徐適這廝，就做了李煜的女婿，也還三分眞七分假。却替丈人這等出力，把俺殺得片甲不存，煞是可恨。聞得他妻子黃展娘從汴梁失散，獨自歸家。這林裏是他過江必經之地。叫鬼卒！(雜應介)(淨)有個女魂黃展娘，今夜從江口經過。你去抓來見我，不許透漏過去。(雜應。同下)(旦上)風吹雲路白，樹隱鬼燈青。一路行來，悠悠蕩蕩，不知走了多少路。料應去家不遠，不免乘此月光，趲行前去，見我爹娘。只是我私出閨門，今番回去，問起情節，怎生答應來？

【北黃鍾醉花陰】則我鴛鴦夢花生玉鏡臺，霹靂引琵琶一摔。獨走睢陽街，濕透羅鞋，早近了江南界。慢提起秀才郎淚滿懷，怕的是爹娘行嗔見責。

(行介)(鬼卒上)那裏去？我們在此守候多時了。快去見我大王，聽候發落。大王有請。(淨上)

【南畫眉序】戰敗走江淮，撥馬軍書疾忙排。打聽得樂昌半鏡，失落塵埃。(鬼卒)黃展娘當面。(淨笑介)哈哈！也有今日。他只道女瑤芳躲過檀羅，不隄防楚虞姬撞咱樊噲。我拖刀暗計將他賣，將軍此番休怪。

(旦)阿呀！我走差了，怎麽撞到這裏？大王，我是孤身女子，回去望爹娘的，做好事放了我罷！

【北喜遷鶯】諕得我無顏落色，淚珠兒界破蓮腮。傷哉！江山一帶，把舊日鄉園望眼擡。低頭拜，放我重見爹娘，勝是修齋。

（淨）你想回去麼？你道我是那一個？就是漢皇帝劉鋹，被你丈夫徐適殺敗了。今日一緣一報，被我捉住，怎肯輕輕放過了你？

【南畫眉序】堪笑那書獃，贅入豪門幾日纔。誰着他 新郎忒老，女婿偏乖。苦替丈人家掙住江山，倒放好妻房輕離院宅。若是陣面上略放鬆些，今日還好商量。他並不留一點人情，好恨！ 相逢今日冤家窄，收留你渾家何碍。

我也不離爲你，媚豬做貴妃，你倒做正宮皇后罷！（旦）這話一發可笑。就是我丈夫得罪于你，須索看李皇爺面上。怎麼就起這個念頭？

【北出隊子】休要風魔九伯，把玉葉金枝胡亂踹。我是大唐家甥女如兒愛，你既做降王，也該一體相看待，可不道趙官家千里送裙釵。

（淨）我現做皂角大王，衙門儘不冷落。你就做個皂角娘娘，也不虧你。

【南滴溜子】孤家恨、孤家恨，驀年老邁。佳人喜、佳人喜，翠眉粉黛。乍逢人間穠色。敎他酒快釃，羊快宰，新進個夫人，六宮參拜。

叫鬼卒，篩起鑼鼓，備起酒席，喚那獨脚婆子、玉面姐兒，參見新娘娘哩。（雜扮衆上）（旦）

【北刮地風】呀！原來是惡王墓下起風霾，那些兒劉阮天台。則你廣南蠻怎占俺南唐界，嚇詐些酒肉錢財，纏幾個粉骷髏狐狸精怪，弄幾個泥新婦土木形骸。我是個秀才妻、貴室女，魂靈活在，怎肯把蓮花糞土栽？休指望半星歪。

（淨）你還靠徐適的勢力欺負我麼？他如今拿去，不知死在那裏了，怎見得還是他的老婆？

【南滴滴金】你皇親也隔了前朝代，便秀才早是前程壞，偏是你女娘們好喫酸黃菜，現如今躭罪責。我侯門似海，破菱花要來何處賣。看你今宵怎挨，淚眼枉揩。

（旦）難道我徐郎就沒有興頭的日子麼？我如今拚死在此。待徐郎做了官，我一道旋風在他馬頭前去，告訴妻子的苦楚，少不得與你說話哩。

【北四門子】你道書生受累何須睬，却不道狀元郎出草萊。他有日平步金階，九棘三槐，紫袍象簡黃金帶。鬼使神差，曉得我妻房躭害，把你個惡芒神貶在三千里外。

（淨）咄！我怎麼樣擡舉你，倒當面搶白我，這等可惡。叫鬼卒抓出去砍了！（作綁介）（旦）死是我的分內，快些砍了罷！（淨）

【南鮑老催】你性兒忒歪，我老劉便把婆娘拐，您小周也早先奸敗。呆賤人，潑頑皮，裝妖態，教咱忿氣如何耐。你舌頭怎比鋼刀快？也完了，風流債。

（老旦衝上）唗，劉鋹不得無禮！他是徐適狀元之妻。你難爲了他，上帝大怒，罰你到酆都問罪去。（淨同鬼卒下）（老旦解旦介）（旦）那個救我？（老旦）展娘，你嚇壞了。（旦）

【北水仙子】呀、呀、呀，似雲陽推轉再投胎。苦、苦、苦向鬼窟裏標題節婦牌。（老旦）你曉得丈夫的消息麼？（旦）呸、呸、呸，還題甚春風門下客。（老旦）他明日便賜狀元及第了。（旦）是、是、是，他有七步狀元才。哈、哈、哈，你讀書掙閤金魚袋，唉、唉、唉，我守志摧殘玉鳳釵。先生，虧你來救我。錯、錯、錯，我一時悮把媒人怪，可、可、可向姑娘會報喜音來？

（老旦）你姑娘曉得了，便是李皇爺也喜歡的了不得。你如今回去見了爹娘，少不得狀元登門拜見嫡親丈人哩。

【南雙聲子】香風靄，香風靄，聽御樂仙韶派。花枝擺，花枝擺，結喜錦紅鸞綵。眞氣概，眞氣概。誰能解，誰能解。那狀元名字，鬼也驚呆。

展娘，還是天長地方。對岸隱隱望見金陵，就是你爹娘住處。我索回去了。（旦）白茫茫一片江水，教我怎生過去？（老旦）水面上咿咿啞啞，一隻船來，你見麼？（旦望介）（老旦下）（旦轉介）呀！耿先生那裏去了？船又不見，萬一皂角大王追來，怎生樣處？嗄！不妨。

【北尾】驀然想起神仙誠，他道我父母重逢把夫婦諧。則願得絳帖金泥將門戶改。

白日浮雲慘不開，海神東過惡風回。
輕舟短棹唱歌去，前度劉郎今又來。

第三十一齣　辭元（雜隨生儒服上）（生）

綠窗何處報泥金，浪跡看花到上林。一第祗緣明主意，三生難負故人心。兩日在寓中候旨。昨晚客卿有信傳來，說聖上御筆親題，特賜狀元及第。咳！我徐適孤身落魄，配合婚姻；負罪覊囚，遭逢科第，也算是非常奇遇了。只是我妻子失散，那裏還有興做官？況兼李皋也是一代官家，他把幼女弱息，託付于我。若不棄職追尋，他日重見李皋，有何面目？大丈夫名義所在，性命也不顧，區區一個狀元，于我有何輕重？爲此做就本章，乘今日傳臚，即便啓奏。納還袍笏，懇賜回家，跟尋我的妻子去也。（雜）稟爺，這是朝門外了，請下馬。（生）這些大轎掌扇的，是那衙門？（雜）合京大小官員都候新狀元唱榜哩。（生）

【北雙調新水令】則見那朝門燈火五更霜，這些衆官員都把狀元來講。他道我青燈黃卷客，做了個粉署紫薇郎。（笑介）那曉得我心事來？我雖是後生新進呵，不比那僕射平章，將個美前程擎在掌。

（末同祇從上）鄉國添知己，朝廷獲異才。今日徐次樂傳臚，輪該唱榜，在俺同鄉也添些氣色。（見介）次樂兄，恭喜。

（生）這是聖主之恩，仁兄保薦之力。只是小弟骨肉分散，心緒茫然，沒興做官了。（末）次樂兄說那裏話？

【南步步嬌】你四海無家青年壯，一第從天降。便算是討差給假呵，終軍返故鄉，駟馬高車，也待得君恩放。（生）這又是做官的話頭了。我的主意，竟不受這狀元哩！（末）豈有此理！早難道遭際忒非常，劈頭兒裝就書生謊。

（生）客卿，你道是虛話麼？我昨夜修成本章在此。（出本介）（末讀介）秣陵縣生員臣徐適一本。呀！怎麼今日還叫生員？（生）既然不受狀元，那生員是我的本等。（末再讀介）爲蒙恩優擢，懇祈收回成命，特賜還鄉事。阿呀！兄果然有這個意思。想爲老嫂失散，因起歸心麼？咳！天地間只有狀元難得，那裏有功名成就，沒得妻子的？如今貴戚公侯，那個不羨慕文樂才名，狀元名第，不如就此間尋一門親事，却不是好！（生）所言差矣！

【北折桂令】你道我萬言書國士無雙，怕沒有門當戶對，相府東床。則我措大的心腸，做不得憐新棄舊，薄倖行藏。像今日做官呵，買文章黃金白鏹，娶紅粧兩婦三房。（末）他們好不富貴哩。（生）我都曉得。天大樣門牆，錦片似田莊。讓你家蔡伯喈當朝受享，還了俺徐德言舊日糟糠。

（末）文樂兄，你不肯再娶也罷了。只是你被那中官誣陷，若不是聖恩寬釋，你的身子也顧不得，怎能彀跟尋家眷？如今賜你做狀元，有甚難爲了你？倒這樣推掉起來。可不負皇上的知遇麼！

【南江兒水】你落日悲窮巷，春風到選場。憑着你之乎者也誰承望，只好去入府穿州衙門撞。倒虧那日呵，椎天搶地登聞狀，博得個及第登科臚唱。便算是極澹薄的官麼，風月虀鹽，好熬出翰林清況。

（淨上）出入都堂金印懸，衣冠長惹御爐烟。（小生）紅綾會宴推遺老，白髮看花羨少年。（淨）下官門下平章事盧多遜。（小生）下官資政殿學士竇儀。盧年翁今日是押班官。（淨）竇年翁你是陪宴官。我兩人吃同年酒，准准五十年了，今日還同著新狀元赴宴。呀！狀元與那個在朝門爭論？（小生）原來是蔡掌科。（末揖介）兩位老先生拜揖。（對生介）這是平章盧老先生，學士竇老先生。（生揖介）晚生有失拜謁。（淨、小生）狀元恭喜，恭喜。蔡掌科，你與狀元有何話講？（末）兩位老先生在上，這就是敝同窗，從小極相知的。中了狀元，却不肯受，要思想回去，因此苦苦勸他。

(淨)狀元公，老夫同竇年兄是天成四年的進士，整過了五十年頭，還在這裏做官。你新中狀元，就要回去，怕沒有這樣事。(末)汝欒兄，你看兩位老先生怎麼樣講來？(生)客卿兄，

【北雁兒落帶得勝令】你只見做官的着意忙，將我辭官的橫身擋。(淨)狀元，還是受了官好。(生)非是我後生家不忖量，對著個老宰輔虛謙讓。(淨)却是爲何？(生)呀！我只爲雲雨散高唐，因此上歸思滿瀟湘。(小生)嗄！原來狀元失散了夫人。(雜)天明了，御駕將到，狀元爺快些排班。(生低聲介)似你趙官家催得慌，誰替我李皇前圓個謊？(小生)狀元眞個豪氣三千丈。(生)踈狂，幾曾聞豪氣三千丈。(淨)中了狀元，怕沒有金釵十二行麼？(生)凄涼，說甚麼金釵十二行。

(末)萬一聖駕出來，狀元還不肯做官，此時觸惱天顏，怎生樣處？全仗兩位老先生御前保奏。(內)皇上有旨：今日太后千秋節，駕到永安宮賀壽。狀元徐適着于午門前賜宮袍牙笏，平章盧多遜、學士竇儀同往曲江賜宴，明日便殿召對謝恩。(衆叩頭介)萬歲萬歲萬萬歲！(淨)好了，還虧今日聖上不御殿。狀元，你看那一簇人捧着宮袍來也。(雜扮宮娥太監捧袍笏上)這就是新狀元？好不造化哩！

【南僥僥令犯(二)】可曾賜浴溫泉第一湯。紫羅襴裁宮樣，受用煞稱體衣裳。把花枝簪上。狀元穿了宮袍，早去赴宴。那些公侯駙馬，都在曲江邊擺設酒筵，看新狀元游街哩。(雜)光祿寺炮龍烹鳳，教坊司疊鼓吹簫，都在那裏伺候哩！狀元好不受用。你吃的呵，天廚寶膳梨花釀，坐的呵，天家寶蓋蓮花帳。老公公，爲何今年的恩榮禮數，比往年更十分豐盛？(監)這是聖上面考，特旨中的，比三年例試的不同。(雜)原來爲天恩特榜移天仗。(雜將宮袍送上。生不穿介)

【北收江南】呀，待要俺插宮花，飲御漿，早宰下了大官羊。似俺這讀書人也會風光。只爲那喜孜孜洞房，懶得個悶懨懨曲江，（舉手介）有勞列位了！俺怎肯玉鞭梢走馬到長楊。

（雜）那裏有瓊林宴不肯吃的？普天下也尋不出這個呆秀才。我們回覆皇爺去。（末）他辭官的本，就煩附奏罷。（作送本介）（雜）不知天子貴，落得狀元喬。（下）（淨）只怕觸了聖怒。（小生）正是。（末）這樣勸他，只是不肯，教我也沒奈何了。（內）奉聖旨：徐適不准辭官。其妻子散失，係張晃生事害人，好生可惡。着將袍笏親替狀元穿帶，限三日內跟尋還他，遠限治罪。燒槽琵琶着即賜與狀元。欽此！（淨、小生）聖上這樣重賢，狀元非常知遇。難得，難得！（丑上）怎麼好？怎麼好？一些體面也沒了。

【南園林好】恨君王全無主張，外官們從來一黨。我也管多年東廠，倒教咱伏侍狀元郎，咱伏侍狀元郎。

（對衆揖介）衆位老先生請了！徐狀元，是我當初肉眼不識，一時得罪了。只求狀元穿了這宮袍，好回覆皇爺。（生）我不穿便怎的？（丑對衆介）衆老先生勸一勸兒。（生不應介）（丑跪介）狀元爺，你好歹穿了袍服，那聖旨不是當耍的。老張跪在這裏了。（生笑介）

【北沽美酒帶太平令】你高力士捧朝靴伏御道傍，我李供奉脫宮袍掛朝門上。忙頓首謝君王。綠暗紅稀出帝鄉，託賴着君恩浩蕩。泥金帖從容尋訪，盤龍鏡重會鸞皇，白玉杯再斟佳釀，紫檀槽玉人無恙。你呵，莫慌，不妨。謝恩本上。呀！將你個老中官做一句兒講。

（末）聖旨原限三日。難道三日內尋着老嫂，還不肯做官麼？（生）我原想今夜就出都城，既是君恩深重，且從容兩日罷！

【北尾】謝當今聖上寬洪量，把一個不伏氣的書生欵欵降。客卿兄，你道我爲妻兒忒覺得口頭強，便是你爲朋友的眞情，也在我這心上想。（下）

仙籍高標第一名，酷憐風月爲多情。

今宵賸把銀釭照，淚盡羅巾夢不成。

【校】

〔一〕調　劉本作「南僥僥飽老」。

第三十二齣　影歸　（丑上）

連鈎車子撅頭船，烏榜村邊月正圓。下半夜起風蘆花裏宿，阿呀呀！長江白浪勝如山。自家揚子江邊漁翁。昨夜泊在皂角村口，近日村裏興個神道，靈應得緊，被他顛風作浪了半夜，將近天明纔住。我且撐船攏岸，買壺酒吃，慢慢搖過江去。（旦上）有隻船近岸來了。船家渡我一渡！（丑）阿呀！是一位小娘子。還有跟隨的麼？（旦）沒有。（丑）下船來。小娘子，你住在那裏？（旦）

【一江風】我家在石城西，朱雀橋邊第，有碧柳千條細。（丑）好順風！（旦）蕩蘭橈五尺春潮，幾葉風帆易。（丑）差不多到了。（旦）私心還自疑，私心還自疑。歸家待告誰，只好在裊烟面前說一兩句罷了。見爹行說不出風流婿。

(丑)前面是通濟門了。要到水西門進去，轉過秦淮河，纔是你家裏哩。(旦)我不認得，憑着你行罷了。到家情更怯，不敢問來人。(下)(外、老旦上)

【南呂引子】【臨江梅】(外)悶倚闌杆聞鵲喜，柴門若個人歸？(老旦)孩兒一病苦支持。敢遇良醫？天也憐伊。

(外)咳！媽媽。我聞得「鵲聲噪，行人到」，像我這冷落門庭，有那個來？(老旦)或者孩兒病體有些搭救，也未可知。(外)咳！這是你癡心指望，我看這病沒有好的日子了。我且到隣舍家散一散悶。你把門兒閉着，我就回來的。(外出介)(老旦作關門，下)(旦同丑上)(丑)不爭三五步，咫尺是他家。這是朱雀桁了。小娘子，你的家裏在那一邊？(旦指介)這橋下兩扇門，就是我家了。(丑泊船，旦上岸介)你泊船在此，我進去打發你船錢。(丑)小娘子快些。搖了半日，倦了，且打個盹兒。(旦)

【一江風】畫簾垂，流水閒門閉。(內作犬吠介)聽小犬金鈴吠。這是我自家門首。怎聽了犬吠，有些驚怕起來。步凌波窣地無聲，不住心驚悸。門內一株桃樹，是我舊時種的，如今花開在那裏。花枝一片飛，花枝一片飛，春風特地吹。我待敲門，又怕爹娘知覺。呀！門不曾開，我身子怎麼就進來了？俏身材倏上了閒堦砌。

(老旦上)相公出去，不見回來，我且向階頭走走。(作撞見介)(老旦)

【前腔】那人誰，曾見相迴避，看冉冉花間去。呀！這是女兒的面貌，難道我眼花不成？咳！他的魂靈也走出來了。(哭介)我那兒嗄！(外急上)我在隔壁人家講話，聽得媽媽在家裏哭。急回家冷落雙扉，是那個扁舟繫？(丑作醒介)老伯伯，我載你家一位小娘子進去了，快快算還船錢。我在對河買酒吃，就來拿的。(下)(外)那裏有甚麽女親眷來？媽媽開門！(老旦開介)(外)媽媽，你爲甚麽在這裏哭？(老旦)門外有隻船，說帶我家一個女眷來。我問你，是那一個？(老旦)阿呀！我偶然擡起頭來，見個女人劈面走進，竟是女兒面龐，纔轉眼就不見了。爲此在這裏煩惱。(外)莫不是船上果然有人起來，你眼花錯認麽？(老旦)一發好笑。自從你去後，那兩扇門直待你回來纔開，難道這個人飛進來的不成？(外)你是怎樣看見的？(老旦)嬌羞斂翠眉，嬌羞斂翠眉，竟是女兒好時節的光景，春風滿面歸。

(外)莫不是女兒眞個病好了，走出來麽？(老旦)我纔在房中看見他睡的。出房櫳還照顧了孩兒睡。

(外)你看見他睡在那裏？咳！多應有些差池了。(老旦)待我扶他起來看。(扶旦上，睡介)(老旦)我且叫他一聲，展兒！娘在此。(旦作張目呆覷介)母親，可曾打發船錢去麽？(又睡介)(老旦)兒，怎麽樣說？(對外介)他病後從不開口，今日講起話來。(外)他說打發船家，一發奇怪了。(老旦)門前果有船麽？(外)你看這個不是船？(老旦)這等看起來，或者倒是好光景也不可知，待我再喚他一聲。展兒！(旦作醒介)呀！爹爹、母親在此。(作整衣將行介)(外)你在病中，好好將息，不要走動。(旦)兒有甚病來？(老旦)你自已倒不曉得麽？你的病也不是小可的。

【刮鼓令】兒年正及笄，不明白躭困悴，着枕褥不知天地。(外)你不信，只看你的身子。(旦作看驚介)呀！怎麽身子忽然瘦了？(老旦)瘦厓厓腰一圍。(外)我兩人呵，鎮日裏淚沾衣，虧了你母親，看承女兒，同眠共起。(老旦)兒呵！今朝相見尙驚疑，怎生說與俺娘知。

【前腔】(旦)吾心裏苦飢。(外)好了！半年來不吃食，如今餓起來了。(老旦)有粥在這裏，吃一口兒。(旦作吃介)

（老旦）兒，好吃麽？（旦）好吃的。好茶湯能識味。怎生不見梟烟？驀想起梅香伶俐，他守粧臺看玉杯。（老旦）阿呀！他久不在這裏了。兒還記得玉杯麽？（旦）怎麽不記得？是法帖換來的。無端爲他，千山萬水。（老旦）這是甚麽緣故？（旦）夢中去路總依稀，教咱怎把話兒提。

（外）媽媽不要問了，扶他睡去，他身子纔好哩。（老旦扶旦下）（丑叫介）老伯伯，快些還我船錢！小娘子便沒要緊，你老人家也是這樣。我們做小生意的，擔誤這半日了。（外取錢付丑介）船錢便與了你。我且問你，這女客在那裏渡他來的？（丑）昨夜在皂角村口守風，今早見他獨自一個喚渡。上了船，從沒有這樣快，頃刻就到了這裏。（外）果然？（丑）好笑！你自家親眷，何不當面問他？難道說謊不成？我也沒工夫與你兜搭，我去了。（下）（外）呀！眞正古怪。不信女兒身子現在房中，魂靈却出去走跳，這也使人難解。且待病好，快些尋一門親事與他罷了。

莫愁魂散石城荒，天上人間兩渺茫。
夜半醒來紅蠟短，四肢安穩一張床。

第三十三齣　鬧誑

（貼上）豹尾迎來詔未收，玉顏空鎖大長秋。入愁有貌翻成妬〔一〕，居近無鬚易免憂。梟烟替主入宮，喜得釆女數足，發出不選，便待收拾歸家。怎奈太監那廝，苦苦收爲義女，只得權住幾時。呀！隱隱喝道響，想是回來了。我且躲在屏後，聽他說些甚麽？（丑上）羞臉揣懷裏，威風裝口頭。（叫從人介）孩子們，你說我老爺今日氣也不氣，吃虧也不吃虧？（雜）是公公氣了，吃虧了。（丑）這也罷了，萬歲爺還着我身上要人哩。天下有這樣沒頭的公事，連他也不曉得妻子姓張姓李，教我怎生出招紙？那裏尋得來？（雜）據小人見識，這樣倒好，葫蘆提尋一個搪塞他。前日選來的黃家小娘子，一口金陵說話，儘充得過。左右公公要他也是沒用的。（丑）狗才！怎見我就沒用？（作沉吟介）也罷，就用了他。（貼聽介）咳！他不知又把我送到那個去處？（雜）小娘子，有請。（貼）薄命憐飄絮，閒愁訴落花。（見介）公公喚我則甚？（丑）喚你出來，只爲新科狀元要尋娘子，待把你送與他去。（貼）阿呀！公公差了。我是選剩的宮女，只該送我還鄉，這句話從那裏說起？

【章臺柳】聽說是何因，從容細剖陳。俺父母生來掌上珍，難將輕贈人。那狀元呵，便洞口漁郎要問津，不少的綠珠村。他妻子自家認得的，我去也假充不得。你還自忖，枉抛我畫樓紅粉。

（丑）這是好去處，管取不悞了你。

【醉娘子】孤單此身，終朝納悶。他狀元郎還未婚，若嫁了他呵，花冠稱縣君，後日往來相親近。便是你要回去也甚便。消停，須共往江南郡。

（貼）同往江南？他是那裏人？（丑）就是你秣陵縣人。（貼）姓甚麼？（丑）叫做徐適。（貼）

【雁過南樓】呀！這人，曾經耳聞，（雜）極標緻的後生呢。（貼）面龐兒俊雅能文。（丑）莫不是你認得的麼？（貼）若是徐適，也略認得。瞧他不眞，曾有幾分。（背介）果然是他呵，我心兒肯，口兒難硬。（雜）好了，小娘子肯了。喚伴婆來，今夜就送去。（貼）忙攜玉樽，怕來盤問。無心裏探一枝春信。

　　地角天涯不是長，兩行珠淚說昭陽。
一生未結絲蘿契，教向桃源嫁阮郎。

【校】

〔一〕入　劉本作「人」。

第三十四齣　杯圓（生上）

【生查子】孤館欲黃昏，玉漏丁丁徹。燈火照愁眠，酒滴眞珠竭。我徐文樂夫妻失散，聖旨着太監跟尋。適纔長班回話，全沒一些消息。看看又是一日了。今夜月明如水，客館燈靑。娘子不知在那裏，教我怎生放心得下？

【正宮過曲】【普天樂】俺夢魂裏不寧貼，玉天仙敢是飛去也。量着你脚步些些，怎曉得關山曲折。萬一半路上撞個歹人，他的性命定然決撒了。他的性子委是貞共烈，怕遇兇人遭磨滅。急煎煎荒郊曠野，緝林林西風落葉，慘沉沉子規殘月。那日彈琵琶，我正要問他的姓名，被這班人一衝衝散了。

【前腔】你小名兒還待消停說，到教咱那裏尋根橛？我的姓字你是曉得的，或者倒是你來尋我。只是女孩兒家，畢竟要稟過父親的。便回去見你爹爹，提不起姑娘那節。嗄！你書是會寫的。須將簡帖好自親手寫，把你兒夫來尋者。你曉得我中了狀元，好不喜懽也！早知咱名登金甲，百忙裏迎來帝闕，不枉了狀元妻妾。

咳！你姑娘怎生叮囑我，說你虛飄飄一個身子，一步不要捨他。

【前腔】你姑娘當時別，語言兒丁寧切。如今怎麼樣回覆他？我好似醉夢癡呆，待相見如何牽攙。做夫妻幾日難道緣分絕，把骨肉恩情都拋捨。思量一回，要睡起來。咦！簾兒邊像我娘子走進來哩。倦來時雙眸困欹，見佳人繡簾微揭，怎能彀斷魂重接。

（睡介）（副淨扮伴娘，淨扮掌禮人，丑、末提燈擡轎隨貼上）（丑）〔一〕列位擺整齊些。（生驚介）門外怎麼有人喧嚷？

（衆合）

【賺】〔二〕燈火香車，新狀元門第那處也？（淨）是這裏。（望介）靜悄悄獨坐在裏面。長安客舍，見他默坐挑燈夜。（敲門介）開門者！（生）是甚麼人？（衆）是送親的。送來的夫人小姐，奉差遣，待要面見徐爺。（開門諢介）我們都要賞賜，吃喜酒哩。（副淨扯丑介）明日來領賞罷。從容謝，花紅錢話定誰怕賒。（搖首低語介）這是假貨兒，再休纏惹。

（衆下）（生）可喜！娘子竟尋着了。（作移燈看介）

【雙調過曲】【園林好】我妻房移燈笑迎，呀！爲甚不言語？便相見何須再等。（再看介）却那處紅粧來倩？（搖首介）不是我舊娉婷，不是我舊娉婷。

可惱，可惱！這太監那裏尋這女子來搪塞我？（貼）狀元，我今日到這裏，也不是沒根蒂的。

【前腔】記當初相逢妙齡，暢好是兒郎薄倖。（生）我那裏曾見你？說我薄倖起來。（貼）不要說別的，就是你家玉杯，也在我處。須看取玉杯爲聘，難道是昧平生，難道是昧平生。

（放杯卓上，生取看介）這個杯兒，我倒認得，原是我的。記得夫人對我說，他在娘家時節，玉杯裏照見個書生的影子；後來嫁我，那面龐兒竟是一般的。（貼）有這樣事？（生）

【喜慶子】儘香閨把玩纖手冷，照出個書生好眼睛，逗要得春風酩酊。他斟着酒，笑盈盈；瞧着我，喚卿卿。

（貼）若說照見杯兒裏影的，我倒曉得一個在這裏。（生）你曉得那一個？可就是你麼？（貼）不是我。只是斷然不是你尊夫人。

【尹令】不是你可人名姓，一般樣女兒心性。（指生介）又是你有些僥倖。（生）怎麼又說我？（貼）狀元，這玉杯是你的，那杯裏的影，不是你是那個？只是你也不要想前日的夫人了。休憐可憎，倒是這段姻緣穩作成。

（生笑介）奇怪，難道我徐次樂的影，普天下女子都瞧見的？我且問你，果然是那個？（貼）我只是不說。（生揖介）對我說了罷。（貼）狀元，難道就忘了你這玉杯打換在那一家的？（生）是我與黃秉公家打換法帖的。（貼點頭介）（生）想起來了。

【品令】當年出門，行李上西京。千金古玩，將來換黃庭。收藏器皿，怕的將軍硬。嗄！我一發人都說道，他有個女兒管領。莫不就是他女兒見我的影麼？話欠分明，難道是一種風流兩處情。

（貼）差也不多。（生悲介）是了，前日夫人原不曾說出自家名姓。不消說起，定是黃小姐了。（貼）這那裏說起？他病得了不得在家裏。

【荳葉黃】他懨懨瘦損，睡眼瞢騰，像有那個耳邊丁寧，不住的語兒低應。誰曾行聘，甚人主盟。拋閃殺半床孤零，折倒却半年愁病。怎忽地書生對面逢迎。

(生)你是他家甚麼人，這樣曉得？(貼)你也曾瞧見我，難道就不認得了？(生)嗄！我記得去年同蔡客卿到黃家門首，見一位聰明俊俏的女娘，難道就是你？(貼)你且說怎的樣見來？(生)那日呵，

【玉交枝】花開三徑，遇嬌娃春風畫屏。他覷人一點秋波定。還記得有個眞公子來，你只管笑罵他。(貼點頭介)(生)你只把俺兩人恭敬。打扮好在行也。綠衣素裳穿幾層，雙鬟不甚簪花勝。正好說話，裏面叫起來。又不知何人喚聲，又無因從容再停。

(貼)說來一些不差。實不相瞞，我是黃家裊烟，那喚我的就是展娘小姐。(生)呀！叫做展娘。(背介)我在李皇跟前，聞得喚他是展娘。(轉介)小娘子，你在他家，可曉得有個姑娘麽？(貼)狀元不曉得麽？他姑娘就是李皇爺的黃保儀了。(生驚介)若說黃保儀，我前日的夫人，是他主婚的。(貼)那裏有這樣事？(生)我在雒陽城外，遇見李皇打獵，領我回去。就把內侄女配我，有日子、有媒人的，難道不是你家小姐却是誰？(貼)李皇爺、黃保儀都是亡過的人。狀元，你一發搗鬼了。(生沉吟介)啐！都是亡過的人。這等，我白日裏撞見鬼哩。(貼)我那保儀呵。

【六么令】他昭陽寵幸，舊事都非，故國飄零。玉魚從葬在荒陵，泉臺閉，鬼燈青。是誰踏着黃粱境，是誰踏着黃粱境。

（生）我想太監來捉我時節，好端端坐在那裏，一嚇就沒有了，畢竟不是人，是人的魂兒。你家小姐病在家裏，保儀攝他的魂與我做親。古來原有這樣事的。（貼）我只是不信。（生）你不曉得，我未做親時，先有一件希奇的事了。

【江兒水】你道是倩女魂難嫁，幽懽事不成，早天緣湊合宜官鏡。（貼）宜官鏡是我家小姐的。（生）我在雒陽市上買那鏡子，照去見一個女郎。他點翠勻紅新粧映，羞雲怯雨纖腰稱。做了親一看，竟是鏡中的人。記取菱花折證，渾似丹青，好添我畫眉清興。

（貼）却好鏡子也落在你手裏。這等說起來，連我也信了。（生）你爲甚麽到這裏？（貼）

【前腔】只爲宮娥報，替主行，做中官養女圖乾淨。我家小姐呵，姊妹看成隨鞭鐙。便兒家沒個夫人命，充得個塡房插正。（生）這個自然。只是玉杯爲何在你處？（貼）臨行時節，老夫人把來贈我的。該是我話出根芽，故把玉杯相贈。

我想起來，你照見小姐的影，小姐照見你的影，不消說天緣註定的了。我與你也像有些緣分，每常小姐玩這玉杯，我也立在傍邊。

【川撥棹】他把瓊漿賸，俺可也偷照影。瞧不見傻角酸丁，瞧不見傻角酸丁，道不得無情有情。怎生他心至誠，怎知他見未曾。

（生）鏡子旣是小姐的，

【前腔】他梳粧竟，你可也頻顧影。你是我的妾，那鏡兒裏便照出兩個，却也何妨。偏怎生只一箇姐姐鶯鶯，只一箇姐姐鶯鶯，却分就無形有形。知怎生差半星，又誰人曾慣經。（貼）咳！我們原是不相干的。（生）那裏這樣說？我雖與小姐相處這幾時，却是，

【尾】游魂幻影空交頸。到今日纔親把腰肢摟定。（摟介）（貼）我纔進門來，你的嘴臉好不難看也。早被你一句迎頭把我輕。

與君相見卽相親，疑是文姬第二身。
爲報高唐神女道，金陵捉得酒仙人。

【校】

〔一〕丑　劉本作「介」。
〔二〕調　劉本作「黃鍾賺」。

第三十五齣　詰病（老旦上）

【雙調引子】【海棠春】孩兒今日新梳裹，喚立在小庭閒廡。依舊綠鬟斜，點出櫻桃顆。

小閣春歸花影垂，碧窗嬌女晝雙眉。無端開取黃金合，心事須教阿母知。我女兒病體初醒，語言恍惚。他父親因前日那隻船上，着實有些疑心。我也不信道深閨中一捏嬌娃，忽地裏便成精作怪，爲此每每放心不下。今日不免喚他出

來，細問那魂夢根源，討一個明白消息。孩兒那裏？（旦上）

【玉井蓮】影怯魂驚，起來腰肢是我。

母親，孩兒久病初起，該拜一拜。（老旦）你虛怯怯的身子，見個常禮罷。我且問你，你這一場大病，病中何所見聞？可一一從頭說與做娘的知道。（旦）母親面前，不敢分毫隱瞞，待孩兒細細說來。

【仙呂過曲】【風入松（二）】多時鬼病沒騰那，一霎淸涼不過。（老旦）那時節覺得怎麼樣光景？（旦）好像下堦踏着些兒蹉，逗亂影碧天雲破。瞥眼見紅牆翠窩，初入夢，小南柯。母親道孩兒到那裏去？却是姑娘的宮裏。（老旦）你那裏認得姑娘？（旦）孩兒也不認得，是個嬷嬷，道這是保儀姑娘，教孩兒拜了。（老旦）他說甚麼來？（旦）他說道：

【前腔】【換頭】家山回首隔嵯峨，（老旦）思量我兩口兒麼？（旦）念高年爹嬷。（老旦）待得你好麼？（旦）看承愛女同眠坐。他膝下無人一個，閑消遣興亡話多。他說舊時有句說話，母親可曉得麼？曾提起，舊盟麼？（老旦）沒有甚麼舊盟。（旦）說道攝山寺，同游幸，有個徐學士，爹爹許、許他結絲蘿。（老旦）嗄！是徐鉉學士。這句話你爹爹不曾對我講，只說李皇爺當日曾有甚言語。如今年代已久，提他怎麼？（旦低聲介）母親，姑娘說徐學士有個兒子，叫做徐適，後來當中頭名狀元，如今在，西京市，閑游蕩，婚姻事，莫蹉跎。

（老旦）呀！那時該推辭纔是。（旦）

【前腔】【換頭】待行推託緊兜羅，招就個書生停妥。（老旦）阿呀！怎麼就招贅起來？你姑娘也欠斟酌了。（旦）這是天緣註定，不關姑娘事。那書生在雒陽市上買一面鏡子，鏡子裏現出一個美人，竟與孩兒容貌一般的。那書生呵，使心作倖風流我，用不盡胡覷狂睃。不語笑花枝自可，重會面，漫瞧科。（老旦）後來又怎的？（旦）做了幾日親，又送孩兒到別處去。他道家鄉遠，從夫去，京師住，長堤道，馬兒馱。（老旦）旣然如此，你却怎麽樣回來的？（旦）偶然一日，在那裏彈琵琶。（老旦）你那裏曉得彈呢？（旦）也是姑娘教的。（老旦）這也奇怪。你彈琵琶便怎的？（旦）驀地裏一班人雪片樣打來，把孩兒的魂一驚，就驚散了。（老旦摸旦心頭介）兒驚壞了。（旦）這還不打緊，孩兒走去，又闖出禍來。纔行動，昏慘慘，烟塵亂，山坳裏，一聲鑼。

（老旦）這又是那個？（旦）是皂角大王劉鋹。（老旦泣介）苦了我孩兒也！（旦）孩兒被他搶去，誓死不從。還虧仙人搭救，纔走出來。

【前腔】【換頭】孤魂飄泊苦遭魔，透過那亂山兵火。（老旦）想是你到江邊，撞着前日的船麽？（旦）正是。孩兒船到了岸，那門兒還是閂上的，不知怎麽樣走將進來。等閑飛入門楻鎖，見瞌睡身軀倒躲。猛睡覺把心頭自摸，聽得爹娘叫女兒呵

（老旦）孩兒，這一番說話，爹爹面前切不可說出，恐怕他性子執拗，一時間着惱起來。旣然姻緣天定，你且寬心過日子去。病中所遇，後日或得重逢，也不可知。（旦）孩兒知道。

榮辱昇沉影在身，醉醒何處各沾巾。

如今記得秦樓上，猶是春閨夢裏人。

【校】

〔一〕按：此曲實爲仙呂入雙調過曲「風入松犯」，全調由四曲合成，第一、四曲用「風入松」本調，第二、

三曲本調後帶二段「急三鎗」。劉本於本調後，均標出帶曲「急三鎗」調名，而於第三、四隻改「前腔」爲「風入松」。

第三十六齣　縣饋（淨扮老知縣，雜隨上）（淨）

【牧犢歌】鄉科脚色正堂銜，考察愁墳老疾貪。咳嗽連宵病熱痰，昏昏兩耳甚難堪。下官秣陵縣正堂董成龍的便是。七十歲老鄉科，三個月新知縣，甚是有些興頭。只是這兩日簽牌出票，弄得眼花手酸；放告投文，坐得腰疼背痛。更兼有一件重聽的小毛病，因此頗覺不便。却虧前日有個鄉里，送我兩本秘書。你道是那兩本？（笑介）一本是縉紳便覽，一本是新科敘齒錄。我思量看熟了這書，出去結交結交，奉承奉承，我老董就是一個巧宦了。今日無事，且將來溫習一番。（看介）刑科都給事中蔡游，號客卿，江南秣陵人〔一〕。嗄！是蔡老先生，我前日曾去他家送禮過了。這是敘齒錄。徐適，字次樂，江南秣陵縣人，殿試一甲一名。嗄！前日原聽得說狀元出在這裏，却不會問得個明白。（再看介）父鉉，母韓氏。娶黃氏，秣陵黃將軍女。呀！門子，這裏有黃將軍麽？（門）有個黃秉公，是前朝將軍。（淨跌脚介）幾乎錯過了。這就是新狀元的泰山，我如何不去趨奉他！叫庫房快備起禮來，要金花酒十罈，肥羊四隻，綵段八疋，饊菓十二盤，另備繡衫一領，繡裙一圍，金鳳釵一對，玳瑁簪一雙，去黃將軍家慶賀去。門子！喚轎夫打轎，庫吏備禮，跟隨在後。（做行介）（門子）轉灣抹角，此間已是。門上有人麽？太爺在此拜訪。（末上接帖介）老爺有請。（外上）

【宴蟠桃】青粉牆高，綠莎廳冷，有誰欵戶相探？

(末稟介)大爺在外相訪。(外)快取大衣服來！(做換衣迎介)治生一介武夫，前朝廢將，敢勞老父母忘分先施，有失倒屣。(淨做不聽介)恭喜，恭喜。新殿元徐公，就是令東坦。學生特來奉賀，備些薄禮在此，伏乞笑納。(外)這是那裏說起？老父母莫非錯認了？(淨不聽揖介)學生此來呵，

【雙調過曲】【惜奴嬌】羊酒雙擔，賀君家令坦，大魁高占。論起令坦徐老先生，在貴府時，微官七品，還該手本庭參。(外)心慚，故李將軍人誰念，隱青門，心悽慘。(淨)老台翁休得過謙。(外)非自歉。實不相瞞，治生並無他婿，只有一女，尚王昌未嫁，坐守行監。

(淨不聽介)老台翁還有幾位令愛？幾位令婿？這幾位令婿一定也都是發過的了。(外)治生方纔不會道來？

【前腔】【換頭】難堪，白髮鬖鬖，須不似尚平遺累〔二〕，多女多男。(淨)老台翁，不是學生說，其實令婿徐公發了大魁，在老台翁面上大有光彩。即日還要製旗匾送來。詞林門面粧點你丈人行也氣象巖巖。(外)這事十分奇怪。老父母，治生其實沒有女婿，不好冒認。(淨做不聽得，外重說介)(淨)豈有此理！現放着一個簇簇新新的殿元女婿不認，老台翁，你莫不是癡憨。(袖中出齒錄介)你覷麼，徐適頭名由欽點，有泥金，呈台覽，非浪談。明寫着娶黃將軍女，籍貫江南。

(外)有這等沒來由事，倒也好笑。(淨)怎倒說學生來蒿惱？(外)怎敢說老父母，只是自己覺得好笑。

【錦衣香】(淨)非是俺，相欺賺；非是咱，虛憿欠。(外)無端鶻籠排場，好難推勘。算冰清玉潤怎承擔。敢門房族息，曾效鶼鶼；或名同姓同，鬼胡由錯認陶潛。(淨)不消疑惑得。殿元公既認老台翁做丈人，老台翁也不妨權認他做女婿。你休論甚鹹和淡，且朦朧兜攬。像這樣一個殿元公呵，便乘龍帥

府，門楣何玷！

(淨)庫吏送禮帖過來，與黃老爺看。(念介)這羊酒、綵段、菓盒，是送與老台翁的；另外有繡衫、繡裙、鳳釵、玳簪，是梯己送與令愛小姐，即係殿元徐公夫人的。(打恭介)俱求笑納。(外)老父母，這禮物治生斷不敢領。

【潑水令】謝君家珠襦繡衫，謝君家金釵玳簪。(淨搖頭介)我一毫不懂語喃喃。(外)待打掃喉嚨，着實聲喊。(附淨耳高唱)承尊賜，心感銜，但說到狀元難叨濫。(淨)這等學生只得告辭了。(外)承光顧、承光顧，明晨謹參。多唐突、多唐突，望乞包涵。(淨打恭下)

(外吊場)這一椿怪事，不知從何而起？

【尾】那徐郎有甚姻和眷，怎硬把黃門姓氏添。似這樣一個沒影的東床，好不悶殺了俺。

送君卮酒不成歡，老病人扶再拜難。

今日龍鍾人共棄，不如高臥且加飡。

【校】

〔一〕董本「秣陵」下有「縣」字。

〔二〕倘　劉本作「向」。按倘平即向平，見後漢書逸民列傳向長傳注。

第三十七齣　獄儆

（中軍隨淨上）（淨）

七娘子西江掬水羞無那，報龍頭一番驚詫。追憶寃家，好生縈掛，回頭且使精油滑。

凡事留人情，後來好相見。我獨孤榮要圖賴徐次樂法帖，把他趕逐出境，又把聽蕉下在牢裏。只道窮酸餓鬼，再無發達日子。不想他流落京師，一徑搶中了頭名狀元。我想詞林體面，交游又大，若在京有些議論，我這頂紗帽，到有些欠穩。仔細思量，放心不下。目今放他家人出獄，還他法帖，送些路費，打發他還鄉，也是解寃釋結一條門路。中軍官那裏？（中軍應介）老爺有何分付？（淨）我當初爲一時性起，監了徐狀元家人。如今你把這法帖送去還他，這銀子是賚發他還鄉的，你與我多多致意。正是：遇放手時須放手，得饒人處且饒人。（下）（中軍）你道好笑不好笑？我家老爺，沒來由把徐爺管家監禁，如今到要我低聲下氣去求告他。事已如此，說不得了。出了儀門，已到大牢門首。禁子那裏？取匙鑰開監！（雜扮禁子上）奉法朝朝樂，欺公日日憂。（見中軍介）（中軍）你快去請徐爺管家出來。（雜）聽大叔有請。（丑上）

【接雲鶴】連宵不寐剔燈花，喜東君捷報果堪誇。

（中軍揖介）大叔請坐。我的敝主，有眼不識泰山，日前多有冒犯，今特差小官敦請出獄。（丑）呀，原來你們也有求我的日子！當初是你家老爺拿我入監，如今又是你請我出監。不知我前日犯了甚麽罪，監我這許多時，也要大家明白講一講。（中軍）罷了，是我本官不是了，我倒替他陪個禮罷。（丑）

【雙鸂鶒】猛提起當時舊話，潑殘生憑伊敲打。我忍死吞聲，苦受公庭刑罰。只道是我相公久居人下。那日老爺便一時變臉，你們也該留些面情。偏是你大廳爺旗鼓威風怕。

(中軍)聽兄，你也休錯怪我，這都是奉主人差遣，衙門裏的規矩，沒奈何，只算是我多多得罪了。(袖中出銀介)還白金六十兩，送與足下做盤費。(出帖介)這就是賁主人的晉、唐法帖，老爺重新裱好奉還。只求收了，萬事休提罷！

【前腔】【換頭】這是原來的本無差，細裝潢舊錦邊牙。更有朱提白鏹，齎送足下還家。我的聽老先生，沒奈何，看薄面權時收下，也把俺衙門體面留些罷！

(丑不應介)聽大叔，當眞不肯出監麼？(丑)要我出監，除非等我主人自來。(淨)我的聽爺，你又把你的主人來唬我的主人了(一)。你若眞正不肯出監，獨孤老爺只道我不會幹事，就要難爲我了。(跪介)聽爺，望你饒了我罷！(丑收銀、帖介)罷了，我也不難爲你了。如今依你言語，權且出監罷。(中軍起作揖介)多謝。叫禁子，快些送聽大叔出去。(雜上應，放丑介)(丑)我還要拜謝你們老爺。(中軍)待我請出來。老爺有請。(淨上)得他心肯日，是我運通時。那徐家聽蕉出了監不曾？(中軍)他放刁不肯出監，不知費了多少唇舌。如今他說還要拜謝老爺。(淨)謝甚麼！我見了他，倒有些慚恐。也罷，叫他過來。(中軍)聽大叔，來見老爺。(丑見淨介)老爺在上，聽蕉磕頭。多謝老爺活命之恩。(淨)聽管家，不要說客話了。論起我老爺呵，

【五枝供】在集賢門下，替你們老爺，原是兄弟師生，兩世通家。前日你老爺在這裏，略有些閒言語，不過是茶前和酒後，沒甚別根芽。你去見你老爺，跟前再休閒磕牙，只說我獨孤老爺呵，倘容卽日通書帕。(丑)這個小人曉得。只是小人有罪，恐怕還不該放出去。(淨)閒話都不要說了。錦被權遮蓋，事方佳，(笑介)當初只算老夫差。

【前腔】（丑）小人呵，這場驚嚇，一縷殘生，吊打綳扒。不知因甚罪，該得受波查。（淨）再也不要說了。主人在京做官，你的體面儘好了。（丑）京官體面且莫誇，只外臺威勢眞堪訝。小人只是感激老爺不盡。今朝虧殺了，狀元衙，霎時枯木再開花。

（淨）管家不要多講了，快去罷。（雜扮報人上）天有不測風雲，人有旦夕禍福。（見淨介）稟爺，有密報在此。（淨看介）奉聖旨：獨孤榮叨冒節鉞，不思報國；大肆奸貪，有干法紀。據刑科都給事中蔡游所參，深可痛恨。着革了職，錦衣衛立刻扭解來京究問。該衙門知道。呀，這事決撒了也！（雜）稟爺，緹騎立刻到了，請到裏邊收拾去。（淨）正是：從前作過事，沒興一齊來。（同雜下）（丑弔場）獨孤榮竟拏問了，這件事好不快暢〔二〕。我如今既脫網羅，且回到秣陵看看；再到京師去，同主人衣錦還鄉，却不是好。

【尾】囹圄半載今超豁，纔重把身軀掙扎。我家房子雖然換與黃將軍，也還記得是朱雀桁邊第一家。

百感中來不自由，微軀此外復何求。
仰天大笑出門去，空戴南冠學楚囚。

【校】

〔一〕董本「唬」上有「嚇」字。

〔二〕快暢　董本作「暢快」。

第三十八齣　簽恨（旦上）

【仙呂引子】【探春令】春來粉黛不曾施，受淒涼獨自。嘆蕭郎夢斷江南使，消幾個平安字。

天上閒愁有，人間好事無。奴家魂歸之後，日日想念徐郎，杳無消息。正在愁悶時節，又遇着個聾子縣官，到門稱賀，亂講歪纏，落得俺爺蒿惱一場，摸不出半些眞信。仔細想將起來，我是不出閨門的女子，睡夢裏被姑娘扯去配了徐郎；如今弄得似假疑眞，如無或有。我爹爹認眞古執，若要說，怕漏風聲；那徐郎浪蕩虛囂，不去尋，竟無消息。難道把這段姻緣，付之一夢不成？

【南呂過曲】【繡帶引】【繡帶兒】埋冤殺姑娘不是，原來我命如斯。魂飄蕩水上空花，身搖漾風裏游絲。思之。

【太師引】喬才那得能到此。驀地撞這門親事，教咱把誰人怨咨。乾撇下孤幃冷落相思。

（老旦上）鶯花入夢深閨恨，兒女關心老境愁。我的兒，你在這裏做些甚麼？（旦）身子不快，閒坐在此。（老旦）你可曉得你爺昨日的氣麼〔一〕？（旦）兒也略曉得些。（老旦）那知縣忒煞糊塗，你父親偏生古執，葫蘆提答應他罷了，嘮嘮叨叨，說狀元不是我家女婿。那聾子一句聽不出，只管打恭叫喜。你爺受了一口惡氣，倒把我來埋冤抄鬧，可不是悔氣麼〔二〕！（旦）這是孩兒帶累爹爹、母親受氣了。（老旦）我却也有些疑心。那知縣手裏拿一本登科記，狀元名下明明開道：娶黃氏，秣陵黃將軍女。兒，你前日病中所遇，果是徐適麼？（旦）母親跟前，孩兒掉謊不成？只是姑娘原說自己的女兒，就是孩兒在他面前，也並不曾提起嫡親的爹媽，這句話又是那裏來的？

【懶針線】【懶畫眉】記得曾同那人兒，別院閒窗笑語私，琵琶水調撥龜茲。【針線箱】訴衷腸沒說爺行字，怎曉得姓名居址。或者我黃家另有別房麼？咳！徐郎，你登科記上門楣氏，敢江夏黃郎另一支。(老旦)兒,並沒有嗄!敢是被人假名託姓,冒充去了?(旦)就是有人假冒,做了幾日魂魄夫妻,孩兒的面龐,徐郎一定認得。怎麼中了狀元,就忘却舊好,竟締新姻,葫蘆提成就那門親事也。蹺蹊事,我夢魂勞攘,倒讓你明配雄雌。

(丑上)新官朝貴重,舊僕主恩深。聽蕉出獄歸來,聞得秣陵知縣到新狀元丈人家送旗匾。好笑我家官人,許久出外,那裏攀這頭親事?我是第一位管家,不免到他門首認一認。街上人說這家便是。呀!這是我家宜官閣,換與黃將軍居住的。嗄!他家有個小姐,知書識字,我官人也曾說起,多應做官後,寄書來下定的!怎不見有人出來?我且叫一聲:裏面有人麼?(老旦)是那個?(丑)是新狀元家聽蕉阿叔。(老旦)又是那個光棍,假冒來叫笑我家的。(對丑介)管家,你且住在外邊,我叫小廝出來。(對旦介)兒,若是你父親聽得,又是一番氣了。(旦)母親,他既說是狀元家人,或者討得徐郎實信,也未可知。何不喚進來問一聲?(老旦)這也有理。(對丑介)管家,那徐狀元果是你主人麼?(丑)怎麼不是?這裏小姐做了我家老爺的夫人,我是特來拜見夫人的。(旦)只我便是黃家小姐。(丑)〔三〕這等,聽蕉磕頭。(旦)不消得。我且問你,你從京師來,老爺可有書麼?(丑)小人為官事在雒陽,不曾到京師。(旦)難道不曉得老爺的消息?(丑)

【醉宜春】【醉太平】來時知他殿試,正游街跨馬,面白無髭。(旦)聞得他在京另娶一個夫人了、(丑)只怕沒有這事。(背介)少年狀元,那個沒有兩三房夫人,畢竟招贅是實的了。(轉介)多應推三阻四,或者是勉強爲之。(旦)有這等事?薄情郎,好不傒落人也!喬廝,他一甌飯插兩張匙,【宜春令】背槽病全無行止。你幾時到京師去?(丑)〔四〕如今就去了。若有書信,小人帶去。恰好捎書傳信,伏惟尊示。

(旦)你在那壁廂坐一坐，待我寫起書來。(丑)曉得。我且向攝山寺裏走走去。信步游山寺，題名過粉牆。(下介)(旦作書停筆介)咳！他舊時見我的影兒。如今消瘦了，只怕連影兒也不認得了。

【瑣窗繡】【瑣窗寒】你害得人怨粉愁脂，不比當年鏡裏時。轉關兒那個接上連枝。眞眞假假，影疑形似，認儂家夢魂來至。徐郎，你也該辨一辨兒。【繡衣郎】做新郎，忒施爲造次；漫端詳，早迷魂失思。

我想你中了狀元，跨馬游街，好得意也！

【大節高】【大勝樂】黃金帶穩稱腰肢，插宮花承聖旨，輕裘寶馬游槐市。【節節高】烏紗翅，白玉卮，君王賜。長安千里泥金紙，關山西望心如刺。兩下盟言記來眞，今番爲伊淒涼死。

(老旦)書已寫完，怎麼不見那寄書人來？(丑上)逢僧忘話久，停馬厭書遲。這一會兒，小姐的書想寫完了。(老旦出見介)管家等久了。(丑)這是當得的。書完了麼？(老旦)

【東甌蓮】【東甌令】書封就，淚痕滋。(作拔釵介)拔取金釵充路資。(丑)這個小人怎敢受？(收介)(老旦)見你家老爺呵，致他莫把虧心使，照顧你窮妻子。(旦)你對老爺說：饒他官職苦難辭，【金蓮子】悄地裏一封書，小車兒迎我到京師。

(丑)小人就去了。(下)(旦)這寄書一事，在爹爹面前，母親且不要說起。

【尾】女孩家傳心事，怕爹行知道賴老娘慈。也無過形影相知一首詩。

春來山路見蘼蕪，君在蕭關妾在吳。
小疊紅牋書恨字，殷勤爲我報狂夫。

【校】

〔一〕得　董本作「的」。
〔二〕悔　董本作「晦」。
〔三〕〔四〕丑　原作「小丑」，據董本改。

第三十九齣　使訪（生、貼上）（生）

紫蓋鳴笳出汴橋，睢陽才子玉驄驕。（貼）歸家待拂同心鏡，拭翠添香有倩桃。（生）我爲追尋小姐，感蒙聖上准我給假還鄉。出得京來，已到揚州地面。不知小姐病體如何，那姻緣成就，只怕還在天上哩。（貼）這也不消愁得。只是我家老將軍天性執拗，還該先修一封書去纔好。（生）我家人雖多，沒有梯己出力的。只有舊僕聽蕉，又爲事在睢陽，不見到來。左右的，快些攢行渡江去。

【仙呂過曲】【望吾鄉】錦帶吳鉤，青絲絡馬頭。旌旗路轉河橋柳。故鄉山色江南近，歸去淸明候。停鞭望，人在否？燕子東風瘦。

（雜）稟爺，已到江口了。應該秣陵縣馬船迎接，還不見來。（生）我們自僱隻船去罷〔一〕；那裏等得他？（丑上）

【鐵騎兒】過瓜州，向揚州，相逢恰轂，前站到江頭。我到京裏去，打聽得老爺奉差出京，將次到了。遠遠一簇人馬，莫不就是老爺麽？（作撞見介）呀！果然是老爺。老爺在上，小人叩頭。忙前叩首，家信一封投。（取書上介）（生）我那裏有甚麽家信？聽蕉，你在雒陽，幾時出來的？怎麽不到京來？（丑作淚介）小的吃盡苦楚，如今老爺有了這個日子，舊事也不消說了。那晉、唐小楷，獨孤榮聞老爺的喜信，特地送上。小的因到家裏走走，老爺幾時定一位夫人在南京，教我捎這個信來。（生）可就是黃將軍家裏麽？（丑）正是。（生）你見過小姐麽？（丑）怎麽不見？（生顧貼介）想是沒有病了。（丑）病是沒有了。只是那小姐看見登科記，曉得老爺另娶了一位新夫人，氣得了不得。（作背語介）我倒看不出了。這是黃家裊烟，這丫頭怎麽與老爺做一處？（生）聽蕉，你後面吃飯去。（雜諢介）（丑）漫着新屯絹，先除舊快鞋。（下）（生看書介）詞寄西江月〔二〕聞道盧郎得意，長安重醉金釵。粧臺玉鏡久塵埋，一片清光不改。好夢等閒抛撇，閒愁沒處安排。休教蕩子不歸來，有個人兒活在。咳！小姐，你那曉得我心事來〔三〕？

【桂枝香】他書成纖手，修眉長皺，道俺紅粉樓中，另折取花枝春透。（指貼介）又誰知是你、誰知是你，相看依舊。咳，我徐次樂呵！費人僝僽爲風流。正是雁足書難寄，歸來恨始休。

（貼）小姐，

【前腔】你幽歡迤逗，無人窮究，好似澹月朦朧，虧殺我梅香泄漏。（指生介）到如今就裏、如今就裏，纔能成就。漫鬆羅扣試温柔。小姐，只怕你好夢鴛鴦暖，芳心荳蔻愁。

（生）今晚且在前面館驛中安歇，明早趕進城，見丈人、丈母和夫人便了。

鸞鏡佳人舊會稀，相如擁傳有光輝。

馬頭漸入揚州路，終日思歸今日歸。

【校】

〔一〕隻船　董本作「船隻」。

〔二〕詞　劉本作「調」。

〔三〕董本「我」下有「的」字。

第四十齣　眞婚（外、老旦、院子隨上）

【大石引子】【東風第一枝】（外）玳瑁簾深，沉香火煖，揭天絲管聲傳。門停油壁香車，銀塘翠氣生煙。（老旦）宮眉初畫，蓮步嬾少女芳姸。喜狀元紗帽籠頭，少年裘馬翩翩。

（外）那裏曉得十八年前李皇爺的說話，今日都應驗起來。原來我家失去的寶鏡，倒是徐狀元買得了，就在這鏡子裏照出展兒的影子；那狀元打換與我家的玉杯，展兒又在裏面照出徐狀元的影子。這段姻緣，奇奇怪怪，都係耿先生撮弄。昨日徐狀元到門〔一〕，把子婿帖兒來拜我，夫人方纔把前前後後的事一一說明。今晨黃道吉日，備下慶喜筵席，與他們成親。（老旦）女孩兒招個狀元女婿，也不枉姑娘一片苦心。恰好裊烟也在狀元身邊，更爲可喜。（外）小廝，若是狀元爺、二夫人到，先請後堂坐了；待結過花燭，纔請相見。（丑）曉得。（副淨扮掌禮人照常請介）（生上）

【燭影搖紅】臨水夭桃，畫圖曾識春風面。繡簾疏處見，分明人立煙絲軟。（旦上）羞把腰肢背轉，記舊日橫波曾見。夢中繾綣，別後生疏，今番腼腆。（副淨照常贊禮介）（外）請二夫人相見。（貼上）舊伴推桃葉，新恩寵柳枝。老爺、夫人、小姐請上，容妾身拜見。（外）你替主遠行，義同吾女，現爲副室，不比往常，行個常禮罷。（貼）定然要拜的。（外）既然要拜，我兩個老人家受了，小姐該另拜還兩禮。（作拜外、老旦介）（貼）巧配菱花，喜高堂椿萱有託。（外、老旦）同斟玉盞，與小姐姊妹相稱。（拜旦介）曩烟舊居侍婢，媿非絡秀之才。（旦）奴家免入深宮，咸荷採蘋之力。（送酒作樂介）（生）

【念奴嬌序】珠簾半捲，正風柔夜暖，萬條銀燭花前。龜甲屏開聞笑語，人在笙歌庭院。（貼）前日玉杯，奉與狀元、小姐做合巹杯。（生接介）低勸。琥珀漿濃，琉璃盌滿，膩香紅玉醉嬋娟。（合）須記取吹簫伴侶，今夕何年。（旦）

【前腔】【換頭】鶯囀，春風上苑。探花人衣惹天香，翠袖籠鞭。玉鏡粧臺梳洗早，拈取同心花鈿。（生）宜官寶鏡在這裏，正好做同心鏡。（旦接介）重見。殢粉疏狂，窺香傻雅，一人女婿萬人憐。（合前）

（生）晉、唐小楷送還岳父，做個定婚帖。（外接介）

【前腔】【換頭】如願。我是戟掩朱門，書藏黃絹，左家嬌女付遺編。遇貴婿，繡幕牽絲一線。佳讖。蘭麝香中，綺羅叢裏，白頭人醉插花筵。（合前）

（貼）欽賜的燒槽琵琶送上小姐，彈隻鳳求凰。（旦接介）（貼）

【前腔】【換頭】嬌倩。我待小婦鳴箏，紅兒度曲，春鶯嬌語十三絃。聽玉漏，數點丁冬銀箭。人倦。駐拍停歌，添香惜夜，手挼裙帶卸頭眠。（合前）

（副淨）請狀元爺、夫人入洞房。（外）鋪設在閣上。使女們掌燈。（生）原來就是宜官閣。

【賽觀音】綠楊絲，桃花片，那一帶池臺宛然。望咫尺明河非遠，還是咱舊日亭園。（旦）

【前腔】攏犀簪，鬆金釧，悄地把花枝自言。儘薄夢幽懽還淺，記海棠着雨應鮮。

（作送入房，外、老旦、貼轉介）（外）人家招得這個女婿，好喜也！

【人月圓】（外、老旦）聽鳳曲聲向雕闌轉，捲上珠簾教人看。銀缸側映紅鸞扇，恰可意風流人中選。思十載、西宮裏舊話，天配良緣。

（老旦）梟烟姐，你的房另鋪在西邊，我送你去睡罷。（貼）老夫人請自安置。（外、老旦）石城看畫錦，戚里羨乘龍。（下）

（貼嘆介）你看宜官閣上，他兩個美甘甘好睡也。

【前腔】回繡幕羞把衾窩展，十二闌干閒敲遍，愁濃酒惱難消遣。聽曳雪牽雲人宛轉，吹畫燭、空留得月影，花外團圓。

沒奈何也只得睡了。

嬌歌急管雜青絲，大婦同行小婦隨。

千日廢臺還挂鏡，玉珂瓊珮響參差。

【校】

〔一〕門　劉本作「呵」。

第四十一齣　仙祠　(生、旦上)(生)

紫府仙人帶笑看，碧桃花底共驂鸞。(旦)羞言巫峽行雲夢，愛事麻姑起玉壇。官人，今日是三月三了，怎麼不到李皇廟去？(生)人夫俱齊了。你爹娘同去麼？(旦)老人家不肯出門，帶你第二位夫人去走走。(生笑介)憑夫人主意。(貼上)〔一〕雲歸二女廟，花發小姑祠。小姐出去燒香麼？(旦)你也同去。(貼)多謝小姐。(雜)請老爺、夫人上轎。(同唱)〔二〕

【仙呂過曲】【蠟梅花】秦淮好景是三月三，燒香轎子山亭擔。轉過了千佛巖，松杉路暗，渾金大字古伽藍。

(雜)這裏是攝山寺了。(生)我想那年在雒陽買鏡，也是三月三日。西京風俗，在李皇廟中做市；偏我秣陵縣這般冷落，鋪子也不見一個。(僧上)無人賽豚酒，有客費茶湯。住持接老爺。(雜)起去。(僧)轉過西廊，就是仙祠了。(旦)官人，那廟兒造來却是整齊。(生)夫人，這是客卿將我兩人仙婚奇事奏知皇上，奉旨造的。進祠的日子，因蔡兒一處行禮，不便帶你同來。(僧)稟爺，裏面用點心。監院傳齋鼓，沙彌待客茶〔三〕。(同下)(外上)白頭供奉老何戡，擬向山中住一庵。惆悵茂陵烟樹遠，長歌三闋望江南。自家曹善才。從汴梁回來，眼見興亡盛衰，添出許多感慨，思量棄家入道，因此改換裝束，做個淸閒道人。且往城外，看有甚僻靜寺院住一住。信步行來，已到攝山寺。門首怎麼有許多人夫轎馬，借問大哥，那一位爺在裏面？（雜）是狀元徐爺。（外）徐狀元，可是黃老將軍女婿麼？（雜）正是。（外背介）前日眞公子在汴梁抄鬧的，就是此人了。聞他與黃家結親，是李皇爺陰中撮合，有許多奇怪的事。這廟宇也是他蓋造起來的。（轉介）大哥，我也要進去燒一炷香。（雜）你這道人不曉事。我家奶奶也在裏面，怎麼容你進去？（外）我雖是個道人，也曾做過官，伏侍李皇爺的。你去稟老爺，說仙音院裏曹善才，要進來燒香，憑他肯不肯罷了。（雜）他說大話兒，只得去稟一稟。（生、旦、貼上）山似詩中畫，人從鏡裏游。（雜）稟爺，有個道人，說甚麼仙音院裏曹善才，要進來燒香。（生）快請進來。他是老人家，你兩人不消迴避罷。（外進見揖介）狀元、夫人，貧道稽首了。（生）老丈想從京中回來？（外）正是。前日在京中，因聽得琵琶，多了一句口，不曉得眞公子抄鬧起來。如今狀元掙了一世前程，李皇爺立了千秋香火，舊事不須提起了。（生）這都是李皇要成就婚姻，仙機播弄；連眞琦我也不怪他，何況老丈！只是老丈伏侍李皇最久，今日是他生日，把前情舊事與俺細說一番，却不是好。（外）這也不難。只是貧道好彈的是琵琶，不知燒槽琵琶可在這裏麼？（生）正帶得在此，快取來與曹老爹彈與我們聽〔四〕。（同坐介）（外）這攝山寺是皇爺常臨幸的。（生）就把臨幸的事體講一講。（外）

【北商調】【集賢賓】走來到寺門前，記得起初勅造。只見赭黃羅帕御床高。那壁廂擺列着官員輿皂，這壁廂舖設的法鼓鐘鐃。半空中一片彤雲，簇捧着香烟縹緲。如今呵，新朝改換了舊朝，把御牌額盡除年號。只留得江聲圍古寺，塔影掛寒潮。

（生）我家先學士，老丈可嘗會麼？（外）你家學士，皇爺一刻也少不得的。還記得那日在朝門外呵，

【逍遙樂】中官宣召，御苑花開，兩宮駕到。催喚詞曹，飽蘸霜毫〔五〕，待應制詩成賜錦袍。好

一個君臣同樂。(生)還有何人在那裏?(外)無過是龜年吹笛,賀老搊箏,一部簫韶。

(旦)善才公,我家保儀姑娘,你可曾見麼?(外)俺帶了穿宮牌子,常時承值的。記得他在西宮呵,

【掛金索】曉拂鑾殿,滿寫明光詔。夜炙銀笙,側按梁州調。鬢貼金蟬,花發宮娥報。口泛瓊漿,醉博君王笑。

(生)你只見他好的時節,不知他葬在雒陽,與劉鋹墓道相近,終日提兵相殺,做鬼也不得安靜哩。(外)

【金菊花】俺只道石頭城守得不堅牢,原來這北邙山又被兵來抄鬧。老劉,你好不癡也!只看如今的世界,四海江山都姓趙,鬭甚英豪,嚇着鬼做黃巢。

(生)我在雒陽城外遇見李皇,招做女婿,把劉鋹一殺就殺退了。(外)如此恰好,只是這差使原該是黃僉公的。

【醋葫蘆】我只道黃忠老將叨,原來把徐卿女婿招〔六〕。將敗殘軍殺過杜鵑橋,報來的捷書少不得學士草,做功勞也添些親家榮耀。只難爲了舊元戎冷落老班超。

狀元,我聞得你在影兒裏結果姻緣,可是有的麼?(生指旦介)他的寶鏡在我處,照見他的影;我的玉杯在他處,照見我的影。這都是耿先生做媒,變幻出來的。(外)這耿先生在宮中從來古怪的。若不是他,這鏡子、玉杯怎麼有起影來?

【么篇】你待要瞧時何處瞧,待要描時怎地描?便兩椿兒湊合也不成交。撞着個媒人弄來手段好,迤逗得新人與書生廝照,驀地裏阮郎歸曾見了念奴嬌。

我想玉杯是狀元的,寶鏡是夫人的,琵琶還該捨在皇爺廟裏,做個唐家故事。(生)這也極好,只是無人收管。(外)貧

道不去別處去了，就在這廟裏出家，常把琵琶彈一曲供養皇爺〔七〕，也不失我舊伶人的意思。（生）老丈既肯在此出家，就把琵琶相送便了。（外謝介）

【梧葉兒】俺將那烏棲曲改做求凰操，比似你做夫妻恰配上鸞膠。長則是將他斜抱，同着他睡覺，緊緊的守在僧寮。也不枉伏侍他一場，可不道馬也有垂韁之報。

（內作細樂介）（生）那裏一片仙樂？（立起看介）（貼）夫人〔八〕，却像雲頭裏響。（小生、小旦、老旦道服上）（小生）酒傾玄露醉霞觴，侍從皆騎白鳳皇。（老旦）無限萬年年少女，（小旦）手挼裙帶問昭王。（小生）這裏是緱山寺了。聽得有琵琶聲音。呀！原來徐郎夫婦在我廟裏。（生、外）呀！是李皇爺。（旦）呀！是保儀姑娘與耿先生。（作跪接介）臣徐適見駕。（小生）徐郎，你夫婦完聚，好懽喜也！（生）皆係陛下、娘娘所賜。（小旦）〔九〕展兒，你前日汴梁失散，我心中甚是牽掛。（旦）若不是耿先生中途救護，孩兒怎能彀再見姑娘。（老旦指貼介）這就是裊烟。（貼再叩頭介）（外跪介）萬歲爺，可認得老臣麼？（小生）你是仙音院裏曹善才。記得十八年前，也就是三月三，（指生介）你父親爲我的聖節，進一首詞，叫做萬年懽，善才將琵琶度曲，保儀把于闐玉杯送酒稱賀，難道我就忘了！（外哭介）微臣適纔彈燒槽琵琶，正訴出皇爺往日的事體。（小生）嗄！方纔彈的就是燒槽琵琶？我久不曾聽得你彈了，再與我彈一曲，把我去後的光景說一遍。（外）領旨。（小生）我那澄心堂呢？（外）

【後庭花】澄心堂堆馬草，（小生）凝華宮呢？（外）凝華宮長亂蒿，（小生）御花園許多樹木呢？（外）樹木呵，砍折了當柴燒，（小生）那書籍是我最愛的。（外）書呵，拆散了無人裱。虧了個女婿粧喬，狀元波俏，纔掙這搭兒香火廟。善才也做廟裏道人了。（小生）這也難爲你。（外）三山捲怒濤，烏鴉打樹梢，城空怨鬼號。

怕的君王愁坐着，則把俺琵琶彈到曉。

（小生）世間光景，自然是這樣的。如今證了仙果，也不放在念頭上了。徐郎，我今日赴西王母蟠桃宴，暫到這裏，如今就要起程了。（生）臣夫婦感陛下、娘娘厚恩，留得片時瞻仰，也是好的。（旦）就是爹爹、母親，也不曾與姑娘一見。（小旦）我也待不得了。（外）仙凡路隔，諒難挽留，待我再彈一曲送皇爺罷。

【青哥兒】他自有夫妻、夫妻的才料，你自有仙人、仙人的玄妙，須信道富貴功名有下梢。人世疲勞，付與兒曹。草笠團瓢，散誕逍遙，芒屩絲絛，野蔌山肴〔一〇〕。（小生）徐郎珍重，我們去也。他年蕭史如相訪，須覓餘杭阿母家。（同小旦老旦下）（外）只聽得玉笛聲聲雲外飄，漁家傲。

（旦）姑爺、姑娘都去了，我們也進城罷。（生）老丈，你果然佳在此出家了？（外）我今日見了舊主人，只恨凡夫俗骨，跟不得上天去，難道這廟兒還守不得麽？

【高過浪裏來】俺比不得蓬萊三島，仙部雲璈，則常是背檀槽手把松花掃。狀元放心。有貧道在這裏呵，憑着你兩個早去做官僚。玉帶金貂，紫綬緋袍，皓齒纖腰，翠袖珠翹，鏡點櫻桃，杯泛葡萄〔一一〕，好一對形影的夫妻直到老。

（生）就此告別了。只因紅粉佳人累，却讓青山道士閒。請了。（生旦貼下）（外大笑介）

【隨調煞】則我看世上姻緣，無過是影兒般照。一任你金屋好藏嬌，受用殺笙歌珠翠繞，脫不得這風流底稿。怎及那仙人鶴背自吹簫。

門前不改舊山河，惆悵興亡繫綺羅。
百歲婚姻天上合，宮槐搖落夕陽多。

詩曰：

詞客哀吟石子岡，鷓鴣清怨月如霜。
西宮舊事餘殘夢，南內新辭總斷腸。
漫濕青衫陪白傅，好吹玉笛問寧王。
重翻天寶梨園曲，減字偷聲柳七郎。

【校】

〔一〕「上」字原無，據董本增。

〔二〕劉本「同唱」上有「生旦貼」字。

〔三〕待　劉本作「侍」。

〔四〕爹　劉本作「爺」。

〔五〕蘸　原作「醮」，據劉本改。

〔六〕招　原作「詔」，據董本、劉本改。

〔七〕供養　董本、劉本均作「供奉」。

〔八〕夫人　董本作「小姐」。

〔九〕小旦　原作「貼」，據董本、劉本改。

〔一〇〕蔌　原作「簌」，據劉本改。

〔一一〕葡萄　原作「蔔萄」，據董本改。

吳梅村全集卷第六十三　雜劇一

臨春閣

灌隱主人著

正目

洗夫人錦織通侯　張貴妃彩筆詞頭
青溪廟老僧說法　越王臺女將邊愁

第一齣〔一〕

（旦戎服錦傘，雜從上）中原逐鹿辨雌雄，誰辨雌雄俗眼同。天使李陵兵敗北，不教女子在軍中。自家高涼洗氏譙國夫人是也。俺笑男兒，慣裝門面，明是個鬚眉短氣，倒推開說此輩都是婦人女娘。怕下排場，怎見得眼顡輸人；偏羞澁道，恨我不爲男子。難道咱家三綹梳頭〔二〕，兩截穿衣的，就是一些沒用麽？譬如我洗氏，家在梁州，世爲南越、長歸馮氏，裔出北燕。好立軍功，恥從夫爵。謝聖恩可憐，册爲譙國夫人，仍開幕府，置長史以下官屬，給印章，聽發六州兵馬，便宜行事。那幾個不伏氣的秀士酸俫，看告示上大剌剌填著記室參軍，忩忙裏鑽官討缺；便算是慣打硬的強弁悍帥，見令旗邊明晃晃懸著銅鍘勢劍，一納地叉手抵頭。止坐君等無人，會須咸出吾下。昨日新下詔書，賚繡幰油絡駟馬安車一乘、鼓吹一部，命我循覗諸邊〔三〕。那各路諸侯、外邦君長，齊集轅門，聽吾將令。正是：玉帶錦裘行塞外，旁人錯認語兒侯〔四〕。在吾一婦人，也算是威權不小。但須廣布朝廷德意，宣慰十路軍州，無謂女子乘邊，致使越人輕漢。叫左右的，起鼓開門！（衆錦傘、旗幟、刀劍、儀從上）

【點絳唇】〔五〕紫蓋文軒，刺桐庭院流鶯囀。黼帳高搴，一朵紅雲宴。

【混江龍】則看那雌霓旌展，蓮花寶鍔護嬋娟。赤緊的閼氏捧轡，徵貳擎鞭。夫人城金湯十二，娘子軍鐵騎三千。得雄王，得雌霸，軍爲呂氏；驢非驢，馬非馬，妹似孫權。不用求雷尚書、陸侍中，斜封墨勅；比得過潘將軍、婁御史，寶馬銀韉。篩幾聲諸葛鼓，不怕他人貽巾幗；畫一幅伏波像，誰說道女累凌煙。俺這裏房帷譙國非容易，眼看他粉黛彭城實可憐。不信是幾人冠蓋，剛剩這一道山川。

（末）嶺南道、嶺北道各州刺史進見。（旦）請進來。（衆進介）〔六〕（旦）諸公皆上將鴻勳，名流貴胄，今日受吾節制，恐未必甘効鞭箠。只是既忝旌麾，必須申明約束。若有不到的去處，諸公勿吝賜教。（衆）不敢。（旦）越人之俗，好相攻伐。方今主上嚴明，新奉詔書，如有不由調遣，擅相侵掠者，先斬後奏。公等宜訓齊所部，尊事朝廷，無得犯吾軍令。

【油葫蘆】你看俺刻玉于闐小帶圓，扣獅蠻一捻軟。花枝壓住五溪天。廝琅琅斜插了泥金箭，翠巍巍側映著銀鸞扇。少不得弓鞋踹鳳鐙，皓腕按龍泉。休道將軍冠玉饒情面，只把俺金字令牌懸。

（末）緬甸國、扶南國、眞臘國使臣稟謁。（旦）那一國率領前來？（末）是緬甸國，要討慶賀的賞賚〔七〕。（旦）這個俺不少他的，只是要年年進貢，歲歲來朝哩。列國使臣都來聽者：

【天下樂】你金葉文書字樣鮮。舞也波旋〔八〕，語駢連，赤支沙嘴臉波斯眼。疎花布，將頭纏；五色線〔九〕，把環穿。穩喫那一甌兒桄榔麪。

分付他要安心守法，不可妄動。

（末）羅羅等處宣慰司，木瓜、仡佬等處軍民長官進見。（旦）叫左右的傳諭他：爲甚的叛服不常，數違漢法？發到軍政司定罪去！（末）稟老爺〔一〇〕，他說是廣州都護府頻下牌來，調遣他畬丁田子，搜索鐘乳空青，頻頻激變，實非其罪。（旦）叫參軍們，我謝恩本上，就把這秀才官兒帶幾筆，也叫聖上知道。一面簽發告示，各處張掛，蠲免雜項差徭；只是

【那吒令】你那邊輸些銀絹，俺這邊賞些紬段，咱兩邊沒些嫌怨。進用單，依前件；雜差徭，權放免。止供著賧布賨錢。

吾奉命巡邊，文武將吏，中外軍民〔一一〕，大小畢集，可見國家威靈煇赫，薄海服從。叫左右的，將吾幾道詔書，欽賜的物件，陳設中庭，待諸公一看。諸公！你曉得俺意見麼？不是侈張恩寵，誇耀殊方；只是表國家待人不薄。就是我一婦人，止靠「忠貞」兩字，寵賚至此，何況公等？各宜努力。異日公侯將相，帶礪河山，寧出兒女子下乎！（雜）萬歲爺詔書五道，張娘娘手詔二道，錦袍一襲，綉段千端。（衆）夫人功高賞重，下官何敢仰窺萬一？只是張娘娘兩道手詔，難道也

會做文字來〔一二〕？（夫人笑道）〔一三〕你道做女人的，就喫不得紅綾餅宴，中不得進士麽？他才學儘看得過哩！

【鵲踏枝】他本是玉天仙，飛下的錦文箋，字帶著壁月瓊花，筆掃著瘴雨蠻烟。就把俺兩人對看起來，我讓他紅樓銀管，他讓我白馬金丸〔一四〕。

你看這個錦袍，也是張娘娘手製的。

【寄生草】琵琶裙，黃金釧，猩猩袍，紫玉蟬。這是他春機自選春蠶繭，春朝自送春風剪，春江自捏春花染〔一五〕。（衆）張娘娘這等用心；夫人該尋猫兒眼、祖母綠、大大的珠子，貢獻上去。不要說夫人官上加官，就是刺史們也好遷轉幾級了。（旦）吾替他掙住錦片江山，那在些些進奉？比似你做官人慣想海南裝，偏是俺婦人家倒把珍珠賤。

這些都收過去了。那外國使臣，到來賓館賜宴。軍民長官，歸自己汛地去罷。各州刺史，帶領本部人馬，隨我到關門巡視一回。（中軍官稟介）待小官輩領兵前去，夫人不必自行。（旦）難道我去不得麽？

【醉中天】〔一六〕你道俺花枝顫，怎射得柳枝穿，却不道大樹家風黃石傳〔一七〕，小膽兒能征戰。則把俺繡旗兒半捲，也不學粉蘭陵喬裝假面，休錯認老留侯女貌嫣然。

衆將官，就此起馬！

【後庭花】（衆唱）〔一八〕若不是硬弰弓輕帶轉，早則把嫩腰肢一會兒喘。且看那繡甲鬆裁便，幾會旱蓮腮將黴汗湔。起初慢俄延，纔上馬香塵兒成片，風吹得步步遠，全不見半星兒腼腆。

春動了百蠻天，檳榔花，紅欲然。忽聞得鷓鴣言，又立在楊柳邊。

（旦）發令箭一枝，著守邊鎮將，速發兵馬，出關哨探一回。（衆）嗄！（同唱）〔一九〕

【賺煞】〔二〇〕軍聲下瀨船，甲士明秋練。暢好是女節度簫笳沸天，現放著紫香囊做諸公夾袋選，幕僚中也算是綠水紅蓮。咳！我想馬伏波不肯在兒女手中，萬里征蠻，纔不負英雄男子。伏波原，銅柱雲連，邐迤妻兒望跕鳶。到今日呵，這樣的男兒，一個也不見了。倒靠著木蘭征戰，苦了粉將軍喬鎮綠珠川。

暫收兵馬歸營〔二一〕，明日點名給賞。（下）

【校】

〔一〕齣　吳本作「折」，下同，不另出校。

〔二〕給　翻鄒本作「搭」。

〔三〕循視　翻鄒本作「巡視」。

〔四〕語兒侯　翻鄒本作「小馮君」。

〔五〕吳本「點絳唇」上有「仙呂」字。

〔六〕介　吳本作「科」，下同，不另出校。

〔七〕宴　董本作「筵」。

〔八〕舞　翻鄒本作「胡」。

〔九〕線　翻鄒本作「珠」。

〔一〇〕老爺　吳本、董本均作「夫人」。

〔一一〕中外　翻鄒本作「番漢」。

〔一二〕吳本「來」下有「麼」字。

〔一三〕夫人　吳本、董本、鄭本均作「旦」。「道」，董本、劉本無，吳本作「科」。

〔一四〕金丸　翻鄒本作「金鞭」。

〔一五〕染　翻鄒本作「茜」。

〔一六〕醉中天　醉原作「錦」，據吳本、劉本及曲譜改。

〔一七〕黃石　翻鄒本作「馮婦」。

〔一八〕唱　劉本無；吳本作「合」。

〔一九〕劉本無「同唱」字。

〔二〇〕劉本「賺煞」下有「合」字。

〔二一〕兵馬　吳本作「兵將」。

第二齣

（末扮太監上〔一〕）自家張娘娘名下穿宮內使蔡臨兒是也。娘娘恩寵無二，萬歲爺言聽計從。只是老皇親不能入宮，就是宮人袁大捨代筆做幾篇文字；那打聽衙門事件，批駁各路表章，畢竟還待俺家商量。今日萬歲爺呼喚，要娘娘做嶺南節度使的勅書，好笑這官兒也是個女人。我想娘娘有俺家伏侍，做節度使的，手下幾萬人馬，難道都是內官家兒？那個官一定被下人撮弄去了。說話之間，早到宮門。袁學士有麼？（老旦扮袁大捨上）漫號披香博士，居然文籍先生。蔡家，今日有何章奏？（末）萬歲爺要娘娘做嶺南勅書一道。（老旦）待娘娘早膳過，方好稟知。（小旦扮張貴妃上）無雙漢殿鬟，第一楚宮腰。自家張麗華。梳洗纔畢，且把昨日應制的詩推敲一番〔二〕。

【粉蝶兒】〔三〕花動吟眸，思遲遲曉鶯催就。粉搓成沈謝曹劉。玉纖寒，香篆永，瑣牕清晝。只爲管領春愁，折倒個詠花人替花消瘦。

（老旦）女學士袁大捨叩頭，願娘娘千歲。千千歲！萬歲爺差蔡臨兒，要娘娘做勅書一道，在宮門取旨。（小旦）這是翰林院職掌，誰奈煩做他？大捨，

【醉春風】不爭俺貴人院燕鶯儔，倒替他太史公牛馬走。君王好自沒來由，且教他候候。多大心腸，早來公事，夜分詩酒。

（末）蔡臨兒叩頭。（小旦）萬歲爺要做那一道勅書？（丑）是嶺南道女節度冼氏，今日就在臨春閣賜宴。（小旦）知道了，你在外廂伺候。（老旦）嶺南有個土府君，今日又有女節度。娘娘，好個捉對兒。（小旦）我想婦人家做到節度使，官也不算小了。就是我兩人，生長深宮，頗長文翰，若同外朝取應，何愁不得一官。（老旦）如今江上緊急文書，萬歲爺終日沉醉，那個不由娘娘調遣？節度使多大官兒，就是大捨也做得過，娘娘何必問他？（小旦）學士，你不曉得我的意兒。

【石榴花】當日個憑高西望白蘋洲，金彈打斑鳩。驀地裏聽烏飛黃鵠斷磯頭。銅雀鎖諸謀。情思悠悠，深宮閒却磨崖手。鎭無聊花月吟謳，埋沒咱能文會武君王后，明教讓女伴覓封侯。

【鬪鵪鶉】他雖有十路軍州，俺須是三公師友。不爭他都護將軍，則便你參謀祭酒。兒女家人材，怎見一筆勾。只爲他軟款優游，做盡了窈窕温柔。但是他出得手呵，一般樣玲瓏剔透。

（老旦）聞得他昨日在西園射柳，好生英雄了得。（小旦）這個我就不如他。

【上小樓】東閣看花，西園射柳，早則是軟玉籠腰，鸞靴踹蹬，寶馬輕裘。比似我擁羅綢，護衣篝，幾聲咳嗽，看這張軟稍弓添些僝僽〔四〕。

（老旦）娘娘吟詩作賦，事事聰明，這個羨他則甚？（小旦）學士，我不但文字上去得，就是諸般技藝，那一件輸人？偏在弓馬上折了氣分，好生著惱。

【么篇】折莫是擘箜篌、打宮毬、雙陸圍棋、卷白迴波、射覆探鬮，信口謅，信手投，將無作有，偏扶上那轡頭兒教咱落後。

（老旦）娘娘，我們且到東閣裏，將勅書寫完。萬歲爺多早就到了。（下）（生上）東國佳人推善賦，南朝天子號無愁。孤家陳後主，以國事付貴妃張麗華，果然帷幄重臣，夙夜匪懈，宮中稱爲二聖，一國不知三公。可謂委任得人，吾無憂矣。今日有嶺南節度使冼氏，在他宮中賜宴，就召江、孔二學士同賦新詩。（小旦）臣妾張麗華見駕。（生）貴人少禮。那嶺南道的勅書可曾做完？（老旦）女學士袁大捨叩頭。娘娘做完多時了。（生）宣讀勅書，原是學士的職掌。你將娘娘手筆，讀與我聽。（老旦）領旨。（取勅讀介）詔曰：朕惟銅柱風微，珠崖日遠，凡諸袴褶，咸負旌麾。桓元子之聲恨雌，由逆侯之容雖美。徒勞繞涿，漫衣纖屣諸于〔五〕；何似吹篪，反勝健兒快馬。彼丈夫也，有婦人焉。咨爾譙國夫人冼氏，家出當熊之裔，人居馴象之邦，才過蕭娘，名高呂母〔六〕。曹娥江輕舟遠泝，杜姥宅油壁來朝。朕用嘉爾忠貞，酬其庸績，特加嶺南都護府大將軍，一切所屬文武將吏，先斬後奏，便宜行事。八百媳婦，烽烟消銅鼓之山；萬歲鄉君，湯沐食明珠之郡。曹大家修兵書一卷，唐夫人補鐃吹三章。用表武功，永綏南服。欽哉！（生撫掌大笑道〔七〕）如此手筆，貴妃眞才調女相如也，孤家想起來，偌大一個陳國，兩班臣子，無一個出色的。今日得貴妃做詞學近臣〔八〕，冼氏任邊關大將。你兩人一爲我看詳奏章〔九〕，一爲我巡視山河。朕日與二三狎客，飲酒賦詩，好不快活也！（小旦）只是做皇帝的忒便宜了。（生）大捨，就把那嶺南獻的珠璣犀象，與娘娘潤筆。（小旦）這個倒不消用他。

【滿庭芳】俺便是明珠莫受，珊瑚易購，翡翠誰求。只要荔支香一騎紅塵驟，潑新鮮圓顫釵頭。那時節呵，摘得個合歡枝君王笑口，說是俺賣文章應潤詩喉。風過處，春先逗。投至得嶺南章奏，女相如消渴定無憂。

（末）稟皇爺，譙國夫人、江、孔二學士，在宮門候見〔一〇〕。（生）宣他進來。（旦）臣妾嶺南節度使冼氏見駕。（小生、副末）〔一一〕臣江總、孔範叩頭。（生）人都道節度使是粗官，把女人做了，一般樣好看的。（小旦）〔一二〕

【脫布衫】早學得宮樣梳頭，不像個生在邊州。㚖春風一枝兒豆蔻，消得俺笋條般指尖除授。

（生）聞你在嶺南，大著聲名，良深勞苦。（旦）此皆奉萬歲威靈，娘娘籌算，臣妾何功之有？（小旦）你看他說話兒煞是好聽也。

【小梁州】恰似他簾外鸚哥是舊游，一般兒萬歲千秋。(老旦)嶺南人原是鸚哥兒鄉里哩。(小旦)男兒結束女兒羞，紅袍笏〔一三〕，羅襪一鈎鈎。

【么篇】垂螺拂黛連城守，沒包彈花密香稠。似這做官人誰能勾？(指江、孔末道〔一四〕)他外頭全然不濟。儘文章弓馬，我輩占風流。

(生)譙國在貴妃左近，特賜繡墩；學士於御座東偏，同分天饌。光祿寺可曾完備麼？(雜)完備多時了。(生)學士同游，略去苛禮。洗氏遠來，貴妃須親賜一盞，以代朕推輪。(小旦)領旨。(生)袁大捨雖係宮人，已班學士，今日可充陪宴官。(老旦叩頭)(雜叫教坊司〔一五〕)起樂。(小旦賜酒，旦謝恩訖〔一六〕)(江、孔二學士奉酒獻生〔一七〕)(旦奉酒獻小旦〔一八〕)(小生)海宇清寧，遐方入貢，臣等敬爲陛下、娘娘進萬年之觴。(生)朕與貴妃舉卿之觴，卿等同之。(衆謝恩坐訖)(小旦喚老旦〔一九〕)你看君王呵。

【快活王】夫人行怎勸酬，須女伴結綢繆。就是洗氏也不好獻酒呵，他怕是君臣雜坐錯觥籌，低低道君王壽。

(生舉盞道〔二〇〕)天子請客，女將來朝，可謂盛事。諸臣各賦詩一章，送貴妃批閱次第。入選者賜錦袍一襲，不成者罰清酒三升。(小生、末〔二一〕)領旨。(小旦)是好題目也！我索先做者。(宮人捧文房四寶上)(小旦)〔二二〕

【四邊靜】江山如舊，漫憑高、清尊思幽。早則碧玉紅樓，授簡同枚叟。銀牋自修，酒揾咱湘紋袖。

詩已成了。（宮人送生覽）（生念〔二三〕）征衫窄窄越羅香，細骨輕軀好急裝。軍駐小姑吹夜角，江山不復數周郎。（生）是好詩也！宮人取詩到下席傳玩，只怕連孤家也屬和不來。（小旦）陛下休得取笑。

【耍孩兒】俺不過湘娥含笑相拋鬪，怎及你陳王八斗。正遇著兔園高會柏梁遊，待詩成笑傲糟丘。那學士的詩也該就了。但得個翰林風月三千首，抵得他都護關河二十州。（旦）臣妾有何德能〔二四〕，娘娘如此過獎。（小旦〔二五〕）卿知否，只爲你山明水秀，惹得我酒病詩愁。

【三煞】（旦）春纖分越柚，花鬢插石榴。屏山六扇橫波溜。只道伊瓊窗抱瑟拋紅豆，那曉得玉帳分弓映碧油。端詳久，笑殺他明經學究，認不出織女牽牛。

（小生、末）臣江總、孔範應制二詩進覽。（生）送貴妃看。（小旦）那江令畢竟去得。大捨傳諭他：說二詩工力，俱臻妙境。只是孔詩落句，詞氣已竭；江令結處，尚有神采。畢竟江第一，孔次之。（老旦）娘娘傳諭：江學士第一，孔學士第二。（生）着取錦袍一襲〔二六〕，賜與江卿。（小生謝恩訖〔二七〕）（小旦）

【二煞】背蘭釭，好句搜。踞銀床，吟未休。落紅滿地如鋪繡。（生、旦合唱〔二八〕）那一篇蒲萄小賦邊愁入，這一首芍藥新詞宮體收。名非謬。難爲他獸環鴛甃〔二九〕，又尋思金騎長鞦。

（旦）臣妾飽飫天廚，仰承宸藻，就此面謝聖恩，辭朝前去了。（小旦同旦合唱〔三〇〕）

【一煞】向花前，把手揉。悵分攜，獨自留。寒山暝色添眉皺。今日裏杜鵑聲急催宮漏，明日裏楊柳風和拂御溝。何時又、重會面湘川楚岫，再登程桂檝蘭舟。

（小生）明日智上人在青溪寺講維摩釋論，請娘娘拈香。何不就命冼氏護駕？（生）說得有理。冼氏明日領勅辭朝，就帶御林三千人〔一一〕，保駕到青溪聽講。你便從此登程，不必復命了。（小旦）說甚麼護駕，只當餞行罷了。（旦）臣妾豈敢。（小旦）〔一二〕

【尾】春郊送阿倈，青溪重載酒。道不得是俺主人情厚，則說爲講經臺折江頭數行柳。（下）

【校】

〔一〕末　董本作「丑」，下同。

〔二〕推敲　翻鄒本作「簡點」。

〔三〕吳本「粉蝶兒」上有「中呂」字。

〔四〕弰　原作「稍」，據吳本、董本、劉本改。「僽」，原作「偢」，據吳本、劉本改。

〔五〕繡䮠　原作「繡[illegible]」，據吳本、董本、劉本改。按後漢書光武紀第一上：「諸于繡䮠。」

〔六〕呂母　翻鄒本作「馮婦」。

〔七〕道　吳本作「科」，董本作「介」。

〔八〕詞學　吳本作「文學」。

〔九〕奏章　吳本、劉本、翻鄒本均作「章奏」。

〔一〇〕倈　原作「俫」，據諸本改。

〔一一〕副末　董本無「副」字。

〔一二〕劉本「小旦」在「脫布衫」下。

〔一三〕紅袍笏　吳本作「紅袍象笏」。

〔一四〕江孔　董本作「小生末」。　道，吳本作「科」，董本作「介」。

〔一五〕吳本「教坊司」下有「科」字。

〔一六〕訖　吳本作「科」。

〔一七〕江孔二學士　吳本作「小生副末」，董本作「小生末」。

〔一八〕「小旦」下，吳本有「科」字，董本有「介」字。

〔一九〕吳本「老旦」下有「科」字。

〔二〇〕道　吳本作「科」，董本作「介」。

〔二一〕小生　小原作「上」，據吳本、董本、劉本、翻鄒本改。

〔二二〕劉本「宮人」至「小旦」十字在「四邊靜」下。

〔二三〕吳本「覽」、「念」下均有「科」字。

〔二四〕德能　原作「得能」，據吳本、劉本、翻鄒本改。董本作「能得」。

〔二五〕「小旦」二字原無，據劉本補。

〔二六〕取　吳本作「將」。

〔二七〕訖　吳本作「科」。

〔二八〕吳本無「唱」字。

〔二九〕甃　原作「鷘」，據蕭本、劉本改。
〔三〇〕劉本「小旦同旦合唱」在「一煞」下。吳本無「唱」字。
〔三一〕御林　翻鄒本作「羽林」。
〔三二〕劉本「小旦」在「尾」下。

第三齣

（小丑扮老道人上）黃土低牆破屋，夜夜掛單守宿。通誠錯誤耳聾，跌笤便宜腰曲。做衣裳洗淨的長旛，換銅錢點殘的蠟燭。自家青溪山下張女郎廟祖公公傳下嫡支嫡派一個香火道人。三十年前，俺廟中好不興旺。只因菩薩是個女人，鬨動了滿城堂客。轎馬整齊，擺幾樣素菜點心，請開緣簿；人烟挨擠，敲幾下木魚鐘板，攔討香錢。丘嫂們喬打扮，苦眼鋪眉；胖姑兒苦願心，灰頭草鬢。妓女燒香，看人多錯疑良婦；牙婆作供，陪堂久便做佛頭。那曉得倒起運來：左隣趙文韶秀才，撞見狐狸精怪，成其夫婦，說是我廟裏的張女郎。我慌張了，歸來叩頭禮拜，叫道：「這個使不得的。如今男人不信心，全靠幾個女菩薩，這話倡揚出去〔一〕，就不肯來燒香。老祝衣飯斷了。」却是神道不會說話的，那裏分清皂白？漸漸裏冷冷清清，弄得我不存不濟。算將來整整三十年頭，我也活過七十八歲，不想有興頭日子了。今歲大年初一，起得早，山門上打個盹兒。聽得人馬喧闐，笙歌嘹喨，見一婦人坐在馬上，叫道：「老祝，我回來了。」急忙叩下頭去，倒磕在石獅子上，呵呀，撲通！生老大一個扢搭。把眼揩一揩，呆呆地想，打拍老精神，或者待得出來。恰好二月半邊，廬山智勝禪師到石頭講經。那瓦官寺、同泰寺，好大去處，就算過百二三十，也輪不到青溪寺來。禪師古怪，道青溪寺有絕大因緣，定於此處開講。我聽得了，把零零落落幾扇朱紅槅子，另補製修；腌腌臢臢一領黃布直身，重新漿洗。一會兒興起期場來。今日貴妃張娘娘也到寺拈香。阿彌陀佛！我老道人有這個日子！只恐鋪應不周，擔著干係，待和尚上堂，與知客商量。說話之間，雲板響，師父放參了。（外扮禪師上）非色非空調御，無形無相毘盧。兩個泥牛入海，一羣香象浮河。勘破臺山婆子，話頭一句都無。貧僧廬山智勝是也。俺觀江南王氣將終，衆生劫因已至〔二〕。欲指點國王大臣，救拔刀兵水火；爭奈他沉酣麴糵，不能得解脫機鋒。倒是貴妃張娘娘，深曉詩書，精通禪悅。初因凡心誤動，遂墮色塵；究竟本性還存，兼修福慧。今日到寺拈香，重遊舊境；就是女官護駕，也証前身。老僧拈出大事因緣，教他言下大悟。咦！三生石上，半偈蓮花；二女廟中，一聲清磬。若曉得改頭換面，三十年之知見依然；便能轂濟國安民，數千里之生靈如故。這一重公案，好不關係也！叫弟子們，鋪單。（衆僧隨智勝迴繞念佛）〔三〕

【新水令〔四〕】菩提妙樹布清涼〔五〕，轉金輪蓮花寶藏。諸天來供養，十地待宣揚。大放毫光，照一切微塵相。

（丑上）老道人叩頭。今日貴妃娘娘降臨，和尚作何體面相見？（外）國主瞻仰菩提，沙門禮敬王者。老僧自有家數，大衆不消費心。

【駐馬聽】你道寶騎千行，勝鬘夫人降下方；俺是法華三唱，釋迦老子坐匡牀。（僧〔六〕）東宮殿下，也是娘娘誕下的。毘羅城早誕淨名王〔七〕，華林園來聽如來講。不管那個參詳，先喫俺三十威音棒。

(雜)娘娘駕出西華門〔九〕，護駕的兩個女官先到。(見科〔九〕外)久聞兩位高名，目下現居何職？(旦)弟子冼氏，新除嶺南節度使。(老旦)弟子袁氏，現授翰林學士。(外)大衆省得麽？如今朝中臣宰，左班擠軋右班，後手挨幫前手。像這兩位官員，從何處得來？

【雁兒落】那一個 天將軍身現了女人王，這一個 月天子依報裏頭廳相〔一〇〕。非關是女娘家知見不尋常，只看那宰官身人我誰眞妄。

(雜)娘娘御駕到了。(外、僧衆迎接。小旦上)(衆僧參見訖〔一一〕)(老旦)請法師相見。(外上)娘娘，老僧稽首。(小旦)法師少禮。法師護國庇民，齋壇嚴淨，今來禮足，幸覩威儀。(外)老僧道場齋供，皆係國主弘施。娘娘御駕降臨，天人歡喜。請殿上拈香。(老旦捧香，外稽首上香訖，轉身向西立)(小旦拜〔一二〕)

【得勝令】往常時稽首祝無疆，今日裏寶刹鑾輿降。君臣珠珞西來像，車馬香嚴自在粧。吾皇，無憂樹高千丈；娘娘，多羅花蔭萬邦。

(僧〔一三〕)後面神祠清淨，請娘娘隨喜。(小旦)大捨，我初入此寺，怎那佛殿迴廊、香臺石磴，件件是親熟的？(老旦)大捨也是如此，莫不曾做夢來？(旦)娘娘同學士生長京城，或者曾經臨幸。臣妾嶺南萬里，恍若舊游，眞正有些古怪。法師古佛出世，學士何不問來？(老旦)師父，此寺何人殿宇？(外)學士，上面有金字牌額哩。(小旦看介)張女郎神祠。

【水仙子】他須與瑤臺帝子一般龐，却曉得識貴攀高也姓張。(老旦)這邊侍女是捧書的。(旦)這邊捧劍的。 魔合羅捏就那聰明況，恰便似做君臣立兩傍。寺內有個老道人，曉得來歷。娘娘可喚來問他。(雜叫丑上，作言語糊塗張頭側腦介）爲甚的應對蒼黃，不住的顚頭側望。（小旦）這道人有些面善，拿繦鈔三十錠賞他。多應是三十年別來無恙，因此上賞與齋糧。

（老旦）求大師說法。（外）娘娘請登寶座，貧僧細講者。（小旦）大師代佛宣教，理當皈依，就此聽法罷了。（外上座）古德云：一切草木，皆有佛性。只看瓶裏楊枝，人世上是非得喪，興廢存亡，那一件不在裏邊。（座上插楊枝介）

【甜水令】這楊枝兒歷盡興亡，綰盡悲傷，止道是蟠根天上，一任他飛絮滿長江。有日呵，運盡枯楊，移植雷塘，看看的斧斤凋喪，爲他與做詩人一樣顚狂。

（旦）娘娘聽講，三軍爲何喧嚷？（報上）青溪山下有一猛虎，羽林韓將軍生擒在此獻功。（外）這虎把貧僧做弟子罷。（旦）這和尚說玄話。就叫他獻進來。（副淨扮將軍擒虎上）小將放馬前山，遇著猛虎攀鞍；颼地一拳打倒，將來獻在禪關。（外把拄杖抑虎首，虎帖伏不動介）這畜生，

【折桂令】他圖個菜饅頭素齋和尚，倒驚了水磨鞭泥塑金剛。（老旦）娘娘懿旨：捨這虎與老師父。（外）虎呵，你看守齋房，他人伴當，自己皮囊。莫再惹莽拳頭揪翻廝放，早遇著軟心腸好做商量。

（小旦）那虎怕人，虧法師怎麽樣降伏了他？（外笑介）娘娘，擒虎的將軍可怕，虎何足怕來。雖是個牙爪難降，怎比得手段誰強。只見那飛將軍拖刀弄杖，幾曾見潑毛團入室升堂。

（拿拄杖一拂）畜生去罷。（虎下）（小旦）法師如此神通廣大，必知過去未來。敢問如何破除煩惱，安身立命？（外取拄杖畫兩畫竪兩畫）（四）學士，你可會得麽？

【殿前歡】你只看這行藏，倒横直竪費思量。轆轤劫不住將人葬，認定是不死仙鄉。隨你這

一椿，那一廂，非常，穴地通天想，跳不出此中方丈。醉夢裏黑風白浪，倉忙時寶筏慈航。

（小旦）我聽禪師說話，一會兒悽悽慘慘，心下不快起來。冼氏，你可就此登程，孤家擺駕回宮了。（旦）臣妾遠別天顏，不勝瞻戀。（小旦攜旦手嘆介）你看青溪山色，無限淒其。正不知人世存亡，市朝遷改，孤家與卿，還有相見之日否？（旦）臣妾三年一覲，何至仰動聖懷？（小旦）若論愛根難拔〔一五〕，當爲佛祖所呵。像俺眷戀臣寮，法師有何指示？（外）這是夙因前果，非關別緒離情。貧僧已曾道破幾分，娘娘未能當機立悟。只是夫人受此深恩，須早整本路軍兵，頻參京師動定。他日越王臺下，莫怪老僧今日不言也。（旦）就此拜別娘娘，叩辭長老，起程前去了。（旦拜訖，先下）（小旦起駕下）（外稽首，衆僧送訖）（丑上）師父，俺的夢兒好不准也！法師初先呼喚，老道擡頭一看，貴妃娘娘的面貌，與張女郎一些不差的。捧劍的就是冼夫人，執書的竟是袁學士。把老道登時嚇死，口裏囫圇說不出一句話兒。（外）咄！你道我青溪開講大事因緣，爲著甚來？大衆如今省得麼？（僧衆）〔一六〕弟子們早省得了也！（外）咳！空費我一片婆心，濟不得他無邊苦惱。也是衆生業果，非關一姓興衰。眼看得錦繡江山，剗地裏刀兵世界。倒是嶺南一道，尙能保境息民。冼氏夫人，還有收場結果。貧道圓滿場期，仍往廬山入定，直待臨時點化他罷了。正是：慧眼看明當世事，慈腸須待有緣人。（衆僧又隨外念佛）〔一七〕

【鴛鴦尾煞〔一八〕】俺則爲衆生方便消災障，阿難化力無邊相。大道津梁，本地風光，禁不住話頭兒橫衝直撞。倡起個選佛名場，度脫那有德女跏趺西向。惱殺人醉漢風狂，便算做老婆禪到今朝也沒處講〔一九〕。（衆僧念佛作法器下）〔二〇〕

【校】

〔一〕倡揚　吳本作「張揚」。

〔二〕劫因　吳本作「劫運」。

〔三〕吳本無「僧」字，又「佛」下有「科」字。

〔四〕吳本「新水令」上有「雙調」字。

〔五〕「菩提」句上，吳本、劉本均有「外」字。

〔六〕僧　吳本作「衆」。

〔七〕「毘羅」句上，吳本有「外」字。羅，諸本作「廬」。

〔八〕西華門　劉本作「東華門」。

〔九〕科　董本作「介」。

〔一〇〕月　劉本作「日」。

〔一一〕訖　吳本作「科」。

〔一二〕吳本「拜」下有「科」字。

〔一三〕吳本「僧」下有「科」字。

〔一四〕畫兩畫　劉本作「横兩畫」。「豎兩畫」，吳本作「豎科」。

〔一五〕論　吳本作「爲」。

〔六〕吳本無「僧」字。
〔七〕吳本無「僧」字，又「佛」下有「科」字。
〔八〕吳本無「尾」字。
〔九〕吳本無「也」字。
〔一〇〕吳本無「僧」字。

第四齣

〔淨上〕黎弓果馬射花羊，捲伴娘兒絡索粧。新教藤牌陞隊長，羈縻州裏去支糧。自家巡夜把總爨阿四的便是。俺們平日詐的是猺戶，吃的是番船，受用慣了，勤甚麼王起來！半夜三更，提鈴喝號，好不辛苦。遠遠望見一個人來，好像老儂。且躲在一邊，聽他說話。（副淨）做甚麼官，做甚麼官！我老儂央分上，出頂手，掙不出一個錢兒；今要差出去相殺，怎麼了！（淨）啐！天下揀不出這個賤子。你看女娘家出門，還要提領頭，繫裙子，好一會兒。我本官歎設設的身材，一道梅嶺，極少也那延兩個月，那裏撞著隋軍？落得咱們討糧喫〔一〕，騙官做，唱幾聲平安喏罷了。（旦上）一盞安榴酒，三千藤子軍。珊瑚裝賜劍，流涕主恩深。探子報來，隋軍犯闕，聲勢浩大。我冼氏建牙開府，實叨閫外重權；況娘娘餞別賦詩，尤屬宮中異數。今日朝廷有難，妃、主驚憂，若不顛沛勤王，怎笑他男兒誤國！昨日衙門起馬，今夜宿越王臺下，待來朝過嶺，星夜兼程。叫巡夜的，有幾更天氣了？（淨副淨上）稟夫人，二更三點了。（旦）你們營門外巡警去，待我到臺上登眺一回。（淨應下）（旦）

【越調鬭鵪鶉】落木天空，悲笳夜永。廢壘傳烽，寒雲覆隴。鼉鼓逢逢，邊聲洶洶。俺這裏信不通，他那裏圍幾重。誂醒了磕睡官家〔二〕，驚壞你風流愛寵。

我想萬歲爺終日沉醉，這些光景，張娘娘一雙俊眼兒，有甚麼瞧不出來？

【紫花兒序】〔三〕他雖在人兒裏打哄，圖個被兒裏情濃，索是意兒裏玲瓏。昨日個臨春排宴，怎生般酒釃花穠。匆匆。爲甚的執手臨岐怨落紅。我曉得他意兒了。說不出君王懵懂。猛見了點點青山，蹙損了淡淡眉峯。

我心中煩惱，一會困倦起來〔四〕，且到帳中歇息一回。明日打點人馬過嶺去。（睡介）（小旦上）我一路尋來，過這重梅嶺，見一簇人兒，想不是隋家軍馬。大着膽向前一看，呀！旗兒上寫「勤王」二字，多應是冼夫人。枉是埋怨了他〔五〕，原來見報急文書，星夜起馬。咳！那蕭摩訶、任蠻奴一輩人，可是支持得住，待得你來救的？夫人，夫人！你縱有救主忠心，一些不濟事了。已到轅門首，你看旌旗整肅，鉦鼓嚴明。我陳家還有這些人馬。可惜是一天忠憤，那曉我萬種淒涼。向前去把胸中寃苦告訴一番，也顯得君臣知遇，生死交情。只是無限衷懷，怕到臨時哽咽耳。呀！星河黯淡，燈火青熒，刁斗三更，侍衛俱寢。原來爲軍事勞苦，假寐帳中。夫人！張麗華在此。（旦）朦朧睡去〔六〕，冷窣窣一陣旋風，瞥然驚覺。燈燭之下，忽見紅袖招搖，悄悄冥冥，淒淒默默。待我凝睛一看，知道是誰。呀！好像張娘娘。（小旦）夫人，你可認得我麼？（旦跪介）臣妾不知娘娘降臨，有失迎接。（小旦扶旦起）〔七〕如今時勢，不消行這個禮數了。（旦）這裏山川僻陋，路途遙遠，怎生天上掉得個娘娘下來？

【小桃紅】你身輕飛燕倚簾櫳，被巧風吹送。十二樓頭笛三弄，恰相逢，涼宵玉冷紅絲重。喚起咱淸眸烱烱（八），認不出半牀幽夢。一天香語落空濛。

（小旦作長嘆介）我有萬千煩惱，無人告訴。萬歲爺醉後，悄悄出來，步月到此，與卿一談。（旦）娘娘有甚心事不樂？

（小旦淚介）夫人，你可曉得我的苦麼？（旦背介）娘娘意色淒其，形容憔悴，不知甚麼原故（九），教我急切裏猜不出來。

（旦）呀！臣妾猜著了。

【天淨紗】還記得攜手處遊遍芳叢，新詩句響徹絲桐。早難道才子多般命窮，也做到文章沒用，病班姬泣寫飛蓬。

【調笑令】似這等朦朧不語中，多應爲醉後羊車過別宮。（小旦）你還要說這樣話兒！（旦）或者東宮殿下有甚災悔麼？如意長成閒抛送。（小旦）這個，我也顧他不得。（旦）袁學士怎不跟來？舊宮娃沒個相從。

（小旦）低聲自語搓玉葱，早則說外邊人大有圖儂。

（旦驚介）外面人那個不是娘娘臣子，誰敢道甚來？（小旦）你不曉得，左班官兒見勢頭不好（一〇），便說女寵亂朝，都推在俺一人身上罷了。（旦惱介）

【鬼三台】娘娘，你雖是風流種，世不曾將官家弄。耍則耍閒談冷諷。老君王做啞妝聾，好夫妻躭驚受恐。知他從也未必從，便從了，那外邊官兒同也未必同。甜話兒把宮裏趨承，轉關兒將女娘作誦。

（小旦）你曉得舊時游宴之地，玉砌雕闌，一旦都空了。（旦）怎生道來（一一）？

【禿厮兒】臨春閣嘆暮雨凄涼畫棟，後庭花做楚江蕭瑟芙蓉。歌殘玉樹聽曉鴻，少不得綺窗外又東風融融。

（內作鼓聲，小旦怕介）這鼓聲，想隋軍追來，俺家去了。青溪山下，後日相見。（旦）這是營中更漏，娘娘爲何心驚胆怯，一至於此！（把小旦衣袂留介）（小旦拂衣竟下）（旦仍到寢處作驚起介）呀！張娘娘那裏去了？（老旦扮女侍上）這是營中，夫人纔打個盹兒。貴妃娘娘怎得到此？（旦）原來是夢。（老旦）夫人夢怎的？（旦）夢見貴妃娘娘，長吁短嘆，眉頭不展，告訴許多說話。我正要問個明白，被鼓聲驚散了。

【聖藥王】山幾重，雲幾重，玉簫吹斷落飛瓊。花影紅，燭影紅，杜鵑啼血蘸殘虹。清露滴梧桐。

這個夢兆不佳，莫是京師有甚消息？叫左右傳問：轅門上爲何擊鼓？如有緊急文書，急遞進來。（軍校上）聞得隋軍過江，陳兵不戰自潰，後主已降，張娘娘壞了。（旦）那裏有這樣事？召諸將進來。（小生、末扮二將上）（旦）告急文書，到得三日，軍校所說，必是浪傳。差夜不收星夜打探去。（小生）衡州府有報警文書在此。（旦取看介）呀！這是眞的了！（作悶倒狀。老旦扶起）（旦仰面大哭介）

【紫花兒序】娘娘呵！誰似你千嬌百縱，誰似你粉豔香融，誰似你斷燕驚鴻。我見了芳心猶動，虧下的一點霜鋒。娘娘，你死得其所，也索罷了。從容，腸斷琵琶曲未終。寄語那黑頭江總：還虧我薄命昭陽，點綴了詩酒江東。

（小生）聞得衆文武說兩個貴妃許多不是。（旦）都是這班人把江山壞了，借題目說這樣話兒。

【麻郎兒】他鎖著雕房玉櫳，五言詩怎賣盧龍？我醒眼看人弄醉翁，推說道裏頭張孔。

（末）孔貴妃聽得也自縊了。（旦）這個還好，他兩人相處甚厚，此去呵，就殺也罷了，把這樣人兒，胡拿亂攤，豈不可惜！

【么篇】須與他女兒相逢，唧噥。生折倒瓊樹青葱，枉捽碎玉佩丁冬，活支煞翠娟雛鳳。

【絡絲娘】密扎扎刀鎗沒縫，冷清清茶飯誰供。一個人兒廝葬送。君王呵！做官家何用？

【東原樂】娘娘，你恨血千年痛，悲歌五夜窮。便算是有文無祿，做個詩人塚，消不得一碗涼漿五粒松。誰似你魂飄凍，止留得女包胥，向東風一慟。

（稟）夫人〔二〕，轅門外有個老僧，投書一封，竟自去了。（旦取書看）〔三〕是一首詩：青溪山下講筵開，指點無生有夢來。萬里還歸張女廟，三軍休哭越王臺。廬山智勝題。呀！智勝是青溪女郎廟講經的禪師。他棒下玄機，詩中大意，前身夙命，明明拈出。就是娘娘夢中，也說是青溪山下相見。咳！若非三生因果，怎能轂千里追尋？這段機緣，不消說起了。

【綿搭絮】〔四〕洞庭波湧，五嶺雲封。嘹嚦嚦幾行征雁，昏慘慘幾樹青楓。他血汚游魂怕曉鐘，除非是神女蘭香有夢通。我也認不出雨跡雲踪，待折那後庭花問遠公。

各營將官軍士都來：你們隨我多年，指望替朝廷出力，博個大小功名。不意事勢至此，空費了一番辛苦。隨征錢糧數十萬，盡數散與諸軍。有思想家鄉的，另圖官職的，各聽自便。我入山修道去了。（雜）衆人死生從夫人，若欲分散，寧可死於夫人馬下。（又稟）〔五〕軍士得令，滿營大哭。（旦）我費十載辛勤，收拾這枝人馬，豈忍一朝散去？只是張娘娘待我厚，今見他國亡身死，不能相救，我有何面目復立三軍之上乎？吾計決矣！

【拙魯速】娘娘呵！往日裹淚溶溶，說著了氣沖沖。恨文武無人効忠，怕敵軍將來緊攻。保奏我掛印元戎，趕不上保駕頭功。要咱們女娘何用？依先是男兒伯仲。（小生）既然夫人主意已定，我們求小將軍做主，如何？（雜）說得有理。（旦笑介）你好意兒把俺世征南小將從。這是衆人好意。不能相忘，任憑你們罷了。（旦解甲嘆介）咳！我六州節度使，還家去做個老嫗，豈不可嘆！

【尾】俺二十年嶺外都知統，依舊把兒子征袍手自縫。畢竟婦人家難決雌雄，則願你決雌雄的放出個男兒勇。（下）

【校】

〔一〕喈　原作「呰」，據諸本改。

〔二〕誂　吳本作「嚇」。

〔三〕紫花兒序　紫原作「些」，據吳本、劉本改。

〔四〕董本、鄭本「一會」下有「兒」字。

〔五〕埋怨　原作「埋冤」，據諸本改。

〔六〕朦朧　原作「矇矓」，據吳本改。

〔七〕吳本「起」下有「科」字。

〔八〕清畔　吳本、董本作「青畔」。
〔九〕原故　吳本、董本、鄭本作「緣故」。
〔一〇〕「見」字原無，據吳本增。
〔一一〕吳本、董本、鄭本「道來」下有「小旦」字。
〔一二〕稟夫人　吳本作「軍校上」。
〔一三〕取書看　吳本作「看科」。
〔一四〕綿搭絮　綿原作「錦」，據劉本及曲譜改。
〔一五〕吳本「稟」下有「科」字。

吳梅村全集卷第六十四　雜劇二

通天臺

灌隱主人著

正目

沈左丞醉哭通天臺
漢武帝夢指函關道

第一齣〔一〕

（生扮沈左丞上）〔憶秦娥〕愁脈脈，江山滿目傷心客。傷心客。長干夢斷，灞橋聞笛。天涯夢斷看衰白，秦川對酒青衫濕。青衫濕。冷猿悲雁，暮雲蕭瑟。下官沈炯〔二〕，表字初明。吳興武康人也。少不逢時，長而遇亂。王太尉板爲從事〔三〕，元皇帝授以左丞。不意國覆荆、湘，身羈關、隴。雖其未殞，豈曰生年？老母在東，何時歸養？只有庾子山、王子淵二人是吾好友，每到邸中，時相勸勉。他也說得好：孔北海之痛孝章，恐憂能傷人；李都尉之勸子卿，何自苦乃爾！似這等淒淒默默，扯著悶弓兒，怎捱得過；不如尋芳選勝，放下心頭，或者還有歸去日子。我口裏雖然應他，却不道大丈夫萬斛愁腸，可是消遣得來的？不如步到長安城外荒涼地面，痛哭幾場罷了。奚童那裏？（丑扮童上）〔四〕老爺有何分付〔五〕？（生）我要尋一處散心的所在。（丑）老爺，你鎮日在屋裏扢縐眉兒住着，今日也帶挈奚童走一遭。我們到大街上山棚裏，看尋橦、跳丸、渾脫舞、婆羅門舞耍子去。（生）咳！那裏王孫公子，轂擊肩摩，我這等破帽青衫，跟著你蓬頭歷齒，非鞭揮車下，則馬墜溝中〔六〕。看他怎的？（丑）還去瓦子裏尋幾個雛兒，我曉得老爺出外久了。（生）咄，胡說！（丑）大街上新開個南食店，做得好百味羹、三脆羹，爺去走走，奚童也落個水角兒。（生）我要長安城外去。（丑）遠丟丟的，驢韉子也走斷了〔七〕。（生）你不要管我。出得門來，已是幾里。你看偃師南望，半屬燕城；新豐回首，空餘槐市。恰遇著黃葉丹楓，亂蟬疎柳，好一個清秋天氣也！那一邊直城東轉〔八〕，軹道西偏，遠遠望見的甚麼所在？奚童你去問來。（丑）賣山亭的老官，借問一聲：那裏高高的，我們上去得的麼〔九〕？（內）是一座荒臺。（生）咳！我想起來：凌歊、戲馬，阻隔淮、徐；銅雀、章華，淒涼荆、許。這是那一代蓋造的？看去約有三十丈來高，想望得見長安城裏，待我登眺一回。奚童，你沽一壺酒來。（丑）老爺，沽得酒在這裏。

【點絳唇】〔一〇〕（生）萬里思家，青袍布襪。西風乍，落木寒鴉，一道哀湍下。

【混江龍】則看他終南如畫〔一一〕，荒臺百尺攬烟霞。（丑）老爺，那邊有金字牌額哩。猛擡頭幾行金字，一弄兒明紗。原來是漢武帝通天臺。咳！武帝甘泉萬騎，那裏去了？今日冷清清坐地，只落得沈初明一個陪侍他。赤緊的漢室官家閒退院，不比個長安縣令放晨衙。黃門樂承值的樵歌社鼓，上林苑開遍了野草閒花；大將軍掉脫了腰間羽箭，病椒房瘦損却臉上鉛華；山門外剩幾個淚眼的金人，廢廊邊立一疋脫韁的天馬。早知道通天臺斜風細雨，省多少柏梁宴浪酒閒茶。

（丑）原來是個武帝。我們家裏有個武帝來。（生）咳！這是漢家的武帝，我們是梁家的武帝。那兩個皇帝，漢家的好仙，梁家的好佛。好仙的，黃山宮、五柞宮，吹笙弄笛，彷彿遇鶴駕鸞驂；好佛的，智度寺、同泰寺，說偈繙經，苦守著馬鳴、龍樹。那兩個都是肉身菩薩，陸地神仙。今日價兩代銅駝，都化做一抔黃土〔二二〕。你看那疎剌剌一帶寒林，好似茂陵光景。（丑）是，是。我放鷂子走到這林子裏，那樹木果然茂盛〔二三〕，人人說道是個茂林。（生）咳，煞可憐人也！

【油葫蘆】石馬嘶風灞水洼，那北邙山直下。茂陵池館鎖蒹葭，珠簾零落珊瑚架，玉魚沉沒蛟龍匣。這的是松楸埋寶劍〔二四〕，那裏有雞犬護丹砂。儘生前萬歲虛脾話，賺殺人王母碧桃花。

咳！大丈夫仙釋無成，古今同盡，這也還是常事。只是興亡大事，理數昭然。那尋常人主，呆鄧鄧享些厚福，到不消說起了。便是兩個武帝，聰明才智，那一件不是同的？畢竟我蕭公是苦行修持，那漢武還雄心灕酒；這一個落得個收場結果，那一個爲甚的破國亡家？如今到通天臺上，天在何處，待我問他一番。奚童，酒再篩幾杯來。（丑送酒）（生持杯仰嘆介）

【天下樂】好教我把酒掀髯仰面嗟，你差也不差？怎的呀，做天公這等裝聾啞。文書房停簽押，帝王科沒勘查〔二五〕，難道是儘意兒糊塗罷？

別樣也不講了，只是漢武一生享用，把我梁武比將起來：那壁廂千秋節，美甘甘排列的鳳脯麟膏；這壁廂八關齋，瘦喦喦受用些葵羹蒲饌。那壁廂尹夫人、李夫人，三十宮長陪遊幸；這壁廂阮修容、丁貴嬪〔二六〕，四十載不近房帷。原來是甘泉殿裏，金童姹女，簇擁著一個大羅仙；爲甚的朱雀桁邊，餓鬼修羅，捏弄殺我那窮居士。咳！我那武帝，好不傷

感人也！（生淚唱）〔一七〕

【那吒令】你看他用的粗糲，沒上尊瓊斝；看他住的低亞，沒長楊廣廈；看他擺的頭踏，沒龍媒眾駕〔一八〕。那裏有黃門倡拊掌投壺暇？那裏有平陽侯蹂損終南稼？苦苦的一世官家。

【鵲踏枝】他每日裏誦楞伽，誰識起禍根芽。乾折了幾尺腰圍，修不了一衲袈裟。起首兒玄圃園齋時鐘鼓，收場時永福省酒後琵琶。

咳！我武帝到餓死臺城的時節，佛也該應來救了〔一九〕。（生哭介）〔二〇〕

【寄生草】日氣寒宮瓦，江聲怨野沙。則爲俺春秋高邁遭欺詐，害了他青年兒女擔驚怕，還靠著西天活佛慈悲化。可憐俺病維摩誰點趙州茶，眼看他啄皇孫砍做了潯陽鮓。

我武帝還做官裏四十年，簡文帝可有一日來？

【前腔】枉坐中朝駕，虛生帝子家。女山陰生扭做閼氏嫁，小宣城折倒了公孫架，到不如老昭明早受了江充詐。參不透惡那吒前果沐猴冤，免了他苦頭陀來世人王罷〔二一〕。

咳！我想漢武帝娶皇后，還落個小舅子，做得大將軍，祖公公託夢，撞著個妄男兒，恰好是頭廳相。天下事那一樣不是僥倖來的？我武皇以天下兵馬委邵陵諸王，自家兒子見父親餓得這樣田地，還不肯出力，好不可恨！

【醉中天】你賣弄煞長稍靶〔二二〕，被他人脚底踏，只得向前度劉郎訴著他。氣那蕭娘不下，偏不肯把兵來救搭。各自己稱孤道寡，一家兒眼望巴巴。

這口氣若不是我七官家，怎吐得出來？奚童，你有酒再篩一碗我喫。（丑）老爺，你哭了半日，我不奈心煩，睡著了。你還要酒喫哩！（生笑）〔三三〕你拿一碗來。我想那一日在太尉軍中，見一探子，肩上擔一面忽剌剌泥金報字旗〔三四〕，報道侯景拿住了，好不快活也！

【金盞兒】俺這裏鼓兒撾，逢著他影兒拿。荆州將士全披掛，馬前縛到頸先叉。叫聲聲將頭拉，忽地裏委泥沙。拍手兒童投礫瓦，唱道是賣侯疤。

今朝漢社稷，重數中興年。我那時自謂得所事矣。誰想我元帝呵。

【一半兒】你只要江東士庶省喧譁，却不道報怨申仇誰奪咱。爲甚的姓蕭骨肉沒緣法，這丟兒有些虧心大。錦片樣江山做一會兒耍。

咳！我武皇帝止靠這個兒子，一發不濟事了。便是我沈初明半生淪落，只有這場遭際。王太尉教我草平賊表章，七官家雖號忌才，畢竟篇篇嗟賞。若遇漢武好文之主，不在鄒、枚、莊、馬下矣。今者天涯衰白，故國蒼茫，才士轗軻，一朝至此。正是往時文彩動人主，此日饑寒趨路旁，豈不可嘆。

【後庭花】俺也曾學春秋贊五家，俺也曾誦齊詩通三雅。脚踹著夜月扶風馬，眼迷睽春風鄠、杜花。醉時節口波查，鞭指定平津來罵。鬆泛泛逞機鋒傾陸賈，實丕丕運權謀獲呂嘉。大剌剌棄關繻車騎誇，赤資資買黃金詞賦佳。嬌滴滴走臨邛擁麗娃〔三五〕，嚮搜搜射南山追鹿麚。到如今你道變作甚麽光景？骨碌碌呆不騰花木瓜，怯生生戰篤速井底蛙。便是有數幾個人也不見得了。氣昂昂汲大夫把手叉，口便便老東方緊閉牙。我呵，那裏渺茫茫盼黃河博望槎，只得急煎煎問成都那個君平卦。

我一腔心事，也告訴不得許多。奚童，有隨身紙筆，待我做起一道表文，奏過武帝。（丑）你看我老爺，眞是個人窮智短〔三六〕。你有奏文，不去大大衙門裏投，到向泥菩薩說鬼話哩。（生）表已草完，待我拜禱一番。（丑）難道沒一個接本的？如今左右都是做戲，待我也充一充。我乃漢朝黃門官是也〔三七〕。（生）咄！你迴避去。（丑下）

【青歌兒】拜告了君王、君王鑒察，休嫌我書生、書生兒答。羈旅孤臣憔悴殺。漢武皇呵，俺也不用大纛高牙，紫綬青緺；只願還咱草舍桑麻，濁酒魚蝦，冷淡生涯。武皇，我如今在三條九陌，騎著一疋青驢，眼看他們田、竇豪華〔三八〕，衞、霍矜誇，僮僕槎枒，歌笑淫哇。俺這一個不尷不尬的沈初明站在那裏〔三九〕，好像個坎井蝦蟇，霜後壼瓜。咳！武皇，你當日臣子，如嚴助東歸，長卿西返，遭時富貴，還要衣錦故鄉〔四〇〕。我沈初明憔悴至此，求一紙路引兒還不能彀哩。你看那一帶呵，山谷谽谺，烏鵲啼啞。好教我駿馬鞭加，便算是萬里非遐。早及得春草萌芽，莫辜負滿院梨花。則願你老君王放一個吾丘假。

呀，漢武是異代帝皇，難道自家主人翁倒不去告訴他？你看雲山萬疊，我的臺城宮闕不知在那裏，只得望南一拜。（生拜介）

【賺煞尾】則想那山遠故宮，寒潮向空城打〔四一〕，杜鵑血揀南枝直下。偏是俺立盡西風搔白髮，只落得哭向天涯。傷心地付與啼鴉，誰向江頭問荻花。難道我的眼呵，盼不到石頭車駕，我的淚呵洒不上修陵松檟，只是年年秋月聽悲笳。（生醉睡介）

【校】

〔一〕齣　吳本作「折」，下同，不另出校。

〔二〕下官　翻鄒本作「小生」。

〔三〕板　吳本、劉本、翻鄒本均作「拔」。

〔四〕翻鄒本無「扮童」字。

〔五〕老爺　翻鄒本作「老爹」，下同，不另出校。

〔六〕墜　劉本、翻鄒本均作「墮」。

〔七〕鞴　原作「韝」，據翻鄒本改。

〔八〕東　翻鄒本作「北」。

〔九〕得的　翻鄒本作「的得」。

〔一〇〕吳本「點絳脣」上有「仙呂」字。

〔一一〕他　翻鄒本作「那」。

〔一二〕抔　吳本、董本、劉本、鄭本均作「坏」。

〔一三〕茂盛　翻鄒本作「盛茂」。

〔一四〕這　翻鄒本作「說」。

〔一五〕吳本「帝王」二字空格。

〔一六〕修容　原作「修客」，據吳本、董本、劉本、翻鄒本及梁書改。

〔一七〕唱　吳本作「科」。

〔一八〕覂駕　原作「泛駕」，據吳本改。

〔一九〕董本無「來」字。

〔二〇〕介　吳本作「科」，下同，不另出校。

〔二一〕頭陀　原作「頭佗」，據諸本改。

〔二二〕稍　翻鄒本作「梢」，疑當作「弰」。

〔二三〕「笑」下，吳本有「科」字，劉本有「介」字。

〔二四〕擔　翻鄒本作「挑」。

〔二五〕滴滴　原作「嫡嫡」，據吳本、翻鄒本改。

〔二六〕是個　董本、鄭本均作「個是」。

〔二七〕黄門　董本作「皇門」。

〔二八〕眼看　翻鄒本作「眼見」。　他們，吳本作「他家」。

〔二九〕站　原作「跕」，據董本改。

〔三〇〕故鄉　吳本作「回鄉」。

〔三一〕空城，吳本作「孤城」。

第二齣

（外扮漢武帝，雜扮太監、從官，旦扮侍女上）（外）影娥池畔草芊眠〔一〕，青雀低飛鐙路邊。憶寶玉箱曾入市，別來銅狄又經年。孤家漢武皇帝是也。穆天子觴我於磐石之上，戲賭吉光裘，倒虧巨靈指點，識了他渠黃小駟〔二〕。升於太行，還絕河濟，已到通天臺。如此良夜，可無佳客？那些從官們，一個個能言快論；只是他把世間興廢看得淡了，倒覺沒趣。譬如賈生不哭，揚子無愁，縱有嶔嶔歷落之氣，怎能彀感發出來？所以數百年來，天上逗遛幾篇文字〔三〕，反被後生批駁，說道：上邊筆路〔四〕，漸覺尋常。俺仔細思量，只因不比人世愁多，非是關俺神仙才盡。不如這班參不透、耐不得的漢子，哀吟狂叫，聽將去反覺動人。適纔有個江南沈秀才，哭哭啼啼，為著老蕭何子孫梁武帝，訴出個天大來的不平。不知他是古佛化身，那要你孤臣洒涕？只是一片心腸，也不要埋沒了他。從官，拿他表文上來。（雜遞表文介）（外）這表章儘是去得。咳！我做一世帝王，恁般雄才大畧，慣被那不識時務的儒生，輕輕薄薄說一句秦皇、漢武，一筆丟下了。這沈秀才倒肯做著表文，拜告我這失勢的官家，煞是可敬。田丞相，引他上殿。（田）領旨。沈先生，我主有請〔五〕。（生驚起）〔六〕老先生高姓？（田）學生姓田〔七〕，名千秋。（生）這是田老丞相。素昧平生，知是睡裏夢裏？（田）學生虧做一個夢，便做了丞相。這一派傳將下來，如今做官的都是做夢哩！老先生你還不知，吾主等待久了。（生）梁朝原鄉侯尚書左丞沈炯見駕。（外）沈卿羈旅悲秋，一何憔悴至此！（生）微臣異鄉失路，亡國興哀，仰勤聖懷，不勝惶悚。（外）沈卿，你家梁武帝，原是個西方古佛，恐怕那因緣纏繞，倒虧了一陣罡風，把有為世界一齊放倒，然後撒手逍遙，天然自在。這些興亡陳迹，不過他蒲團上一回睡覺，竹篦子幾句話頭，你只管替他煩惱，為著甚來？（生）喫棒如來，原無真相。就他一人身上，只索罷了；只是世界之內，不宜有此。那天公主意，卻是為何？（外）若論人世滄桑，那個不到這個田地！便是孤家何等英雄，雖然宗廟園陵，粗成結果，究竟哀蟬落葉，仍痛故姬，歸來望思，空傷愛子。刀磨石上，雍門之鼓瑟堪哀；盌出人間，隧路之摸金可畏。豈必臺城之樹，獨有悲風；只此長安之宮，止餘明月。沈卿，你聽我道來：

【雙調新水令】嘆西風峭緊暮林凋，把江山幾番吹老。偏是你黃花逢臥病〔八〕，斗酒讀離騷。那舊壘新巢，斜陽外知多少。這篇文字，自古如此，何足多恨。我想古人違齊處魯〔九〕，不居一邦；今上帝命朕爲華胥國主，還住此臺。沈卿客游到此，不如揀像意的官做一個兒罷。

【駐馬聽】俺倦仗逍遙，高枕華胥擁二嶠；你客卿清要，吹臺禁選借枚皐。展油幢插起侍中貂，據胡床斜側參軍帽。沈卿，你在梁朝做官，有許多年月了？（生）湊上些舊年勞，算得來三四考。臣烱負義苟活之人，豈可受上客之禮，以忘老母哉！陛下所諭，臣不敢受命。（外）這樣不識擡舉的。

【攪箏琶】〔一〇〕好一個呆才料。倒是咱甜句兒緊相邀，反惹他腆著胸脯，氣哏哏將言回報。有甚麼通天才學，不肯的屈脊低腰。你要回去呵，便做馬牌勘合都塡着，也要待十日三朝。

（從官上）吾主再四殷勤，左丞何無留意？（生）沈烱國破家亡，蒙恩不死，爲幸多矣。陛下縱憐而爵我，我獨不愧於心乎？如必不得已，情願効死，刎頸於前。（從官）臣等苦言勸勉，他涕泗橫流，以死自誓，執意不從。（外）這個也不要怪他，受遇兩朝，違鄉萬里，悲愁侘傺，分固宜然。只是他無國無家，欲歸何處？沈卿，我這臺上，那江南光景〔一一〕，儘望得見來。

【沉醉東風】這一帶半天嵩少，那一搭兩點金焦。(生)果然是江南風景。好風吹夢落廣陵潮〔二〕，聽鐘聲敲破匡盧曉。沈卿你看，都是些澹烟衰草，(生)好感傷也！只怕你故國鶯花總寂寥〔三〕。若回去呵，可憐煞斷鴻縹緲。

(生)臣一望家鄉，心如摧割。求陛下速加矜允，早就歸程。(外笑介)偌大一個漢皇帝，難道別酒不能備辦一杯？叫光祿寺擺飯，與沈左丞餞行。傳話後宮，喚麗娟出來送酒。(旦上)畫眉猶未了，漢帝使人催。來了。

【得勝令】(旦)只得向簾前走一遭，大古裏秀才家饞眼腦。爲甚面龐迸定胡遮調，教我脚步騰挪懶去瞧。(外叫麗娟)，(女伴催介)(旦)嘮叨，是這等苦支喳閒廝叫；蹊蹺，倒爲著酸黃虀冷氣淘。

麗娟叩頭。萬歲爺，那吾丘、司馬陪宴柏梁，從未喚麗娟侍酒。今日請個酸溜溜的秀才，喚麗娟怎的？(外)他是江東才士，失路思家。你唱一隻解悶曲兒，與他把盞者。(旦)理會得。(取盞上)〔四〕

【喬牌兒】(旦)只爲你沈婆兒會作喬，喚了俺漢宮人忙來到。便算是秀才慣病難醫飽，也莫把酒杯兒放忒高。

萬歲，他只管短嘆長吁，持杯不飲。(生)微臣聞此幽渺之音，倍增流離之感。只爲著寶劍飄零，空負了玉釵敲斷，一聲河滿，不覺涕垂。委實不能飲了。(旦)我道他是粗笨秀才，這句話兒，倒也可人心意。便是俺麗娟，一去人間，犀沉玉冷，看那市朝遷改，黯地傷神。何況他南國香銷，美人黃土。正是人言愁，我亦欲愁矣。

【掛玉鈎】(旦)俺便做燕子橋邊柳萬條，也遮不住愁來道。儘教他腸斷東風碧玉簫。咳，沈郎！

不要說你，便是我麗娟剛點勘春愁稿，那漏遲遲，人悄悄，也不禁占定闌干，只落得淚滴花梢〔二五〕。萬歲爺，這秀才愁悶如此，倒不如早些放他回去。（外）我教你勸酒，倒替他說人情。只是便宜了你，唱不得幾句曲兒。（生）微臣快覩天顏，優承禮遇。今日拜辭闕下，仰荷生成。世世生生，不知所報。（外）沈卿，此上界瑤居，卿以宿因〔二六〕，合當到此。數十年後，當待子於三十六峯。（指麗娟道）〔二七〕此妮子因竊吾煉藥，偷絳雪丹一粒，得成仙果，在王母第三女玉巵娘子位下。今日一見沈卿，不無留戀，合是夙緣。卿若重過此臺，當以妮子相贈。咳，左丞！我甚不惜放卿還，但不審何時復至耳。（旦）這一天涼月，萬歲爺何不到黃山下打獵一回，就送左丞歸去。（外）說得有理。換了我的衣服。侍女們，擕了樂器，多帶些酒來。

【折桂令】（外）〔二八〕急忙裏裊金鞭走送河橋。換嬌帽輕衫，背捍撥檀槽〔二九〕。古道荒郊，獵痕青燒，玉兔媒嬌。麗娟，你手製的錦袍一襲，從官帶得黃金三十斤，賜與沈卿。沈卿，贈征人鴉青嚮鈔，禦秋風狐白輕袍。（生）親勞御駕相送，復賜路資。微臣叩謝天恩，拜辭去了。（外）沈卿，不要就行，待我再獵一回，送你到函關外去。旅雁嘹嘹，別馬蕭蕭。出秦關風引旌旗，射南山霜滿弓刀。

【沽美酒】（衆）做勢兒圍場遶，號頭兒人叢叫。叫女將穿圍打花鳥，緊扣著獅蠻帶小，一轡頭踹過山前哨。

【太平令】（衆）放蒼鷹星眸玉爪，疊凡禽雨血風毛。到明朝歸來平樂，少不得三軍齊犒。你呵，須自文豪、興豪，奏長楊賦草〔三〇〕，呀，纔顯得沈東陽文章馬矟。

（雜）這是函谷關上了。（外）從官，叫他開關。（丑上）星霜嚴夜柝，車馬候晨雞。自家函谷關把總便是。半夜三更，那個在此討關？（雜）咄！有緊急文書，星夜前去的。（丑）拿文書我看：這是元封年號。我在錢眼上不見有元封通寶，這是假的，我老爺睡了。（雜）他胡言亂話，說文書字號不對，不肯開關。

【錦上花】（外）便算是虎頭牌對差年號，遮莫你狼牙峪刁蹬衣包。這廝呵，黑睡齁齁，慣噇燒刀，多大官兒，語言胡哨。

（雜）還不開？（丑）畢竟那一家，也要問個來歷。

【么篇】（外）則問你這重關起首誰家造？沒眼敲材，盤問根苗。叫左右的，打開來罷。沈卿，只說你家蕭公〔三一〕，但看孤家，一個關也討不下來。失勢官家，傍州廝照，道破關頭，出門長笑。

關已大開，沈卿可以行矣。（旦）秀才前途保重，咱們隨駕回了。（下）（生醒）〔三二〕奚童，我們出了函谷關，快些回去。（丑）甚麼函谷關？（生）適纔漢武帝送我過關的。（丑）這是通天臺下酒店裏，老爺睡着。奚童也打一個盹兒。（生）適纔武帝置酒殷勤〔三三〕，就是麗娟也裂回送別，難道都是一夢？呀！據此佳兆，我定歸期有日了。只是一席閑談，許多指點，他說我梁皇依然極樂，自家倒無限淒涼。正是：一曲哀歌茂陵道，漢家天子葬秋風。那見得玉匣珠襦，便勝着金戈鐵馬。總付之一江流水罷了。便是我沈初明，若使遭遇太平，出入將相；今日流離喪亂，困頓饑寒。到頭來總是一場扯淡，何分得失，有甚爭差？倒爲他攪亂心腸，搥胸跌脚，豈不可笑！武皇，你教我多矣！

【鴛鴦煞】俺便是三年狂走荒山道，那怕他一朝餓死塡溝壑。黑海波濤，枯樹猿猱，猛地裏老黃龍棒頭喝倒，還說甚苦李甜桃。好一個悶葫蘆今朝拋掉，都付與造化兒曹。哈哈，沈初明三十年讀書，一些沒用。剛虧了通天臺那一篇漢皇表。

【校】

〔一〕芊眠　翻鄒本作「芊綿」。

〔二〕羸　劉本、翻鄒本均作「羸」。

〔三〕天上　翻鄒本作「天下」。

〔四〕上邊　劉本作「上篇」。

〔五〕我　吳本作「吾」。

〔六〕「驚起」下，吳本有「科」字，劉本有「介」字。

〔七〕學生　吳本作「我」。

〔八〕你　吳本作「俺」。

〔九〕想　吳本作「思」。

〔一〇〕攙箏琶　琶原作「笆」，據吳本及曲譜改。

〔一一〕光景　吳本作「風景」。

〔一二〕吳本「好風」上有「外」字。

〔一三〕吳本「只怕」上有「外」字。

〔一四〕劉本「上」下有「介」字。

〔一五〕梢　原作「稍」，據吳本、董本、劉本、翻鄒本改。

〔一六〕宿因　翻鄒本作「宿緣」。
〔一七〕道　吳本作「科」，董本作「介」，劉本、鄭本「道」下有「介」字。
〔一八〕吳本無「外」字。
〔一九〕捍撥　原作「桿撥」，據諸本改。
〔二〇〕長楊　原作「長揚」，據吳本改。草，吳本作「早」。
〔二一〕只說　吳本作「莫說」。
〔二二〕「醒」下，吳本有「科」字，劉本有「介」字。
〔二三〕武帝　翻鄒本作「武皇」。

附錄一

傳記　祭文

吳梅村先生行狀

顧湄

先生諱偉業，字駿公，姓吳氏。吳爲崑山名族。五世祖禮部主事諱凱，高祖河南參政諱愈，父子皆八十有重德，其行事載吳中先賢傳中。曾祖鴻臚序班諱南。自禮部公以下，三世皆葬於崑。祖贈嘉議大夫、少詹事諱議，始遷太倉。父封嘉議大夫、少詹事諱琨，以經行崇祀鄉賢祠。母朱太淑人娠先生時，夢朱衣人送鄧以讚會元坊至生。

先生有異質，少多病，輒廢讀，而才學輒自進；迨爲文，下筆頃刻數千言。時經生家崇尚俗學，先生獨好三史，西銘張公溥見而嘆曰：「文章正印，其在子矣！」因留受業，相率爲通經博古之學。年二十補諸生，未踰年，中崇禎庚午舉人。辛未會試第一，殿試第二。西銘公鄉、會皆同榜，文風爲之丕變。時有攻辛未座主宜興相者，借先生爲射的，莊烈帝御批其卷，有「正大博雅，足式詭靡」之語，言者乃止。授翰林院編修，先生尚未授室，給假歸娶，當世榮之。

乙亥入朝，充纂修官。値烏程柄國，先生與同年楊公廷麟輩，挺立無所附。烏程去，武陵、蘄水相繼入相，先生皆與之迕。先是吾吳有奸民張漢儒、陸文聲之事，烏程實陰主之，欲剸刃東南諸君子。先生以復社著名，爲世指目。淄川傳烏程衣鉢，先生首疏攻之，直聲動朝右。丙子，主湖廣鄉試，所拔多知名士。戊寅三月二十四日召對，先生進端本澄源之論，欲重其責於大臣，而廣其才於庶寮，乃昌言曰：「冢臣職司九品，若冢臣所舉不當，何以責之臺省？輔臣任寄權衡，若輔臣所用不賢，何以責之卿寺？」言極剴切，上爲之動容。已與楊公士聰謀劾史𡎺，𡎺去而陰毒遂中於先生。己卯，銜命封延津、孟津兩王於禹州，𡎺謀以成御史勇事牽連坐先生，會𡎺死，事寢。陞南京國子監司業。甫三日，而漳浦黃公道周論武陵奪情拜杖信至，先生遣太學生涂仲吉入都具橐饘，涂上書爲漳浦訟寃，干上怒，嚴旨責問主使，先生幾不免。庚辰，晉中允、諭德。癸未，晉庶子。甲申之變，先生里居，攀髯無從，號慟欲自縊，爲家人所覺，朱太淑人抱持泣曰：「兒死，其如老人何！」乙酉，南中召拜少詹事，加一級。越兩月，先生知天下事不可爲，又與馬、阮不合，遂拂衣歸里，一意奉父母歡。

易世後，杜門不通請謁，每東南獄起，常懼收者在門，如是者十年。本朝世祖章皇帝素聞其名，會薦剡交上，有司敦逼，先生控辭再四，二親流涕辦嚴，攝使就道，難傷老人意，乃扶病入都，授祕書院侍講，國子監祭酒。精鋭銷耎，輒被病弗能眡事。閒一歲，奉嗣母之喪南還，上親賜丸藥，撫慰甚至，先生乃勇退而堅臥，謂人曰：「我得見老親，死無恨矣！」未幾朱太淑人沒，先生哀毀骨立；復以奏銷事，幾至破家，先生怡然安之。嘉議公八十而逝，有幼女，先生爲嫁。蓋先生天性孝友，初登第後，嘉議公勑理家事，歲輒計口授食，蕭然不異布衣時，俸入即上之嘉議公，未嘗有私畜也，後析產，與二弟均其豐嗇，舉無閒言。

先生性愛山水，游常經月忘反。所居乃故銓部王公士騄之賁園，先生拓而大之，壘石鑿池，灌花蒔藥，翳然有林泉之勝，與士友觴詠其間，終日無倦色。其風度沖曠簡遠，令人挹之鄙吝頓消。與人交，不事矯飾，煦如陽春。生平規言矩行，尺寸無所踰越。每以獎進人材爲己任，諄諄勸誘，至老不怠。喜扶植善類，或罹無妄，識與不識輒爲營救，士林咸樂歸之，而於遺民舊老，高蹈巖壑者，尤維持贍護之惟恐不急也。

先生之學，博極羣書，歸於至精，有問經史疑難、古今典故，與夫著作原委，旁引曲證，洞若指掌，多先儒之所未發。詩文炳燿鏗鍧，其詞條氣格，皆足以追配古人，而虛懷推分，不務標榜，尤人所難。自虞山沒後〔一〕，先生獨任斯文之重，海內之士與浮屠、老子之流以文爲請者，日集於庭，麾之弗去。一篇之出，家傳人誦，雖遐方絕域，亦皆知所寶愛。雅善書，尺蹏便面，人爭藏弆以爲榮。所著梅村集四十卷、春秋地理志十六卷、春秋氏族志二十四卷、綏寇紀略十二卷，又樂府雜劇三卷。

先生生於明萬曆己酉五月二十日，卒於今康熙辛亥十二月二十四日，享年六十有三。寢門之哭，學士大夫輒失聲曰：「先生亡矣！一代文章盡矣！」原配郁氏，封淑人，先公十五年卒。先生初未有子，年五十後，連擧三子暻、瞵、暄，尙齠齔，有成人之志，側室朱氏出也。女九人：淑人出者四，浦氏出三，朱氏出二。先生屬疾時作令書，乃自敍事略曰：「吾一生遭際，萬事憂危，無一刻不歷艱難，無一境不嘗辛苦，實爲天下大苦人。吾死後，斂以僧裝，葬吾於鄧尉、靈巖相近，墓前立一圓石，題曰『詩人吳梅村之墓』，勿作祠堂，勿乞銘於人。」又勅三子：「若能效陳、鄭累世同居之義，吾死且瞑目。」嗚呼，先生之心事可悲也已！是歲正月旦，先生夢至一公府，主者王侯冠服，降階迎揖，出片紙，非世間文字，不可識，謂先生曰：「此位屬公矣。」十二月朔，復夢數人來迎，先生書期日示之，故豫知時日，竟不爽，斯亦異哉！

湄之先子，與南郭、西銘兩張公爲同社，社中惟先生最年少，湄又從先生游者垂二十年，而受先生之教爲深。先生素羸弱善病，輒自言不久。少壯登朝，數忤權貴，獎護忠直，不惜以身殉之。既而陵谷貿遷，同事諸君子皆不免於難以死，而先生優游晚節乃死，人以爲幸，然非先生祈死之本懷也。先生閱歷仕途，雖未嘗有差跌，而其危疑遘會，禍亂薦臻，若天廣而無以覆，地厚而無以載，居恆苦忽忽不樂，拂鬱成疾以死。是諸君子處其易，而先生處其難。千載而下，考先生之本末，其猶將欷歔煩酲、執簡流涕而悲不能自已也。所謂「天實爲之，謂之何哉」！湄與修郡邑志，於先生例當有傳。先生之從子曉以事狀屬湄，用敢捃摭遺佚，附綴家乘之末，立言君子，尚有采於此云。謹狀。康熙十二年七月二十一日。

【校】

〔一〕虞山　「虞山」兩字原作空白，據文義及墓表補。

吳梅村先生墓表

陳廷敬

蘇州郡治西南三十里西山之麓，有壙睪如者，詩人吳梅村先生之墓也。先生宦達矣，行事卓卓著於官，而以詩人表其墓者，從先生志也。先生諱偉業，字駿公，晚自號梅村。五世祖凱，前明永樂間舉孝廉，官禮部主事，年三十，以養親乞歸，遂不出，世稱貞孝先生。高祖愈，成化進士，官河南參政。並見吳中先賢傳。世居崑山，曾祖南，以善書授鴻臚。祖議始遷太倉。父琨能文章。祖、父皆受先生封爲中憲大夫。

先生少聰敏，年十四能屬文。里中張西銘先生以文章提唱後學。四方走其門，必投文爲贄，不當意即謝弗內。有嘉定富人子，竊先生塾中藁數十篇投西銘，西銘讀之大驚，後知爲先生作，固延至家，同社數百人皆出先生下。弱冠舉於鄉，爲崇禎辛未科會試第一人，廷試第二，授編修，是時年二十三耳。制辭云：「陸機詞賦，早年獨步江東；蘇軾文章，一日喧傳天下。」當時中朝士大夫皆以爲不媿云。

崇禎中，黨事尤熾。東南諸君子繼東林之學者，號曰復社。虞山以東林之末嚮爲復社先，而先生西銘高弟也。西銘既爲復社主盟，先生又與西銘同年舉進士，故立朝之始，遂已大爲世指名。當是時，淄川張至發，烏程黨也，繼烏程而相，剛愎過烏程。先生始進，即首劾淄川，奏雖寢不行，其黨皆側目。頃之，遷南京國子監司業。時黃道周以事下獄，先生遣監中生涂某賫表至京，涂伏闕上疏，申理道周，黨人當軸者以爲先生指使，將深文其獄以中先生，會其人死乃已。旋奉使河南封藩。丙子，典試湖廣，當時號得士。尋遷中允、諭德。丁嗣父艱，服除，會南中立君，登朝一月歸。本朝初，搜訪天下文章舊德，溧陽、海寧兩陳相國共力薦先生，以祕書院侍讀徵，轉國子祭酒，尋丁嗣母憂，歸於家，時年四十五。先生既無意功名，年力尚強，閉戶著數千百言，而尤以詩自鳴，悲歌感激，有不得於中者，悉寓於詩。時東澗在虞山，先生居婁東，皆以詩倡海內，海內宗之，稱吳中二老。余生稍晚，不及見兩先生，讀兩先生詩，如受教焉。虞山之後無聞矣，而先生令子給事中暻以詩世其家，甲申，余爲薦於朝，遊余門，與論詩相得也。丙戌冬，丁其生母朱安人艱，將合葬，泣而來請曰：「先人治命云：『吾詩雖不足以傳遠，而是中之用心良苦，後世讀吾詩而能知吾心，則吾不死矣。吾死毋以厚殮。吾性愛山水，葬吾於靈巖、鄧尉間，碣曰「詩人吳梅村之墓」足矣，不者且不孝。』暻不忍違先志，敢請一言以表之。」按先生生前明萬曆己酉，以康熙辛亥卒，年六十三。元配郁氏先卒。子三：暻、嶙、暄，皆朱安人出。女子九人。朱安人以康熙四十五年丙戌七月二十六日卒，與郁夫人皆附葬於先生之墓。是爲表。

清史稿文苑傳

吳偉業，字駿公，太倉人。明崇禎四年進士，授編修。充東宮講讀官，再遷左庶子。弘光時，授少詹事，乞假歸。順治九年，用兩江總督馬國柱薦，詔至京。侍郎孫承澤、大學士馮銓相繼論薦，授祕書院侍講，充修太祖、太宗聖訓纂修官。十三年，遷祭酒。丁母憂歸。康熙十年，卒。

偉業學問博贍，或從質經史疑義及朝章國故，無不洞悉原委。詩文工麗，蔚爲一時之冠，不自標榜。性至孝，生際鼎革，有親在，不能不依違顧戀，俯仰身世，每自傷也。臨歿，顧言：「吾一生遭際，萬事憂危，無一時一境不歷艱苦。死後斂以僧裝，葬我鄧尉、靈巖之側。墳前立一圓石，題曰『詩人吳梅村之墓』。勿起祠堂，勿乞銘。」聞其言者皆悲之。著有春秋地理志、氏族志、綏寇紀略及梅村集。

清史列傳貳臣傳

吳偉業，江南太倉人。明崇禎四年一甲二名進士，授編修。十年，大學士溫體仁罷，張至發柄國，極頌體仁孤執不欺。偉業疏言體仁性陰險，學無經術，狎暱小人。繼之者正宜力反所爲，乃轉盛稱其美，勢必因私踵陋，盡襲前人所爲，將公忠正直之風何以復見，海內禍患何時得平？疏入不報。尋充東宮講讀官，又遷南京國子監司業，轉左庶子。福王時，授少詹事。與大學士馬士英、尙書阮大鋮不合，請假歸。本朝順治九年，兩江總督馬國柱遵旨舉地方品行著聞及才學優長者，疏薦偉業來京。十年，吏部侍郎孫承澤薦偉業學問淵深，器宇凝弘，東南人才，無出其右，堪備顧問之選。十一年，大學士馮銓復薦其才品足資啓沃。俱下部知之。尋詔授祕書侍講。十二年，恭纂太祖、太宗聖訓，以偉業充纂修官。十三年，遷國子監祭酒。尋丁母憂歸。康熙十年卒。

婁東耆舊傳吳偉業傳

程穆衡

吳偉業字駿公，梅村其號，參政愈玄孫也。父琨，字禹玉，號約齋，授經里中。公生稟殊姿，學如夙授。江右李太虛明睿，落魄客授州王大司馬所，與約齋善。一日飲於王氏，太虛被酒，碎其玉巵，主有訢言，太虛憤恚去，約齋追而贐之。太虛曰：「君子奇才也，天如將以古學興東南，盍令從游乎！」約齋如其言，學則大成。

公爲文大要根於六籍，佐以兩漢，而尤長春秋，堅光駿響，欱野歕山，要之原本忠直，品峻言厲。故捶皾幪背，無以喻其厚也；虦虪豹犆，不足爲其彩也。一出而中辛未會試第一，廷試第二，海內震焉。既授職編修，卽疏劾蔡奕琛。奕琛者，長吏部，温體仁私人。是時秦、涼羣盜勢日東，官軍潰於河曲，而登、萊叛賊孔有德、耿仲明復以僞降紿督帥而覆其師，政府不以爲念，方以帝之親定奄黨逆案也，亦思構一逆案以報東林。公與師天如感憤太息，疏既上，奸黨怖。故事，首甲進士刊房書，必首列房師鑒定名，而公稿僅列天如名，知太虛意不悅，因噉之使誣公以隱慝。太虛正人，弗爲動，公亦歸過刊匠以自解。體仁逐，天如去，公亦請假歸娶，事乃已。

乙亥赴闕，補原官，尋充纂修實錄。丙子，同宋九青玫典試湖廣，楚賢士大夫爲熊魚山、鄭澹石，拏舟來，酹酒江樓，談天下事，江風吹面，流涕縱橫，公慨然有當世意。明年，體仁鈎奸人張漢儒訐錢謙益、瞿式耜居鄉事，赤車收捕，而陸文聲訐復社事亦起。體仁所規株連羅織海內諸名賢，計無便社事者，而漢儒陰謀通相邸，事敗，帝怒誅之，放體仁歸。繼相者張至發、薛國觀，一氣相禪，其仇東林益甚。會簡東宮講官，至發力擯黃石齋，爲給事中馮元颺所刺，至發怒，兩疏詆石齋，而極頌體仁孤執不欺，意爲賜環地也。公見疏憤惋，極言攻至發，帝覽章心動，體仁亦幸以是年死。

始公同館選者凡二十四人，惟豫章楊機部廷麟、山右王二彌邵、濟寧楊鳧岫士聰三人者與公立朝相終始。戊寅，楊嗣昌擠機部入盧公建斗軍，公與鳧岫謀，以爲至發、國觀不去，則東南大獄不解，而衆賢終無登朝之望，先落其爪距，劾吏部尚書田唯嘉及其鄉人太僕寺卿史䇻諸不法事。帝黜唯嘉，䇻逮問，適成御史勇以救石齋下獄考掠，䇻謀以併坐兩人，鳧岫亟引病去，而公以銜命封延津、孟津兩王於禹州，俄出爲南京國子監司業，事少緩。亡何，䇻因盜鹽課及他贓事發，瘐死牢戶。至發已先罷去。國觀贓敗伏誅。奕琛以先行賄國觀繫獄，不知天如已前卒，再訐復社。命下，張公采獨條對上，其辭直，帝悟，獄解，語見張公傳中。公在崇禎中已歷中允、諭德，晉庶子。京師破時在籍，福王召拜少詹事。甫兩月，奕琛已夤緣馬士英復柄用，修舊郤，先逮吳御史适下獄。适者，嘗爲衢州司李，浙有重獄，會鞫，事由奕琛，适奮筆定爰書，故首及禍。次擬公，公急掛冠去。

順治中，當路多疑其獨高節全名者，強薦起之。兩親懼禍及門戶，嚴裝促應徵。至京，授祕書院侍講、國子監祭酒，鬱鬱慘沮，觸事傷懷，蓋「乞活草間」、「所虧一死」之語，不啻數見也。閒一歲得歸，又十餘年以卒。所著梅村詩文集、春秋地理志、春秋氏族志、綏寇紀略及他樂府、詩話行世。其詩排比興亡，搜揚掌故，篇無虛咏，近古罕儷焉。子暻、瞵、暄。暻有傳。瞵字中麗，才雋早夭。暄字少容，歷知通、許、壽光縣，有能聲。

論曰：白居易有云：「文章合爲時而著，歌詩當緣事而作。」至哉言乎！詩也者，王者之迹也，誦其詩，將考政迹焉。建安以降，洎乎齊、梁，徒麗以淫，去作詩之旨遠矣。今觀梅村之詩，指事傳辭，興亡具備，遠蹤少陵之塞蘆子，而近媲弇州之欽䲹行，期以摭本反始，麤存王迹，同時諸子，雖雲間、虞山猶未或識之，況悠悠百世歟！當社事之盛也，學侶奔輳，聯茵接席，雖二張之偉博足振興之，實公以盛藻巍科樹之幟而爲招焉。故立朝十年，與黨禍相終始，所與敵者皆閹部大臣，任用領事，以聲勢權利相倚，行金錢數十萬，金吾大璫爲耳目，日夜思所以中公，而以孱焉一史臣，掌距揞拄，侜出侜入，僅而後免。噫嚱！危矣。迨夫蓂歷方新，蒲車赴召，議者致譏其晚節，不知命出嚴親，志全宗緒，跡其所以自傷悼，徐廣攀車之惘不啻焉，較諸當時溧陽、海寧輩舐鼎速化，鳴弦揆日者，惡可同日而道哉！

吳偉業傳

王昶

吳偉業字駿公，太倉人，先世皆以科第文行著聞。母妊時，夢朱衣人送鄧以讚會元額至，遂生偉業。幼有異質，篤好史漢，張溥見而奇之，遂爲弟子。崇禎四年會試第一，懷宗批其卷曰：「正大博雅，足式詭靡。」殿試第二，授翰林編修，給假歸娶。時有姦民首告復社事，當軸陰主之，欲盡傾東南名士，偉業疏論無少避。九年，充湖廣鄉試主考官。陞南京國子監司業，會黃道周論楊嗣昌奪情廷杖，偉業具橐饘，遣太學生涂仲吉入都訟寃，旨嚴詰主使，幾不免。十三年，晉中允諭德，八年轉庶子，未幾擢少詹事，甫兩月，謝歸。國初，總督馬國柱疏薦，授祕書院侍講，奉勅纂修孝經演義，陞祭酒。丁嗣母憂，聖祖親賜丸藥，撫慰甚至。旋以江南奏銷議處，適遂初志焉。所居梅村，名曰鹿樵精舍，本王士騏賁園，花木翳然，因取以自號。居十餘年卒，年六十三。初偉業及第，年甚少，才名爛然，海內爭慕其風采。及爲諭德，侍太子及定王讀書。甲申之變，太子爲李自成挾去，不知所終。故有詩云：「我本淮王舊雞犬，不隨仙去落人間。」又遺命題墓前石曰「詩人吳偉業之墓」，其寄託如此。長洲尤侗贈以詞，云「江山如夢，眼前誰是，舊京人物」，又云「椽燭衣香，少年情事，頭白今成雪」，偉業讀之泣下。爲文瑰偉宏富，詩尤擅勝，取明季遺事，用王、楊、元、白體詠之，蒼涼悽麗，曲折詳盡，咸有黍離麥秀之感，稱爲絶調。晚年著春秋氏族、地理二志，支分派别，證以史記、漢書及後碑記之文，蓋不欲以詩人終也。兩書皆未刻，藏於家。子暻，康熙戊辰年進士，官至給事中，亦工詩。孫遹彥，由舉人歷任福建、四川知縣，有能吏名。

——春融堂集卷六十四

吳偉業

錢林

吳偉業字駿公，晚自號梅村，太倉人。母朱夢朱衣人送鄧以讚會元坊至，而偉業生。生有異質，年十四通三史。時里中張西銘溥以文章提唱後學，同塾中竊其文藁投西銘，西銘大驚。後知爲偉業作，因留受業，歎曰：「文章正印，其在子矣！」後鄉、會皆同榜，文風爲之一變。

崇禎庚午舉於鄉，辛未會試第一人，廷試第二，授編修，是時年二十三耳。制辭云：「陸機詞賦，早年獨步江東；蘇軾文章，一日喧傳天下。」當時以爲不愧。未授室，給假歸娶。以復社著名，爲世指目。主湖廣試，所拔多知名士。立朝挺立無所附。有以陰毒中之者，會其人死，事寢。遷南司業，甫三日，而漳浦黄道周論武陵奪情拜杖信至，偉業遣太學生涂仲吉具槖饘，上書訟寃，當軸者以爲偉業主使，深文其獄以中之，幾不免。尋遷中允、諭德，晉庶子，丁嗣父憂歸。甲申之變自縊，爲家人所覺，力止之。乙酉，拜南中少詹事，知天下事不可爲，拂衣歸，杜門不通請謁。每東南獄起，常懼收者在門。如是者十年，將著書老矣。會有迫之出者，薦章交上，有司敦逼就道，二親流涕辦嚴，以侍讀徵出山，官祭酒。越四年，聞嗣母訃，歸於家，時年四十八。

性愛山水，游嘗經月忘返。所居故銓部王士騏之賁園，拓而大之，灌花蒔藥，翳然有林泉之勝，日與士友觴詠其間。生平規言矩行，尺寸無所踰。博極羣書，有問經史疑難者，於古今典故，洞若指掌，而虛懷推分，尤人所難。自虞山沒後，先生獨任斯文之重，海內之以文爲請者日集於庭。雅善書，尺蹏便面，爭藏弆以爲榮。所著梅村集四十卷、春秋地里志十六卷、氏族志二十四卷、樂府雜劇三卷，選婁東十子詩：周肇子俶、顧湄伊人、王揆端士、許旭九日、黃與堅庭表、王撰異公、王攄虹友、王昊惟夏、王忭懌民、王曜升次谷也。

偉業七言古詩多用長慶體，寫時事如永和宮詞、宮扇、琵琶行、圓圓曲、聽女道士卞玉京彈琴歌，足備掌故；至讀楊參軍悲鉅鹿詩、題蘇門高士圖贈孫徵君鍾元、通元老人龍腹竹歌、雁門尚書行、田家鐵獅歌、題崔青蚓洗象圖諸篇，如高山大河，如驚風驟雨，間之以平原沃衍，故於少陵爲近，出入於退之、香山間。五古及五七言律詩，沈雄瑰麗，王士禛以爲明黃門陳子龍之勍敵，「臥子眞冠古才，一時瑜、亮，獨有梅村耳。」

辛亥元旦，夢上帝召爲太山府君，是歲病革，有絕命詞云：「忍死偷生廿載餘，而今罪孽怎消除。受恩欠債須塡補，縱比鴻毛也不如。」浙僧水月能前知，挐舟迎之至，曰：「公元旦夢告之矣，何必更問老僧？」至期卒，時康熙辛亥年也，年六十三。有子三，皆五旬以後生。論龔寢門之哭，學士大夫輒失聲曰：「一代文章盡矣！」病中賦賀新郎詞云：「萬事催華髮。論龔生、天年竟夭，高名難沒。吾病難將醫藥治，耿耿胸中熱血。待灑向西風殘月。剖却心肝今置地，問華佗、解我腸千結。追往恨，倍淒咽。故人慷慨多奇節。爲當年、沈吟不斷，草間偷活。艾炙眉頭瓜噴鼻，今日須難決絕。早患苦重來千疊，脫屣妻孥非易事，竟一錢不値何須說。人世事，幾完缺？」遺令死後斂以僧裝，葬鄧尉、靈巖相近，墓前立圓石，題曰「詩人吳梅村之墓」，勿作祠堂，勿乞銘於人。嗚呼！先生之心事可悲也已。

先是順治壬辰，館嘉興之萬壽宮，輯綏寇紀略，原題鹿樵紀聞，卷分一十有五，以三字標目，仿蘇鶚杜陽編、何光遠鑑戒錄也。世所行者鄒氏本，僅十二卷，張海鵬訪之婁東蕭子山，係司成手錄原書，介孫子瀟借得之，完好如舊。黃廷鑑又將刊本再校，補尾頁脫文四百七十四字，此書始無遺憾矣。今補遺虞淵沈中下二卷、附錄一卷，正十五卷也。

計東曰：虞山之言曰：梅村之詩，殆可學而不可能，而又非可以不學而能者也。則其論先生之詩，於才與法之間亦微矣。其貽書先生，稱其精求於韓、杜二家，吸取其神髓而佽助之，眉山、劍南斷斷乎不能窺其籬落、識其阡陌也。夫虞山暮年之詩，心摹手追於眉山、劍南之間，顧稱述先生詩如此，則其自遜爲不如可知，誠非今之驕己淩物者可及也。

——錄自咸豐八年有嘉樹軒刻本文獻徵存錄

太倉州志人物列傳

吳偉業字駿公，愈玄孫。父琨，以經行稱鄉里。偉業幼有異質，篤好史、漢，張溥見而奇之，因留受業於門。

崇禎四年會試第一，愍宗批其卷曰「正大博雅，足式詭靡」。偉業時文稿名式靡編蓋因此。殿試第二，授翰林院編修，給假歸娶。時有姦民首告復社事，當軸陰主之，欲盡傾東南名士，偉業疏論無少避。九年，充湖廣鄉試主考官，因召對言：冢臣職司九品，若所舉不當，何以責之臺省？輔臣任寄權衡，若所用不賢，何以責之卿寺？帝深韙之。册封延津、孟津兩藩王，陞南京國子監司業。會黃道周論楊嗣昌奪情事受廷杖，偉業具橐饘，遣太學生涂仲吉入都訟寃，旨嚴詰主使，幾不免。十三年，晉中允、諭德，尋轉庶子，未幾擢少詹事，甫兩月謝歸。國朝順治間，總督馬國柱薦授祕書院侍講，陞國子祭酒。丁嗣母憂，旋以江南奏銷議處，里居終身，適遂初志焉。

所居梅村，名鹿樵精舍，本王士騏賁園，花木翳然，因取以自號。十餘年卒，年六十三。遺命墓前立石，題曰「詩人吳偉業之墓」，其寄託如此。爲文瑰偉宏富，詩尤擅勝，取明季遺事，用王、楊、元、白體詠之，曲折詳盡，使人有黍離、麥秀之感。

子暻，字元朗，年十四補州庠生，以拔貢生入太學。康熙二十七年成進士，由戶部主事遷兵科給事中。四十四年，青浦王原、長洲王銓劾陳汝弼，弼言原等實挾仇，引暻爲證，遂以事牽連落職。旋白，入直武英殿，充書畫譜纂修官。暻才藻擅一時，自家人至奴隸，咸通聲律，時爲美談。尋以丁母艱歸，卒年四十六。暻兩弟：曔字中麗，早卒；暄字少融，壽光縣知縣，有政績：俱以能詩稱。

——錄自嘉慶太倉州志卷二十八人物列傳二

祭吳祭酒文

尤侗

嗚呼！先生之文，如江如海；先生之詩，如雲如霞；先生之詞與曲，爛兮若錦，灼兮如花。其華而壯者如龍樓鳳閣，其淸而逸者如雪柱冰車，其美而豔者如寶釵翠鈿，其哀而婉者如玉笛金笳。其高文典册可以經國，而法書妙畫亦自名家。豈非才人大手，死而不朽者耶！若其弱冠登朝，南宫首策，蓮燭賜婚，花磚儤直，此先生之致身于勝國者也。及夫徵書應召，禁庭橐筆，上林陪乘，成均端席，此先生之從事於王室者也。人望之以爲榮，公受之以爲戚，方且謝春夢於京華，矢嘯歌於泉石，獨居則慷慨傷懷，相對則咨嗟動色。雖縱情花月，遣興琴樽，而中若有不自得者，宜其形容憔悴，而鬚髮之早白也。

嗟乎！有涯者生，不齊者遇，忽然相遭者時，無可如何者數。彼夫羈旅而念舊鄉，少年而惜遲暮，感歲月之已非，撫山河之如故，所以墨子垂泣於素絲，楊朱興悲于歧路，庾信有江南之哀，向秀著山陽之賦。僕嘗從先生之杖屨，而見其流連光景，悽愴平生，良有素矣，不虞其溘焉朝露也。吾聞先生遺命，殮以觀音兜、長領衣，殆將返其初服、逃軒冕而即韋布乎！又曰："吾性愛山水，擇靈巖、鄧尉之間隙地三畝，立一圓石，題曰「詩人吳梅村之墓」。"予讀而喟然太息，知先生之情見乎辭，雖千載以下，過而弔者，猶低徊留之不能去也。嗚呼！

——録自西堂雜組二集

祭少詹吳公

杜濬

嗚呼！濬之辱教於梅村先生也，歲在庚辰，其時先生司業南雍，而濬以貢入北雍。舊制南、北雍相爲一體，故濬與先生與有師生之誼，而先生以國士遇濬，忘形爾汝自若也。濬之别先生也，歲在己亥，其時先生以北祭酒歸甫彌年，而濬之自廢則自乙酉矣。師生之誼，至是相視默然。先生遇我加厚，阻兵淹久，始終照料，資其餐館之費，供其行李之乏，人以爲自濬而外，得此于先生蓋寡。嗟乎！先生不可忘；己亥之别，尤不可忘也。自是以來，無歲不思再訪五畝之園，與先生極論曩昔，而先生遂歿耶！嗚呼痛哉！

方先生之歿也，濬適流浪吳淞間，聞諸杜九高曰：先生死而神明，元日之夢，符于臘盡。嗟乎！神明猶人也，齎志而爲之，其神必靈，而何疑于先生耶！聞諸顧伊人曰：先生之且訣也，多褱言，語多不具述，獨記自論其詩云：吾之于此道，雖爲世士所宗，然鏤金錯彩，未到古人自然高妙之極地。疑其不足以傳，而不知此語已足以傳，甚矣先生之不自滿假如此矣。又聞諸秦留仙曰：先生去年遊梁谿，客有稱其五言近體者，先生謝曰：吾于此體，自得杜于皇金焦詩而一變，然猶以爲未逮若人也。秦樂天亦云。余於是悚然，先生位高名大，而能爲此言，此其巍巍不可及，又豈第在篇什間哉！

嗟乎！嗟乎！此濬所以不恤衰頹，卒齎磨鏡具，操絮酒之涓滴，一酹先生之靈，以抑吾悲，有以焉爾。雖几筵已徹，後至之誅，料不加諸飄蓬泛梗之人也。嗚呼哀哉！

——錄自變雅堂文集

附錄二

年譜

顧師軾

昔人謂少陵之詩，詩史也。讀其詩而天寶以後興亡治亂之蹟具在，其爲史之所同者可以相證明焉，其爲史之所遺者可以相參考焉，詩之所以貴有爲而作也。雖然，少陵之集編體不編年，讀其詩而不得其旨，更求其年譜讀之，而其詩之與新、舊兩書相出入者，乃條分件繫，粲然而無所疑，甚矣年譜之有功於詩也！吾鄉梅村先生之詩，亦世之所謂詩史也。先生負曠世之才，爲風雅總持，其所交游多魁奇俊偉之士，而又當明季百六之運，故其集中之作，類皆感慨時事，悲歌掩抑，銅駝石馬，故宮禾黍之痛，往往而在。惟其詩編體而不編年，當時有爲之作，讀者或恨其不能盡詳。孟子曰：「頌其詩，讀其書，不知其人，可乎？是以論其世也。」然則非年譜不足以知先生之詩之世，非論先生之詩之世，不足以知先生之詩之果爲詩史也。先生之集，有集覽，有箋註，而年譜闕如。同里顧雪堂茂才，劬學好古，篤嗜先生之詩，暇日求里中前輩程逕亭先生所箋編年之本，爲年譜一書，而又偏考其家牒雜識以附益之，積數年之力，成書如干卷。雪堂以同里後進，爲先生編年之譜，其蒐采尙易爲力，故其書之贍洽，視前人之編杜詩者有加焉。蓋其體之詳略各有所由來，而要其用心之勤，爲功於前人之詩以蘄致其知人論世之意，未嘗不一致也。書既成，深佩雪堂之篤雅好事，能補前人之所未逮，遂不辭而爲之序。道光二十四年，歲次甲辰，同里徐元潤書。

詩有年譜，由來尙矣。昔賢謂少陵詩爲詩史，宋魯訔撰註，冠以年譜，今註佚而譜存；紹興中趙子櫟亦著杜詩年譜一卷，不逮魯譜之密。蘇長公集多諷切時事，亦詩史也，施元之蘇詩註，家綿津中丞刊交，復訂正王宗稷東坡年譜列於前，使人開卷瞭如。然則年譜與詩，非相爲表裏歟！婁東吳梅村祭酒詩，風骨遒上，感均頑豔，黎城靳氏集覽最爲詳洽，吾鄉吳枚菴叟增删之爲箋註，嚴少峯太守梓而行之，亦以未見年譜爲憾，秪錄陳、顧兩公撰墓誌、行狀，謂略見一斑。僕屢欲搜輯成編而未之逮。比來司鐸太倉，顧君雪堂示所著先生年譜四卷，出入靳、吳兩註，兼據逕亭程君編年未刊本，次第纂考，並詳紀世系，具見苦心。喜其篤雅好古，能蒐采鄉先生之往蹟，雖爲功較易，而用心較勤，其分卷亦較倍，益以見祭酒之爲詩史，直可追杜、蘇而後先頡頏焉。適嚴迪甫觀察遠宦隴西，將郵致其譜，附吳君箋註本爲合璧。余既樂雪堂乃祭酒之功臣，尤望迪甫爲前人克紹箕裘也。書此以報雪堂，并寄觀察以代簡。道光乙巳夏日，元和宋凊壽芥楣識。

梅村先生世系

顧師軾纂
顧思義訂

先生姓吳氏，諱偉業，字駿公，晚號梅村。江南太倉州人。

七世祖子才，名無考，河南人。元末避兵，始遷蘇州崑山之積善鄉。配費氏。

六世祖堤，字公式，以字行。明正統元年贈承德郎，行在刑部雲南司主事。配陳氏，封太安人。攷：又字式周。

五世祖凱，字相虞，號冰蘗，卒祀鄉賢祠。配沈氏，繼沈氏，再繼陳氏。

蘇州府志：吳凱字相虞。父公式早亡，遺腹生凱，能力學養母。里胥嘗召之役，詣縣自陳有母不能遠離，竊有志於學，縣令芮翀異其言，立遣就學。後充貢京師，中順天鄉試。宣德中，授刑部主事，改行在雲南司，再改禮部主客司，以母老乞歸，遂不復仕。凱精敏有治劇才，平生以禮自律，言行不苟，風儀嚴峻，人望而畏之。家居四十年，非公事不至公府。葉盛尤重之，嘗曰：「鄉里作官，前輩當法吳丈，後輩當法孫蘊章。」及卒，鄉人私謚貞孝先生。蘊章名瓊。

葉文莊公盛相虞公墓誌銘：祖才，父式周，母陳氏。公在娠而父亡，既生公，家復被菑。母年尚少，甘貧守約，育而敎之。公晚得子而連得三子。卒成化七年七月十四日，壽八十有五。配沈氏，先卒。子三人：長恩，輸粟於官，授承事郎；次憲，次愈。女二人，婿顧恂，龔綬。銘曰：孰完五福，惟善日不足；孰永終譽名，不必公與卿。吁嗟乎公，後有考於茲銘。恂先文康公鼎臣父。

高祖愈字惟謙，號遯菴。配夏氏。

蘇州府志：吳愈字惟謙，凱子。成化乙未進士，授南京刑部主事，歷員外、郎中。初凱起家刑曹，每爲愈言折獄之道，愈在部繙閱舊牘，遂精法律，一時奏讞咸倚以決。出知敍州府。慶符盜劫縣治，令捕得二十七人，已誣服，愈疑之，乃詣縣辨審，釋二十五人，未幾果獲眞盜。土官安鰲以馬湖叛，衆議用兵，愈策曰：「鰲無遠謀，然其甲兵精利，未易敵也。彼中無水，當重圍以困之。」議未決，而鰲忽棄城走，衆慮其糾諸夷爲亂，愈曰：「彼以郡守，將兵接戰，勝負未可知；既離巢穴，一窮寇耳，諸夷皆其仇，又何能爲？」因遣人襲之，不血刃而獲。自是馬湖改置流官。後其黨復劫府印爲亂，愈親抵其巢諭之，遂獻印解散。在敍九年，遷河南參政，致仕歸。卒年八十四。

王弇州世貞吳遯菴贊：在郡九年，課農桑，興學校，戶口滋殖，風俗醇美，爲諸郡最，而業已倦游矣。里居優游自奉養，喜賓客，和謹得後進心。有女三人，歸陸伸、文徵明，皆名士，而歸王氏者有子同祖，以才入中秘，皆侍公周旋，以是寬樂於其身。贊曰：仕不九卿，曰上大夫；壽不九秩，曰八十餘。宅相所貽，蘭蘂玉枝；父子耆詰，爲鄉閭師。

先文康公鼎臣吳公惟謙墓表：卒於嘉靖丙戌五月十九日，年八十四。子男四：長東，浦江縣縣丞；次南，國子生，公仲弟悳無嗣，推以爲後；次西，次守中，國子生。孫男：詩、訪、許、誌。

嗣高祖悳字維明，號靜菴。配陳氏。無子，以愈次子南爲嗣。

曾祖南字明方，號方塘。賜內閣中書，後官鴻臚寺序班，以使事過家爲御史所論，謫江西建昌府幕官。配鄭氏，繼袁氏。

先生先伯祖玉田公墓表：余家世鹿城人，自禮部公以下，大參、鴻臚，三世皆葬於鹿城。公爲鴻臚長子，次卽贈嘉議大夫少詹事諱議，余祖也；又次則諱詰，偉業四五歲曾及見之〔一〕，老且貧，衣食於卜肆。余祖嘗抱偉業於膝，顧叔祖而歎曰：「爾知我宗之所以衰乎？三世仕宦，廉吏之槖，固足以傳子孫，爾伯祖實主其帑，用之爲飲食裘馬費，產遂中落。余與爾叔祖庶出也，少孤，故皆貧。」余祖亡後，祖母湯孺人每談及鴻臚公時事，輒言嘉、隆中鹿城倭難，伯祖自以私財募兵千餘人〔二〕，轉戰湖、泖間，兵敗，左右皆沒，得一健卒負之兔，家遂以破。

祖議字子禮，號竹臺，以先生貴，贈嘉議大夫、詹事府少詹事。幼贅於瑯琊王氏，遂居太倉。

副室湯氏，封太淑人〔三〕。

先生秦母于太夫人七十壽序：衰門貧約，吾母操作勤苦，以營舅姑滫瀡之養。湯淑人憐其多子，代爲鞠育。余自少多病，由衣服飲食，保抱提攜，惟祖母之力是賴。憶自早歲通籍，祖母年七十有三，及以南都恩貤封三世，湯淑人期屆九秩，笄珈白首，視聽不衰，里人至今以爲太息。

父琨字禹玉，又字蘊玉，號約齋，又號約叟。諸生，以經行稱鄉里，先生貴，封嘉議大夫、詹事府少詹事。國朝舉鄉飲大賓，卒祀鄉賢祠。配陸氏，繼朱氏，封淑人。

鈕琇觚賸：江右李太虛爲諸生時，嗜酒落拓，而家甚貧。太倉王岵雲司馬備兵九江，校士列郡，拔太虛第一，引見之，謂曰：「吾固多子，擇師無若子者，顧遠在婁東，子能一往乎？」李許諾，次日卽遣使送至其家。時王氏二長子已受業同里吳蘊玉先生。蘊玉者，梅村先生父也。而太虛敎其第四五諸郎，兩人共晨夕甚歡。梅村甫齠齡，亦隨課王氏塾中，李奇其文，卜爲異日偉器。歲將闌，主家設具讌兩師，出所藏玉巵侑酒，李醉，揮而碎之，王氏子面加誚讓，李亦盛氣不相下。席罷後，謂吳曰：「我安可復留此？」遂拂衣去。吳知其不能行也，翌日早起，追於城闉，出館俸十金爲贈，乃附賈舶歸。然所贈貲大半耗於酒。及抵家，垂橐蕭然，亟呼婦治具，婦曰：「吾絕糧已久，安所得粟？憶君去後，猶存故人酒一罌，請佐君軟飽可乎？」婦往鄰家覓薪，李卽發罌，罌內產一芝如盤，紫光熠熠，喜且愕曰：「此瑞徵也，顧酒敗不可飲奈何？」挹之則淸冽異常，乃浮白獨斟，婦負薪歸，則罌已罄矣。是秋登鄉薦，明年成進士，入詞館。數載後，以典試復命過吳門，王氏子謁於舟次，李急詢吳先生近狀。是時梅村亦登賢書，因購吳行卷，攜以北上，爲延譽京師，辛未，梅村遂爲太虛所薦，登南宮第一，及第第二人，年僅弱冠。蘊玉先生享榮養者三十年，可爲疏財敦友之報。而岵雲諸子自司馬沒後，家漸替矣。

先生于太夫人壽序：吾母朱淑人精心事佛，嘗于鄧尉山中創構傑閣，虔奉一大藏教。

嗣祖諫字子猷，號玉田，官福安縣縣丞，葬梅灣。配某氏，繼查氏，再繼陸氏。子一，查氏出，夭。本宛平王敬哉崇簡青箱堂集吳母張太孺人墓誌銘，詳後順治丙申年。

先生玉田公墓表：於吳門遇三山鄭君，曰余姻也。詢之，則三山之兄曰某者，爲伯祖壻，余姑尚在也。偉業乃具禮幣拜見，則年已七十三，泫然泣曰：「猶憶會鴻臚公葬時，曾到鹿城見二叔，今已六十年，不通家問。」二叔謂吾祖也。歸而告我祖母湯孺人，孺人泣，吾世父與吾父知之亦泣，泣年六十始知有伯姊也。相率至梅灣墓下再拜哭，且加封樹焉。吾姑後三年以卒，有二子，以其一從吳姓，主梅灣之祭。

嗣父瑗字文玉，號遯菴，禮部冠帶儒士。配王氏，繼張氏。本青箱堂集，詳後順治丙申年。

【校】

〔一〕及見　原作「見及」，據卷五十先伯祖玉田公墓表乙。

〔二〕千餘人　原作「十餘人」，據先伯祖玉田公墓表改。

〔三〕太淑人　原作「太叔人」，逕改。

梅村先生年譜卷一

故明萬曆三十七年己酉五月二十日，先生生。
母朱太淑人，娠先生時，夢朱衣人送鄧以讚會元坊至，遂生先生。
三十八年庚戌，二歲。
三十九年辛亥，三歲。
四十年壬子，四歲。
熊學院科試，先生尊人約齋公補博士弟子員。
四十一年癸丑，五歲。
仲弟偉節生。
四十二年甲寅，六歲。
四十三年乙卯，七歲。
讀書江公用世家塾。先生按察司使江公墓誌銘：始余年七歲，讀書公家塾識公，公即是年領鄉薦。後三十年，家居，公折輩行與余及魯岡游。
四十四年丙辰，八歲。
八月，祖竹臺公卒。
四十五年丁巳，九歲。

四十六年戊午，十歲。

四十七年己未，十一歲。

就穆苑先雲桂家中讀書。　先生穆苑先墓誌銘：自余生十一始識君，居同巷，學同師，出必偕，宴必共，如是者五十年。　君爲先大夫執經弟子，余兄弟三人，君所以爲之者無有不盡。　余雖交滿天下，其相知莫如君。　余之初就君齋讀書也，有同時游處者四人：志衍、純祜爲兄弟，魯岡與之共事，其輩行差少，皆吳氏，余宗也；　鄰舍生孫令修亦與焉。

季弟偉光生。

四十八年庚申，是年八月後改元泰昌。　十二歲。

天啓元年辛酉，十三歲。

二年壬戌，十四歲。

隨父約齋公讀書志衍繼善家之五桂樓。　先生志衍傳：余年十四識志衍，長於余三歲，兩人深相得。　哭志衍詩：余始年十四，與君早同學。　早起詩：惜爽憩南樓。　送志衍入蜀詩：我昔讀書君南樓。　程穆衡箋：先生幼隨父約齋公讀書志衍家之五桂樓，詩中所咏南樓是也。

能屬文，西銘張公溥見而嘆曰：「文章正印，在此子矣！」因留受業於門，相率爲通今博古之學。　程穆衡婁東耆舊傳：江右李太虛明睿，落魄客授州王大司馬所，與公父善，見公於髫齔，奇之。　一日飲於王氏，太虛被酒碎其玉巵，主有誚言，憤怒去。約叟追而謔之，太虛曰：「君子奇才也，天如將以古學興東南，盍令從游乎！」約叟如其言。

三年癸亥，十五歲。

四年甲子，十六歲。

西銘肇舉復社，先生爲入室弟子。楊彝復社事實：文社始於天啓甲子，合吳郡、金沙、檇李僅十有一人。張溥天如、張采來章、楊廷樞維斗、楊彝子常、顧夢麟麟士、朱隗雲子、王啓榮惠常、周銓簡臣、周鍾介生、吳昌時來之、錢旃彥林分主五經文字之選，而效奔走以襄厥事者，嘉興府學生孫淳孟樸也。是曰應社。當其始取友尙隘，來之、彥林謀推大之訖於四海，於是有廣應社。貴池劉城伯宗、吳應箕次尾，涇縣萬應隆道吉，蕪湖沈士柱崑銅，宣城沈壽民眉生咸來會。聲氣之孚，先自應社始也。

五年乙丑，十七歲。

六年丙寅，十八歲。

七年丁卯，十九歲。

崇禎元年戊辰，二十歲。

陳學院歲試，入州庠。

二年己巳，二十一歲。

西銘與同里張南郭采舉復社成，先生名重復社。　復社事實：崇禎之初，嘉魚熊開元宰吳江，進諸生而講藝。於時孫淳孟樸結吳翻扶九、吳允夏去盈、沈應瑞聖符等聲舉復社。於時雲間有幾社、浙西有聞社、江北有南社、江西有則社，又有歷亭席社、崑山雲簪社，而吳門別有羽朋社、匡社，武陵有讀書社，山左有大社，僉會於吳，統合於復社。　復社始於戊辰，成於己巳。其盟書曰：學不殖將落，毋蹈匪彝，毋讀匪聖書，毋違老成人，毋矜己長，毋形彼短，毋以辨言亂政，毋干進喪乃身。嗣今以往，犯者小用諫，大者擯。僉曰：諾。是役也，孟樸渡淮、泗，歷齊、魯以達於京師，賢士大夫必審擇而定約契，然後進之於社。故天如之言曰：「忘其身，惟取友是急；義不辭難，而千里必應。三年之間，若無孟樸，則其道幾廢。」蓋先後大會者三，復社之名動朝野，孟樸勞居多，然而斂怨深矣。

先生有致雲間同社諸子書、致孚社諸子書。

西銘爲尹山大會。　陸世儀復社紀略：吳江令楚人熊魚山以文章經術爲治，慕天如名，迎致邑館。於是爲尹山大會，苕、霅之間，名彥畢集，遠自楚之蘄、黃，豫之梁、宋，上江之宣城、寧國，浙東之山陰、四明，輪蹄日至。比年而後，秦、晉、閩、廣多有以文郵置者。

三年庚午，二十二歲。

李學院科試一等三名，補廩膳生員。

舉鄉試十二名。座主庶子姜曰廣，江西新建人，萬曆己未進士；編修陳演，四川井研人，天啓壬戌進士。春秋房房師鎮江府推官周延鑨，福建晉江人，天啓乙丑進士。按先生有寄房師周芮公先生詩。西銘爲金陵大會。復社紀略：崇禎庚午，諸賓與者咸集，天如又爲金陵大會。是科主裁爲江西姜居之曰廣，榜發，解元楊廷樞，而張溥、吳偉業皆魁選。

四年辛未，二十三歲。

舉會試第一名。座主內閣周延儒，宜興人；內閣何如寵，桐城人。房師李明睿，江西南昌人，天啓壬戌進士。按先生有聞園詩、座主李太虛師從燕都間道北歸尋以南昌兵變避亂廣陵賦呈八首諸詩。思義攷：李少司馬繼貞萍槎年譜：辛未會試同考，得士二十有一人。是年榜元爲吳偉業，世通家也。塡榜止餘第二第一尙有推敲。首揆周諱延儒偶思吳卷爲太倉人，係余同里，因招余，首問家世以及年貌文望，余一一答之甚悉。且云：「行文直似王文肅公。」首揆喜，大聲徧語同考，更首肯文肅公一語，於是遂定吳卷爲第一。余因筆記云：「憶吳之祖竹臺公與先君子爲筆硯交，白首相歡。其父禹玉受業於余，余子又受業於禹玉，蓋三世通家矣。今日闈中推轂之語，雖抔土增山，要亦添花著錦，余豈貪天功以爲己私耶！」李繼貞與門人吳禹玉書：去秋得鹿鳴報，爲之起舞。今春在闈中親見塡榜，得令郎首冠多士，益喜躍不自禁。兩相國知不佞同里，即詢家世來歷，一一置對，兩相國亦自喜慰無量。思令先尊與家大夫筆硯一生，不得鄉校，乃不佞三入闈，得睹桃李之盛〔一〕，而令嗣一飛沖天，又不似鄙薄苟然而已，此豈非造物之嗇前豐後，亦爲善者之必有餘慶與！門下自此可收卻書本，打帳做大封君。若復戀戀雞肋，恐作第二人，將不免爲令郎所笑。善刀藏之何如？

殿試一甲第二名，授翰林院編修。　復社紀略：是科延儒欲收羅名宿，密囑諸分房於呈卷之前取中式封號竊相窺伺，明睿頭卷卽偉業也。延儒喜其爲禹玉之子，明睿亦知爲舊交之子，偉業由此得冠多士。烏程之黨薛國觀洩其事於朝，御史袁鯨將具疏參論，延儒因以會元卷進呈御覽，莊烈帝批其卷曰：「正大博雅，足式詭靡。」而後人言始息。

先生入翰林，制詞曰：「陸機詞賦，早年獨冠江東；蘇軾文章，一日喧傳都下。」當時以爲無愧。

疏劾蔡奕琛。　復社紀略：溥綽烏程通內結黨，援引同鄉諸子，繕疏授偉業參之。偉業立朝未久，於朝局未練，不之應。時溫之主持門戶操握線索者，德清蔡奕琛爲最，偉業難拒師命，乃取參體仁疏增損之，改坐奕琛。

假歸，娶郁淑人。淑人萬曆庚子武舉李茂女。　陳繼儒送吳榜眼奉旨歸娶詩：年少朱衣馬上郎，春闈第一姓名香。泥金帖貯黃金屋，種玉人歸白玉堂。北面謝恩纔合巹，東方待曉漸催妝。詞臣何以酬明主，願進關雎窈窕章。　張溥送吳駿公歸娶詩：孝弟相成靜亦娛，遭逢偶爾未懸殊。人間好事皆歸子，日下淸名不愧儒。富貴無忘家室始，聖賢可學友朋須。行時襆被猶衣錦，偏避金銀似我愚。程穆衡先生詩箋：單狷菴恂竹香菴集吳太史奉詔歸娶眉公屬諸子同賦二律，狷菴警句云：鏡邊玉筍人初立，屏底金蓮燭乍移。又云：梅妝幷倩仙郎畫，元是春風第一花。　先行人陳埰抱桐集：祭酒恆言，吾一生快意，無過三辭：臚唱占雲，宮袍曜日，帶醒初上，奏節憂然；錦晝御輪，綺宵卻扇，流蘇初下，放鈎鏗然；海果生遲，石麟夢遠，珠胎初脱，墮地呱然。

河決金龍口，滕縣沈焉，有悲滕城詩。

李學院歲試，先生仲弟偉節入州庠。字清臣。

五年壬申，二十四歲。

西銘假歸，爲虎丘大會，刊國表社集行世。復社紀略：偉業以溥門人，聯捷會元鼎甲，欽賜歸娶，天下榮之。遠近謂士子出天如門下者必速售。比溥告假歸，途中艤首所至，挾策者無虚日。及抵里，四遠學徒羣集。癸酉春，溥約社長爲虎丘大會，先期傳單四出。至日，山左、江右、晉、楚、閩、浙以舟車至者數千餘人，大雄寶殿不能容，生公臺、千人石鱗次布席皆滿，往來絲織。游人聚觀，無不詫歎，以爲三百年來未嘗有也。按復社紀略總綱：壬申，張溥給假葬親，歸爲虎丘大會。

六年癸酉，二十五歲。

約齋公五十初度。張溥有吳年伯母湯太夫人壽序載西銘集。

七年甲戌，二十六歲。

城隍廟正殿災，有重修太倉州城隍廟碑記。

八年乙亥，二十七歲。

入都補原官，充實錄纂修官。李繼貞送吳文玉入京師太史駿公所詩：長安名利地，君行獨無求。

隨身一敝篋，附舟若輕鷗。累心旣云盡，別家了不愁。惟念太史公，京洛多貴游。名高衆所集，道廣慮難周。君到雖坐鎮，時復佐老謀。切劘公輔器，佇俟協金甌。當思伯氏庸，割俸營菟裘。勿謂余戲言，三公今黑頭。

倪學院歲試，季弟偉光入州庠。字孚令。

九年丙子，二十八歲。

奸民陸文聲訐復社事。　太倉州志：時有奸民首告復社事，當軸陰主之，欲盡傾東南名士，偉業疏論無少避。　明史張溥傳：里人陸文聲者，輸貲爲監生，求入社不許，采又嘗以事抶之。文聲詣闕言溥、采爲主盟，倡復社亂天下。溫體仁方柄國，嚴旨窮究不已，至十四年，溥已卒而事猶未竟。刑部尚書蔡奕琛坐黨薛國觀繫獄，未知溥卒也。訐溥遙握朝權，己罪由溥；因言采結黨亂政。詔責溥、采回奏。當是時，體仁已前罷，繼相者張至發、薛國觀，皆不喜東林。及是至發、國觀亦相繼罷，而周延儒當國，溥座主也，其獲再相，溥有力焉，故采疏上，事卽得解。　復社紀略：陸文聲字居實，以事銜張采，攟其事走京師，蔡奕琛導之溫體仁所，溫意中不知有采。先是體仁欲罷行取，啓上因星變，青衣布袍，齋居武英殿，求直言，令淮安衞三科武擧陳啓新上書，特旨擢列諫垣。至是乃曰：「誰爲張采？今所急者張溥耳，能倂彈治，當授官如啓新矣。」文聲從之。事下學臣倪元珙。時社中吳繼善、克孝、夏允彝、陳子龍皆在京，謂文聲必有浙人頤指，說之就選，出諸外，社局始安，乃醵金爲部費，使擇善地。文聲與二吳有表戚，克孝爲盟約以堅之，得道州吏目以去。元珙竟以隱降調，繼之山東亓瑋。瑋艱歸，齊人張鳳翮代之，延臨川羅萬藻閱文，學政悉入羅掌握，溫無如之何。會明年溥卒，溫罷相，事得解。復社事實：十年正月，蘇州民（明史作太倉州監生，是。）陸文聲疏陳風俗之弊，皆原於士子。庶吉士張溥、知臨川縣事張采，倡立復社以亂天下。思陵下提學御史倪元珙察覈。倪公言諸生誦法孔子，引其徒談經講學，互相切劘，文必先正，品必賢良，實非樹黨。文聲以私憾妄訐，宜罪。閣臣以公蒙飾，降光祿寺錄事。蘇州推官周之夔者，與溥同年舉進士，初亦入社，至是希閣臣意，疊經詣闕，復訐奏溥等樹黨挾持。案久未結，譏言罔極，至有草檄以伸復社十罪者。大約謂派出婁東、吳下、雲間，學則天如、維斗、臥子，上搖國柄，下亂羣情，行殊八俊三君，迹近八關五鬼。外乎黨者，雖房、杜不足言事業；異吾盟者，雖屈、宋不足言文章。或呼學究知囊，或號行舟太保，傳檄則星馳電發，宴會則酒池肉林。至十五年，御史金毓峒、給事姜埰各上疏白其事，始奉旨：朝廷不以語言文字罪人，復社一案准註銷。後福藩稱制，阮大鋮怨戊寅秋南國諸生顧杲等一百四十人之具防亂公揭也，日思報復，爰有王實鼎「東南利孔久湮，復社巨魁聚斂」一疏。大鋮語馬士英云：「孔門弟子三千，而維斗等聚徒至萬，不反何待？」至欲陳兵於江以爲防禦。心知無是事，而意在盡殺復社之主盟者。時崑銅暨宜興貞慧定生輩皆就逮繫獄，桐城錢秉鐙、宣城沈壽民亡命得脫。假令王師下江南少緩，則復社諸君子難乎免於白馬之禍矣。朱彝尊靜志居詩話：復社雖太倉二張主之，實引次尾、扶九相助。當其時烏程溫相君有子求入社，扶九堅持不可，於是有徐懷丹之檄、陸文聲之疏、周之夔之彈事，又繼以王實鼎之飛章。而復社禍機既發，扶九亦日在憂患中。

秋，典湖廣試，刑科給事中宋玫爲副，與熊魚山開元、鄭澹石友元會。　先生書宋九靑逸事：九靑以刑右給事副余使楚，兩人相得甚。　蓋其時天下已多事，楚日岌岌，而武昌阻大江，固無恙。　楚之賢士大夫爲魚山熊公、澹石鄭公，乃九靑同年生，又皆吏於吾土。　聞兩人之至也，挐舟來，酹酒江樓，敍述往昔，商校文史，夜半耳熱，談天下事，流涕縱橫。　先生宋玉叔詩文集序：守官京師，從九靑游，奉使同事楚闈，登黃鶴樓，俛眺荆江、鄂渚間，拊楹慷慨。　九靑題咏甚夥，余愧未能成章，亦勉賡以紀名勝。　九靑不鄙而進余，謂可深造於斯事。　先生梅村詩話：九靑年十九，登乙丑進士，任吏科給事，陞太常，進戶部侍郎，以枚卜遇譴歸。　嘗與余同使楚，竟陵鄭澹石贈什曰：「剖斗折衡爲文章，天下婁東與萊陽。」謂吾兩人也。　張溥　跋宋九靑送熊魚山文手卷：熊魚山、鄭澹石兩先生之爲諫官也，一以三月去，一以十月去，顧其令吾吳則皆六年也。　蘇、松財賦甲天下，吳江、華亭，殷大尤冠二郡，兩先生以德鎭之，六年之內，無逋賦，無罷人，百姓稱爲至平。　乃天子再命大吏稽錢穀，時澹石行矣，文書往來高下者久之，獨兩先生調他職，徵其說，則曰：「以賦故也。」都人士目睽睽益不知所謂。　嗟乎！苟不得所謂，讀兩先生封事可矣；苟不及讀兩先生封事，讀宋九靑一篇送行文其亦可矣。

夜泊漢口　送黃子羽之任

十年丁丑，二十九歲。

充東宮講讀官。陳子龍贈吳太史充東宮講官詩：蒼莨開震域，青殿接文昌。霞氣騰玄圃，瓊條拂畫堂。選端周典禮，拜傅漢元良。史職移仙省，宮僚總帝鄉。金貞儲后重，玉立侍臣莊。羽籥傳秋實，詩書出尙方。夏侯經術茂，皇甫素懷芳。雞戟靑槐蔭，龍泉碧藻香。珠簾參晚燕，壁月照春坊。卞賦情文稱，王箴忠愛長。一時推碩德，萬國仰重光。媿我羊裘側，思君象輅旁。臨風疏館靜，遙夕可相望。

劾張至發，直聲動朝右。明史：萬曆中，申時行、王錫爵先後枋政，大旨相紹述，謂之「傳衣鉢」。張至發代溫體仁，一切守其所爲，而才智機變遜之。嘗簡東宮講官，擯黃道周，爲給事中馮元飈所刺。至發兩疏，詆道周而極頌美溫體仁孤執不欺，爲編修吳偉業所劾。

七月，次女生。後適海寧陳直方容永，相國之遴子。先生遣悶詩：一女血淚啼闌干，舅姑嶺表無書傳；一女家破歸閭闕，良人在北愁戍邊；更有一女憂風煙，圍城六月江風寒。按先生長女適王天植陳立，增城令瑞國子。又有女適桐城何某，贛州守應璜子。又考塡東書舊傳，張塤娶梅村吳公第六女。塤宿遷訓導薦圖之子，給諫王治之孫。

又按先生行狀及墓表，女九人，郁淑人出四，側室浦孺人出三，側室朱安人出二。攷延陵家譜：一適諸生王陳立，增城令瑞國子；一適海寧孝廉陳容永，相國之遴子；一適江寧監生何棠，贛州守應璜子；一適胡金門；一字宜興諸生周申祺，未嫁卒，郁淑人出；一適吳縣錢鏡徵；一適崑山監生李昶，側室浦氏出；一適監生張塤；一適常熟國子監助敎封翰林院庶吉士席永恂，側室朱安人出。

【校】

〔一〕睹　原作「賭」，據文義逕改。

梅村先生年譜卷二

十一年戊寅，三十歲。

江右楊機部廷麟以翰林改官兵部主事，贊畫督臣盧象昇軍事。

與楊晁岫士聰謀劾吏部尚書田惟嘉、太僕寺卿史𦳝諸不法事。先生左諭德濟寧楊公墓誌銘：丁丑，會試同考，得春秋士二十三人。明年，皇太子出閣講學，充校書官。以職事糾中書黃應恩，失當事意。尋以經筵講官召對，面論考選得失，疏劾吏部尚書田惟嘉及其鄉人史𦳝所爲諸不法，上用其語，惟嘉黜免，𦳝逮問。未幾田、史之黨復振，公病請回籍。辛巳，史𦳝死獄中，詔籍其家，應恩前已他事論死，乃思公言爲可用。又：公謹質凝重，多大節。其以職事糾黃應恩也，應恩者小人，歷事久，關通中外。舊制，詞臣於殿閣大學士爲同官，而中書特從吏，即積資至九卿不得均禮。淄川相以外臣入，廢掌故，而應恩挾中官垂示籠絡，又助爲調旨，以此得相張心，益驕無舊節。公與語不合，立具奏，又移書淄川責數之，而僉人盡目懾公矣。田惟嘉者，以吏侍郎取中旨進，於相張爲師生；而史𦳝特虎而鷙，父喪家居，頤指諸大吏爲威福，天下莫敢言。公於便殿白發其端，退而上書，條疏贓釁，章十數上。

三月二十四日召對，進端本澄源之論。

湯太淑人八十稱觴。　李繼貞有吳母湯太夫人八十壽文。載萍槎集。

十二年己卯，三十一歲。

升南京國子監司業。　李繼貞與門人吳禹玉書：令長公南司成之推，大爲扼腕。要之饒山水、多高賢、宜詩酒，有此三快，三公不易矣。今已抵任否？門下奉親之暇，何以爲適？「園林窮勝事，鐘鼓樂清時」，此二語可以當之。

督師盧象昇卒。　先生詩話：盧自謂必死，顧參軍書生，徒共死無益，乃以計檄之去，機部不知也。機部到孫侍郎傳庭軍前六日，盧公於賈莊死難矣。　明史盧象昇傳：楊廷麟上疏，嗣昌怒，奪象昇尚書，巡撫張其平閉闉絕餉。俄又以雲、晉警趣出關，王朴徑引兵去，象昇提殘卒，次宿三宮野外。畿南三郡父老聞之，咸叩軍門泣請移軍廣順。〔孰與〕無隻臂之援，立而就死！象昇流涕，謝以「事從中制，食盡力窮，旦夕死矣，無徒累爾父老爲」。衆號泣，各攜斗酒粟餉軍。十二月十一日，進師至鉅鹿賈莊。起潛擁關、寧兵在雞澤，距賈莊五十里而近，象昇遣廷麟往乞援，不應。師至蒿水橋，遇大清兵。象昇將中軍，大威帥左，國柱帥右，遂戰。夜半，觱篥聲四起。旦日，騎數萬環之三匝。象昇麾兵疾戰，呼聲動天，自辰至未，礮盡矢窮。奮身鬭殺，後騎皆進，手擊殺數十人，身中四矢三刃，遂仆。掌牧楊陸凱懼衆之殘其屍而伏其上，背負二十四矢以死。一軍盡覆。大威、國柱潰圍得脫。明史楊廷麟傳：十一年冬，京師戒嚴。廷麟上疏劾兵部尚書楊嗣昌，言大臣以國爲戲，嗣昌與高起潛、方一藻倡和欵議，武備頓忘。督臣盧象昇以禍國責樞臣，言之痛心。夫南仲在內，李綱無功；潛善秉成，宗澤隕命。乞陛下赫然一怒，明正向者主和之罪，俾將士畏法，無有二心。嗣昌大恚，詭薦廷麟知兵，改兵部職方司主事，贊畫象昇軍。思義攷：虞山蒙叟詩：孤臂云何撐兩胸，只隨西事不成東。又：不能出奕到焦頭，五月邊書九月售。薊督方一藻、督監高起潛、本兵楊嗣昌共謀輸平以緩國難。五月，通事人周元忠致信云：欵若不成，夏秋必有舉動。十一年九月，大淸兵入牆子嶺，殺總督吳阿衡，毀正關，至營城石匣，駐於牛蘭。召宣、大、山西三總兵楊國柱、王朴、虎大威入衞，三賜象昇尙方劍，督天下兵。楊嗣昌、高起潛主和議，象昇聞之頓足歎。帝召問方略，象昇對曰：「臣主戰。」帝色變，良久曰：「撫乃外廷議耳，其出與嗣昌、起潛議。」議不合，事多爲嗣昌、起潛撓。疏請分兵，則議宣、大、山西三帥屬象昇，關寧諸路屬起潛，象昇名督天下兵，實不及二萬。

漳浦黃公道周論楊嗣昌奪情事，受廷杖，先生遣太學生涂仲吉入都訟寃，干上怒，嚴旨責問主使，先生幾不免。　奉使封延津、孟津兩王於禹州。　過汴梁，登孝王臺。　漳浦黃公南還，先生與馮司馬元颺遇之唐棲舟中，出所註易授先生。

思義攷：楊奪情爲大司馬，已大拜。至戊寅冬，寇變，衆懼不免，而聖眷彌篤。己卯，暫削官階，冠帶辦事，隨卽賜復。九月，督師盪寇，錫宴後殿，賜御製詩以寵其行，詩曰：鹽梅今借作干城，大將威嚴細柳營。一掃寇氛從此靖，還來教養遂民生。李少司馬雜錄云：看此詩氣象，蕩平有機。若使功成報命，便與裴晉公何異？惜乎虛此盛典也！虞山蒙叟投筆集註云：閣臣楊嗣昌素奉佛法，既出視師，專意招降，賊降者數十萬，即於附近安插。未幾降者復反，四面皆起，王師如在重圍中矣。嗣昌每日持誦華嚴，謂此經可以消劫。

十三年庚辰，三十二歲。

升中允、諭德。

嗣父文玉公卒。陳廷敬先生墓表：升中允、諭德，丁嗣父艱。服除，會南中立君，登朝一月歸。

臨江參軍　先生詩話：機部自盧公死後，其策益不用，無聊生。詔詰督師死狀。賈莊前數日，督師誓必戰，顧孤軍無援，聞太監高起潛史云陳起潛。兵在近，則大喜，於眞定野廟中倚土銼作書，約之合軍，高竟拔營夜遁，督師用無援故敗。機部受詔，直以實對。慈谿馮鄴仙得其書，謂余曰：「此疏入，機部死矣！」爲定數語。機部聞之則大恨。先是嗣昌遣部役張姓者史云俞振龍。偵賈莊，而其人譚盧公死狀，流涕動色。嗣昌榜笞之，楚毒備至，口無改辭，曰：「死則死耳，盧督師忠臣，吾儕小人，敢欺天乎？」遂以拷死。於是機部貽書馮與余曰：「高監一段，竟爲刪却，後世謂伯祥不及一部役耶？」然機部竟以此得免。已而過宜興訪盧公子孫，再放舟婁中，與天如師及余會飲十日，嘉定程孟陽爲畫髯參軍圖，余得臨江參軍一章。余與機部相知最深，於其爲參軍周旋最久，故於詩最眞，論其事最當，卽謂之詩史可勿愧。機部後守贛州，從城上投濠死。機部隆武朝進兵部尚書、東閣大學士，開府南贛。丙戌十月初四日死難。

十四年辛巳，三十三歲。

李自成陷河南，福王常洵遇害。有汴梁二首。

五月，哭張西銘師。

再許復社，命下，南郭獨條對上，獄乃解。張采具陳復社本末疏載金鴻縣志。

靜志居詩話：崇禎戊寅，南國諸生顧杲等百四十人具防亂公揭，請逐閹黨阮大鋮，子方實居其首。有云：「杲等讀聖人之書，明討賊之義，事出公論，言與憤俱，但知爲國除姦，不惜以身賈禍。」大鋮飲恨刺骨，而東林、復社之讎在必報矣。大鋮名在東林點將錄，號沒遮攔，而閩人周之夔亦注名復社第一集。阮露刃以殺東林，周反戈以攻復社，君子擇交，不可不愼於始也。

陳鼎東林列傳：蠅蚋錄出於溫體仁，蝗蝻錄出於阮大鋮，又有續蠅蚋錄及蝗蝻錄，乃復社諸君子也，計二千五百五十五人，惟兩陝、滇中無人。

十五年壬午，三十四歲。

春，大淸兵克松山，洪承疇降，遂下錦州，祖大壽以錦州降。有松山哀。

七月，田貴妃薨，葬天壽山。有永和宮詞。

十六年癸未，三十五歲。

升庶子。

李自成破潼關，督師孫傳庭戰死。有雁門尙書行。文祖堯來爲太倉州學正，鼎革後棄官，寓僧寺，以青鳥術自給。人皆知滇南先生爲古君子。有文先生六十壽序、送文學博以蒼公招同住中峯寺、曇陽觀訪文學博介石兼讀蒼雪詩遺跡有感諸詩。志衍之成都任，有送志衍入蜀詩。

附先生詩話：卞玉京題扇送余兄志衍入蜀云：剪燭巴山別思遙，送君蘭楫渡江皐。願將一幅瀟湘種，寄與春風問薛濤。

秋七月，由崧襲封福王。

十二月，文選司郎中吳昌時棄市。　吳江縣志：吳昌時少受業於周忠毅宗建，故與清流通聲氣。而爲人墨而狡，既通籍，日奔走權要，探刺機密，以炫鬻市重。周延儒之再起也，昌時爲通關節。及爲首輔，其辛未取士馬世奇本延儒師，力勸以正，故初治事頗有賢聲。而昌時則挾勢弄權，大啓倖門，延儒視師通州，一晨而昌時之啓事八至。帝密刺之，知其交關狀而未發。吏部舉行年例，先擇選事。故事，副郎有調部者，正郎不調部。昌時欲持權，使人詆冢宰鄭三俊曰：「昌時持正有風力，主年例爲宜。」遂從儀制正郎調文選，事爲破格，人皆側目。及舉行年例，出異己者十人於外，一時大譁。既而御史蔣拱宸劾昌時贓私巨萬，多連延儒，并言內通中官，漏洩禁密事，帝震怒，御中左門親鞫之，遂下獄論死，且始有誅延儒意。時魏藻德新入閣，有寵，謂其師薛國觀之死，昌時實致之，恨昌時甚，因與陳演甚排延儒，掌錦衣衛者駱養性復騰蜚語，帝遂命盡削延儒職，勒其自盡，而昌時棄市。論者謂二人無逃刑，帝能申法也。

雒陽行　先生詩話：陳臥子嘗與余宿京邸，謂余曰：「卿詩絕似李頎。」又誦余雒陽行一篇，謂爲合作。

大清順治元年甲申，明崇禎十七年。三十六歲。

三月，流寇陷京師，莊烈帝崩於萬壽山。先生里居，聞信，號痛欲自縊，爲家人所覺。朱太淑人抱持泣曰：「兒死其如老人何！」乃已。明史周遇吉傳：十七年二月，太原陷，遂陷忻州，圍代州。遇吉先在代，遏其北犯，乃憑城固守，而潛出兵奮擊。連數日，殺賊無算。會食盡援絕，退保寧武，賊亦踵至。遇吉四面發大礮，殺賊萬人，設伏城內，出弱卒誘賊入城，殺數千人，城圮復完者再，傷其四驍將。自成懼，欲退，其將曰：「我衆百倍於彼，但用十攻一，更番進，蔑不勝矣。」城遂陷，闔家盡死。而大同總兵姜瓖表至，自成大喜，方宴其使者，宣府總兵王承廕表亦至，自成益喜，遂決策長驅。歷大同、宣府，抵居庸，太監杜之秩、總兵唐通復開門延之，京師遂不守矣。賊每語人曰：「他鎭復有周總兵，吾安得至此！」楊士聰甲申核眞略：賊之陷二關而入也，守寧武關者總兵周遇吉，夫婦臨陣，殲賊無數，賊誘降不從，力盡，全家赴火。賊屠其城，歎曰：「使守將盡如周將軍，吾何以得至此！」是日至宣府，白廣恩、官撫民與總兵姜瓖約降。至居庸，太監杜之秩與唐通俱降。先生綏寇紀略：自成初盜福邸之貲以號召宛、雒，逮乎京師陷，其下爭走金帛財物之府以分之。彼飢寒乞活之人，一旦見宮室帷帳、珍怪重寶以千數，志滿意得，飲酒高會，胠篋擔囊，惟恐在後。

山海關總兵吳三桂奉詔入援，聞燕京陷，猶豫不進。自成執其父襄，令作書招之，許以通侯之貴。三桂欲降，至灤州，聞其妾陳沅爲賊所掠，大憤，急歸山海關，乞降於我大清。有圓圓曲。詩中有「衝冠一怒爲紅顏」句，三桂賫重幣求去此詩，先生弗許。

四月，鳳陽總督馬士英等迎福王由崧入南京，稱監國。壬寅，自立於南京，國號弘光。

附唐孫華東江集談金陵舊事詩：金陵昔喪亂，炎運值熛季。忽從大梁城，倉皇走一騎。偶竊藩邸璋，自言某王嗣。貴陽一奸人，乘時思射利。奇貨此可居，何暇論眞僞。卜者本王郎，矯誣據神器。遂修代來功，超踰登相位。權門輦金帛，掖庭陳秘戲。江表張黄旗，王氣銷赤幟。媮息僅一年，傳聞有二異。北來黄犢車，天表自英粹。雜問聚朝官，瞠目各相視〔一〕。遙識講臣面，備言宮壼事。諸臣媚新君，誰肯辨儲貳？爭效雋不疑，競指成方遂。泉鳩無主人，束縛乃就吏。復有故宮妃，飛蓬亂雙鬟。自言喪亂時，仳離中道棄。生子已勝衣，壯髮猶可識。不望昭陽恩，不望金屋貯〔二〕，願一見大家，瞑目甘入地。上書欲自通，沉沉九閽閟。詔付掖庭獄，見者爲垂淚。不如厲王母，銜憤早自刺。祇緣當璧假，翻招故劍忌〔三〕。誠恐相見非，泄此蹤跡秘。滅口計未忍，對面諒餘愧。鳥獸有伉儷，豺虎知乳孳。豈獨非人情，捐棄恩與義？嬴呂及牛馬〔四〕，秦晉潛改置。皆從胎孕中，長養崇非類。未聞妄男子，潛盜出不意。龍種乞爲奴，狐假得暫恣〔五〕。茲實衆口傳，曾見遺老記。疑事終闕如，庶聽來者議。福世子之僞，正史不載，錄之以廣異聞。

分江北爲四鎮，以黄得功、劉澤清、劉良佐、高傑領之。

史可法開府揚州。按東華錄有攝政王遣南來副將韓拱薇等致明大學士史可法書、弘光甲申九月十五日史可法答攝政王書。

五月，大清定鼎燕京。

十月，張獻忠破成都，志衍一門三十六口俱被害。有志衍傳、觀蜀鵑啼劇、題志衍山水詩。

姜埰謫戍宣州衞，有東萊行。明史姜埰傳：埰杖已死，弟垓口溺灌之乃蘇，盡力營護。後聞鄉邑破，父殉難，一門死者二十餘人，垓請代兄繫獄，釋埰歸葬，不許，即日奔喪，奉母南走蘇州。又：垓爲行人，見署中題名碑崔呈秀、阮大鋮與魏大中並列，立拜疏請去二人名。及大鋮得志，滋欲殺垓甚。垓變姓名逃之寧波，國亡乃解。先生有姜如須從越中寄詩次韻。王士禛感舊集小傳：崇禎壬午，埰擢禮科給事中，五月中條上三十疏。以言事觸首輔怒，與行人司副熊開元同下北鎮撫司獄，備極考掠，幾死者數矣。甲申正月，謫戍宣州衞，聞京師陷，思陵殉社稷，痛哭而南之戍所。未至，以金陵赦，留吳門不肯歸。以馬、阮用事，避地徽州，祝髮黄山，自號敬亭山人。戊子，奉母歸萊陽。山東巡撫重其名，遣使招之，先生故墜馬，以折股紿使者，而夜馳還江南。自號宣州老兵，欲結廬敬亭，未果，病亟，遺命葬宣城戍所，口吟易簀歌一章以卒。盛敬成仁譜：崇禎癸未，大兵入關，山東雲擾。萊陽諸生姜瀉里字爾岷，偕其季子坡及工部侍郎宋玫、玫宗人吏部稽勳司郎中應亨，俱以罷任家居，經畫守禦。兵薄城下，坡發一礮，中其帥首，少却。亡何，夜襲城，兩家皆驅家僮巷戰。刃中瀉里背見殺，坡抱父屍大罵，兵臠之。執玫、應亨相對拷掠，不屈死。按瀉里，埰父。

左懋第充通問使，有下相極樂庵讀同年北使時詩卷。明史左懋第傳：懋第初授韓城知縣，有異政。考選戶科給事中。福王立，爲應天巡撫。甲申，大學士高弘圖議遣使通好於我，而難其人，懋第請行。八月渡淮，十月朔，次張家灣，止許百人入都。懋第縗服以往，館於鴻臚寺。以不得赴梓宮，即於館所遙祭。是月二十八日遣還，尋自滄州追還〔六〕，改館太醫院。葛芝臥龍山人集：侍郎奉使在北羈太醫院也，部曲有盜餉潛逋者，侍郎怒，杖殺之，其黨因告侍郎有異圖。攝政王陳兵入院，令曰：「薙頭者生，不薙者死。」侍郎叱曰：「頭可去，髮不可去！」同行數十人，不屈者，參贊兵部陳用極、游擊王一斌、都司張良佐、王廷佐、劉統五人而已。因趣下刑部，鋃鐺數重。七日不動，遂執以如王所。王愈欲降之，則令侍郎之兄道意，不得，因請死，王猶豫未決，侍郎奮曰：「男兒死耳，何疑為？」拽出順城門，將就縛，飛騎至曰：「降者王矣！」侍郎曰：「寧為上國鬼，不願爾封王也！」六人以次受戮，用極與侍郎屍直立不仆，忽驚風四起，斷蓬飛入天際，觀者為之流涕罷市。

二年乙酉，三十七歲。

南京召拜少詹事。

二月，王師南下揚州，史可法嬰城固守，攻益急，可法十餘疏告急，弘光以演劇不省。援兵不至，刺血作書，別其母妻。王師以飛礮擊城，西南隅陷，可法死之。有揚州詩。

五月初九日，王師渡江，福王由崧奔太平，南都亡。褚人穫堅瓠集：乙酉五月，王師下江南，吾蘇帖然順從。六月十三日，忽有湖賊揭竿，殺安撫黃家鼒，城中鼎沸，賴大兵繼至得寧。

劉澤清降，我朝惡其反覆，磔誅之。有臨淮老妓行。王士禛南征紀略：淮安頗稱鞏固，甲申五月，澤清實來盤踞，與田仰日肆歡飲。大兵南下，有問其如何禦者，曰：「吾擁立福王以來，供我休息。」八月，大興土木，造室宇，極其壯麗，僭擬王居，休息淮上。觚賸：澤清建閫淮陰，與屯置榷，富亞鄗塢，而漁色不已。天旅南下，託以左兵犯順，率旅勤王，撤戍離汛，大掠南行，遇王師於蕪湖，謀入海不得，倉猝迎降。

鄭芝龍、黄道周等奉唐王聿鍵稱監國。六月，自立於福州，號隆武。

楊文驄之閩，有送友人從軍閩中、讀友人舊題走馬詩於郵壁漫次其韻。成仁譜：楊文驄字龍友，貴州貴陽縣人，崇禎辛未進士。以職方郎中監鎮江軍。乙酉夏，鎮江潰。六月，安撫黄家鼒至蘇州，文驄結陳情等攻殺之。尋入浙至閩，拜兵部侍郎。丙戌，福州陷，率川兵搏戰不克死。

九月，執由崧以歸於京師。

先生應南京詹事之召，甫兩月，奕琛奮緣馬士英，復柄用，修舊郤，先逮吳御史适，次擬先生。先生知事不可爲，又與馬、阮不合，乃謝歸。明史奸臣傳：朝政濁亂，賄賂公行。四方警報狎至，士英身掌中樞，一無籌畫，日以鋤正人引兇黨爲務。時有狂僧大悲出語不類，爲總督京營戎政趙之龍所捕。大鋮欲假以誅東林及素不合者，因造十八羅漢、五十三參之目，書史可法、高弘圖、姜曰廣等姓名，內大悲袖中，海內人望，無不備列。獄詞詭秘，朝士皆自危，而士英不欲興大獄，乃止。夏允彝幸存錄：馬士英入政府，方快於逐姜、劉而用阮大鋮，不復顧大柄之委去也。大鋮一出，凡海內人望，無不羅織巧詆；貪夫壬人，無不湔洗拔用。先生冒辟疆五十壽序：往者天下多故，江左尚晏然，一時高門子弟才地自許者〔七〕，相遇於南中，刻壇壝，立名氏。陽羨陳定生、歸德侯朝宗與辟疆爲三人，皆貴公子。又：有皖人者，流寓南中，故奄黨也，通賓客，畜聲伎，欲以氣力傾東南。申、酉之亂，彼以攀附驟枋用，與大獄以修舊郤。定生爲所得，幾塡牢戶，朝宗遁之故鄣山中，南中人多爲辟彊耳目者，跳而免。尋以大亂，奉其父憲副嵩少公歸隱如皋之水繪園，誓志不出。先生吳母徐太夫人壽序：當幼洪爲給諫，余亦官南中，以母老歸養，請急東還。聞幼洪之及也，余自知不免，雖然，不敢以告吾母也。無何江南大亂，余奉母奔竄山中，幼洪亦自獄所脫歸，母子相見，倉皇避兵，皆僅而後免。今太夫人康彊壽考，諸子拜堂下，進七十之觴，而吾母亦健飯無恙。兩家母子，同以危苦得全，此非天爲之耶？

五月十七日，州役皂隸輿廝等毆張南郭，以積米未明爲詞。劉河兵以數月乏糧，擁至城，勢張甚。十九日，滿城民夜皆聞鬼哭。二十日，士民訛言大兵已至蘇州，居民驚徙，城市一空。知州朱喬秀吝而懦，卒當時危，惟擁貲闔門爲走計，六月初二日盜庫帑逸。初四日，州亂，焚搶蜂起，先生避亂鑾清湖。有鑾清湖、讀史雜感、避亂詩。思義攷：朱昭芑明鎬小山雜著：乙酉閏六月一日，夜將半，訛言忽起，傳有寇警。余披衣起，露立庭中，見天上小星散落如雪。洪範曰：「庶民惟星。」其隕如星乎？十六日望夜，月食之既，衆星流移，縱橫絡繹，各有芒角。占曰：「百姓流徙之象。」吳人輕名節而重毫髮，始則望風納款，繼乃愛惜顛毛，遂各稱兵旅拒。崑山咫尺，音問不通，鄉城屠齒，辨髮相戮，枯守城中，正如坐井。七月初四日屠嘉定，初六日屠崑山，十二日屠常熟，吳郡縣七州一，崇明懸處海外，六邑五受傷夷，惟一州爲魯靈光之獨存。自雜弁恣意淫刑，悍卒踴躍奪劫，鄉城哽咽，互召敵仇。譬之蟹然，去其郭索之物，惟餘頑然一腹，究復何濟！七月初四日屠嘉定，左通政侯峒曾死之，子元演、元潔從死。觀政進士黃淳耀自縊於眞濟寺，弟淵耀從死。孝廉張錫眉縊於文廟，學正龔用圓投井死。初六日屠崑山，原任總兵王南陽、貢生朱集璜死之。孝廉徐開元妻自縊，長子、次子不忍其母，痛哭駡，軍大怒，縛置庭柱，亂鏃射殺。二子善屬文，有美才。崑山被屠者幾及八萬人，俘婦女無算，其軍士大約黃靖南降卒也，淫殺十倍北軍。十二日屠常熟。是日前，荆門以義陽王爲名，需索大戶，士女逃竄，城郭爲空，以故軍至無大獲，所屠者單戶而已。三縣合計，所屠之戶不下二十萬人，凡厚貲強有力者先遯荒野，遇害間有一二，大率中人下戶居多。語云：「千金之子，不死於市。」信哉！八月初三日，李成棟統軍屠太倉各鎭。李成棟移師至松江府，松江水師敗北，提督京口水營總兵王蜚、吳淞總兵吳志葵被擒，王蜚死之。破府城，屠四五萬人，俘婦女略同吳郡。吏部考功司主事夏允彝沉河死，守金山衞指揮侯懷玉死之。

六月，大兵入浙，有薑山兒詩。楊陸榮三藩紀事本末：乙酉，官兵既入浙，縱肆淫略。總鎭聞，梟示十數人，令搜各船所掠婦人給還本夫。兵士畏法，遂以所掠沈之江中。又：乙酉六月，我貝勒留兵二千駐吳閶，大軍悉趨杭州，掠嘉興而過。時潞王常淓在杭，撫、按請命奉書迎降，而嘉興士紳屠象美等復集兵據城守，大兵還攻，半月而破。

閏六月，祖母湯太淑人卒。

三年丙戌，三十八歲。

瞿式耜等以桂王由榔監國於肇慶，號永曆。

志衍之弟事衍自蜀中徒跣逃歸。有哭志衍詩。

秋，王煙客時敏治西田於歸涇之上，去城西十有二里，是爲十四都，構農慶堂、稻香菴、霞外閣、錦鏡亭、西廬、語稼軒、逢渠處、巢安等室，約張南垣疊山種樹，錢虞山作記，先生爲作歸村躬耕記。

琵琶行　西田詩　和王太常西田雜興　福建道監察御史贈太僕寺卿諡忠毅李公神道碑銘。

四年丁亥，三十九歲。

正月，大兵克肇慶，桂王奔桂林，尋奔全州，以式耜留守桂林。

元配郁淑人卒。

楊繼生任太倉學正。有閬州行贈楊學博爾緒。　顧昺齋□□壬夏雜抄：楊先生秉鐸吾婁，妻女在蜀遭亂，已無可奈何矣。會吾婁盛泰昭釋褐秦之略陽令，楊以盃酒餞之曰：「倘至彼中，得吾家消息，片鴻寸鯉勿靳也。」盛赴任一載，偶以事出，見婦人負血書匍匐道左，物色之，卽楊內閫也。乃假以一椽，飛書廣文，婦嚙二指，以血作字，幷斷指裹來。楊得之慟，卽以二百金授使，俾就舟東下。會南宮期近，楊束裝且北，至京口，有北舟歛南，偶觸，詢之則楊夫人舟，自陝來也。相別十餘年，流落萬死，天作之合，異哉！方出門時，女猶繈褓，今已覓婿，同來如一家。

游越，有謁范少伯祠、登斅峯閣禮浙中死事六君子、鴛湖曲、鴛湖感舊。

王煙客招往西田賞菊，有詩。

【校】

〔一〕瞠目　原作「瞪目」，據康熙刻本東江詩鈔夏重談金陵舊事改。
〔二〕貯　東江詩鈔作「置」。
〔三〕此句下東江詩鈔有「柔福有誑欺，婁逞施譎智。彼婦非其倫，冒昧欲何覬」四句。
〔四〕牛馬　東江詩鈔作「馬牛」。
〔五〕狐　原作「孤」，據東江詩鈔改。
〔六〕滄州　原作「滄洲」，據明史左懋第傳改。
〔七〕高門　原作「高才」，據卷三十六冒辟疆五十壽序改。

梅村先生年譜卷三

五年戊子，四十歲。

七月，同年楊凫岫卒。先是京師陷，凫岫投愛女於井，趣妻妾縊死，已則仰藥自殺，爲防守者所覺，水灌之，大吐復活。夫人孔氏懸絕甦。乃棄家，避兵武塘，復徙丹陽、金沙，終歸毘陵，鬱鬱不得志以死。有左諭德濟寧楊公墓誌銘。

八月，築舊學庵於梅村西偏〔一〕，先生自爲記。按先生所居梅村，舊爲王士騏賁園，稱莘莊，在太倉衞東，中有樂志堂、梅花庵、交蘆庵、嬌雪樓、鹿樵溪舍、榿亭、蒼溪亭諸勝。思義按：先方伯松毆公日記：甲申正月，晤張南垣於吳駿公之居梅村。當時申、酉間所購。

後東皐草堂歌　先生詩話：稼軒由進士爲兵科給事中，好直諫，爲權相所許，罷歸。築室於虞山之下，曰東皐，極游觀之勝。酷嗜石田翁畫，購得數百卷，爲耕石齋藏之。未幾，里中兒飛文誣染，逮就獄。余時在京師，所謂東皐草堂歌者，贈稼軒於請室也。後數年，余再至東皐，稼軒倡義粵西，其子伯升門戶是懼，故山別墅，皆荒蕪斥賣，無復向者之觀。余爲作後東皐草堂歌，蓋傷之也。又二年，知以相國留守桂林，城陷不屈，與張別山俱死。

六年己丑，四十一歲。

夏，願雲師從靈隱來，止城西太平菴。別先生，將遠游廬嶽，且期以出世，先生作詩贈之。婁東耆舊傳：王瀚字原達，受業於張采，爲諸生有名。國變爲僧，號晦山大師，名戒顯，字願雲。庚寅夏入廬山，遂主席江右。瀚雖入空門，悲憤激烈，嘗檄討從賊諸臣云：「春夜宴梨園，不思凝碧池頭之泣；端陽觀競渡，誰弔汨羅江上之魂！」讀者俱爲扼腕。焚餘補筆：原達性好佛，崇禎甲申之變，作詩謝文廟云：「忝列諸生踐極年，義應君父死生連。薄言草莽無官責，敢卸衣冠哭聖前。讀罷捲堂羞國士，身同左袒幸敷天。孤蹤願謝宮牆餼，甘作山農種石田。」「素心多截想盧能，獨係高堂久未曾。國事一朝論鼎沸，浮名何惜付層冰。聊將毀服存吾義，從此棲禪學老僧。拭取青山無累眼，好淸世事理禪燈。」遂入山爲僧，名戒顯。乙酉六月，州官陸遜之自淮歸，云淮陽自有德宗上人，知未來事，陸以太倉問之，德宗以州有再來人王和尙庇過，再不犯兵革。蓋指瀚也。竟不被慘禍云。按先生後有得廬山願雲師書、喜願雲師從廬山歸諸詩。

黃陶菴文集序　與福寺鐵爐銘　鴻臚寺序班封兵部武選司主事丹陽荊公墓誌銘

七年庚寅，四十二歲。

十一月，大兵入桂林，桂王奔，臨桂伯瞿式耜、總督張同敞俱死。先生詩話：稼軒臨難遺表曰：庚寅十一月初五日聞警，開國公趙印選移營先去，衛國公胡一青、寧遠伯王永祚、綏寧伯蒲纓、武陵侯楊國棟、寧武伯馬養麟盡室而行，惟督臣張同敞從江東泅水過江，相期共死。其赴義則閏十一月之十七日也。繫囚一月，兩人從容唱和，稼軒得詩八首，曰：「二祖江山人盡擲，四年精血我偏傷。」又曰：「願作須臾階下鬼，何妨慷慨殿中狂。」其末章曰：「年逾六十復奚求？多難頻經渾不愁。劫運千年彈指到，綱常萬古一身留。欲堅道力憑魔力，何事俘囚作楚囚。了却人間生死業，黃冠莫擬故鄉游。」別山和章有曰：「稜稜瘦骨不成眠，祖德君恩四十年。腰膝尙存堪作鬼，死生有數肯呼天！」又曰：「白刃臨頭惟一笑，青天在上任人狂。」又曰：「亡家骨肉皆寃鬼，多難師生共哭聲。」又曰：「此地骨原堪朽腐，他時魂不待招尋。」二公死，有舊給事中後出家號性因者收其骨，義士楊碩父藏其稿。稼軒孫文昌間關歸，以其詩與表刻之吳中爲浩氣吟云。別山死事最烈，其未死也，受拷掠，兩臂俱折，目睛出，語不爲撓。稼軒有初六日紀事一詩曰：「文山當日猶長揖，堪笑狂生禮太踈。」別山和曰：「臂先頭斷生堪賤，身爲城亡計豈踈。衡木焉知舌在否，傷睛因笑眼多餘。」此其被刑時事也。稼軒以義命自處，從容整暇，自警詩曰：「死豈求名地，吾當立命觀。」又自艾詩曰：「七尺不隨城共殉，羞顏何以見中湘？」蓋指何公騰蛟以殉難封中湘王也。若兩公者，眞可謂殺身成仁者也。

赴十郡大社。　毛奇齡駱明府墓誌：駱姓諱復旦，字叔夜，山陰人。嘗同會稽姜承烈、徐允定，蕭山毛甡赴十郡大社，連舟數百艘，集於嘉興南湖。太倉吳偉業，長洲宋德宜、實潁，吳縣沈世奕、彭瓏、尤侗，華亭徐致遠，吳江計東，宜興黃永、鄒祗謨，無錫顧宸，崑山徐乾學，嘉興朱茂晭、彝尊，嘉善曹爾堪，德清章金牧、金范，杭州陸圻。越三日，乃定交去。

八月大風海溢，有詩。

得龔芝麓鼎孳書。書載先生詩話。

至海虞，有琴河感舊、聽女道士卞玉京彈琴歌、宴孫孝若山樓賦贈諸詩。　先生詩話：卞玉京字雲裝，白門人。善畫蘭，能書，好作小詩。余詩云：「緣知薄倖逢應恨，恰便多情喚却羞。」此當日情景實語也。又過三月，爲辛卯初春，乃得扁舟見訪，共載橫塘，始將前四詩書以贈之。

附虞山蒙叟讀梅村豔體詩有感書後四首并序：余觀楊孟載論李義山無題，以爲音韻清婉，雖極濃麗，皆託於臣不忘君之意，因以深悟風人之旨。若韓致光遭唐末造，流離閩越，縱浪香奩，蓋亦起興比物，申寫託寄〔二〕，非猶夫小夫浪子沉湎流連之云也。頃讀梅村豔體詩，見其聲律妍秀，風懷惝惻〔三〕，於歌禾賦麥之時，爲題柳看桃之作〔四〕，旁皇吟賞，竊有義山、致光之遺憾焉。雨窗無聊〔五〕，援筆屬和，秋蛩寒蟬，吟歎啁晰〔六〕，豈堪與間關上下之音希風說響乎！河上之歌，聽者將同病相矜〔七〕，抑或以爲同牀各夢，聊爾一笑也。時庚寅玄冥之小月二十有五日〔八〕。上林珠樹集啼烏，阿閣斜陽下碧梧。博局不成輸白帝，聘錢無籍貰黃姑。投壺玉女知天笑〔九〕，竊藥姮娥爲月孤。淒斷禁垣芳草地，滴殘清淚到蘼蕪〔一〇〕。靈璅森沈宮扇迴，屬車轣轆般輕雷。江長海闊歎魚素〔一一〕，地老天荒信鴆媒。袖上唾看成紺碧〔一二〕，懷中泣忍化瓊瑰〔一三〕。可憐銀燭風前淚〔一四〕，留取胡僧認劫灰〔一五〕。撾鼓吹簫罷後庭，書帷別殿冷流螢。宮衣蛺蝶晨風舉，畫帳梅花夜月停。銜璧金釭憐旖旎，翻階紅藥笑娉婷。水天閒話天家事，傳與人間總淚零。銀漢依然界玉清，竹宮香爇露盤傾〔一六〕。石碑銜口誰能語，棋局中心自不平。禊日更衣成故事，秋風紈扇憶前生〔一七〕。寒窗擁髻悲啼夜，暮雨殘燈識此情。

八年辛卯，四十三歲。

嘉議大夫按察司使江公墓誌銘　贈李峨居御史

巨寇劉文秀等踞滇黔，吳三桂握重兵屯保寧，久無功，四川巡撫郝浴劾其縱兵剽掠，包藏異心。未幾東、西川俱陷，三桂棄保寧，退走綿州，浴聞警，一晝夜七馳檄邀三桂還。賊薄保寧，勢張甚，浴以忠義激發將士，與賊戰，大破之，即密陳三桂跋扈狀。有雜感詩。

元旦試筆　梅花菴同林若撫話雨聯句　德藻稿序。

九年壬辰，四十四歲。

館嘉興之萬壽宮，輯綏寇紀略。欽定四庫全書總目提要：綏寇紀略十二卷，國朝吳偉業撰。偉業字駿公，號梅村，太倉人。崇禎辛未進士，授翰林院編修。入國朝，官至國子監祭酒。是編專紀崇禎時流寇，迄於明亡，分爲十二篇，曰澠池渡、曰車箱困、曰眞寧恨、曰朱陽潰、曰黑水擒、曰穀城變、曰開縣敗、曰汴渠墊、曰通城擊、曰鹽亭誅、曰九江哀、曰虞淵沈，每篇後加以論斷。其虞淵沈一篇，皆紀明末災異，與篇名不相應。考朱彝尊曝書亭集有此書跋云：梅村以順治壬辰舍館嘉興之萬壽宮，輯綏寇紀略。久之，其鄉人發雕是編，僅十二卷而止，虞淵沈中下二卷，未付棗木傳刻。明史開局，求天下野史盡上史館，於是先生足本出。予鈔入百六叢書，歸田之後，爲友人借失云云。意者明末降闖勸進諸臣子孫尙存，故當時諱而不出與？此本爲康熙甲寅鄒式金所刻，在未開史局之前，故亦闕虞淵沈中下二卷。彝尊百六叢書爲人借失者，雖稱後十八年從吳興書賈購得，今亦不可復見，此二卷遂佚之矣。彝尊又稱其以三字標題，仿蘇鶚杜陽雜編、何光遠鑑戒錄之例。考文章全以三字標題，始於繆襲魏鐃歌詞，鶚、光遠遂沿以著書。偉業敍述時事，乃用此例，頗不免小說纖仄之體；其回護楊嗣昌、左良玉，亦涉恩怨之私，未爲公論。然紀事尙頗近實，彝尊所謂聞之於朝，雖不及見者之確切，而終勝草野傳聞，可資國史之采輯，亦公論也。按近有虞山張氏刻本，虞淵沈中下二卷全。

先生所著有春秋地理志、春秋氏族志、綏靖紀聞、復社紀事、秣陵春樂府、梅村詩話、鹿樵紀聞諸書。又有臨春閣、通天臺兩種樂府。

附徐釚詞苑叢談：吳祭酒作秣陵春，一名雙影記。嘗寒夜命小鬟歌演，自賦金人捧露盤一詞〔一六〕，黃東崖所謂「法曲淒涼」者，正謂此詞也。祭酒又自題一律云：詞客哀吟石子岡，鷓鴣清怨月如霜。西宮舊事餘殘夢，南內新詞總斷腸（一九）。漫濕青衫陪白傅，好吹玉笛問寧王。重翻天寶梨園曲，減字偷聲柳七郎。按詩集中逸。又考先生寄房師周芮公詩自注云：晉江黃東崖先生和予此詩，中一聯曰：「歡書鄭重眠餐損，法曲淒涼涕淚橫。」知己之言，讀之感嘆。

唐孫華讀鹿樵紀聞有感：一旅誰知扼紫荊，蜩螗聒耳正分爭（二〇）。腹書競伏狐鳴火，手蔗頻驚鶴唳兵。直待臨危思翦牧，可應先事戮韓彭。石頭袁粲眞堪惜，自壞邊關萬里城。指東莞督師。（二一）

哭朱昭芑明鎬，有朱昭芑墓誌銘。

與蒼公會。

先生詩話：蒼雪師，雲南人。與維揚汰如師生同年月日，相去萬里，而法門兄弟，氣誼最得。蒼住中峯，汰住華山，人以比無着、天親焉。蒼公年老有肺疾，然好談詩。以壬辰臘月過草堂，謂余曰：「今世狐禪盛行，一大藏教將墜於地矣。且無論義學，卽求一詩人不可復得，乃幸與子遇。我樸被來，不曾攜詩卷，當爲子誦之。」是夜風雨大作，師語音傖重，撼動四壁，痰動喉間，咯咯有聲，已呼茶復話，不爲倦。漏下三鼓，得數十篇，視階下雪深三尺矣。當其得意，軒眉抵掌，慷慨擊案，自謂於此證入不二法門，禪機詩學，總一參悟。其詩之蒼深清老，沉着痛快，當爲詩中第一，不徒僧中第一也。師和余西田賞菊詩，有「獨擅秋容晚節全」，全字落韻，和者甚多，無出師上。

王士禛漁洋詩話：近日釋子詩，當以滇南讀徹蒼雪爲第一。如「一夜花開湖上路，半春家在雪中山」，「亂流落葉聲兪下，聽徹寒扉不上關」，皆警句也。

送林衡者佳璣歸閩。有送林衡者還閩序并詩。先生詩話：衡者少游黃忠烈之門，以壬辰二月來婁東。所著詩文詞數十卷，詩蒼深秀渾，古文雅健有法。其行也，余贈以詩，有「五月關山樹影圓，送君吹笛柳陰船」之句。已而道阻，再游吾州，則秋深木落，鄉關烽火，南望思親，旅懷感咤〔三〕，有聽鐘鳴、悲落葉之風焉。

得侯朝宗方域書。書載壯悔堂集。先生懷古兼弔侯朝宗詩：死生總負侯嬴諾，欲滴椒漿淚滿尊。自注云：朝宗貽書約終隱不出，余爲世所逼，有負夙諾，故及之。

【校】

〔一〕偏　原作「徧」，據卷三十九舊學庵記改。

〔二〕中寫　四部叢刊影印康熙刻本牧齋有學集卷四絳雲餘燼集上讀梅村宮詹豔體詩有感書後（以下簡稱有學集）作「中寫」。

〔三〕愴惻　有學集作「惻愴」。

〔四〕爲題柳看桃之作　有學集「桃」作「花」，「作」作「句」。

〔五〕無聊　有學集作「無侶」。

〔六〕吟歎　有學集作「吟噪」。

〔七〕矜　有學集作「憐」。

〔八〕時庚寅玄冥之小月二十有五日　有學集作「時歲在庚寅玄冥之小春十五日」。

〔九〕知　有學集作「和」。

〔一〇〕到　有學集作「殺」。

〔一一〕江長海闊　有學集作「山長水闊」。

〔一二〕看成　有學集作「成看」。

〔一三〕懷中泣忍化瓊瑰　有學集作「夢中泣忍作瓊瑰」。

〔一四〕前　有學集作「添」。

〔一五〕胡僧　有學集作「高僧」。

〔一六〕竹宮　有學集作「行宮」。

〔一七〕憶　有學集作「是」。

〔一八〕詞　原作「詩」，據詞苑叢談改。

〔一九〕新詞　原作「新詩」，據詞苑叢談改。

〔二〇〕分爭　東江詩鈔卷三作「紛爭」。

〔二一〕「東莞督師」下東江詩鈔有「袁公崇煥」字。

〔二二〕感咤　原作「悲詫」，據卷五十八梅村詩話改。

梅村先生年譜卷四

十年癸巳，四十五歲。

春禊飲，社集虎丘。　程穆衡先生詩箋：癸巳春社，九郡人士至者幾千人。第一日愼交社三宋爲主：右之德宜、疇三德宏、既庭實穎，佐之者尤展成侗、彭雲客瓏也。次一日同聲社爲主，同聲社主之者張素文在茲，佐之者趙明遠炳、沈韓倬世奕、錢宮聲仲諧、王其倬長發。太倉如王維夏昊、郁計登禾、周子俶肇，則聯絡兩社者。凡以繼張西銘虎丘大會。　壬夏雜抄：癸巳春，同聲、愼交兩社各治具虎阜申訂，九郡同人至者五百人。先一日愼交爲主，次日同聲爲主。　又：會日以大船廿餘，横亙中流，每舟置數十席，中列優倡，明燭如繁星。伶人數部，聲歌競發，達旦而止。散時如奔雷瀉泉，遠望山上，似天際明星，晶瑩圍繞。諸君各誓於關帝前，示彼此不相侵畔。王隨菴撰自訂年譜：十年上巳，吳中兩社並興，愼交則廣平兄弟執牛耳，同聲則素文、韓倬、宮聲諸公爲之領袖，大會於虎丘，奉梅村先生爲宗主。梅翁賦禊飲社集四首，同人傳誦。次日復有兩社合盟之舉。山塘畫舫鱗集，冠蓋如雲，亦一時盛舉。拔其尤者集半塘寺訂盟。四月，復會於鴛湖。從中傳達者研德、子俶，兩人專爲和合之局。是秋九月，梅翁應召入都，實非本願，而士論多竊議之，未能諒其心也。

九月，應召入都，授秘書院侍講，奉敕纂修孝經演義，尋升國子監祭酒。時先生杜門不通請謁，當時有疑其獨高節全名者。會詔舉遺佚，薦剡交上，有司敦逼，先生控辭再四，二親流涕辦嚴，攝使就道，難傷老人意，乃扶病出山。按墓表：溧陽、海寧兩陳相國共力薦先生。州縣志皆載總督馬國柱疏薦先生。有投贈督府馬公、自嘆、江樓別孚令弟、時孚令送先生北行，至鎮江賦別而作。登上方橋有感、鍾山、臺城、國學、觀象臺、雞鳴寺、功臣廟、玄武湖、秣陵口號、遇南廂園叟感賦八十韻、淮陰有感、將至京師寄當事諸老、高郵道中遇雪卽事言懷、臨淸大雪、阻雪諸詩。

胡彥遠介送吳梅村被徵入都：海外黃冠舊有期，難教遺老散淸時。身隨杞宋留文獻，代閱商周重鼎彝。滿地江湖傷白髮，極天兵甲慴烏皮。重來簪筆承明殿，記得揮毫出每遲。幕府徵書日夜催，宮開碣石待君來。歸心更度桑乾水，伏櫪重登郭隗臺。花萼春迴新侍從，風雲氣隱舊蓬萊。莫年詩賦江關重，輸却城南十里梅。一樽雨雪坐冥濛，人在汪洋千頃中。老驥猶傳空冀北，春鴻那得久江東。榛苓過眼成虛谷，禾黍關心拜故宮。我亦吹簫向燕市，從今敢自惜途窮。碧海黃塵事有無，此來風雪滿燕都。遺京節度新推轂，盛世朝廷倍重儒。花暗鳳池思劍珮，春深虎觀夢江湖。悲歌吾道非全泯，坐有荊高舊酒徒。

十一年甲午，四十六歲。

官京師，有病中別孚令弟時孚令省先生於京師，南歸言別而作。及再寄三弟詩。前詩意有未盡，故出京後再寄之，掛冠之志，不覺情見乎詞。

送穆苑先南還　壽總憲龔公芝麓　送湘陰沈旭輪謫判深州　送天台何石湖之官臨晉兼簡蒲州道嚴方公　送永城吳令之任　送李書雲蔡閬培典試西川　送山東耿中丞靑藜　送顧倩來典試東粵

十二年乙未，四十七歲。

贈馮訥生進士敎授雲中　送隴右道吳贊皇之任

十三年丙申四十八歲

春，上駐蹕南苑，閱武行蒐禮，召廷臣恭覩，賜宴行宮，先生賦五七言律詩、五七言絕句每體一首應制。聖駕幸南海子，遇雪大獵，先生恭紀七律一首。

午日，賜宴瀛臺龍舟。

海寇犯鎭江，有江上詩。

海寧陳相國謫戍遼陽。有贈遼左故人詩。

哭蒼雪法師，有詩。

宛陵施愚山閏章提學山東，送之以詩。施閏章夢愚堂銘：施子返自粵西，戴罹憂慼。除服北征，宿於青州之官舍。庭月皎然，酒酣就睡，若有見焉，頎然而長，黝然而黑，長袖靑衣，袒胸跣足，持牛刺署「愚山道人」四字，時順治乙未三月之望日也。至京師，以告侍讀學士龍眠方先生，答曰：「嘻！殆子之前身也」。因呼余曰愚山子。迄明年拜命督山東學，抵青州，駐節於斯，開帙覩郡志，地故有愚公谷，乃失笑曰：「向所夢者其斯人耶！」

馬逢知爲松江提督。有茸城行、客談雲間帥坐中事詩。董含三岡識略：馬逢知初名進寶，起家羣盜，由浙移鎭雲間。貪橫僭侈，百姓殷實者，械至，倒懸之，以醋灌其鼻。人不堪，無不罄其所有，死者無算。復廣佔民廬，縱兵四出劫掠。時海寇未靖，逢知密使往來，江上之變，先期約降，要封王爵，反形大露。事定，科臣成公肇毅特疏糾之。朝廷恐生他變，溫旨徵入，繫獄，妻女發配象奴。未幾，與二子伏法東市。當逢知之入覲也，珍寶二十餘船，金銀數百萬，他物不可勝紀，綿亙百里；及死無一存者，人皆快之。

約齋公舉鄉飲大賓。　州守三韓白公登明遴邑中耆碩七人賓於庠，備養老之禮。首前浙江布政使松霞顧公燕詒，時年七十四歲，次約齋公，時年七十三歲，次前太常寺卿煙客王公時敏，次前嘉湖兵備道魯岡吳公克孝，次同官縣知縣梅梁曹公有武，次前河間府知府約菴凌公必正，次前新都縣知縣攝六黃公翼聖，以次爲序，爲「婁東七老」，他爵位高而名德弗逮者不與焉。白公尊禮婁東七老啓：嘗稽養老之典，肇自虞庠；介壽之詩，奏於豳雅。蓋敬老近父，國雍有醬酳之文；而序賓以賢，閭里成仁讓之化。然而世多涼行，商芝徒翼漢儲；時際代遷，渭璜疇襄周鼎。求其鴻冥儀世，一時星聚太丘；鮐背維祺，百世風師大雅，葢其鮮矣。睠茲婁東，三吳之名州，而忠哲之淵藪也。鸞翔鳳舉，仕版蔚爲聲施；豹隱鱗潛，川林毓多大老。方伯顧公，名著价藩，心懷肥遯。鯉庭之昌後，叶其作求；麈尾之宗雷，讓其領袖。封君吳公，經啓振麟，情怡盟鷺，既儀一而心結，更抱沖而揚和。太常王公，世襲簪纓，心棲玄淡。齊家飭肅雍之範，宜爾多賢；禮人被光霽之風，羣推長者。憲副吳公，澤咏召棠，淸廿原牖。朱紘玉尺，褆躬無愧直方；丹篆青編，好學尙勤切琢。邑尹曹公，花封解綬，門高五柳之風；蔗境垂簾，宇藹三芝之秀。憲副淩公，榮謝桂林，性耽松壑。徜徉自得，不緇城市之塵；翰墨競珍，獨步風華之蘊。州牧黃公，明月入懷，淸風振世。樂推爲善，踵太丘之遺徽；心徹禪宗，埽辟支之小乘。此七老者，咸先世之逸民，海邦之耆碩也。雖行不同軌，而齒皆遐齡。久心寫於式閭，茲身親夫授几。十月初吉，鄉飲屆期，敍請諸老，用光大典。初歌鹿鳴之詩，志乞言也；嗣歌南山之詩，祝壽考也；既歌淇澳之詩，揚進德也。考鐘伐鼓，圜視聽於橋門；崇齒尙賢，隆賓僎於杖履。大禮既成，列耆截宴。瞻斗杓之有七，熠熠台光；稱達尊之有三，巍巍嶽望。年日耋而德日劭，國有老成之型；懦可立而頑可廉，風登仁壽之域。將見香山之九老，不獨擅美千秋；而洛社之羣英，亦可匹芳百禩矣。此固一鄉之盛，亦有司之光也。謹將七老姓氏齒爵錄於左方，以詔來茲焉。　思義攷：先方伯松霞公日記云：「十月朔日乙亥，大霽，大暖如暮春。赴州守鄉飲之席，圜橋門而觀聽者萬人，共詫以爲盛舉。豈知吾胸中黍離麥秀之感也！」　王崇簡吳母

嗣母張太孺人卒於家。　陳廷敬先生墓表：嗣母之喪，南還，上親賜丸藥，撫慰甚至。

張太孺人墓誌銘：先生始生時，朱太孺人尙育三歲子。太孺人念其勞瘁，從繈褓中乳字先生，及夫顧復醫禱，恩義眞切，此太孺人每以無忘撫育恩詔先生也。況太孺人之歸文玉公也，訓有錢孺人未周歲之遺女，以至嫁而歿，勤劬周恤，人不以爲繼母也，殆其性之者與！按太孺人世爲婁東望族，明經張柏菴公，其父也。迨歸文玉公爲繼室，文玉公入繼大宗〔二〕，爲玉田公後，歲時思慕，孝祀不衰。與朱太孺人事其姑四十年，將承恐後，而妯娌之間和藹相終始，雝雝如也。當先生趨召，太孺人固康彊無恙也，而眷戀若永訣，屬先生異日無忘我夫婦之事嗣父母者。嗚呼！此先生之所以念之而猶悲也。太孺人之生明萬曆辛巳年六月二十二日，而其卒也順治丙申年十月初

十日，享年七十有六。嗣子偉業，卽梅村先生也。

送何蓉菴出守贛州　送何省齋　送舊總憲龔孝升以上林苑監出使廣東〔二〕　送程太史翼蒼謫姑蘇學博　送郭宮贊次菴謫官山西　送曹秋嶽以少司農遷廣東左轄　送王藉茅學士按察浙江　送當湖馬觀揚備兵嵩嵐　送王孝源備兵山西

十四年丁酉，四十九歲。

二月，歸里。　王隨菴自訂年譜：十四年春，吳梅翁以大司成告歸。　先生剡城曉發詩：他鄉已過故鄉遠，屈指歸期二月頭。

州守三韓白公登明濬劉家河，先生爲記。按記集中逸，見縣志。　有答撫臺開劉河書。　顧士璉婁江志：州守白公督工河上，單騎巡行。一日値天晚，欲借宿民家，思民間俗忌不利官府到家，徘徊道傍，而民亦閉戶不納。適金粟菴僧來迎，乃止於菴。明日以白金一兩酬僧。於是民皆願公來宿，而公以布帳隨身，竟露棲矣。

張敉菴黃門五十壽序　聖恩寺藏經閣記

十五年戊戌，五十歲。

科場事發，吳漢槎兆騫、孫赤崖暘、陸子元慶曾俱貸死戍邊，有悲歌贈吳季子、贈陸生、吾谷行。　程穆衡鞶帨巵談：同時如吳江吳漢槎兆騫、常熟孫赤崖暘、長洲潘逸民隱如、桐城方與三育盛皆有高才盛名，同以科場事貸死戍邊。子元以機、雲家世，與彝仲、大樽爲輩行，轗軻三十年，至垂老乃博一舉，復遭誣，以白首禦窮邊而死。一妾挈幼子牽衣袂，行路盡爲流涕。汪琬堯峯文鈔：壬辰，權貴人與考官有隙，謀因事中之，於是科場之議起。指摘進士，首名程周量經義被黜，科場之議日以益熾，其端發於是科，而其禍及於丁酉，士大夫糜爛潰裂者殆不可勝計。蔣良騏東華錄：九年三月，大學士范文程等言：「會試中式第一名舉人程可則，文理荒謬，首篇尤悖戾經注。」命革中式，並治考官罪。十四年十月，同考官李振鄴、張我樸，舉人田耜、鄔作霖，科臣陸貽吉等俱立斬，家產籍沒，父母兄弟妻子流徙尙陽堡。給事中任克溥劾其賄買中式訊實故也。十五年二月，以賄買情弊，覆試丁酉科順天舉人米漢雯等〔三〕，內蘇洪濬等八名文理不通，革去舉人。三月，諭禮部：丁酉科中式江南舉人，物議沸騰，是以親加覆試。今取得吳鳴珂准同會試中式舉人一體覆試〔四〕。其汪溥勛等七十四名仍准作舉人。史繼佚等十四名，罰停會試二科。方域等十四人，文理不通，着革去舉人。十一月，刑部審實江南鄉試作弊。奉旨：「主考方猶、錢開宗正法，同考官葉楚槐等卽處絞。」

壽房師李太虛先生　房師李太虛先生壽序　黃觀只五十壽序　白封君六十壽序　贈奉直大夫戶部福建淸吏司員外郎仲常費公墓誌銘　張母潘孺人暨金孺人墓誌銘　劉母耿淑人墓誌銘

十六年己亥，五十一歲。

六月，鄭成功陷鎭江。七月，犯江寧，復犯崇明。

春游石公山，秋遊虞山。

丁石萊七十壽序　少保大學士王文通公神道碑銘　太僕寺少卿席寧侯墓誌銘　謝天童孝廉墓誌銘

十七年庚子，五十二歲。

里居，以奏銷事議處。時邑中如顧伊人湄、王惟夏昊、黄庭表與堅同以奏銷註誤。　堅瓠集：江南奏銷之獄，起於巡撫朱國治欲陷考功員外郎顧予咸，株連一省人士無脫者。　蘇州府志：庚子十二月，吳縣知縣任唯初山西石樓人，選貢生。涖任，卽逼倉總吳行之私糶漕糧七百石，婪賄虐刑，口碑騰刺。十八年二月，章皇帝遺詔下，府堂哭臨。第三日，生員倪用賓等列款具呈，巡撫朱國治發蘇松常道王紀卽提吳行之等嚴訊，供實覆院，諸生發知府余廉徵羈候府治花亭，唯初回縣。次日，生員金人瑞、丁瀾等哭府學文廟，教授程邑申報六案，朱始摘任印，着本府看守土地祠。唯初逢人說朱撫院要我銀子，故此糶糧。朱遂以諸生驚擾哭臨，意在謀叛具疏，銜在籍吏部考功員外郎顧予咸，株連之。適差滿大臣至江寧審金壇叛，詔幷訊題覆。部議覆准倪用賓、沈玥、顧偉業、薛爾張、姚剛、丁瀾、金人瑞、王重儒八人典刑，家產入官，妻孥流徙。張韓、來獻祺、丁觀生、朱時若、朱章培、周江、徐玠、葉琪、唐堯治、馮郅十人本身典刑。其顧予咸會議得疏中有諸生逕揭，予咸擲地不觀之語，所擬革職籍沒罪絞，奉旨俱免。唯初復任後，因白糧經費遲延，部議降調，國治復糾其貪，勘實絞決於省城。未幾國治解任。

八月，至無錫訪同年吳永調，其馴。有有感賦贈詩。

哭亡女　亡女權厝志　清涼山讚佛詩　七夕感事　七夕即事　送王子惟夏以牽染北行　冒辟疆五十壽序

十八年辛丑，五十三歲。

雲南平，康熙元年四月，由榔死於雲南。有滇池鐃吹。

本生母朱太淑人卒。文學博歸，道病歿於桃源縣。

送張玉甲憲長之官邛雅

康熙元年壬寅，五十四歲。

巡撫韓公世琦請撤蘇州駐防兵。按先生有大中丞心康韓公九月還自淮南生日爲壽詩。蘇州府志名宦：韓世琦字心康，本蒲州人，明大學士爌曾孫。世琦隸旗籍，爲遼人。康熙元年，由順天巡撫移撫江南。懲前政之弊，加意拊循，日進士民，詢以利弊，次第舉行。崇明瀕海，居民遷內地者，安輯不令失業。所棄界外田三千八百餘頃，爲奏免額賦萬九千餘石，折銀萬六千餘兩，蘆課八千餘兩。國初年之江南吳中，特駐重兵，以防寇盜。北來軍士素驕横爲民患。至是世琦奏言江南寧謐，力請調回。及撤回之日，慮其擾民，與統兵者約，令嚴加禁戢，躬率文武將吏，往來巡視，無一人敢干令者。三年夏，瀕海太倉等州縣颶風大作，漂沒民田廬舍萬計，親往勘實，奏蠲其稅。七年，吳中大水，餓殍載途，世琦繪圖入告，始得蠲賑。嘗疏請減免蘇、松浮糧詳賦田類。事雖不行，民甚德之。居八年，以各屬逋賦被議去。

子暻生。字元期，號西齋。康熙戊辰進士，由戶部主事遷兵科給事中，入直武英殿，充書畫譜纂修官。著有西齋集、左司筆記、錦溪小集。太倉州志：吳駿公偉業連舉十三女，而子暻始生。時唐東江孫華爲名諸生，年已及強立矣，赴湯餅宴，居上坐。駿公戲曰：「是子當與君爲同年。」唐意怫。後戊辰暻舉禮部，唐果同榜。

二年癸卯，五十五歲。

贈蘇郡副守涪陵陳三石　贈松郡司李內江王擔四　贈彭郡丞益甫　敕贈大中大夫盧公神道碑銘

本生父約齋公卒。　子瞵生字中麗，能詩，早卒。

白漊沈公受宏受詩法於先生。見外高祖白漊詩集自註

僉憲梁公西韓先生墓誌銘

三年甲辰，五十六歲。

子暄生。字少融。增監生，薦充武英殿纂修，歷知壽光、壽張縣，有政績。著花韻軒集，退食詩集。考先生三子俱側室朱安人出。顧西巘侍御招集虎丘，有夜游虎丘、顧西巘侍御同沈友聖虎丘即事、西巘顧侍御招同沈山人友聖虎丘夜集作圖紀勝因賦長句諸詩〔五〕。

香山白馬寺亘冶禪師敎公塔銘　顧母陳孺人八十壽序

四年乙巳，五十七歲。

錢臣辰五十壽序　監察御史王君慕吉墓誌銘

五年丙午，五十八歲。

詹謙菴使君以雲間山人陸天乙所畫虞山圖索歌成二十七韻　江西巡撫韓公奏議序　兵科給事中天愚謝公墓誌銘

六年丁未，五十九歲。

三月二十四日從山後過湖宿福源精舍　二十五日偕穆苑先孫浣心葉予聞允文游石公山盤龍石梁寂光歸雲諸勝　游石公歸是夜驟雨明晨微霽同諸君天王寺看牡丹　沈文長雨過福源寺

七年戊申，六十歲。

吳園次綺以書招先生，先生之吳興。

上巳過吳興家園次太守招飲郡圃之愛山臺座客十人同修禊事余分韻得苔字　立夏日陪園次郡伯過孫山人太白亭落成置酒分韻得人字　贈湖州守家園次五十韻　修孫山人墓記　雲起樓記　湖州峴山九賢祠碑記　席處士允來墓誌銘　蔣母陳安人墓誌銘　靈隱具德和尚塔銘

編詩文集四十卷成，同里周子俶肇、王維夏昊、許九日旭、顧伊人湄校讎付梓，陳確菴瑚爲之序。

御製題吳梅村集：梅村一卷足風流，往復搜尋未肯休。秋水精神香雪句，西崑幽思杜陵愁。裁成蜀錦應慚麗，細比春蠶好更抽。寒夜短檠相對處，幾多詩興爲君收。　欽定四庫全書總目提要：梅村集四十卷，國朝吳偉業撰。偉業有綏寇紀略，已著錄。此集凡詩十八卷、詩餘二卷、文二十卷。其少作大抵才華豔發，吐納風流，有藻思綺合，淸麗芊眠之致。及乎遭逢喪亂，閱歷興亡，激楚蒼涼，風骨彌爲遒上，暮年蕭瑟，論者以庾信方之。其中歌行一體，尤所擅長。格律本乎四傑，而情韻爲深；敍述類乎香山，而風華爲勝。韻協宮商，感均頑豔，一時尤稱絶調。其流播詞林，仰邀睿賞，非偶然也。至於以其餘技度曲倚聲，亦復接跡屯田，嗣音淮海。王士禛詩稱曰「白髮塡詞吳祭酒」，亦非虛美。惟古文每參以儷偶，既異齊、梁，又非唐、宋，殊乖正格。黄宗羲嘗稱梅村集中張南垣、柳敬亭二傳，張言其藝而合於道，柳言其參寧南軍事，比之魯仲連之排難解紛，此等處皆失輕重，爲倒却文章家架子。其糾彈頗當。蓋詞人之作散文，猶道學之作韻語，雖强爲學步，本質終存焉。然少陵詩冠千古，而無韻之文率不可讀，人各有能有不能，固不必一一求全矣。按先生詩有程穆衡吳詩箋七卷、靳榮藩吳詩集覽二十卷、吳翌鳳吳詩箋注十八卷。

八年己酉，六十一歲。

楚蘄盧紘爲先生丙子典試所取士，來爲蘇松常鎮參政，及門諸子屬序先生詩文集。

沈德潛書梅村集後：蓬萊宮裏舊仙卿，自別青山悔遠行。擬作栩陽離別賦，江南愁殺庾蘭成。吳祖修書梅村詩後：夢回龍尾醒猶殘，重入春明興轉闌。宣去何能如老鐵，放歸未許戴黄冠。悲歌自覺高官誤，讀史應知名士難。今日九泉逢故友，西臺涕淚幾時乾？

附婁東耆舊傳：梅村公得瑯琊賁園，稱萃莊，改構廓然堂，甫竟而卒。門人楚人盧紘來爲蘇松巡道，升堂，公母朱太淑人不時出，盧詢之，公對以後樓未建，故去內舍甚遙，盧卽建樓其後，翼然與堂稱，斯亦非近今人所能也。思義攷：王書城瑞國爲士麒傳云：性喜多費，興作無虛日。然考是園不爲修，廓然堂則其長子慶長瑞庭俗呼大癡者爲之。慶長性似父而汰尤甚，規廓然，既構矣，不當意立命拽毁之，再構又然，至三始成。有楊某者，度其不能繼也，乃竊量堂之規模，構一樓於己宅，覬王急則購以移焉。閱二十餘年，王果敗，而楊亦破家，是堂及園遂爲吳有，然樓猶屬楊也。又幾年，梅村門生某，或云糧儲道盧紘。爲買之置堂後，果稱無爽，造物之幻如是。今堂與樓皆爲瓦礫場矣。

九年庚戌，六十二歲。

探梅鄧尉，有梅信日雨過鄧尉哭剖石和尚遇大雪夜宿還元閣詩。

京江送遠圖歌　龔芝麓詩序　吳郡唐君合葬墓誌銘　太學張君季繁墓誌銘　封徵仕郎翰林院檢討端陽孫公暨鄒孺人合葬墓誌銘　錢母譚太君六十壽序

十年辛亥，六十三歲。

感舊贈蕭明府

十二月二十四日，先生卒。門人顧湄譔行狀。

先生元旦夢至一公府，主者王侯冠服，降階迎揖，出片紙，非世間文字，不可識。謂先生曰：「此位屬公矣。」十二月朔，復夢數人來迎，先生書期日示之。王士禛池北偶談：吳駿公辛亥元旦夢上帝召爲泰山府君，是歲病革，有絕命詞云：「忍死偷生廿載餘，而今罪孽怎消除。受恩欠債須塡補，縱比鴻毛也不如。」時浙西僧水月年百餘歲，能前知，先生病亟，始挐舟迎之。至則曰：「公元旦夢告之矣，何必更問老僧？」遂卒。

先生屬疾時作令書，乃自敘事，略曰：「吾一生遭際，萬事憂危，無一刻不歷艱難，無一境不嘗辛苦，實爲天下大苦人。吾死後，斂以僧裝，葬吾於鄧尉、靈岩相近，墓前立一圓石，曰『詩人吳梅村之墓』。

先生病中有感詞：調寄賀新郎 萬事催華髮。論龔生、天年竟夭，高名難沒。吾病難將醫藥治，耿耿胸中熱血。待灑向、西風殘月。剖却心肝今置地，問華陀解我腸千結？追往事，倍淒咽。故人慷慨多奇節。爲當年、沈吟不斷，草間偷活。艾灸眉頭瓜噴鼻，今日須難訣絕。早患苦、重來千疊，脫屣妻孥非易事，竟一錢不值何須說！人世事，幾完缺？沈受宏白漊集哭梅村師：茫茫滄海劫餘身，遺恨心肝抱苦辛。自追三徵蒙聖代，未輕一死爲衰親。南朝宮闕悲瓊樹，北極衣冠記紫宸。留得茂陵末命在，西山題墓作詩人。四首錄一。

五十二年癸巳，葬蘇州郡治西南二十里西山之麓。澤州陳廷敬譔墓表。

蘇州府志：國朝祭酒吳偉業墓在靈巖山麓。按墓在蘇州府吳縣玄墓山之北。

袁簡齋太史稱婁東詩人，前有弇州，後有梅村。向見錢竹汀宮詹譔弇州山人年譜，獨梅村先生年譜闕如，輒不揣固陋，謬爲續貂之舉。讀先生詩，輒取程迓亭、靳介人、吳枚菴諸箋註，凡有年月可稽者，一一箚記，釐次前後，復於汎覽之下，事涉先生，編年比附。自壬辰迄己亥，八閱寒暑，纂凡十數易，輯爲年譜四卷。中有家仁仲參訂處，今已墓門宿草，並爲標明，非敢比郭象注莊之例也。所恨管窺蠡測，挂漏尙多，舛訛亦不免。惟冀博雅君子，匡以不逮，幸甚。道光庚子春二月顧師軾識。

是書刻以問世三十餘年矣，庚申之亂，板片燼毁。近年覓得原本，欲謀重刻，適先生裔孫子掄茂才守元見之，謀諸羣從，力任剞劂，爰共相商榷，釐訂一二付梓。光緒二年臘月師軾又識。

【校】

〔一〕大宗　原作「太宗」，據文義逕改。

〔二〕廣東　原作「山東」，據卷十一本題改。

〔三〕米漢雯　原作「朱漢雯」，據蔣氏東華錄改。

〔四〕吳鳴珂　清實錄及明清進士題名碑錄索引均作「吳珂鳴」。

〔五〕紀勝　原作「紀事」，據卷十本題改。

附錄三

序跋

原序

王式通

梅村家藏稿，吾友授經得諸都門廠肆，斠刊既竟，識其鈔刻源流，增併卷數。復以式通髫齔之歲，便誦吳都；文獻之徵，恆殷江左。屬爲偶語，概厥平生。

先生以曠世逸才，遭明末造。著西銘之籍，夙冠淸流；彈烏程之黨，聿彰風節。留都移宦，養望人師；太學上書，訟寃朝士。時則四凶柄國，壘壞家居；羣寇滔天，延及京邑。薄日墮景，莫挽虞淵之沈；幽蘭坐燎，遂入鼎湖之夢。宗社既覆，圖籙有歸。而稽小腆之紀年，非無烈士；證南疆之逸史，亦有頑民。龍漢浩劫之經，朱噣焉食；螢火秋光之記，碧血猶凝。卽至閩、粤流離，人懷毅魄；匪獨江東餘閏，身殉孱王。類奮螳臂於生前，或潔蟬蛻於物外。靡不食甘薇蕨，心苦卷施，炳正氣而特書，表骨香而署集。芝焚蕙歎，羽換宮移，大患有身，爲親而屈。母氏欷歔之語，皃死誰依；故人慷慨之吟，詞悽絶命。悔一錢之不值，入九地而餘悲。余情信芳，人間何世。蓋自呵壁問天以後，見諸文字，欝爲聲音者，索偶搜逑，無此奇痛。而香草之拾，始老宿以逮童蒙；藻采所敷，起宮闈以訖異域。亦自有著作者無此風行焉。

嗟乎！生也有涯，情難遣此。過殷墟而欲泣，恐近婦人；涉洞庭而無言，獨思公子。義熙已易，遐想羲皇；淮南既仙，猶存賓客。望水天之杳渺，閒話滄桑；覩册府之飄零，抱殘灰燼。山中終隱，書傳入洛之交期；海上乞師，色動登臺之慟哭。素心泉路，死負侯嬴；晞髮陽阿，生慚皋羽。河山有異，曾無風景之殊；陵谷已遷，試續夢華之錄。初徵博士，始改元和；閒坐宮人，重談天寶。下銅仙之鉛淚，親見駝街；眺玉女之淸臚，寓言曉箭。倡家質子，坐傷年鬢之秋；窮巷空廬，追憶宴游之好。固宜執珪憔悴，病尙越吟；援筆纏綿，怨同蜀魄。桑乾蓬轉，擬嗣宗之詠懷；麥秀黍離，賦子期之思舊。河梁五字，降將發之而慘顔；雍門一彈，孟嘗聽之而雪涕。可謂搦傷心之抱，奏亡國之音，不無危苦之辭，惟以悲哀爲主者也。

若夫朱顔獨秀，何殊鄴下之聲華；白髮塡詞，亦類江關之蕭瑟。論其身世，則似蘭成。

彝寫天家，恍見草堂之忠愛；箋成後學，儼奉詩聖之馨香。論其歌詠，則似少陵。莘莊結構，應標野史之名；法曲淒涼，無異蔡州之望。論其心迹，則似遺山。賓續品題，雅合鷗波之論畫；浮屠贈答，差同天竺之求書。論其文采，則似松雪。儗人必倫，望古遙集。詞客有哀時之作，拾遺本良史之才，中州深故國之思，王孫稱遺臣之雋，兼茲數者，伊其戚矣。雖梨洲舊說，糾及無韻之文；而長慶嗣音，麗軼前人之製。是以聲傳河滿，播於禁中；豔溢錙豪，寵以宸翰。以視漢帝讀子虛之賦，恨不同時；宋主興奇才之歎，聞諸他日。情事不侔，契合則一。鹿樵紀在，知身後大獄之誣；西齋書存，儷蘇氏斜川之集。斯則弔鄧尉詩人之墓，足語吟魂；披婁東耆舊之編，無慚作者云爾。宣統辛亥二月汾陽王式通序。

原跋

董康

世行梅村先生集四十卷，詩詞顧湄編，盧紘序，文集周瓚編，陳瑚序，即四庫箸錄本也。據陳序云刻始康熙戊申，而盧序作於己酉，先生尚及見之。後來靳、程、吳諸家詩注與顧師軾所輯年譜，皆據此集，未覩他本。庚戌歲，康於都門得吳氏家藏稿十二册，都六十卷：一至八爲詩前集，九至二十二爲詩後集，仍各自分體，詩餘附焉；二十三至五十九爲文集，而終以詩話。一手迻錄，甚清整，中有朱筆校注，稱先大夫云云，蓋先生卒後，公子暻等所附記也。以刻本覈之，此本多詩七十三首，詩餘五首，文六十一首，及末卷詩話；其刻本有而稿本無者，詩文各八首，或後來所删。案刻本文與目多不相應，亦有稿本中文已見目錄而改刻他文者，如四十卷復社紀事易以祭仲、伍胥、尹氏諸論是也。稿中溢出諸篇，率皆世所未見，其他標題字句，亦視刻本爲詳，因通校一過，以付槧工。五十六卷以下，篇葉寥寥，併作二卷；舊刻所增詩文，錄補於後，而以年譜附焉。顧氏譔年譜時，儻見此稿，尚可加詳，今先附刊，以竢後人重輯。康維國初名集，多出手訂，獨漁洋有别本之編，竹垞有外集之刻。先生遺箸，早登册府，弁冕本朝，嚮謂已無闕遺。乃載三百，故帙尚完，家世舊藏，源流可溯。所以亟亟𠜂刊者，冀永先哲未傳之緒，用慰來學快覩之心。斯固江左文獻所留貽，有不容泯滅者也。宣統辛亥正月，武進董康謹識。

梅村詩文溢出於刻本外者，附錄於後：

五言古詩　前集

詠史三至六　九　十二

七言古詩

贈范司馬質公偕錢職方大鶴　襄陽樂　高麗行　三松老人歌　百花驄歌　勾章井

七言絶句

讀史偶述七　十二　十四　十五　二十四　二十八　二十九　臨終詩四首

詩餘

如夢令　減字木蘭花詠足　西江月春思　永遇樂壽江林有郡丞　沁園春贈柳敬亭

雜文

王室卿士論　宋魏兩彭城王論　郊廟考　復社紀事　清河家法述　遺安堂答客問　梁宮保壯猷紀

爲柳敬亭陳乞引　爲周弘叔勸引序

序

宋子建詩序　彭燕又偶存草序　宋直方林屋詩草序　宋轅生詩序　白林九古柏堂詩序　田髴淵夢

歸草堂詩序　吳六益詩序　徐季重詩序　周子俶東岡稿序　徐澹生海月集序　許堯文詩小引　趙

孟遷詩序　黃媛介詩序　陸子咏月詩題詞　梁水部玉劍尊聞序　楊氏遺宗錄序　編年考序　秣陵

春序　兩郡名文序　二宋稿序　孫孝若稿序　德藻稿序　王茂京稿序　孫孝維贈言序　題龔芝麓

壽序　趙母張太夫人六十序

記

海市記　崇明平洋沙築海堤記

疏

與子暻等疏

詩話

梅村詩話

梅村詩集序

錢謙益

余老歸空門，不復染指聲律，而頗悟詩理。以爲詩之道，有不學而能者，有學而不能者；有可學而能者，有可學而不可能者；有學而愈能者，有愈學而愈不能者；有天工焉，有人事焉。知其所以然，而詩可以幾而學也。間嘗趣舉其說，而聞者莫吾信。頃讀梅村先生詩集，喟然歎曰：嗟乎，此可以證明吾說矣！夫所謂不學而能者，三侯垓下，滄浪山木，如天鼓谷音，稱心而衝口者是也；所謂學而不能者，賦名六合，句取切偶，如鳥空鼠唧〔一〕，循聲而屈步者是也。此非所以論梅村之詩，梅村之詩，其殆可學而不可能者乎！

夫詩有聲焉，宮商可叶也；有律焉，聲病可案也；有體焉，正變可稽也；有材焉，良楛可攻也：斯所謂可學而能者也。若其調之鏗然，金舂而石戛也；氣之熊然，劍花而星芒也；光之耿然，春浮花而霞侵月也；情之盎然，草碧色而水綠波也。戴容州有言：藍田日煖，良玉生煙，可望而不可置於眉睫之間。以此論梅村之詩，可能乎？不可能乎？文繁勢變，事近景遥，或移形於跬步，或縮地於千里。泗水秋風，則往歌而來哭；寒燈擁髻，則生死而死生。可能乎？不可能乎？所謂可學而不可能者信矣，而又非可以不學而能也。以其識趣正定，才力宏肆，心地虚明，天地之物象，陰符之生殺，古今之文心名理，陶冶籠挫，歸乎一氣，而咸資以爲詩。善畫馬者曰：天閑萬廐，皆吾師也。安有撑腸雷腹，蟬吟蚓竅，而謂之能詩者哉？玄黄金碧，入其鑪鞲，皆成神丹，而他人則爲掇拾之長物；么絃孤韻，經其杼軸，皆爲活句，而他人則爲偷句之鈍賊。參苓不能生死人，朱鉛不能飾醜女。故曰有學而愈能，有愈學而愈不能。讀梅村詩者，亦可以霍然而悟矣。

竊嘗謂詩人才子，皆生自間氣，天之所使以潤色斯世，而本朝則多出詞林(二)。然自高青丘以降，若李賓之、楊用修者，未易一二數也。豐水有芑，生材不盡，而產梅村於隆平之後，以錦繡爲肝腸，以珠玉爲咳唾，置諸西清東序之間，俾其鯨鏗春麗，眉目一世。輇材小生，不自量度，猥欲以煩聲促節，流漂嘈囋，爭馳尺幅之上，豈不誖哉！余故略舉學詩之説以引其端。世之踸踔短垣，呼囂相命者，聞余言，固將交綏引去；而余以老耄才盡(三)，目瞪吻燥，自詭於儛書焚筆者，亦可以有辭也(四)。順治庚子十月朔，虞山蒙叟錢謙益再拜謹序。

附錄：致梅村書〔五〕

謙益白。荒村草具，樵蘇不爨。昔賢峴山夜宿，以乳羊博市沽，比之吾輩，豈非華筵高會乎！別後捧持大集，坐臥吟嘯，如渡大海，久而得其津涉。詞麗句清〔六〕，層見疊出；鴻章縟繡，富有日新。有事採劉者，或能望洋而歎。若其攢簇化工，陶冶今古，陽施陰設，移步換形，或歌或哭，欲死欲生，或半夜而啼，或當餐而歎，則非精求於韓、杜二家，吸取其神髓，而佽助之以眉山、劍南，斷斷乎不能窺其籬落、識其阡陌也。諷誦久之，不禁技癢，遂放筆爲敍引。非謂樸學譾聞，足以遂耑來美；亦聊於唱歎之餘，少抒其領略。使人知天人之際，可學不可學之介，出自心神，本乎習氣。眞如內典所謂多生異熟，不思議熏習者。庶幾無幾倖其不能，而鏃礪其可學，爲斯人少分箴砭、提醒眼目耳。信心衝口，便多與時人水火。豫章徐巨源規切不肖爲文，晚年好駡。此序一出，恐世之詞人樹壇立坫者，又將鉗我於市矣。不敢自秘，輒繕寫求政。唯篋而藏之，不惟爲魏公藏拙，亦可謂免我於死也。老人放言，未知執事何以命之？大集謹封題，奉歸記室。禪誦之暇，未能釋然，或鏤版，或副墨，早得賜教，以慰渴飢，是所顒望也。煙老有嗜痂之癖，或可傳示，以博一笑。太虛小阮，褰帷虞山，想當枉駕，可圖接席。江右豔曲，盈緗溢縹，西崑香奩，塞破此世界矣；老先生何以應之？附及一笑，不盡。

【校】

〔一〕卿　四十卷本作「卽」。

〔二〕本朝　四十卷本作「近禩」。

〔三〕老耄　原作「老髦」，據四十卷本改。

〔四〕四十卷本「亦」上有「庶」字。

〔五〕題　四十卷本作「附錄與梅村先生書」。

〔六〕詞麗句清　四十卷本作「淸詞麗句」。

梅村集序

盧綋

域中之言高者必推尊乎嶽，言深者必遡源於河，能兼是兩者而有之，惟師道則然耳。今世凡號爲弟子，執一經遊於先生之門，偶得其心之所服，卽謂高與深已在是矣，然虛歸以名，而實或不至，及覩夫所謂巍巍之高與洋洋之深，乃惝乎自失，始信古今惟一嶽斯眞高，惟一河斯眞深，固非寸壤之所能衡、尺澤之所能量也。自山海之喩創自子輿，千古而下，信爲篤論，知夫師道之尊，能兼是高與深而有之者，亦唯道誼耳，文章耳。凡天生大賢以爲世用，所鍾者必積數百年山川秀美，方得尤異之品，挺出其間。在朝則有嶷然以端者著爲典型，在野則有侃乎其正者表爲矜式，措一履如金玉之重，吐一辭如雲日之華。無論爲進爲退，其道誼必爲有用之道誼，文章必爲有用之文章，斯高深之名所由允當而無媿也。

大司成梅村吳夫子以弱冠受特達知，選南宮第一，居石渠、天祿間者復十餘年，凡典册制誥之文，多所裁定，黜浮崇雅，一時推爲鴻文大章，雖宿居盛名者，亦交遜以爲弗及。主楚闈，稱最得士，紘雖譾劣，亦忝收入藥籠者也。聖朝龍興，天子雅尚文學，求山澤遺逸，虛左席以待之。居成均者歷年，聚海內英髦，辨論異同，環橋門而觀聽者數千計，雨化所被，號曰彬彬。天子不時臨雍垂問，每有獻納，輒當上旨，改容而禮，不覺席之前也。亡何以省養歸里，雖四方問字者接踵至，然閉門好修，吟詠自若，其道誼日隆，文章日富，殆高者益莫測其高，深者益莫測其深矣。

顧子湄，名宿之裔，亦婁東人，夙遊司成公之門，密邇私淑，居恆每得嘉言懿行，必筆而書之，珍藏於笥。積有年，得詩若干首，得文若干篇，既成帙，謀梓而行之，公諸海內，以紘既受知於公，且適宦茲土，表章之責，抑無容辭，乃推與分任，且見屬以題辭。昔尼山之門人，雖英敏秀達，所受不過一經，乃顧子固能兼而緝之，反覆校定，經歷歲年，燦然明備，可謂勤矣。至删定筆削，雖游、夏尚不能贊一辭，序述之功，紘奚敢任？惟是古今斯文之運，興始西北，漸迤東南。自江左風流，微肇其端，迄乎紫陽，則道誼文章，實備厥美。近三吳數百年間，若瑯琊，若虞山，鼓吹其間，後先不絕。司成公集以有成，文信在茲，匪阿所好。夫天子旣以爲人師，於是海內師之，傳之後世，亦莫不師之，紘與顧子亦惟共仰以爲嶽之高，共沐以爲河之深而已，又何能復贊一辭哉！時康熙八年，歲次己酉仲夏，分管漕務督理蘇松常鎭糧儲兼巡視漕河江南布政使司左參政，加六級，楚蘄受知及門盧紘頓首謹譔。

梅村集序

陳　瑚

往歲戊戌，梅村先生年五十，瑚嘗頌之以詩，而竊擬先生於子美、退之，時人聞之，皆以瑚爲知言也。越十年而爲戊申，先生著作日富，門弟子顧伊人輩哀集其詩文四十卷，刻而行之。工將竣，先生以書來告曰：「君知我深，序莫如君宜。」先生之詩文，向固以爲子美、退之者也。世有子美、退之其人，而得弁言於其文字之首，可不謂大榮歟！而又何敢以不文辭？

憶瑚燥髮時，先生以制舉義冠南宮，反天下程文腐爛之弊，而振之以東西兩漢、唐、宋八家之學，一時號稱得人。是時先生之文，家弦戶誦，雖深山幽谷，兒童婦女，莫不耳熟先生之姓名者，海內士子始蒸蒸漸進於古人之業，先生之功在儒林，蓋已久矣。三十年來，閉戶却掃，紬二酉四庫之藏，擷其菁華而見之詞章，其爲詩古文辭，遂造於精微奧博之域。世雖有秘爲中郎枕中物者，要其全集尙未有專刻也。然則伊人之爲是役也，吾黨之志也，天下之望也，豈非千古之盛事哉！

瑚聞之：詩以足志，文以足言，言之不文，行而不遠。故人之有文，如龍之有鱗，鳳之有羽。龍鳳之所以振拔於其族者，固不在乎區區鱗羽之間，而非鱗羽則不成其爲龍與鳳也。六經以後，詩莫妙於蘇、李，而齊、梁以降，相率爲俳優之調，而詩衰矣；子美起而別裁僞體，而詩於是乎一盛。文莫工於班、馬，而魏、晉以還，相競爲浮靡之習，而文衰矣；退之出而刬削陳言，而文於是乎一盛。是二人者，人文之大成，後學之宗師也。然荀卿嘗以爲藝之至者不兩能，是故子美無退之之文，而退之之詩則亞於子美，求其兼而有之，蓋幾幾乎其難哉。王介甫有言，悲歡窮泰，發斂抑揚，疾徐縱横，無施不可，或綺麗而精深，或風流而醞藉，或嚴重如百萬之師，或奮迅如千里之駿，此子美之詩也，而先生之爲詩亦然。李南紀有言，汗瀾卓踔，奫泫澄深，詭然而蛟龍翔，蔚然而虎鳳躍，鏘然而韶鈞鳴，雄偉不常，摧陷廓淸之功，比於武事，此退之之文也，而先生之爲文亦然。噫嘻，可謂兼而有之矣！藝之至者，其殆兩能之矣，何其盛也！何其盛也！瑚故申十年以前之說而爲之序之如此。

先生間嘗謂瑚曰：凡人之情，食熊則肥，食蛙則瘦，予獨不然。向者悞嬰世網，今得返其初服，與二三知己詠白傅池上之篇，讀啓期三樂之論，優游歲月，以老餘生，於願足矣！

然則先生之恬淡沖和，有得於中久矣，宜其見於詩歌文字之間，弸中而襮外，此又讀其集者當自得之，而非瑚一人之臆說也。同里年通家眷晚生陳瑚頓首拜題。

吳梅村先生詩鈔題詞

計東

茂倫、山子選江左三大家詩既成，而以梅村先生詩鈔屬東序之。夫以東之譾陋，尙不足以知先生之詩，而能序先生詩乎？竊謂天下能序先生詩，莫虞山先生若也。虞山之言曰：「梅村之詩，殆可學而不可能，而又非可以不學而能者也。」則其論先生之詩，於才與法之閒亦微矣。後之人卽有能知之序之者，能更出一言軼虞山上乎？雖然，東尤歎虞山之虛懷不可及也。其貽書先生，稱其精求於韓、杜二家，吸取其神髓而佽助之，眉山、劍南斷斷不能窺其籬落、識其阡陌也。夫虞山暮年之詩，心慕手追於眉山、劍南之閒，顧稱述先生詩如此，則其自遜爲不如可知，誠非今之驕己凌物者可及也。後之學者，有不及事虞山而猶及事先生與合肥先生者，可以想見其一致已。康熙六年冬杪，門人計東拜手序。

百名家詩選吳梅村詩小引

魏憲

魏子曰：文人相輕，同鄉尤甚，風之偷也，非自今矣。獨吳中諸子，于虞山則宗牧齋，于婁江則宗梅村，奉爲金科玉軸，不敢違越焉。噫！何桑梓之敬，歷五十餘年無異詞也！牧齋詩余既論定行世矣，於梅村先生敢靳國門哉？

憶先生之元辛未也，出吾鄉周芮公門，時石齋、東崖皆在朝，如草木之有臭味，無不拔也，故闔人知之最先。余兩過婁東，維舟江干，造廬請敎，先生爲下榻，出新舊詩古文辭相與訂正，琴尊香茗間，甚款款也。迨辛亥維夏，相遇虎丘，謀補石倉之選，先生贈序，過爲揄揚，其表章古人，引掖後輩，一片誠心，可鏤金石，余屢志之。今先生往矣，詩篇流在天壤，如日月之麗，江河之行，罔勿之也，亦罔勿仰也。近有摘而疵瑕之者，曰某篇驕縱也，某篇憤嫉也，某篇不爲明人諱過也，某篇恐屬憂讒畏譏也。嗟乎！先生交道太廣，廣則難周，今日之起而謗訕者，卽平日之俛而乞憐之人，或自號名士，或妄許山人，或還俗僧流，或不識也者，皆欲網利藝林，輕薄前哲，豈眞怨毒之于人甚哉，亦其人之凉薄性成，欲決東海之波，傾注華、岱耳。

蕭統有言曰：剝復消長，中有至理，排斡元氣，存乎其人。今梅村詩陶冶于漢、魏，而潤澤于盛、初，根荄于德性，而煥發于典籍，當身已見其播傳，後代更推爲宗主，吾又何容贅哉。

梅村詞序

尤侗

詞者，詩之餘也。乃詩人與詞人有不相兼者：如李、杜皆詩人也，然太白憶秦娥、菩薩蠻爲詞開山，而子美無之也；温、李皆詩人也，然飛卿玉樓春、更漏子爲詞擅場，而義山無之也；歐、蘇以文章大手降體爲詞，坡公大江東去，卓絕千古，而六一婉麗，實妙于蘇；介甫偶一涉筆，而子固無之；眉山一家，老泉、子由無之也。以辛幼安之豪氣，而人謂其不當以詩名而以詞名，豈詩與詞若有分量，不可得而踰者乎？有明才人，莫過于楊用修、湯若士。用修親抱琵琶度北曲，而詞顧寥寥；若士四夢爲南曲野狐精，而塡詞自賓白外無聞焉：卽詞與曲亦有不相兼者，不可解也。近日虞山號詩文宗匠，其詞僅見永遇樂數首，頹唐殊極。兼人之才，吾目中惟見梅村先生耳。

先生文章彷彿班史，然猶謙讓未遑，嘗謂予曰：「若文則吾豈敢，于詩或庶幾焉。」今讀其七言古、律諸體，流連光景，哀樂纏綿，使人一唱三歎，有不堪爲懷者；及所譜通天臺、臨春閣、秣陵春諸曲，亦于興亡盛衰之感，三致意焉：蓋先生之遇爲之也。詞在季孟之間，雖不多作，要皆合于國風好色、小雅怨誹之旨。故予嘗謂先生之詩可爲詞，詞可爲曲；然而詩之格不墜，詞曲之格不抗者，則下筆之妙，非古人所及也。

休寧孫無言遍徵當代名家詞，將以梅村編首，亡何而梅村歿矣。孫子手卷不釋，仍寓予評次刻之，可謂篤好深思；而予于先生琴樽風月，未忘平生，故得附知言序其本末如此。予觀先生遺命墓前立一圓石，題曰詞人吳某之墓，蓋先生退然以詞人自居矣。夫使先生終于詞人，則先生之遇爲之也，悲夫！

——錄自西堂雜組三集卷三

彙刻傳劇序（摘錄）

況周頤

緊維鴻達，有若駿公，以沈博絶麗之才，兼慨慷温柔之筆。搔首成今古恨，臺通天而可呼；掃眉亦文武才，張貴妃、冼夫人閣臨春而誰主？續文簫之佳話，寫秣陵之芳春。其間左丞醉哭數言，鬱伊善感；女將邊愁一曲，悱惻動人。乃至雲和引鳳之妍詞，曲傳玉潤乘龍之韻事。賓之詞山曲海，宜有玉價珠聲。國朝吳偉業通天臺、臨春閣、秣陵春。

——錄自暖紅室本彙刻傳劇卷首

秣陵春序

李宜之

南詞以拜月、琵琶爲二絶，荆釵、繡襦以下皆不及也。嗣後騷人遊戲，多以散套小令特傳，竟無院本可與二傳相頡頏者。學士家以牡丹亭爲異書，然才情橫放，不能拴縛，遂有清眞音譜未諧之病，殊不爲行家所賞，而戾家尤苦之。錦箋輕圓而味稍薄，曇花富贍而機不靈，西樓有雋語而失之佻，燕子箋有新趣而失之俗，鴛鴦棒等，則浪子不已，幾於娼夫，大非風流儒雅之體矣。

灌隱之爲雙影記也，審節宮羽，穩協陰陽，不騁才情，并不用學問，而字字敲打，如出鶯喉燕吭間，無不歌誦妥溜，妙會諧絲竹者，此眞詞林老手，與拜月、琵琶分鼎立於三百年之上者也。卓吾以拜月爲化工，琵琶爲畫工，記中有天匠自成，不見痕跡，如化工之生物者；有芳鮮縟麗，五采爛然，如畫工之繪物者：兼長固奇於獨妙矣。琵琶無北詞，拜月僅議選一齣，灌隱此記，北詞六七見；又別有雜劇幾種。其本色中出色，不獨與實甫、漢卿並驅，幾欲追董學士而先之，不更奇乎！宋之工詞者輒不工詩，元四大家及君美、則誠之徒，俱不見他著述。灌隱五古，直逼漢、魏；歌行近體，上下初、盛；敍記之文，不媿唐、宋大家；而寄興詞曲，復推宗匠：又一奇也。

余弱冠時嘗爲步非煙雜劇，頗有一二本色語，兵燹中失去其本。與草衣道人往來吳、越間，多以南詞散套及小令紀其事，亦頗協律。一生蹭蹬，并不得爲元詞人路吏、山長之官，窮老閉門，無所發憤，意欲借古人奇情韻事，譜爲煙花粉黱、神頭鬼面之詞，及見此記，不覺小巫氣盡，因戲語灌隱：「初成績不欲曲子詞布汴、雒，曷不若香匳井嫁致堯乎？」灌隱笑曰：「曲子果流布，則世皆知爲放言自廢之人，花月塡詞，正自有日。老兄若肯學君家浪子，綴一小語爲詞，固當爲人爭傳；我決不學曲子相公，專託人收拾焚燬之不暇也。」癸巳秋七日寓園居士書於尹綴樓。

——錄自劉氏暖紅室刊本彙刻傳劇第二十五種

臨春閣題辭

沈　修

樂府三種，成綠駿公，吳君靈雄，聿鋟其二。靖節自祭，通天臺焉；莊生寓言，臨春閣焉。血罄遺耉，節旌玄妃，初明麗華，斯襲幻影。文隱誼蹟，厥惟臨春，繹思頻仍，乃鏡厓略，用白修蘊，序之云云。孝慈端型，爰逮國勝，內壼操潔，夙崇前明。甲申之春，莊烈矢藎，從者物皕，椒風穆馨。弘光肅明，幾難京雒；隆武孝毅，宅貞龍潭；軍熸桂林，永曆遯緬，王后耿節，粵芳滇雲，然於麗華，祊渫異也。天啓正適，懿安徽稱，魯王雙嬪，越郡令族。先後殉烈，朔南偕榮，昆岡鬱攸，燼璞肯滓。壓月靈魄，姓同常娥。亦三人焉，寧不謂盛。曰隱熹后，將嫌黜脅；曰甄前妃，病尙存國。吳氏命筆，則元妃乎！蛟闘阸兵，長垣困仇，琅琦陻家，僨跳阽身。獼風鯨濤，尺組嬰脰，妃也命嗇，甚前嬪焉。小君筭珈，國蹴沈井，姪娣云挈，睆增張星。令光甍徂，伯緒文悼。齊嫣崩札，臨沂策哀。先生託音，情益幻矣。南朝六闈，陰漸朔邦。獻容令嬴，遺羞晉粱；妙登婧英，巘行齊宋。奄宅江表，陳宮夙貞。皇英昔風，逌導昆軌。慈訓弘範，德芬椒闈。妙容婺華，躬協蕙問。龔孔張薛，狎客矢詠。信若豔蠱，冥節軔只。麗華命字，宮庭四焉。陰劉聿隆，張楊聿陵。碩人其頎，寧任吉悔。参髮富齳，妙神嫺華。毓胚前星，齡始十算。有仍玄妻，西京上官，孌昭弗任，矧曰元秀。姊月馨媚，膝端瑩如。物之珍尤，靈亦甚也。譽樂既甚，眚患攸弔。令質婉嫿，能遂億逞。靚飾妙呆，云足寓道。玉樹瓊蕊，爰可詠德。陳后苟哲，曷兆亡釁？夏喜殷妲，徇尙寵國，況靡虐行，天實孕美。象服溟嶼，炯戒耽逸。若元妃者，斯更淑已。循測妙恉，麗華應尸。今其曲文，蓋適誠敬。賓主易類，正名爰訛。青谿昔祠，靈媛肅饗。負劍嬰妭，側焉嬪從。文心斡旋，位著仍穆。譙國聖母，聿旌忠州，陳亡翼隨，秦實冼病。事不史吻，勳紅崖焉。麗華亭亭，棲影結綺。業用比興，曷標臨春？懷宗弗閎，作者冥諷，社稷之徇，旬侯云然。陪敦失馮，寧是藝職。野井辱唁，卒稱主君。次睢作牲，虐弄鄫子。效節旌嗃，榮加寄公。若夫天王，分則無外。叔帶犯順，襄邑鄭汜。僭鬮不賓，敬宮姑猶。春秋律嚴，曾莫貶議。遯出自竇，后緡且然。漢京參移，宋鼎再卜。唐葉廟寢，亦恆淪夷。昆陽碩猷，天祖盛責。尹室潛斃，國君愚誠。思陵烒謀，經瀆諒爾。膷井媚雪，六朝春荒。煤丘仄嘌，九縣姓革。後主衡德，奚朋烈皇。孝陵言勳，實汰永定。名傑富穰，績戡興王。淫威脅從，域易反正。朱綱伐軀，俊碩涼志。桂福唐魯，曷羈人心。瓊臺寶衣，失慮孰甚。闕觀敬節，女貞攸宜。辯亡成篇，魏武託愍。既慶妃烈，冥招帝魂。先生此文，信匪虛作。薊訓銅狄，牧之庭華。臨川鉛山，言遜有物。振古舊鍥，懋遺蟫餘。劉君子庚，昔以君贈。爰更授槧，傳諸人焉。庚戌花朝，長洲沈修。

錄自吳氏靈雉刊本奢摩他室曲叢梅村樂府二種

通天臺題辭

沈修

彼稷冥惋，溢情豪綈。梅村詩詞，聲溺雜摽。降格音曲，婉而成章。績徵承雲，嗇性房露。獎飾文媛，闡揚貞妃。臨春秣陵，操尙夐逸。科第雪忿，展成鈞天。謳歙溺心，圓海春謎。浩唱烈韻，惡先生焉。節以名寇，壬徵悼衷。修家左丞，冥與儷轍。往昔劉峻，方規敬通，作文攄憂，斂析同異。陵谷貿徙，夙宵委訛。鼎湖龍亡，屬鏡鸞泣。旨薺辛檗，暄春稟秋。宅憂終身，蔑更忘弭。因藉故實，默自旌爾。名碩豔遇，昔寧無之。天於初明，肆逞荼酷。纆棘洵恥，曷加俘臣；珪裳匪榮，矧宧讐國。冥謁曩帝，表漱通天。漢臺茗亭，煒亙霄極。被識英主，旅人聆言。羨思仁親，天子獲印。篤念靈誶，叶休徵欸。幽明路悠，妙應斯捷。世競底惑，修心不愔。陰陽家亡，周職蓋寢。神鬼情狀，易誰鉤深。靈威赤熛，云賓炎昊。於嫣慶忌，或馮山谿。仁加伯元，卒藩荊州。敬執項羽，爰任僕射。糞土臣炯，武皇矜諸。柏臺荒雲，柞寢瀟雨。甚矣騷瑟，茂陵茲辰。方徐嚴枚，比席園令；邢趙衞尹，燮班陳嬌。宅娛琴皖，析奧文賦。區夏柄失，甲幃遑勤。膠西鏗鏗，諍息災厲；平津諤諤，策湮賢良。足音寥闃，五百春矣。蝨賊侯景，不庭蕭梁。身丁亂離，矜是碩彥。昆弟息胤，虐逢鯨鯢。妻虞泣刑，貞血漬脰。聖善素馘，職饔卬煁。孑焉相存，僅一娣婦。南望愍惻，百荼嬰心。異朝君臣，分薄誼厚。軫念庸德，力拯宜也。矧帝綏極，務植名行。瑩飾孝治，建元綸音；篤扶人綱，元朔令誥。敦乂七教，甄明五書。賦褒陵雲，爵進髦士。太主董偃，寧誅直言；長卿文君，憚析珍儷。嚴助伏刃，實熒張湯。表稱東歸，增昔愧已。昔代園寢，喪威林烝。牧猏行吟，莫更躡舞。拜手頓首，温顏錫章。涼暄宅心，孰肯斯若。往訓映牒，寧其食言。纍臣復家，懼或寢事。存愛著愍，神明聿交。精多物宏，靈爽自結。膺兆獲返，理之恆乎。宙夏云一，先生曷歸？尋君遂初，復我邦族。蹩躃攸騁，戚誠無驩。陽岑擷薇，勿審誰茱；栗里扃竇，強旌吾廬。同時逸民，實與鈞愜。恭子入覲，國仍梁都。君親之間，豈不兩勝。樂府箋恨，信日自悼。命指鍾律，結言冥寥。修今籀詞，輒悟文表。運筆斯巧，人謀鬼謀。生能徙關，死莫徵隸。函谷姓改，元封則那！將哀孝陵，粵假梁武。王氣業盡，謂鍾山何！伶人南冠，帝子北降。曲者曲也，情之壹焉。離騷美人，豈繫淫惑。孝武招隱，稱貽麗娟。華予昔門，氣勝蘭澤。既謬貞一，姝寧樂聞？先生愛姬，曰倩扶氏，色藻雙婧，疑相匹倫。羞同巨君，聘諱原碧；矧事安石，妾兼文靑。岱神光明，輕小節也。吾黨秀傑，畢能斐然。靈雉茂年，學邃音呂。粵國盛操，風山矢音；如須閨情，香閣吐韻。行世二帙，馥聲詞林。駿公靈編，聿久湮曖。通天臨春，儷若笙磬。曄曜英舉，尤縈素宗。遑辭不文，序如前云。浴佛之夕，沈修后齊。

——同上

梅村樂府二種跋

吳梅

梅村樂府，嗣響臨川，南部夢華，託諸幻影，豔思哀韻，感人深矣。傳本絕少，又掩於詩名，幾與碣石幽蘭，同此淪隱。考秣陵一劇，有集中金人捧露盤詞，足資談屑；而臨春閣、通天臺，則西堂梅村詞序、古夫于亭雜錄僅述其目，知者益鮮。江山劉君子庚际梅振古齋刻本，則三種完具。豐城劍氣，忽焉騰霄。文字有靈，洵不誣也。而墨色黯淡，縑素欲裂，讀之益增淒感。先生考終，命以詩人表墓。俯仰身世，不殊枯樹江南，發爲聲歌，復瓌姿妍骨，一以悲哀爲主，蓋所遇爲之，先生實不能自止。高涼冼氏，或感忠州義師，而隱刺寧南輩歟！初明一表，當卽敬通自序。石頭車駕，脩陵松櫝，臨春妙曲，益厲憑弔之懷爾。左氏之書，義深君父；若先生者，詞人云乎哉！吾鄉藏書之富，首推藝芸佞宋，刼灰伊後，經籍蕩然，而劉氏古紅梅閣巋然尙存。梅與子庚交且十年，乃得此帙，亟爲重刊。海內知音，定符玄賞。秣陵春卷帙較富，尙俟他日云。宣統庚戌，長洲吳梅。

清人雜劇初集序（摘錄）

鄭振鐸

考清劇之進展，蓋有四期。順、康之際，實爲始盛。吳偉業、徐石麒、尤侗、嵇永仁、張韜、裘璉、洪昇、萬樹諸家，高才碩學，詞華雋秀，所作務崇雅正，卓然大方。梅村通天臺之悲壯沉鬱，臨春閣之疏放冷豔，尤堪弁冕羣倫。

——錄自清人雜劇初集

梅村樂府二種跋

鄭振鐸

右臨春閣、通天臺雜劇二種，吳偉業撰。偉業字駿公，號梅村，別署灌隱主人，江蘇太倉人，崇禎四年進士，授翰林院編修，遷南京國子監司業。福王時拜少詹事，與馬士英、阮大鋮等不合，辭官歸里。入清，家居杜門不出。後清廷嚴促其出仕，不得已赴京，授國子監祭酒。不久辭歸。康熙十年卒，年六十三。偉業詩文負一時重望，詩與錢謙益、龔鼎孳並稱江左三大家。所作于詩文集外，有秣陵春傳奇一種及臨春閣等雜劇二種，諸劇皆作于國亡之後，故幽憤慷慨，寄寓極深。臨春閣本于隋書譙國夫人傳，以譙國夫人冼氏爲主，而寫江南亡國之恨。陳氏之亡，論者每歸咎于張麗華諸女寵，偉業力翻舊案，深爲麗華鳴不平，此劇或卽爲福王亡國之寫照歟！以「畢竟婦人家難決雌雄，則願你決雌雄的放出個男兒勇」云云爲結語，蓋駡盡當時見敵則退之諸悍將怯兵矣。通天臺本于陳書沈炯傳，敍炯流寓長安，鬱鬱寡歡。一日郊遊，偶過漢武帝通天臺，乃登臺痛哭，草表奉于武帝之靈。醉臥間，夢武帝召宴，並欲起用之。炯力辭，帝乃送之出函谷關外，醒時卻見自身仍在通天臺下一酒店中。或謂炯卽作者自況，故炯之痛哭，卽爲作者之痛哭。蓋偉業身經亡國之痛，無所洩其幽憤，不得已乃借古人之酒杯，澆自己之塊壘，其心苦矣。通天臺第一折炯之獨唱，悲壯憤懣，字字若杜鵑之啼血，其感人蓋有過於桃花扇餘韻中之哀江南一曲也。

中華民國二十年二月二十八日鄭振鐸。

——同上

附錄四

集評

鍾、譚說詩，甚爲偏僻，獨以刮磨五律，最去學者膚庸俚淺之病。梅村講究略同，故其五律特精。（黃與堅論學三說）

詩人以古爲塗澤，用處繁不無少假借。余謂借字可，借事則不可。借字史、漢多有之，若借事，有事實在，安可以虛借？如蘇詩「石建方欣洗牏廁」，以廁牏倒用之，「水底笙歌蛙兩部」，以稚圭鼓吹字爲笙歌，雖借字，於義不可訓，亦不可。近來梅村詩多借用，牧齋以爲陽移陰換，又以爲換步移形，不無寓意，然實借字，於義無妨。余嘗語梅村曰：先生之詩，妙在搜奇採勝，盡古今所有，奔湊腕下，所謂錯綜萬象，賦家之心也。若茗文集中以五城兵馬爲司城，以鳩爲鶻鵃之類，是事物名借用，尤不可，學者於此處須分別。（論學三說）

明末暨國初歌行，約有三派：虞山源於杜陵，時與蘇近；大樽源於東川，參以大復；婁

江源於元、白，工麗時或過之。（王士禛分甘餘話）

吳梅村詩曰：「不好詣人貪客過，慣遲作答愛書來。」意簡倨而詞微婉。北上云：「身是淮王舊雞犬，不隨仙去落人間。」哀感發於至情，唐人句也。（吳喬圍爐詩話卷六）

吳梅村祭酒病中詩云：「忍死偷生廿載餘，而今罪孽怎消除。受恩欠債須塡補，縱比鴻毛也不如。」其言亦哀矣！梅村最工歌行，若永和宮詞、蕭史青門曲、圓圓曲等篇，皆可方駕元、白。圓圓者，吳下女伶，陳姓，轉入田皇親家，吳三桂見而悅之。及破闖賊，取之去。吳之舉兵，爲圓圓也。旣爲平西王夫人，寵貴無比。後爲正妃所妬，辭宮入道。吳逆敗，不知所終。梅村詩云：「全家白骨成灰土，一代紅顏照汗靑。」又云：「取兵遼海哥舒翰，得婦江南謝阿蠻。」譏諷甚當。（查爲仁蓮坡詩話）

生逢天寶亂離年，妙詠香山長慶篇。就使吳兒心木石，也應一讀一纏綿。吳梅村（袁枚小倉山房詩集卷二十七倣元遺山論詩）

明末詩人，錢、吳並稱，然錢有迥不及吳處。吳之獨絕者，徵詞傳事，篇無虛詠，詩史之目，殆曰庶幾。夫安、史煽凶，明、肅播越，非少陵一老，則唐代紀事稱缺陷矣。況大盜移國，天王死社，勇將收京，眞人撥正，以是爲詩，題孰大焉！詠此不能，何用公爲？此弇州四大部稿所以獨推子美爲千古之豪，而自訂其樂府變別爲一集者也。知此而梅村集之所係

大矣，謂少陵後一人也，誰曰不宜！（程穆衡鞶帨卮談）

沈德潛曰：梅村七言古專做元、白，世傳誦之，然時有嫩句、累句。五七言近體，聲華格律不減唐人，一時無與爲儷，故特表而出之。（淸詩別裁）

靳引張如哉曰：「王荆公以少陵詩爲沈着痛快。或問義山，曰：彼亦自有沈着痛快處。余服膺梅村詩，謂可追配少陵者此也，驚心動魄，殊移我情。人但詫其駿雄，服其宏麗，而不知惟沈着斯以痛快耳。余有論詩一首云：少陵詩格獨稱尊，風雅親裁大義存。繼起何人堪鼎峙，前爲元老後梅村。元老謂遺山也。」（靳榮藩吳詩集覽）

梅村一卷足風流，往復披尋未肯休。秋水精神香雪句，西崑幽思杜陵愁。裁成蜀錦應慚麗，細比春蠶好更抽。寒夜短檠相對處，幾多詩興爲君收。（愛新覺羅．弘曆題吳梅村集）

學海淵涵納細流，宸章赫奕許揚休。共傳天上元音出，銷得江南萬古愁。青史可憐詩碣在，黃初誰並綵毫抽。祭酒詩篇壓勝流，徵書鄭重早歸休。南朝一月先投劾，東觀重來祇貯愁。十子空傳餘響在，三弇未許積薪抽。詞源傾出婁淞水，月滿江天宿霧收。（同上）

嗣音只有新城老，都向君王卷裏收。（靳榮藩恭和聖製題吳梅村集元韻）

少陵詩格溯源流，高唱能教衆籟休。萬樹有花魂自洗，一錢不值骨應愁。凌虛時入非非想，詠物猶將乙乙抽。陶鑄古今歸大冶，好知文苑此先收。（同上）

箋釋蟲魚歲序流，檢書燒燭肯言休。雌霓刊就成孤賞，壯月更來可伴愁。論世知人言外得，窮源竟委架中抽。爲瞻聖藻思揚扢，學註三都衆美收。（同上）

高青丘後，有明一代，竟無詩人。李西涯雖雅馴清澈，而才力尚小。前、後七子，當時風行海內，迄今優孟衣冠，笑齒已冷。通計明代詩，至末造而精華始發越。陳臥子沉雄瑰麗，實未易才；意理粗疎處，尚未免英雄欺人。惟錢、吳二老，爲海內所推，入國朝稱兩大家。顧謙益已仕我朝，又自託於前朝遺老，借陵谷滄桑之感，以揜其一身兩姓之慚，其人已無足觀，詩亦奉禁，固不必論也。梅村當國亡時，已退閒林下，其仕於我朝也，因薦而起，既不同於降表僉名；而自恨濡忍不死，跼天蹐地之意，沒身不忘，則心與跡尙皆可諒。雖當時名位聲望，稍次於錢；而今日平心而論，梅村詩有不可及者二：一則神韻悉本唐人，不落宋以後腔調，而指事類情，又宛轉如意，非如學唐者之徒襲其貌也；一則庀材多用正史，不取小說家故實，而選聲作色，又華豔動人，非如食古者之物而不化也。蓋其生平，於宋以後詩，本未寓目，全濡染於唐人，而已之才情書卷，又自能瀾翻不窮；故以唐人格調，寫目前近事，宗派既正，詞藻又豐，不得不推爲近代中之大家。若論其氣稍衰颯，不如青丘之健舉；語多疵累，不如青丘之淸雋；而感愴時事，俯仰身世，纏綿悽惋，情餘於文，則較青丘覺意味深厚也。（趙翼甌北詩話）

梅村身閱鼎革，其所詠多有關於時事之大者。如臨江參軍、南廂園叟、永和宮詞、雒陽行、殿上行、蕭史青門曲、松山哀、雁門尙書行、臨淮老妓行、楚兩生行、圓圓曲、思陵長公主挽詞等作，皆極有關係。事本易傳，則詩亦易傳。梅村一眼覷定，遂用全力結撰此數十篇，爲不朽計，此詩人慧眼，善於取題處。白香山長恨歌、元微之連昌宮詞、韓昌黎元和聖德詩，同此意也。（同上）

王阮亭選梅村詩共十二首，陳其年選十七首，此特就一時意見所及，尙非定評。梅村之詩最工者，莫如臨江參軍、松山哀、圓圓曲、茸城行諸篇，題旣鄭重，詩亦沉鬱蒼涼，實屬可傳之作。其他閒情別趣，如松鼠、石公山、縹緲峯、王郎曲，摹寫生動，幾於色飛眉舞。直溪吏、臨頓兒、蘆洲、馬草、捉船等，又可與少陵兵車行、石壕吏、花卿等相表裏；特少遜其遒鍊耳。（同上）

梅村古詩勝於律詩。而古詩擅長處，尤妙在轉韻。一轉韻，則通首筋脈，倍覺靈活。如永和宮詞，方敍田妃薨逝，忽云：「頭白宮娥暗顰蹙，庸知朝露非爲福。宮草明年戰血腥，當時莫向西陵哭。」又如王郎曲，方敍其少時在徐氏園中作歌伶，忽云：「十年芳草長洲綠，主人池館空喬木。王郎三十長安城，老大傷心故園曲。」雁門尙書行，已敍其全家殉難，有幼子濕刃，其兄來秦攜歸，忽云：「回首潼關廢壘高，知公於此葬蓬蒿。」益覺迴顧蒼茫。此等處，關捩一轉，別有往復迴環之妙。其秘訣實從長慶集得來；而筆情深至，自能俯仰生姿，又天分也。惟用韻太泛濫，往往上、下平通押。如遇劉雪舫，則眞、文、元、庚、青、蒸、侵通押；遊石公山，則支、微、齊、魚通押。他類此者甚多，未免太不檢矣。按洪武正韻有東無冬，有陽無江，於唐韻多所併省；豈梅村有意遵用，以存不忘先朝之意耶？（同上）

七律不用虛字，全用實字，唐時賈至等早朝大明宮諸作，已開其端。少陵「五更鼓角」「三峽星河」、「錦江春色」「玉壘浮雲」數聯，杜樊川「深秋簾幕千家雨，落日樓臺一笛風」，趙渭南「殘星幾點雁橫塞，長笛一聲人倚樓」，陸放翁「樓船夜雪瓜洲渡，鐵馬秋風大散關」皆是也。然不過寫景。梅村則並以之敍事，而詞句外自有餘味，此則獨擅長處。如贈袁韞玉云：「西州士女章臺柳，南國江山玉樹花。」十四字中，無限感慨，固爲絕作。他如揚州感事云：「將軍甲第櫜弓臥，丞相中原拜表行。」弔衞紫岫殉難云：「埋骨九原江上月，思家百口隴頭雲。」寄遼左故人云：「樂浪有吏崔亭伯，遼海無家管幼安。」「桑麻亭障行人斷，松杏山河戰骨空。」贈淮撫沈清遠云：「去國丁年遼海月，還家甲第浙江潮。」雜感云：「金城將吏耕黃犢，玉壘山川祭碧雞。」「雞豚絕壁人烟少，珠玉空江鬼哭高。」贈陳定生云：「茶有一經眞處士，橘無千絹舊清卿。」送永城吳令云：「山縣尹來二月雨，人家兵後十年耕。」送安慶朱司李云：「百里殘黎半商賈，十年同榜盡公卿。」送李書雲典試蜀中云：「兵火才人覊旅合，山川奇字亂離搜。」送顧𦓤來典試粵東云：「使者干旄開五管，諸生禮樂化三苗。」送曹秋嶽謫粵東云：「海外文章龍變化，日南風俗鳥輈䎿。」寄房師周芮公云：「廣武登臨狂阮籍，承明寂寞老揚雄。」此數十聯，皆不著議論，而意在言外，令人低徊不盡。其他如宴孫孝若山樓云：「明月笙歌紅燭院，春風書畫綠楊船。」西泠閨詠云：「紫府蕭閒詩博士，青山遺逸女尚書。」無題云：「千絲碧藕玲瓏腕，一卷芭蕉宛轉心。」投贈督府馬公云：「江山傳箭旌旗色，賓客圍棋劍履聲。」長安雜詠云：「奉鑾射生新宿衛，帶刀行炙舊名王。」滇池鐃吹云：「朱鳶縣小輸賨布，白象營高掛柘弓。」「魚龍異樂軍中舞，風月蠻姬馬上簫。」送曹秋嶽官廣東左轄云：「五管清秋開使節，百蠻風靜據胡牀。」送林衡者歸閩云：「征途鵯鴃聲中雨，故國桄榔夢裏天。」送隴右道吳贊皇云：「城高赤坂魚鹽塞，日落黃河鳥鼠秋。」送同官出牧云：「壯士驪山秋送戍，豪家渭曲夜探丸。」送楊猶龍按察山西云：「紫貂被酒雲中火，鐵笛迎秋塞上歌。」送朱遂初憲副固原云：「荒祠黑水龍湫暗，絕坂丹崖鳥道盤。」聞台州警云：「雁積稻粱池萬頃，猿知擊刺劍千年。」此數十聯，雖無言外意味，而雄麗華贍，自是佳句。送馮子淵總戎云：「十二銀箏歌芍藥，三千練甲醉葡萄。」俠少云：「柳市博徒珠勒馬，柏堂箏妓石華裙。」訪吳永調云：「南州師友江天笛，北固知交午夜砧。」觀蜀鵑啼劇云：「親朋形影燈前月，家國音書笛裏風。」雲間公讌云：「三江風月尊前醉，一郡荆榛笛裏聲。」此則雜湊成句耳。其病又在專用實字，不用虛字，故掉運不靈，斡旋不轉，徒覺堆垛，益成呆笨。如贈陳之遴謫戍遼左云：「曾募流移耕塞下，豈遷豪傑實關中。」何嘗不典切生動耶？（同上）

梅村熟於兩漢、三國及晉書、南北史，故所用皆典雅，不比後人獵取稗官叢說，以炫新奇者也。如弔衞胤文云：「非關衞瓘需開府，欲下高昂在護軍。」正指其監護高傑軍，而暗切兩人姓氏。送杜弢武云：「非是雋君辭霍氏，終然丁掾感曹公。」弢武避難江南，適梅村悼亡，欲以女爲梅村繼室，梅村辭之；故用雋不疑辭霍光之婚及曹操欲以女妻丁儀、因曹丕言而止，皆議婚不成故事也。可謂典切矣！然亦有與題不稱，而強爲牽合者。如永和宮詞詠田貴妃事，有云：「聞道羣臣譽定陶，獨將多病憐如意。」本謂田妃有子慈煥，因寵特鍾愛，故以趙王如意爲喻。然定陶，漢成帝從子，入繼正統；崇禎帝自有太子，何必以定陶作襯？且太子久定，嫡庶間並無參商，何必以如意爲比？又云：「漢家伏后知同恨，只少當年一貴人。」此言周后殉難時，田妃已先死也；然周后奉旨自盡，何得以曹操之弒伏后爲比！雒陽行敍福王初封河南，有云：「渭水東流別任城。」漢光武子倘，魏武子彰，皆封任城王，皆濟寧州地，與渭水何涉？揚州詩：「荳蔻梢頭春十二，茱萸灣口路三千。」按杜牧詩：「娉娉嫋嫋十三餘，荳蔻梢頭二月初。」無所謂「春十二」也。雜感其十八：「取兵遼海哥舒翰，得婦江南謝阿蠻。」本以降將哥舒翰比吳三桂，然翰無取兵遼海之事；以阿蠻比圓圓，然阿蠻本新豐人，非江南產。贈袁韞玉之「盧女門前烏柏樹，昭君村畔木蘭舟」，盧女無烏柏樹故事，昭君無木蘭舟故事，但採掇字面鮮麗好看耳。王阮亭詩：「景陽樓畔文君井，明聖湖頭遺韞家。」亦同此體。蓋當時風氣如此。竹垞、初白，則無此病矣。集中如此類者，不一而足。梅村好用詞藻，不免爲詞所累，其自謂「鏤金錯采，不能到古人自然高妙之處」，正以此也。又有用事錯誤者。補禊鴛湖云：「春風好景定昆池。」昆明池在長安，唐安樂公主請之不得，乃自開大池，號定昆池。此與鴛湖何涉？又戲贈一首有云：「何綏新作婦人裝。」按服婦人衣者，何晏也，見宋書五行志；而晉書何綏，乃何遵子，初無婦人裝故事。觀棋一首有云：「博進知難賭廣州。」宋書：羊玄保與文帝賭郡勝，遂補宣城太守。是宣州，非廣州也。詠鶿魚云：「自慚非食肉，每飯望休兵。」食魚無休兵典故，況鶿魚耶！亦覺無謂。此皆隨手闌入，不加檢點之病。（同上）

梅村出處之際，固不無可議；然其顧惜身名，自慚自悔，究是本心不昧。以視夫身仕興朝、彈冠相慶者固不同；比之自諱失節，反託於遺民故老者，更不可同年語矣。如赴召北行，過淮陰云：「我本淮王舊雞犬，不隨仙去落人間。」遣悶云：「故人往日燔妻子，我因親在何敢死！憔悴而今至於此，欲往從之愧青史。」臨歿云：「故人慷慨多奇節。爲當年沉吟不斷，草間偷活。脫屣妻孥非易事，竟一錢不值何須說！」至今讀者猶爲悽愴傷懷。余嘗題其集云：「國亡時已養親還，同是全生跡較閒。幸未名登降表內，已甘身老著書間。訪才

林下程文海，作賦江南庾子山。剩有沉吟偷活句，令人想見淚痕潸。」似覺平允之論也（同上）

梅村詩本從「香奩體」入手，故一涉兒女閨房之事，輒千嬌百媚，妖豔動人。幸其節奏全彷唐人，不至流爲詞曲。然有意處則情文兼至，姿態橫生；無意處雖鏤金錯采，終覺膩滯可厭。惟國變後贈袁韞玉云：「西州士女章臺柳，南國江山玉樹花。」及被薦赴召，路過淮陰云：「我是淮王舊雞犬，不隨仙去落人間。」此數語俯仰身世，悲痛最深，實足千載不朽。（同上）

吳梅村好用書卷，而引用不當，往往意爲詞累。……故梅村詩嫌其使典過繁，翻致膩滯，一遇白描處，卽爽心豁目，情餘於文。（同上）

才高綺歲早登科，俄及滄桑劫運過。仕隱半生樗散跡，興亡一代黍離歌。死遲空羨淮王犬，名盛難逃惠子罦。猶勝絳雲樓下老，老羞變怒罵人多。（趙翼題吳梅村集）

國亡時早養親還，同是全生跡較閒。幸未名登降表內，已甘身老著書間。訪才林下程文海，作賦江南庾子山。剩有沉吟偷活句，令人想見淚痕潸。（同上）

論詩絶句

王昶

家國滄桑淚眼中，青門蕭史永和宮。琵琶盲女終輕薄，莫怪淸言詆鈍翁。汪鈍翁謂梅村詩如盲女彈琵琶唱蔡中郎傳，葉訒庵短之，以爲鈍翁直不如白家老嫗。見葉文敏公淸語。吳宮詹梅村（王昶春融堂集卷二十二論詩絶句）

讀吳梅村先生集書後四首

畢沅

蓬萊紫海又揚塵，凄絶金門舊侍臣。浣女不知香草怨，隔江還唱秣陵春。

白頭祭酒意無聊，淚灑銅駝滿棘蒿。忍遇東廂舊園叟，夕陽菜圃話前朝。

草間偷活爲衰親，絶命詞成飲恨新。香海一坏埋骨後，梅花窟裏弔詩人。墓在鄧尉山下，前豎圓石，書「詩人吳梅村墓」，此先生遺命也。

兒時頻過廓然堂，松竹前賢手澤長。誰料午橋觴詠地，轉頭又見小滄桑。（畢沅靈巖山人詩集卷十九讀吳梅村先生集書後四首）

名家詩後雜題

吳省欽

少年斑管俊登壇，入道裝成夢竟單。多少恨情如沈炯，通天臺下路漫漫。梅村祭酒（吳省欽白華前稿卷五十四名家詩後雜題）

偉業少作，大抵才華豔發，吐納風流，有藻思綺合，清麗芊眠之致。及乎遭逢喪亂，閱歷興亡，激楚蒼涼，風骨彌爲遒上。暮年蕭瑟，論者以庾信方之。其中歌行一體，尤所擅長，格律本乎四傑，而情韻爲深；敍述類乎香山，而風華爲勝。韻協宮商，感均頑豔，一時尤稱絕調，其流播詞林，仰邀睿賞，非偶然也。至於以其餘技，度曲倚聲，亦復接跡屯田，嗣音淮海，王士禛詩稱「白髮塡詞吳祭酒」，亦非虛美。惟古文每參以儷偶，旣異齊、梁，又非唐、宋，殊乖正格。黃宗羲嘗稱梅村集中張南垣、柳敬亭二傳，張言其藝而合於道，柳言其參寧南軍事，比之魯仲連之排難解紛，此等處皆失輕重，爲倒却文章家架子，其糾彈頗當。蓋詞人之作散文，猶道學之作韻語，雖強爲學步，本質終存也。然少陵詩冠千古，而無韻之文，率不可讀。人各有能有不能，固不必一一求全矣。（四庫全書總目提要）

吳祭酒偉業詩，熟精諸史，是以引用確切，裁對精工。然生平殊昧平仄，如以長史之「長」爲平聲，韋、杜之「韋」爲仄聲，實非小失。（洪亮吉北江詩話卷一）

「人之將死，其言也善」，蓋死生之際，亦天良激發之時。宋陸務觀、近時吳偉業，皆詩中大作家也。陸臨終詩云：「死去原知萬事空，但悲不見九州同。王師北定中原日，家祭無忘告乃翁。」人悲之，人復敬之。吳臨終塡賀新涼一闋，其下半闋云：「故人慷慨多奇節。爲當年沈吟不斷，草間偷活。艾灸眉頭瓜噴鼻，此事終當決絕。早患苦、重來千疊。脫屣妻孥非易事，便一錢不値何須說。人世事，幾圓缺。」人悲之，人無惜之者。則名義之繫人，豈不重乎！（北江詩話卷三）

余有論詩絕句二十篇，中一首云：「早年壇坫各相期，江左三家識力齊。山下蘼蕪時感泣，息夫人勝夏王姬。」又辛酉年至太倉，過吳祭酒故居一律云：「寂寞城南土一坏，野梅零落水雲愁。生無木石塡滄海，死有祠堂傍弇州。同谷七歌才愈老，秣陵一曲淚俱流。興亡忍話前朝事，江總歸來已白頭。」亦悲之也。以江總儗之，才品適合。（北江詩話卷三）

太倉吳祭酒偉業詩，輒使讀者哀惋。「我本淮王舊雞犬，不隨仙去落人間」，「忍死偷生廿載餘，而今罪孽怎消除」，尤一字一淚也。（楊際昌國朝詩話卷一）

吳梅村祭酒詩，入手不過一豔才耳。迨國變後諸作，纏綿悱惻，淒麗蒼涼，可泣可歌，哀感頑豔。以身際滄桑陵谷之變，其題多紀時事，關係興亡，成就先生千秋之業，亦不幸之大幸也。七古最有名於世，大半以琵琶、長恨之體裁，兼溫、李之詞藻風韻，故述詞比事，濃豔哀婉，沁入肝脾。如永和宮詞、圓圓曲諸篇，雖情文兼至，姿態橫生，未免肉多於骨，詞勝於意，少沈鬱頓挫、魚龍變化之鉅觀。惟雁門尚書行，較有筆力：悲歌贈吳季子一作，亦得杜陵神髓，惜不多見耳。五古如臨江參軍、南園叟、吳門遇劉雪舫諸作，洋洋大篇，神骨俱肖少陵，較勝七古多矣。七律佳者，神完氣足，殊近玉溪。五律處處求工，如剪綵爲花，終少生韻。取其長而知其短，此平心之論也。（朱庭珍筱園詩話卷二）

吳梅村詩，善於敘事，尤善言閨房兒女之情；熟於運典，尤熟於漢、晉、南、北史諸書。身際鼎革，所見聞者，大半關係興衰之故，遂挾全力，擇有關存亡、可資觀感之事，製題數十，賴以不朽。此詩人取巧處也。其詩雖纏綿悱惻，可泣可歌，然不過琵琶、長恨一格，多加藻采耳。數見不鮮，惜其僅此一枝筆，未能變化；又惜其琱金鏤玉，縱盡態極妍，殊少古意，亦欠自然。倘不身際滄桑，不過冬郎香奩之嗣音，曷能獨步一時？趙雲崧題其集云：「國家不幸詩家幸，一到滄桑句便工。」亦實語也。（筱園詩話卷三）

近代七言律詩最爲沈雄者，首推吳梅村，蓋能以西崑面子運老杜骨頭者。自義山、遺山而後，殆無其匹。（林昌彝射鷹樓詩話卷十六）

單可惠云：梅村長篇學長慶，隸事太繁，風格少減，惟參以少陵之骨則得之。（射鷹樓詩話卷十七）

江左三家詩，以吳梅村爲最，錢虞山、龔芝麓不逮也。（射鷹樓詩話卷十八）

杜老香山又義山，森嚴壁壘鬭雄關。三家江左非同調，只在衙官屈宋間。太倉吳梅村偉業

（林昌彝論詩一百又五首之六）

巨刃摩天偃鼓旗，江山搖筆大蘇碑。千秋遺恨終銜口，萬遍離騷欲脫頤。故國衣冠餘涕淚，淸時壁壘振雄奇。南朝莫弔諸君子，雞犬梁園愧俯眉。梅村有弔死事六君子倪元璐、周之楨等六人詩，極哀愴。（林昌彝書吳梅村詩後用陳秩庭山人原韻）

遺老才情首駿公，飛騰健筆欲摩空。興亡過眼聲華薄，出處傷心著述工。名士宦官東漢紀，美人狎客六朝風。陸沈莫弔王夷甫，十廟園陵夕照中。（張際亮書吳梅村詩後）

復社名高海內歸，一錢不直素心非。生憐令伯陳烏鳥，老羨維楨得白衣。法曲淒涼遺史在，制詞推激昔人稀。江東獨步才原少，肯放西山詠采薇？（蘇德輔題吳梅村詩集）

白衣宣至誤平生，雞犬淮南故國情。誰奏通天臺下表？玉魚腸斷沈初明。（倪濟遠舟中閱近代五家詩各賦一絕句之二）

祭酒詞集載其病中賦賀新涼一闋云：「萬事催華髮。（下略）」至其詩集中，如弔侯朝宗、寄房師周芮公諸作，淒酸激楚，自悔偷生，隱痛沈悲，殆難言喻。蓋甲申而後，堂上健存，柴車屢徵，忍恥一出，自與虞山、合肥輩貪戀富貴者，心事略有不同。後人追考生平，慕其才、悲其遇可也。（陳康祺郎潛紀聞）

詩貴矜鍊，貴雅潔，貴沈著。至梅村，可謂矜鍊到極處矣；至漁洋，雅潔到極處矣；至

竹垞，沈著到極處矣。牧齋兼之而未至極，其他各得一二而已。漁洋似李，梅村似杜，竹垞似韓。（胡薇元夢痕館詩話卷四）

清初人才，半爲前明遺老。錢牧齋謙益、吳梅村偉業實開其先，而朱竹垞彝尊、王漁洋士禎繼之。其後人文蔚起，又加以康熙、乾隆兩舉博學鴻詞科，雲蒸霞起，美不勝收。牧齋在明末已主東南壇坫，梅村亦風格振拔，如張曲江、陳子昂之在唐初也。（同上）

祭酒受業張溥之門，其詩沉博瑰麗，上宗四傑，下掩元、白，學者稱太倉體。（王豫種竹軒餘話）

吳駿公向藏思陵御批南宮墨卷，遭亂播遷，失亡久矣。康熙辛亥夏，忽從敝篋中檢出，墨跡宛然，爲之流涕，卽以是年冬卒。沈白漊輓詩有云：「沈疴公幹常悲苦，噩夢康成早歎嗟。怪底南宮存卷牘，重瞻御墨淚如痲。」其年元旦先有夢兆也。姜如須寄駿公詩：「飄飄揚白花，溶溶大江水。天衢既阻修，良人隔萬里。妾身如飛蓬，貞潔聊自矢。朝倚青雲端，暮宿朱樓裏。四顧多徬徨，塵沙蔽野起。梧桐摧爲薪，蘭蕙化爲枳。中夜坐長歎，皓首思君子。閶闔杳何許，迢迢行路難。孤鴻自北來，哀鳴浮雲端。令名不自惜，朱顏多摧殘。新人雖云好，未若故人歡。莊周釣濠水，段木踰牆垣。振衣想高躅，邈矣斯難攀。海宇寡儔侶，潛德隨所安。念子何爲情，踟躕傷心肝。」末章有云：「北首瞻行旅，邊雨正侵淫。念我平生交，停軌思盍簪。昔爲膠與漆，今爲商與參。斷腸不可說，淚下沾衣襟。」君子愛人以德，亦可見老輩交道。陸祁孫謂從古才人失節又從而爲之辭者多矣，惟梅村獨能自訟，無所諱飾。其遣悶云：「故人往日燔妻子，我因親在何敢死。蕉萃而今至於此，欲往從之媿青史。」自是由中之言。至臨歿則益自引咎，幷不敢以親在爲解，誠持平之論也。（楊鍾羲雪橋詩話三集卷一）

長慶歌行頓挫聲，格詩韓趙亦風清。從來一藝堪頭白，莫築劉家五字城。吳梅村、王漁洋（王闓運湘綺樓日記卷六十八論詩絶句）

王士禛曰：婁東驅使南、北史，瀾翻泉湧，妥帖流麗，正是公歌行本色，要是獨絶，不似流輩撏撦稼軒，如宋初伶人譏館職也。（花草蒙拾）

彭孫遹曰：長調之難於小調者，難於語氣貫串，不冗不複，裴回宛轉，自然成文。今人作詞，中、小調獨多，長調寥寥不槪見，當由興寄所成，非專詣耳。唯龔中丞芊緜溫麗，無美不臻，直奪宋人之席；熊侍郎之清綺，吳祭酒之高曠，曹學士之恬雅，皆卓然名家，照耀一代。長調之妙，斯歎觀止矣。（金粟詞話）

熊雪堂曰：情語不嫌其盡，終不露英雄兒女本色，則尤服其無一字欺人處。（沈雄古今詞話詞評）

王阮亭曰：婁東吳祭酒長短句，能驅使南、北史，爲體中獨創，小詞流麗穩貼，不徒直逼幼安也。(同上)

江尙質曰：祭酒神於使事，又得一唱三歎之旨。若其豔情動色，豈眞效樊川風致，所謂「正是客心愁絕處，見人紅袖倚高樓」，亦復未能免此。(同上)

汪蛟門曰：錢唐令君梁治湄欲合吳祭酒梅村稿、龔司馬香巖詞與其家司農棠村集，彙梓行世。夫祭酒駘宕，司馬警挺，司農起恆、朔閒而有柳欹花嚲之致，彼河北河南，代爲雄視，未若三公之旨之一也。(沈雄古今詞話卷下)

謝章鋌曰：梅村淮南雞犬，眷戀故君，其賀新涼病中有感云(略)，不作一毫矯飾，足見此老良心，遭逢不幸，鼻涕下一尺。(賭棋山莊詞話卷八)

張德瀛曰：吳梅村祭酒爲本朝詞家之領袖，其出處絕類元之許衡。慢聲諸詞，吟歎頹息，蒼莽無盡，蓋所謂有爲言之者也。(詞徵卷六)

徐珂曰：明崇禎之季，詩餘盛行，人沿竟陵一派。入國朝，合肥龔鼎孳、眞定梁清標皆負盛名，而太倉吳偉業尤爲之冠，其詞學屯田、淮海，高者直逼東坡，王士禛以爲明黃門陳子龍之勁敵。(近詞叢話)

王國維曰：以長恨歌之壯采，而所隸之事只「小玉雙成」四字，才有餘也。梅村歌行則

非隸事不辨。白、吳優劣，卽于此見。不獨作詩爲然，塡詞家亦不可不知也。（人間詞話）

胡薇元曰：淸初詞人，如吳駿公、梁玉立、龔孝升、曹潔躬、陳其年、朱竹垞、嚴蓀友諸家，詞采精善，美不勝收。（歲寒居詞話）

陳廷焯曰：吳梅村詞，雖非專長，然其高處，有令人不可捉摸者。此亦身世之感使然。否則徒爲「難得今宵是乍涼」等語，乃又一馬浩瀾耳。（白雨齋詞話卷三）

陳廷焯曰：東坡詞豪宕感激，忠厚纏綿，後人學之，徒形粗魯，故東坡詞不能學，亦不必學。惟梅村高者有與老坡神似處，可作此翁後勁，如滿江紅諸闋，頗爲暗合，「松栝凌寒」、「滿目山川」、「沽酒南徐」三篇，尤見筆意；卽閑情之作，如臨江仙逢舊結句云：「姑蘇城外月黃昏，綠窗人去住，紅粉淚縱橫。」哀豔而超脫，直是坡仙化境。迦陵學蘇、辛，畢竟不似。（白雨齋詞話卷三）

陳廷焯曰：梅村詞筆力甚遒，意味亦永，界乎蘇、辛之間，幾可獨樹一幟。（詞則放歌集卷三）

今古才人聚一編，尤吳李蔣最堪憐。世人莫認爲兒戲，不比桃花燕子箋。尤西堂、吳梅村、李笠翁、蔣莘畬四家所製詞曲爲本朝第一。（周綺曲目新編題詞）

吳祭酒梅村撰秣陵春、通天臺雜劇，直奪湯臨川之座。中有菩薩蠻一調云：「謝家池館桐花甃，畫屏屈曲翹紅袖。欲翦鳳凰衫，靑蟲搖羽簪。一枝雙荳蔻，淺立東風瘦。春思

遠於山，眉痕凡幾灣？」雕豔似温尉。（徐釚詞苑叢談）

元曲之本色當行者不必論，近如徐文長漁陽三弄、木蘭從軍，沈君庸之灞亭秋，梅村先生之通天臺，尤悔菴之黑白衛、李白登科，激昂慷慨，可使風雲變色，自是天地間一種至文，不敢以小道目之。（王士禛古夫于亭雜錄）

吳駿公太倉人，女將征西，容嬌氣壯秣陵春。所著傳奇一本。（高奕新傳奇品）

秋笳集	[清]吴兆騫撰　麻守中校點
漁洋精華録集釋	[清]王士禛著 李毓芙、牟通、李茂肅整理
聊齋志異會校會注會評本	[清]蒲松齡著　張友鶴輯校
敬業堂詩集	[清]查慎行著　周劭標點
納蘭詞箋注	[清]納蘭性德著　張草紉箋注
方苞集	[清]方苞著　劉季高校點
樊榭山房集	[清]厲鶚著　[清]董兆熊注 陳九思標校
劉大櫆集	[清]劉大櫆著　吴孟復標點
儒林外史彙校彙評(增訂版)	[清]吴敬梓著　李漢秋輯校
小倉山房詩文集	[清]袁枚著　周本淳標校
忠雅堂集校箋	[清]蔣士銓著　邵海清校 李夢生箋
甌北集	[清]趙翼著　李學穎、曹光甫校點
惜抱軒詩文集	[清]姚鼐著　劉季高標校
兩當軒集	[清]黄景仁著　李國章校點
惲敬集	[清]惲敬著　萬陸、謝珊珊、林振岳 標校　林振岳集評
茗柯文編	[清]張惠言著　黄立新校點
瓶水齋詩集	[清]舒位著　曹光甫點校
龔自珍全集	[清]龔自珍著　王佩諍校點
龔自珍詩集編年校注	[清]龔自珍著　劉逸生、周錫䪖校注
水雲樓詩詞箋注	[清]蔣春霖著　劉勇剛箋注
人境廬詩草箋注	[清]黄遵憲著　錢仲聯箋注
嶺雲海日樓詩鈔	[清]丘逢甲著　丘鑄昌標點

袁宏道集箋校	[明]袁宏道著　錢伯城箋校
珂雪齋集	[明]袁中道著　錢伯城點校
隱秀軒集	[明]鍾惺著　李先耕、崔重慶標校
譚元春集	[明]譚元春著　陳杏珍標校
張岱詩文集(增訂本)	[明]張岱著　夏咸淳輯校
陳子龍詩集	[明]陳子龍著 施蟄存、馬祖熙標校
夏完淳集箋校(修訂本)	[明]夏完淳著　白堅箋校
牧齋初學集	[清]錢謙益著　[清]錢曾箋注 錢仲聯標校
牧齋有學集	[清]錢謙益著　[清]錢曾箋注 錢仲聯標校
牧齋雜著	[清]錢謙益著　[清]錢曾箋注 錢仲聯標校
牧齋初學集詩注彙校	[清]錢謙益著　[清]錢曾箋注 卿朝暉輯校
李玉戲曲集	[清]李玉著 陳古虞、陳多、馬聖貴點校
吴梅村全集	[清]吴偉業著　李學穎集評標校
歸莊集	[清]歸莊著
顧亭林詩集彙注	[清]顧炎武著　王蘧常輯注 吴丕績標校
安雅堂全集	[清]宋琬著　馬祖熙標校
吴嘉紀詩箋校	[清]吴嘉紀著　楊積慶箋校
陳維崧集	[清]陳維崧著　陳振鵬標點 李學穎校補
屈大均詩詞編年校箋	[清]屈大均著　陳永正等校箋

蕭繹集校注	[南朝梁] 蕭繹著　陳志平、熊清元校注
玉臺新咏彙校	吴冠文、談蓓芳、章培恒彙校
王績集會校	[唐]王績著　韓理洲校點
王梵志詩校注(增訂本)	[唐]王梵志著　項楚校注
盧照鄰集箋注	[唐]盧照鄰著　祝尚書箋注
駱臨海集箋注	[唐]駱賓王著　[清]陳熙晉箋注
王子安集注	[唐]王勃著　[清]蔣清翊注
陳子昂集(修訂本)	[唐]陳子昂撰　徐鵬校點
孟浩然詩集箋注(增訂本)	[唐]孟浩然著　佟培基箋注
王右丞集箋注	[唐]王維著　[清]趙殿成箋注
李白集校注	[唐]李白著　瞿蜕園、朱金城校注
高適集校注(修訂本)	[唐]高適著　孫欽善校注
杜詩趙次公先後解輯校	[唐]杜甫著　[宋]趙次公注　林繼中輯校
新刊校定集注杜詩	[唐]杜甫著　[宋]郭知達輯注　聶巧平點校
新定杜工部草堂詩箋斠證	[唐]杜甫著　[宋]魯訔編　[宋]蔡夢弼會箋　曾祥波新定斠證
杜詩鏡銓	[唐]杜甫著　[清]楊倫箋注
錢注杜詩	[唐]杜甫著　[清]錢謙益箋注
杜甫集校注	[唐]杜甫著　謝思煒校注
岑參集校注	[唐]岑參著　陳鐵民、侯忠義校注
戴叔倫詩集校注	[唐]戴叔倫著　蔣寅校注
韋應物集校注(增訂本)	[唐]韋應物著　陶敏、王友勝校注
權德輿詩文集	[唐]權德輿撰　郭廣偉校點
王建詩集校注	[唐]王建著　尹占華校注
韓昌黎詩繫年集釋	[唐]韓愈著　錢仲聯集釋

放翁詞編年箋注（增訂本）	［宋］陸游著　夏承燾、吴熊和箋注　陶然訂補
渭南文集箋校	［宋］陸游著　朱迎平箋校
范石湖集	［宋］范成大撰　富壽蓀標校
范成大集校箋	［宋］范成大撰　吴企明校箋
于湖居士文集	［宋］張孝祥著　徐鵬校點
稼軒詞編年箋注（定本）	［宋］辛棄疾撰　鄧廣銘箋注
辛棄疾詞校箋	［宋］辛棄疾著　吴企明校箋
姜白石詞編年箋校	［宋］姜夔著　夏承燾箋校
後村詞箋注	［宋］劉克莊著　錢仲聯箋注
瀛奎律髓彙評	［元］方回選評　李慶甲集評校點
雁門集	［元］薩都拉著　殷孟倫、朱廣祁校點
揭傒斯全集	［元］揭傒斯著　李夢生標校
高青丘集	［明］高啓著　［清］金檀注　徐澄宇、沈北宗校點
唐寅集	［明］唐寅著　周道振、張月尊輯校
文徵明集（增訂本）	［明］文徵明著　周道振輯校
震川先生集	［明］歸有光著　周本淳校點
海浮山堂詞稿	［明］馮惟敏著　凌景埏、謝伯陽標校
滄溟先生集	［明］李攀龍著　包敬第標校
梁辰魚集	［明］梁辰魚著　吴書蔭編集校點
沈璟集	［明］沈璟著　徐朔方輯校
湯顯祖詩文集	［明］湯顯祖著　徐朔方箋校
湯顯祖戲曲集	［明］湯顯祖著　錢南揚校點
白蘇齋類集	［明］袁宗道著　錢伯城校點

歐陽修詞校注	[宋]歐陽修著　胡可先、徐邁校注
蘇舜欽集	[宋]蘇舜欽著　沈文倬校點
嘉祐集箋注	[宋]蘇洵著　曾棗莊、金成禮箋注
王荆文公詩箋注（修訂版）	[宋]王安石著　[宋]李壁箋注　高克勤點校
王令集	[宋]王令著　沈文倬校點
蘇軾詩集合注	[宋]蘇軾著　[清]馮應榴注　黄任軻、朱懷春校點
東坡樂府箋	[宋]蘇軾著　[清]朱孝臧編年　龍榆生校箋
東坡詞傅幹注校證	[宋]蘇軾著　[宋]傅幹注　劉尚榮校證
欒城集	[宋]蘇轍著　曾棗莊、馬德富校點
山谷詩集注	[宋]黄庭堅著　[宋]任淵、史容、史季温注　黄寶華點校
山谷詩注續補	[宋]黄庭堅著　陳永正、何澤棠注
山谷詞校注	[宋]黄庭堅著　馬興榮、祝振玉校注
淮海集箋注	[宋]秦觀撰　徐培均箋注
淮海居士長短句箋注	[宋]秦觀著　徐培均箋注
清真集箋注	[宋]周邦彦著　羅忼烈箋注
石門文字禪校注	[宋]釋惠洪撰　周裕鍇校注
石林詞箋注	[宋]葉夢得著　蔣哲倫箋注
樵歌校注	[宋]朱敦儒著　鄧子勉校注
李清照集箋注（修訂本）	[宋]李清照著　徐培均箋注
吕本中詩集箋注	[宋]吕本中著　祝尚書箋注
陳與義集校箋	[宋]陳與義著　白敦仁校箋
蘆川詞箋注	[宋]張元幹著　曹濟平箋注
劍南詩稿校注	[宋]陸游著　錢仲聯校注

韓昌黎文集校注	[唐]韓愈著　馬其昶校注　馬茂元整理
劉禹錫集箋證	[唐]劉禹錫著　瞿蜕園箋證
白居易集箋校	[唐]白居易著　朱金城箋校
柳宗元詩箋釋	[唐]柳宗元著　王國安箋釋
柳河東集	[唐]柳宗元著　[宋]廖瑩中輯注
元稹集校注	[唐]元稹著　周相録校注
長江集新校	[唐]賈島著　李嘉言新校
張祜詩集校注	[唐]張祜著　尹占華校注
三家評注李長吉歌詩	[唐]李賀著　[清]王琦等評注　蔣凡校點
樊川文集	[唐]杜牧著　陳允吉校點
樊川詩集注	[唐]杜牧著　[清]馮集梧注
温飛卿詩集箋注	[唐]温庭筠著　[清]曾益等箋注
玉谿生詩集箋注	[唐]李商隱著　[清]馮浩箋注　蔣凡校點
樊南文集	[唐]李商隱著　[清]馮浩詳注　錢振倫、錢振常箋注
皮子文藪	[唐]皮日休著　蕭滌非、鄭慶篤整理
鄭谷詩集箋注	[唐]鄭谷著　嚴壽澂、黄明、趙昌平箋注
韋莊集箋注	[五代]韋莊著　聶安福箋注
李璟李煜詞校注	[南唐]李璟、李煜著　詹安泰校注
張先集編年校注	[宋]張先著　吴熊和、沈松勤校注
二晏詞箋注	[宋]晏殊、晏幾道著　張草紉箋注
樂章集校箋	[宋]柳永著　陶然、姚逸超校箋
梅堯臣集編年校注	[宋]梅堯臣著　朱東潤編年校注
歐陽修詩文集校箋	[宋]歐陽修著　洪本健校箋

《中國古典文學叢書》已出書目

詩經今注	高亨注
楚辭集注	[宋]朱熹撰　黄靈庚點校
楚辭今注	湯炳正、李大明、李誠、熊良智注
司馬相如集校注	[漢]司馬相如著　金國永校注
揚雄集校注	[漢]揚雄著　張震澤校注
張衡詩文集校注	[漢]張衡著　張震澤校注
阮籍集	[魏]阮籍著　李志鈞等校點
陸機集校箋	[晉]陸機著　楊明校箋
陶淵明集校箋(修訂本)	[晉]陶潛著　龔斌校箋
世説新語箋疏(修訂本)	[南朝宋]劉義慶撰　余嘉錫箋疏　周祖謨等整理
世説新語校釋(增訂本)	[南朝宋]劉義慶撰　[南朝梁]劉孝標注　龔斌校釋
鮑參軍集注	[南朝宋]鮑照著　錢仲聯增補集説校
謝宣城集校注	[南朝齊]謝朓著　曹融南校注集説
江文通集校注	[南朝梁]江淹著　丁福林、楊勝朋校注
文心雕龍義證	[南朝梁]劉勰著　詹鍈義證
詩品集注(增訂本)	[梁]鍾嶸著　曹旭集注
文選	[梁]蕭統編　[唐]李善注